BAD BOY

Auteur canadien d'origine anglaise, Peter Robinson est né en 1950 dans le Yorkshire. Il commence une carrière d'enseignant puis publie, à partir de 1987, les premières enquêtes de l'inspecteur Alan Banks. En 2000, *Saison sèche* obtient le prestigieux Anthony Award et, en France, le Grand Prix de littérature policière. Tout en continuant à publier, Peter Robinson enseigne l'écriture de romans policiers.

Paru dans Le Livre de Poche :

L'Amie du diable

Beau monstre

Le Coup au cœur

L'été qui ne s'achève jamais

Étrange affaire

Froid comme la tombe

Matricule 1139

Ne jouez pas avec le feu

Noir comme neige

Qui sème la violence…

Le Rocher aux corbeaux

Saison sèche

Le Sang à la racine

Tous comptes faits

Toutes les couleurs des ténèbres

Un goût de brouillard et de cendres

La Vallée des ténèbres

Le Voyeur du Yorkshire

PETER ROBINSON

Bad boy

ROMAN TRADUIT DE L'ANGLAIS PAR MARINA BORASO

ALBIN MICHEL

Titre original :

BAD BOY
Publié en 2010 par Hodder & Stoughton, UK.

ISBN : 978-2-253-16717-4 – 1re publication LGF

À Sheila.

1

En cette fin du mois d'août, la campagne détrempée du Yorkshire évoquait une symphonie en vert et or sous un ciel bleu ponctué de nuages blancs. C'était un vrai miracle que les fermiers se soient débrouillés pour faire les foins, car la pluie était tombée sans interruption pendant des jours et des jours. Ils avaient réussi, malgré tout, et les champs étaient maintenant parsemés de meules de paille bien nettes. Des tracteurs étincelants retournaient le chaume, révélant les bruns sombres de la terre fertile. Les parfums de la dernière moisson et l'odeur des premiers froids annonciateurs de l'automne se mêlaient dans l'air doux. Sur la lande, la bruyère pourpre était en pleine floraison, tandis qu'en bordure de la route, les hirondelles rassemblées sur les fils téléphoniques se préparaient à leur longue odyssée vers l'Afrique.

Ce lundi matin, Annie Cabbot, en route pour le commissariat, regrettait beaucoup de ne pas pouvoir les accompagner. Elle aurait adoré passer quelques jours dans une réserve animalière, à croquer ou à photographier les girafes et les zèbres, les léopards, les lions et les éléphants. Ensuite elle aurait fait la route des vins, goûté à l'excellente cuisine de Cape Town et profité de la vie nocturne.

Mais il ne fallait pas y compter, bien entendu.

Elle avait pratiquement épuisé ses congés annuels, ne gardant que quelques journées à répartir ici ou là pour des week-ends prolongés entre la rentrée et Noël. Et de toute façon, l'Afrique du Sud n'était pas une destination dans ses moyens. Tout juste si elle pourrait s'offrir un bref séjour à Blackpool. Veinardes d'hirondelles.

Annie tomba sur un embouteillage à huit cents mètres du grand rond-point de l'entrée sud d'Eastvale, et quand elle fut assez près pour constater que le bouchon était dû à un accrochage, elle était déjà en retard pour le travail. Une voiture de patrouille étant arrivée sur les lieux de l'accident, elle préféra laisser les officiers en tenue régler la violente altercation entre les deux automobilistes, qui se hurlaient dessus en brandissant les poings, debout près de leurs véhicules. Le trafic routier ne faisait pas partie de ses attributions.

Aux abords de l'université, où les bâtiments se faisaient plus serrés, Annie dut se faufiler dans les rues animées. Des étudiants, rares en cette période estivale, traversaient nonchalamment la pelouse du campus pour se rendre en cours, le sac pendu à l'épaule. Elle coupa par une longue rue étroite bordée de demeures victoriennes en brique rouge, des constructions sur trois niveaux converties pour la plupart en logements d'étudiants. Sur la place du marché, elle enfila une petite ruelle entre les bâtiments et se gara à l'arrière du commissariat, une bâtisse à la façade Tudor. Après un bref bonjour à deux policiers de sa connaissance qui s'accordaient une furtive pause-cigarette devant la porte, elle inséra son passe dans le lecteur de l'entrée et pénétra dans le QG du secteur Ouest.

Deux personnes la saluèrent quand elle entra dans le bureau de la Criminelle. Geraldine Masterson, la nouvelle stagiaire de la brigade, lui annonça que Winsome Jackman et Doug Wilson – à qui une ressemblance troublante avec l'acteur Daniel Radcliffe valait le surnom de « Harry Potter » auprès de ses collègues – étaient déjà partis interroger les témoins d'un accident survenu la nuit précédente sur Lyndgarth Road. Un chauffard avait pris la fuite, expédiant deux adolescents à l'hôpital. Il se terrait probablement chez lui, sous le choc, attendant qu'on frappe à sa porte et regrettant amèrement d'avoir accepté un dernier verre avant de prendre le volant.

Annie avait tout juste commencé à déblayer la paperasse accumulée lorsque son téléphone sonna. Elle posa son stylo pour décrocher.

— Inspecteur Cabbot.

C'était le sergent de permanence au standard.

— Quelqu'un demande à voir l'inspecteur Banks. Une certaine Mme Doyle. (Une pause, et elle perçut un échange de voix étouffées entre le policier et sa visiteuse.) Mme Juliet Doyle, reprit-il. Elle prétend qu'elle connaît l'inspecteur. C'est pour une urgence.

— Bon, fit Annie en soupirant. Dites-lui d'entrer. Quelqu'un n'a qu'à la conduire dans le bureau de l'inspecteur Banks, on sera plus tranquilles là-bas.

— D'accord, inspecteur.

Annie referma le volumineux dossier des statistiques de la délinquance et se dirigea vers le bureau de Banks, dans le même couloir. Ces derniers temps, ses récents passages sur les lieux l'avaient encore plus perturbée que ses visites au cottage, où elle allait arroser les plantes, ramasser les colis et les prospectus, et s'assurer que tout se passait bien. Dans la fraîcheur silencieuse de la pièce un peu poussiéreuse, l'absence de Banks était plus palpable que jamais. Il ne restait plus sur sa table de travail que l'ordinateur éteint depuis des lustres. La chaîne hi-fi muette, posée sur un des rayonnages, voisinait avec deux romans en poche de Kingsley Amis, que Banks avait achetés chez un bouquiniste du marché peu avant son départ. Annie déplaça l'écran de l'ordinateur afin de mieux voir son vis-à-vis. Un jeune agent frappa à la porte et introduisit la visiteuse.

— Je pensais que c'était le bureau d'Alan, observa Juliet Doyle. La plaque porte son nom. Qui êtes-vous ? Je ne voudrais pas être impolie, mais j'avais nommément demandé Alan.

Tandis qu'elle embrassait du regard la pièce dépouillée, Annie remarqua sa nervosité, ses petits gestes saccadés d'oiseau.

— L'inspecteur principal Banks est en vacances, expliqua-t-elle en se levant pour lui tendre la main. Je suis l'inspecteur Annie Cabbot. En quoi puis-je vous être utile ?

— Je... je ne sais pas trop... je m'attendais à trouver Alan... Tout ça est tellement..., balbutia Juliet Doyle en portant la main à la chaîne qui ornait son cou.

Un lourd pendentif en or et jade se détachait dans l'échancrure du corsage, sur la peau aux discrètes taches de rousseur.

Quarante-cinq ans environ, estima Annie, habillée avec goût, dans des vêtements qui ne sortaient sûrement pas du centre commercial de Swainsdale – plutôt d'York et de Harrogate. Des cheveux blonds ondulés aux racines châtain, un maquillage de bon aloi. Encore séduisante, et visiblement disposée à laisser voir son décolleté. Sa jupe descendait pudiquement au niveau du genou, révélant de jolies jambes fuselées, et sa veste en daim marron avait une coupe élégamment cintrée. Annie se demanda si Banks lui plaisait, s'il y avait eu quelque chose entre ces deux-là.

— Asseyez-vous, je vous en prie.

Après une brève hésitation, Juliet se percha au bord du siège qui faisait face à Annie.

— Est-ce que je peux vous aider, ou s'agit-il d'une affaire personnelle ?

— C'est pour cela que je souhaitais voir Alan. Vous comprenez, c'est les deux choses à la fois... Oh, c'est vraiment difficile... Quand va-t-il rentrer ?

— Pas avant la semaine prochaine, malheureusement.

Juliet Doyle parut méditer sa réponse, jouant toujours avec sa chaîne, comme si elle évaluait la possibilité d'attendre aussi longtemps.

— Vous prendrez peut-être un thé, ou un café ? proposa Annie.

— Non, je vous remercie.

— Je ne vous serai pas d'un grand secours si j'ignore tout de l'affaire. Selon vous, elle serait en même temps d'ordre privé et du ressort de la police, c'est bien ça ?

— Oui, et c'est justement ce qui rend les choses si délicates. Alan pourrait comprendre, lui.

Délaissant son collier, elle s'était mise à faire tourner sa bague ornée d'un énorme diamant, au majeur de sa main gauche. On voyait qu'elle avait abondamment rongé ses ongles vernis en rose.

— Vous pouvez toujours essayer de m'expliquer, suggéra Annie. Exposez-moi votre problème.

— Alan saurait ce qu'il faut faire, j'en suis persuadée.

Annie se renversa sur son siège, mains croisées derrière la nuque. L'entrevue promettait de lui donner du fil à retordre.

— Pour commencer, vous pourriez peut-être me préciser quelle est votre relation avec l'inspecteur Banks ?

— Ma relation avec l'inspecteur ? répéta Juliet, décontenancée. Je n'ai pas de relation avec lui.

— Je cherchais simplement à savoir comment vous vous connaissiez.

— Ah, oui, pardonnez-moi. Nous sommes voisins. Ou plutôt nous l'étions.

Sachant que Banks n'avait aucun voisin proche à Gratly, Annie en conclut qu'elle se référait à une époque plus lointaine, celle, peut-être, où il habitait Laburnum Way, entre Market Street et le commissariat. Il y avait tout de même dix ans qu'il avait quitté ce quartier. Avaient-ils gardé le contact pendant tout ce temps ? Un élément avait-il échappé à son attention ?

— À quand est-ce que ça remonte ?

— Il vivait encore avec Sandra. C'est vraiment tragique qu'ils se soient séparés comme ça, vous ne croyez pas ? Un couple aussi charmant.

— Si, effectivement, admit Annie, dont les seules rencontres avec Sandra avaient été humiliantes et passablement effrayantes.

— Nous étions voisins et amis, précisa Juliet. C'est pourquoi j'ai pensé qu'il pourrait m'aider.

— Madame Doyle, si l'affaire relève bel et bien des compétences de la police, je vous invite à m'en parler. Vous avez des ennuis ?

Juliet tressaillit comme si on lui avait tapé sur l'épaule par surprise.

— Moi, des ennuis ? Non, certainement pas.

— Qu'y a-t-il, dans ce cas ?

Juliet inspectait le bureau du regard, comme si Banks risquait de se camoufler dans un meuble de classement ou au fond d'un placard.

— Vous êtes sûre qu'Alan est absent ?

— Certaine. Je vous l'ai déjà dit, il est en vacances.

Juliet laissa le silence se prolonger, faisant tourner le diamant autour de son doigt. Annie était sur le point de se lever pour lui donner congé, quand elle se décida à bredouiller :

— C'est au sujet d'Erin.

— Erin ?

— Oui, notre fille. La mienne et celle de Patrick, mon époux. C'est lui qui m'envoie. Pendant ce temps il reste avec Erin, à la maison.

— C'est Erin qui a un problème ?

— Je crois que oui, en effet. On ne sait jamais ce qui leur passe par la tête. Vous avez des enfants ?

— Non.

— Vous ne pouvez pas comprendre, alors. C'est un peu facile de rejeter la faute sur les parents, comme les médias se plaisent à le répéter. Mais quand on ignore ce que…

Elle n'acheva pas sa phrase.

— Je vais faire apporter du thé, fit Annie.

L'éternelle panacée britannique, songea-t-elle en passant sa commande par téléphone. Une bonne tasse de thé. La discussion risquait de traîner en longueur, et si Juliet n'avait pas besoin de thé, elle-même en prendrait volontiers. Avec un peu de chance, on leur servirait aussi des biscuits chocolatés.

— Erin vit à Leeds, enchaîna Juliet. À Headingley. Ce n'est pas ce qu'on peut appeler un lieu de perdition, mais on a parfois des surprises.

— Il y a toujours un risque quand on ne se tient pas sur ses gardes, c'est pareil dans toutes les grandes villes. Je vous signale tout de même que nous sommes dans le North Yorkshire. Si le problème a eu lieu à Leeds, il vaut mieux que…

— Non, non, vous n'avez pas compris.

Évidemment que je n'y comprends rien, se dit Annie, exaspérée. Est-ce que je suis supposée lire dans l'esprit des gens, ou quoi ?

— Soyez plus explicite, si c'est ça.

L'arrivée du thé leur fournit un répit bienvenu, malgré l'absence de petits gâteaux. En temps normal, Annie en aurait réclamé, ou aurait lancé une pique au jeune brigadier chargé du plateau, mais elle ne voulait surtout pas discutailler pour de telles broutilles en présence de Juliet Doyle.

— Erin est une fille bien. J'ai l'impression qu'elle a de mauvaises fréquentations, déclara Juliet en prenant la tasse que lui offrait Annie.

Ses doigts tremblaient légèrement lorsqu'elle ajouta le lait et le sucre.

— Quel âge a-t-elle ?

— Vingt-quatre ans.

— Elle travaille ?

— Oui, comme serveuse. Un bon restaurant, très sélect. Sur les Calls, dans le quartier des boutiques-hôtels branchés et des immeubles sur les quais. Elle gagne correctement sa vie. Malgré tout…

Juliet haussa les épaules, laissant à Annie le soin de compléter.

— Vous espériez autre chose pour elle ?

— Oui, elle a quand même un diplôme de psychologie avec mention bien.

— La période est difficile, vous savez. Elle attend peut-être une opportunité.

— J'aimerais bien y croire, mais…

— Mais quoi ?

— À mon avis, elle perd son temps. Il y a deux ans qu'elle est diplômée, et elle a commencé par s'accorder une année sabbatique.

— Elle a un petit ami ?

— Oui, pour autant que je sache. Remarquez bien qu'elle ne nous l'a pas présenté, c'est tout juste si elle nous a parlé de lui. On communique beaucoup par téléphone et par textos. Vous savez comment sont les jeunes, actuellement. Ils négligent souvent de venir voir les parents, sinon pour les grandes occasions ou quand ils ont besoin de quelque chose.

— Oui, les jeunes gens sont parfois secrets.

— Ma fille est adulte. À son âge j'étais déjà mariée.

— Les temps changent. Aujourd'hui, les enfants ne sont plus si pressés de quitter le nid.

— Erin n'est pas un parasite, si c'est ce que vous pensez. Elle a été ravie de partir de la maison, elle n'attendait que ça. Ce n'est pas du tout ce qui me préoccupe.

— De quoi s'agit-il, alors ? répliqua Annie, dont la patience menaçait de s'épuiser.

Soupçonnant là-dessous un simple imbroglio familial, elle commençait à en vouloir à Banks : non seulement elle s'acquittait de ses tâches en son absence, mais elle devait aussi assumer ses problèmes personnels.

— Qu'est-ce qui vous amène ici, exactement ? En quoi Alan devait-il vous être utile ?

Julia se raidit.

— Il saurait comment s'y prendre, non ?

— Mais à quel propos ?

Annie sentait bien qu'elle élevait la voix, mais elle ne pouvait pas s'en empêcher.

— Pour le pistolet, avoua Juliet Doyle en baissant la tête, d'une voix si faible qu'Annie l'entendit tout juste. Elle a un pistolet.

— Racontez-moi comment ça s'est passé.

La commissaire Catherine Gervaise était assise au bord de son bureau, bras croisés, et à la voir les dominer de toute sa hauteur, Annie eut l'impression qu'elles étaient deux écolières convoquées chez le proviseur pour avoir séché les cours. Quand elle voulait, Gervaise pouvait produire ce genre d'effet. Annie se tenait dans l'expectative, son carnet ouvert et son stylo à la main. La situation légitimait une intervention concrète, mais il y aurait quand même des montagnes de paperasses à remplir, et elle tenait à prendre des notes précises.

— J'étais en train de faire le ménage dans sa chambre, commença Juliet. Je n'avais pas l'intention de fouiller, sincèrement. Erin était en bas, elle regardait les programmes du matin à la télé. J'aime que la maison soit bien tenue, et le mardi je m'occupe de l'étage, je n'ai vu aucun mal à ça...

— Erin vit toujours chez vous ? s'enquit Gervaise.

— Non, comme je le disais à Mme Cabbot, elle habite Leeds.

— Pourriez-vous nous donner son adresse, je vous prie ?

— Bien sûr.

Juliet cita une adresse à Headingley qu'Annie nota sur-le-champ. Elle connaissait le quartier, et la rue lui était familière.

— Que fait-elle à Eastvale, alors ?

— Elle… elle ne m'a pas vraiment fourni d'explications.

— Que vous a-t-elle dit ?

— Simplement qu'elle avait besoin de rentrer provisoirement. J'en ai déduit qu'elle avait peut-être rompu avec son ami.

— Vous lui avez demandé confirmation ?

— Oui, mais elle m'a envoyée promener en prétendant que ça ne me regardait pas. Ce n'est pas son genre, d'être aussi impolie. Nous l'avons élevée dans le respect de ses aînés et des règles de courtoisie. Quoi qu'il en soit, elle a un souci. Je me suis dit que si je l'avais laissée tranquille, elle aurait fini par tout me raconter. D'habitude elle réagit comme ça.

— Vous êtes proches, toutes les deux ?

— Pas *très* proches, je n'irais pas jusque-là, mais j'aime penser que nous le sommes, malgré tout, et qu'elle sent qu'elle peut se confier à moi. C'est pour ça que j'ai eu un tel choc en découvrant cette arme.

— Vous avez quelques informations sur son ami ?

— Rien de plus que ce qu'elle m'a dit au téléphone.

— Vous savez son nom ?

- Geoff. Je ne connais même pas son nom de famille. Les jeunes s'appellent tous par leur prénom, n'est-ce pas ?

— Il y a longtemps qu'elle le fréquente ?

— Six mois, à peu près.

— Selon vous, est-ce qu'il a eu une influence négative sur elle ?

— Non, bien au contraire. Elle prétend que c'est un gentil garçon, et il se débrouille très bien dans la vie. Pas comme ces étudiants débraillés avec qui elle sortait jusque-là. Et j'avoue que pour le peu que je l'ai vue récemment, j'ai noté un changement très positif dans son apparence.

— C'est-à-dire ?

— Elle s'habille mieux, pour commencer. Son style a évolué, elle fait des efforts d'élégance. Pendant très longtemps, elle a gardé un look d'étudiante, mais pour l'anniversaire de son père, elle portait une jolie robe d'été et un ravissant médaillon en forme de cœur. Autrefois elle ne mettait que des bijoux bon marché, des perles en plastique coloré, ce genre de choses… En plus elle était passée chez le coiffeur. Une bonne coupe, faite par un professionnel.

— Quand était-ce ?

— Le 13 juillet.

— Et ce fameux Geoff, vous connaissez son activité ?

— Vente et marketing, je n'en sais pas davantage. Il conduit une voiture de fonction, une BMW.

— Un bon parti, apparemment, commenta Gervaise. Comment avez-vous trouvé Erin quand elle est rentrée chez vous ? Quelle était son humeur ? Elle paraissait soucieuse, disiez-vous.

— Oui, elle avait l'air distante, préoccupée. Silencieuse et renfermée.

— C'est dans son caractère ?

— Non, en général elle se montre plus communicative. Elle a toujours été comme ça, gaie, souriante, très sociable. Mais cette fois elle n'a pas quitté sa chambre, une véritable ermite.

— Est-ce qu'elle a sollicité votre soutien ?

— À quel genre de soutien pensez-vous ? demanda Juliet en fronçant les sourcils.

— Financier, affectif, médical… N'importe. Est-ce qu'elle pourrait avoir des ennuis ?

— Être enceinte, c'est ça ?

— C'est une hypothèse, convint Gervaise, même si je ne pensais pas spécifiquement à cela. Aurait-elle pu aborder ce genre de question avec vous ?

— J'espère bien que oui.

— Depuis quand est-elle de retour à Eastvale ?

— Vendredi matin. Sa chambre est toujours là pour l'accueillir, rien n'a bougé. Il y a juste un peu moins de désordre.

— Beaucoup de parents font comme vous. Ça adoucit la séparation quand les enfants s'en vont. C'est dur de les laisser partir, quelquefois.

Annie savait que la commissaire était mère de deux enfants, même si on l'imaginait mal dans ce rôle en la voyant juchée sur son bureau, très professionnelle dans sa jupe à fines rayures, son impeccable chemisier blanc et sa veste boutonnée.

— C'est vrai, acquiesça Juliet.

— Avez-vous eu le sentiment que cette fois, il s'agissait d'autre chose que d'une brève visite ?

— Exactement.

— C'est la première fois que son séjour se prolonge depuis qu'elle a quitté la maison ?

— Oui, tout à fait.

Gervaise marqua une pause.

— Venons-en à l'arme à feu que vous avez trouvée en haut de sa penderie.

— Elle était quasiment au fond, il fallait monter sur une chaise ou sur un escabeau pour la voir. Elle était emballée dans un torchon. Elle a dû se dire qu'elle ne risquait rien, là-haut, elle n'a pas pensé une minute que j'allais faire le ménage.

— Et personne ne l'aurait découverte si vous n'aviez pas été aussi consciencieuse, souligna Gervaise. Vous avez bien fait de vous adresser à nous, madame Doyle.

— Je ne sais pas trop, fit Juliet en secouant la tête. Ma propre fille… j'ai l'impression de la trahir. Que va-t-il lui arriver ?

À ce moment-là, Annie éprouvait envers Juliet Doyle des sentiments plus que mitigés. D'un côté, cette femme qui dénonçait sa fille devait être au supplice. Juliet n'était pas forcément au courant, mais la détention illégale d'armes à feu était passible de cinq ans d'emprisonnement, et la justice se montrait plutôt stricte dans l'application des sanctions, malgré quelques plaintes récentes contre des juges trop laxistes. Vu qu'Erin Doyle n'avait pas d'antécédents, on lui accorderait peut-être les circonstances atténuantes, mais ils auraient beau être indulgents, elle ne s'en tirerait pas avec une liberté conditionnelle ou une peine d'intérêt collectif. Elle écoperait sûrement d'une peine de prison et ressortirait avec un casier judiciaire. Juliet ne devait pas s'en douter. Cependant, raisonna Annie, il fallait bien garder à l'esprit qu'on n'avait pas encore la moindre preuve de la culpabilité d'Erin Doyle.

— C'est une affaire grave, reprit Gervaise. Les armes à feu sont dangereuses, et moins il en restera en circulation, plus nos villes seront sûres.

Annie savait bien qu'il s'agissait là de la ligne officielle, et Gervaise tâchait manifestement de tempérer le sentiment de trahison en renvoyant à Juliet Doyle l'image d'une citoyenne responsable. Elle n'en décelait pas moins une inquiétude grandissante chez Juliet, qui commençait probablement à se repentir de sa démarche. Elle devait penser qu'elle aurait très bien pu gérer l'incident seule avec son mari, jeter le pistolet dans la rivière et passer un savon à Erin. Et dans une certaine mesure elle n'avait pas tort.

Pour Annie, une telle décision de la part d'une mère dépassait l'entendement. Peu importait la politique de l'institution, peu importait aussi qu'en tant que fonctionnaire de police farouchement opposée à l'usage des armes, elle se trouve dans l'obligation d'y souscrire. Tandis qu'une partie d'elle-même admirait le sacrifice que Juliet consentait au devoir, une autre partie se révoltait viscéralement contre l'attitude de cette femme. Annie n'avait jamais élevé un enfant, mais elle ne se jugeait pas capable de livrer sa propre fille. Et même si sa mère à elle avait disparu très tôt, elle était convaincue qu'elle n'aurait jamais fait une chose pareille. Quant à son père, il l'aurait copieusement enguirlandée avant de jeter l'arme à la mer, mais lui non plus n'aurait jamais averti la police. Toutefois, Juliet Doyle s'était adressée à Banks dans l'idée de trouver un soutien, et elle espérait sûrement qu'il règlerait l'affaire de manière officieuse, en toute discrétion.

— Et maintenant ? demanda Juliet.

Gervaise descendit de son coin de bureau pour aller s'asseoir derrière. Elle semblait d'un seul coup moins imposante, et l'atmosphère se détendit sensiblement.

— Il y a des procédures à respecter, répondit-elle. Où est le pistolet, actuellement ?

— Dans la cuisine, c'est Patrick qui le garde. On a jugé préférable que je ne le transporte pas en pleine rue, et j'admets que cette seule idée me mettait dans tous mes états.

— Et votre fille ?

— Elle est restée avec son père. Nous sommes convenus que c'était la meilleure solution. Eux ils attendaient à la maison, pendant que moi je venais parler à Alan et lui demander de m'accompagner chez nous…

— L'inspecteur Banks est votre ancien voisin, je l'ai bien compris. Mais ne vous inquiétez pas, nous sommes tous des professionnels, et nous traiterons l'affaire comme il l'aurait fait. Je conçois que dans ce genre de situation, on apprécie un visage familier, mais nous poursuivons tous les mêmes objectifs. Tout d'abord, êtes-vous absolument certaine qu'il s'agit d'un véritable pistolet ? Si vous saviez le nombre de gens qui nous signalent des imitations ou des carabines à air comprimé.

— Patrick soutient que oui. Il a fait partie d'un club de tir, dans le temps, après le lycée. Personnellement je n'y connais rien.

— Par hasard, aurait-il vérifié s'il est chargé ou pas ?

— Il dit que oui, et il l'a manipulé avec beaucoup de précautions.

— Très bien. Est-ce qu'il a retiré les balles ?

— Non, il a préféré ne pas y toucher, pour éviter de contaminer les indices.

Génial, pensa Annie. Encore un qui regardait trop de séries policières. Une arme chargée, ça signifiait immanquablement un recours au Groupe d'Intervention Armé. Il aurait été plus logique et plus sûr que Patrick Doyle décharge le pistolet, mais Annie savait bien que dans les moments de crise, la plupart des gens perdent leur rationalité. Découvrir une arme chargée dans la chambre de sa fille, ce n'était tout de même pas banal.

— Vous aurait-il précisé le modèle du pistolet ?

— Il a parlé d'un semi-automatique. C'est possible ?

Sans avoir une vaste connaissance des armes à feu, Annie savait que les balles d'un semi-automatique s'inséraient dans un chargeur détachable, et non dans un barillet. Il contenait en général plusieurs munitions, et un projectile partait chaque fois qu'on appuyait sur la détente.

— Quand vous avez quitté votre domicile, votre fille et votre mari se trouvaient dans la cuisine, l'arme posée sur la table ?

— C'est bien ça.

— Toujours enveloppée ?

— Oui, Patrick l'a remballée dans le torchon après l'avoir examinée.

— Dans quel état avez-vous laissé Erin ?

— Bouleversée, naturellement. Fâchée, en larmes, apeurée.

— Vous lui avez demandé d'où provenait ce pistolet ?

— Bien sûr, mais elle a refusé de répondre.

Gervaise réfléchit une minute, les lèvres pincées, puis elle se leva en consultant Annie du regard.

— Merci, dit-elle à Juliet Doyle. Je vais téléphoner pour qu'on s'occupe de vous pendant que nous réglons cette histoire de pistolet. Dans l'immédiat c'est notre priorité absolue, vous le comprendrez. Il faut que nous sortions l'arme de chez vous pour la déposer en lieu sûr, et pour cela nous devons appliquer scrupuleusement la procédure.

Elle décrocha son téléphone pour appeler le sergent à l'accueil.

— Vous allez rester avec moi ? s'enquit Juliet en suppliant Annie du regard.

— Désolée, objecta Gervaise, mais j'ai besoin de l'inspecteur Cabbot. C'est mon seul officier supérieur disponible en ce moment. Ne vous inquiétez pas, je veillerai à ce que vous soyez bien installée avec l'agent Smithies à la cafétéria.

— Je n'ai pas le droit de rentrer chez moi ?

— Pas immédiatement. Nous devons au préalable débarrasser les lieux de cette arme.

— Je ne pourrais pas vous accompagner ?

— Non, je regrette, répondit Gervaise en lui tapotant le bras. Rassurez-vous, je vous garantis que vous serez bien traitée.

— Vous permettez quand même que je téléphone à mon mari ?

— C'est impossible, je suis navrée. Ça peut vous sembler absurde et mesquin, mais nous n'autorisons aucune communication tant que l'affaire n'est pas terminée, et l'arme récupérée.

— Mais ça ne nuira à personne, si je parle à mon mari.

Oh si, pensa Annie, cela risquait justement de causer beaucoup de mal. Déclencher une dispute entre le père et la fille, par exemple, ce qui pouvait avoir des répercussions fatales quand on avait un pistolet sur la table et deux personnes au bord de la crise de nerfs. Avant que Gervaise ait pu formuler une objection – à supposer qu'elle en ait eu l'intention –, l'agent Smithies frappa à la porte pour escorter Juliet Doyle jusqu'à la cafétéria.

Gervaise fit signe à Annie de rester.

— Nous allons procéder selon les règles, Annie. Je ne veux pas d'armes à feu sur mon territoire, et il est exclu que nous laissions un accident se produire par négligence ou par précipitation. On est bien d'accord ?

— Oui, madame la commissaire. Est-ce que je dois enregistrer l'incident et réclamer un Véhicule Spécial ?

— Oui. Envoyez aussi un inspecteur chez les Doyle, qu'il voie si tout se passe bien du côté de la fille. En apparence tout est sous contrôle, mais il faut savoir s'il y a matière à s'alarmer. Je vais prévenir le commissaire McLaughlin, qui contactera sûrement le divisionnaire adjoint. Par ailleurs, je veux que la police de Leeds perquisitionne au domicile d'Erin. Ça m'étonnerait beaucoup qu'elle fasse du trafic d'armes, mais il vaut mieux s'en assurer. Allez, on met la machine en route. Plus on tarde, plus la situation risque de déraper.

Ce n'était pas la première fois qu'Annie assistait à une descente armée. Cela lui était déjà arrivé à deux reprises quelques années plus tôt, à Londres. Si la première s'était déroulée sans anicroches, la deuxième avait tourné au carnage. Une fusillade avait provoqué la mort de deux hommes. Ce jour-là, l'ambiance était beaucoup plus étrange pour elle, à cent mètres seulement du commissariat, face à l'ancien pavillon de Banks. Tout était si ordinaire, en apparence… Un chat noir se faufila au milieu d'un massif de fleurs, des gens qui rentraient des courses avec leurs paquets s'arrêtèrent pour voir ce qui se passait.

Installée avec la commissaire Catherine Gervaise dans une voiture banalisée, Annie attendait l'arrivée du Véhicule Spécial. Si seulement elle avait été fumeuse, une cigarette l'aurait aidée à tuer le temps. Elle en était réduite à contempler la rangée de maisons à bow-window, avec leurs murets de clôture et leurs pelouses bien taillées. Elle imaginait mal Banks dans ce cadre-là, menant une vie de père de famille. Elle l'avait toujours perçu comme un solitaire, même à l'époque de leur fugace liaison. Ces temps derniers, elle ne parvenait plus du tout à le cerner. Il avait changé, quelque chose d'essentiel en lui s'était brisé, qui ne se réparerait peut-être jamais.

Deux Volvo T5 se garèrent bientôt au croisement avec Market Street. Chaque véhicule amenait deux AFO, des policiers formés et habilités au maniement des armes à feu, et destinés à gérer les situations potentiellement dangereuses. Vêtus d'un équipement de protection complet, ils étaient munis de Tonfa, de menottes métalliques, de bombes lacrymogènes, de Glock et de Taser. Des fusils d'assaut Heckler et Koch MP5 étaient enfermés dans le coffre en compagnie d'un arsenal d'armes létales.

Comme Laburnum Way s'achevait en cul-de-sac cent mètres plus loin, leur arrivée avait bloqué la voie. Deux voitures de patrouille stationnaient à l'autre bout. Les badauds avaient déjà accouru aux fenêtres.

Grâce aux indications de Juliet Doyle, les quatre AFO avaient reçu un briefing sur la configuration des lieux, en prévision d'une éventuelle entrée en force. Cette issue semblait peu probable, toutefois, puisque Patrick Doyle et sa fille étaient au courant de la démarche de Juliet, et s'attendaient par conséquent à la venue des policiers.

Annie crut identifier une femme parmi les quatre intervenants, mais le gilet tactique et l'équipement dont elle était harnachée l'empêchaient de l'affirmer. Une autre voiture les rejoignit, et leur supérieur Mike Trethowan, directeur du Firearms Cadre, en sortit pour échanger quelques mots avec eux, lui aussi en tenue de protection.

Il vint ensuite trouver Catherine Gervaise et Annie Cabbot.

— Du nouveau ?

— Rien du tout, avoua Gervaise. D'après ce que nous savons, ils sont assis dans la cuisine, à nous attendre.

— Elle est de quel côté, la cuisine ?

— Sur l'arrière. Au fond du couloir, la porte de droite.

Le commissaire Trethowan hocha la tête en reniflant et retourna auprès de son équipe.

Dans le cas présent, on n'avait affaire ni à une prise d'otage ni à une fusillade mortelle. Aucun incident ne s'était produit jusque-là, et la procédure ne présentait a priori aucune difficulté. Dans la mesure où personne ne semblait disposé à se servir de l'arme, et où le père de la jeune fille maîtrisait à peu près la situation, les agents en uniforme pouvaient se contenter de frapper à la porte en sommant Patrick et Erin Doyle d'évacuer les lieux. Une fois dehors, on leur ordonnerait de remettre l'arme litigieuse et de s'écarter. Il suffisait de rester vigilant et de respecter les consignes de sécurité renforcée spécifiques aux armes à feu. Vu de l'extérieur, tout paraissait tranquille dans la maison.

Pourtant, les choses allèrent de travers dès le départ : personne ne se présenta pour ouvrir la porte. La tension naturelle générée par la présence d'une arme accentuait l'impatience générale, mais Annie elle-même devait admettre qu'un retraité en déambulateur aurait eu largement le temps de venir répondre quand le commisssaire Trethowan se décida à rappeler les agents locaux, et envoya deux de ses hommes à l'arrière de la maison et deux autres au bout de l'allée, sur l'avant. Annie coula un regard vers Gervaise : elle avait le visage fermé et les dents serrées, sa bouche en arc de Cupidon ne formant plus qu'une sévère ligne rouge.

Personne n'ayant réagi à leurs appels, les AFO enfoncèrent la porte à coups de bélier, avant de se ruer bruyamment à l'intérieur. Ils disparurent presque aussitôt, et, après un bref silence, Annie entendit un bruit étouffé suivi d'un crépitement, comme si des cigales chantaient dans un arbre éloigné, puis un hurlement, accompagné de cris et de tapage.

Annie et Gervaise jaillirent de la voiture pour se précipiter dans le jardin, mais Trethowan les arrêta d'un geste et pénétra sans elles dans la maison. Annie entendit les deux autres policiers qui entraient en force par l'arrière, encore des cris, le fracas d'un meuble renversé, et pour finir un deuxième hurlement prolongé. Une voix différente, cette fois.

Annie tremblait de tous ses membres, son cœur cognant si violemment qu'il menaçait d'exploser dans sa poitrine. Pendant un temps qui lui parut infini, rien ne se produisit. Le calme se rétablit dans la maison, et l'on n'entendit plus que les allées et venues des policiers et les portes qui s'ouvraient et se fermaient. Trethowan finit par ressortir en compagnie de deux policiers, et tous les trois se dirigèrent vers la camionnette.

— Que s'est-il passé ? questionna Gervaise au passage.

Trethowan se borna à secouer la tête, son casque dissimulant l'expression de son visage.

Trente secondes plus tard, quelqu'un signala que tout danger était écarté, et un troisième policier apparut avec un petit objet enveloppé dans un linge. C'était donc simplement cela, songea Annie. Un objet minuscule mais tellement dangereux… Quand le policier passa à sa hauteur, elle crut deviner sur le torchon à thé une carte des Yorkshire Dales. Au bout d'une minute, les deux derniers AFO sortirent à leur tour, traînant une jeune femme menottée qui se débattait en hurlant. Erin Doyle. Là-dessus, retentit la sirène d'une ambulance lancée à vive allure sur Market Street.

— Et merde, lâcha Gervaise.

2

— Bon, fit le divisionnaire auxiliaire McLaughlin quand tout le monde fut installé dans la salle de conférences, au QG du secteur Ouest. La maison de Laburnum Way a été bouclée, Erin Doyle placée en garde à vue, et sa mère se trouve à l'hôpital au chevet de son mari. Mesdames et messieurs, inutile de préciser que nous sommes confrontés à une bavure monumentale.

McLaughlin avait convoqué la réunion afin de mieux cerner les récents événements, d'organiser la suite des opérations et de distribuer les tâches. L'ambiance était plus que tendue dans la pièce bondée. Même si les médias ne s'étaient pas encore manifestés, Annie détectait déjà les vibrations dans l'atmosphère, le son lointain du tam-tam et les signaux de fumée serpentant dans le ciel.

En T-shirt de ville et pantalon de treillis, les AFO semblaient sortir d'un club de fitness du quartier. Annie put constater que l'équipe comprenait bien une femme, qu'elle avait déjà croisée au QG du Comté, à Newby Wiske, les rares fois où elle s'y était rendue. Elles s'étaient saluées poliment, mais Annie ignorait qu'elle appartenait à ce service. Par chance, le secteur Ouest n'avait eu que rarement à réclamer leur concours ces temps derniers. Les recrues féminines demeuraient une exception dans cette branche, et celle-ci devait être drôlement compétente pour avoir été acceptée. L'entraînement était harassant, les critères d'admission extrêmement sélectifs. La femme était une petite brune aux cheveux courts et hérissés, avec un visage en cœur éclairé par de grands yeux, un teint olivâtre et une petite bouche. Son torse musclé trahissait les longues séances d'exercices en salle. Accrochant son regard, Annie lui sourit en gage de solidarité. Elle lui adressa en retour un sourire réservé et maussade, avant de se détourner.

Annie repéra dans le groupe un jeunot qu'elle ne connaissait pas, et qui lui parut plus pâle que les autres. Il mordillait le bout d'un stylo-bille, et la main qui le tenait était agitée de tremblements. Pas besoin d'être devin pour comprendre que c'était lui qui avait tiré. D'ailleurs il avait surgi en trombe de la maison des Doyle pour aller vomir sur l'herbe. On lui donnait tout juste dix-huit ans, mais Annie savait qu'il devait en avoir au moins vingt-cinq s'il avait déjà validé la formation et les tests psychologiques requis pour l'entrée dans les AFO.

— Tout le monde connaît le système, reprit McLaughlin quand chacun eut pris possession de son gobelet de café. Pour éviter de perdre du temps, je vais céder la parole au commissaire Chambers, de l'Inspection Générale de la Police. Dès qu'on se sera fait une idée d'ensemble, on tâchera de décider pour le mieux de ce qu'il convient de faire. Reg ?

Chambers s'éclaircit la voix et se renversa dans son siège, posant son stylo sur son calepin. Avec son veston qui lui bridait le ventre et la poitrine, Annie lui trouvait l'allure un brin grotesque d'un personnage de Dickens. Ayant travaillé sous ses ordres pendant quelques semaines, elle comprenait mieux pourquoi les gens de l'Inspection Générale étaient surnommés les « Ripoux » dans les séries télévisées.

— Je vous remercie, fit Chambers. Si vous le voulez bien, nous allons commencer par présenter clairement les faits. Qui a alerté le Groupe d'Intervention Armé ?

Son accent londonien lui donnait un air snob.

— C'est moi, signala Gervaise. On nous a informés qu'une arme à feu illégale avait été découverte dans la chambre d'Erin Doyle, au domicile parental sur Laburnum Way. Mlle Doyle est restée sous la garde de son père pendant que sa mère venait nous avertir.

— Formidable. (Chambers prit quelques notes, puis il demanda à Gervaise :) Y avait-il matière à supposer que quelqu'un dans la maison courait un danger ?

— Pas du tout.

— Ou que cette arme représentait une menace pour quiconque ?

— Une arme chargée n'est jamais inoffensive. Toutefois, rien n'indiquait que Patrick et Erin Doyle envisageaient de se prendre mutuellement pour cible, ou de viser une tierce personne. Ils savaient l'un comme l'autre que Juliet Doyle s'était rendue au commissariat pour nous prévenir. Ils attendaient notre arrivée.

Chambers toussota en se grattant l'aile du nez.

— Je présume que la fille a été furieuse quand on a découvert cette arme dans sa chambre, et même bouleversée ?

— Bien entendu, confirma Gervaise.

— Cependant, vous ne pensez pas qu'elle redoutait les conséquences, et qu'elle pouvait très bien utiliser le pistolet pour assurer sa fuite ?

Gervaise ne répondit pas immédiatement.

— Je crois qu'elle n'était même pas consciente des implications. Les gens dans son cas le sont rarement. Ils ne se jugent même pas en faute quand ils gardent une arme sous leur toit – peu importe son origine. Dans le fond, ils n'en ont pas fait usage. Je doute fort qu'Erin ait réalisé qu'elle commettait un grave délit. Elle imaginait sûrement qu'on la féliciterait d'avoir mis cette arme hors circuit. À supposer qu'elle ait été au courant.

— C'est-à-dire ?

— Je souligne simplement qu'à ce stade de l'enquête, rien ne nous permet d'affirmer qu'Erin Doyle a un quelconque lien avec le pistolet que sa mère a trouvé en haut de sa penderie.

— Vous insinuez qu'il y a été placé par un tiers ?

— Je disais juste que nous n'en savions rien.

Annie devinait que Gervaise contenait son agacement.

— D'après ce que m'a dit le sergent Haggerty, à l'accueil, Mme Doyle a demandé à être reçue par l'inspecteur Banks ?

Chambers jeta à Annie un regard entendu. Elle n'ignorait pas que Banks et lui entretenaient des relations difficiles, et qu'ils s'étaient affrontés maintes fois depuis la restructuration des services, qui avait intégré le département de Chambers au QG du Comté.

— L'inspecteur Banks fait partie de mes meilleurs officiers, rétorqua Gervaise. Il se trouve qu'il est actuellement en congé.

— Une mise en disponibilité, c'est ça ? ironisa Chambers avec un sourire suffisant. Nous savons tous qu'il a cessé son traitement récemment.

— Des vacances amplement méritées, lui retourna Gervaise, les lèvres pincées. (Et elle ajouta en regardant Annie :) D'après l'inspecteur Cabbot, Mme Doyle a effectivement demandé Banks. Où voulez-vous en venir ?

— Alors c'est la vérité ? fit Chambers en se tournant vers Annie, les yeux plissés.

— Oui.

— Vous connaissez ses motivations ?

— Apparemment, ils ont été voisins à une époque, et ils sont restés amis après que l'inspecteur Banks a déménagé.

— Selon vous, pourquoi a-t-elle mentionné son nom ?

— Ils se connaissent, c'est tout. Elle pensait qu'il la raccompagnerait chez elle, et qu'il emporterait l'arme pour la déposer au commissariat.

— Au lieu de suivre la procédure normale ?

Annie remua sur son siège, mal à l'aise.

— Je gage que l'inspecteur Banks aurait eu pour priorité de désamorcer la situation, et de faire en sorte que personne ne soit blessé.

— Vous sous-entendez que notre priorité à nous – la procédure normale – ne peut pas aboutir à un résultat identique ?

— Avec tout le respect que je vous dois, mon rôle n'est pas de porter un jugement sur la procédure, mais je peux garantir que l'inspecteur Banks ne se serait pas permis d'entorse grave au règlement.

— J'aimerais beaucoup partager votre confiance, répliqua Chambers avec une moue dubitative.

— Nous n'en saurons jamais rien, n'est-ce pas ? Puisqu'il était absent à ce moment-là, nous en sommes réduits à de simples conjectures.

— Ça suffit comme ça, inspecteur Cabbot, coupa Chambers.

Annie lui décocha un regard plein de mépris.

— En résumé, Patrick et Erin Doyle escomptaient qu'un vieil ami de la famille allait se présenter chez eux, faire un sermon à la jeune fille et s'effacer à jamais de leur vie en embarquant l'arme avec lui. Problème résolu.

— Vous interprétez mes propos, se défendit Annie. Je ne sais pas exactement à quoi ils s'attendaient. Nous n'avons aucune raison de supposer que l'inspecteur Banks aurait contrevenu au règlement, ni qu'il aurait tenté d'éviter à Erin Doyle des poursuites pour une infraction qu'elle a *peut-être* commise.

— Ça, nous ne le saurons jamais, n'est-ce pas, mademoiselle Cabbot ? persifla Chambers. Puisqu'il n'était pas là.

Annie avait déjà remarqué que son visage affichait en permanence une expression écœurée, comme s'il venait de flairer ou d'absorber quelque chose de désagréable. Elle sentait aussi son regard la déshabiller chaque fois qu'il se tournait vers elle. Son teint évoquait le plastique rose et luisant d'une tête de poupée, et il avait des lèvres charnues, rouges et humides. Annie dut se faire violence pour ne pas lui tirer la langue. Trop puéril, de toute façon. Elle préféra lui adresser un sourire doucereux avant de siroter son café tiède et amer.

— Tout ça ne nous avance guère, Reg, intervint McLaughlin, tout à fait conscient, pensa Annie, des limites de Chambers. Ce qui aurait pu se produire dans des circonstances différentes ne nous intéresse pas à l'heure actuelle. Surtout pas à ce stade de l'affaire.

— En effet, convint Chambers en foudroyant Annie du regard. Veuillez me pardonner, je tâchais simplement de me représenter globalement les faits. Est-ce que quelqu'un a appelé chez les Doyle, essayé de parler au père pour se faire une idée de la situation ?

Gervaise marqua une hésitation.

— Nous avons estimé qu'un coup de téléphone les perturberait inutilement, vu que nous savions par Mme Doyle que sa fille était déjà très chamboulée, et qu'Erin et son père pensaient avoir l'inspecteur Banks pour interlocuteur.

Chambers haussa les sourcils.

— C'est malgré tout la procédure classique, avant de se décider à mobiliser la cavalerie.

— Reg, occupons-nous plutôt de l'incident lui-même, le pressa McLaughlin.

— Avec grand plaisir. (Chambers se tourna alors vers le jeune AFO.) Agent Warburton, auriez-vous l'obligeance de nous rapporter succinctement, avec vos mots à vous, ce qui s'est passé à Laburnum Way ? Faites simple et tenez-vous-en aux faits. N'enjolivez pas.

— Bien, commissaire, acquiesça Warburton, quasiment au garde-à-vous malgré sa position assise.

Il commença par expliquer que l'équipe avait patienté à l'extérieur pendant que les agents locaux frappaient à la porte en s'annonçant.

— Mais personne n'a répondu, je me trompe ?

— C'est bien ça, commissaire.

— D'après vous, combien de temps s'est écoulé entre le moment où les policiers se sont fait connaître et votre entrée en force ?

— Difficile à dire, commissaire. Le temps peut nous jouer de drôles de tours dans ces cas-là.

— J'admets que la perception du temps peut être altérée par le stress, mais vous pouvez sans doute me donner une évaluation grossière ? Quelques secondes ? Plusieurs minutes ? Une heure ?

— Quelques minutes, grand maximum.

— Quelques minutes ? Bien. Une minute, c'est parfois très long.

— Oui, commissaire.

— Avez-vous entendu du bruit pendant ce laps de temps ?

— Du bruit ?

— Oui, en provenance de la maison. Une dispute, par exemple.

— Il m'a semblé entendre des voix à un moment. Des gens qui discutaient.

— Ils se querellaient ?

— Impossible à dire, commissaire, les voix étaient assourdies.

— Tout de même, est-ce qu'il vous a semblé que le ton montait ?

— Peut-être bien, oui. Je ne sais pas trop.

— Bon. Qu'est-il arrivé ensuite ?

— Quand il a été clair que personne ne viendrait nous ouvrir, nous avons jugé nécessaire d'entrer en force. L'agent Powell et moi, je veux dire. N'importe quoi avait pu se passer depuis qu'on nous avait signalé le problème. La fille pouvait tenir son père en joue, ou lui avoir carrément tiré dessus.

— Personne ne met en doute votre jugement, mon vieux, fit Chambers. Quoique la presse risque de se montrer moins complaisante.

— J'estime avoir agi en conformité avec la loi, commissaire, et selon les principes de ma formation. Je referais pareil si…

— Je vois, je vois. Épargnez-nous ces justifications, agent Warburton. Que s'est-il passé quand vous vous êtes introduit dans la maison ? Si je ne m'abuse, vous êtes entré par la porte de devant, en compagnie de l'agent Nerys Powell ?

Lorsque Chambers coula un regard vers l'agent Powell, Annie perçut nettement qu'il réprouvait la présence d'une femme dans l'équipe. Ils travaillaient tous les deux au QG du Comté. Peut-être avaient-ils déjà eu des différends ?

— Oui, commissaire, confirma Warburton. L'agent Powell et moi-même avons pénétré dans la maison, conformément aux ordres.

Nerys Powell l'encouragea d'un petit sourire triste.

— Et ensuite, qu'est-il arrivé ?

— Le couloir était très long, il y faisait sombre. On était en plein jour, mais la lumière n'y entrait pas.

— Vous aviez une lampe-torche ?

— Oui, commissaire, à la ceinture.

— Et vous l'avez allumée ?

Warburton hésita avant de répondre.

— Non, je n'ai pas eu le temps. Tout s'est passé très vite. Quand nous sommes entrés, j'ai appuyé sur un interrupteur, mais l'ampoule a grillé.

— Et après ?

Warburton but un peu d'eau et se passa les mains sur le visage.

— On était encore dans le hall, au bas de l'escalier, quand on a vu s'ouvrir une porte au bout du couloir, sur la droite. Je savais par le briefing que c'était celle de la cuisine, et que c'était à cet endroit que… que M. Doyle et sa fille devaient nous attendre. Avec l'arme chargée. J'ai entendu un craquement, et là j'ai aperçu quelqu'un dans le couloir, juste une silhouette, en fait, et je pourrais jurer qu'elle brandissait une arme vers nous, une espèce d'épée, prête à attaquer. Comme je l'ai dit, il faisait noir là-dedans. On n'avait pas eu le temps de s'habituer à la pénombre, ni de sortir nos torches. Ce qu'on savait, par contre, c'est qu'il y avait une arme chargée sur les lieux… j'ai simplement réagi aussi vite que possible, commissaire, comme tout policier est censé le faire.

— Et vous avez tiré ?

— Oui, commissaire, avec mon Taser. Comme on nous a appris à le faire face à une arme blanche.

— Pourtant votre mission à vous était de récupérer une arme à feu, et elle était en possession d'Erin Doyle, pas de son père.

— C'est exact, mais il aurait pu s'en emparer dans l'intervalle.

— Et avoir la lubie soudaine de descendre un policier ? Ne vous écartez pas des faits, agent Warburton. Vous avez parlé d'une épée, pas d'un pistolet. Épée qui, en réalité, n'était rien de plus qu'une canne.

Warburton déglutit péniblement.

— Oui, commissaire, au sens strict c'est la vérité, mais…

— Au sens strict ? Je serais bien curieux d'entendre ce que vous avez à en dire. Voyiez-vous un quelconque motif à M. Doyle de vous agresser avec une épée ? Ou avec une canne, en l'occurrence ?

— Non, commissaire… je n'ai fait que m'adapter aux circonstances, suivant ce que m'a enseigné ma formation. On n'avait pas le temps d'y réfléchir à deux fois. Peut-être qu'il avait décidé de défendre sa fille, tout compte fait ? Pendant que sa femme était au commissariat, il avait pu comprendre qu'elle finirait en prison. Imaginez qu'il se soit senti menacé parce que les choses ne tournaient pas comme prévu. Je ne sais pas, commissaire. J'ai agi, c'est tout.

— Ce sont là les pensées qui vous ont traversé l'esprit sur le moment, ou plutôt des explications a posteriori ?

— Sur le moment, je ne peux pas dire que j'aie eu le temps de penser à quoi que ce soit. Dans le feu de l'action, on se rabat sur ce qu'on a appris. Réfléchir, trouver des raisons, ça vient plus tard.

— Quel endroit avez-vous visé ?

— La région thoracique, commissaire. La partie du corps la plus étendue. On n'est pas supposé tuer quelqu'un, avec un Taser.

— Je sais bien, mais les choses sont ce qu'elles sont. Ignorez-vous qu'actuellement les policiers armés ont pour consigne de viser les bras et les jambes, au lieu de la poitrine ?

— Il faisait sombre. Je me sentais en danger, je ne voulais pas manquer ma cible.

Chambers toussa pour s'éclaircir la voix.

— Savez-vous pour quelle raison on a tellement tardé à vous ouvrir que vous avez dû démolir la porte ?

— Non, commissaire.

— Vous rendiez-vous compte à ce moment-là que M. Doyle attendait l'inspecteur Banks, un vieil ami, qui devait tout arranger ?

— Non, commissaire, je n'étais pas au courant.

— Saviez-vous qu'il marchait avec une canne suite à une récente opération du genou ?

— Non, je l'ignorais.

Il se tourna vers son supérieur immédiat, Mike Trethowan, qui l'encouragea d'un signe de tête. La cinquantaine et pourvu d'une bonne expérience, le commissaire avait la silhouette râblée de l'ancien militaire et ce teint rubicond qu'Annie associait toujours à des problèmes de tension. Ce n'était guère probable, cependant, car il était généralement détendu. Il était peut-être seulement sensible au soleil.

— Cette information ne faisait pas partie du briefing, précisa Warburton.

— Catherine, fit Chambers, se tournant vers Gervaise, je suppose que vous n'étiez pas non plus au courant ?

— En effet. Juliet Doyle a omis de mentionner que son mari se déplaçait à l'aide d'une canne. Elle était sûrement trop énervée à cause de sa fille.

— Ça ne justifie rien. C'était là un aspect essentiel du briefing. Essentiel. On ne peut pas envoyer des hommes au front sur la base d'informations douteuses. C'est une question de vie ou de mort.

Gervaise croisa les bras. Annie fut tentée de rappeler que dans le contexte de la guerre en Irak, Tony Blair ne s'était guère soucié de la fiabilité des dossiers, mais elle jugea plus sage de s'abstenir. Il fallait vraiment qu'elle se décide à devenir adulte, à ne pas tirer la langue et à savoir se taire.

Chambers reposa son stylo sur son bloc-notes. Annie remarqua qu'il était couvert de pattes de mouches arrondies, des gribouillages pour l'essentiel.

— Je propose d'en rester là pour aujourd'hui. Il y a encore beaucoup d'incertitudes, beaucoup de questions à poser. Nous n'en sommes qu'au début.

— Une dernière chose, demanda Gervaise.

— Oui ? répondit Chambers en haussant un sourcil.

Gervaise l'ignora, tournant son regard vers McLaughlin.

— Nous autoriseriez-vous à interroger Erin Doyle, commissaire ? Tant que tout est encore frais ?

— Je ne pense pas que…, protesta Chambers.

McLaughlin l'interrompit et promena son regard entre lui et Gervaise.

— Je vois très bien le problème. Reg, il est évident que l'incident du Taser relève de vos compétences et de celles de votre service. La Commission Nationale Justice Police le confirmera sans aucun doute.

Chambers acquiesça d'un signe de tête.

— D'autre part, l'affaire de l'arme elle-même est toujours en suspens – celle qui a conduit les AFO au domicile des Doyle. Vous conviendrez sûrement, Reg, que nous avons là deux enquêtes distinctes. Il nous faut réunir rapidement un maximum d'informations sur le pistolet et sa provenance, et je ne vois pas de service plus apte que le nôtre à s'en occuper. Vous n'êtes pas de mon avis ?

— Mais c'est une question de protocole !

— Le protocole exige qu'une autorité extérieure enquête sur les agents Warburton et Powell, et sur le reste des AFO, je ne prétends pas le contraire, mais il ne stipule en aucun cas qu'il en va de même pour l'arme à feu qu'on nous a chargés de récupérer. Nous n'avons même pas établi de manière irréfutable la connexion avec Erin Doyle.

— Mais les deux sont liés, commissaire.

— Naturellement, fit McLaughlin avant de demander à Gervaise : Où se trouve l'arme à feu, actuellement ?

— En route pour le labo de balistique, à Birmingham.

McLaughlin hocha la tête.

— Je tiens absolument à assister à tous les interrogatoires en rapport avec cette affaire, réclama Chambers, avec l'équipe d'AFO et toute personne concernée par le tir de Taser.

— Et voilà, répliqua McLaughlin avec un léger sourire, vous parlez déjà de « cette affaire ». À mon avis, ça ne fait qu'embrouiller la question. Nous avons d'un côté un tir de Taser effectué par un policier en service, et de l'autre la découverte d'une arme chargée dans la chambre d'une jeune femme. J'aimerais connaître l'origine de cette arme, son historique – si elle a servi à un acte criminel, par exemple – et savoir comment elle a atterri dans la chambre d'Erin Doyle. Il y a un rapport entre les deux, je vous l'accorde – les policiers s'étaient quand même déplacés pour récupérer l'arme, à la base – mais que je sache, le pistolet n'est pas intervenu dans « cette affaire ». Personne n'a été blessé par balle à Laburnum Way. À ma connaissance, l'arme à feu incriminée est restée enveloppée dans un torchon entre le moment où l'agent Powell s'en est saisi et celui où on l'a transmise au labo de Birmingham. Nous sommes en mesure de le prouver.

— Soyons réalistes, intervint Gervaise. Dès que les médias auront eu vent de l'affaire, ils vont se déchaîner. On va être observés au microscope – pas seulement pour le tir de Taser, mais aussi pour l'arme chargée – et la situation risque de devenir encore plus tordue. On va venir nous interroger ici, le Ministère ouvrira une enquête, et on aura droit à un rapport du gouvernement.

— Je sais, je sais, Catherine, maugréa McLaughlin en se passant la main sur le front. Je suis bien conscient de tout ça. Inutile de me le rappeler, merci bien. Je me rends compte également du peu de poids qu'a mon opinion aux yeux du commissaire Chambers. Je reste malgré tout responsable de l'affaire, et je ne m'oppose aucunement à ce que vous interrogiez Erin Doyle, à condition que vous vous cantonniez à l'arme à feu, et qu'elle soit assistée d'un avocat. Le plus tôt sera le mieux.

— Et ma requête d'être présent ? rappela Chambers, se raccrochant aux derniers lambeaux de sa dignité.

Avant que McLaughlin ait pu donner sa réponse, on frappa un léger coup à la porte. Sachant que le divisionnaire auxiliaire avait expressément demandé à ne pas être dérangé, Annie ne s'étonna guère de l'entendre aboyer un hargneux « Qu'est-ce que c'est ? »

Harry Potter entrebâilla la porte et montra une figure à l'expression lugubre.

— Désolé de perturber la réunion, madame la commissaire, mais l'hôpital pensait qu'il fallait vous prévenir. C'est M. Doyle. Patrick Doyle. Il est décédé voici dix minutes. Je regrette, madame la commissaire.

Tracy Banks rentra chez elle vers dix-sept heures trente, accablée de chaleur, fatiguée et de mauvaise humeur. Sur Otley Road, un embouteillage s'étirait quasiment jusqu'à l'Original Oak, si bien que le bus avait mis près d'une heure pour couvrir le court trajet. Et avant ça, elle avait passé une rude journée à la librairie. Un célèbre auteur de polars était attendu pour une rencontre en soirée, et elle était restée pendue au téléphone une bonne partie du temps, réclamant à des éditeurs récalcitrants les précédents ouvrages de l'écrivain, commandés depuis des mois et toujours pas livrés. Ce n'était plus son problème, maintenant. Rien à foutre, se dit-elle. Shauna, la responsable de l'équipe du soir, n'aurait qu'à s'en occuper. Après tout, ce serait elle qui sortirait ensuite avec l'auteur et son entourage, elle qui se ferait offrir un somptueux dîner suivi de quelques verres au Maxi's. Les seules choses dont Tracy avait envie dans l'immédiat, c'étaient un joint et un peu de calme et de solitude. Elle espérait qu'Erin ne serait pas rentrée de chez ses parents. Son départ avait contribué à détendre l'atmosphère, le week-end précédent, et Tracy ne voulait surtout pas d'un nouvel affrontement.

En remontant l'allée qui menait à l'entrée, Tracy se disait que malgré son jardin à l'abandon, la maison semblait plus imposante qu'elle ne le méritait, avec sa façade massive et ses fenêtres à meneaux. Elle comprenait trois chambres, une pour chaque locataire, une salle de bains et des toilettes partagées, un vaste living, haut de plafond, dont la fenêtre en saillie dépourvue de doubles vitrages laissait passer les courants d'air et faisait grimper la note de chauffage. La cuisine était assez spacieuse pour servir de salle à manger commune, quoique les trois filles prennent rarement leurs repas ensemble.

Il aurait été difficile de réunir sous un même toit trois caractères aussi opposés, mais heureusement,

Rose, Erin et Tracy faisaient plutôt bon ménage la plupart du temps. Erin, négligente et désordonnée, semait la pagaille partout où elle passait. Rose, toujours plongée dans ses bouquins, ne laissait pas traîner ses affaires, mais elle semblait indifférente au capharnaüm ambiant, visiblement satisfaite de vivre dans sa bulle. Quant à Tracy… Elle avait du mal à définir sa propre personnalité, en dehors du sentiment de colère qui ne la quittait pas ces temps derniers, sans objet précis, et de sa légère insatisfaction face à ce que lui offrait l'existence. Pour dire la vérité, elle se sentait *très* insatisfaite. Ce n'était pas du tout ce qu'elle avait attendu. Et elle avait aussi changé de prénom ; la plupart des gens ne l'appelaient pas Tracy, mais Francesca.

En dépit de leurs différences, les filles passaient du bon temps, et la cohabitation fonctionnait à peu près, même si Tracy avait constaté qu'elle se coltinait les corvées et le rangement plus souvent qu'à son tour. L'ordre n'était pas spécialement dans ses principes, mais ce bazar finissait tout simplement par la déprimer. Elles en avaient discuté toutes les trois à plusieurs reprises, les autres avaient promis de se corriger, mais le problème n'était pas résolu. Rose, au moins, consentait à faire quelques efforts quand elle remarquait le désordre.

Elle venait juste d'emménager, prenant la place de Jasmine qui s'était mariée quelques mois plus tôt. En revanche, Tracy connaissait Erin depuis son arrivée à Eastvale, et elles habitaient en face l'une de l'autre quand elles étaient enfants. De même âge, elles s'étaient côtoyées au lycée puis à la fac, et s'étaient installées toutes les deux à Leeds. Ni l'une ni l'autre n'occupait le genre d'emploi dont leurs parents avaient rêvé.

Lorsque Tracy entra dans le salon, Rose se leva d'un bond et écrasa son mégot. Vu qu'il était convenu qu'on ne fumait pas à l'intérieur, et que Rose sortait en général dans le jardin avec sa cigarette, Tracy devina sur-le-champ qu'il y avait un souci. Elle n'avait vraiment pas besoin d'un psychodrame.

— Qu'est-ce qui se passe ?

Rose se mit à arpenter le tapis, chose qu'elle ne faisait jamais en temps normal.

— La police est venue ici, si tu veux savoir.

— La police ? Mais pour quoi faire ?

Elle cessa momentanément ses allées et venues pour lui lancer un regard.

— Ils voulaient fouiller la maison, c'est tout.

— Fouiller ? Ils n'ont pas…

— Mais non, t'inquiète pas. C'était surtout la chambre d'Erin qui les intéressait, et en plus ils avaient l'air pressés.

— Mais enfin, qu'est-ce qu'ils cherchaient ?

— Ils n'ont pas voulu me le dire.

Tracy se passa la main dans les cheveux, puis elle se leva et se dirigea vers la cuisine.

— Merde, j'ai besoin d'un joint, là.

— N'y compte pas ! lui cria Rose.

— Pardon ?

— C'est impossible… j'ai tout jeté dans les toilettes.

— Quoi ? Tu l'as jeté ! Rose, il me restait au moins quinze grammes de super-beuh. Qu'est-ce que…

— Je me suis dit qu'ils risquaient de revenir, et de vérifier tous les bocaux. Tu n'étais pas là, toi, tu ne sais pas ce que ça fait, de voir la police fureter dans toute la maison, poser des tas de questions. Cette façon qu'ils ont de te regarder, l'air de ne pas croire un mot de ce que tu leur dis.

C'est ça, pensa Tracy. J'ai passé vingt ans de ma vie avec l'un d'eux, moi. Rose l'ignorait complètement, en fait, puisqu'elle ne faisait partie que depuis peu de son entourage. Comme elle trouvait son prénom ringard, Tracy avait raconté à la nouvelle venue qu'elle s'appelait Francesca Banks, que son père était un fonctionnaire à la retraite, un ancien gratte-papier et un vieux schnoque, et que sa mère vivait à Londres – informations en partie exactes. Telle la riche héritière qui cache sa fortune pour s'assurer qu'on ne l'apprécie pas pour de mauvaises raisons, Tracy se gardait de mentionner son frère Brian des Blue Lamps, dont le dernier album cartonnait dans les charts, et que l'on pressentait sérieusement pour le prochain Mercury Prize. Erin, amie de longue date de la famille, était bien entendu au courant, mais elle avait accepté de jouer le jeu et de protéger les secrets de Tracy, parce qu'elle trouvait ça cool et amusant.

— Merde, quinze grammes d'herbe, marmonna Tracy en se rasseyant, la tête dans les mains. Tu as une idée de ce que ça m'a coûté ?

— Tu peux toujours prendre un verre, suggéra gentiment Rose. Il nous reste du gin.

— J'en ai rien à foutre de ton gin.

À vrai dire, Tracy n'appréciait guère l'alcool et ses effets sur son organisme. Elle ne buvait que pour imiter ses amis, et quand il lui arrivait de dépasser la mesure, elle titubait dans les rues du centre-ville, perchée sur ses talons hauts, vomissant dans les allées et les ruelles avant de finir la nuit dans le lit du premier venu. Tout le monde consommait des alcopops, ces cocktails colorés relevés d'une bonne dose d'alcool, mais à choisir, Tracy aimait mieux un bon petit joint de temps en temps, ou à l'occasion une pilule d'Ecstasy. Des défoulements relativement inoffensifs, de son point de vue.

— Je te demande pardon, mais j'ai flippé, se justifia Rose. Je tremblais comme une feuille à l'idée qu'ils puissent tomber dessus en fouillant la maison. Tu aurais réagi de la même manière, à ma place. Je suis sûre qu'ils ont remarqué que j'étais à cran, et qu'ils en ont conclu que je cachais quelque chose. Dès qu'ils ont été partis, j'ai tout balancé aux toilettes. Je regrette, mais ils pouvaient revenir. D'ailleurs c'est encore possible.

— C'est bon, abrégea Tracy, lasse de la discussion. On n'en parle plus. Ils t'ont posé des questions ?

— Ils ne s'intéressaient qu'à Erin, mais ça restait vague et général, genre, est-ce qu'elle a un petit ami, ce qu'elle fait dans la vie, qui habite ici.

— Ils étaient à sa recherche ? Est-ce qu'ils t'ont demandé si tu savais où elle était ?

— Non.

— Tu as cité mon nom ?

— Je n'avais pas le choix, si ? De toute façon, ils n'auraient pas eu de mal à se renseigner sur les locataires.

— Et Jaff ?

— C'est son petit copain, quand même. J'étais bien obligée de leur dire qui il était. Ça pose problème ?

— Oh, non ! Tu as donné son adresse ?

— Je ne la connais même pas. Je sais juste qu'il habite près du canal. Tu crois que ça a un rapport avec lui ?

— Qu'est-ce qui te fait penser ça ?

— Rien, rien… Je sais que toi, tu l'aimes bien, mais je l'ai toujours trouvé un peu douteux. Ses fringues et sa voiture tape-à-l'œil, les bijoux, la Rolex hors de prix… D'où il sort tout cet argent ? Il y a un truc pas net chez ce type, c'est ce qui me fait dire que la police en avait peut-être après lui.

— Ça se peut.

Tracy voyait très bien à quoi Rose faisait allusion. Jaff lui avait inspiré les mêmes soupçons, mais à part ça il lui plaisait bien, et peu lui importait qu'il ne soit pas tout à fait clair. En tout cas, il avait toujours un peu d'herbe ou de coke sur lui, et une part de son attrait venait justement de ce côté trouble, de cette aura de mauvais garçon insolent et désinvolte qui émanait de sa personne. C'était précisément ce qui branchait Tracy. Un détail assez problématique, d'ailleurs. Ce garçon était séduisant et intelligent, il avait un charme fou, et il n'était pas forcément honnête. Et surtout, il sortait avec son amie Erin.

Il n'était pas exclu, en effet, que la visite des policiers ait un lien avec Jaff. Si c'était bien le cas, il fallait qu'elle le prévienne, qu'elle lui raconte ce qui s'était passé. Selon toute vraisemblance, elle réussirait à le joindre avant que la police ne le débusque. Quelle connerie avait pu faire cette abrutie d'Erin ? Ce qui était sûr, c'est que ça s'était passé à Eastvale, chez ses parents, puisque Rose avait dit qu'elle se rendait chez eux. Tracy se prit à souhaiter que son père n'ait pas vent de l'histoire, avant de se souvenir qu'il se trouvait Dieu sait où, en train de panser ses plaies après une rupture amoureuse. Elle ne savait pas exactement en quel point de la planète il était, elle se rappelait seulement qu'il ne rentrerait que la semaine suivante.

— Ils ont dit autre chose ?

— Seulement qu'ils avaient un mandat de perquisition, fit Rose en fronçant les sourcils. Ils me l'ont montré, mais sans me laisser le temps de bien lire. Il pouvait contenir n'importe quoi. Il y en a un qui est resté ici pendant que les autres fouillaient le reste de la maison, il a ouvert les tiroirs, regardé sous les coussins, mais il n'avait pas l'air plus motivé que ça. Ils se préoccupaient surtout d'Erin, je te l'ai dit. Ils n'ont pas voulu que je les accompagne à l'étage. Dieu merci, ils n'ont pas inspecté en détail les pots d'herbes aromatiques et tout ça. J'ai vraiment eu peur qu'ils emportent des échantillons ou qu'ils se mettent à renifler le basilic.

— Je me demande bien ce qui les a retenus, d'ailleurs. S'ils cherchaient de la drogue, c'est bien le genre de truc qu'ils étaient censés examiner, non ? Un pot étiqueté « basilic », ce n'est quand même pas une cachette faramineuse ?

— Ils ne l'ont pas fait, c'est tout, fit Rose en haussant les épaules. Ils cherchaient peut-être autre chose, tout simplement. Ça n'avait pas l'air d'une descente des stups. Non pas que j'aie une grande expérience, note bien, mais ils n'avaient pas amené de chiens renifleurs, et ils n'ont pas traîné. On aurait cru qu'ils cherchaient quelque chose de bien précis, en particulier dans la chambre d'Erin. Pourquoi tu ne l'appelles pas chez ses parents ? Tu as bien son numéro, non ?

Tracy confirma. Elle connaissait même le numéro par cœur, et savait aussi que l'identité de l'appelant s'affichait sur l'appareil des Doyle et restait en mémoire. Elle réalisa alors que ça n'avait pas d'importance. La police était déjà venue ici, ils savaient que c'était le domicile d'Erin à Leeds, et ils devaient également savoir qu'elle aussi habitait à cette adresse, et quel était son véritable nom. Aucune alarme n'allait se déclencher parce que quelqu'un contactait Erin depuis la maison de Headingley. Et les parents Doyle seraient peut-être en mesure de l'éclairer.

— Toi qui étais là vendredi matin, quand Erin est passée chercher des affaires, tu peux me décrire son comportement ? Elle n'a pas dit quelque chose que tu aurais oublié de mentionner ?

— Non, elle faisait juste la gueule, elle avait l'air remontée. Elle ne m'a rien dit de spécial, juste qu'elle rentrait chez ses parents quand j'ai posé la question, et ensuite elle est repartie en trombe.

Tout à fait Erin quand elle est en rogne, pensa Tracy. Elle alla composer le numéro des Doyle sur le récepteur du hall. Il y eut quelques sonneries, puis quelqu'un décrocha et elle entendit une voix masculine à l'autre bout du fil.

— Bonjour, je suis bien chez M. Doyle ?

— Qui est à l'appareil ?

— Êtes-vous bien M. Doyle, le père d'Erin ?

— Je voudrais savoir à qui j'ai affaire. Vous êtes priée de vous présenter.

Tracy raccrocha. Ce n'était pas Patrick Doyle qui lui avait parlé. Elle ne manquait jamais de reconnaître une voix de flic. Mais pourquoi donc un policier aurait-il pris les communications des Doyle ? Où étaient passés les parents d'Erin ? Un profond malaise s'éveilla en elle et s'étendit sur sa peau comme le froid humide de l'hiver. Il y avait un problème, un problème grave peut-être, et Erin n'était pas seule concernée. Cueillant au passage sa veste en toile noire et sa sacoche sur le portemanteau du hall, elle passa la tête à la porte du salon.

— Je vais faire un tour, Rose. Ne t'inquiète pas, et surtout garde ton calme.

— Mais enfin, Francesca, tu ne vas pas me planter là toute seule. Imagine que…

Tracy claqua la porte derrière elle, coupant court aux protestations de Rose. Curieusement, elle arrivait presque à se faire croire que Rose ne s'adressait pas vraiment à elle. Après tout, elle ne s'appelait pas Francesca.

L'après-midi tirait à sa fin, et Erin Doyle avait bien triste allure, assise dans le bureau de la commissaire Gervaise, ses cheveux blond cendré pendouillant sur ses épaules, les joues sillonnées de larmes, les yeux rouges et gonflés d'avoir pleuré, les ongles rongés au sang. Juliet Doyle avait souligné que sa fille était plus soignée depuis quelques mois, et qu'elle était même passée chez le coiffeur, mais à ce moment-là on n'en voyait aucune trace.

Juliet Doyle avait été accueillie par Harriet Weaver, une voisine et amie, mais les relations entre la mère et la fille étaient si tendues qu'Erin devrait se débrouiller pour loger ailleurs. Patricia Yu, officier de liaison avec les familles, s'occupait de chercher un hébergement sur place, et elle serait chargée à l'avenir de faire le lien entre les Doyle et la police. Erin serait probablement relâchée après l'entretien.

Ils pouvaient difficilement prolonger sa garde-à-vue après ce qui venait d'arriver à son père. Pour commencer, les médias monteraient au créneau, et Annie elle-même aurait trouvé bien cruel de lui imposer une nuit en cellule juste après le décès de son père, même si l'interrogatoire leur livrait des éléments à charge.

D'un commun accord, la commissaire Gervaise et le divisionnaire auxiliaire avaient décidé qu'il se déroulerait dans le cadre relativement accueillant du bureau de Gervaise. Il n'y avait que deux heures qu'Erin avait appris la disparition de son père, et une salle d'audition crasseuse n'était pas le lieu le mieux indiqué pour la recevoir.

Il n'y avait que quatre personnes dans le spacieux bureau. Gervaise étant retenue par une réunion avec McLaughlin et le divisionnaire adjoint au QG du Comté, c'était Annie Cabbot qui se tenait face à Erin, de l'autre côté du bureau. On avait ajouté des sièges pour l'avocate d'Erin, Irene Lightholm, et pour le commissaire Chambers, dont la requête avait été accordée. Annie espérait que ce gros lard ne leur couperait pas la parole à tout bout de champ. Elle en pensait autant d'Irene Lightholm qui, perchée au bord de sa chaise, avait la posture – et le nez – d'un oiseau de proie. Un bloc-notes vierge reposait sur sa jupe plissée grise, qui drapait ses cuisses squelettiques.

En tant que substitut de Gervaise, Annie serait chargée de mener l'interrogatoire, et il était bien établi qu'elle s'en tiendrait exclusivement à l'affaire du pistolet chargé, sans faire la moindre allusion au décès de Patrick Doyle et à l'intervention des AFO. L'équilibre serait difficile à maintenir, elle s'en rendait compte. Comme l'avait fait remarquer McLaughlin, les deux problèmes étaient étroitement imbriqués. Annie avait l'impression que tout se liguait contre elle : l'état de cette malheureuse jeune fille, l'avocate hyper-vigilante, Chambers et ses petits yeux porcins. Mieux valait faire abstraction de tout cela et se concentrer sur Erin. Garder son calme et faire ce qu'elle avait à faire. Elle se débarrassa des formalités avec toute l'efficacité et le tact possibles, puis elle attaqua l'entretien.

— Je suis désolée pour votre père, Erin.

Erin ne réagit pas, les yeux baissés sur le bureau, mordillant son ongle.

— Erin ? J'ai vraiment besoin que vous me parliez. Je sais que vous êtes bouleversée, et que vous préféreriez être aux côtés de votre mère, mais je vous demande d'abord de répondre à quelques questions. Ensuite nous vous laisserons partir.

Erin marmotta quelques mots, difficiles à saisir dans la mesure où elle rongeait toujours son ongle.

— Pardon ? fit Annie.

— Je disais que je ne voulais certainement pas être avec ma mère.

— Moi je sais qu'à votre place, je souhaiterais rejoindre la mienne.

Si seulement j'en avais une.

— Elle m'a trahie. (Erin se tordait les doigts, à présent, les mains nouées sur ses genoux. Elle n'avait pas relevé les yeux, et sa voix étouffée était presque inaudible.) Qu'est-ce que vous ressentiriez, dans ma position ?

— Elle a cru bien faire.

Erin lui décocha un regard glaçant.

— Ça ne m'étonne pas que vous la souteniez.

— Erin, je sais à quel point vous souffrez, mais nous ne sommes pas là pour discuter de ça. Je veux que vous me parliez de ce pistolet.

Erin secoua la tête.

— Comment vous l'êtes-vous procuré ?

— Je ne suis au courant de rien.

— Pourquoi l'avoir rapporté chez vous et dissimulé en haut de votre penderie ?

Erin haussa les épaules et arracha un fragment de son ongle.

— Qui vous a confié cette arme, Erin ?

— Personne.

— Il faut bien que quelqu'un vous l'ait remise. À moins que vous ne l'ayez achetée vous-même.

Pas de réponse.

— Quelqu'un vous avait demandé de la cacher ?

— Non. Qu'est-ce qui vous fait croire ça ?

Annie avait bien conscience de piétiner, et elle doutait fort d'accomplir des progrès significatifs dans un proche avenir. Les événements étaient encore trop frais, trop douloureux. Sans sa persévérance naturelle, elle aurait volontiers ajourné l'interrogatoire et envoyé Erin dormir à l'hôtel ou au bed and breakfast qu'avait dû lui réserver Patricia Yu.

— Il s'agit de quelqu'un de Leeds ?

Toujours rien.

— Votre petit ami, éventuellement ?

— Je n'ai pas de petit ami.

— Allons, allons, coupa Chambers sur un ton paternaliste. Une jolie fille comme vous ? Ne me dites pas que vous n'avez pas de petit copain.

En réalité il avait plutôt l'air d'un vieux satyre, se disait Annie. Erin réserva à son intervention le silence dédaigneux qu'elle méritait. Dans sa gestuelle et dans son aspect général, Annie lisait à ce moment-là une piètre estime de soi, et Erin ne se considérait sûrement pas comme une fille séduisante.

Annie adressa à Chambers un regard de reproche avant de poursuivre.

— Bien sûr que si, vous en avez un. Geoff, il me semble ? Vous ne voudriez pas qu'il sache où vous êtes ? (Annie persévéra malgré l'expression indéchiffrable d'Erin.) C'est Geoff qui vous a confié cette arme ? C'est ce qui explique que vous refusiez d'en parler ?

Erin s'obstina dans son silence.

— Vous le craignez, c'est ça ? Personnellement, j'aurais peur de quelqu'un qui garde une arme chargée chez lui.

— Vous n'avez rien compris.

— Aidez-moi, puisque c'est ça. Je ne demande qu'à comprendre.

Pas la moindre réaction du côté d'Erin. Chambers finit par perdre patience.

— Bon Dieu, tout ça ne mène à rien !

— C'est moi, souffla Erin sans croiser leur regard.

— Quoi donc, Erin ? C'est vous qui avez apporté l'arme chez vos parents ?

Annie se pencha pour mieux l'entendre, mais c'était superflu : Erin se redressa brusquement sur sa chaise, la regardant bien en face, et même si sa voix tremblait, elle était tout à fait claire.

— Non, je ne disais pas ça. Mais c'est moi qui l'ai tué. Mon père. Tout est ma faute.

— Une minute ! explosa Chambers en regardant Irene Lightholm, qui restait perchée au bord de sa chaise, médusée, au lieu d'enjoindre le silence à sa cliente.

Erin les ignora tous les deux. Annie devinait qu'elle tâchait de formuler ce qu'elle avait sur le cœur avant de s'effondrer complètement. Peu importait à qui elle s'adressait, mieux valait la laisser s'exprimer.

— C'est ma faute, ce qui est arrivé à papa. (Elle jeta un regard à Chambers, puis à son avocate.) On a entendu les coups à la porte, les voix qui nous disaient d'ouvrir. Papa m'a demandé de répondre, son genou le faisait souffrir, et le stress lui provoquait des douleurs respiratoires, à cause de son angine de poitrine. Je lui ai répondu d'aller se faire foutre, il n'avait qu'à me balancer si ça lui chantait, je n'avais pas les moyens de l'en empêcher, mais il pouvait toujours courir pour que j'aille moi-même ouvrir à la Gestapo. (Elle fondit en larmes, les mains sur les yeux.) C'est moi qui ai fait ça, dit-elle entre ses doigts. Que Dieu me pardonne, je l'ai tué. J'ai tué mon père. Tout est ma faute.

Irene Lightholm finit par retrouver l'usage de la parole.

— Vous pouvez constater que ma cliente est très ébranlée par le décès de son père. Pour le moment, aucune accusation ne pèse sur elle, et, à ma connaissance, vous ne disposez pas de preuves suffisantes pour lui reprocher quoi que ce soit. Par conséquent, je vous invite à mettre un terme à cet interrogatoire, et à rendre provisoirement sa liberté à ma cliente.

— Je suis entièrement d'accord avec vous, fit Chambers. L'interrogatoire est terminé.

Se rendait-il bien compte qu'il venait d'approuver un avocat de la défense ? s'étonna Annie. Sans tenir compte d'eux, elle contourna le bureau et se pencha pour entourer de son bras les épaules d'Erin. Elle escomptait une résistance, une réaction violente, mais ce ne fut pas le cas. Erin abandonna son visage contre son épaule, s'accrocha à elle et éclata en sanglots.

3

Jaff habitait un petit appartement avec balcon sur Granary Wharf, près des bords de l'Aire et du canal Leeds-Liverpool. Tracy n'y était jamais entrée, mais un soir où elles passaient devant, Erin lui avait montré l'ancien entrepôt réaménagé, dont le rez-de-chaussée était occupé par un restaurant. Très chic. Côté quai, des gens étaient attablés aux terrasses des cafés sous des parasols Campari ou Stella Artois, sirotant un verre de vin et bavardant dans la douce lumière du soir. Tracy repéra le nom de Jaff et appuya sur la sonnette.

Jaff lui répondit, manifestement content de sa visite. Il lui ouvrit par l'interphone, et l'ascenseur la conduisit au troisième niveau. Il l'accueillit à la porte et la fit entrer dans un loft de taille modeste, comprenant un salon, une salle à manger et un coin cuisine inondés de lumière. Une fenêtre donnait accès au petit balcon. L'intérieur était franchement en désordre. Des pages de journaux, des revues, des CD, des verres et des tasses sales traînaient un peu partout, l'évier débordait de vaisselle à laver, et la moquette était maculée de vieilles auréoles de café ou de vin. La gamme de couleurs, dans des tonalités de vert et de bleu, était un peu trop sombre au goût de Tracy, un peu trop froide. Plusieurs photos encadrées s'alignaient sur une étagère, au-dessus de la télévision qui diffusait les nouvelles de la BBC. Jaff figurait sur deux des clichés, pris apparemment dans des cadres exotiques, mais il y avait aussi un portrait d'une belle femme en sari coloré. Elle avait le teint doré, de longs cheveux d'un noir lustré, des pommettes hautes, de grands yeux et un nez rectiligne, irréprochable. Tracy l'aurait bien imaginée mannequin. À moins qu'il ne s'agisse d'une ancienne conquête de Jaff ?

— Désolé pour le souk, fit Jaff. La femme de ménage ne viendra que demain.

— Pas la peine de t'excuser, fit Tracy en souriant, je ne suis pas un modèle d'ordre, tu sais. Qui est cette belle femme, là, sur la photo ?

— C'est ma mère, expliqua Jaff, suivant son regard.

— Tu rigoles ? Ce n'est pas possible.

— Je t'assure que c'est vrai. Elle avait trente-six ans quand la photo a été prise. Quatre ans avant son décès.

— Je te demande pardon, Jaff, je ne savais pas.

— Oh, ça fait un moment, maintenant. C'était une femme incroyable. Elle a grandi dans les taudis de Dhaka, avant de devenir une des plus grandes stars du Bollywood de l'époque. (Tandis qu'il parlait ainsi, les yeux rivés à la photo, l'émotion parut le submerger.) Excuse-moi, fit-il avec un pâle sourire, j'ai encore du mal à parler d'elle. Viens, on sort sur le balcon.

— D'accord, je comprends, lui dit Tracy en lui emboîtant le pas.

Dehors, une cigarette se consumait dans le cendrier près d'un verre de bière entamé. Jaff devait être assis là quand elle avait sonné. Tracy prit le fauteuil en face du sien.

— Ravi de te voir, ma belle, dit-il en lui effleurant la joue. J'attendais que l'ouragan se calme avant de te contacter. En fait, j'ai dû m'absenter ce week-end. À cause du boulot. Amsterdam et Londres, je suis rentré il y a tout juste une heure. Tu veux boire quelque chose ?

Tracy accepta, par politesse plus que par envie. Pendant que Jaff rentrait lui préparer un gin-tonic, elle en profita pour contempler la ville, au-delà des voies de chemin de fer. Beaucoup de choses avaient changé depuis qu'elle avait commencé ses études, à une époque déjà si lointaine qu'elle préférait ne pas y penser. Elle apercevait dans le lointain plusieurs chantiers dont les grues restaient immobiles depuis des mois : les crédits s'étaient épuisés, et les ambitieux gratte-ciel restaient inachevés. Le spectacle qui s'offrait à elle ne faisait que la conforter dans son opinion sur l'aménagement des bords du canal : laid et oppressant à la fois. De toute manière, le quartier situé derrière la gare principale était beaucoup trop proche des rails, et le canal sur lequel donnait le balcon n'était qu'un ruban d'eau sombre et stagnante où flottaient des bouteilles en plastique, des emballages de fast-food et d'autres déchets qu'elle aimait mieux ne pas identifier. L'activité était toujours importante dans le coin. En fait, le quartier avait l'air d'un gigantesque chantier, et les bâtiments se pressaient les uns contre les autres. Dieu seul savait de quoi aurait l'air ce fatras quand les travaux seraient terminés – si tant est qu'ils le soient un jour. Tracy doutait que les promoteurs aient seulement pris la peine d'esquisser un plan d'ensemble.

Malgré la douceur de l'air, le temps se rafraîchissait toujours après la tombée de la nuit, et Tracy préféra garder sa veste en toile. Elle n'avait pas eu le temps de se changer en passant à Headingley, et comme d'habitude, elle se sentait débraillée quand elle se comparait à Jaff. Il portait un jean de marque, et la chemise blanche qu'il laissait flotter par-dessus sa ceinture mettait en valeur son teint ambré. Une fois de plus, elle se surprit à admirer ses longs cils noirs, ses cheveux bruns lissés au gel, sa peau unie, son corps svelte, ses yeux d'un brun chaud et la souplesse de ses mouvements. Il était beau, assurément, un peu à la façon d'un chat exotique, mais il n'y avait rien d'efféminé en lui. Elle pressentait aussi qu'il pouvait devenir un ennemi redoutable, et la dureté de son regard contredisait l'humour et l'intelligence qu'on y lisait également. Cela dit, ce contraste et cette ambiguïté n'étaient pas pour lui déplaire.

— Santé, fit-il en levant son verre.

— Santé, renchérit Tracy en trinquant avec lui.

— Tu connais Amsterdam ?

— Non, mais je connais Londres, par contre. J'y ai vécu à une époque.

— Amsterdam est une ville géniale. Les canaux, les clubs… Le Melkweg, le Paradiso. Épatant. En plus ils ont l'esprit ouvert, là-bas : on peut consommer des gâteaux au haschisch dans les cafés, et il y a des endroits pour s'asseoir et fumer de l'herbe en écoutant dc la musiquc.

— Super. J'irai peut-être y faire un tour.

— Pourquoi pas ? Mais dis-moi, qu'est-ce qui t'amène ici ? Une visite amicale, ou autre chose ?

Tracy se pencha vers lui en fronçant les sourcils.

— Je n'ai pas de certitude, mais je crois qu'il y a un problème. La police a perquisitionné chez nous aujourd'hui, en particulier la chambre d'Erin.

Jaff se redressa vivement.

— La police dans la chambre d'Erin ? Mais pourquoi ?

— Aucune idée, j'étais au travail. Il n'y avait que Rose sur place, c'est elle qui m'a tout raconté, mais tu sais comment elle est. Je ne suis pas sûre qu'elle ait bien capté tous les détails. Apparemment, ils ont posé des questions sur les fréquentations d'Erin, notamment ses petits copains.

— Rose a dit quelque chose ?

— Elle a cité ton prénom, mais elle ne connaît pas ton adresse exacte, elle sait seulement que tu habites près du canal. Elle est malade de trouille, Jaff. Et ce n'est pas tout.

— Quoi d'autre ?

— J'ai téléphoné chez les parents d'Erin, et c'est un inconnu qui a décroché. J'ai eu l'impression que c'était un flic.

— Qu'est-ce qui te l'a fait croire ?

Tracy ne pouvait pas lui avouer qu'elle avait entendu des flics pendant toute sa jeunesse, qu'elle savait reconnaître leur façon de parler, leur ton pressant quand ils posaient des questions. Pour Jaff elle s'appelait Francesca, et il ignorait tout de son père.

— Il avait une voix de flic, c'est tout. Fais-moi confiance. Qu'est-ce qui peut se passer ?

Jaff consulta sa montre et se leva.

— Voyons s'ils disent quelque chose aux infos locales. Elles ont déjà dû commencer.

Tracy l'accompagna à l'intérieur, et Jaff poussa un paquet de magazines pour qu'ils puissent s'asseoir côte à côte sur le divan. Ils n'apprirent rien d'intéressant jusqu'au récapitulatif des gros titres, avant les prévisions météo, et ensuite ils n'eurent droit qu'à un extrait de film vidéo à l'image granuleuse et tressautante, tourné sûrement avec un caméscope ou un portable, tandis que le commentateur ne livrait que des explications sommaires : la police avait effectué une descente armée dans une paisible rue arborée d'Eastvale, Laburnum Way. Tracy fixait, bouche bée, les images familières. Elle reconnaissait chacune des maisons – elle aurait pu nommer la majorité des habitants.

Le reportage terminé, ils n'en savaient pas beaucoup plus. Le nom d'Erin n'avait pas été cité, et il n'y avait pas eu d'allusion au motif de la perquisition de Leeds.

— Qu'est-ce qui se passe ? insista Tracy.

Jaff éteignit la télé et se leva.

— Aucune idée, mais ça ne me dit rien de bon. Pourquoi une intervention policière ? Ça m'a l'air sérieux, en tout cas. Et puis d'abord, que faisait Erin chez ses parents ?

— Après ce qui s'est passé jeudi soir, Erin n'est pas rentrée dormir. J'ai pensé… qu'elle passerait la nuit chez toi. Vendredi, elle est venue récupérer quelques affaires en disant qu'elle retournait chez elle. C'est ce qu'a raconté Rose.

Jaff marchait de long en large dans la pièce.

— C'est vrai, elle a couché ici jeudi. Mais pas avec moi. Elle s'est écroulée sur le canapé. Elle était stone, si tu préfères. De toute façon on était fâchés, elle et moi. C'était tard, et on venait de se disputer.

— À cause de ce qui venait d'arriver ?

— En partie, oui. Mais ça couvait depuis un certain temps. Elle devenait trop possessive, collante. Je ne supporte pas.

— Et alors ?

— J'étais obligé de me lever tôt, je partais à Londres en voiture. Comme elle dormait toujours, je l'ai laissée ici. (Il s'interrompit, comme si une idée lui traversait l'esprit.) Je l'ai laissée seule. Attends un instant, tu veux bien, je reviens tout de suite.

Tracy patienta pendant qu'il s'engouffrait dans sa chambre. Lorsqu'il reparut, une minute plus tard, il semblait plus agité que jamais.

— Et merde ! Quelle connasse !

— Qu'est-ce qu'il y a ? demanda Tracy, inquiète de le voir si affolé.

— Il faut que je me tire d'ici, ils peuvent se pointer à n'importe quel moment. Quelle tarée, elle ne se rend pas compte de ce qu'elle a fait !

— Mais pourquoi ? Qu'est-ce qu'ils cherchaient dans notre maison ?

Jaff se tourna vers elle et lui caressa les cheveux avec tant de douceur qu'un frisson lui courut dans le dos.

— Tu poses trop de questions. Tu es de la police, toi aussi, ou quoi ? C'est bien leur genre, de me piéger avec une jolie fille comme toi.

— Ne sois pas bête.

Il lui sourit, révélant des dents éblouissantes.

— Non, bien sûr que non.

— Tu peux m'expliquer ce qui ne va pas ? lui cria Tracy alors qu'il retournait dans sa chambre.

— J'aimerais bien, fit Jaff en passant la tête à la porte, mais je ne suis pas plus avancé que toi. Erin ne m'a pas donné signe de vie depuis vendredi matin, et tu sais aussi bien que moi ce qui s'est passé jeudi soir.

Tracy rougit de honte à ce souvenir.

— Je suis désolée, tout est ma faute.

— Non, comme je te le disais, c'était dans l'air depuis un moment. Ç'a été la goutte d'eau, rien de plus. Peu importe, j'ai été mal inspiré de la laisser seule ici. Cette salope a complètement déconné. Elle a pris quelque chose qui m'appartient. Quelque chose d'important. Du coup je suis obligé de me planquer momentanément, le temps de voir la tournure des événements. Bon, je vais préparer mon sac. Ça ne te dérange pas d'attendre ici ?

— Non, pas du tout. Si je peux t'aider d'une quelconque manière…

Tracy alla s'appuyer à la rambarde du balcon pour siroter son gin-tonic, plongeant son regard vers le canal huileux. Des éclats de rire montaient jusqu'à elle de sous un des parasols. Son verre avait bon goût, meilleur que dans son souvenir. Pourquoi Jaff lui avait-il demandé de patienter ? Est-ce qu'il comptait qu'elle l'accompagne là où il se rendait ? À Londres, peut-être. L'aventure. Cette idée était aussi excitante qu'effrayante. Elle ne pouvait quand même pas tout plaquer pour le suivre. Et pourquoi pas, après tout ? Qu'est-ce qui la retenait donc à Leeds ? Quelles perspectives d'avenir ? Son boulot au rabais à la librairie ? Une mère absente et un père qui semblait incapable de devenir adulte ? De plus, elle commençait à se sentir un peu responsable de ce qui s'était passé entre Jaff et Erin, même si elle ignorait ce qui le contrariait tant et ce qu'elle avait pu lui prendre.

Jaff ne mit pas plus de cinq minutes pour faire ses bagages. Tracy le rejoignit au salon, et ils vérifièrent que tout était bien éteint, que la cigarette était écrasée et la baie vitrée du balcon correctement verrouillée.

— Tu as déjà un point de chute ?

— Honnêtement, non. Il faut juste que je déguerpisse d'ici en attendant que les choses se tassent. C'est trop risqué. À ta place, je filerais à la maison sans tarder. Cette histoire ne te concerne pas.

— Écoute, fit Tracy d'un ton hésitant. Ça me gêne un peu de ne rien savoir, mais je connais malgré tout un endroit où tu pourrais aller. Si tu le souhaites, évidemment.

— Ah oui ? Où ça ?

— Chez mon père. J'ai une clé de chez lui. Il ne rentrera pas de vacances avant lundi prochain, ça nous laisse toute une semaine. On peut au moins rester là-bas quelques jours, le temps que tu prennes une décision. On sera tranquilles, personne n'aura l'idée de nous y chercher.

Jaff réfléchit une minute avant de donner son accord.

— Ça marche, si tu es sûre de ce que tu avances. Il faut quand même que je fasse un saut chez Vic pour récupérer des affaires. On en profitera pour lui emprunter sa voiture, il acceptera sans problème. Je laisserai la mienne dans son garage. Comme ça, personne ne se mettra à nos trousses. La plaque de Vic est inconnue de la police. Ça m'a l'air impeccable. Il habite où, ton père ?

— À Gratly.

— Quoi ?

— Un cottage dans les Dales. Très isolé.

— Parfait, approuva Jaff en lui tapotant le dos entre les omoplates. Qu'est-ce qu'on attend, ma belle ? On y va ?

Les ombres du soir s'allongeaient déjà lorsque Annie Cabbot arriva à Laburnum Way. Elle savait pertinemment qu'elle n'était pas censée rendre visite à Juliet Doyle sans prévenir sa hiérarchie et qu'elle risquait de s'attirer les foudres de Chambers, sans parler de la colère de Gervaise et de McLaughlin, mais elle tenait à lui poser certaines questions avant que Chambers ne lui interdise tout contact avec elle.

Au lieu de rentrer chez elle ou de passer chez Banks arroser les plantes et relever le courrier, elle avait préféré s'installer au Half Moon sur Market Street, non loin de Laburnum Way. Elle avait siroté une pinte de Daleside bitter tout en grappillant dans son assiette de pâtes végétariennes, qu'elle s'était forcée à commander à la place des *fish and chips*. De toute manière, se disait-elle pour se consoler, le pub n'en faisait jamais d'aussi bons que le marchand du coin. Son repas terminé, elle pensa que c'était une bonne occasion d'aller prendre des nouvelles à Laburnum Way, puisqu'elle n'était qu'à deux pas. Erin, bien résolue à s'éloigner de sa mère, logeait dans une chambre d'hôtes près du château. Quant aux plantes de Banks, elle pouvaient bien patienter un jour ou deux, et les éventuels colis d'Amazon, CD et DVD, seraient en sûreté dans le local à poubelles où le facteur avait l'habitude de les déposer.

La présence policière était encore considérable sur Laburnum Way : véhicules de patrouille, voitures banalisées, camionnettes de la police technique et scientifique, agents en tenue montant la garde – principalement pour tenir les journalistes à distance. Deux reporters du cru, un du quotidien local et l'autre de la chaîne régionale, réclamèrent un commentaire à Annie dès qu'ils l'eurent identifiée, mais elle se refusa à toute déclaration.

Harriet Weaver ne tarda pas à répondre à son coup de sonnette.

— Vous êtes bien Annie, n'est-ce pas, l'amie d'Alan ? Entrez, je vous en prie. (Elle referma brièvement la porte pour retirer la chaîne de sûreté.) Avec ces journalistes qui grouillent partout, on n'est jamais trop prudents. On a déjà été obligés de décrocher le téléphone.

Annie pénétra dans le hall et attendit que Harriet ait remis la chaînette et poussé le verrou. Elles s'étaient rencontrées quelques fois par l'intermédiaire de Banks, mais elles ne se connaissaient que vaguement. Annie se rappelait que Harriet, qui devait avoir dans les cinquante-cinq ans, avait conduit le bibliobus dans les Dales jusqu'à sa retraite, peu de temps auparavant. Annie n'avait jamais croisé David, son mari, mais elle savait qu'il travaillait dans l'informatique et que Banks le tenait pour un affreux raseur. Les Weaver étaient l'oncle et la tante de Sophia, et c'était grâce à eux qu'il avait fait sa connaissance, à l'occasion d'un dîner auquel ils l'avaient convié. Banks avait raconté à Annie qu'ils étaient ses anciens voisins, et que vingt ans plus tôt, Harriet avait été la première à les accueillir chaleureusement dans leur nouveau quartier. Cela faisait des années que Sophia rendait régulièrement visite à sa tante, sûrement depuis le temps où elle était à la fac, voire au lycée. Annie se demanda malgré elle si elle plaisait déjà à Banks, à ce moment-là. Il n'avait que la trentaine à l'époque, ça restait du domaine du vraisemblable. À dix-sept ans, elle-même avait eu une brève aventure avec un trentenaire – jusqu'à ce que son père découvre la vérité. Quoi qu'il en soit, ce genre d'hypothèse n'était pas de mise en la circonstance. Elle avait mieux à faire. Que pouvaient penser Harriet Weaver et son mari de la liaison de Banks et de Sophia ? Elle les mettait probablement mal à l'aise, et c'était bien le dernier sujet à aborder ce soir.

— Entrez donc, l'invita Harriet en l'introduisant dans un confortable salon, où un canapé et deux fauteuils assortis faisaient face à un écran plat. J'étais en train de faire la vaisselle. David a dû sortir pour un travail urgent, et Juliet se repose à l'étage. Elle est épuisée, la pauvre, vous le devinez aisément. Ç'a été une journée horrible. Une cruelle épreuve.

— Vous êtes au courant, alors ?

— Plus ou moins, oui. Juliet n'a pas été très bavarde, elle doit être encore en état de choc. En quoi puis-je vous être utile ?

— Avant toute chose, je précise que je ne devrais pas être ici. La Commission Nationale Justice Police va enquêter de son côté sur le décès de Patrick Doyle, avec la collaboration de l'Inspection Générale de la Police.

— Ça me paraît logique. J'ai entendu parler de cas analogues. Ne craignez rien, je n'éventerai pas votre secret.

— Oh, vous savez, pas mal de mes collègues ont dû me voir entrer ici, et je ne pense pas que ça les dérange. Tout de même, je tenais à vous signaler que ma visite n'a pas un caractère officiel. Je voulais simplement prendre des nouvelles de Juliet. Et de vous, naturellement. Vous comprenez, je me sens une part de responsabilité dans ce qui s'est passé. C'est moi qui ai reçu Juliet en premier, ce matin, et je me trouvais devant chez elle quand tout ça est arrivé.

— Ça ne vous rend pas responsable pour autant, mon petit. Je ne doute pas que vous ayez fait de votre mieux. Mais Juliet est à bout de forces, comme je vous le disais. La journée a été longue et mouvementée. Entre la mort de Patrick et sa brouille avec Erin, elle ne sait plus où elle en est. Le docteur lui a fait prendre un léger sédatif. (Elle secoua lentement la tête.) Il leur faudra un certain temps pour surmonter tout ça. Juliet en veut à sa fille pour la mort de Patrick, et je parie qu'Erin se sent aussi coupable, dans une certaine mesure. En même temps, elle doit juger que Juliet l'a trahie. Sa propre mère qui la dénonce, tout de même…

— En effet, c'est assez insoluble. C'est gentil à vous d'héberger Juliet.

— J'étais la seule à pouvoir l'accueillir. Elle a une sœur à Durham, et il se peut qu'elle parte chez elle un peu plus tard, mais dans l'immédiat… Vous savez à peu près combien de temps ça va durer ? Jusqu'à quand on va leur interdire l'accès à leur maison ?

— Je l'ignore, désolée.

— C'est une question de jours, de semaines, de mois ?

— J'ai déjà vu des cas où la maison restait bouclée plusieurs semaines, mais en l'occurrence ça m'étonnerait beaucoup. Tout a l'air assez simple. D'un point de vue légal, du moins, au niveau de l'enquête judiciaire. Affectivement ce sera beaucoup plus lourd, naturellement.

— Vous pariez sur quelques jours, alors ?

— Oui, je pense.

— Mais où ai-je la tête ? Je suis là à vous presser de questions, et je ne vous ai même pas proposé à boire. Toutes mes excuses. Un thé, un café ? Ou quelque chose de plus corsé ?

— Juste un thé, ce sera parfait. Je dois conduire pour rentrer à Harkside.

— Je reviens dans une minute, mettez-vous à l'aise.

Annie s'installa confortablement sur le divan pendant que Harriet préparait le thé à la cuisine. L'eau dut bouillir en un temps record, car elle revint très rapidement avec une théière et deux tasses sur un plateau. À peine l'avait-elle déposé sur la table basse que Juliet Doyle apparaissait dans son sillage, vêtue d'un long peignoir vert dont les plis retombaient sur ses chaussons noirs. Les larmes et les somnifères avaient fait gonfler ses yeux, et la peau de son visage était pâle et tirée.

— Qui est-ce qui… (Elle s'arrêta net, s'avisant de la présence d'Annie.) Ah, c'est vous.

— Oui, fit Annie en se levant. J'ai eu envie de prendre de vos nouvelles.

— Comment voulez-vous que j'aille ? Vous devez bien vous en douter. C'est quand même vous qui m'avez certifié que tout se passerait sans encombres.

— Je suis profondément navrée de ce qui est arrivé, mais nous avons des procédures à appliquer.

Au moment même où elle prononçait ces mots, elle sut que sa réplique était déplacée, et qu'elle méritait entièrement le mépris qui la salua.

— Grâce à vos procédures, mon mari a été tué.

Ce n'était pas exact, bien évidemment, et Annie savait que plusieurs facteurs s'étaient conjugués pour provoquer la mort de Patrick Doyle – le mélange explosif – mais en la circonstance, il eût été vain d'argumenter dans ce sens auprès de sa veuve. Confrontée successivement à Erin et à sa mère,

Annie sentait croître sa culpabilité à mesure que la journée avançait. Elle commençait à en vouloir à Warburton et à toute l'équipe d'AFO, qui l'avaient mise dans une position aussi inconfortable. Un homme blessé qui marchait avec une fichue canne et qui avait le cœur faible, pour couronner le tout. Comment avait-on pu confondre une canne avec une épée, même si l'ampoule du hall avait eu l'idée de sauter à l'instant précis où on l'allumait ? Annie ravala ses émotions et sa mauvaise conscience, faisant face du mieux qu'elle le pouvait.

— Je regrette infiniment, dit-elle à nouveau avant de se rasseoir, prenant la tasse que lui présentait Harriet Weaver.

— Du sucre, peut-être ?

— Non, je vous remercie.

Harriet se tourna alors vers Juliet.

— Je peux te servir quelque chose, ma chérie ? Du thé ?

Juliet réussit à esquisser un pauvre sourire.

— Peut-être un chocolat chaud, si tu as ça.

— Ça vient dans une minute.

Après un regard inquiet à Annie, qui acquiesça d'un signe de tête, Harriet s'éclipsa dans la cuisine. Juliet Doyle s'assit en se drapant dans son peignoir.

— Qu'est-ce que vous me voulez ?

— Rien de spécial.

— J'ai peine à croire que tout ça s'est passé ce matin. Ça me paraît tellement loin…

— Le chagrin peut avoir cet effet.

Juliet lui lança un regard ulcéré.

— Qu'est-ce que vous pouvez bien en savoir, vous ? De toute façon, je ne peux même pas dire que j'éprouve du chagrin. Je ne sais même pas ce que je ressens. Avec ces médicaments… (Elle eut un rire rauque.) Mon mari vient de mourir, et je suis incapable d'éprouver quoi que ce soit.

— Ça viendra plus tard, fit Annie.

Et elle ajouta en son for intérieur : *Et à ce moment-là, vous le regretterez.*

— Vous avez d'autres questions, je présume ?

— Une ou deux, en effet. Mais sincèrement, je voulais avant tout prendre de vos nouvelles, et savoir comment Harriet s'en sortait. Cependant, vous pouvez toujours influer sur le sort d'Erin. Pour le moment, elle n'a pas été mise en accusation.

— Pardon ? Qu'est-ce que je pourrais donc faire dans son intérêt ?

— À propos de l'arme, le mystère reste entier. On ignore comment elle s'est retrouvée en haut de sa penderie, comment Erin est entrée en sa possession – si c'est bien le cas. Nous allons examiner ces questions de très près, et si vous coopérez, cela infléchira considérablement les décisions du commissaire et la nature des charges retenues.

— Mais je ne sais pas du tout comment elle est arrivée là, protesta Juliet, ni d'où elle provient. Et en plus, je ne vois aucune bonne raison d'aider Erin. Après tout, elle a sa part de responsabilité dans… ce qui s'est produit.

— Tout de même, elle est toujours votre fille.

Harriet, de retour avec la tasse de chocolat fumante qu'elle destinait à Juliet, interrogea Annie du regard. D'un signe, celle-ci l'autorisa à assister à la suite de l'entretien.

— Vous avez déclaré qu'elle fréquentait quelqu'un. Un certain Geoff. Vous pourriez nous en dire davantage à son sujet ?

— Non, mes informations s'arrêtent là. Vous le croyez mêlé à cette affaire ?

— C’est une éventualité. Je serais très surprise que ce pistolet appartienne à Erin.

— Mais Geoff a un emploi, il a même une bonne situation. Il a l’air d’un garçon comme il faut. Et il est indéniable qu’il a eu une bonne influence sur Erin.

— En effet, vous nous l’avez dit. Erin a souvent des problèmes ?

— Oh, Erin n’est jamais seule. Elle attire les garçons comme la flamme attire les papillons. Malheureusement, elle tombe chaque fois sur le mauvais numéro. Elle a le chic pour les choisir.

— Je connais ça, fit Annie avec un sourire. On a peut-être affaire à un ancien petit ami, alors ? Ça vous évoque quelque chose ? Un nom à me suggérer ?

— J’ai du mal à réfléchir, s’excusa Juliet en portant une main à son front. Pour le moment j’ai les idées confuses, mais j’y réfléchirai plus tard. Vous voulez bien ?

— Je ne vous en demande pas davantage. Ça risque de rendre un grand service à Erin. (Annie reposa sa tasse vide et se leva en lissant sa jupe.) Merci beaucoup pour le thé, madame Weaver, et vous, madame Doyle, je vous remercie de m’avoir accordé de votre temps. Il faut que je parte, maintenant.

— Appelez-moi Harriet, je vous en prie. Et c’était avec plaisir. Je vais vous reconduire.

Juliet Doyle ne la salua pas, le regard perdu dans le vague, sa tasse de chocolat suspendue au bord de ses lèvres.

— Je suis désolée, fit Harriet en raccompagnant Annie, elle a été très secouée, comme vous avez pu le constater.

— Je comprends tout à fait. Et franchement, je n'étais pas venue pour la mettre sur le gril.

Il faisait quasiment nuit lorsque Annie ouvrit la porte, et un vent froid balayait l'air du soir.

— Si je peux me permettre, lui glissa Harriet alors qu'elle allait partir, je vous conseille d'interroger Tracy Banks.

Annie s'arrêta sur le seuil.

— Tracy Banks ?

— Oui. La fille d'Alan et Sandra. Elle partage une maison à Leeds avec Erin et une troisième jeune fille, dont je ne connais pas le nom. Je sais qu'elles ont été longtemps colocataires, elles le sont peut-être toujours. Vous n'étiez pas au courant ?

— L'inspecteur Banks ne me parle pas tellement de sa vie de famille, marmonna Annie. J'aimerais bien savoir pourquoi Juliet n'y a pas fait allusion pendant notre entrevue au commissariat.

— Elle a dû oublier, perturbée comme elle l'était. Sous ses airs capables et efficaces, Juliet a un tempérament nerveux. Remarquez, si je découvrais une arme dans la chambre de ma fille, je ne sais pas quelle serait ma réaction. J'aurais sûrement du mal à réfléchir sainement.

— Vous avez raison, ça doit faire un sacré choc.

— Quoi qu'il en soit, je connais les deux familles depuis des années. Erin et Tracy étaient déjà amies quand elles étaient hautes comme trois pommes. Elles étaient inséparables.

— Ah oui, vraiment ? fit prudemment Annie. Merci beaucoup, en tout cas. J'irai peut-être parler à Tracy.

Elle regarda sa montre tout en descendant l'allée. Trop tard pour se rendre à Leeds dans la foulée, mais elle irait le lendemain en sortant du travail, en prenant sur son temps libre. Une simple visite de courtoisie pour s'assurer que Tracy n'était pas en difficulté et, dans le cas contraire, pour résoudre le problème avant le retour de Banks.

— Gare-toi de l'autre côté du garage, indiqua Tracy en pointant son doigt droit devant elle. En lisière des bois, personne ne verra la voiture. De toute façon, il n'y a pas un chat par ici.

La nuit allait bientôt tomber, et dans la lumière des phares se dessinait un fouillis inextricable de branchages et de troncs, au-delà du cottage et de son petit garage.

— Merde, c'est vachement paumé, lâcha Jaff en coupant le moteur. Si tu veux savoir, cet endroit est carrément flippant. Ton père arrive à supporter ça ? À sa place je deviendrais dingue.

— Il apprécie la solitude. C'est triste, non ?

Ils sortirent de voiture, et Tracy s'immobilisa quelques instants pour tendre l'oreille. Elle ne perçut rien d'autre que le clapotis du Gratly Beck cascadant de terrasse en terrasse et, de temps à autre, le bruissement d'un animal dans les bois et le cri lointain d'un oiseau. Elle aimait bien le bruit du ruisseau, et quand elle rendait visite à son père pendant ses études, ils s'installaient souvent sur le muret pour bavarder les soirs d'été, tandis que les accents assourdis d'un disque de Miles Davis ou de Billie Holliday leur parvenaient depuis la maison. Dans le ciel strié de nuages, Tracy aperçut deux chauves-souris qui voltigeaient devant la lune. Elle jugea plus prudent de ne rien dire à Jaff : les chauves-souris ne la dérangeaient pas, mais certaines personnes en avaient peur.

Jaff écrasa sa cigarette sous son talon et sortit son fourre-tout du coffre. Il pesait lourd, apparemment. Tracy se demandait ce qu'il pouvait contenir.

— On entre ? proposa-t-elle.

Jaff fit oui de la tête.

Tracy chercha les clés au fond de sa poche. Dans le courant de l'été, son père avait fait installer un nouveau système d'alarme, mais il lui avait communiqué le code dans l'éventualité d'une urgence. Sitôt la porte d'entrée ouverte, elle tapa les chiffres qu'elle avait appris par cœur : le bip sonore s'interrompit, et le voyant vert s'afficha. Elle referma la porte avant d'allumer la lampe posée à sa gauche, sur une petite table. Tracy avait toujours trouvé curieux que l'on entre directement dans le petit bureau que Banks s'était aménagé à son domicile, pour travailler sur son ordinateur ou consulter tranquillement ses dossiers et ses rapports. Avant la restauration qui avait suivi l'incendie, c'était l'emplacement du salon ; depuis, il avait fait construire une pièce à vivre sur un côté et un jardin d'hiver sur l'arrière, dans lesquels il passait sans doute beaucoup de temps à lire et à écouter de la musique. L'entrepreneur chargé des travaux avait percé une ouverture près de la cheminée, sur leur gauche, qui menait à la pièce à vivre, tandis qu'une deuxième porte, à main droite, desservait l'étroit escalier qui conduisait aux chambres. Tracy se dirigea vers une troisième porte, face à eux, qui ouvrait sur la cuisine. Comme elle avait prévu qu'il n'y aurait rien à manger, ils avaient acheté des plats indiens à la sortie de Leeds. Ils avaient dû refroidir pendant le trajet, mais elle comptait les réchauffer au micro-ondes.

Jaff sortit son portable pour vérifier le signal, puis il se tourna vers Tracy :

— Tu as ton mobile ?

— Bien sûr.

— Fais voir, demanda-t-il en tendant la main.

— Pourquoi ?

— Je veux juste jeter un coup d'œil, s'il te plaît.

Perplexe, Tracy fouilla dans son sac et remit l'appareil à Jaff.

— Tu as un abonnement chez un opérateur ?

— Oui.

— Je m'en doutais. Tu ne sais pas qu'on peut retrouver ta trace grâce à ça ?

— Pas vraiment, non, répliqua Tracy en croisant les bras. Je dois dire que j'ai rarement à m'en préoccuper.

— Eh bien les choses changent, fit Jaff avec un sourire amusé. On est tous les deux en fuite.

Il éteignit le téléphone et le fourra dans son sac.

— Hé ! Une minute ! protesta Tracy en tendant la main. J'en ai besoin, moi.

Jaff escamota le sac derrière son dos.

— Tu t'en passeras, dorénavant. À partir de maintenant, c'est silence radio. En cas d'urgence, on se servira de celui que j'ai récupéré chez Vic. C'est un *burner*, tu comprends ?

— Un quoi ?

— Tu ne regardes jamais *The Wire* ?

— Il se trouve que non. J'ai essayé, mais il n'y a pas de personnage attachant. À quoi bon suivre une série si on ne s'identifie à personne ?

— Ça se défend, admit Jaff en riant, et j'avoue qu'ils ne m'intéressent pas trop non plus. Bon, pour en revenir au portable, c'est un jetable pré-payé. Pas de contrat, aucune trace de mon nom – ou de celui de Vic, en l'occurrence.

Tracy était contrariée d'être séparée de son mobile – son lien vital avec le reste du monde, comme disait Erin pour la taquiner – mais elle trouvait assez excitant d'entendre parler de « silence radio » et de « *burners* », et d'être en cavale avec Jaff. Des fugitifs qui cherchaient à brouiller les pistes. Pour elle c'était une grande première : jusque-là elle s'était plutôt conduite en petite fille modèle.

— Je ne savais pas que c'était important. Jusqu'à récemment, la zone n'était même pas couverte.

— Elle l'est, maintenant, fais-moi confiance.

Jaff allongea le bras et suivit du bout du doigt la ligne de sa joue, jusqu'au menton. Il le prit entre ses mains et lui déposa un rapide baiser sur les lèvres.

— Ton père a de la musique correcte ?

— Surtout des vieux trucs. (Le baiser de Jaff lui avait procuré un délicieux petit frisson.) De la pop des années 60, tu vois le genre. Du jazz, aussi, et pas mal d'opéra.

— Je n'ai rien contre Miles Davis ou Puccini. Où est-ce qu'il range ses disques ?

Tracy l'accompagna dans la pièce à vivre, qui contenait un grand écran plat tout au fond, des enceintes et des rayonnages garnis de CD et de DVD.

— Il a fait sonoriser toute la maison, expliqua-t-elle à Jaff. Je trouve ça un peu nul.

— C'est plutôt sympa, à mon avis.

Jaff entreprit de consulter les titres des CD, les attrapant par poignées avant de laisser tomber au sol ceux qu'il qualifiait de « nazes ». Il trouva enfin quelque chose à sa convenance et inséra le disque dans le lecteur. Tracy identifia l'album : My Morning Jacket, *Evil Urges*. Erin le diffusait en boucle à Headingley. Bizarre que son père ait eu ça chez lui. Sûrement l'influence de son ex-petite amie, Sophia, plus moderne dans ses goûts que Banks, qui restait visiblement bloqué aux sixties – quand il ne passait pas du jazz ou un de ces mortels opéras.

— Tu as quelque chose à boire ? demanda Jaff quand ils furent revenus dans la cuisine.

— Oui, il y a du vin, répondit Tracy en cherchant des bières dans le réfrigérateur.

Comme il était vide, elle ouvrit l'armoire à liqueurs et fit une petite révérence.

— Ouah, regarde ça !

— Dis donc, je vois que ton père ne siffle pas n'importe quoi. Et il a bon goût, en plus, approuva-t-il en s'emparant d'une bouteille de Highland Park. On va garder ça en réserve.

Il alla s'agenouiller devant le râtelier à vins, près de la porte qui donnait sur le jardin d'hiver.

— Stonewell Shiraz, saint-émilion, côtes-de-nuits, vacqueyras, amarone, barolo, ripasso, châteauneuf-du-pape. Pas mal. Pas mal du tout. Ça nous change de tes vins de table du supermarché. On peut faire la bringue du siècle, avec tout ça. Tu sais quoi ? Je commence à apprécier ton père. Qu'est-ce qu'il fait, dans la vie ?

— C'est un fonctionnaire à la retraite. Il aime bien partir en croisière. Je pense que la plupart des bouteilles lui viennent de mon oncle Roy. Roy était assez friqué, mais il est mort. Papa a hérité de la cave et d'une partie de l'argent.

Tracy dénicha un tire-bouchon dans un tiroir, et Jaff déboucha une bouteille de châteauneuf-du-pape pendant qu'elle mettait les plats à réchauffer. Le vin ne se marierait pas forcément bien avec les samosas aux légumes, le poulet tikka masala et les nans, mais elle était décidée à tenter l'expérience. Elle constata que Jaff avait rempli deux grands verres, et qu'il s'était installé dans le coin petit déjeuner lambrissé de pin pour se rouler un joint. Quand il eut fini, il humecta le papier et glissa la cigarette entre ses lèvres.Tracy eut un sourire quand il l'alluma. Et dire qu'elle faisait ça dans la maison de son père ! Il lui proposa le joint dès qu'elle s'approcha de lui, et elle tira une bouffée. Puissant. La tête lui tournait, mais ce n'était pas une sensation désagréable. Elle faillit tout de même s'étrangler avec sa première gorgée de vin.

— Le curry sera bientôt prêt. Ça te dit, de manger dans le jardin d'hiver ? Le cadre est joli, et il y a des enceintes pour la musique.

— D'accord.

Jaff tira goulûment sur le joint avant de le lui repasser. Il se leva du banc pour allumer le petit téléviseur posé en hauteur, sur un rayonnage de livres.

— Voyons d'abord si on peut apprendre quelque chose aux infos.

Ils tombèrent sur le bulletin régional qui succédait aux actualités de vingt-deux heures : il s'ouvrait sur les événements d'Eastvale. Cette fois, le reporter semblait un peu mieux renseigné. Jaff monta le son pour entendre malgré la musique. Les premières images montraient le décor désormais familier de Laburnum Way envahi par les fourgons et les voitures de la police. Apparemment, une descente armée avait eu lieu au numéro 12, domicile des parents d'Erin, à dix heures quarante-cinq le matin même, et un incident était survenu dans la maison, en rapport avec une arme. Un homme, selon toute vraisemblance le propriétaire de la maison, avait été transporté sur une civière à l'hôpital d'Eastvale. Pour l'heure, il n'y avait pas d'informations complémentaires au sujet de l'arme, de l'état de santé du blessé et des circonstances du drame, mais la police avait annoncé une conférence de presse pour le lendemain matin. Ni Erin ni Jaff n'étaient cités. Selon le témoignage d'un voisin, un policier armé était sorti de la maison avec un objet emballé dans un linge, dont la forme évoquait celle d'une arme à feu. Tracy crut reconnaître en arrière-plan l'inspectrice Annie Cabbot, en discussion avec un officier en uniforme. De toutes les petites amies qu'avait eues son père depuis la séparation de ses parents, Annie était sa préférée.

Jaff éteignit la télévision et écrasa son joint.

— Merde. C'est exactement ce que je pensais. Ils ont trouvé l'arme.

— L'arme ? Quelle arme ?

Jaff ignora sa question.

Le four à micro-ondes émit une sonnerie. Ils emportèrent leurs barquettes et leurs verres dans le jardin d'hiver, où les haut-parleurs installés par Banks diffusaient « Librarian », et s'installèrent sur les fauteuils en osier rembourrés de coussins. Jaff enfourna une bouchée de poulet qu'il poussa avec son nan.

— Super, j'étais affamé.

Tracy remarqua qu'il avait pris une serviette à la cuisine, et qu'il l'avait fixée dans son encolure pour se protéger des taches de sauce. Il se fichait royalement de vivre au milieu du fourbi, mais il tenait visiblement à ce que sa chemise reste bien blanche.

Elle lui allait vraiment bien, d'ailleurs. Il termina son verre par une longue gorgée.

— Dis, ma belle, tu vas chercher la bouteille ? On ferait aussi bien de la liquider.

Tracy se mit à rire et le regarda en secouant la tête – ça faisait un bout de temps qu'un homme ne lui avait pas donné d'ordres – mais elle s'exécuta quand même.

— Tu nous as fichus dans un joli merdier, observa-t-il dès qu'elle fut de retour.

— Qu'est-ce que tu veux dire ? Quel merdier ? Je n'y suis pour rien, moi. Qu'a bien pu fabriquer Erin ? Et cette arme, d'où est-ce qu'elle sort ? J'aimerais bien comprendre ce qui se passe.

— Techniquement, on pourrait soutenir que c'est toi la fautive.

Tracy éclata de rire, le pouce pointé vers sa poitrine.

— *Moi ?* C'est la meilleure !

— Ce qui s'est passé la semaine dernière. Jeudi soir. C'est ça qui a tout déclenché.

Jaff ne se trompait pas. Les ennuis avaient commencé la semaine précédente, quand Erin était rentrée chez ses parents. Depuis le début, elle se montrait d'une jalousie maladive, et elle avait toujours soupçonné Tracy d'avoir des vues sur Jaff – ce qui était faux. Il lui plaisait bien, mais ça n'allait pas plus loin.

Ce jeudi-là, ils passaient la soirée dans un club du centre-ville, et ils s'étaient défoncés au hasch et à l'Ecstasy. Il se faisait vraiment tard, ils n'allaient pas tarder à partir. Pendant qu'Erin s'éclipsait aux toilettes, Tracy avait continué à danser lentement sur la piste, serrée contre Jaff. Émoustillée par le plaisir sensuel de la drogue, elle sentait la chaleur de son corps près du sien, le renflement sous son pantalon. La chose l'avait prise au dépourvu, il n'y avait rien eu de prémédité. Brusquement, ils s'étaient mis à s'embrasser sous la boule à facettes de la piste – le comble du romantisme. Leurs langues se mêlaient quand Tracy avait senti quelqu'un l'écarter brutalement par le bras. Erin, bien entendu, absolument folle de rage. Elle lui hurla dessus en la frappant au visage, et la traita de putain et de salope avant de s'enfuir.

Jaff se lança aussitôt à ses trousses, plantant Tracy toute seule sur la piste, sous le regard curieux des autres danseurs. Mal à l'aise, les joues en feu, Tracy se laissa gagner par la paranoïa. Les sensations agréables, la flambée de désir, tout ça s'était évanoui. Elle récupéra son sac pour rattraper les deux autres, mais ils avaient déjà disparu. Ils avaient dû s'enfoncer dans une des ruelles qui donnaient sur Vicar Lane. Épuisée et déboussolée, Tracy marcha jusqu'à la gare et se fit déposer chez elle en taxi. Elle se blottit sous ses draps et dormit d'un sommeil agité. Erin n'était pas là à son retour, ni le matin quand elle se leva pour partir travailler, mais sur le moment elle ne s'en inquiéta guère, pensant qu'elle s'était rabibochée avec Jaff et avait passé la nuit chez lui. Malgré tout elle tenait à avoir une discussion avec elle, à lui présenter des excuses et à s'expliquer. Ce n'avait été que l'humeur du moment, l'influence de l'Ecstasy et de la musique. La faute à la bossa nova et à Rio, quoi.

Ce fut seulement le vendredi soir, quand Tracy rentra du travail, que Rose lui rapporta le passage d'Erin et son départ chez ses parents. Lorsque Tracy se décida à l'appeler là-bas, elle refusa de lui parler, sinon pour lui dire qu'elle avait rompu avec Jaff, et que c'était à cause d'elle.

— Ce n'était qu'un baiser, allégua Tracy pour répondre aux accusations de Jaff. Tu ne crois pas qu'Erin a exagéré ?

— Si, bien sûr, mais pour moi c'est du pareil au même. Tu vois bien le résultat.

— Où est le problème ? Ton nom n'a pas été cité.

— C'est logique, non ? Ils ne veulent surtout pas m'alerter.

— Qu'est-ce qui te préoccupe autant, je peux savoir ? Et Erin, qu'est-ce qu'elle fichait avec cette arme ? Elle appartenait à son père ? J'ai cru comprendre qu'il était blessé.

— Sers-moi du vin, je vais t'expliquer.

Tracy fit ce qu'il lui demandait.

— Ce pistolet est à moi. Et maintenant, grâce à cette chère Erin, il se trouve entre les mains des flics.

— Quoi ?

Jaff répéta après une pause :

— Ce pistolet est le mien. Tu saisis ? La personne que le journaliste a questionnée avait raison. L'arme était emballée dans un torchon.

— Elle était enregistrée ?

— Non, évidemment. De toute façon ce serait impossible dans ce pays, à l'heure actuelle.

— Mais qu'est-ce qui a poussé Erin à se l'approprier ?

Avec un soupir, Jaff se passa une main dans les cheveux.

— Je sais pas, moi. Elle a voulu me faire enrager, me causer du tort. Elle a dû le faucher après notre dispute, le lendemain matin, quand je l'ai laissée seule chez moi.

— Tu ne t'étais pas aperçu qu'il manquait ?

— C'est vraiment pas le genre de truc que je vérifie tous les jours. En plus j'étais en déplacement pour affaires tout le week-end, je t'ai déjà raconté. Je n'avais rien remarqué avant d'aller regarder, à cause des infos qu'on a entendues chez moi.

— Mais comment tu t'es procuré cette arme ? Et d'abord, pourquoi en as-tu besoin ?

— Tu veux bien arrêter de me harceler ? s'emporta Jaff en se bouchant les oreilles. OK ? Tu es trop curieuse. Peu importe, de toute manière. Ça ne te concerne pas. Je rendais service à un copain, rien de plus. Ce qui compte, c'est que la police a mis la main dessus, et telle que je connais Erin, elle va se dépêcher de leur déballer toute l'histoire – si ce n'est pas déjà fait. Je suppose que tu as entendu parler de « la fureur des femmes blessées » ? Tu crois qu'ils penseront à venir te chercher ici ?

— Personne ne me cherche, pour commencer. Et même, personne n'aurait l'idée de venir ici. On est en sécurité, ne t'en fais pas. Et puis Erin ne donnera jamais ton nom.

— Qu'est-ce que tu en sais ?

— Crois-moi, elle n'est pas comme ça.

— Bien. J'apprécie ton sens de la loyauté, surtout après ce qui s'est passé entre vous, mais de nos jours il suffit de *penser* à une arme à feu pour se faire taper méchamment sur les doigts. Comment tu réagirais si l'inspecteur Colombo arrangeait tes affaires en échange de quelques confessions ?

— Je te garantis qu'elle ne parlera pas. Qu'est-ce que tu as l'intention de faire, toi ?

— J'ai besoin de temps pour réfléchir. J'ai des contacts dans le sud. Des contacts utiles, mais ça ne va pas s'organiser dans la minute. Pour le moment, je compte juste me rouler un pétard. Tu veux bien apporter la bouteille de Highland Park, le vin est terminé ? Ah, et un verre propre, en même temps. Il y a du dépôt dans celui-ci.

Dans la cuisine, Tracy s'appuya contre le réfrigérateur et se prit la tête entre les mains. L'herbe lui avait embrouillé les idées, il lui fallait se ressaisir. Dans quoi s'était-elle embarquée ? Elle, la gentille petite Tracy, le trésor de son papa, venait pratiquement de violer le domicile paternel, avant de rafler les meilleures bouteilles et de semer la pagaille en compagnie d'un quasi-inconnu, qui venait en prime de lui annoncer que sa meilleure amie s'était enfuie en lui piquant son arme. Tout ça la dépassait. Comment s'était-elle laissée entraîner là-dedans ?

Tracy réalisa alors qu'il y avait un bout de temps qu'elle n'était plus la chérie de son père. Quelques années, plus précisément, depuis qu'elle avait quitté la fac avec une médiocre mention assez bien, et que Brian lui avait volé la vedette. Brian, Brian et encore Brian. Les Blue Lamps. Mon fils la rock star. Quant à Tracy, avec son diplôme minable et son boulot sans avenir, il se fichait éperdument de ce qui pouvait lui arriver. C'était la triste vérité. Ils échangeaient bien quelques textos de temps à autre, un coup de fil par-ci, par-là, mais elle n'avait pas le souvenir qu'il lui ait rendu une seule visite depuis le mois de juin.

Ç'aurait été moins dur à accepter si elle ne s'était pas conduite en élève modèle pendant toute leur enfance, renonçant aux sorties pour étudier tous les soirs, pendant que ses camarades la traitaient de « bûcheuse ». C'était elle la première de la classe, elle qui décrochait les bonnes notes et donnait de grands espoirs. Brian, lui, n'était qu'un petit crétin de fumiste qui bâclait ses devoirs à la dernière minute, quand il ne copiait pas tout bonnement sur ses camarades, et qui avait fini par plaquer ses études pour monter un groupe de rock. Elle avait eu un comportement irréprochable, et pourtant son père ne jurait que par Brian. Qu'il aille se faire foutre, après tout. Elle était en train de vivre sa propre aventure, et personne ne l'empêcherait d'aller jusqu'au bout. Elle allait lui montrer. À lui et aux autres.

Tracy expédia un coup dans le réfrigérateur avant de s'emparer du Highland Park, que Jaff avait laissé sur la table. Elle but une bonne lampée au goulot, et l'alcool lui brûla la gorge. La démarche incertaine, elle alla attraper deux verres en cristal dans le placard et regagna le jardin d'hiver.

4

Banks ne s'était pas trompé : la femme qui assistait à la dégustation de vins lui souriait bel et bien. Il l'avait déjà remarquée la veille, au même endroit, et il avait eu l'impression qu'elle était seule. Elle était en train de parler à un couple d'un certain âge originaire de Lansing, dans le Michigan – Banks le savait pour avoir bavardé avec eux – mais c'était vers lui que se portait son regard. Elle sollicitait peut-être son aide, tout simplement.

Banks lui rendit son sourire et s'approcha du groupe. Le bonhomme de Lansing – un dénommé Bob, qui travaillait dans le matériel agricole – lança en le voyant s'avancer :

— Tiens, voilà mon copain Al. Ravi de vous retrouver.

Banks salua Bob et son épouse Betsy, espérant qu'ils le présenteraient à la mystérieuse femme. Elle paraissait réservée, les yeux baissés sur son verre presque vide. De loin elle lui avait semblé grande, mais elle ne devait pas mesurer plus d'un mètre soixante. Elle avait des traits asiatiques, même si Banks était incapable de définir son origine, tout comme son âge, d'ailleurs. Tout ce qu'il pouvait dire, c'est qu'il n'y avait pas de fils gris dans sa chevelure d'un noir brillant, longue jusqu'aux épaules, et pas la moindre ride autour de ses yeux en amande.

— Je vous présente Teresa, lui dit Bob. Elle a fait le voyage depuis Boston.

Teresa leva les yeux sur Banks et lui tendit une main délicate. Sa peau était douce et satinée, mais sa poignée de main sèche et ferme. Il nota deux bagues à ses doigts, et un bracelet en argent assorti à ses créoles.

— Enchanté.

— De même.

— Quelqu'un voudrait un autre verre ? proposa Banks. Je vais chercher quelque chose pour moi.

Alors que Bob et Betsy déclinaient son offre, Teresa lui tendit son verre.

— Un sauvignon blanc, je vous prie.

Le verre conservait la tiédeur de sa paume, et Banks remarqua sur le pourtour une trace de rouge à lèvres rose.

L'hôtel appelait ce genre de réunion « dégustation de vins », même si Banks y voyait plutôt une excuse pour écluser un verre ou deux avant le dîner, ainsi qu'une occasion de faire des rencontres et une publicité avantageuse pour le producteur de crus. Ici, on était dispensé de déceler les notes de cuir dans un vin, ou de remplir une fiche d'appréciation. C'était uniquement une attention commerciale de la part de l'hôtel, au même titre que la cartomancienne. En ce moment, celle-ci s'absorbait dans la lecture de ses tarots, installée en face d'un barbu corpulent à la mine anxieuse, vêtu d'un short extra-large.

Globalement, Banks aimait bien l'Amérique. Lui qui avait si souvent entendu ses compagnons de pub débiner les États-Unis et ses habitants, il avait constaté que les Américains, désagréables à l'étranger et faciles à tourner en dérision – ce qui valait également pour les Allemands et les Britanniques – se montraient charmants dans leur propre pays. C'était aussi vrai dans les petits restaurants familiaux et les modestes bastringues où jouaient les musiciens country du coin, que dans les bars, les hôtels et les restaurants chics de centre-ville. Et pour eux, le concept d'industrie du service n'était pas un vain mot. Banks en eut de nouveau la preuve : la serveuse du bar récupéra ses verres vides avec un sourire, prit sa commande et le servit dans des verres propres en lui souhaitant une agréable dégustation.

C'était peut-être une simple formalité pour elle, mais Banks fit tout de même un compliment sur les vins. Parfois, un sourire et un mot courtois pouvaient faire toute la différence. S'il essayait ça dans n'importe quel pub anglais, où la science du vin se limite à « blanc ou rouge » et « doux ou sec », il était sûr de n'obtenir qu'un vague marmonnement en réponse à son « bonjour ».

Il se faufila prudemment dans la foule avec son pinot noir et son sauvignon blanc.

— Désolé, fit Bob à son retour, mais nous sommes obligés de filer. Le spectacle commence dans une demi-heure. Bonne soirée à vous deux.

Le couple s'éclipsa sans plus tarder, laissant Banks remettre son verre à Teresa dans un silence embarrassé, au milieu du brouhaha des conversations. Elle portait une robe sans manches à motifs fleuris, au-dessus du genou, dont la coupe mettait en valeur sa taille fine. L'encolure était assez échancrée pour révéler de manière allèchante la naissance d'un décolleté à la peau soyeuse. Un collier en perles de verre colorées ornait son cou, tandis qu'une fleur corail était fixée à sa chevelure, juste au-dessus de l'oreille droite. Elle avait un teint lisse et sans défaut, un nez court et rectiligne, et des lèvres pleines à la ligne légèrement incurvée.

Banks aurait parié qu'elle était d'origine thaï ou vietnamienne, mais il n'était pas assez familier des physionomies extrême-orientales pour pouvoir l'affirmer. Malgré son sourire avenant, il devinait en elle une ombre de tristesse, une espèce de gravité. Vu la tournure qu'avait prise sa vie ces temps derniers, il pensait avoir un instinct sûr pour ces choses-là. Cependant, sa situation tendait à s'améliorer, sans aucun doute.

— L'hôtel est agréable, vous ne trouvez pas ? fit Teresa après avoir goûté son vin.

— C'est vrai, convint Banks en embrassant du regard la décoration de style méditerranéen, avec ses teintes chaleureuses de terre cuite, ses lampes à abat-jour posées sur les tables, ses corniches et ses plafonds moulurés, ses peintures et ses miroirs au cadre doré.

Sur le tableau qui se trouvait près d'eux, une allégorie de la Terre reposait sur une corne d'abondance débordant de fruits et de feuillages, au milieu d'un paysage désertique.

De l'avis de Banks, le Monaco était résolument un hôtel de qualité, qui offrait en outre l'avantage d'être situé en plein San Francisco, une des villes qu'il avait préférées au cours de ses dix-huit jours d'odyssée américaine. Banks appréciait tout spécialement les villes qui pouvaient se visiter à pied, et une fois qu'on s'était habitué aux collines, San Francisco était un modèle du genre. Dès le premier jour, il avait pris le *cable car* et flâné sur les quais jusqu'au Golden Gate Bridge, dont il avait parcouru la moitié. La soirée s'était terminée par un coûteux

Martini au Top of the Mark, d'où il avait contemplé les lointaines lumières de la baie. Pour le lendemain, il avait prévu de faire une balade sur Fisherman's Wharf, et peut-être de monter à la Coit Tower afin de profiter de la vue.

— Combien de temps restez-vous ? demanda-t-il à Teresa.

— Je repars mercredi.

— Comme moi, alors.

— Vous êtes britannique, il me semble ?

— Gagné. C'est gentil de ne pas avoir proposé australien ou néo-zélandais. Je n'ai absolument rien contre ces gens-là, notez bien, mais on me l'a déjà servi trop souvent.

— Oh, je ne disais pas ça au hasard, mon grand-père était anglais. Il venait de Hull.

— Ah oui ? Je connais, en fait je n'habite pas très très loin. Pardonnez ma question, mais comment est-il possible…

Teresa se mit à rire.

— … qu'une fille avec cette tête ait des parents originaires de Hull ? La réponse est simple, mais ne rigolez pas : ils tenaient un restaurant chinois.

Banks ne trouva rien à répondre.

— Ne prenez pas cet air, se moqua Teresa. Je vous taquinais, allons ! Je ne suis pas du tout chinoise. J'avais un grand-père marin, et à une époque, il s'est embarqué sur un navire marchand français. Il s'est rendu plusieurs fois en Extrême-Orient, et a fini par s'établir au Vietnam. Moi aussi, j'ai du sang britannique, vous voyez. Du sang de Hull.

Banks se pencha vers elle et glissa à mi-voix :

— À votre place, je ne m'en vanterais pas publiquement. Vous connaissez la formule à propos de l'Enfer, Hull et Halifax ?

Il capta une bouffée de son parfum, une fragrance subtile mais légèrement suave et capiteuse, relevée d'une note de jasmin.

— Pas du tout, expliquez-moi.

— C'était la litanie des voleurs. « Que Dieu nous garde de l'Enfer, de Hull et de Halifax. » Au XVIe siècle. La prison de Hull était spécialement ignoble, et on pendait les condamnés à Halifax. Quant à l'Enfer, il parle de lui-même.

Teresa se remit à rire.

— Vous êtes bizarres, vous les Britanniques. Je n'ai jamais visité l'Angleterre, mais j'aimerais y aller un jour. Juste par curiosité.

Banks avait peine à croire que l'on ait envie de voir Hull – qui était tout sauf une destination touristique – même si lui appréciait son charme un peu rugueux, ses docks et ses gens simples. Son équipe de football faisait partie de la Ligue 1, ce qui était un gros atout dans le Nord-Est, ces temps-ci.

— L'occasion se présentera peut-être. Écoutez, ma question peut vous paraître trop directe, mais est-ce que vous voyagez seule ?

Teresa détourna les yeux, et il eut l'impression qu'elle avait rougi.

— Oui… en effet, bredouilla-t-elle, balayant ses paroles d'un geste de la main. Pardonnez-moi, mais c'est une longue histoire.

— Vous accepteriez peut-être de dîner avec moi pour me la raconter ? Je n'ai pas de projet particulier pour ce soir, et je suis un auditeur attentif.

— Je regrette, mais ce n'est pas possible, s'excusa Teresa en portant la main à sa poitrine. J'aurais dit oui avec plaisir, sincèrement, mais je me suis déjà… on m'attend.

— Bien sûr, je comprends, répondit Banks, gêné d'avoir lancé cette proposition.

— Non, corrigea Teresa en posant la main sur son bras. Je crois que vous vous méprenez. Je dois simplement dîner avec mon fils, ma belle-fille et leurs enfants. C'est en partie pour eux que je suis venue. D'ailleurs je ne suis pas en avance. J'ai senti le besoin d'un dernier verre avant d'affronter les petites terreurs. Mes petits-enfants.

Banks ne l'aurait pas crue en âge d'être grand-mère, mais il se garda bien de lui en faire part, jugeant le poncif trop usé.

Elle le regarda en écarquillant les yeux.

— Demain, peut-être... Si vous n'êtes pas... enfin...

— Demain, c'est parfait. Ce sera ma dernière soirée.

— Pour moi aussi.

Teresa vida rapidement son verre, puis elle le reposa sur la table voisine en tirant de son sac à main un paquet de pastilles à la menthe. Elle surprit le regard de Banks.

— N'imaginez surtout pas que je suis alcoolique. Je n'ai pas l'habitude de faire ça, c'est juste à cause des enfants. Et ma belle-fille est tellement stricte ! Très religieuse. Son père est pasteur de l'Église baptiste. On se donne rendez-vous ici ?

— Ça marche. Disons vers dix-neuf heures, comme aujourd'hui ? Vous souhaitez que je réserve une table quelque part ?

— Laissez-moi m'en charger, je connais bien la ville.

— D'accord. À demain, alors.

Teresa s'en alla à la hâte, et Banks se retrouva seul. La cartomancienne lui adressa un sourire de connivence, et il envisagea brièvement de se faire prédire l'avenir. Idée qu'il ne tarda pas à chasser de son esprit : il ne pourrait qu'en ressortir déprimé ou plein d'espérances trompeuses. Il se contenta de lui retourner son sourire et partit dès qu'il eut terminé son verre. Il verrait bien ce que la soirée pouvait lui offrir.

En fait, la première chose qu'il vit, au coin de Taylor Street, fut une vieille clocharde en train de vomir dans le caniveau. Dès qu'elle se fut éloignée, trois pigeons piquèrent vers les immondices et entreprirent de les picorer. Malheureusement, ce genre de scène était assez répandu dans ce secteur de la ville. Alors que Banks longeait Geary, un SDF noir, vêtu de haillons, le suivit sur la moitié d'un bloc en pestant contre la radinerie de ses congénères. Banks aurait pu se croire à Londres, tout aussi bien, jusqu'à ce qu'il atteigne Union Square et voie passer un *cable car* bourré de passagers tapageurs, dont les rires se mêlaient au tintement de la clochette et à la trépidation des câbles souterrains. Sans destination précise, Banks traversa la place et se mit à déambuler dans les rues du centre. Tôt ou tard, il finirait bien par trouver un bar ou un restaurant sympathique où passer sa soirée.

Dans la salle du rez-de-chaussée où l'équipe de la Criminelle tenait ses conférences de presse, tous les sièges disponibles avaient été réunis sur une espèce de plateau surélevé qui pouvait faire fonction d'estrade. Annie Cabbot et la commissaire Catherine Gervaise s'étaient concertées avec McLaughlin quant à ce qu'il convenait de taire et de divulguer sur les derniers développements de l'affaire. Au mieux, se disait Annie, ils pouvaient espérer démentir quelques rumeurs et étouffer l'incendie avant qu'il ne prenne des dimensions incontrôlables. À supposer qu'il ne soit pas trop tard.

Le décès de Patrick Doyle tombait on ne peut plus mal : non seulement il s'était produit au cours d'une opération de police, mais il était dû en plus à un tir de Taser. L'hospitalisation de la victime leur avait révélé un accident cardiaque survenu deux ans plus tôt. Depuis lors, Patrick Doyle réagissait bien au traitement, les dernières échographies et les électrocardiogrammes étaient satisfaisants, mais il subsistait de petites séquelles irréversibles. Ils auraient dû mieux se renseigner avant d'envoyer les agents Warburton et Powell avec leurs Tasers. D'ailleurs les médias seraient inévitablement de cet avis, une fois qu'ils connaîtraient le fin mot de l'histoire. La controverse sur les Tasers ne manquait jamais de faire vendre du papier.

Outre la presse locale et la chaîne de télévision régionale, les principaux quotidiens nationaux étaient représentés – *Mail, Sun, Guardian, Telegraph, Daily Express, Times, Independent, Mirror.* Deux ou trois reporters indépendants s'étaient également déplacés, en quête d'un article de fond sur l'usage des armes de poing, les jeunes d'aujourd'hui ou les décès causés par la police.

La petite salle bourdonnait d'hypothèses et de commentaires lorsque Catherine Gervaise et Annie Cabbot arrivèrent, ce mardi matin, et observèrent depuis la porte le commissaire McLaughlin en pleine action.

Vu la taille de la salle, les micros n'étaient pas nécessaires, mais il était prévu que la conférence serait enregistrée par caméra numérique, et il y avait aussi deux caméras de télé discrètement installées dans le fond.

Embrassant la pièce du regard, Annie identifia plusieurs personnes de dos, notamment des gens rencontrés la veille sur Laburnum Way. Pendant que les journalistes prenaient place et que McLaughlin entamait le discours qu'il avait préparé, Annie resta près de l'entrée, appuyée contre le mur, pour boire son café.

— Hier matin à 10 heures 45 minutes, déclara McLaughlin, la police a été appelée à une adresse sur Laburnum Way, où l'on avait signalé la présence d'une arme à feu. Les occupants de la maison ne leur ayant pas donné accès aux lieux, les AFO sont entrés de force, et un homme a été blessé par un Taser au cours de l'intervention qui a suivi. Il a succombé ultérieurement à des complications à l'Hôpital Général d'Eastvale. Un pistolet chargé a été saisi sur place. Je gage que vous avez de nombreuses questions à poser, et que vous comprendrez qu'à ce stade de l'enquête, notre capacité à vous répondre est nécessairement limitée.

Plusieurs mains se levèrent dans l'assistance, et ce fut l'envoyé du *Daily Mail* qui obtint la parole le premier.

— D'après mes informations, le propriétaire de la maison en question est un certain Patrick Doyle. Était-il présent au moment de l'assaut des forces de l'ordre ?

— Je m'oppose à l'emploi du mot « assaut », objecta McLaughlin. Il est inutilement offensant. Nos officiers affrontaient une situation potentiellement dangereuse. Mais puisque vous êtes aussi bien renseigné, je vais tâcher de vous fournir une réponse claire et concise. Comme vous le disiez, la maison du 12, Laburnum Way appartenait à M. Patrick Doyle. Il se trouvait bien à l'intérieur quand les AFO sont entrés. Blessé par un tir de Taser, il est malheureusement décédé à l'Hôpital d'Eastvale, d'une cause étrangère à cet accident.

Un brouhaha emplit la salle tandis que les mains se levaient de plus belle. Annie nota que McLaughlin désignait cette fois un reporter local.

— Oui, Ted ?

Ted Whitelaw, de la *Eastvale Gazette*, se mit debout pour formuler sa question.

— Vous parlez d'une cause « étrangère à l'accident ». Le décès de Patrick Doyle est-il imputable à la décharge de Taser, oui ou non ?

— Il nous est impossible de nous prononcer pour le moment.

— Vous ne le pouvez pas, ou vous ne le souhaitez pas ? cria quelqu'un.

McLaughlin ne releva pas cette intervention isolée.

— Une autopsie du corps de M. Doyle sera pratiquée prochainement, poursuivit-il sans se démonter, et tant qu'elle n'a pas été effectuée, nous ne sommes pas en mesure de définir avec exactitude les causes du décès.

— N'est-ce pas l'explication la plus plausible, cependant ? persista Whitelaw. Tout le monde sait bien qu'un Taser peut être mortel.

— Ce n'est ni le lieu ni le moment pour se lancer dans une polémique sur les Tasers. Nous ne saurons rien de plus précis avant d'avoir reçu le rapport du légiste.

Mais Whitelaw n'en avait pas terminé.

— J'ai appris que les décès causés par un Taser étaient fréquemment liés à l'usage de stupéfiants ou à des problèmes cardiaques préexistants. Est-ce que M. Doyle souffrait du cœur ? Consommait-il de la drogue ?

— Patrick Doyle a eu un infarctus voilà deux ans, reconnut McLaughlin. D'après son médecin, néanmoins, il était en excellente forme.

— Les officiers armés qui ont investi son domicile étaient-ils au courant ?

— Non, on ne les avait pas alertés sur son état de santé.

— Pour quelle raison ?

— Jusqu'à présent, elle n'a pas été déterminée, et il ne m'appartient pas de conjecturer là-dessus.

— Est-ce parce que vous ne le savez pas vous-même ?

McLaughlin eut beau l'ignorer, Whitelaw revint à la charge.

— Convenez-vous au moins que le Taser a *peut-être* provoqué le décès ?

— Il s'agit d'un accident extrêmement regrettable, et nous ne manquerons pas d'enquêter consciencieusement. Bien, vous avez eu plus que votre part de temps de parole. Vous pouvez vous rasseoir, Ted.

Whitelaw s'exécuta avec un petit sourire narquois et se mit à griffonner sur son bloc. Le représentant du *Daily Mirror* poursuivit sur la lancée.

— Vous vous engagez à enquêter consciencieusement sur l'accident, mais qui sera chargé des investigations ?

— L'enquête relative aux agissements des officiers impliqués reviendra au commissaire Chambers, de l'Inspection Générale, qui travaillera en collaboration avec une équipe externe dépendant de la Commission Nationale Justice Police. Conformément au protocole.

— Ce sera bien une enquête de *police* ? se fit confirmer la journaliste du *Guardian*.

— À ma connaissance, Maureen, la police reste l'organisme le mieux qualifié pour s'occuper de ce type d'enquête. Qui nous conseillez-vous donc de recruter ? Le bibliothécaire ? L'antiquaire du coin ? La vieille dame du quartier qui recueille tous les chats perdus ?

La causticité du ton accusait son accent écossais.

— Tout ce que je voulais souligner, argua la femme avec un sourire, c'est qu'une fois encore, l'institution enquête sur elle-même.

Quand elle se fut rassise, McLaughlin chercha du regard une autre main levée. Il y en avait une juste devant lui, Len Jepson du *Yorkshire Post*.

— Oui, Len ?

— Ma question est fort simple : comment se fait-il que par un paisible lundi matin, une équipe d'AFO ait défoncé la porte d'un pavillon, dans une rue sans histoire d'Eastvale ?

Les rires fusèrent un peu partout dans la salle.

— Comme je l'ai mentionné dans ma déclaration, nous savions par une source fiable qu'une arme à feu chargée se trouvait sur les lieux. Nos agents ont cherché à entrer par des moyens pacifiques, et c'est seulement parce qu'on a refusé de leur ouvrir que les AFO ont été appelés en renfort. C'est la procédure classique, Len, vous devez être au courant.

— Combien d'AFO sont intervenus ? demanda l'envoyé de l'*Independent*.

— Quatre. Deux à l'avant et deux à l'arrière, comme d'habitude. Protocole standard.

Une autre main se leva.

— Carol ?

— Vous avez signalé tout à l'heure qu'on avait récupéré dans la maison une arme chargée. Avait-elle servi ?

— Non, elle n'avait pas été utilisée récemment.

— À qui appartient-elle ?

— Nous l'ignorons pour l'instant.

— Où est-elle actuellement ? s'enquit un autre participant.

— Elle a été transmise à la Division balistique de Birmingham, où elle sera examinée plus avant.

— Sait-on comment elle a abouti dans cette maison ?

— L'enquête nous l'apprendra.

— Y a-t-il un lien avec Erin Doyle ?

— Je suis navré, mais dans l'immédiat je ne peux pas faire de commentaire plus précis.

Parmi les nombreuses mains levées, Mclaughlin s'arrêta sur la représentante du *Darlington & Stockton Times*.

— Jessica ?

— Vous vous êtes déjà illustré par vos idées de gauche, si je puis dire, sur un certain nombre de sujets d'intérêt général, comme la discrimination raciale, le surpeuplement carcéral et l'usage de la violence au sein de la police. Pourriez-vous expliciter pour nos lecteurs votre point de vue sur la présente affaire ?

McLaughlin esquissa un sourire crispé. Annie savait qu'on le surnommait parfois « Ron le Rouge », et que même s'il s'en formalisait en apparence, il en tirait une secrète fierté. Son père, ouvrier sur les chantiers navals de Glasgow dans les années d'après-guerre, s'était distingué comme une figure dominante de la lutte syndicale, et avait inculqué à son fils les vieux idéaux socialistes.

— En la circonstance, mes opinions personnelles ne sont guère pertinentes. Ce qui importe aujourd'hui, c'est qu'une vie a été tragiquement écourtée, et qu'une famille est en deuil. Je prie chacun de vous de respecter son chagrin.

— Et vous, protesta quelqu'un, vous le respectez ? Est-ce que vous n'avez pas persisté à interroger et à harceler les Doyle depuis hier matin ?

— À l'heure actuelle, il ne m'est pas permis d'aborder les détails de l'enquête, mais je peux vous assurer qu'il n'y pas eu harcèlement de notre part.

L'assistance s'agita en récriminant, puis une nouvelle voix s'éleva dans la salle. Luke Stafford, du *Sun*.

— Quel rôle a joué Erin Doyle dans cette histoire ? La fille de Patrick Doyle. L'arme était la sienne ?

— Je ne suis pas autorisé à dévoiler ce genre d'information concernant une enquête en cours.

— Vous pensez donc que oui ? Un voisin l'a vue sortir de chez elle menottes aux poignets, insista Stafford. Est-il exact qu'elle avait des fréquentations plus que douteuses à Leeds ? Des dealers et autre racaille ?

Annie devina que McLaughlin n'était pas encore au courant. Elle non plus, d'ailleurs. Ils avaient dû envoyer un journaliste fureter dans le coin.

— Je n'ai aucun commentaire à formuler, fit McLaughlin, mais si vous détenez des éléments utiles à l'enquête, j'espère que vous ferez votre devoir de citoyen et que vous les soumettrez à nos services. Messieurs dames, conclut-il en se levant, je regrette, mais la conférence est terminée.

Annie put constater que le public n'était pas satisfait de la tournure de l'entretien. Ils voulaient du sang, et n'en avaient eu que l'odeur. Dieu seul savait ce qu'ils allaient publier.

McLaughlin aussi était mécontent, cela se voyait. En chemin vers la sortie, il se pencha vers Cabbot et Gervaise et leur glissa, les dents serrées :

— Bon sang, qu'est-ce que ça veut dire ? Qu'est-ce qu'on sait de la vie d'Erin Doyle à Leeds ?

— Rien pour le moment, répondit Gervaise. L'enquête n'en est qu'à ses débuts.

— La presse est mieux renseignée que nous, manifestement. Je vous conseille de vous remuer. On a intérêt à comprendre ce qui se passe avant que les tabloïds ne débarquent. J'exige des résultats dans les plus brefs délais. Et je tiens à être averti le premier.

— Bien, monsieur le divisionnaire, dit Gervaise. (Dès qu'il se fut éloigné, elle se tourna vers Annie :) Dans mon bureau d'ici une heure.

Ce serait peut-être intéressant, songea Annie. Elle avait déjà prévu de se rendre à Leeds après le travail pour parler à Tracy Banks, mais désormais la piste de Leeds s'intégrait à l'enquête officielle. Elle pouvait toujours raconter à Gervaise qu'Erin Doyle et Tracy Banks étaient colocataires – de toute manière, elle ne tarderait pas à le découvrir. D'autre part, Annie estimait que, dans les limites de ses moyens, il lui incombait de faire son possible pour tirer d'embarras la fille de Banks. Elle décida donc d'avancer prudemment et de s'en remettre à son propre jugement, du moins avant d'avoir appréhendé plus clairement la nature de cette affaire.

Naturellement, l'inévitable avait fini par se produire. Tracy et Jaff avaient veillé une bonne partie de la nuit, fumant des joints et buvant du Highland Park dans le jardin d'hiver. Ils avaient bien rigolé, passé des albums d'Animal Collective, des Fleet Floxes et de My Morning Jacket, et pillé pour finir la collection de DVD de Banks. Ils avaient choisi un film avec Jason Bourne, qui se résumait à peu près à une interminable course-poursuite entrecoupée de fusillades et de séquences de close-combat. Comme pour les CD, Jaff avait balancé par terre les films qui ne lui plaisaient pas, et le sol en était jonché. Tracy se rappelait le craquement des boîtiers qui se fendaient sous leurs pieds alors qu'ils titubaient en direction de l'escalier. Après ça, ses souvenirs devenaient passablement confus.

Quand elle émergea vers dix heures et demie, le lendemain matin, elle était nue sous le duvet de la chambre d'amis, et elle ne vit Jaff nulle part. Malgré sa migraine, elle était capable de reconstituer ce qui s'était passé.

Ils avaient emporté la bouteille de whisky à l'étage, dans la chambre de son père, et ils avaient roulé sur le lit. Jaff s'était mis à l'embrasser, promenant les mains sur tout son corps. Tracy avait légèrement résisté, prête à lui demander d'arrêter parce qu'elle se sentait patraque. C'était une expérience bizarre, de faire ça dans le lit de son père, et tout le vin et le whisky ingurgités lui avaient chamboulé l'estomac. Mais Jaff s'était montré pressant. Il lui avait enlevé son chemisier tandis que sa main s'égarait sur la fermeture de son jean. Elle n'avait pas tardé à le retirer, lui aussi, et à ce moment-là les nausées l'avaient prise.

Elle réussit à s'écarter de justesse et à se pencher pour vomir. Sur le moment, elle pensa que ça allait refroidir Jaff, surtout quand elle dut s'esquiver pour se rincer la bouche et se brosser les dents. Pourtant, quand elle revint rhabillée et reboutonnée, il était allongé nu sur le lit, souriant et le sexe dressé, et ils reprirent tout depuis le début. Encore sous l'effet du malaise, Tracy n'avait trouvé ni l'énergie ni la volonté de l'interrompre. Elle n'en avait pas vraiment envie, de toute façon. Elle ne voulait pas passer pour une allumeuse, et ses attentions la flattaient. Et vu qu'elle commençait à se sentir mieux, elle avait pas mal apprécié. Après tout, elle devait admettre qu'elle avait fantasmé sur Jaff plus d'une fois, et qu'elle l'avait embrassé sur la piste de danse. Et elle était consciente qu'un bon paquet de filles auraient pris sa place sans l'ombre d'une hésitation. En plus, elle avait fait ça dans la chambre de son père.

Elle ne se souvenait pas de tous les détails, mais elle savait que Jaff avait été rapide, malgré tout l'alcool qu'il avait avalé. Quelques minutes à peine, et tout était fini. Il s'était endormi aussitôt, à moins qu'il ait perdu connaissance. Quand Tracy fut certaine qu'il dormait profondément, elle sortit discrètement pour se faufiler dans la deuxième chambre, où elle couchait quand elle venait en visite. C'est là qu'elle ouvrit les yeux, accueillie par un soleil radieux et des chants d'oiseaux. Elle avait oublié de fermer les rideaux. Ne sachant plus où elle était, elle eut un instant de panique, puis la mémoire lui revint. Elle se rappela en même temps ce qu'elle avait fait, et où étaient restés ses vêtements.

Elle retourna dans la chambre de Banks pour se rhabiller. Jaff n'était pas en vue, et le silence enveloppait la maison. Elle passa par la salle de bains, prit quelques cachets de paracétamol dans la pharmacie de son père et redescendit en appelant doucement Jaff. Elle le découvrit pelotonné dans un des fauteuils en osier du jardin d'hiver, un demi-verre de whisky et un cendrier débordant posés près de lui sur la table. Elle lui trouvait presque l'air angélique, avec ses longs cils, ses lèvres entrouvertes et humides et son souffle léger. Elle fut tentée de l'embrasser encore, mais la peur de le déranger la retint.

Sans faire de bruit, Tracy prépara du thé et des toasts à la cuisine, puis elle décida de ranger un peu. Elle commença par monter dans la chambre de l'étage avec un torchon et de l'eau et, rouge de honte, entreprit de nettoyer les vomissures – le sol était du parquet, heureusement, il n'y avait pas de moquette. Tout de même, comment avait-elle pu faire une chose pareille ? Elle redescendit ensuite dans la pièce à vivre. Ne sachant par où commencer, elle retourna à la cuisine se resservir du thé.

C'est à ce moment-là qu'elle repensa à son mobile : puisque Jaff dormait toujours, elle pouvait se débrouiller pour le récupérer. Il ne s'en apercevrait pas avant un bon bout de temps. Elle se rappelait qu'il l'avait rangé dans son sac de voyage. Il avait affirmé que le portable les mettait en danger, et c'était certainement la vérité. Ne serait-ce que par son père, Tracy avait entendu parler de gens qui s'étaient fait repérer grâce au signal de leur mobile, et Jaff avait l'air de savoir ce qu'il racontait. Pourtant elle mourait d'envie de reprendre son téléphone ; ce serait un immense réconfort de l'avoir avec elle. Et dans la mesure où elle ne l'allumait pas, elle ne risquait pas de faire de mal. Même si Jaff s'en apercevait, il ne trouverait sûrement rien à redire.

Elle était à deux doigts d'aller ouvrir le fourre-tout posé sur la table lorsqu'il sortit du jardin d'hiver en s'étirant, bâillant et se frottant les yeux. L'occasion était passée.

— Salut, tu veux du thé ?

Jaff se contenta d'un grognement en guise de réponse. Apparemment, il n'était pas du matin. Tracy servit quand même du thé, qu'il but avec du lait et deux sucres. Il fit la grimace en lui signalant qu'il préférait le café. Tracy lui en prépara aussitôt.

— Je meurs de faim, dit-il en remplissant sa première tasse. Il reste quelque chose à manger ?

En plus des placards, Tracy avait inspecté le réfrigérateur et le congélateur. Ils ne contenaient que de la soupe et deux ou trois boîtes de haricots à la tomate. Ils mangèrent les haricots sans les réchauffer, à même la conserve.

— Si on envisage de rester, fit remarquer Tracy, il va falloir aller faire des courses. Les provisions sont épuisées. On sera obligés d'aller à Eastvale.

— Tu dis que ton père est absent jusqu'à quand ?

— Lundi prochain. On est tranquilles pour un petit moment. Tu as pu réfléchir à une solution ?

— Plus ou moins.

— Et alors ?

— Je crois qu'on ferait aussi bien de ne pas bouger tant qu'on est en sécurité. On reste jusqu'à la fin de la semaine, d'ici là les choses se seront calmées. Ici on est loin de tout, l'endroit est agréable et personne ne viendra nous poser des questions gênantes. Qui aurait l'idée de me chercher ici ? À supposer que quelqu'un rapplique, tu peux toujours t'en occuper et l'envoyer bouler en assurant que tout va bien. Après tout, tu es dans la maison de ton père. C'est ton droit le plus strict, non ? Et même la musique et les DVD sont corrects. Sans parler des bouteilles. On aurait pu tomber plus mal.

— Mais on ne peut pas rester indéfiniment, argua Tracy, imaginant vaguement les nouvelles dégradations que Jaff risquait de causer au domicile de son père.

Elle avait apprécié l'abandon insouciant de la veille, la sensation de liberté débridée, mais ça ne pouvait pas durer éternellement.

— Je sais, ma belle. (Jaff s'approcha doucement et lui caressa les cheveux, la joue, la poitrine.) Il faut juste que je concrétise quelques projets, tu comprends ? Je connais du monde. J'ai un ancien copain de fac à Clapham, qui peut nous filer des faux passeports sans poser de questions, mais j'ai besoin de quelques jours pour m'organiser, passer des coups de fil. Ça coûte du fric, ces choses-là. Je disais juste qu'on avait une bonne planque pour le moment, et que ça nous suffisait. Dès que j'aurai tout mis en place, on pourra descendre à Londres et quitter le pays. Quand on aura traversé la Manche, on sera à l'abri.

— Tu oublies Interpol, Europol et compagnie. J'ai vu un reportage à la télé, il existe toutes les polices imaginables.

— Tu stresses trop, arrête d'être aussi chiante. Tout ce que je veux te dire, c'est que si on sait comment s'y prendre, on peut se volatiliser à l'étranger.

— Et tu sais, toi ?

— Fais-moi confiance, répondit Jaff en l'embrassant. Tiens, je te conseille d'acheter un nouveau rouge à lèvres quand on ira à Eastvale. Du rose, peut-être. J'aime pas du tout ce rouge foncé. Pareil pour ton vernis à ongles. Ça fait pétasse. Choisis un truc moins voyant. Et tes cheveux, tu ne peux pas changer ? Je te préférais sans les mèches.

— Ça part assez facilement au lavage.

Gênée, Tracy effleura ses cheveux et se passa la langue sur les lèvres, avant d'examiner ses ongles écarlates. Son malaise persistait. Elle n'était pas du tout sûre d'avoir envie de modifier son apparence, ni de vouloir partir en exil forcé avec Jaff de l'autre côté de la Manche. Il lui plaisait bien, mais elle ne le connaissait que très peu, et ce n'était pas elle qui avait enfreint la loi. Elle n'était pas en cavale, elle. À vrai dire, elle ne savait pas trop ce qu'elle faisait, ni ce qui l'y poussait. Le seul tort qu'elle avait jusqu'ici, c'était d'avoir aidé à mettre la pagaille chez son père, et d'avoir picolé une partie de ses réserves d'alcool. Elle décida de se concentrer sur l'instant présent. Pour le reste, elle aviserait plus tard.

À quelque distance de là, dans son manoir du XVIIIe siècle situé à la limite nord-ouest de Ripon, George Fanthorpe, dit « le Fermier », contemplait son domaine derrière la baie vitrée, tout en ruminant les dernières informations. Dans la vitre, il voyait se refléter son visage congestionné aux traits anguleux, ses épaules tombantes et ses épaisses boucles de cheveux grisonnants. Au-delà de son image s'étendait le jardin qui faisait sa fierté et sa joie, avec sa superbe pelouse bien taillée, la balançoire, le toboggan et la bascule qu'il avait installés pour les enfants, les haies de topiaires, les allées en cendrée, les fontaines, les parterres de fleurs et les carrés de légumes où Zenovia aimait passer du temps, quand elle ne partait pas faire les boutiques à York.

Les hauts murs d'enceinte de la propriété étaient tapissés de vigne vierge, et si les arbres les cachaient en partie, il y avait suffisamment de trouées dans la végétation pour offrir une magnifique perspective sur les collines du Wensleydale, par-delà Marsham. Aujourd'hui, les vagues pétrifiées des collines qui ondulaient dans les lointains n'étaient qu'une succession de monticules d'un gris éteint, chacune plus haute que la précédente. Fanthorpe adorait ce paysage, il pouvait l'admirer des heures sans se lasser. Il était encore plus spectaculaire depuis la fenêtre de sa chambre, où la vue était parfaitement dégagée. Cependant les murs étaient indispensables. Il les avait même fait couronner de tessons de verre. Car Fanthorpe, le Fermier, ne manquait pas d'ennemis.

Le temps couvert de cet après-midi s'accordait bien à son humeur. Il se passait des choses dans les postes reculés de son empire qui lui déplaisaient fortement. Pour lui qui se targuait d'opérer en toute discrétion, les bribes d'information rapportées par Darren compromettaient son équilibre – et c'était un faible mot.

Il se tourna à demi pour lui demander :

— Tu es sûr que c'est bien la copine de Jaff ?

— Certain, confirma Darren qui se tenait derrière lui en silence, les bras croisés.

Fanthorpe savait que Darren n'avait rien d'un alarmiste, il n'exagérait jamais et ne paniquait pas pour des bricoles. Même en cas de pépin, Darren savait garder la tête froide. Et il était capable de comprendre la valeur de l'intelligence.

— Ils ont retrouvé le flingue chez elle ?

— Chez ses parents. Ils l'ont dit aux nouvelles.

— Un flingue, c'est tout ? Je veux dire… ils n'ont pas parlé de…

— Non, que le flingue. Les flics ont tiré sur un vieux type avec un Taser. Il est mort.

Tournant le dos à la baie vitrée, Fanthorpe se rapprocha de Darren.

— Sale coup. C'est la dernière chose dont on avait besoin, tu t'en rends bien compte. Maintenant que les négociations avec les Russes roulent comme il faut. Les Lituaniens qui se mettent au pas, le deal avec les Albanais… Qu'est-ce qu'il lui a pris, à ce connard, de refiler ce flingue à sa foutue gonzesse ? Et où il est passé, d'abord ? On l'attendait hier soir avec la marchandise, bordel de merde.

— Je sais pas trop. Si ça se trouve, c'est pas lui qui lui a donné l'arme. Elle a pu l'embarquer en même temps que la came. Les flics ont pas précisé. Qu'est-ce qu'on fait, à votre avis ?

— Ciaran est avec toi ?

— Oui, dans la voiture.

Fanthorpe se mit à arpenter la pièce en se creusant la tête. Il devait éviter toute manœuvre capable d'attirer l'attention sur lui – et dans sa branche, Dieu sait si on tenait à passer inaperçu. Il dirigeait des activités criminelles d'une ampleur et d'une diversité inouïes, du vaguement louche au carrément illégal : son rôle consistait à répondre à la demande et à acheminer la marchandise, qu'il s'agisse de stupéfiants, d'argent sale, de berlines de luxe ou de prostituées non consentantes. Ses propres filles fréquentaient l'école la plus cotée de la région, et sa jeune et belle épouse serbe ne risquait pas de s'abîmer les mains en lavant la vaisselle. Autant de choses qu'il souhaitait protéger. Le manoir aussi, bien sûr, ça allait de soi.

Par moments, il restait médusé devant l'immobilité de Darren. Il ne battit même pas des paupières en attendant sa réponse.

— C'est passé aux infos de ce matin ?
— Oui.
— Ils ont cité le nom de Jaff ?
— Pas encore. La fille a l'air de fermer sa gueule.
— Pour le moment, oui, mais ça ne dure jamais.
— Elle est en liberté provisoire. On peut se débrouiller pour mettre la main dessus. On pourrait…

Fanthorpe leva la main, paume ouverte, pour l'interrompre.

— Non. J'apprécie vraiment ton intention, Darren, et si quelqu'un peut le faire, c'est bien Ciaran et toi. Mais ça serait trop casse-gueule. Je sais qu'on a déjà fait ça quand on avait un souci avec des témoins, mais cette fois, les risques l'emportent nettement sur les avantages. Si la fille ne balance pas son nom, quelqu'un d'autre s'en chargera. Tu penses bien qu'ils doivent traîner avec des gens dans leur style, et montrer leur fric pour se faire mousser. Tu connais les jeunes d'aujourd'hui. Les boîtes, les pubs. Les mêmes personnes se retrouvent. Les langues se délient. Si c'est pas elle qui le dénonce, il y aura toujours quelqu'un pour le faire.
— Et après ?
— Pour commencer, je veux que tu visites l'appartement de Jaff. Tu vois où c'est ? Ce quartier branché près des docks de Leeds. Voici la clé. Il détient quelque chose qui m'appartient, et je veux le récupérer. Il a peut-être appris ce qui était arrivé à sa copine, et il a décampé en emportant tout avec lui… il connaît les conséquences, pourtant. Va faire un tour sur place, on sait jamais.

Darren rangea la clé dans sa poche sans même demander à Fanthorpe comment il se l'était procurée. Il s'en fichait.

— Pas de problème, patron. Et pour la suite ?

— Jaff. Il se prend pour un dur, mais il se surestime. Une fois que les flics l'auront pincé – ce qui va forcément arriver – il ne tardera pas à cracher le morceau, si ce n'est pas déjà fait. Ils risquent aussi de lui proposer un marché. Il en sait trop sur notre compte. Beaucoup trop. (Fanthorpe secoua la tête.) J'ai l'impression de rêver. Tu sais qu'on était pratiquement associés ? J'ai traité ce gamin comme le fils que je n'ai pas eu. Je l'ai formé, et voilà comment je suis récompensé.

— On est pas encore sûrs qu'il soit en faute.

Fanthorpe vira au cramoisi.

— Premièrement, il m'a filé une putain d'indigestion. Et en plus il a laissé la police alpaguer son flingue à cause d'une poufiasse demeurée. Si ça te suffit pas, je me demande ce qu'il te faut. Pour nous c'est devenu un poids mort.

— Et alors, questionna de nouveau Darren, comment est-ce qu'on s'y prend ?

— Quel que soit le préjudice, il faut que ça s'arrête avec Jaff. Il y a des éléments concrets qui peuvent le relier à nous ?

— Très fragiles, dans le meilleur des cas. Des rumeurs, des insinuations. Rien d'ingérable, quoi. On peut toujours rattraper les fuites.

— Bon, c'est ce que je pensais, opina Fanthorpe. Les rumeurs, les insinuations, c'est pas plus utile que de pisser dans un violon, mais ça peut causer des dommages collatéraux. Tout ça doit finir avec Jaff. Occupe-t'en.

— OK, patron.

— Tu trouves où il crèche, et tu lui rends une petite visite. Ne le ramène pas ici, surtout. Conduis-le dans un endroit bien tranquille, et tâche de comprendre ce qu'il mijote exactement. Si besoin est, laisse Ciaran se défouler sur lui. Depuis le temps, la soif de sang doit le travailler de nouveau. Soutire-lui tout ce que tu pourras, et arrange-toi pour récupérer la came. Tu n'auras qu'à m'appeler quand ce sera fait, et je te donnerai des instructions pour la suite. Tu crois que tu vas t'en tirer ?

Darren le dévisagea, stupéfait qu'il lui pose cette question.

— Bien sûr que oui, fit Fanthorpe en lui tapotant l'épaule. Je n'en doute pas, mon vieux. Tu ne m'as jamais déçu, jusqu'ici. Rappelle-toi, tout doit s'arrêter avec Jaff. D'abord tu me rapportes la marchandise, et après… (Il se passa le tranchant de la main en travers de la gorge.) Après c'est terminé.

5

Eu égard à son statut, la commissaire Gervaise occupait l'ancien bureau de Gristhorpe, son prédécesseur, mais Annie le trouvait beaucoup moins encombré qu'à l'époque où le bonhomme était en poste. Plus net, plus clair, mieux aéré. La nouvelle peinture bleu pâle qui couvrait les murs avait fait des merveilles. Au lieu des rangées de classiques à reliure cuir de Gristhorpe, les rayonnages contenaient essentiellement des ouvrages en rapport avec le métier, séparés ici ou là par des coupes ou des trophées de dressage et de saut d'obstacles, et quelques photos de famille dans leurs cadres argentés. Un MacBook blanc était ouvert sur le bureau bien rangé, légèrement décalé sur un côté. Les bruits de la rue entraient par la fenêtre ouverte – une voiture qui démarrait, des écoliers qui s'apostrophaient d'un bout à l'autre de la place du marché, la porte coulissante d'un gros camion de livraison – mêlés par moments à un souffle d'air frais et à l'arôme de pain chaud montant de la boulangerie Chez Pete.

— Asseyez-vous, Annie. J'ai déjà commandé le thé. Du Earl Grey, ça vous convient ?

— Très bien.

Annie s'assit jambes croisées et se carra contre le dossier de sa chaise. Gervaise était en train de jouer avec un trombone qu'elle dépliait lentement, fronçant ses lèvres en arc de Cupidon.

— C'est joli, vos mèches blondes, dit-elle finalement, tournant vers Annie son regard bleu. Qu'est-ce qui vous a décidée ?

— Difficile à dire. Les blondes s'amusent mieux dans la vie, il paraît.

Annie n'était pas persuadée d'avoir fait le bon choix. La coupe courte avait été un premier pas vers un changement de look, mais les mèches blondes, c'était plus dur à assumer. Elle ne se sentait pas encore à l'aise.

— Et alors, votre vie est devenue plus drôle ?

— En ce moment, je dois avouer que non.

— La mienne non plus.

Gervaise se tut un instant et reposa le trombone. Annie remarqua une gouttelette de sang à son index.

— Écoutez, Annie, nos relations ont certes connu des hauts et des bas, mais je vous aime bien. J'avais envie que vous le sachiez. Même si votre loyauté déplacée envers l'inspecteur Banks prend parfois le dessus sur le respect de la procédure, voire sur le simple bon sens, j'apprécie ce que vous êtes. Et c'est quelque chose que je tiens à cultiver. Comment ça se passe, pour vous ?

— C'est-à-dire ?

— Ma question est très simple. Comment ça va dans votre vie ? En général. Vous allez bien ?

— Oui, madame, tout va bien.

— Vous me le diriez si ce n'était pas le cas ?

— Probablement pas.

— Je dois en conclure que je n'ai pas encore gagné votre confiance ?

— Ça n'a rien à voir…

Annie laissa sa phrase en suspens.

— Avec quoi ? Continuez.

Annie fit non de la tête.

— Ce que j'avais à l'esprit, poursuivit Gervaise, c'était vos relations avec Alan. L'inspecteur principal Banks. Je ne suis pas en poste depuis très longtemps, mais je n'ai pu que noter le lien particulier qui existe entre vous deux.

— Il n'y a rien de répréhensible là-dedans, si c'est le sens de votre remarque. Rien de sentimental, et rien d'inconvenant.

— Oh, là ! coupa Gervaise en levant la main, j'ai l'impression que madame proteste un peu trop vivement. Bref, peu importe. Je ne faisais pas allusion à votre vie sexuelle. Ah, le thé arrive. Entrez, Sharon, et posez le plateau ici, je vous prie. Merci.

L'agent qui avait apporté le thé fit un sourire et se retira avec un petit signe de tête.

— On va laisser momentanément ce sujet de côté. Je reprendrai plus tard mon rôle de mère. En fait, je voulais souligner que vous vous complétiez admirablement dans le travail, tous les deux. Je sais que les choses ont tendance à dérailler quelquefois, surtout quand l'inspecteur Banks s'en mêle, et sur le papier on pourrait trouver beaucoup à redire, mais en définitive vos affaires sont résolues, et nous obtenons de bons résultats. Je parle pour vous deux, là.

Gervaise se pencha en avant, les mains jointes sur le bureau. La petite goutte de sang avait taché les doigts de sa main gauche. Un rayon de lumière fit étinceler le diamant de sa bague de fiançailles.

— Je vais être franche avec vous : je me fais du souci pour Alan. J'ai commencé à m'inquiéter après cette histoire avec le MI5, au printemps dernier. Quelque chose… a changé en lui. Et puis les rumeurs circulent… Je crois qu'il s'est séparé de son amie, en plus ?

— Oui. Sophia.

Annie n'avait jamais vraiment apprécié Sophia, elle l'avait percée à jour dès le début : une jeune femme vaniteuse et superficielle, habituée à ce que les hommes la désirent et la fêtent comme une muse. Elle avait besoin de leur adulation, elle s'en nourrissait, et les attentions d'un homme séduisant et plus âgé qu'elle de la stature de Banks avaient flatté son ego. Momentanément. Jusqu'à ce qu'une proposition plus attrayante se présente à elle, quelqu'un qui lui écrirait des poèmes ou des chansons, peut-être. Cependant, Annie ne pouvait pas s'en ouvrir à Gervaise, qui interpréterait ses paroles comme un signe d'amertume, une réaction dictée par l'envie et la jalousie. Ce qui était en partie exact. Depuis que Banks avait rompu avec Sophia et s'était replié sur lui-même, Annie avait beaucoup réfléchi à leur brève liaison. À une époque il avait été à elle. Aurait-elle dû s'accrocher, faire davantage d'efforts ? Demander une mutation dans un autre service pour éviter qu'ils travaillent ensemble ? Car c'était bien cela le fond du problème, elle s'en était aperçue. Elle n'avait pas réussi à concilier collaboration professionnelle et relation amoureuse.

— Vous pensez qu'il y a autre chose ?

Annie se força à reprendre pied dans le présent.

— Pardon ?

— Je voulais savoir s'il avait d'autres sujets d'inquiétude. Je ne vous demande en aucun cas de trahir sa confiance, que ce soit bien clair. Je ne me soucie que de son bien. Et du vôtre, naturellement. De celui de la brigade dans son ensemble.

— Honnêtement, je ne vois rien de plus. En tout cas, il ne m'en a pas fait part. Simplement…

Gervaise s'inclina un peu plus vers elle.

— Oui ?

— Oh, pas grand-chose. Je partage votre sentiment, c'est tout. L'impression que ça ne s'arrête pas là, qu'il est obnubilé par je ne sais quoi. Ou qu'il est parvenu au terme de quelque chose. Cela dit, il ne se confie pas à moi. Peut-être s'est-il éloigné pour tenter de prendre un nouveau départ ?

— Espérons alors qu'il y réussira. Son retour est prévu pour quelle date, au juste ? J'ai ça dans mes fiches, voyons… Lundi, c'est bien ça ?

— Tout à fait.

Alors qu'elle remuait des papiers sur son bureau, Gervaise remarqua le sang sur sa main et l'essuya avec un kleenex, puis elle pianota rapidement sur son MacBook.

— Ça me tracasse un peu qu'il débarque au beau milieu de cette affaire. D'autant plus qu'il connaît les Doyle.

— Il s'en sortira, affirma Annie avec plus de conviction qu'elle n'en éprouvait. Il a du ressort. Quoi qu'il advienne, il s'en tirera. Inutile de s'inquiéter outre mesure.

— En effet, nous avons certainement assez d'ennuis comme ça.

— Comment va-t-on s'y prendre ?

— S'y prendre ? Mais en obéissant aux ordres, évidemment. En d'autres termes, coopérer avec le commissaire Chambers et son équipe, et éviter d'empiéter sur ses plates-bandes. Si j'ai bien compris, il a recruté deux officiers de l'Inspection Générale de Manchester pour mener l'enquête à sa place. Quant à la scène de crime – le domicile des Doyle –, elle reste sous la responsabilité de Trethowan.

— Et nous, alors ?

— Nous, nous sommes chargés d'enquêter sur l'arme trouvée en possession d'Erin Doyle. Enfin, l'arme découverte dans sa chambre… On n'a toujours aucune certitude sur celui qui l'y a placée. (Gervaise consulta sa montre.) Le labo de Birmingham devrait nous envoyer son rapport préliminaire avant la fin de la journée. C'est moi qui superviserai officiellement ce dossier, et vous me seconderez. Les choses étant ce qu'elles sont par ici, vous allez assurer le plus gros du travail, Winsome, Harry Potter et vous, vous vous en doutez. L'agent Masterson peut vous aider, aussi. Elle a besoin d'expérience. De mon côté, je suis prête à parier que mon temps va filer en réunions et discussions de toutes sortes. Sans parler de cette fichue paperasse. Je ne veux entendre aucune plainte vous concernant de la part de la famille ou du commissaire Chambers. Est-ce que j'ai été bien claire ?

— Oui.

— Je suppose que vous avez affecté un officier de liaison avec la famille ?

— Patricia Yu. Elle a suivi la formation requise, et elle a un an d'ancienneté.

— Parfait. Je voudrais que vous preniez un maximum de précautions dans cette enquête, et que vous me teniez au courant. Des comptes rendus réguliers, précisa-t-elle en tapant de la main sur sa table. Ici, dans mon bureau.

— Bien, fit Annie en se levant pour partir.

— Annie ?

Déjà à la porte, elle fit demi-tour.

— Surveillez bien vos arrières. Je n'ai pas plus confiance en Chambers que vous. (Elle ajouta après un silence :) En ce qui concerne l'inspecteur Banks, si jamais quelque chose… Enfin, vous voyez ce que je veux dire.

— Oui, je comprends.

L'heure du déjeuner était déjà passée lorsque Tracy décida enfin Jaff à partir pour Eastvale. Il avait tellement traîné les pieds qu'elle avait proposé de faire les courses sans lui – ce qui lui convenait beaucoup mieux – mais il avait refusé. Il tenait à l'avoir toujours sous les yeux, avait-il déclaré. Quelle délicate attention, avait raillé Tracy, mais Jaff n'avait pas capté le sarcasme.

Les routes et les villages du Swainsdale étaient envahis de touristes, et personne ne prêta attention à la Ford Focus gris métallisé de Vic quand ils traversèrent Gratly, Helmthorpe et Fortford. Jaff conduisait prudemment, en se maintenant juste au-dessus de la vitesse autorisée, comme la plupart des autres véhicules, mis à part lorsqu'un tracteur l'obligea à rouler au pas. Il jura si abondamment que Tracy éclata de rire.

— On dirait que tu n'as jamais été à la campagne.

Jaff riait aussi.

— Tu sais, ma belle, j'ai déjà pris des routes pires que celle-ci. Mais tu as raison. Pour les tracteurs et les caravanes, je suis d'accord avec Jeremy Clarkson[1].

Le temps qu'ils arrivent à Eastvale, le ciel s'était déjà couvert. Ils trouvèrent une place de parking

---

1. Présentateur vedette de la BBC et journaliste spécialisé dans l'automobile (*N.d.T.*).

payante sous le centre commercial de Swainsdale, et empruntèrent l'escalator pour rejoindre la galerie marchande. Les boutiques grouillaient de monde et Tracy eut peur de tomber sur une de ses connaissances, avant de réaliser que ce n'était pas bien grave. Personne n'était au courant, pour elle et Jaff, personne ne savait qu'ils se faisaient discrets en attendant que les nuages se dissipent.

Par moments, Tracy se demandait s'il y avait encore des gens qui allaient travailler. L'économie battait de l'aile, certes, mais pourquoi les gens passaient-ils leur journée au centre commercial s'ils n'avaient pas d'emploi, et pas d'argent à dépenser ? À moins qu'ils se complaisent à soupirer d'envie devant les articles inaccessibles exposés en vitrine. Ç'aurait été d'une sottise achevée, tout de même. La plupart des promeneurs étaient en âge d'exercer une activité – si tant est qu'il en restait. On croisait bien sûr les mères de famille poussant le landau du bébé ou traînant un marmot par la main, mais bon nombre des flâneurs étaient de jeunes adultes, et les autres n'avaient pas l'âge de la retraite.

Jaff et Tracy se fondirent sans peine dans la foule. Ils achetèrent des journaux chez WH Smith et quelques CD et DVD chez HMV. Jaff s'offrit trois chemises blanches, une veste sport Hugo Boss et une paire de jeans griffés.

— Tu sais, observa-t-il en jaugeant Tracy, quelques vêtements neufs ne te feraient pas de mal. Le look friperie, ce n'est pas ce qui t'avantage le plus.

La remarque la vexa. Une bonne partie de sa garde-robe provenait des friperies, c'était un fait, mais jamais personne n'avait prétendu que ça ne lui allait pas. Elle n'achetait quand même pas de vieilles frusques ringardes. Jaff la guida dans les boutiques, et elle ressortit avec un jean Levi's, un chemisier en soie bleu, une jupe droite bordeaux et le haut assorti, et un ensemble de T-shirts coûteux aux coloris variés. Il lui prit aussi une veste en daim ajustée pour remplacer celle en denim, qui s'était déchirée. Jaff ayant déclaré qu'il l'avait en horreur, Tracy la jeta sans plus tarder à la poubelle.

En essayant les vêtements neufs, Tracy se sentait plus raffinée, plus proche de la Francesca qu'elle s'était inventée. Étudiant son reflet dans le miroir de la cabine, elle décida qu'elle serait sans doute encore mieux si elle se débarrassait de ses mèches colorées. Elle s'occuperait de ça dès leur retour au cottage de son père. Tracy avait hérité des couleurs maternelles – un blond naturel pour la chevelure et des sourcils plus sombres – et maintenant qu'elle portait les cheveux courts et hérissés, dans le style pixie, et des vêtements de qualité, elle ressemblait moins à une étudiante qu'à un jeune cadre. La jupe serrée soulignait sa taille fine et ses hanches étroites, tandis que le bustier mettait en valeur ses seins menus. Jaff lui acheta même de la lingerie sexy, et il remplaça la besace en toile élimée qu'elle traînait depuis des lustres par un joli sac en cuir Gucci à bandoulière, où elle pourrait transporter toutes ses affaires. Sa vieille sacoche rejoignit la veste dans une poubelle.

Tracy avait également besoin de shampoing et d'après-shampoing, d'un tube de rouge à lèvres de la teinte qui plaisait à Jaff, de dissolvant, d'une brosse à dents et de dentifrice. Elle n'avait rien emporté d'autre de Leeds que sa besace, et avait utilisé les affaires de toilette de son père.

Elle trouva ce qu'elle cherchait dans un Superdrug. Alors qu'elle sortait sa carte pour régler les achats, Jaff arrêta brusquement son geste.

— Qu'est-ce qui te prend ? Tu es dingue, ou quoi ?

— Jaff, protesta Tracy, je n'ai plus un sou en liquide. Il faut bien que je paie tout ça.

— Tu ne peux pas utiliser tes cartes de crédit, chuchota-t-il en jetant un regard alentour. On risquerait de remonter jusqu'à toi. C'est ce qu'ils regardent en premier. Tu n'es pas au courant ? Tu prends cette histoire à la légère, dis-moi ?

— Toi tu t'es servi de la tienne, pourtant. Je t'ai vu faire.

— C'est une carte d'entreprise, on ne peut pas la relier à moi.

— Mais pourquoi… Bon, tant pis.

Tracy n'avait pas encore pris l'habitude de réfléchir en fugitive. Et il était bien possible qu'elle ne prenne pas la chose très au sérieux. D'ailleurs, elle n'était pas très sûre de vouloir faire face à la réalité, même si elle devait obéir à Jaff pour le moment. Tout rentrerait vite dans l'ordre, elle n'en doutait pas, et ils pourraient reprendre une vie normale, mais dans l'immédiat elle devait se prêter au jeu.

— Moi, personne ne me recherche, souligna-t-elle.

— Pas si sûr. Et sinon ça va venir. Il vaut mieux faire attention. OK, ma belle ? Ça ne coûte pas une fortune, prends ça.

Grimaçant un sourire, Jaff tira de sa poche une liasse de billets, et préleva discrètement deux coupures de vingt livres qu'il lui tendit.

— Ça devrait suffire. Tu peux garder la monnaie, au cas où tu verrais autre chose à ton goût. Surtout, ne te sers pas de ta carte. Si tu as besoin de quoi que ce soit, appelle-moi.

Tracy accepta l'argent, se gardant bien d'interroger Jaff sur sa provenance, tout comme elle avait évité de demander pourquoi la carte n'était pas à son nom. Cette expédition au centre commercial lui donnait le tournis, éveillant en elle un mélange de peur et d'excitation.

Ils finirent leurs courses par le supermarché Tesco, où ils prirent un assortiment de plats tout prêts à réchauffer. Pizzas, quiches, poulet à la Kiev, currys… qu'ils complétèrent par des œufs, du pain, du bacon, du lait, des barres chocolatées et des biscuits pour les crises de fringale, un supplément de haricots en boîte, du fromage et de la viande conditionnée pour garnir les sandwiches. Avec tout ça, ils tiendraient probablement jusqu'à la fin de la semaine. Jaff jugea inutile d'acheter du vin, puisque le père de Tracy avait suffisamment de bonnes bouteilles en réserve.

Ils regagnèrent leur véhicule et rangèrent leurs paquets dans le coffre.

— On a passé un bon moment, fit Tracy. Qu'est-ce que tu as envie de faire, maintenant ?

— J'ai faim. Ça te dirait, de déjeuner dans un pub ?

— Pas de problème, on pourra s'arrêter en route.

Debout près de la voiture, elle regardait en contrebas les jardins en terrasses et la rivière qui cascadait sur les rochers au-dessous des murailles abruptes du château, à sa droite. Plus jeune, elle s'y promenait souvent avec son père, et elle avait si peur de tomber quand ils longeaient l'à-pic qu'elle serrait sa main très fort, lui demandant comment les petites fleurs pouvaient pousser parmi ces roches effritées. Il lui avait expliqué que c'étaient des épilobes à épis, et qu'elles arrivaient même à croître après un incendie de forêt. Quel joli nom, avait-elle pensé, pour une plante aussi tenace et aussi robuste. Les jours de grand vent, elle imaginait qu'une bourrasque allait les emporter tous les deux comme des feuilles d'automne, mais il lui avait assuré qu'il ne la lâcherait jamais. Et il avait tenu parole. Jusqu'à maintenant. Quand elle se tourna vers Jaff, ses yeux étaient embués de larmes.

— Qu'est-ce qui se passe ?

— Rien, c'est juste le vent. Et le soleil. J'aurais dû m'acheter des lunettes au Superdrug. Bon, il nous reste une heure de stationnement payé. Tu veux qu'on aille jeter un coup d'œil à la maison d'Erin ? Tu sais, la rue qu'on a vue aux actus d'hier soir. Comme ça, on saura s'il y a toujours du remue-ménage.

— On est à côté ?

— Pas très loin.

— D'accord, alors, mais il faudra faire gaffe.

Ils quittèrent le centre commercial par la sortie de York Road, traversèrent la place pavée et s'engagèrent dans Market Street après avoir croisé le Queen's Arms. Tracy portait son Levi's moulant tout neuf, et son T-shirt blanc collait agréablement à sa peau. Elle se sentait en beauté. Jaff la prit par la main. Ils passèrent devant le commissariat où travaillait son père, mais naturellement, elle ne pouvait pas en parler à Jaff. L'image du lit et des dégâts qu'ils avaient causés dans le cottage lui revint brusquement en mémoire. Des taches de whisky – et pire – maculaient les draps de son père.

Ils n'avaient pas beaucoup avancé lorsque Jaff

commença à se plaindre de la distance et de la faim. Tracy lui rit encore au nez.

— Un vrai citadin. Je parie que tu ne vas jamais nulle part à pied.

— Ça sert à ça, les voitures, non ? On est encore loin ?

— Après le prochain passage piétons.

Avant même d'atteindre Laburnum Way, Tracy constata que la police était toujours sur place. Par prudence, ils restèrent de l'autre côté de Market Street, mais elle vit que l'impasse demeurait fermée à la circulation. Si les riverains pouvaient se déplacer à leur guise, les voitures et les fourgons de police garés de biais rendaient la voie quasiment impraticable aux automobilistes, et décourageaient certainement les badauds.

Au domicile d'Erin, un ruban de protection barrait le portail et la porte d'entrée – Tracy reconnut son motif bleu et blanc – et deux policiers en tenue montaient la garde. Alors que Jaff et Tracy lançaient des regards furtifs, jouant les amoureux en balade, deux hommes en combinaison blanche sortirent de la maison, équipés de coiffes et de protège-chaussures. Tracy en repéra plusieurs qu'elle connaissait, espérant qu'ils ne l'identifieraient pas. Telle qu'elle était en ce moment, le risque était mince. En plus, se répéta-t-elle, elle n'était pas recherchée, et même si Jaff l'était, ils ne risquaient pas de le reconnaître. Nul ne leur prêta attention. C'était une chose de voir les images à la télévision, se disait Tracy, c'en était une autre d'assister directement à la scène, pour de bon.

— Merde, souffla Jaff, accélérant le pas à la vue des camions de la police scientifique. C'est là qu'elle habite ? On dirait que c'est grave.

— Je te signale quand même qu'ils ont trouvé l'arme. Pour eux, c'est du sérieux. Et dans un paisible quartier résidentiel comme Laburnum Way, ça n'arrive pas tous les jours.

— Tu dois avoir raison. Ça m'a l'air assez coquet, comme endroit. Malgré tout… ils ont vraiment besoin d'être aussi nombreux ?

Tracy aurait pu lui assurer que oui, elle aurait même pu lui détailler les fonctions de chacun et estimer le temps qu'ils passeraient sur les lieux, mais elle préféra tenir sa langue.

— Comment tu veux que je le sache ? On peut prendre un autre chemin au retour, si tu veux, proposa-t-elle en l'entraînant dans une rue sur la gauche, qui aboutissait sur York Road, près de l'université. Ça rallonge un peu le trajet, mais ça nous évite de recroiser la police. Cela dit, rien ne nous prouve que tu es recherché actuellement, si ?

— Ça ne va pas tarder, je parie. À supposer qu'Erin ne parle pas, quelqu'un d'autre le fera, c'est forcé. Ils iront chercher ses amis, les gens qu'elle fréquente dans les clubs, ses collègues du restaurant. On doit rester sur nos gardes.

Il regarda derrière lui avec un léger frisson.

— Viens, on retourne à la voiture et on trouve un endroit pour manger à la sortie de la ville. Je me sentirai plus tranquille qu'ici.

Tournant le dos au Golden Gate Bridge, Banks longeait Fisherman's Wharf sous le soleil matinal, mangeant à même la barquette des beignets au crabe à la sauce piquante. Avisant le bateau de touristes qui filait vers Alcatraz, il hésita à s'y rendre aussi. Non, finalement, il préférait s'abstenir. C'était peut-être un site chargé d'histoire, mais ça lui rappelait trop le boulot. Pas question de visiter une prison et de se retrouver dans une cellule, même si elle avait abrité Al Capone. De toute manière, il était venu pour se changer les idées. C'était son intention, du moins. Il savait pourtant qu'il ne pouvait pas fuir ses problèmes ; il les emporterait avec lui partout où il irait. Malgré tout, un changement de décor et du temps pour réfléchir lui avaient paru essentiels. Un voyage lui procurerait des expériences inédites, de nouvelles sensations et, dans le meilleur des cas, un regain d'inspiration. Au pire, il rentrerait avec une moisson de photos de vacances qu'il stockerait dans son ordinateur et ne regarderait jamais plus.

La nuit il ne trouvait plus le sommeil, hanté par l'horreur de l'attentat dont il avait été témoin, rongé de remords pour avoir causé la mort d'un innocent. Dès qu'il posait la tête sur l'oreiller, il était assailli par les odeurs de fumée, la vue du sang répandu, les hurlements. Et chaque fois, il voyait se répéter au ralenti la scène de la collision. Le corps ensanglanté affalé sur le capot de sa Porsche, les agents du gouvernement qui lui assuraient que c'était la meilleure issue possible. Il se rappelait la pluie, le sang et les larmes ruisselant sur son visage pendant la longue marche dans le noir qui le ramenait chez lui. Aurait-il pu aborder la situation différemment ? Était-il en tort ? Sans doute, mais il n'avait rien fait. On ne pouvait pas réparer le passé, et il ne suffisait pas pour lui échapper de monter dans un avion pour l'Amérique.

Il y avait aussi la trahison de Sophia. Dans sa mémoire, il continuait de la voir attablée face à un inconnu dans le bar à vins, et devant chez elle, ensuite, quand l'homme avait posé au bas de ses reins une main de propriétaire alors qu'elle ouvrait la porte, jetant un bref regard à la rue avant de le faire entrer. Le silence qui avait suivi s'était révélé encore plus douloureux. Elle n'avait réagi ni à ses lettres, ni aux messages qu'il avait laissés sur son répondeur. Il avait eu l'impression de lancer une pierre dans l'obscurité d'un gouffre profond, et d'attendre un écho, ou une éclaboussure qui n'étaient pas venus. Pas de cri dans la nuit. Rien. Elle avait prétendu qu'il lui fallait du temps, de l'espace, et manifestement elle ne changeait pas d'avis.

Au bout de deux mois de silence, il reçut tout de même un mail de Sophia, familier et désinvolte, qui se terminait ainsi : « Je suis passée à autre chose, tu devrais faire de même. Je te souhaite le meilleur. » Il avait vu au bas du message qu'il était envoyé depuis son Blackberry. Pour paraphraser T.S. Eliot, leur histoire ne finissait pas sur un boum, mais sur un murmure. Si jamais il avait nourri l'espoir de renouer avec elle, ce message avait eu au moins le mérite de le dissiper. En définitive, c'était plutôt le mépris qui l'emportait quand il pensait à Sophia. Et comme il détestait éprouver ce genre de sentiment envers quelqu'un qu'il avait aimé, il aspirait plutôt à l'indifférence. Ce qui se rapprochait le plus du pardon, selon lui.

Adossé à un pilier en bois du quai, Banks fit porter son regard au loin, vers le mont Tamalpais, « la vierge endormie ». Il distinguait assez nettement sa silhouette, la longue chevelure éparse, les douces courbes de la poitrine, le ventre plat et les cuisses. On racontait que la jeune fille s'était noyée en voulant rejoindre son amant à la nage ou, selon une autre version, qu'elle s'était couchée là pour verser des larmes dans la baie, inconsolable d'avoir été abandonnée. Banks plongea son regard dans les eaux bleues à peine ridées, puis il se retourna vers le pont majestueux qui lui semblait plus orange que doré. Il se sentit envahi par une paix intérieure qu'il ne connaissait pas en venant ici, et il repensa alors à sa nuit dans le désert.

Il se trouvait en Arizona, c'était le troisième ou quatrième jour de son périple. Après avoir visité le Grand Canyon et Sedona, il projetait de traverser le désert en voiture entre Phoenix et Los Angeles, et de remonter ensuite la côte jusqu'à San Francisco. Pendant le voyage, il brancha son iPod à l'adaptateur de l'auto-radio et choisit des morceaux qui parlaient du désert. Captain Beefheart, Lucinda Williams et son *Car Wheels on a Gravel Road,* les compositions de Dylan pour la bande originale de *Pat Garrett et Billy le Kid.* Il écouta aussi des oratorios de Haendel en poussant le volume à fond. Bizarrement, ils entraient parfaitement en résonance avec l'esprit du lieu.

Il roula sur l'Interstate 10, dont il s'écartait régulièrement pour visiter quelques curiosités locales. L'expérience qu'il fit du désert était celle qu'il avait toujours imaginée. Les interminables kilomètres ponctués uniquement par la brousse d'armoise, les virevoltants, les bouquets de figuiers de barbarie et les silhouettes dégingandées des grands cactus saguaro ; une chaleur sèche et implacable. Le soir, la longue chaîne de pics déchiquetés, qui semblaient ne jamais se rapprocher, se parait sous la lumière déclinante des nuances de la terre, ocre, rouge et brun.

Ce soir-là, il avait fait étape dans un motel à l'écart des grandes routes. Pas tout à fait le motel de *Psychose*, tout de même, mais il dégageait la même atmosphère sinistre et délabrée. Sans la grande maison lugubre perchée sur la colline en arrière-plan, Dieu merci. Le réceptionniste, la soixantaine bien tassée, était un Mexicain bedonnant et dégarni, avec une moustache à la Pancho Villa et un début de barbe qui noircissait ses joues. Quand il sourit, Banks s'aperçut qu'il lui manquait les deux dents de devant. Au moins, il ne ressemblait ni de près ni de loin à Norman Bates, et il n'y avait pas de spécimen empaillé en vue. La chambre de Banks était propre et calme, et le snack voisin servait un steak tout à fait correct, mais il aurait sûrement fallu faire des kilomètres pour dénicher un bon vin. Il se décida donc pour un pichet de rouge californien sans prétention.

Comme il ne dormait toujours pas à deux heures du matin, il se releva pour aller faire un tour dehors. Les nuits avaient beau être fraîches dans le désert, la chaleur ne baissait jamais au-dessous de vingt-cinq degrés après des journées à quarante, une température plus que douce selon les critères d'un touriste anglais. Cependant, Banks ressentit le besoin d'enfiler son coupe-vent quand il sortit de sa chambre et traversa la route qui menait au désert. Jamais il n'avait vu les étoiles briller avec une telle intensité, si proches qu'il croyait pouvoir les saisir à pleines mains en même temps que le croissant de lune jaune, recourbé comme une faux. Une fois de plus, il regretta d'être incapable de reconnaître d'autres constellations que la Grande Ourse et Orion. Il distinguait aussi la Voie Lactée et la traînée des lointaines nébuleuses entre les étoiles. Était-ce bien le Cancer, au-dessus de sa tête ? Devant lui, il discernait à peine la silhouette en dents de scie d'une chaîne de montagnes éloignée.

Lui qui ne savait pas définir ce qu'il attendait de ce voyage, il comprit cette nuit-là qu'il désirait quelque chose de bien précis. Une chose indicible et fuyante qui brusquement, dans ce cadre-là, ne lui paraissait plus aussi inaccessible. Il sentit naître en lui un frisson d'impatience, comme s'il était en train de frôler l'objet de ses attentes, sa révélation, son épiphanie.

Quelqu'un lui avait dit un jour que certains lieux possédaient le pouvoir de métamorphoser les gens, ce qui expliquait sans doute que tant de jeunes des années 60 soient partis en Inde ou à Katmandou. Cela pouvait tenir au pays, à sa culture, à sa religion, ou même à la qualité du paysage, océans, montagnes ou désert. Il s'agissait parfois d'un lieu associé à un souvenir d'enfance marquant, ou à un rêve. D'autres fois on ne savait pas le définir, mais le changement survenait malgré tout.

Depuis qu'il était petit, Banks faisait périodiquement le même rêve, qui s'était imprimé en lui. Il nageait sous l'eau au milieu d'herbes aquatiques ondoyantes qui essayaient de l'agripper et de l'attirer vers le fond. Les rochers noirs au-dessous de lui le remplissaient de terreur avec leurs formes mouvantes et les choses menaçantes tapies dans les profondeurs, dans les galeries sous-marines qui menaient à d'autres galeries, de plus en plus sombres, de plus en plus étroites. L'air lui manquait et ses forces l'abandonnaient quand il parvenait enfin à émerger et se retrouvait aux confins du paradis. Malheureusement, il n'en conservait aucun souvenir au réveil. C'était un endroit exceptionnel, ça il se le rappelait, un endroit capable de le transformer et de le guérir, mais il ne gardait en mémoire que le voyage, les ténèbres, la peur et la souffrance de ses poumons près d'éclater, et cet instant de béatitude où l'eau avait cédé la place à l'air, la nuit à la lumière. Le sable blanc débouchait sur un lieu pur et verdoyant.

Après s'être si longtemps débattu dans l'obscurité, il vécut cette nuit-là, dans le désert, alors que le néon clignotant du motel se réduisait à un point rouge à l'horizon, une espèce d'épiphanie. Rien de grandiose, cependant. Ni le chemin de Damas, ni l'éclair éblouissant d'une révélation ou d'une illumination, comme il l'avait espéré. Quand il s'arrêta, il n'eut tout d'abord conscience que du silence, un silence tel qu'il n'en avait jamais connu. Aucun frémissement, pas de bruits d'animaux ni de chants d'oiseaux, pas même la rumeur assourdie de la circulation. Rien. Juste l'odeur de la terre desséchée et, tout autour de lui, les formes élancées des hauts cactus tendant les bras vers le ciel.

Son épiphanie se présenta humblement, onde de joie fugace qui le traversa comme un souffle de vent léger peut caresser la peau par une chaude journée. Il eut l'impression que quelque chose se mettait en place, comme le déclic d'une serrure de coffre-fort quand on vient d'entrer la combinaison. Rien de plus. Il n'aurait même pas pu dire si quelque chose s'était ouvert ou fermé, il sut simplement que tout s'arrangerait, qu'il allait bien, déjà, et qu'il arriverait à faire face. Ses problèmes semblaient dérisoires au milieu du désert nocturne, avec ces myriades d'étoiles au-dessus de lui et les grains de sable sous ses pieds. Il continuerait de souffrir. Il porterait toujours le fardeau de ses erreurs passées. La douleur profonde du deuil, de la trahison, de la culpabilité et de l'horreur le poursuivrait à jamais. Et l'entrée du paradis lui resterait fermée. Et pourtant il irait de l'avant. Certaines choses évolueraient peut-être, il se pouvait qu'il abandonne son métier, mais il réussirait. Avenir incertain, perspectives vagues, et la fin toujours proche. Il mesura alors combien il était loin de chez lui mais, curieusement, la distance ne lui parut pas si immense à ce moment-là.

Après avoir embrassé une dernière fois du regard la sombre chaîne montagneuse qui se détachait à l'horizon, Banks rebroussa chemin et se dirigea vers le petit point de lumière rouge. Il dormit comme un bébé jusqu'à neuf heures, réveillé par le soleil aveuglant qui s'était glissé par la fente des rideaux. Sitôt avalé un copieux petit déjeuner d'œufs au jambon et de galettes de pommes de terre, il régla sa note et alla reprendre l'Interstate en direction de Los Angeles. L'auto-radio diffusait à plein volume « Slow Jam », de Vieux Farka Touré.

Le mardi soir après le travail, Annie parvint sans trop de mal à Leeds grâce à son GPS, mais les choses se gâtèrent quand elle dut négocier avec une exaspération croissante les nombreux tournants de Headingley. Le fait d'avoir choisi la période de pointe n'arrangeait rien, évidemment, mais c'était l'heure qui lui convenait le mieux : à ce moment-là, les gens avaient déjà fini leur journée, et ils n'étaient pas encore ressortis pour la soirée. Elle savait que Tracy travaillait dans le centre-ville, à la librairie Waterstone d'Albion Street, et qu'elle avait sûrement des horaires irréguliers, mais le magasin ne devait pas fermer spécialement tard.

Le rapport préliminaire de la Division balistique ne leur avait pas appris grand-chose, sinon qu'il s'agissait d'un Smith & Wesson 9 mm de plus de vingt ans, dont le numéro de série avait été effacé à la lime. Il y avait moyen de le retrouver, bien sûr, mais les recherches demanderaient un certain temps. Pour l'instant, on n'avait trouvé aucune trace d'enregistrement. Il faudrait aussi du temps pour confronter l'arme à la Base de Données Nationale des Armes à Feu, et recueillir des empreintes susceptibles d'être entrées dans le Fichier National de la police judiciaire.

Pour savoir si l'arme avait servi à des fins criminelles, ils devraient éjecter une balle en milieu sécurisé, et interroger le Système de Comparaison et d'Identification Balistique. En cas de résultat positif, ils confronteraient pour plus de certitude la balle-test à la véritable balle, ou à la douille, collectée sur la scène de crime. Peu importait qu'ils soient pressés, les délais étaient inévitables. On ignorait toujours comment l'arme était parvenue entre les mains d'Erin Doyle, et la jeune femme se butait dans son silence. L'hypothèse la plus largement admise était celle du petit ami. Juliet Doyle avait mentionné un certain Geoff, alors que Rose Preston avait déclaré à la police de Leeds que l'ami d'Erin s'appelait Jaff. Une méprise compréhensible si l'on ne voyait pas le prénom écrit. Quoi qu'il soit, ils n'avaient pas le moindre renseignement à son sujet.

Lorsque le GPS d'Annie signala qu'elle était arrivée à destination, il lui restait deux rues à parcourir, qu'elle repéra assez facilement grâce à son guide de la ville. En découvrant la maison, son grès patiné, ses pignons et sa toiture en ardoise, elle pensa qu'elle avait dû appartenir à une famille relativement aisée à l'époque de l'entre-deux-guerres. Aujourd'hui la pelouse ceinte d'un muret n'était plus entretenue, et les herbes folles jaillissaient entre les dalles de l'allée. Annie s'aperçut en descendant de voiture qu'il s'était mis à pleuvoir. Ce n'était qu'un petit crachin, mais elle pouvait dire adieu au soleil de fin d'été. Elle frappa à la porte, et une jeune femme qu'elle n'avait jamais vue vint lui ouvrir. Lunettes ovales à monture noire, jupe courte, collants noirs et T-shirt à l'emblème des « Scars on 45 ». Probablement un groupe de rock. Ses cheveux châtain clair étaient attachés en queue de cheval.

Annie se présenta en lui montrant son accréditation. La jeune fille lui dit s'appeler Rose Preston, et la fit entrer comme si une visite de la police était l'événement le plus naturel au monde.

— Si ça ne vous ennuie pas, j'étais en train de dîner.

— Faites donc.

Annie la suivit dans le salon, où Rose prit sur la table basse un bol de nouilles et une fourchette – un plat surgelé, certainement – et s'installa sur le fauteuil, jambes repliées, en face du téléviseur. *Emmerdale* venait juste de commencer.

— Désolée d'interrompre l'épisode, s'excusa Annie.

— Ah, ça ? Peu importe. Ça me tient juste compagnie pendant le repas.

Rose attrapa la télécommande sur l'accoudoir et éteignit le téléviseur. Chastity Dingle s'effaça de l'écran au beau milieu d'une tirade courroucée destinée à Paddy.

— Avec deux colocataires, observa Annie en se remémorant ses années d'étudiante, vous devez pourtant avoir de la compagnie à revendre.

— Oh, elles ne sont jamais là, vous savez.

— En tout cas, c'est ce qui m'amène chez vous. Je suis à la recherche de Tracy Banks. Elle n'est pas rentrée ?

— Tracy Banks ? répéta Rose d'un air perplexe. Il n'y a personne de ce nom ici.

Annie se fit confirmer l'adresse. Elle aurait juré que c'était bien celle que lui avait fournie Harriet Weaver la veille, mais elle avait pu intervertir deux chiffres. Le quartier était plein de logements d'étudiants.

— Vous en êtes bien sûre ?

— Il y a bien une Francesca Banks qui habite ici. Sa sœur, peut-être ?

— À moins que ce soit son deuxième prénom. (Annie ne pensait pas que Tracy en ait un, mais ce n'était pas impossible.) Elle mesure environ un mètre soixante-cinq, vingt-quatre ans, blonde, cheveux mi-longs, sourcils foncés. Diplômée en histoire de l'université de Leeds, originaire d'Eastvale. Elle est employée chez Waterstone. C'est une amie d'enfance d'Erin Doyle, la troisième locataire de la maison.

— Ça colle bien avec Francesca, admit Rose.

— Bon, ce doit être son deuxième prénom, alors.

— Je suppose que vous ne l'avez pas vue depuis un certain temps, ajouta la jeune femme.

— C'est-à-dire ?

— Elle s'est fait couper les cheveux il y a quelques semaines, et elle a des mèches colorées. Du rose, du violet, vous voyez ? C'est du provisoire, mais ça la change pas mal. Elle s'est aussi fait faire un tatouage et des piercings.

— Des piercings ?

— Oui, rien de bien terrible. Un au sourcil et un sous la lèvre inférieure. (Rose eut un sourire.) Enfin, il y en a peut-être d'autres dont elle n'a pas parlé, à des endroits plus intimes, mais ça m'étonnerait.

Tout cela ne correspondait guère à la Tracy Banks que connaissait Annie, une jeune femme intelligente, sensée et travailleuse, promise à un bel avenir, et qui occupait un emploi temporaire à la librairie en attendant que sa carrière démarre. Banks était toujours très fier de sa fille. Néanmoins les gens pouvaient évoluer, et les phénomènes de mode n'engageaient pas à grand-chose, en particulier chez les jeunes gens. Annie elle-même avait connu sa période excentrique, avec ses jeans déchirés et son épingle à nourrice à l'oreille. Et certaines des personnes les plus sympathiques, les plus créatives et les plus douées qu'elle ait jamais rencontrées arboraient des crêtes de cheveux verts, des T-shirts troués et des anneaux dans les narines. Malgré tout, la métamorphose de Tracy la laissait un peu pantoise. Son prénom d'emprunt, aussi, d'ailleurs. Francesca. Qu'est-ce que ça pouvait bien signifier ? Avait-elle rejoint une secte ?

— Elle est là ?

— Non, elle est partie.

— Partie ? Où ça ?

— Je l'ignore. Je ne suis au courant de rien, moi. Personne ne me raconte jamais rien.

— Que voulez-vous dire ?

Rose reposa son bol sur la table.

— Moi je suis la dernière arrivée, vous comprenez. Erin et Francesca sont des amies de longue date. Elles ont grandi ensemble. Jasmine les a quittées pour se marier, et moi je viens de débarquer. Je me suis installée juste avant que Francesca se fasse couper les cheveux et tout ça. Je me sens plutôt exclue.

— Savez-vous où Tra… Francesca se trouve actuellement ?

— Non.
— Quand est-elle sortie ?
— Hier soir.
— Elle est repassée par la maison ?
— Non, je ne l'ai pas vue depuis hier en fin d'après-midi, et je n'ai pas bougé d'ici. Je n'ai pas encore trouvé de job.
— Vous me dites donc qu'elle est sortie hier soir et qu'elle n'est pas rentrée ?
— C'est ça. Elle est revenue après le travail, comme d'habitude. Quand je lui ai annoncé que la police était venue fouiller ici, elle s'est affolée et elle a filé tout de suite.
— Est-ce que c'est exceptionnel, ou lui arrive-t-il de ne pas rentrer dormir ?
— Ben, ce ne serait pas la première fois, si vous voyez ce que je veux dire.
— Elle a emporté quelque chose ? Des affaires de rechange, par exemple ? Comme si elle prévoyait de s'absenter plusieurs jours.
— Non. Uniquement sa veste en toile déchirée et sa vieille besace tout abîmée. Elle n'a même pas pris sa brosse à dents. Remarquez, son sac est tellement grand qu'on pourrait y caser une batterie de cuisine. Je ne sais pas ce qu'elle fourre là-dedans.
— Vous n'avez vraiment aucune idée de l'endroit où elle a pu se rendre ?
— Qu'est-ce qui se passe avec Erin ? Où est-elle ?
— Erin va bien. On s'occupe d'elle. Vous êtes au courant, pour son père ?
— Oui, j'ai entendu les nouvelles à la télé. C'est affreux. Vous savez, vous ne devriez pas viser les gens avec ces trucs-là. C'est bon pour les animaux. Et encore, c'est de la cruauté.

— Je me fais du souci pour Francesca. Vous êtes bien certaine de ne pas savoir où elle est ? Même une vague hypothèse ?

— Il se peut qu'elle soit partie avec Jaff.

— Jaff ?

— Le petit ami d'Erin. Franchement, j'ai eu l'impression qu'il se tramait quelque chose entre ces deux-là, vous me comprenez. Je n'aime pas spécialement les ragots, mais il me semble qu'il plaisait à Francesca. Ça se devine, ces choses-là. D'ailleurs elles ont eu une dispute, récemment.

— Erin et Francesca ? Quand ça ? La semaine dernière ?

— Oui, avant qu'Erin rentre chez ses parents.

— Vous pensez qu'Erin a pu être jalouse que Francesca se rapproche un peu trop de ce fameux Jaff ?

— Je dirais que oui. Je n'en suis pas sûre, mais c'est mon avis. Il est très beau, comme garçon. Si je sortais avec lui, je passerais ma vie à être jalouse. Enfin, ça ne risque pas de se produire.

Annie se pencha vers elle, les mains nouées sur les genoux.

— Écoutez, Rose, c'est très important. À quel moment Francesca a-t-elle paniqué et décidé de sortir ?

— Après avoir téléphoné chez Erin, à Eastvale.

— À qui a-t-elle parlé ?

— Je ne sais pas. Il n'y a pas eu de conversation, en fait. Je l'ai juste entendue demander si c'était M. Doyle à l'appareil, et puis elle s'est dépêchée de raccrocher avant de partir comme une flèche.

Si Tracy avait appelé la veille au soir, calcula Annie, il était fort probable qu'elle soit tombée sur un policier, puisque la maison était déjà bouclée.

Patrick Doyle était décédé, Juliet logeait chez Harriet Weaver, et Erin, mise en liberté provisoire, dormait dans un bed and breakfast près du château. L'officier qui avait pris l'appel avait forcément demandé qui elle était, et ce qu'elle voulait. D'une manière ou d'une autre, ce coup de fil avait suffisamment effrayé Tracy pour la pousser à s'enfuir. Pour quelle raison ? Avait-elle quelque chose à dissimuler ?

— Vous lui aviez parlé de Jaff ?

— Oui, et elle a voulu savoir si j'avais donné son nom à elle, ou le sien, à la police.

— Et alors ?

— Qu'est-ce qui m'en empêchait ? Je n'ai rien à cacher.

Ce n'était peut-être pas le cas de Tracy et Jaff, se dit Annie.

— Jaff, c'est le vrai prénom du copain d'Erin ?

— C'est le diminutif de Jaffar. Je ne connais pas son nom de famille.

— Il est asiatique ?

— À moitié indien, je crois.

— Vous avez son adresse ?

— Il habite à Granary Wharf, mais je ne sais pas exactement où. C'est un ancien entrepôt avec un restaurant au rez-de-chaussée. On est passées devant toutes les trois, quand j'ai décidé de louer la chambre. On était sorties prendre un verre dans le coin pour fêter ça. Erin nous a montré l'endroit, elle frimait parce que son copain était friqué.

— C'est bien le cas ?

— On dirait, oui.

Granary Wharf comptait assurément parmi les adresses prestigieuses. Le moment était tout indiqué pour contacter le commissariat et communiquer ses découvertes à Gervaise, songea Annie, mais si elle s'y prenait ainsi, l'affaire échapperait définitivement à son contrôle. Si la fille de Banks avait des ennuis, elle tenait à les étouffer dans l'œuf, à condition qu'il ne soit pas trop tard, et elle n'y arriverait jamais avec Gervaise pour lui tenir la bride.

— Ça vous dérange si je jette un coup d'œil à la chambre de Francesca, tant que j'y suis ?

— Aucun problème. C'est au premier, la deuxième porte à votre gauche.

Annie monta à l'étage. La pièce relativement spacieuse était peinte en mauve et meublée comme tous les studios d'étudiants : un lit, un bureau et son fauteuil, des rayonnages de livres, une commode garnie de T-shirts et de lingerie, et un placard encastré où Tracy rangeait ses robes, ses jupes, ses hauts et ses jeans. Des disques s'empilaient près du lecteur de CD – Florence and the Machine, Adele, Emmy the Great, Kaiser Chiefs, Arctic Monkeys, The Killers. Les livres alignés à côté concernaient surtout l'histoire, la spécialité de Tracy à l'université, et il s'y ajoutait quelques romans contemporains. *Les Cerfs-volants de Kaboul*, *Le temps n'est rien* et *Le Treizième Conte*. Pas d'ordinateur ni de mobile. Tracy devait posséder un portable, mais elle l'avait manifestement sur elle.

Dans le tiroir de la table de chevet, Annie découvrit quelques objets personnels. Tampons et préservatifs, une vieille ordonnance médicale pour une candidose et des bijoux fantaisie. En redescendant, elle trouva Rose sur le canapé du salon, devant la télévision. Cette fois, c'était la série *EastEnders*.

— Par hasard, vous ne connaîtriez pas le numéro de mobile de Francesca ?

— Si, bien sûr.

Rose prit son propre portable sur la table basse et lut un numéro dans son répertoire. Annie le composa, sans obtenir de réponse. Elle prit congé de Rose après l'avoir remerciée et se remit en route vers Harkside.

6

Installé à une table près de la porte du restaurant Vesuvio, Banks savourait sa pinte d'Anchor Steam en examinant l'édition du *Faucon maltais* qu'il venait d'acheter chez City Lights, la librairie voisine. Il adorait le film qu'on en avait tiré, mais n'avait jamais lu le roman. Hammett avait écrit sur le San Francisco des années 30, et certains lieux de la ville restaient associés à son personnage. Banks envisageait de proposer à Teresa le John's Bar & Grill, où Sam Spade aimait déguster ses côtelettes. Le restaurant existait toujours, si l'on en croyait le guide touristique, et il se trouvait assez près de leur hôtel.

Pour l'instant, Banks visitait un ancien repaire de beatniks sur Columbus, et le bonhomme au béret qui bavardait avec la serveuse aux cheveux frisottés devait être déjà là du temps de Kerouac. La salle haute de plafond avait un deuxième niveau, désert à cette heure-ci. Derrière le bar, un écran faisait défiler des séries aléatoires d'images surréalistes, et des articles encadrés sur l'histoire de San Francisco couvraient les murs. Banks était venu à pied depuis Fisherman's Wharf, en passant par North Beach, avec ses bistros italiens et ses maisons aux couleurs de pâtisseries, et il appréciait beaucoup sa bière bien fraîche.

Maintenant qu'il était à San Francisco et qu'approchait la fin du voyage, Los Angeles et les deux jours de trajet le long de la côte Pacifique se réduisaient à des souvenirs. S'écartant de son livre, ses pensées dérivèrent comme souvent vers sa nuit dans le désert, vers cet étrange bonheur qui l'avait effleuré comme un baiser. Il s'était étonné, tout d'abord, de le trouver si insolite, de ne l'avoir jamais éprouvé auparavant, sauf peut-être une ou deux fois dans son enfance. Il avait toujours eu un de ces tempéraments agités qui excluent tout bonheur durable. Il ne s'était jamais arrêté pour respirer le parfum des fleurs ou écouter les vagues de l'océan. Quand il restait sans rien faire, il était pris d'une mélancolie diffuse entrecoupée d'accès de colère et d'insatisfaction. Il avait connu ses instants de félicité, naturellement, mais rares et éphémères, et il se demandait comment de tels moments pouvaient se prolonger dans le temps. Était-ce donc l'essence du bonheur, de ne faire que passer comme un souffle dans le désert ? Ou cela venait-il plutôt de sa nature à lui ? Il ne le saurait probablement jamais. Était-ce vraiment si important, dans le fond ?

Tout change, et rien ne change. La révélation qu'il avait eue, c'était que les révélations n'existaient pas. S'il comptait transformer sa vie de manière significative, il devrait consentir à un acte de foi et accepter de nouveaux principes, de nouvelles vérités, modifier sa conduite et peut-être même se plier à une certaine forme d'autorité. Il lui faudrait *croire* en quelque chose, et il ne s'en jugeait pas capable. Il ne pensait même pas en avoir le désir.

Il continuerait donc comme avant, s'accommodant bon gré mal gré de sa personne, saisissant le bonheur, cette fugace brise dans le désert, là où il le trouverait, la beauté là où elle se révélerait à lui, en s'efforçant de ne pas trop s'appesantir sur ses échecs et sur ce qu'il avait perdu. La liste était beaucoup trop longue. Kay, Linda, Sandra, Annie, Michelle, Sophia. Et si jamais il avait par moments l'humeur larmoyante et sentimentale, ce n'était pas si grave. Il se délecterait de la sagesse d'amoureux délaissés que chantaient Dylan, Billie Holiday, Nick Cave ou Leonard Cohen, et il boirait un bon whisky ou un bon vin jusqu'à s'endormir sur le divan, bercé par l'écho de leurs belles phrases sur les ironies de la vie et de l'amour. Le reste du temps il aurait Beethoven, Schubert, Bill Evans, Miles Davis et Coltrane. Pour les révélations et les illuminations, la vie ne lui offrirait pas davantage, il en était convaincu.

S'étirant comme un chat dans la lumière qui entrait par la vitre, Banks but un peu de son Anchor Steam. Il aurait apprécié une cigarette, en même temps, mais le tabac faisait partie du passé. Pas que pour lui, d'ailleurs, c'était vrai aussi pour les bars. Kerouac et Ginsberg devaient se retourner dans leur tombe. Eastvale semblait être à des années-lumière, et pourtant Banks prit conscience qu'il se sentait un peu impatient de rentrer. Son travail ne lui manquait pas, mais il s'ennuyait d'Annie, de Winsome, de Gristhorpe et de Hatchley. Et même de Gervaise et de Harry Potter. En dehors de ses parents et de Brian et Tracy, qui lui manquaient également, c'étaient les gens auxquels il était le plus attaché. Il lui tardait de retrouver son cottage près des bois et de la cascade, sa collection de CD et de DVD.

Sophia pouvait aller au diable, *la belle dame sans merci*. Elle n'avait qu'à se colleter avec ses propres démons. Il avait assez donné. Les choses finissent toujours par changer, dans la vie.

Mais en attendant de rentrer chez lui le lendemain, il avait rendez-vous avec une femme séduisante et intéressante nommée Teresa. Sa pinte terminée, il sortit sur Colombus et remarqua la plaque à l'angle de la rue : Jack Kerouac Alley. L'iPod sur les oreilles, il choisit une version enjouée du « Scarlet Begonia » des Grateful Dead, tirée du live de 74 au Winterland. Le morceau rêvé pour une journée de soleil à San Francisco. Il redescendit la colline et coupa par le bas de Chinatown, puis il traversa Union Square pour regagner son hôtel.

— Bon Dieu, mais qu'est-ce que vous me voulez encore ?

Une heure s'était écoulée depuis le départ d'Annie, et Rose Preston venait d'ouvrir la porte à deux hommes qui la dérangeaient au milieu de *Holby City*. Elle aimait beaucoup la série, et ils tombaient carrément mal.

Ses deux visiteurs échangèrent un regard perplexe.

— Désolée, fit Rose. Allez-y, entrez. J'espère juste que ce ne sera pas trop long.

— Ah, vous regardez *Holby City*, dit le plus grand des deux. (Il avait des épaules carrées et un crâne chauve et bronzé, alors que son collègue était frêle et pâle comme un albinos, avec des épaules tombantes et de fins cheveux roux.) Ça ne me déplaît pas, même si je trouve ça un peu trop noir, par moments. J'aimerais bien regarder la série plus régulièrement, cela dit. Mais vu les horaires qu'on a… Je suis l'inspecteur Sandalwood, et voici mon collègue l'inspecteur Watkins. Faites comme s'il n'était pas là.

Sandalwood lui montra rapidement sa carte, que Rose ne prit pas la peine de regarder. Sur les deux derniers jours, elle avait eu son compte.

— De quoi s'agit-il, cette fois ? Franchement, je n'ai rien à ajouter. Je viens d'emménager ici, je connais peu les autres filles.

— Comment ça, « cette fois » ?

— Ne me faites pas croire que vous ignorez que la police est déjà venue, dernièrement ! Vous ne communiquez jamais, entre vous ?

— J'avoue que nos réseaux sont un peu encombrés de temps en temps, répliqua Sandalwood.

Pendant qu'il parlait, Watkins se chargea d'explorer la pièce, soulevant les coussins et ouvrant les tiroirs du buffet.

— Qu'est-ce qu'il fabrique, là ? demanda Rose.

— Ne tenez pas compte de lui, je vous ai prévenue. C'est plus fort que lui. Un fouinard incorrigible. Très utile pour son travail, croyez-moi. Un vrai limier. Vous nous serviriez quelque chose à boire ?

— J'espérais que vous ne resteriez pas assez longtemps pour ça.

Watkins, près de la bibliothèque, consulta Sandalwood du regard.

— Elle a la langue bien pendue, hein ?

Sa voix fluette et haut perchée rappelait un grincement de craie sur une ardoise.

— Allons, pas la peine de se fâcher, répondit Sandalwood. Et si tu allais te balader dans la maison pendant que je cause à la demoiselle ?

Watkins quitta la pièce en grommelant, et Rose l'entendit monter l'escalier.

— Qu'est-ce qu'il fiche ? protesta-t-elle. Il ne peut quand même pas fouiner partout comme ça ! Où est votre mandat, d'abord ?

Alors qu'elle faisait mine de poursuivre Watkins, une main lui empoigna le bras avec la force d'un hercule de foire. Elle eut très mal, sur le moment, puis tout son bras s'engourdit.

— Aïe ! hurla-t-elle en essayant de se dégager. Lâchez-moi !

Au lieu de desserrer sa prise, Sandalwood entraîna Rose et la poussa sans ménagements sur une chaise.

— On s'assoit, siffla-t-il entre ses dents serrées. Et n'ouvre pas la bouche tant qu'on ne t'a pas parlé.

Rose n'en revenait pas que cet homme puisse rester aussi parfaitement immobile, ne bougeant jamais un muscle quand ce n'était pas nécessaire.

— Qui êtes-vous ? demanda-t-elle en rajustant ses lunettes. Vous n'êtes pas de la police. Vous...

Le coup ne fut pas très violent, mais Rose ne s'y attendait pas, et il suffit à lui imposer silence.

— Boucle-la ! ordonna Sandalwood en pointant vers elle un doigt courtaud. Tu fermes ta gueule, ou je fais descendre l'inspecteur Watkins, et tu sauras ce que ça veut dire de souffrir pour de bon. Faire du mal aux gens, tu vois, c'est son grand plaisir. Pour moi, ça fait juste partie du boulot.

Rose ne se le fit pas dire deux fois. Le bras endolori, la joue en feu, elle se mit à pleurer.

— Pas la peine de te transformer en fontaine, ça prend pas avec moi, l'avertit Sandalwood.

— Qu'est-ce que vous voulez ?

Rose croisa instinctivement les jambes, consciente que sa jupe était remontée et ses cuisses beaucoup trop visibles.

Sandalwood éclata de rire en surprenant son geste.

— C'est bon, t'inquiète pas. Ça fait envie, mais c'est pas pour ça qu'on est venus.

Écarlate, Rose serra les poings sur ses genoux. Elle avait peur, et elle se sentait impuissante. Si elle avait eu une arme, elle n'aurait pas hésité à abattre Sandalwood sur-le-champ. Elle entendait son complice arpenter le premier étage. Elle eut la chair de poule quand Watkins pénétra dans sa chambre et commença à fouiller.

— Deux ou trois questions très simples. Tu nous réponds clairement, et on s'en va tout de suite. Ça marche ?

Rose garda le silence, se bornant à fixer ses poings aux jointures blanchies.

— Ça marche ? répéta Sandalwood.

Elle finit par hocher la tête. Tout ce qu'elle voulait, c'était les voir partir le plus vite possible. Dans *Holby City*, les médecins étaient en train de s'affairer autour d'un patient ensanglanté. La série ne lui semblait plus aussi passionnante, d'un seul coup.

— Où est Erin Doyle ?

— Vous devez bien le savoir. La télé et les journaux en ont parlé. Elle est à Eastvale. En prison, je suppose.

Sandalwood l'encouragea d'un signe de tête, comme si la question était une épreuve qu'elle venait de réussir.

— Tu connais un type du nom de Jaff ? Une saloperie de Paki.

— Je l'ai croisé quelques fois.

— Il se tape cette gonzesse – Erin –, je me trompe ?

— C'est vrai, ils sortent ensemble. Inutile d'être aussi grossier.

— Bon, je vois qu'on fait des progrès. Et lui, il est où ? Où est Jaff ?

— J'en sais rien.

— Je te conseille pas de me raconter des salades.

— Quel intérêt ? C'est à peine si je le connais. On s'est rencontrés deux ou trois fois, c'est tout. C'est l'ami d'Erin.

— Tu es déjà allée chez lui ?

— Non, jamais.

— On vient d'y passer, et il n'y était pas. Le voisin de palier prétend qu'il s'est barré avec une femme, hier soir. Il avait l'air pressé. Tu as une idée de qui c'était, ou de ce qui l'a poussé à décamper comme ça ?

— Non.

Watkins redescendit et se planta sur le seuil en secouant la tête, puis il leva la main en dépliant trois doigts. Sandalwood acquiesça avant de revenir à Rose.

— L'inspecteur Watkins me signale que vous êtes trois à habiter ici. Qui est la troisième ?

— Francesca, Francesca Banks. Je crois que son vrai prénom est Tracy.

— Une Francesca qui s'appellerait Tracy ? C'est quoi, ce délire à la con ?

— Je n'en sais pas plus. (Rose fondit de nouveau en larmes, le visage enfoui dans ses mains.) Vous me faites peur.

— Parle-moi un peu de cette Francesca.

— Elle aussi, elle connaît Jaff. J'ai l'impression qu'il lui plaisait bien. Elle a disparu depuis hier soir. Elle est sortie, et je ne l'ai plus revue. Allez-vous-en, maintenant. Laissez-moi tranquille, je n'en sais pas davantage.

— C'est la femme avec qui Jaff a foutu le camp ? Et cette fois, évite de me servir un bobard.

— C'est possible, oui. Elle est blonde, avec des mèches colorées. Elle portait un jean et une veste en denim.

— Elle a un piercing sous la lèvre inférieure et un anneau au niveau du sourcil ?

— C'est ça, oui.

Sandalwood et Watkins échangèrent un regard.

— C'est bien celle qui était avec Jaff. Où ils sont allés ?

— Je l'ignore ! s'écria Rose, à bout de nerfs. Vous n'avez pas compris ? Elle est partie ! Probablement avec Jaff. La policière n'a pas arrêté de me questionner là-dessus, et je lui ai répondu la même chose. Je ne sais rien, rien du tout.

— Quelle policière ?

— Celle qui est passée ici juste avant vous.

— On n'est pas au courant.

— Écoutez, je ne sais pas ce qui se passe, je vous assure. Ce n'est pas mon affaire. Je crois qu'Erin est en prison, et pour Francesca, je n'ai aucune idée. Ni pour Jaff. Tout ce que je cherchais, moi, c'était une colocation dans mes prix. Le reste, ça ne me concerne absolument pas.

— J'ai pourtant l'impression que si, rétorqua Sandalwood en balayant la pièce du regard. Étant donné qu'à part nous deux, il n'y a que toi ici.

— Non, non, arrêtez ! gémit Rose en sanglotant, les mains plaquées sur le visage.

Mais au lieu du coup qu'elle attendait, ou du claquement d'un pistolet que l'on arme, elle entendit la porte d'entrée se refermer bruyamment. Elle abaissa ses mains et rouvrit les yeux. Se pouvait-il qu'ils soient partis ? Pour de bon ?

Elle éteignit la télévision, indifférente aux médecins de *Holby City* et à leurs patients couverts de sang, et vérifia toutes les pièces. Ils avaient semé la pagaille à l'étage, mais ils étaient bel et bien partis.

Rose n'en supporterait pas davantage, c'était décidé. Elle retourna dans sa chambre, fourra ses quelques livres et vêtements dans une valise et remplit un sac avec ses affaires de toilette et ses cosmétiques. Elle s'attarda une minute pour s'assurer qu'elle n'oubliait rien, mais non, elle avait tout emporté. Elle avait visiblement eu la malchance d'atterrir dans un repaire de cinglés, et sa résistance nerveuse atteignait ses limites. Elle s'occuperait plus tard de poster le loyer. Si elle se dépêchait, elle pourrait peut-être attraper un bus ou un train pour rentrer à Oldham, chez ses parents. Au pire, elle appellerait chez elle et son père viendrait la chercher en voiture. Il y aurait des récriminations, il essaierait de la culpabiliser avec l'éternel sermon du « je t'avais prévenue », mais il ne refuserait pas. Tout valait mieux que rester une minute de plus dans cet asile de dingues. Elle claqua la porte derrière elle et glissa la clé dans la fente de la boîte aux lettres.

Assise en tailleur sur le plancher du salon, Annie se concentrait sur sa respiration, laissant ses pensées flotter comme des bulles sans chercher à les retenir. Toute son attention se focalisait sur son souffle. *Inspirer, expirer.*

Un coup frappé à sa porte vint la déconcentrer. Agacée, elle jeta un coup d'œil à sa montre. Vingt-deux heures passées. Qui pouvait lui rendre visite aussi tard ? Le charme était rompu, de toute manière, et elle se releva lentement, ses genoux craquant par manque d'exercice, pour aller répondre. C'était Nerys Powell, la femme de l'équipe d'AFO.

— Mais qu'est-ce que vous faites ici ? s'étonna Annie. Vous avez eu tort de venir, Chambers va piquer une crise.

— Je sais, je sais, admit Nerys. Je suis désolée, mais il fallait que je vous parle. Vous permettez ? S'il vous plaît, ça ne prendra que cinq minutes. M. Chambers n'est pas supposé l'apprendre, si ?

— Comment avez-vous trouvé mon adresse ?

— J'ai un ami aux Ressources Humaines.

— Qui ça ?

— Oh, un ami, c'est tout.

— Vous savez, je peux facilement découvrir de qui il s'agit.

— Qu'est-ce que vous voulez dire ?

— Rien du tout, fit Annie en soupirant. Seulement que vous n'auriez pas dû venir. Votre visite est déplacée.

— Qu'est-ce qui vous inquiète tant ? D'être vue en ma compagnie ? Si c'est ça, autant me faire entrer tout de suite. De toute façon, on est à des kilomètres d'Eastvale. Désolée pour l'heure tardive, en tout cas. Je suis déjà passée, mais je n'ai trouvé personne. J'ai traîné dans les environs et j'ai fini par me perdre, tout en rassemblant mon courage pour retenter ma chance. J'ai même fait une halte pour boire un verre ou deux. Je voudrais discuter avec vous, rien de plus. Ça restera entre nous.

— Je ne sais pas quoi dire. Je devrais refuser.

Annie se mordilla la lèvre, hésitante et désorientée après sa séance de méditation brusquement interrompue. Nerys ne semblait pas être en état d'ébriété. Elle se décida d'un seul coup et s'écarta pour la laisser passer.

— Soit, vous n'avez qu'à entrer. Mais je ne vous accorde que quelques minutes.

— C'est cosy, chez vous, commenta Nerys en regardant autour d'elle.

— Un terme poli pour « encombré », je suppose.

— Une vraie bonbonnière.

— Un synonyme d'exigu ?

— Non, se récria Nerys. Ça me plaît beaucoup, sincèrement.

— Asseyez-vous. Je vous sers un thé, un café ?

— Rien, je vous remercie.

— C'est sûr ?

— Mon corps est un temple.

— Bon, je vais me chercher un verre de vin.

— Dans ce cas…

Annie alla chercher une bouteille de pinot gris au réfrigérateur. La visite de Nerys la déstabilisait. Elle avait beau savoir qu'elle ferait mieux de ne pas lui parler, de ne même pas accepter de l'écouter, les péripéties de la journée l'avaient mise d'humeur rebelle. Et sa visite chez Tracy, à Leeds, puis son passage à l'immeuble de Jaff sur Granary Wharf n'avaient donné aucun résultat concluant. Elle avait localisé l'appartement sans trop de mal, mais il n'y avait personne sur place, évidemment. Avant de lui claquer la porte au nez, un voisin lui avait appris que la police était déjà venue l'interroger, qu'il avait raconté tout ce qu'il savait, et qu'elle pouvait toujours courir pour qu'il remette ça.

Dans ces conditions, elle n'avait rien à perdre à écouter Nerys. Qui sait ? Elle récolterait peut-être des informations intéressantes. Elle ouvrit la bouteille de pinot et la rapporta au salon avec deux verres. À genoux par terre, Nerys inspectait la collection de CD sur les étagères du bas de la bibliothèque. Son jean qui révélait un peu trop la naissance des fesses, son T-shirt noir et son léger coupe-vent ne camouflaient ni sa musculature ni le bourrelet à la taille qu'Annie remarqua lorsqu'elle se releva. Encore du muscle, probablement.

— Vous avez repéré quelque chose à votre goût ?

— Non, avoua Nerys en la regardant par-dessus son épaule. Vous savez, je ne suis pas très branchée musique. Pas comme votre chef, à ce qu'on m'a dit.

— Alan ? En effet, il s'est taillé une petite réputation. Honnêtement, une bonne moitié de ce qu'il écoute me passe au-dessus de la tête. Certains morceaux me plaisent assez, mais d'autres fois, j'ai l'impression d'entendre un taureau blessé aux testicules.

Nerys se mit à rire et s'assit en prenant son verre. Beaucoup plus costaud qu'Annie, elle était aussi nettement plus petite, et ses cheveux courts et hérissés n'étaient pas sans rappeler une coupe militaire. Ses yeux étaient verts.

— Santé, fit-elle en avançant son verre.

— Santé, renchérit Annie en trinquant.

— Votre chef, reprit Nerys. Il s'est fait aussi une réputation dans d'autres domaines, au QG du Comté.

— Ah, oui ? Dans quel genre ?

— Il passe un peu pour un cow-boy. Il aime n'en faire qu'à sa tête.

— Ce n'est pas faux. Mais nous sommes tous pareils, non, quand nous sommes convaincus d'avoir raison ?

— Exact. Tout de même, c'est difficile d'avoir des certitudes, vous ne croyez pas ? Moi, j'ai plutôt tendance à obéir aux ordres. Le Firearms Cadre est très porté sur la discipline.

— Ça me paraît inévitable. Mais Alan n'y serait pas à sa place, c'est un fait. Cela dit, je doute qu'Alan soit l'objet de votre visite.

— Si, dans un sens. Très bon, ce vin.

— Oh, c'est juste un rouge italien sans prétention.

Nerys se leva pour s'approcher d'une aquarelle encadrée qui figurait le château d'Eastvale dans la lumière du soir.

— Joli tableau. Celui qui l'a peint a très bien su capter la luminosité d'un soir d'hiver.

— Merci beaucoup.

— Vous voulez dire…, bredouilla Nerys, éberluée. C'est vous qui l'avez fait ? Ça alors ! Je n'en reviens pas. Il est vraiment de vous ?

— Oui, je vous assure, confirma Annie en rougissant. Je n'ai aucune raison de vous mentir. Mais bon, vous ne pouviez pas deviner. Ce n'est qu'un hobby.

— Mais vous avez beaucoup de talent ! L'idée ne vous est jamais venue de…

— Nerys, je suis très sensible à vos compliments, mais j'aimerais que nous attaquions le vif du sujet. Je ne voudrais surtout pas paraître impolie, mais…

— Non, non, dit Nerys en se rasseyant. C'est normal. Je crois que je suis un peu tendue, voilà tout. Dans ces cas-là je bavarde toujours à tort et à travers.

— Qu'est-ce qui vous rend nerveuse ?

— Eh bien, vous êtes inspectrice, et moi un simple agent.

— Ne vous rabaissez pas comme ça. C'est quand même vous qui êtes armée !

— Je n'ai pas mon arme sur moi. Juré, fit Nerys en écartant les bras. Vous voulez vérifier ?

— Venons-en plutôt aux faits.

Nerys finit par baisser les bras et se rasseoir sur son siège, un peu plus décontractée. Elle promena son doigt sur le pourtour de son verre.

— Ce qui s'est dit à la réunion d'hier, comme quoi Mme Doyle avait réclamé l'inspecteur Banks… C'est la vérité ?

— Oui, tout à fait. Ils sont amis depuis longtemps. Ils ont été voisins.

— Il aurait accepté de l'accompagner ?

— Probablement que oui. Mais il est absent.

— Où est-il, en ce moment ?

— Très loin. En Amérique.

Nerys but une gorgée de vin.

— Dommage. S'il avait été là, ça nous aurait évité un sacré paquet d'embêtements.

— Chambers ne partage pas votre avis.

— Chambers est un connard. Oh, pardon ! se reprit Nerys en posant la main sur sa bouche. Je n'aurais pas dû parler comme ça devant vous.

— Peut-être, mais vous avez tapé dans le mille.

— Je crois savoir que vous étiez sous ses ordres, à une époque ?

— En effet. Qu'est-ce que j'ai pu faire pour mériter ça ? En tout cas vous êtes bien renseignée.

— Quand ça commence à barder sérieusement, je me débrouille toujours pour en apprendre un maximum.

— Encore l'ami des Ressources Humaines ? demanda Annie en haussant un sourcil.

— Non, un autre, dit Nerys avec un sourire. Aux Archives, cette fois.

— Vous avez énormément d'amis, à ce que je vois.

— Pas du tout, en fait. C'est bien ça le problème. Jamais je ne me suis sentie aussi seule, aussi isolée.

— C'est ridicule. Vous les AFO, vous avez la réputation de vous serrer les coudes. Votre survie dépend de votre solidarité.

— Oui, ça fonctionne assez bien dans le cadre du boulot. On a été formés pour ça. Mais hors des heures de travail, c'est une autre histoire. (Elle se pencha en avant et planta son regard dans celui d'Annie, si direct, si intense qu'il en devenait gênant.) Vous savez, je suis une femme dans un milieu masculin. Pire que ça. Une lesbienne dans un club de tir réservé aux hommes. Vous vous figurez peut-être qu'ils me traitent comme un des leurs, mais ils me considèrent plutôt comme un phénomène.

— Je suis sûre que vous exagérez.

Un sourire sarcastique retroussa les lèvres de Nerys.

— Qu'est-ce que vous en savez ?

— Rien, sans doute. Qu'est-ce qui vous a attirée là-dedans, alors ? Dans le Firearms Cadre ?

— Je n'étais pas vraiment fixée sur ce que j'avais envie de faire. À l'intérieur de la police, je veux dire. J'ai touché un peu à tout. Surveillances, poursuites, infiltrations, même la circulation routière. J'avais à peu près fait le tour.

— Et puis ?

— Je crois que c'est mon père qui m'a décidée. Un para. Macho de chez macho. Il y a deux ans et demi, il a été tué en Irak. Par un sniper, comme d'habitude. Papa avait une formation technique, et il était très perfectionniste. J'ai grandi au milieu de tout ça, les armes à feu, leur odeur, la mécanique. J'étais capable de démonter et de remonter un Heckler et Koch ou un Parker-Hale dans le noir, juste à l'oreille et au toucher.

— Ça m'a l'air d'une compétence fort utile !

— On ne sait jamais !

— Vous n'aviez pas pensé à ça avant, quand vous vous êtes engagée ?

— Pas clairement, non. Je n'avais pas l'intention de suivre les traces de mon père. Pas avant qu'il se fasse tuer. Là, tout s'est mis en place dans ma tête. En plus, j'ai des qualités. Ils m'ont fait suivre une formation accélérée. Mis à part Warby, c'est moi la plus jeune de l'équipe.

Elles laissèrent le silence se prolonger, Nerys évoquant certainement son père disparu tandis que les pensées d'Annie se tournaient vers Banks. Où était-il, en ce moment ? Los Angeles ? Reno ? Tucson ? Quelque part dans le sud-ouest des États-Unis, elle n'en savait pas plus. Elle aurait aimé être à ses côtés.

— Malgré tout, je ne compte pas rester AFO toute ma vie, reprit Nerys.

— Ambitieuse ?

— Un peu, j'imagine. J'envisage de travailler pour le contre-terrorisme.

— Un projet stimulant.

— J'aime bien les défis. C'est justement pour ça que je me fais du souci… à cause de tout ça…

— Un gros pâté d'encre sur votre cahier, c'est ça ?

— Exactement.

— Je ne crois pas qu'il existe dans le service un seul policier qui n'ait jamais commis d'erreur. Vous savez, certains sont persuadés que l'inspecteur Banks est un désastre ambulant. Notre ami Chambers, pour ne citer que lui.

— C'est quel genre de personne, dans le fond ?

— Chambers ?

— Oui. Il me rappelle ce gros bonhomme au chapeau melon, dans les vieux films en noir et blanc.

— Oliver Hardy ?

— Lui-même. Sérieusement, vous pensez qu'il soutient les droits des homosexuels ? Qu'il a un faible pour les gentilles lesbiennes ?

Annie ne put s'empêcher de rire. En resservant du vin, elle nota que Nerys avait bu nettement plus qu'elle.

— Franchement, je suis sceptique. Il est plutôt du style à s'imaginer que toutes les femmes qu'il croise rêvent de se déshabiller pour lui. Et il croit probablement que tout ce qu'il faut pour guérir une lesbienne, c'est trente centimètres bien rigides de Reginald Chambers. Quoique, selon moi, dix centimètres soient plus proches de la réalité.

Nerys éclata de rire.

— Dites-moi ce que vous pensez vraiment de lui.

Annie agita son vin dans son verre avant d'en boire quelques gorgées. Elle n'avait aucun plaisir à se remémorer l'époque où elle travaillait pour Chambers. Elle n'en gardait que des souvenirs désagréables.

— Disons que nous n'avions pas d'atomes crochus et restons-en là. D'accord ?

— À quoi est-ce que je dois m'attendre ? Il va essayer de nous fusiller, Warby et moi ?

— Par pitié, épargnez-moi le mélodrame. Il n'est pas si odieux que ça. Vous trouverez facilement pire. J'ai simplement dit que nous n'avions pas d'affinités, et les torts étaient sûrement partagés.

C'était tout sauf le poste de mes rêves. Pour être honnête, j'ai du mal à m'entendre avec les gens, de manière générale.

— Je l'ai entendu dire.

— C'est drôle, mais ça ne me surprend pas. Écoutez, conclut Annie en consultant sa montre. Ça m'ennuie de vous presser, mais si vous avez terminé…

Après cette interruption, elle n'arriverait jamais à se replonger dans sa méditation, surtout avec le vin qu'elle avait bu, mais elle pourrait au moins traînasser devant la télé. Ce serait toujours mieux que ça.

La lèvre inférieure de Nerys tremblait quand elle reprit la parole.

— Toutes mes excuses, je n'avais pas l'intention de vous gâcher la soirée… Je cherchais juste à savoir si je pouvais compter sur vous, si vous étiez dans mon camp. Je regrette de vous avoir fait perdre votre temps. Je suis inquiète, c'est tout.

Annie se radoucit en voyant les larmes briller dans les yeux de son interlocutrice. Elle s'en voulait terriblement, mais pour l'attendrir il suffisait de pleurer devant elle. Sur ce point, elle était pire que tous les hommes qu'elle avait pu connaître.

— Allons, Nerys, remettez-vous, l'encouragea-t-elle en lui resservant du vin. (La bouteille se vidait à toute allure.) Chambers ne va pas vous fusiller. Après tout, ce n'est pas vous qui avez déclenché le Taser. D'accord c'est un gros macho, mais à ma connaissance il ne fait pas de coups tordus. Au pire, il jouera le jeu des médias et leur servira ce qu'ils réclament. Il a une vocation pour les Relations publiques, ça prend le pas sur ses fonctions de flic. Cela dit, il n'essaiera pas de vous faire porter le chapeau. C'est peut-être une brute, mais il ne fera qu'établir les faits et coller au règlement.

— C'est justement les faits qui posent problème, non ? Comment les définir ? Ça dépendra beaucoup de l'interprétation qu'on en donnera, vous ne croyez pas ? Quelle sera la version exigée par la presse ? Concernant ce qui s'est passé lundi matin, chaque personne présente peut raconter sa propre histoire.

Nerys avait raison, Annie en était consciente. Elle avait vu un jour le film *Rashomon*, un des favoris de son père, dans lequel un même événement était rapporté selon divers points de vue. À faits identiques, récits divergents.

— C'est possible, convint-elle, mais vous n'y changerez rien. Et puis Chambers a son équipe de Manchester pour le maintenir sur le droit chemin. Ce n'est pas lui tout seul qui fait la loi, même s'il aime croire le contraire.

— Je ne veux pas être prise de court, et pour ça j'ai besoin de savoir ce qui m'attend. Quand vous travailliez sous ses ordres, comment s'est-il comporté envers vous ?

— Votre ami des Ressources humaines ne vous a pas avertie ?

— Vous seule savez réellement ce qui s'est produit.

Annie respira un grand coup et avala une lampée de vin.

— Ça remonte à plusieurs années, vous savez. Sept ou huit ans, à peu près.

Et d'ailleurs, pourquoi est-ce que cette histoire continue à me poursuivre ? L'année précédente, alors qu'elle croyait être quitte pour toujours de Janet Taylor, de Lucy Payne et du Caméléon, l'affaire avait refait violemment irruption dans sa vie. Et maintenant Chambers pointait de nouveau son nez.

— Chambers lui-même ne m'a pas fait grand-chose. À l'époque, ce n'était qu'un tire-au-flanc opportuniste, lèche-cul et libidineux, qui récoltait toute la gloire en refilant le sale boulot aux autres. À supposer qu'il y ait une quelconque gloire à tirer de ce métier… Son grand plaisir dans l'existence, c'est d'imaginer que la presse à scandale le plébiscite. Il a toujours fait la girouette au gré de l'opinion publique.

— Pourquoi est-ce qu'il n'a pas pris sa retraite au bout de ses vingt-cinq années ? À ce que j'entends, il passe le plus clair de son temps au club de golf.

— La restructuration a contribué à le remotiver, elle lui a ouvert de nouvelles perspectives. Il a davantage de pouvoir. Apparemment, son seul but dans la vie est de virer un maximum de flics avant de rendre son tablier. J'avoue que certains l'ont bien mérité, d'ailleurs, et je vous le répète, il n'est pas spécialement retors. Il applique le règlement à la lettre.

— Pourtant il a un programme bien arrêté, non ?

— Oui, en effet. Avec Chambers, on est présumé coupable *avant* d'être reconnu coupable. À plus forte raison si la presse l'a décrété.

— Alors mes inquiétudes sont fondées ?

— Ce sont deux cas de figure bien différents. L'agent Janet Taylor, sur qui je travaillais, a tué un célèbre tueur en série qui venait de massacrer son collègue à la machette sous ses yeux. Il s'apprêtait à lui faire subir le même sort. Malheureusement, un civil du nom de John Hadleigh, qui avait abattu un cambrioleur dans sa maison, à cinq cents kilomètres de là, a été condamné pour meurtre à peu près à la même époque. Ça aurait fait mauvais effet qu'un officier de police s'en tire sans une égratignure après avoir éliminé quelqu'un. Fin de l'histoire.

— Même s'il s'agissait d'un tueur en série ? Du Caméléon. Je connais cette affaire, je l'ai étudiée.

— Vous comprendrez donc ce que je veux dire. Mais vous auriez du mal à vous faire une idée du climat politique de l'époque, du cirque médiatique. Malgré tout, j'ai convaincu le commissaire de ramener le chef d'inculpation à « homicide ». Vous connaissez la suite.

— C'était une question politique, alors ? Et cette femme, Janet Taylor, a servi d'agneau sacrificiel.

— Agneau n'est pas le mot qui lui convient, mais c'est bien ça. Du moins en partie. De toute façon, une affaire devient toujours politique dès que Chambers s'en mêle. Je ne vous apprends rien. Plus on s'approche du sommet de l'échelle, plus on se cramponne solidement aux barreaux.

Nerys garda le silence une minute, digérant les paroles d'Annie, puis elle lui demanda d'une voix étouffée :

— Est-ce que je peux compter sur votre appui ?

Annie s'étrangla avec son vin et toussa en se tapotant la poitrine.

— Pardon ? Qu'est-ce que je dois comprendre, au juste ?

— Je vous l'ai dit, je me sens très seule, très isolée. Je n'ai personne à qui me confier.

— Mais non, vous n'êtes pas seule. Vous avez une équipe à vos côtés, et votre chef derrière vous. En plus, ce n'est pas vous qui êtes dans le collimateur, si ? C'est l'agent Warburton qui a déclenché le Taser.

— Arrêtez, vous savez très bien qu'on est tous logés à la même enseigne. Si Warby n'avait pas visé cet abruti, c'est moi qui m'en serais chargée. Moi ou un des gars qui sont entrés par l'arrière.

— La situation était critique à ce point ?

— Eh bien… disons qu'il faisait sombre, et que l'ampoule du hall a grillé quand Warby a voulu allumer. Ça surprend forcément, ce genre de chose. On savait qu'il y avait une arme chargée dans la maison, et on était en état d'alerte maximum.

— Personne n'avait prévu que vous entreriez de cette façon. Et qui aurait pu deviner que l'ampoule choisirait cet instant précis pour lâcher ?

— On est censés savoir parer à ce type d'éventualités. S'entraîner à réagir en temps réel.

Annie leur servit ce qui restait de vin.

— Il faisait noir là-dedans, et la tension était forte. Comme l'a déclaré Warby pendant la réunion, on ignorait comment les choses avaient évolué depuis qu'on nous avait alertés. Personne ne nous a répondu. La fille pouvait très bien avoir pété les plombs et s'être emparée de l'arme, par exemple. Quand Patrick Doyle est sorti de la cuisine, on n'a distingué qu'une silhouette, et ce qu'il brandissait pouvait facilement passer pour une épée ou une batte de base-ball, voire un fusil. Warburton a été le premier à réagir, c'est tout. Je suis peut-être la plus forte au tir, mais c'est lui qui a le temps de réaction le plus rapide. (Elle ajouta avec un sourire.) Au Far West, il aurait été un tireur d'exception. On le surnomme « la meilleure gâchette de Newby Wiske ».

— Pourquoi la canne était-elle levée ?

— Doyle était furieux. Je pense qu'il était en train de se disputer avec sa fille. Ils étaient absorbés par leur petit drame personnel, et quand on a démoli sa porte en faisant un boucan de tous les diables, vous vous doutez bien que ça ne l'a pas enchanté. Il brandissait sa canne parce qu'il était fou de rage, tout simplement. Ça se comprend. Je crois qu'il ne savait pas qu'on était armés. Lui il s'attendait à voir débarquer un vieux copain – l'inspecteur Banks –, certainement pas des officiers équipés de pied en cap. En plus il ne nous voyait pas bien. La cuisine était allumée, et ses yeux n'avaient pas eu le temps d'accommoder. Dans ce hall sans éclairage, on devait ressembler à des Martiens. Il n'avait pas imaginé ça, c'est normal.

— Effectivement…

— Selon vous, de quel côté va se ranger l'opinion publique ?

— J'ai ma petite idée.

Nerys secoua lentement la tête avant de finir son verre.

— Ce n'est pas juste. On a beau faire des simulations sur tous les scénarios imaginables – comme Dirty Harry qui dégomme des silhouettes en carton sur un plateau de cinéma – ce n'est jamais pareil dans la réalité. À l'entraînement, on sait très bien qu'on ne va pas ouvrir le feu, ni nous agresser au couteau. Alors que dans la vraie vie… On ne vise jamais un bras ou une jambe. Warby a eu raison, et je le soutiendrai. Je ne veux pas qu'on raconte n'importe quoi. Il faut que les gens prennent connaissance de la vérité, y compris des ratés, au lieu de chercher un prétexte pour torpiller l'un de nous ou nous sacrifier à la presse et à l'opinion. On fait un travail indispensable, et on peut en être fiers. D'accord il y a des bavures, mais les gens ont besoin de nous, que ça leur plaise ou non. Cela dit, ils n'ont pas forcément envie de l'admettre ni de nous distribuer des médailles. Et rien ne les oblige à nous aimer. La plupart d'entre eux préféreraient même nous oublier, ou nous enterrer.

— Je n'ai aucun contrôle là-dessus, mais il y a suffisamment de garde-fous dans l'institution. Vous pouvez tabler sur leur impartialité.

— J'aimerais beaucoup partager votre confiance. Bon, il vaut mieux que j'y aille.

Annie se leva sans trop de hâte, pour ne pas montrer à Nerys qu'elle brûlait de la voir partir. L'idée lui vint que la jeune femme avait bu la plus grande partie de la bouteille, et qu'elle allait sûrement prendre le volant. Devait-elle lui offrir l'hospitalité pour la nuit ? Elle n'en avait pas la moindre envie. Mieux valait fermer les yeux sur son état. C'était peut-être irresponsable de sa part, mais l'autre solution était source de complications sans fin.

— Bien, inutile que je vous montre le chemin, mais je vous raccompagne quand même.

— Merci, fit Nerys avec un sourire.

— Ça peut aller ?

— Tout va bien, lui assura Nerys en ouvrant la porte. (Elle s'arrêta sur le seuil et posa doucement la main sur le bras d'Annie.) J'ai entendu beaucoup d'éloges à votre sujet, et il m'est arrivé de vous croiser au QG du Comté. Je vous ai toujours estimée. J'ai su dès le début que vous étiez quelqu'un de bien.

Elle se pencha en avant et déposa un rapide baiser sur la joue d'Annie, puis elle baissa timidement les yeux sur le paillasson.

Pensant que Nerys regardait ses jambes, Annie se balançait d'un pied sur l'autre, mal à l'aise. Brusquement, elle se rendit compte qu'elle ne portait que le caleçon noir et le T-shirt blanc extra-large qu'elle avait enfilés pour sa séance de méditation. Le T-shirt la couvrait à peine jusqu'aux hanches, et elle se sentait nue.

— Écoutez, Nerys, je suis très flattée, mais… j'ignore ce qu'on vous a raconté sur moi… l'idée que vous vous êtes faite… vous voyez ce que je veux dire…

— Oh, je sais bien que vous n'êtes pas homo. Pas de problème, ne vous tracassez pas. Franchement, je n'essayais pas de vous draguer. De toute façon, vous n'êtes pas spécialement mon genre. Je voulais vous signaler que je pensais du bien de vous, c'est tout.

— Les apparences sont parfois trompeuses.

— Je préfère toujours prendre le risque.

Annie referma la porte dès qu'elle fut sortie et s'adossa au battant. *Pas mon genre.* Qu'est-ce que ça signifiait ? Devait-elle le prendre comme une insulte ? Qu'est-ce qui clochait, chez elle ? Et d'abord, était-ce bien la vérité ? L'attitude de Nerys semblait démentir ses propos. À certains moments, il était clair qu'elle avait tenté de flirter.

Une pensée fâcheuse la frappa au même instant : si Nerys, Warburton et leur équipe devaient être immolés sur l'autel sanglant de l'opinion publique, les responsables du briefing pourraient s'estimer chanceux s'ils ne laissaient pas quelques plumes au passage. La canne, l'insuffisance cardiaque… Annie Cabbot et Catherine Gervaise n'auraient-elles pas dû se débrouiller pour obtenir ces informations et avertir l'équipe désignée pour intervenir ? N'allait-on pas juger qu'elles avaient manqué à leur devoir ? C'était la seule question importante, en définitive : ce que Chambers et l'opinion publique attendaient d'elles comptait bien plus que ce qui s'était vraiment produit, et ce qui l'avait motivé. Ces réflexions étaient loin de la réconforter.

Une fois la porte verrouillée, Annie ouvrit une autre bouteille de vin et s'installa devant un reportage de la BBC2 sur les éléphants.

Banks proposa de régler la note, mais Teresa lui opposa un refus catégorique.

— C'est mon pays, c'est moi qui invite.

Banks fut bien obligé de capituler. Ils venaient de déguster un succulent dîner dans un restaurant intime de North Beach que Teresa avait choisi, et il ne voulait surtout pas gâcher l'ambiance par une querelle à propos de l'addition.

— Merci. C'était un excellent choix. Fabuleux.

— C'est toujours mieux quand on est en bonne compagnie, fit Teresa en souriant au maître d'hôtel qui emportait discrètement le plateau avec sa carte.

Banks remplit leurs verres pour terminer le vin et reposa la bouteille sur la nappe rouge.

— Oui, vous avez raison.

— Qu'est-ce qui ne va pas ? Vous avez l'air triste, tout à coup.

— C'est vrai ? Peut-être parce que je m'en vais demain.

— Il ne faut pas voir les choses ainsi.

— Vous croyez ?

— J'en suis certaine.

Le serveur lui rapporta son reçu, qu'elle signa rapidement avant d'ajouter un pourboire.

— Je vais me repoudrer, annonça-t-elle en prenant son sac à main, et ensuite j'ai quelque chose à vous montrer.

Tout en buvant son vin, Banks jeta un coup d'œil à la reproduction criarde du lac de Côme qui ornait le mur d'en face. Annie n'aimerait pas ce tableau pour touristes, se dit-il, surpris de penser à elle alors que des milliers de kilomètres les séparaient. Le temps était peut-être venu de rentrer. Pourtant il appréciait sa soirée avec Teresa. Comme elle le lui avait expliqué au cours du dîner, elle venait de divorcer, elle avait des enfants adultes qui étaient eux-mêmes parents, et elle exerçait la profession de psychologue pour enfants à Boston. Elle avait décidé de s'offrir ce voyage pour se remonter le moral, et en avait profité pour rendre visite à sa famille. Elle envisageait de s'installer définitivement en Californie, et avait pris quelques renseignements dans la région pour trouver un poste et un logement.

Du coin de l'œil, Banks apercevait sur sa droite les rangées de bouteilles brillantes du bar. Et s'il lui proposait un cognac ? Peut-être valait-il mieux attendre d'être arrivé au bar de l'hôtel, puisque Teresa avait déjà payé l'addition. En plus, elle avait l'intention de lui montrer quelque chose.

Tandis qu'ils marchaient dans la petite rue calme, se dirigeant vers l'animation et les lumières de Columbus, Teresa glissa son bras sous celui de Banks. Ils passèrent devant le Condor, au croisement de Broadway, et au lieu de choisir Grant, ses arches, ses pagodes et ses boutiques de souvenirs bon marché, ils descendirent Stockton, bordée de petites épiceries dont les étalages débordaient de légumes exotiques et de produits séchés. Il avait beau être vingt-deux heures, les clients continuaient de s'agglutiner jusque sur la chaussée, marchandant et testant la qualité des articles. Banks se souvint que son ancien sergent à Londres, Ozzy Albright, lui avait dit qu'en dehors de la Chine, il n'existait pas de plus grand quartier chinois que celui de San Francisco. Ils se trouvaient alors dans le Chinatown londonien, largement moins étendu, et Banks menait sa dernière enquête avant sa mutation, en 1985. Cette affaire avait d'ailleurs resurgi dans sa vie, comme cela arrivait souvent, peu de temps avant son départ en Amérique. C'était pour cela qu'elle lui revenait à l'esprit. La justice pouvait se faire attendre une vie entière, mais parfois elle avait gain de cause. Un peu comme le karma.

Banks se rendit compte qu'il n'avait rien écouté des bavardages de Teresa, perdu dans les souvenirs du passé.

— Où avez-vous dit que nous allions ?

— Je n'ai pas précisé, répliqua-t-elle en lui lançant un regard aigu. Ce sera la surprise, je vous l'ai dit.

— D'accord.

Ils ne tardèrent pas à s'éloigner de la foule et, dans cette portion de rue mal éclairée, les commerces se faisaient de plus en plus rares.

— Nous sommes au-dessus du Stockton Tunnel, indiqua Teresa, et ce que nous cherchons se trouve… (Elle jeta un regard circulaire, comme si elle vérifiait quelque chose dans sa mémoire.) Ici, fit-elle en désignant sur leur droite une étroite ruelle parallèle à Stockton, qui donnait sur Bush Street.

Banks lut en se rapprochant qu'elle s'appelait Burritt Street.

— Désolée, je ne suis pas venue depuis une éternité.

— Qu'est-ce que ça veut dire ? Vous essayez de m'entraîner dans une allée sombre ?

— On est presque arrivés, lui assura Teresa en riant. Voici, on y est. Regardez.

Elle pointa son doigt sur une plaque fixée au mur, que Banks déchiffra avec peine dans la chiche clarté ambiante. *C'est à peu près à cet endroit que Miles Archer, partenaire de Sam Spade, a été liquidé par Brigid O'Shaughnessy.*

Il s'arrêta pour l'observer. C'était donc là que ça s'était passé. Il se tourna vers Teresa avec un sourire.

— Vous m'avez bien dit que vous étiez inspecteur, non ? J'ai pensé que ça pourrait vous intéresser.

— Et vous avez eu raison. En plus je viens de commencer le roman. C'est drôle, j'ai beau savoir que c'est de la fiction, la ville est décrite de façon si vivante dans le livre… Presque un personnage à part entière. Si j'avais su que… Je suis épaté. (Il relut l'inscription.) Ah, elle dévoile le dénouement.

— Oui, c'est exact. Mais ce n'est pas bien grave, si ?

— Pas trop. Et puis je connais déjà le film, et le bouquin a l'air plutôt fidèle.

— C'est l'inverse, si je puis me permettre. Attendez, fit Teresa en fouillant dans son sac. Ne bougez plus, je vous prends en photo à côté.

Banks prit la pose. Il y eut d'abord l'éclair de la correction des yeux rouges, suivi du flash. Son éclat l'aveuglait encore lorsqu'une voix retentit à l'autre bout de la ruelle.

— Je peux prendre la photo, si vous voulez être ensemble !

Quand Banks retrouva une vision plus claire, Teresa tendait déjà son appareil à l'inconnu, dont la compagne les regardait en souriant. Teresa vint se placer à côté de Banks, près de la plaque, la tête appuyée contre son épaule. La lumière du flash jaillit de nouveau, puis l'homme vérifia que la prise était bonne avant de rendre l'appareil à Teresa.

Elle le remercia, et ils descendirent les marches qui passaient près du tunnel.

— Comment saviez-vous qu'il n'allait pas filer avec votre appareil ?

— Oh, ne soyez pas aussi méfiant ! Si l'on ne fait pas confiance aux gens de temps en temps, la vie ne vaut guère la peine d'être vécue.

— C'est probablement vrai.

— J'ai remarqué en plus qu'ils se promenaient main dans la main. Les gens comme eux ne sont pas très portés sur les petits larcins.

— Après tout, fit Banks en riant, vous feriez peut-être un bon flic.

— Question de bon sens, rien de plus, répondit Teresa avec un sourire.

Ils revinrent sur Stockton, traversèrent Union Square et regagnèrent leur hôtel par Geary. Sur Powell, le *cable car* fit entendre sa cloche, en route vers le Mark Hopkins, où Banks avait bu un Martini le soir de son arrivée. Ils croisèrent un attroupement à la sortie du théâtre de Geary Street, où l'on jouait *Brève rencontre* de Noël Coward. Les sans-abri habituels traînaient dans les environs – Banks reconnut le Noir en haillons et la vieille femme – mais personne ne les importuna.

Quand ils arrivèrent au Monaco, Banks proposa :

— Ça vous dirait, un dernier verre au bar ?

Teresa, toujours accrochée à son bras, marqua une hésitation.

— Non, pas vraiment. Il y a trop de monde. Ça gâterait l'ambiance, tout ce tapage. Mais j'ai un bon cabernet sauvignon de Nappa Valley dans ma chambre. Et si vous montiez le boire avec moi, ce dernier verre ?

La promesse contenue dans son regard était sans équivoque.

— Bien, fit Banks, la gorge un peu nouée. Ce serait la manière rêvée de terminer la dernière journée idéale d'un séjour parfait.

7

— Jaff ?

— Ouais, ma belle, qu'est-ce qu'il y a ?

— J'aimerais bien savoir ce qui se passe. Pourquoi on est en cavale. Pour quelle raison tu tiens tellement à aller à Londres et à passer en France.

— Il vaut mieux que tu en saches le moins possible. C'est mon problème et pas le tien, je te le répète. En tout cas, merci beaucoup de m'avoir trouvé une planque où je puisse m'organiser tranquillement.

— Je crois que je suis concernée autant que toi, objecta Tracy. Tu sais, je ne dirai rien à personne, c'est promis. On est dans le même bateau, toi et moi, non ? Je t'aide depuis le début, mais je ne sais toujours rien. Par moments, j'ai l'impression d'être ta prisonnière. Je pourrais peut-être me rendre plus utile.

— Tu n'es pas du tout prisonnière. On doit rester hyper-prudents, c'est tout, et moi je sais comment m'y prendre. Tu as tout intérêt à m'écouter. Et puis tu m'as déjà beaucoup aidé, Fran. Je te suis vraiment reconnaissant, ne t'imagine pas le contraire. C'est d'ailleurs pour ça que je préfère te ménager en te cachant certaines choses. Tu sais que la curiosité est un vilain défaut ? Fais-moi confiance, c'est plus sûr comme ça. OK ? Allez, viens, ma belle.

— Non, Jaff, pas maintenant. Attends un peu…

Avant qu'elle ait pu protester davantage, Jaff l'avait attirée à lui et collait fermement ses lèvres contre les siennes. Tracy ne résista que pour la forme. Jaff embrassait bien, elle devait l'admettre. Et la suite de leurs ébats fut carrément époustouflante.

Quand ils eurent fini, Jaff eut l'air de s'assoupir, tandis que Tracy était assaillie par des inquiétudes de plus en plus vives. Ils entamaient leur deuxième journée dans la maison de son père, et son malaise s'accroissait. Ce qu'elle espérait, c'était que Jaff se lasse de la campagne et décide de hâter leur départ pour Londres. Il avait déjà passé plusieurs coups de fil interminables, et la tournure des événements paraissait lui donner satisfaction.

Au début, Tracy avait considéré tout ça comme une distraction inoffensive, qui lui donnait en outre l'occasion d'exprimer sa rancœur envers un père absent, mais plus le séjour se prolongeait, plus sa gêne s'accentuait. Ce qu'elle tenait la veille pour une incartade vaguement excitante lui semblait maintenant nettement plus sérieux, et elle ne savait pas comment s'en dépêtrer. Jaff prétendait qu'elle n'était pas sa prisonnière, mais il lui demandait d'écarter les visiteurs importuns. Elle aurait pu s'en aller, certainement, et abandonner Jaff à son sort, si quelque obscure raison ne l'avait pas retenue. Ce n'était pas seulement l'idée de le laisser seul chez son père – elle désirait réellement être avec lui et vivre l'aventure jusqu'au bout, quelle que soit sa conclusion. Elle tenait beaucoup à lui. La seule chose qu'elle détestait, c'était d'être maintenue dans l'ignorance. Elle avait envie de participer davantage à ses projets. Et sans son portable, elle se sentait coupée du monde. Cette pensée l'effrayait.

Le cottage était devenu un véritable dépotoir, semé de bouteilles vides, ses meubles et ses tapis maculés de taches, la pièce à vivre jonchée de boîtiers de CD et de DVD. Tracy, qui n'était ni spécialement négligée ni portée sur le vandalisme, était choquée par cette pagaille. La veille au soir, elle avait fait quelques efforts pour ranger, mais elle était bien trop défoncée pour faire preuve d'un tant soit peu d'efficacité.

Désormais elle était en fuite, elle aussi. C'était du moins ce que les gens allaient commencer à se dire. Rose, notamment. La police devait être au courant, pour l'histoire d'Erin et du pistolet, même si, d'après les infos, rien n'indiquait qu'ils l'aient relié à Jaff, ou qu'ils connaissent son existence. Cependant, elle savait par son père que la police ne divulguait pas tous les éléments en sa possession. Quand on tient à coincer quelqu'un en le prenant au dépourvu, on n'a pas vraiment intérêt à déclencher toutes les sirènes.

En ce moment même, le filet était peut-être en train de se resserrer. Qui sait si la maison n'était pas cernée ? Elle se reprocha aussitôt sa paranoïa. Selon toute vraisemblance, Erin s'était murée dans un de ses silences bien connus, et la police, responsable de la mort de son père comme elle l'avait appris au journal de la veille, ne pouvait pas se permettre de trop la brusquer.

La nouvelle lui avait causé un choc énorme. M. Doyle était toujours si gentil. Quand les filles étaient petites et s'amusaient dans la rue, il leur payait une glace si le camion de Mr Whippy passait dans le coin. Un jour, il les avait emmenées toutes les deux à la foire de printemps de Helmthorpe. Son père à elle travaillait, comme d'habitude, et M. Doyle les avait laissés monter sur les autos tamponneuses, sur la chenille et sur le Music Express. À l'âge qu'elle avait, jamais son père ne lui aurait autorisé d'autres manèges que les assommantes balançoires ou le carrousel des petits.

Jaff remua dans le lit et rejeta ses couvertures pour se lever. Midi approchait, mais ils s'étaient encore couchés très tard après avoir enchaîné vin, pétards et DVD. Sans oublier le sexe.

— J'ai faim, déclara-t-il. Et si tu allais nous préparer un petit déjeuner pendant que je prends ma douche ?

— Et ton dernier larbin, il est mort de quoi ? marmonna Tracy en se tirant du lit à contrecoeur.

— Quoi ? Qu'est-ce que tu racontes ?

— Rien du tout.

— Mais si, insista Jaff en la retenant par le menton. Tu as fait une réflexion sur les larbins, là. Tu crois que je devrais servir les autres, c'est ça ? Sous prétexte que ma mère est née au Bangladesh ? À cause de la couleur de ma peau ?

Tracy se dégagea en protestant.

— Enfin, Jaff, ce n'était pas le sens de ma remarque, tu le sais parfaitement ! C'est juste une expression du coin, quand quelqu'un réclame quelque chose alors qu'il pourrait très bien se débrouiller lui-même. Tu vas pas en faire un drame, quand même !

— Je les connais, vos expressions à la con ! rétorqua Jaff en pointant le pouce vers sa poitrine. Putain, tu me prends pour qui ? Tu crois que je viens de débarquer ? J'ai grandi ici, bordel de merde !

— C'est bon, Jaff. Je ne voulais pas...

— Les gens disent toujours ça. Ils se permettent de faire des suppositions. Toute ma vie, j'ai entendu ça. Alors ne t'avise pas de supposer quoi que ce soit à mon sujet !

Tandis qu'il pointait le doigt vers elle, Tracy écarta les mains, feignant de se rendre.

— D'accord, chef. Mes plus plates excuses.

— Et ne te fous pas de ma gueule ! lança Jaff en la fusillant du regard.

Tracy se demanda comment elle avait pu un jour lui trouver de beaux yeux et une expression de douceur. À présent elle n'y lisait que froideur et dureté, et la bouche avait pris un pli amer.

— Je te préviens, Francesca. (Sa voix s'était un peu radoucie, mais la menace subsistait en filigrane.) J'ai horreur des gens qui s'imaginent des choses sur mon compte. Tu ignores qui je suis. Ce que je suis. Tu ne sais rien sur moi.

— Bien, puisque c'est ça je vais descendre préparer à manger. Des œufs au bacon, ça ira ?

Elle commençait à regretter de l'avoir emmené chez son père. Pour tout dire, elle aurait préféré ne jamais l'avoir rencontré ni trouvé à son goût, ne jamais l'avoir embrassé dans ce club, ne pas avoir passé la nuit à faire l'amour avec lui. Elle se sentait au bord des larmes.

— Nickel, fit Jaff en souriant. Tu peux faire aussi du café, ma belle. Bien fort. Allez, je file sous la douche.

Il tourna les talons en sifflotant, comme si rien ne s'était passé. Déconcertée, Tracy resta quelques instants sans bouger. Elle aurait bien aimé faire sa toilette la première, mais le petit cottage ne comprenait qu'une salle de bains. Elle descendit à la cuisine et se rinça le visage et les mains à l'évier, encore un peu tremblante. Jaff ne s'en rendait pas forcément compte, mais il pouvait se montrer cruel.

Elle entendit l'eau couler à l'étage pendant qu'elle rassemblait les ingrédients du petit déjeuner. Un plat frit restait l'option la plus commode, même s'il n'était guère diététique. Elle dénicha deux poêles qu'elle posa sur les brûleurs, avant d'y verser généreusement de l'huile. Tracy n'avait rien d'un cordon bleu, mais préparer des œufs au bacon était quand même dans ses possibilités, et elle savait qu'il ne fallait pas lésiner sur l'huile pour que les jaunes cuisent bien. Elle lança d'abord la cafetière, puis s'occupa successivement du bacon et des œufs, qu'elle jeta dans la poêle après avoir mis deux tranches de pain à griller.

Jetant un regard au coin petit déjeuner, elle réfléchit en se mordillant la lèvre. Le fourre-tout de Jaff était posé sur le banc, derrière la table. Si elle comptait récupérer son mobile, c'était le moment ou jamais. Selon toute vraisemblance, Jaff ne remarquerait rien. Le bacon sautait et grésillait sur le feu, tandis que la cafetière émettait son gargouillis familier, transformant l'eau en or noir. Tracy hissa le sac sur la table et tira sur la fermeture Éclair.

Ce qu'elle découvrit à l'intérieur lui coupa le souffle, mais elle n'en eut pas moins la présence d'esprit de rafler son portable et de le ranger dans la poche zippée de son nouveau sac. Ceci fait, elle regarda une deuxième fois pour s'assurer qu'elle ne rêvait pas. Mais non, elle avait bien vu. Devant ses yeux s'entassaient des liasses et des liasses de coupures de vingt livres et de dix, attachées par des élastiques. Elles étaient pêle-mêle avec des blocs de poudre blanche enveloppée de plastique. Quatre briques. De la cocaïne, supposa Tracy, ou de l'héroïne.

Il devait y en avoir quatre kilos. Elle fouilla au fond du sac, enfonçant la main entre les paquets de billets, et finit par sentir le contact d'un objet métallique, dur et froid. Ce fut seulement quand ses doigts se refermèrent sur la poignée qu'elle vit Jaff appuyé au montant de la porte, drapé dans une serviette blanche, une feuille de papier à la main. La tête inclinée de côté, il l'observait avec un étrange sourire sur les lèvres, mais l'expression de ses yeux était tout autre. Bon Dieu, pensa Tracy, j'aurais dû écouter mon instinct et me sauver tant qu'il était temps.

Comme Annie l'avait prévu, le QG du secteur Ouest commençait à ressembler à un hall de gare londonien à l'heure de pointe. Chambers, la mine hargneuse, traînait dans son sillage ses deux acolytes importés de Manchester, qu'Annie avait déjà baptisés Andouille et Crétin. Plusieurs AFO erraient sans but dans les couloirs ou encombraient la cafétéria exiguë ; Nerys Powell, qui se trouvait parmi eux, adressa un sourire complice à Annie, mais elle baissa les yeux en piquant un fard lorsqu'elles se croisèrent dans l'escalier. Il ne manquait plus que celle-là…

Banks avait dit un jour à Annie que Chambers lui rappelait Vincent Price dans *L'Hérétique*, et, quand elle avait regardé le film avec lui, elle avait mieux saisi l'allusion. La ressemblance physique était plus que légère, certes, mais ils avaient en commun cet air de zèle hypocrite, qui suggérait que tout en préservant la moralité publique, ils assouvissaient à travers leur travail des appétits malsains.

De temps à autre, Annie le surprenait à tourner vers elle un regard curieusement avide, qui contenait autre chose qu'un intérêt purement sexuel. À plusieurs reprises, il s'engagea dans un conciliabule à mi-voix avec Andouille et Crétin qui s'empressaient aussitôt de griffonner des notes, dans le seul but d'engendrer un maximum de stress et de paranoïa. Effet réussi, d'ailleurs. Annie s'était séparée de Chambers sur un conflit quand elle lui avait déballé son opinion sur son attitude dans l'affaire Janet Taylor, et elle commençait à le classer parmi les individus rancuniers. Pire que ça, c'était le genre de personne qui ruminait affronts et rancœurs pendant des années, avant de prendre méchamment sa revanche.

Une note de la commissaire Gervaise annonçait une réunion de tous les membres de la Criminelle à quinze heures dans la salle de conférences, où devait les rejoindre l'expert en balistique chargé d'examiner l'arme à feu. Dans l'intervalle, Annie comptait bien s'éclipser avec Winsome pour un déjeuner tranquille et une pinte de bière – la dernière avant un bout de temps, probablement. Il fallait qu'elle discute avec sa collègue. Winsome avait été occupée par la paperasse relative à l'affaire du chauffard, et elle avait besoin d'une mise à jour.

Pas question, cependant, de se rendre au Queen's Arms ou au Hare and Hounds, car Gervaise n'avait pas été longue à identifier les repaires favoris de Banks et d'Annie. Mais puisque Winsome, très sobre en général et opposée à la moindre goutte d'alcool pendant le service, pouvait conduire sa voiture, elles n'auraient que l'embarras du choix. Sans aller à l'autre bout du Swainsdale, elles pourraient au moins s'éloigner du centre et dénicher un pub de village avec des tables en terrasse et une vue agréable. Ces derniers temps, ils étaient nombreux à avoir mis la clé sous la porte, touchés par les lois anti-tabac, la récession économique, les ventes d'alcool à prix cassés et la facilité d'un voyage à Calais pour se ravitailler. Certains des meilleurs établissements du Swainsdale ne servaient à déjeuner que les week-ends, mais on en trouvait encore quelques bons qui ouvraient le midi.

Annie et Winsome tombèrent sur un pub à leur goût dans un minuscule village à flanc de coteau, non loin de la route de Fortford. Il faisait face à une pelouse triangulaire où un orme vénérable abritait deux bancs publics. Attablées à l'extérieur, elles attendirent leurs plats en sirotant un verre, Dalesman bitter pour Annie et Pepsi light pour Winsome. Si les clients s'étonnèrent de voir une grande Noire d'un mètre quatre-vingts étendre ses longues jambes moulées dans un jean bleu, la politesse les empêcha de le montrer. Sûrement des touristes, en conclut Annie, puisque les gens du cru ne se privaient pas de lorgner Winsome avec des yeux ronds.

La journée était plutôt belle, tiède et ensoleillée malgré les nuages sombres qui s'amassaient à l'ouest, et elles ne furent dérangées que par quelques mouches et une abeille tenace de temps en temps. Les hirondelles continuaient à se rassembler.

Annie admira le quadrillage des murs en pierres sèches qui s'éparpillaient sur la colline jusqu'à la limite des affleurements calcaires. À sa droite elle apercevait le fond de la vallée, d'un vert luxuriant, et le village de Fortford à quelques kilomètres de là, non loin des méandres de la rivière aux berges plantées d'arbres. Elle voyait aussi le toit de schiste et la façade chaulée du Rose and Crown, près du tumulus du vieux village romain, dont l'ancienne route coupait à travers le versant pour aller se perdre dans les lointains. Il flottait dans l'air un parfum de foins frais où perçait l'odeur du fumier et des feux de feuilles sèches. Inspirant à pleins poumons les senteurs de l'été finissant, Annie se réjouissait de vivre une journée pareille, malgré ce qui se passait à la brigade et les ennuis qui se profilaient à l'horizon. C'était typiquement le genre de journée qui se gravait dans la mémoire, toute de « brumes et de fondante fécondité ». Elle lui rappelait ces vers de Keats qu'on lui avait fait apprendre par cœur à l'école, « L'Ode à l'Automne ». « Les grillons chantent dans les haies et le rouge-gorge/ module son doux soprano dans l'enclos du jardin/ Dans le ciel se rassemblent les vols d'hirondelles. »

— Si j'ai bien compris, c'est la panique au commissariat, déclara Winsome.

— Oui, c'est bien pour ça que j'ai eu envie de prendre le large. Ça, et aussi…

Winsome haussa un sourcil à l'arc bien tracé.

— Quoi d'autre ? Moi qui pensais que c'était le calme plat, ces temps-ci…

— Depuis que tu as balancé le dealer d'un coup de pied par-dessus le balcon du quatrième ?

— Je ne l'ai pas balancé, et en plus c'était juste le troisième étage !

Annie but une gorgée de bière. Cet exploit avait valu à Winsome quantité de citations dans la presse, ce qui expliquait que les gens du coin connaissent sa tête et la dévisagent avec tant de curiosité.

— Ç'a été assez mouvementé, ces jours-ci, fit Annie.

— Je ne suis pas vraiment au courant. Doug et moi, on a enquêté sur le chauffard de Lyndgarth Road.

— Et alors, qu'est-ce que ça a donné ?

— Affaire classée. Un témoin a relevé une partie du numéro de la voiture, et c'était facile de circuler, dans le coin. Bien sûr, on aurait avancé plus vite si les deux victimes avaient bien voulu parler.

— Qu'est-ce qui les en empêchait ?

— Pas clairs du tout, ces deux-là. Ils étaient archi-défoncés, tu comprends, expliqua Winsome en souriant.

— Bon, il est temps que je te fasse un topo. Et Harry – enfin, Doug – comment il se débrouille ?

— Pas mal. Il est plutôt bien, même s'il lui manque peut-être l'instinct du tueur, ce côté incisif qui fait les bons enquêteurs. (Elle haussa les épaules avec un sourire amusé.) C'est une espèce de petit frère, pour moi, j'essaie de lui éviter les ennuis.

— Je ne t'aurais jamais crue aussi maternelle, Winsome. Quoi qu'il en soit, tu ne peux pas jouer indéfiniment à la nounou.

— Je sais, je sais. Il faut quand même reconnaître qu'il a une mémoire d'éléphant, aucun détail ne lui échappe. Et honnêtement, le boulot n'est pas si physique que ça, dans le secteur.

— Je suppose qu'on ne peut pas tous être des guerriers intrépides, concéda Annie.

— C'est héréditaire, chez moi. Mes ancêtres étaient tous des guerriers intrépides. J'ai ça dans les gènes, j'envisage même d'investir dans une lance.

— Tu n'as pas besoin de ça pour en imposer, répliqua Annie en riant. (Et elle ajouta après quelques gorgées de bière :) J'aimerais voir la tête de Gervaise si tu rappliquais armée d'une lance.

— Ça lui donnerait matière à réfléchir, je parie.

Une adolescente pâle et maigrichonne, qui semblait trop jeune pour avoir déjà quitté l'école, vint leur apporter leurs commandes. Winsome avait choisi le burger-frites, Annie un sandwich tomates-fromage.

— Bon, fit Winsome en mordant dans son burger, qu'est-ce que je dois savoir, au juste ?

— Je me demande par où commencer.

— Quel est l'avis du chef ?

— Madame Gervaise ? Elle reste prudente, elle attend de savoir d'où vient le vent. On ne peut pas lui en tenir rigueur, avec Matthew Hopkins qui fait mine d'être investi d'une mission divine.

— Matthew qui ?

— Hopkins. Tu sais, le chasseur de sorcières. Chambers, quoi. C'est le petit nom que je lui ai trouvé, comme à un animal domestique.

— Je n'en voudrais surtout pas comme animal de compagnie, et je ne donnerais même pas son nom à mon chien.

— Bref, il se peut bien que Chambers soit le cadet de nos soucis. Cette histoire est un vrai casse-tête, et on aura du mal à cloisonner les problèmes. Pour commencer – et c'est le principal, selon moi – on a découvert une arme sur notre territoire, tu le sais sans doute déjà. Plus précisément, les parents l'ont trouvée et ils ont balancé leur fille.

— Je suis au courant. Tu n'en aurais pas fait autant, à leur place ?

— Si j'avais un enfant et que je tombe sur un flingue dans sa chambre ?

— C'est ça.

— Je crois que j'hésiterais. Ça me dérange pas mal, en fait. Mais bon, ça doit ficher un sacré coup.

— Moi je ne serais pas longue à la détente. Désolée pour le jeu de mots.

— La différence, c'est que ton père est flic, et le mien artiste.

— Qu'est-ce que ça change ?

— Je ne sais pas trop.

— On est flics toutes les deux, malgré tout.

— Ce que je veux dire, c'est que je tâcherais peut-être d'arranger la situation toute seule. En discutant, en essayant de comprendre. Vu les relations entre la mère et la fille, actuellement, on a perdu toutes nos chances d'éclarcir le mystère.

— Ce n'est pas forcément l'essentiel, tu sais.

— Et qu'est-ce qui importe le plus, dans ce cas ?

— Que personne ne se fasse tirer dessus.

— Je te l'accorde, fit Annie avec un léger frisson. J'exagère peut-être le côté « mère tolérante ». Si ça se trouve, je me contenterais de balancer la petite merdeuse, point à la ligne. Vu sous cet angle, c'est une chance que je n'aie pas d'enfants.

— C'est ça, je t'imagine trop bien en train de rancarder la police sur ton gamin. Bonne poire comme tu es…

— En tout cas, la maison est toujours bouclée, et on attend les résultats de l'expertise balistique. On devrait en savoir plus cet après-midi. La fille est en liberté provisoire, elle loge dans un bed and breakfast. La mère, elle, se fait héberger par des amis. Concernant Patrick Doyle, tu sais ce qu'il en est.

— Oui, c'est dramatique, ce qui lui est arrivé.

— Et pour finir, une AFO impliquée est passée chez moi hier soir. Histoire de savoir si je la soutiendrais.

— Et qu'est-ce qu'il en est ressorti ?

— J'aimerais te répondre que je suis du côté de la vérité et de la justice, mais avec Chambers dans les parages, ces mots perdent toute leur substance.

— Mais tu n'irais jamais mentir pour couvrir quelqu'un, si ? Tu ne connais même pas ces gens.

— Non, Winsome, assura Annie en posant la main sur son bras. De toute façon, je n'étais pas dans la maison et je ne sais vraiment pas grand-chose. Mais quand Chambers fera appel à moi, je lui donnerai des réponses aussi honnêtes que possible, et je ne m'avancerai pas si je ne suis pas sûre de moi.

— Ça me paraît équitable.

— Qui a parlé d'équité dans cette affaire ?

— Quel cynisme !

— Bon, d'accord... Mais n'oublie pas que j'ai déjà collaboré avec Chambers.

Quand elle eut fait un sort à son burger, Winsome s'attaqua à sa portion de frites. Elle leva les yeux de son assiette pour demander :

— Par où je dois commencer ?

— Tu connais la fille de l'inspecteur Banks ?

— Elle s'appelle Tracy, non ?

— En effet, mais la fantaisie l'a prise récemment de se rebaptiser Francesca.

— Rien de grave. Les jeunes ont des périodes comme ça, où ils rejettent le prénom que les parents leur ont choisi. Personnellement, ça m'est arrivé. Quand j'étais à l'école, j'ai passé des années à me faire appeler Joan.

— Tracy a quand même vingt-quatre ans, ce n'est plus tout à fait une gamine. (Annie jeta un regard vers Winsome.) Alors toi, tu avais pris le nom de Joan ? Tu me fais marcher ?

— Non, c'est la vérité. J'avais envie d'un prénom plus commun. Winsome, je trouvais ça horrible. Tu n'as jamais changé de nom, dans ta vie ?

— Non, je m'en suis toujours tenue à Annie. Tu connais Tracy, donc ?

— On a échangé quelques mots au commissariat. Sympathique, à première vue. Mais je ne peux pas dire que je la connais. Il y a un problème avec elle ?

— Ça se pourrait. En plus d'avoir pris un prénom d'emprunt, elle a adopté un nouveau look.

— Et après ? Ça n'a rien d'exceptionnel. Regarde-toi. Tu portes les cheveux plus courts, tu t'es fait faire des mèches... Dans le temps tu t'habillais comme une hippie et...

— OK, je vois où tu veux en venir. (Annie effleura ses cheveux, un peu gênée.) Tu n'as pas tort, mais pour moi ça ne porte pas à conséquence. Je reconnais que bien souvent, les gens ont simplement envie de changer de tête. L'ennui, c'est qu'il semblerait en prime que Tracy ait disparu.

— Il semblerait, c'est tout ?

— Oui. Là on est dans le domaine des conjectures. Ou des élucubrations, pour citer Gervaise. Ce qui explique que j'en parle avec toi ici même au lieu d'en discuter avec elle au bureau.

— Parce que je suis plus crédule ?

— Non : parce que tu es la personne la plus sensée que je connaisse. Écoute ce que j'ai à dire, et tu pourras toujours mettre le holà si tu penses que je divague.

Annie écarta son assiette vide et but un peu de bière. Son verre était presque fini, et elle en aurait volontiers pris un autre, mais la perspective d'une après-midi chaotique l'incita à se contenter d'un café, qu'elle accompagna d'un gâteau bourratif à la crème et au caramel.

— Voilà : Erin partage un logement avec deux autres filles, à Headingley. Rose Preston et Tracy Banks. L'après-midi où Erin s'est fait arrêter, la police de Leeds a perquisitionné chez elle. Il n'y avait que Rose sur les lieux. Le soir, quand Tracy est rentrée du boulot et que Rose lui a tout raconté, elle a sauté au plafond. Elle paraissait très inquiète pour un type du nom de Jaff, le petit ami d'Erin. Mais comme Erin refuse de parler, elle ne nous en apprendra pas davantage sur lui. Tracy a filé peu après avoir appris la nouvelle, et depuis elle n'a pas donné signe de vie.

— Comment en sais-tu autant ?

— Je me suis rendue sur place hier soir, et j'ai eu une conversation avec Rose. Ensuite, je suis allée faire un tour à l'appartement dudit Jaff – un chouette immeuble au bord du canal – mais j'ai trouvé porte close. Un voisin m'a raconté que la police était déjà passée l'interroger. Il avait l'air remonté, d'ailleurs, il a laissé la chaînette sur la porte et n'a pas voulu répondre à mes questions. Il n'était pas obligé, de toute manière. J'avais fait tout ce que je pouvais, alors j'ai préféré rentrer chez moi.

— Il y a des gens comme ça, glissa Winsome.

— Ce matin, j'ai contacté l'inspecteur Blackstone à Leeds, et devine quoi ? Après vérification, il m'a certifié que personne de chez eux ne s'était déplacé à Granary Wharf dans la journée d'hier.

— Qu'est-ce qui se passe, selon toi ? demanda Winsome en fronçant les sourcils.

— Je n'en sais rien. À ce stade-là, j'embraye sur de simples hypothèses. À ce qu'elle m'a dit, Rose a cru remarquer quelque chose entre Tracy et Jaff. C'est vrai que Tracy se souciait excessivement de lui. Par contre, j'ignore si elle était au courant pour l'arme à feu. C'est pure spéculation de ma part, j'en ai bien conscience, mais puisque Tracy et Jaff se sont évaporés en même temps, je parierais qu'ils ont filé ensemble, probablement vers le sud. À supposer que le pistolet soit réellement celui de Jaff, il doit avoir peur qu'Erin le dénonce, ou que la police ne remonte jusqu'à lui grâce à cette arme. Pas étonnant qu'il ait cherché à s'évanouir dans la nature.

— Il serait en cavale, alors ? Ça se tient. Tu crois pour de bon qu'il s'est servi de cette arme ?

— Si oui, ce n'est pas récent, à en croire l'expertise préliminaire. Ce qui compte dans l'immédiat, c'est qu'il était sûrement le propriétaire du pistolet, quelle que soit sa motivation.

— Et quel rôle joue Tracy là-dedans ?

Annie mangea quelques bouchées de son dessert, qu'elle fit passer avec le café.

— Je me pose la question. Tout ce que je peux dire, c'est qu'elle a l'air d'être partie avec lui, qu'elle soit mêlée ou non à ses affaires.

— Elle a pu aller ailleurs. Toute seule.

— Possible mais pas très vraisemblable. Ce serait une drôle de coïncidence.

— Nous n'avons rien de plus que des hypothèses, j'en conviens, mais ce que tu dis est juste. Malgré tout, je ne peux pas croire que Tracy ait trempé dans quelque chose de louche. C'est la fille de l'inspecteur principal, quand même !

— Elle a toujours eu l'air d'une gamine sans histoires, tu as raison, mais tu sais, Winsome, les gens peuvent changer, faire de mauvaises rencontres. Les rancœurs s'accumulent, leur vie ne leur plaît plus, ils estiment qu'on ne les traite pas assez bien. Une forme de rébellion qui s'exprime d'une façon ou d'une autre et dans des proportions variables, mais n'est pas réservée aux ados. Vingt-quatre ans, après tout, ce n'est pas bien vieux. Si elle s'est vraiment entichée de ce fameux Jaff… Merde !

— Quoi ?

— Rien, je repense juste à ma période « bad boy ».

— Mauvais garçon ?

— Oui, tu n'as pas connu ça, Winsome ?

— Je crois que mon expérience est assez limitée dans ce domaine.

— Le mauvais garçon, on ne peut pas compter sur lui. Parfois il rate carrément le rendez-vous, et sinon il arrive en retard, il te fait la gueule et te plante là à la première occasion. On croirait toujours qu'il a mieux à faire, qu'il est occupé ailleurs. Mais pendant que tu attends après lui, tu n'arrives pas à te concentrer sur autre chose, tu guettes la porte au cas où il entrerait, même si tu penses qu'il est avec une autre fille, et quand tu es avec lui tu as le cœur qui bat et la gorge qui se serre. Tu as beau lui en vouloir, la colère ne dure pas, et les rares moments où il t'accorde toute son attention, c'est le bonheur. Et ainsi de suite.

— Quelle horreur !

— Oui, mais c'est une exquise torture. Quelquefois, il reste plusieurs jours sans se manifester, et ça te brise le cœur. Même quand il couche avec ta meilleure amie, tu continues à lui pardonner, à t'accrocher à lui.

— Et tu dis que tu as eu ta phase « bad boy » ?

— Bien sûr. Il s'appelait Paul Burroughs. Mais j'avais tout juste seize ans, j'ai vite tourné la page.

Son dernier mauvais garçon, qui s'était révélé être un psychopathe, Annie préférait ne pas l'évoquer. Quand il s'agissait de choisir un homme, elle n'avait pas un palmarès bien brillant. Winsome était au courant, pour le cinglé, mais elle avait trop de tact pour y faire allusion. Paul Burroughs était un exemple beaucoup plus commode.

— Il te trompait, ce garçon ?

— Oui, ça va sans dire. Un mauvais garçon est systématiquement infidèle. Règle numéro un.

— Et ensuite, qu'est-ce qu'il a fait de si grave ?

Annie eut un sourire attendri en se remémorant cette époque.

— Paul ? Oh, rien de bien terrible. Pas au début en tout cas. Des petits trucs, des bêtises, rien d'extraordinaire. Mais c'était une vraie tête brûlée. Il ne respectait rien.

— Par exemple ?

— Un soir, après minuit, on s'est introduits dans la marina et on a emprunté une vedette. (Annie ne put s'empêcher de rire devant l'expression horrifiée de Winsome.) Si la police portuaire ne nous avait pas rattrapés, on serait allés jusqu'en France. Plus probablement, on aurait heurté les rochers et on aurait coulé à pic. Paul savait démarrer un bateau – il pouvait faire partir n'importe quel engin à moteur – mais il était nul en pilotage.

— Et la police, que vous a-t-elle fait ?

— Rien de spécial, tu t'en doutes, sinon je ne serais pas ici avec toi. On s'est fait un peu remonter les bretelles, et ça aurait dû s'arrêter là si…

— Si quoi ?

— Paul avait un tas de problèmes familiaux. Son père avait filé avec une autre femme et sa mère avait l'air d'un zombie. Elle buvait beaucoup, et elle se bourrait d'antidépresseurs. Paul était tellement perdu, tellement en colère, qu'on avait envie de le prendre dans ses bras pour le réconforter.

— C'est ce que tu as fait ?

— Moi ? Ce n'est pas mon genre. Et puis les mauvais garçons ne se laissent jamais cajoler. Tout s'est gâté quand il s'est bagarré contre le plus costaud des flics, une fois qu'on a eu regagné la terre ferme. Ils l'ont bouclé en cellule pour la nuit et ce n'était que le début. Par la suite je ne l'ai plus revu, mais on m'a raconté qu'il avait pas mal d'embrouilles avec la justice. Vol de véhicules, rodéo à la voiture volée, et plus tard coups et blessures, agressions, cambriolages et j'en passe.

— Et aujourd'hui, qu'est-ce qu'il devient ?

— Aucune idée. En prison, si ça se trouve.

— C'était donc un mauvais garçon en herbe ?

— Tout à fait, quoique les mauvais garçons ne finissent pas tous délinquants. C'est plutôt une tournure d'esprit. Tu n'en as jamais croisé ?

— Mon cœur, les mauvais gars avec qui j'ai grandi étaient *vraiment* des terreurs. Pas des petits Blancs gringalets qui fauchaient des bateaux à moteur. Les miens, ils se baladaient avec des machettes et des AK47.

Annie se mit à rire.

— Comment savoir ? Il se peut que tout ça ait un rapport avec la transformation de Tracy, les piercings, le nouveau prénom… En tout cas j'aimerais bien la retrouver et tirer cette histoire au clair, de préférence avant que toutes les forces de police de ce foutu pays ne se lancent à ses trousses. Difficile de dire si elle a peur ou si elle se paie notre tête, mais il est bien possible qu'elle ait besoin de nous, qu'elle s'en rende compte ou non.

— Et Alan ?

— Il ne rentre pas avant lundi. J'ai son numéro de portable en cas d'urgence, et je pourrais toujours l'appeler, à condition qu'il ne soit pas allé se paumer au fin fonds du désert. Tant que j'y pense, je ferais bien de m'arrêter chez lui dans la soirée, ça fait un moment que je n'y suis pas allée. Ses pauvres plantes doivent mourir de soif.

— Tu ne comptes pas lui téléphoner ?

— Pour le moment, je ne suis pas certaine qu'il y ait urgence. Mon instinct me dit que j'ai tout intérêt à tirer Tracy de ce mauvais pas avant qu'il soit là pour l'apprendre.

— Et moi, qu'est-ce que je suis censée faire ?

— Avancer prudemment et te munir d'un gros bâton. Ne pas te faire remarquer, même si on fait seulement notre boulot. Enfin, toi au moins, tu as l'avantage de ne pas être éclaboussée par cette histoire d'arme à feu.

— Je fais profil bas, mais j'ouvre grands les yeux et les oreilles ?

— C'est à peu près ça. Quand la situation se sera bien envenimée, on va sûrement m'examiner de près, comme une punaise sous la lentille du microscope. Bientôt, je serai obligée de remplir une fiche avant d'aller aux toilettes. Dans un premier temps, il serait très utile que tu récoltes un maximum d'infos sur ce Jaff. Tu peux commencer par Rose Preston, à Headingley. Elle n'en sait pas très long, mais je suis persuadée qu'elle nous cache certains éléments.

— Je suppose que tu as les adresses ?

Annie les lui remit aussitôt.

— Concernant Jaff, c'est le seul renseignement dont je dispose. Et à mon avis, retourner là-bas tout de suite ne servirait pas à grand-chose. Au fait, son prénom complet est Jaffar, et le nom inscrit près de la sonnette est J. McCready. Ça ne va pas nous suffire, évidemment.

— Je peux toujours recourir à mon charme inné.

— J'y compte bien, fit Annie avec un sourire. (Elle agita le doigt sous le nez de Winsome :) Mais je te préviens, tu ne balances personne d'un coup de pied !

— Ce n'est pas du tout mon genre !

Tracy tenait l'arme par son canon.

— Je n'y comprends rien, j'avais cru qu'Erin t'avait piqué ton flingue.

— Pose ça ! (Jaff lui arracha le pistolet des mains pour le remettre dans le sac, puis il alla s'asseoir à la table du petit déjeuner, la feuille de papier retournée devant lui.) Exact, ce n'est pas le même. L'autre, Erin l'a pris. Celui-ci, je l'aie eu par Vic. Bouge-toi un peu, sinon ces œufs vont ressembler à du caoutchouc. Je les aime baveux, moi.

Dans un état second, Tracy lui servit son petit déjeuner et remplit deux tasses de café.

— Pourquoi tu avais besoin d'une autre arme ?

— Je sais pas, moi. Question de sécurité. Je me sens plus tranquille avec.

Tracy l'observait, les yeux plissés. Elle avait pris peur en le voyant sur le seuil, mais à présent il ressemblait surtout à un petit garçon, torse nu dans sa serviette de bain en train de se gaver d'œufs au bacon. Il était bien clair que les états d'âme de Tracy ne lui couperaient pas l'appétit, et ne l'empêcheraient pas de n'en faire qu'à sa tête. Tracy, elle, n'avait pas faim, le ventre noué par l'angoisse. Elle grignota un bout de toast nature et but son café noir. Quand Jaff l'avait surprise en train de fouiller son sac, elle s'était attendue à une explosion de rage, peut-être même à des coups, mais il n'y avait rien eu de tel. La crise avait fait long feu.

— Tu t'en es déjà servi ? lui demanda-t-elle.

— Bien sûr. Pas de celui-là en particulier – un autre du même genre. Il faut apprendre à se familiariser avec.

— Pour tirer sur quelqu'un ?

— Ne sois pas idiote. Je me suis juste entraîné en pleins champs, sur des boîtes de conserve.

— J'ai horreur des armes à feu.

— Bien sûr. Il faudrait être dingue pour s'en servir, mais parfois il est nécessaire d'être armé.

— Dans quel but ?

— Question de sécurité, je te l'ai dit.

— Par rapport à qui ?

— Je préfère que tu n'en saches rien.

— La personne à qui appartient ce truc ? insista Tracy en désignant le sac. La coke, ou l'héroïne ? Tu l'as volée à quelqu'un ?

— C'est de la coke, précisa Jaff. (Il s'arrêta de manger, sa fourchette pleine de bacon et d'œufs dégoulinants, et la fixa avec une petite grimace suggestive.) Tu as envie d'essayer ?

Tracy se mit à rire malgré elle.

— Pas maintenant, merci bien. Je suis sérieuse, là, Jaff.

Elle avait déjà pris de la cocaïne – à la fac pour tenir le coup pendant les partiels, et plus tard dans les bars et les boîtes – et l'expérience lui avait bien plu. En général ça boostait son désir sexuel, mais l'effet se dissipait très vite, et ensuite elle déprimait pendant des heures. Dans l'immédiat, elle n'avait pas la moindre envie de stimuler sa libido et, pour le cafard, elle avait déjà sa dose.

— Écoute, reprit Jaff, je te répète encore une fois que tu ignores tout de ce qui se passe. Tu…

— Jaff, tu me prends pour une demeurée, ou quoi ? Si je suis dans le brouillard, c'est uniquement parce que tu l'as décidé. Je t'ai posé des questions, mais tu refuses de me parler. Si on doit traverser tout ça ensemble, j'ai besoin d'en savoir plus. Ne me sous-estime pas, je pourrais peut-être t'aider. Dis-moi à quel point tu es mouillé là-dedans.

— Dans quoi ?

— Tu as très bien compris. La drogue, le fric, les armes. Tu es quoi, en définitive ? Tu joues au gangster ? Tu es un dealer armé ? Comme dans un film de Guy Ritchie. Un caïd de la mafia ? C'est ça ?

— Non, je...

— Tu sais, Jaff, je suis pas idiote, même si je sais juste que je me cache des flics dans la maison de mon propre père avec un type que je connais à peine, et que le gars en question transporte rien moins que plusieurs kilos de coke, des milliers de livres et un flingue chargé – je suppose qu'il l'est ? Pour moi, j'avoue que ça fait vraiment cinéma.

Jaff la gratifia d'un sourire, du genre « je suis un sale gosse mais tu ne peux pas t'empêcher de m'aimer », mais cette fois le charme n'opéra pas.

— Tu penses que je te dois des explications ?

— En effet, ce serait déjà un bon début.

— Je t'ai jamais demandé de me suivre, d'accord ? Ce n'est pas moi...

— Arrête tes conneries, Jaff. Tu sais très bien que sans moi, tu ne serais pas là dans la cuisine de mon père, en train de bouffer des œufs au bacon.

— Eh bien moi, je te conseille de te la fermer, de te détendre et de prendre les choses comme elles viennent.

Tracy le dévisagea avec tout le dégoût dont elle était capable, puis elle respira bien fort. Il y avait tout de même une chose dont elle pouvait se réjouir : Jaff avait tellement flippé en voyant qu'elle avait trouvé la coke, l'arme et les billets qu'il avait complètement oublié le téléphone mobile en vérifiant son sac.

— Tu as raison, dit-elle. Et d'après toi, je devrais m'y prendre comment, pour me détendre ? Et quelles sont exactement les « choses » que je dois laisser venir ? Qu'est-ce qu'il faut que je fasse ?

— Rien du tout, ma belle, c'est ça qui est bien. Tu n'as absolument rien à faire.

— N'empêche, j'aimerais bien connaître nos plans, pour commencer.

— *Nos* plans ?

— Aux dernières nouvelles, tu allais passer des coups de fil pour organiser un truc, et ensuite on rappliquait chez un des tes copains de Londres pour récupérer des faux papiers avant de traverser la Manche. OK ? À moins que j'aie mal compris ?

— Non, en gros c'est bien ça.

— J'espère quand même que tu ne comptais pas embarquer ce sac avec toi ?

— Tu veux bien me lâcher, oui ? Je vais me débarrasser de tout ça dès qu'on sera à Londres. À part le fric, bien sûr.

— Et l'arme ?

— L'arme aussi, je vais la larguer. C'est pour ça que j'ai besoin de temps pour me retourner, et que je reste ici. Tu crois que je suis assez cinglé pour vouloir passer la frontière avec un pétard et quatre kilos de coke ?

— J'en sais rien, Jaff. Franchement, je ne sais pas à quel point tu es cinglé. En ce moment, j'ai l'impression de parler à un inconnu.

— Fais-moi confiance, c'est tout ce que je te demande.

Jaff lui tendit la main, mais Tracy refusa de la prendre.

— Oui, c'est ce que tu me serines sans arrêt, mais vu tout ce que tu me caches, j'hésite.

— C'était pour ton bien, affirma Jaff en agitant sa fourchette.

— Je ne te suis pas, là.

— Écoute, on ne va pas se disputer, toi et moi, répliqua Jaff en sauçant le fond de son assiette. (Du bout de sa fourchette, il tapota la feuille de papier posée près de lui.) En plus, c'est moi qui avais un mot à te dire avant que tu m'interrompes aussi grossièrement.

Brusquement, la colère de Tracy fit place à l'inquiétude.

— Qu'est-ce qu'il y a ? demanda-t-elle en tripotant son collier.

— Ce papier, là. Je l'ai trouvé dans un tiroir du bureau, au rez-de-chaussée.

— Tu te permets de fouiner dans les affaires des autres ? C'est pas…

Jaff abattit si brutalement ses couverts qu'ils tombèrent au sol après avoir fendu l'assiette.

— Tu vas fermer ta gueule et arrêter de m'emmerder avec ce qui se fait ou non !

Face à ses hurlements et la dureté glaciale de son regard, Tracy faillit se mettre à pleurer. Les lèvres frémissantes, elle lutta contre les larmes. Il devinait peut-être sa peur, mais elle était bien résolue à ne pas craquer devant lui. Elle ne lui donnerait pas cette satisfaction.

— C'est clair, oui ? On est bien sur la même longueur d'ondes ?

Tracy hocha la tête en mordillant le bout de son pouce.

— Bien, fit-il. (Le ton était parfaitement mesuré, à présent.) Comme je te le disais, j'ai trouvé ce papier dans un des tiroirs, et il m'a paru intéressant. Extrêmement intéressant.

— De quoi s'agit-il ? s'enquit Tracy d'une voix étranglée.

— Tu t'appelles bien Banks ? Francesca Banks ?

— C'est bien ça.

— Et ton père est l'inspecteur principal Banks, de la police du North Yorkshire ?

— Oui, enfin…

Jaff laissa retomber le document.

— Ton père est une saloperie de flic, et tu n'as pas jugé bon de m'en informer ?

— Ça m'a paru secondaire, et puis il n'est même pas là, d'accord ? On s'en fiche, de son métier, tu ne crois pas ?

— On s'en fiche ? (Jaff fit mine de se frapper la tempe.) Tu m'as menti, ma belle. Tu es sûre que tu n'es pas débile ? Parce que là, j'ai carrément le doute.

— Pas la peine de m'insulter. Mon père est dans la police, et après ?

— Pas simplement « dans la police ». Inspecteur principal. (Jaff éclata de rire.) J'ai baisé la fille de l'inspecteur en chef. J'y crois pas !

— Tu n'es pas obligé d'être vulgaire.

— Décide-toi, mon cœur. Tu es un ange ou une putain ? Moi qui t'ai connue au lit, je pencherais nettement pour la deuxième solution. Pourtant ça ne t'empêche pas de prêcher un tas de conneries sur la morale, le devoir et tout ça, en m'accusant d'être vulgaire et insultant. Qui tu es, dans le fond ?

— Tu en sais quoi, de ce que je fais ou pas au lit, comme tu l'as dit si élégamment ? Tu es bien trop absorbé par ton propre plaisir pour faire attention. Je pourrais être une poupée gonflable, ça te ferait à peu près le même effet.

— En effet, tu y mets à peu près autant d'enthousiasme qu'une poupée gonflable. Tout ça c'est juste une question de baise, non ? Tu prends ton pied là où tu peux.

— Tu es formidable, Jaff. Et philosophe, en plus.

— Ta gueule, connasse ! coupa Jaff en pointant le doigt vers elle. Je te préviens, j'ai horreur des sarcasmes.

Tracy le fusilla du regard.

— De toute manière, qu'est-ce que ça change, que mon père soit inspecteur ?

— Ce que ça change, c'est que dès qu'un flic est mêlé à une affaire, plus rien ne les arrête. Ils se serrent les coudes. Tu es la fille d'un flic, et il remuera ciel et terre pour te récupérer. Pour lui c'est une affaire personnelle, et toutes les forces de police de ce pays de merde vont faire front avec lui. Tu saisis ? On ne fait pas le poids, toi et moi.

— Qu'est-ce que tu entends par « me récupérer » ? Il faudrait d'abord que je sois prisonnière. Et ce n'est pas le cas, que je sache.

— Regarde les choses en face. La donne a changé. Tu l'as déjà dit, on est mouillés tous les deux, et on n'ira nulle part l'un sans l'autre avant que tout soit réglé.

Tracy frissonna, le cœur serré. C'était donc ça : à ses yeux elle était une captive, un otage. Ou bien un fardeau.

— Mon père est en vacances, tu le sais. Il ne rentre que lundi. Comment veux-tu qu'il se mette à notre recherche ? Il ne risque pas de deviner ce qui se passe.

— Il sera vite renseigné à son retour. À moins que ses copains le mettent au courant et qu'il rentre plus tôt que prévu. Il est peut-être déjà en route.

— Ça m'étonnerait. Je ne lui importe pas à ce point.

— Boucle-la et laisse-moi réfléchir tranquille.

Tracy prit sur elle pour garder son calme.

— Et si je m'en allais, tout simplement ? Je repartirais directement à Leeds, tu vois, comme si de rien n'était. Il y a des bus qui vont à Eastvale depuis le village. Toi tu peux garder la voiture de Vic pour rejoindre Londres, régler tes problèmes de passeport et d'argent et disparaître aussitôt. Tout sera rentré dans l'ordre bien avant que mon père soit revenu. Il n'en saura jamais rien.

Alors même qu'elle prononçait ces mots, elle mesura combien ils étaient vains et désespérés.

— C'est ton tour de me prendre pour un imbécile, déclara Jaff.

— Et pourquoi ?

— Tu t'imagines que je vais te laisser filer comme ça, pour que tu t'empresses d'aller cafter chez les flics ?

— Je ne dirai rien. N'oublie pas que je ne sais rien, de toute façon. Tu as refusé de m'expliquer.

— Tu es au courant pour la coke, le fric et l'arme à feu. C'est bien suffisant.

— Voyager avec moi, ça ne peut que te gêner, penses-y. Si tu m'emmènes, ça va forcément te faire perdre du temps. S'il te plaît, Jaff, accepte de me laisser partir.

Tracy se figea en voyant l'expression de son visage.

— Bon, dit-il. Apparemment il me reste deux options. Soit je garde l'œil sur toi en permanence à compter de maintenant, soit…

Une onde glacée parcourut Tracy quand elle comprit ce qu'était la deuxième solution.

8

— Je vous présente Naomi Worthing, déclara la commissaire Gervaise à l'équipe de la Criminelle, réunie dans la salle de conférences en cette fin d'après-midi. Elle est venue de Birmingham nous faire un rapport sur l'arme que nous leur avons envoyée. Merci infiniment d'avoir travaillé aussi vite, Naomi.

— Pas de problème, j'ai eu la chance d'avoir un créneau, répondit Naomi avec un sourire.

Son physique ne cadrait pas avec l'idée que se faisait Annie d'un expert en balistique. Rondelette, les cheveux grisonnants et la mine affable, Naomi ressemblait plus à miss Marple qu'à un personnage de la série *Les Experts*. Son auditoire réduit regroupait Gervaise, Annie, Winsome, Harry Potter et Geraldine Masterson, qui brûlait de faire bonne impression maintenant qu'elle avait intégré la Criminelle.

— Je vous dispense des détails techniques les plus assommants, commença Naomi. Disons pour résumer qu'il s'agit d'un semi-automatique Smith & Wesson 9 mm. Ce modèle précis date des années 80. Son canon mesure 10 cm, il a une capacité de seize coups et pèse un peu moins d'un kilo déchargé. Des questions, peut-être ?

— Smith & Wesson est une société américaine ? fit remarquer Annie.

— Oui, et cette arme a été fabriquée aux États-Unis. Ce qui fait qu'elle est peut-être plus rare dans le secteur que les modèles tchèques ou russes. Je veux dire par là qu'on ne va pas la trouver en vente dans le pub du coin. Et je précise qu'un Smith & Wesson coûte un paquet d'argent.

— On peut s'en procurer un facilement, par ici ?

— Ça dépend des périodes, mais ils sont indéniablement moins répandus que les marques d'Europe de l'Est dont je vous parlais. Je crois que je devine le sens de vos questions, inspecteur…

— Cabbot. Inspecteur Annie Cabbot.

— À votre place, je ne me fonderais pas sur l'origine de l'arme pour orienter mes recherches sur son propriétaire et utilisateur. Le plus probable, c'est qu'il se promène en Angleterre depuis les années 90, ou même avant. C'est un produit connu, simple et pratique, et les munitions sont faciles d'accès.

— Je crois que vous avez parlé d'utilisateur, Naomi, intervint Gervaise.

— Tout à fait, j'allais y venir. C'est justement ce qui m'a incitée à venir en personne, au lieu d'envoyer un rapport. Je ne me plains pas, d'ailleurs, c'est toujours un plaisir de passer par Eastvale.

— Je vous écoute, alors.

Naomi se servit du café et ajouta du lait et du sucre avant d'ouvrir sa chemise cartonnée.

— Il manquait deux munitions dans le chargeur. Balles *plus* douilles. C'est souvent ainsi avec les semi-automatiques, je ne vous apprends rien. La douille est éjectée après le tir. Un criminel chevronné ramasse ses douilles et les fait disparaître, mais les gens sont parfois négligents, ou pressés, et il leur arrive de les abandonner sur place.

— Vous savez à peu près quand ces balles ont été tirées ? demanda Annie.

— Non. L'examen du pistolet ne nous permet pas de déterminer une date. Tout ce que nous pouvons garantir, c'est que les balles sont issues de ce chargeur.

— Mais l'arme n'était pas forcément la même ?

— Ce n'est pas totalement exclu, mais la probabilité est très faible. Malheureusement les douilles ne sont pas en notre possession, ce qui nous empêche de les comparer au percuteur pour davantage de certitude. À moins que quelqu'un n'ait manigancé un coup vraiment retors, rien ne nous empêche d'affirmer que les balles proviennent de cette arme-là.

— Je comprends. Désolée pour l'interruption.

— Naturellement, nous avons consulté la Base Nationale de Données des Armes à Feu, que j'appellerai BNAF pour plus de commodité. Et là, nous avons découvert qu'un pistolet conforme à ces critères avait servi pour un meurtre non résolu, au mois de novembre 2004. L'information n'est pas concluante, bien entendu, elle nous indique seulement que le numéro de série, le modèle et le type de munitions correspondent à ce que nous avons trouvé dans le chargeur. Pourtant ça nous a intrigués, et nous avons donc décidé d'effectuer un tir en milieu sécurisé, afin d'obtenir un échantillon de douille susceptible d'être entré dans le Système de Comparaison et d'Identification Balistique. Le SCIB, pour rester dans les acronymes. Résultat, nous avons établi de manière irréfutable un lien entre ce pistolet et le meurtre commis en 2004. Pour écarter toute incertitude, notre prochaine étape consistera à récupérer une balle extraite du corps de la victime, et à procéder à un examen comparatif des deux projectiles au microscope. Les crêtes, les rainures, vous avez tous vu ça dans les reportages télé. À l'écran, ça a toujours l'air passionnant.

— Et cette balle, vous pensez vous la procurer par quel moyen ? voulut savoir Annie.

— Par les services du West Yorkshire. Je ne sais pas au juste où elles sont, mais elles doivent toujours être stockées avec les pièces à conviction.

— À quel endroit ce meurtre a-t-il eu lieu ?

— Woodland Moor, à Leeds.

— Je ne sais pas exactement où on conserve les pièces relatives aux affaires classées, fit Gervaise, mais je parierais sur Weetwood, Otley Road. D'un autre côté, il vaudrait peut-être mieux que vous contactiez d'abord l'équipe des Homicides. Même si nous sommes le plus grand service de province, la population urbaine du West Yorkshire est nettement plus importante, et c'est eux qui ont droit aux experts. Nous on a la Protection de la Nature, et eux la branche spéciale Homicides. Je suppose qu'ils sont les mieux indiqués pour traiter ce genre d'affaire.

— Merci, dit Naomi, j'ai déjà collaboré avec eux. Ce sera ma démarche suivante.

— Que pouvez-vous nous dire d'autre en attendant la comparaison physique ?

Naomi but quelques gorgées de café au lait.

— Pas beaucoup plus, j'en ai peur. Les enquêteurs vous fourniront des précisions complémentaires. Tout ce que je sais, c'est que le 5 novembre 2004, un dénommé Marlon Kincaid, soupçonné de trafic de stupéfiants, a été abattu sur Woodhouse Moor, près de l'emplacement d'un feu de joie de la Guy Fawkes Night.

— Des témoins ? demanda Annie.

— Aucun, pour le peu que nous en savons. Les bases de données sont plutôt avares de détails, et je suis sûre que les inspecteurs concernés vous en apprendront largement plus.

— Mais c'était un soir de fête, souligna Annie. L'explosion des fusées a pu couvrir les détonations.

— Exact. Ah, j'oubliais. Nous avons relevé des empreintes digitales sur le pistolet, bien entendu, et nous n'avons recueilli que celles de Patrick Doyle sur la poignée et le canon – celles que vous nous avez transmises –, ce qui confirme qu'il l'a manipulé pour vérifier le chargeur. En revanche, nous avons trouvé sur le chargeur lui-même deux séries d'empreintes bien nettes, dont une seulement appartient à Patrick Doyle. Les gens n'y pensent pas toujours. Le chargement de l'arme se fait manuellement, vous comprenez, et c'est bien rare qu'ils aient l'idée d'enfiler des gants. Comme le chargeur est protégé par la poignée, les traces sont préservées. On a également relevé des empreintes partielles sur les munitions, qui semblent identiques aux mystérieuses traces du chargeur. Nous les avons entrées dans le Fichier National, mais ça n'a abouti à rien.

— Pas de nom ni d'adresse, alors ? résuma Gervaise. Aucune arrestation express en perspective ?

— Ça vous arrive, quelquefois ? fit Naomi en souriant. Désolée, mais cette fois il va falloir transpirer un peu. Même quand on tient un suspect, les empreintes ne sont qu'un élément de comparaison. Tout ce que ça démontre, c'est que la personne a bien touché au chargeur et aux balles, mais ça ne prouve en aucun cas qu'elle est coupable du meurtre.

— Le plus sage est sûrement de commencer par Erin Doyle, proposa Gervaise en se tournant vers Annie. Vous pourriez vous en occuper, et vous mettre en relation avec Vic Manson ?

— Bien sûr.

— C'est un peu tard pour aujourd'hui, constata Gervaise en regardant sa montre, mais si vous pouviez vous rendre à Leeds demain à la première heure, Winsome et vous, et tâcher d'en apprendre plus grâce aux dossiers et aux enquêteurs, ça nous donnerait l'impression d'avancer.

Il était près de sept heures lorsque Annie quitta le commissariat pour rejoindre sa voiture. La petite Astra violette avait fini par rendre l'âme au cours de l'été, mais elle était très contente de la Mégane qu'elle venait d'acheter pour la remplacer. Elle l'avait eue pour un très bon prix.

Après la réunion, elle avait dû aller chercher dans son bed and breakfast une Erin Doyle renfrognée et passive, qu'elle avait ramenée au poste sous l'escorte de Patricia Yu, l'officier de liaison avec les familles. Là, on avait relevé les empreintes digitales de la jeune femme. Fatiguée par la paperasse et l'agitation de la journée, Annie ne rêvait que d'un grand verre de vin et d'un interminable bain chaud. L'esprit engourdi, elle avait pris le mauvais chemin sur plus d'un kilomètre, se dirigeant vers sa maison de Harkside avant de se rappeler qu'elle voulait passer chez Banks pour arroser les plantes et ramasser la pile de courrier. Elle hésita un bref moment, rebutée par le long détour qui l'éloignait de son bain et de son verre de vin. La visite pouvait attendre jusqu'au lendemain. Les plantes survivraient, et la poste n'avait dû déposer que des factures et des publicités pour des abonnements à des magazines ou des caisses de vin. Pourtant, elle se sentait mauvaise conscience de manquer à ses devoirs. Alan serait bientôt de retour, et même s'il ne lui en tiendrait pas rigueur, elle serait très contrariée qu'il découvre sa négligence. Elle continua jusqu'au rond-point le plus proche et fit demi-tour.

En repassant devant le commissariat, elle pensa à Chambers, qui s'était pavané dans les locaux toute la journée en lançant des regards courroucés à tout le monde, Andouille et Crétin pendus à ses basques. Annie devait subir un entretien officiel le lendemain matin, perspective qui était loin de la réjouir. Elle prévoyait déjà ce qui allait se passer. Sous prétexte qu'ils étaient neutres dans cette affaire, Chambers délèguerait l'interrogatoire à Andouille ou à Crétin, voire aux deux à la fois, pendant que lui lorgnerait la scène en se délectant du malaise d'Annie, persuadé d'être un grand redresseur de torts devant l'Éternel. Elle se promit de mettre pour l'occasion un pantalon ou une jupe longue, avec une blouse ample à col montant. Ou même son pull à col roulé – le large, pas le moulant.

Elle s'engagea sur la route principale de Helmthorpe, laissant la ville derrière elle. Tout à l'heure, elle passerait par la lande pour retourner chez elle. Elle adorait la pureté de ce cadre dépouillé dans la douce lumière du soir, les routes de campagne où les moutons se promenaient librement, le ciel infini et les points de vue somptueux. En plus la bruyère serait en fleurs, ce qui embellissait toujours le paysage, et parfois on apercevait une lune pâle dans le bleu laiteux du ciel. Et quand elle rentrerait chez elle, elle s'offrirait enfin ce verre et ce bon bain.

L'idée d'une balade vespérale à travers la lande lui mettait du baume au cœur, et elle était heureuse de ne pas avoir cédé à la facilité en rentrant tout droit chez elle. À Helmthorpe elle tourna à gauche au niveau du groupe scolaire, puis elle monta vers Gratly, en haut de la colline. Une centaine de mètres après le petit pont de pierre qui enjambait le ruisseau, elle prit à droite pour s'engager dans l'allée de chez Banks, un étroit chemin de terre semé ici ou là de plaques de gravier. Il passait sous un arceau de tilleuls et aboutissait devant la maison. Les bois s'étendaient au-delà, et à la droite d'Annie, derrière le muret en pierre sèche, le Gratly Beck cascadait de terrasse en terrasse avant de traverser le village et de dévaler jusqu'au centre de Helmthorpe, au fond de la vallée. C'était un site très agréable, qu'Annie avait souvent envié à Banks.

Elle s'arrêta devant le cottage et coupa le moteur. En descendant de voiture, elle entendit des chants d'oiseaux dans les bois et au bord du ruisseau, dans la vallée. Il y avait de la musique, également, un rock moderne à base de guitares au son distordu, de batteries sauvages et de basses déchaînées. Bizarrement, le bruit semblait venir de l'intérieur. À côté du garage, Annie remarqua un véhicule qu'elle n'avait jamais vu, une Ford Focus passablement fatiguée qui aurait eu grand besoin d'un lavage. L'aile gauche était cabossée et les jantes portaient des traces de rouille. Banks avait parlé tout l'été de vendre sa Porsche, mais à sa connaissance personne ne lui en avait proposé un prix satisfaisant. En tout cas, la Ford n'était pas là la dernière fois où elle était passée s'occuper des plantes.

Quand on cherchait à vendre une Porsche, s'était plaint Banks, les gens en déduisaient d'emblée qu'on était déjà bourré de fric, ou qu'on avait le couteau sous la gorge. Dans les deux cas de figure, ils s'imaginaient l'emporter pour une bouchée de pain. Banks, lui, n'était ni fauché ni plein aux as, il voulait simplement se défaire de la voiture. Annie supposait qu'elle lui rappelait encore trop son frère, à qui elle avait appartenu, même si la mort de Roy remontait maintenant à un certain temps. Banks ne l'avait jamais vraiment adoptée, mais s'il s'était décidé à la vendre, il ne l'aurait sûrement pas échangée contre une Ford Focus déglinguée. Il aurait plus probablement acheté une Volvo ou une Audi. Ce n'était pas un mordu de mécanique, il avait même conduit sa vieille Cortina jusqu'à ce qu'elle menace de tomber en capilotade, mais il aurait eu honte d'être vu au volant d'un clou pareil.

Tout cela ne lui disait pas à qui appartenait cette voiture. Annie nota son numéro d'immatriculation, puis elle chercha la clé de Banks dans son sac et l'introduisit dans la serrure. Tracy ou Brian avaient pu venir s'installer sans que Banks pense à la prévenir. À moins que des gamins soient entrés par effraction. Annie s'arrêta sur le seuil et lança un appel :

— Hé, là ! Il y a quelqu'un ?

Tout d'abord il n'y eut pas de réaction, puis la musique baissa de volume et la porte de la pièce à vivre s'ouvrit. Tracy en sortit et referma soigneusement derrière elle.

— Tracy ? Je ne savais pas que tu avais une Ford Focus.

— C'est celle d'un copain, je l'ai empruntée.

— Je vois.

Tracy avait un peu changé, c'était exact, mais pas tant que cela. Ça tenait surtout à sa coupe de cheveux vaguement punk. Elle ne portait quasiment pas de maquillage, sinon un discret rouge à lèvres, et s'était habillée simplement, d'un jean et d'un haut sans manches décolleté en V, qui dénudait légèrement son ventre. Ses piercings n'avaient rien d'extrême, juste l'anneau à la paupière et le stud sous la lèvre que l'on voyait sur des milliers de jeunes filles. Cependant elle paraissait plus âgée que dans le souvenir d'Annie. Plus sophistiquée, aussi. Et elle avait l'air tendue.

— Il y a un problème ? demanda Annie.

— Non, que veux-tu qu'il y ait ? Qu'est-ce qui t'amène ici ? Il n'est rien arrivé à papa, au moins ?

— Non, non, la rassura Annie en refermant la porte d'entrée. Je lui avais simplement promis de passer arroser ses plantes et relever son courrier pendant son absence. Tu m'offrirais un thé, ou un café ?

— Un thé ?

— Oui, tu sais, plaisanta Annie en montrant la cuisine, ces petits sachets qu'on met dans l'eau chaude. Là-bas.

— Ah, oui, pas de problème.

En suivant Tracy dans la cuisine, Annie s'aperçut qu'elle titubait légèrement. Son élocution était un peu pâteuse, aussi, et son regard vague suggérait qu'elle n'était pas dans son état normal. Annie soupçonna l'alcool, ou peut-être la drogue.

— En tout cas, c'est un gros coup de veine de te trouver ici. Je me faisais du souci pour toi.

— Du souci ? À quel sujet ?

— Tu es sans doute au courant pour ta colocataire, Erin ?

— Il reste du café dans la cafetière, je ne sais plus depuis quand il est là. Ça ira ?

— Bien sûr. Avec plein de lait et de sucre, si possible.

Ni le lait ni le sucre ne suffisaient à masquer le goût de brûlé, mais Annie but poliment son café, appuyée au montant de la porte.

— Belle soirée. Tu m'accompagnes dans le jardin d'hiver ? Je dois aller m'occuper des plantes, à moins que tu t'en sois chargée.

— Les plantes ?

— Oui, ces choses vertes qui poussent en pots et que je suis venue arroser.

— Ah, oui, je vois.

Annie remplit une carafe au robinet de l'évier et se dirigea vers le jardin d'hiver, Tracy sur les talons. La pièce était une véritable porcherie. La table basse était encombrée d'assiettes sales, de tasses et de verres à vin à moitié vides. L'un d'eux s'était renversé, et une flaque collante de vin rouge séchait sur le plateau en verre.

— Il y a eu une fête ? demanda Annie.

— Ah, ça ? Non, juste un accident. J'allais nettoyer, je n'ai pas eu le temps.

— Tu as besoin d'un coup de main ?

— Non, ça ira, je le ferai plus tard. Tu ne veux pas t'asseoir ?

— Si, si ça ne t'ennuie pas. (Annie posa sa carafe sur la table et prit un siège.) J'étais en train de te parler d'Erin…

— Je n'ai rien à voir là-dedans, répliqua vivement Tracy en se rongeant un ongle. Je l'ai appris par la télé.

— Mais tu étais déjà au courant, je crois ? Rose te l'a raconté l'autre soir, quand tu es rentrée du travail.

— Oui, c'est vrai. Elle m'a dit que la police avait fouillé chez nous, si j'ai bien compris. Elle n'était pas très renseignée.

— Toi non plus, tu n'es pas très claire.

— Ça ne me regarde pas, je te le répète.

— Pourquoi es-tu ici ?

— J'avais envie d'un peu de calme, c'est tout. Ça dérange quelqu'un ? Je suis chez mon père, c'est mon droit.

— OK, Tracy, fit Annie avec un geste apaisant, pas la peine de s'énerver. Personne ne t'a reproché quoi que ce soit. Tu es venue directement, après avoir quitté Headingley ?

— Oui, évidemment. Où voulais-tu que j'aille ?

— Eh bien, il semblerait que tu te sois beaucoup préoccupée du petit ami d'Erin, Jaff.

— Jaff, mais comment tu sais… (Elle n'acheva pas sa phrase.) J'aurais dû m'en douter. C'est papa qui t'a chargée de m'espionner, je suppose ?

— J'ignorais que tu étais ici. Je passais seulement pour les plantes et le courrier, comme je te l'expliquais. (Elle jeta un coup d'œil aux pots et aux corbeilles suspendues.) D'ailleurs, on dirait qu'elles en ont bien besoin.

— Je n'ai pas la main verte, personnellement. Dès que je m'approche, j'ai l'impression que les plantes sèchent sur pied.

— Tu m'en diras tant.

Annie n'ajouta rien, et Tracy ne fit aucun effort pour alimenter la conversation. Elle prit donc la carafe et, tout en se mettant à l'arrosage, elle lança négligemment par-dessus son épaule :

— Où est-il, Tracy ?

— Qui ça ?

— Tu sais bien, Jaff. Il est ici ?

— Ici ? Mais pourquoi il serait ici ? Je suis venue pour être tranquille, je te l'ai dit.

— Peut-être qu'il te plaît bien, et que tu as eu l'idée de le cacher provisoirement, le temps que l'orage se dissipe.

— De quel orage tu parles ? C'est n'importe quoi !

— Le pistolet d'Erin lui appartient, non ?

— Je n'ai jamais entendu parler d'un pistolet.

— Il y a six ans de ça, il a servi à commettre un meurtre, Tracy. Un jeune du nom de Marlon Kincaid. Ça te rappelle quelque chose ? Il nous faut des réponses.

— Je ne te suis plus du tout.

— Le père d'Erin est mort, tu l'as appris ?

— Oui, mais ce n'est pas Jaff qui l'a tué. C'est votre faute à vous. La police.

— Tu n'as pas tort.

— En tout cas je l'aimais bien, ajouta Tracy d'une petite voix. (Annie crut deviner des larmes dans ses yeux.) Il a toujours été gentil avec moi, M. Doyle. Ça me fait de la peine, qu'il soit mort.

— Écoute, je ne suis pas là pour condamner qui que ce soit, mais je crois que cette réponse ne va pas suffire.

— Je n'y suis pour rien, tu ferais mieux de partir.

— Je n'ai jamais prétendu que tu étais en faute, mais tu ne crois pas que tu devrais rentrer ? Ton amie Erin peut avoir besoin de toi. Tu as pensé à elle ?

Tracy se mordilla la lèvre en silence.

— Bon, on arrête de tourner autour du pot. Je sais que Jaff est ici avec toi, et la police veut l'interroger sur le meurtre de Marlon Kincaid.

— Je connais pas de Marlon Kincaid.

— Tant mieux, probablement. Par contre, je parie que Jaff a entendu parler de lui. De deux choses l'une : ou vous acceptez de me suivre sans faire d'histoire, ou je suis obligée d'envoyer une voiture de patrouille.

— Non, ne fais pas ça ! Tu ne peux pas comprendre. Va-t'en, maintenant ! Il a… il ne voudra pas…

— Il ne voudra pas quoi, Tracy ? Il n'a pas tellement le choix, tu sais.

— Ça va le mettre en colère. S'il te plaît, tu ne veux pas nous laisser partir ? On va s'en aller d'ici, et je te promets de tout ranger. Ensuite on disparaîtra. Mais ne reste pas là, je t'en prie.

— C'est impossible, Tracy, tu le sais pertinemment.

Annie crut distinguer une ombre fugace derrière la vitre dépolie de la porte du jardin d'hiver, et elle se précipita pour l'ouvrir. Une silhouette sombre se penchait sur un sac de voyage posé sur la table du petit déjeuner.

— Vous êtes bien Jaff ? demanda-t-elle.

— Attention ! lui cria Tracy. Il est…

Mais Annie ne l'écoutait pas.

— Si c'est bien vous, je crois qu'il est temps de…

Avant même d'avoir terminé sa phrase elle entendit deux pop étouffés, et elle eut l'impression qu'on lui assenait deux coups d'une extrême violence dans la poitrine et à l'épaule. Une sensation de froid et d'engourdissement, ses jambes qui se dérobaient… Elle eut conscience de basculer vers l'arrière, comme si elle flottait en apesanteur, et puis elle s'effondra sur la table dont le plateau se brisa sous son poids. Des éclats de verre se plantèrent dans son dos, la vaisselle s'écrasa sur le dallage en terre cuite, les verres se brisèrent en morceaux. Un hurlement lui parvint de très loin. Annie essaya d'appeler, tendant vainement les bras pour s'agripper à une bouée de sauvetage imaginaire. Épuisée, le souffle court, elle retomba sur les débris de verre et de vaisselle et sentit son esprit se vider comme l'eau s'écoule d'une conduite. Quand elle voulut reprendre sa respiration, un gargouillis liquide monta de sa gorge et de ses poumons. Alors elle sombra dans un gouffre noir.

Lorsque Winsome arriva à Leeds, devant la maison de Headingley, elle trouva porte close ; tout le monde semblait absent, même Rose Preston. Un voisin rapporta l'avoir vue se diriger la veille vers l'arrêt de bus, une valise à la main. Après quelques coups de fil, elle parvint à localiser les parents de Rose, domiciliés à Oldham. Ce n'était pas bien loin, mais la circulation était si dense à cette heure de la soirée, sur la M62, qu'il était près de vingt heures trente quand elle se gara devant la petite maison mitoyenne, à deux pas d'Oldham Gallery, le centre culturel-bibliothèque flambant neuf.

Ce fut Rose en personne qui se présenta à la porte, et elle salua Winsome d'un « Quoi encore ? » dès qu'elle vit sa carte.

— Je voudrais juste vous parler quelques minutes.

— D'accord, fit Rose en décrochant une veste légère de la patère de l'entrée. Je suppose que je n'ai pas le choix. Même si je vous ai déjà dit tout ce que je savais. Mes parents sont sortis, et comme je n'ai pas la moindre intention de rester seule avec vous, je vous propose le pub du coin.

Après le tournant, Winsome ne vit qu'une rue en pente bordée de maisons identiques, avec leurs briques rouges et leur toit en ardoise. L'une d'elles, toutefois, se distinguait de ses voisines par une enseigne en façade. Winsome eut un peu l'impression de s'inviter dans le salon d'un inconnu, mais l'intérieur avait toutes les caractéristiques d'un pub ordinaire : un bar, des clients, des jeux vidéo, une table de billard, des banquettes en peluche et des tables à pied métallique. Il s'agissait d'une salle à demi-niveau, et si elle n'était pas à cheval sur deux maisons, c'est qu'elle accomplissait le même prodige spatial que le vaisseau Tardis du Dr Who. Winsome adorait secrètement la série *Doctor Who*. Elle ne l'aurait jamais avoué à ses collègues par peur des moqueries – tout le monde la jugeait carrée et rationnelle – mais elle avait toujours rêvé d'être la compagne du docteur, et de voyager dans le temps et l'espace pour rencontrer Shakespeare, affronter des monstres et des fous mégalomanes, puis revenir sur Terre avant même d'en être partie.

Elle prit un jus d'orange et commanda une bière blonde au citron vert pour Rose, puis elles s'installèrent sur une banquette.

— Pourquoi ma visite vous a-t-elle autant contrariée ? Et qu'est-ce qui vous effraie tant à l'idée de rester seule avec moi ? J'ai donc l'air si terrible ?

— Non, ça ne vient pas de vous. Mais désormais je me tiens sur mes gardes, c'est tout. Ça n'a rien à voir avec… vous comprenez. Ça n'a aucun rapport.

— Ah, je suis heureuse d'apprendre que ma taille n'est pas en cause, fit Winsome.

Rose esquissa un léger sourire.

— Je faisais allusion à votre couleur de peau, vous l'avez bien compris. Vous me chambrez, là. Enfin, ce n'était pas ça, de toute façon. La vraie raison, c'est que j'en ai ma claque de la police – à supposer qu'ils aient été policiers.

— Pardon ? fit Winsome en fronçant les sourcils.

— Au début, ça allait à peu près, expliqua Rose en repoussant une mèche folle derrière son oreille. Bon, c'est sûr que ça m'a fait un choc de voir la police chez moi, en train de fouiller partout, mais ça s'est bien passé.

— Et l'inspectrice Annie Cabbot, elle n'est pas venue vous parler ?

— Si, si. Aucun problème avec elle. Elle voulait seulement qu'on discute d'Erin et de Francesca.

— Qu'est-ce qui vous ennuie, alors ?

— Les deux autres, avoua Rose en se détournant.

— Les deux autres ?

D'après ce que savait Winsome, la police de Leeds n'avait dépêché aucun policier pour interroger Rose suite à la perquisition. En tout cas, Annie ne l'en avait pas informée. En revanche, elle lui avait signalé le passage de deux imposteurs au domicile de Jaff. Il faudrait vérifier tout ça dès demain matin, quand elle irait voir l'inspecteur Blackstone avec Annie, à Leeds. Dans l'immédiat, c'était une entrée en matière prometteuse pour son entretien avec Rose.

— Vous n'êtes pas au courant ? Il n'y a pas de communication entre vous ?

— Pas tellement, non, reconnut Winsome avec un sourire. Et encore moins entre juridictions différentes. Vous comprenez, ceux-là devaient dépendre du West Yorkshire, alors qu'Annie et moi travaillons pour le North Yorkshire.

— C'est à peu près leur version. Mais il y a quand même quelque chose qui me chiffonne. Ils m'ont fait une drôle d'impression dès le début, j'aurais juré que c'étaient des faux policiers. Ils ont déclaré s'appeler Sandalwood et Watkins, mais c'était sûrement un mensonge, ça aussi. J'ai oublié le grade qu'ils ont cité.

— Ils étaient habillés en civil ?

— Oui.

— Et leur carte, vous l'avez bien regardée ? Ils appartenaient au secteur Ouest, ou au secteur Nord ?

— Ils sont plus ou moins entrés en force, et tout s'est passé trop vite pour que je voie clairement ce qui était inscrit. Leur carte ne ressemblait pas à la vôtre, en tout cas.

— Et ils portaient quel style de vêtements ? Un costume, ou quelque chose de plus décontracté ?

— Un jean et une chemise boutonnée. L'un des deux avait un coupe-vent marron, l'autre une veste sport, en toile bleu clair.

— C'est bien, Rose, l'encouragea Winsome en prenant des notes. Vous avez l'œil pour les détails.

— J'aime dessiner, en fait. Et pour ça on a besoin d'être attentif.

Winsome leva les yeux de son carnet.

— Vous pensez être capable de m'esquisser leur portrait ?

Rose ayant répondu que oui, Winsome alla au bar demander du papier blanc. Le serveur en dénicha quelques feuilles dans le bureau et les lui remit sans poser de questions. Elle les rapporta à Rose et sortit un crayon de sa mallette. La main de Rose se déplaça sur la feuille avec un mélange d'assurance et d'habileté, traçant d'abord les grandes lignes avant d'en venir aux détails. Son travail achevé, elle fit glisser les croquis vers Winsome.

— De mémoire, je ne peux pas faire mieux.

Leur tête ne rappelait rien à Winsome, mais ce n'était pas forcément significatif, surtout s'ils étaient du West Yorkshire. Ce qui n'était pas prouvé. Et elle doutait même qu'il s'agisse réellement de policiers. L'un des deux individus était imposant et baraqué, le cou presque inexistant et sa tête chauve plantée sur de larges épaules.

— C'était le plus costaud des deux, précisa Rose, et il avait un tatouage à la nuque. Une dague ou une croix, il me semble. Une espèce de symbole. Le motif était petit, mais on le voyait au-dessus de son col de chemise.

Winsome examina le deuxième portrait. L'homme semblait plus frêle que l'autre, avec une figure de fouine et une expression féroce mais plus intelligente. Il avait des cheveux fins et indisciplinés – roux clair, indiqua Rose –, un teint pâle et un regard froid.

— C'était celui-ci le plus effrayant des deux, lui dit Rose, comme si elle devinait ses pensées. Watkins. L'autre était costaud et agressif, d'accord, et il n'était pas particulièrement sympathique, mais lui... (Elle tapota le croquis.) Heureusement qu'il n'est pas resté longtemps dans la pièce. Il n'a pratiquement rien dit, mais il fichait vraiment la trouille. L'autre m'a fait savoir que son copain adorait faire du mal aux gens.

— Ils vous ont blessée, menacée ?

— Le grand, Sandalwood, m'a poussée sur une chaise et m'a giflée. J'ai eu mal, oui.

— La police ne se conduirait jamais ainsi, Rose. Les gens colportent des rumeurs, quelquefois, et le cynisme est une position facile, mais non... (Elle se tut un instant, pensant à son fameux coup de pied.) Bien sûr, si on a affaire à des durs à cuire bien décidés à nous agresser, on peut aller jusqu'à l'affrontement physique, mais pas dans un cas comme celui-ci. Pas avec quelqu'un dans votre genre.

— Je me suis doutée qu'ils n'étaient pas vraiment policiers, comme je vous l'ai dit. Mais qu'est-ce que j'aurais pu faire, d'après vous ? Ils m'ont menacée, et c'était moins risqué de faire semblant d'y croire et de leur obéir. J'ai eu peur qu'ils me frappent, ou qu'ils me tuent. Ou même…

— Quoi donc ?

— Le grand s'est mis à me reluquer, à un moment, et j'ai eu peur de me faire violer.

— Il a fait une tentative ?

— Non. Il s'est contenté de rigoler quand il a compris ce que je redoutais, et il m'a dit de ne pas me tracasser pour ça, même si c'était tentant. Je me suis sentie salie. (Rose serra ses bras contre sa poitrine.) J'étais totalement impuissante, ils auraient pu faire n'importe quoi.

— Vous boirez autre chose ? proposa Winsome en voyant que son verre était presque vide.

— Je ne devrais pas, mais j'accepte quand même. À force d'en parler, j'ai l'impression de revivre tout ça. Je pourrais avoir un Bacardi Breezer, cette fois ?

— Bien sûr.

Winsome alla lui chercher son verre et reprit du jus d'orange pour elle.

— Qu'est-ce qu'ils voulaient savoir ? demanda-t-elle en se rasseyant. Ils vous ont questionnée sur le pistolet d'Erin ?

— Non, ils n'y ont jamais fait allusion.

— Et vous étiez au courant de quelque chose ?

— Pas avant d'entendre les nouvelles, à la télé.

— Est-ce qu'ils ont mentionné un certain Marlon Kincaid ?

— Non.

— Et Erin et Francesca, elles ont déjà prononcé ce nom ?

— Non plus.

— Vous êtes formelle ?

— Marlon Kincaid, ce n'est pas courant. Ça m'aurait frappée.

— Et ensuite, quel genre de questions ont-il posé ?

— Le dénommé Watkins s'est baladé dans toute la maison, y compris au premier étage. Pendant ce temps l'autre m'a interrogée. Il cherchait à savoir où était passé Jaff, le petit ami d'Erin. J'ai répondu que je l'ignorais, et ensuite il m'a parlé de Francesca. D'après eux, on les avait vus quitter ensemble l'appartement sur les quais. Là encore, j'ai dit que je n'en savais rien, ce qui est la stricte vérité.

— Qui les avait renseignés sur Francesca, sur le fait qu'elle était avec Jaff ?

— Personne, ils faisaient juste des hypothèses à partir de ce qu'ils avaient appris dans l'immeuble. Par contre, ils savaient qu'on était trois colocataires, et ils avaient dû y réfléchir. Ils voulaient en savoir plus sur Francesca.

— Et vous leur avez donné des informations ?

— Vous croyez que j'avais une autre solution ? plaida Rose. Vous n'étiez pas à ma place, vous ne pouvez pas imaginer !

Quelques habitués du pub leur lancèrent des regards intrigués.

— Ça va, fit Winsome, ne vous énervez pas. Je ne vous fais aucun reproche.

— Toutes mes excuses.

— Et il appartenait bien à Jaff, ce pistolet ?

— Qu'est-ce que je peux en savoir, moi ? Je ne soupçonnais même pas son existence. Erin ne risquait pas d'en parler devant moi.

— Et quelle est votre opinion ?

— Ça ne me surprendrait pas plus que ça, ce type ne m'a jamais inspiré confiance. Trop m'as-tu-vu à mon goût.

— À votre avis, qu'est-ce qui a pu pousser Erin à lui prendre cette arme ?

— Je sais pas trop. L'envie de le faire enrager, éventuellement. Elle lui faisait la gueule. Il se passait un truc entre ces trois-là, Erin, Jaff et Francesca. Quoi au juste, je ne pourrais pas le dire, mais c'était ambigu.

Winsome nota l'information.

— Et après, qu'est-ce qu'ils ont fait ?

— Je ne me rappelle pas bien. Rien de spécial. Ils tenaient à savoir où étaient Francesca et Jaff, mais je leur ai répété que je l'ignorais. J'ai eu très peur qu'ils s'en prennent à moi, mais non, ils sont repartis.

— Vous avez eu beaucoup de chance. Ils ont probablement pensé que vous ne saviez rien de plus, et qu'ils n'avaient aucun avantage à vous brutaliser. Ils se fichaient aussi que vous puissiez les identifier. Des pros, manifestement.

— Pros ?

— Oui, les amateurs ont tendance à faire mal pour rien. Ils se montrent imprudents, impulsifs, alors que les pros font plus attention. Ils ne veulent surtout pas s'attirer des ennuis.

— D'accord, mais ce sont des professionnels de quoi, exactement ?

Winsome observa un silence.

— Ça, je ne le sais pas encore. Mais je vais faire en sorte de le découvrir. Et si vous me parliez de ce Jaff ?

— Mon Dieu, mais qu'est-ce que tu as fait ?

Tétanisée, Tracy ne pouvait détacher les yeux du corps d'Annie, affalée sur la table effondrée au milieu des éclats de vaisselle et de verre. Son visage d'un gris cendreux était recouvert d'une pellicule de sueur. Il n'y avait pas beaucoup de sang, à part les petites auréoles autour des deux trous dans sa blouse jaune. Ça ne voulait rien dire, le risque d'hémorragie interne demeurait.

— Tu l'as tuée.

Jaff était toujours sur le seuil, l'arme à la main.

— Je n'avais pas le choix. Tu sais très bien qu'elle n'allait pas abandonner comme ça. Elle avait tout compris.

— Mais…

Tracy continua de fixer la forme inerte couchée au sol. Un bref instant, il lui sembla que la poitrine d'Annie se soulevait en sifflant dans un effort pour respirer, mais elle avait pu se tromper.

— Il faut appeler une ambulance.

— Tu rigoles, ou quoi ? De toute façon c'est déjà trop tard. On ferait mieux de ficher le camp tout de suite.

Jaff saisit fermement Tracy par le bras et la traîna vers la cuisine. Sans la lâcher, il fourra l'arme dans son sac et le hissa sur son épaule. Elle se débattit pour lui échapper, mais c'était impossible. Jaff était mince mais il avait de la force, et son bras commençait à s'engourdir. Il finit par reposer son sac pour lui envoyer une grande gifle en plein visage.

— Arrête ça et calme-toi ! On s'en va. Immédiatement.

Tracy eut le temps d'attraper son propre sac avant qu'il la pousse dans le salon. Elle perdit l'équilibre et se cogna la cuisse contre le divan, si violemment qu'elle eut l'impression qu'on lui enfonçait le muscle. Jaff la bouscula de nouveau, et elle bascula tête la première contre la porte d'entrée. Son nez se mit à saigner, elle eut peur de l'avoir cassé. Jaff s'empara de sa veste et la lui jeta.

— Tiens, ça peut te servir. Les nuits sont de plus en plus fraîches.

Tracy sortit de la maison d'un pas chancelant, un peu hébétée, et s'essuya le visage du revers de la main.

— S'il te plaît, Jaff, laisse-moi appeler une ambulance. Personne n'a pu entendre les détonations. Si elle est encore en vie, elle ne s'en sortira pas si on l'abandonne ici.

— C'est son problème.

Jaff libéra Tracy un instant pour chercher ses clés de voiture, et elle fit le tour jusqu'au siège passager. Et si elle fonçait vers les bois ? Mais non. Si elle se sauvait il la pourchasserait, et il la tuerait dès qu'il l'aurait rattrapée. En plus, elle perdrait toutes ses chances de secourir Annie, si c'était encore possible.

Pourtant il lui restait une petite marge de manœuvre, pendant qu'elle attendait côté passager que Jaff ait déverrouillé la portière. Elle sortit son mobile, en prenant bien soin de le dissimuler contre son corps, et elle composa le numéro des Urgences. Jaff allait forcément l'entendre, elle serait obligée de faire vite. Il y avait un service à Helmthorpe, qui pourrait se rendre rapidement sur les lieux. Dès que quelqu'un décrocha à l'autre bout, elle colla l'appareil contre sa bouche.

— Une ambulance pour Newhope Cottage, Beckside Lane, Gratly. Dépêchez-vous, je vous en prie. Quelqu'un a été blessé par balle…

Elle ne put en dire davantage, car Jaff s'était rué sur elle pour lui arracher le téléphone. Fou de rage, il le jeta par terre et l'écrasa sous son talon dans le gravier jusqu'à ce qu'il soit réduit en morceaux. Et voilà, songea Tracy, le cœur lourd. Son lien vital avec le monde venait de disparaître. Elle était seule, désormais. Seule avec un assassin. Jaff la poussa sur le siège passager et démarra.

Tracy fut prise de tremblements, hantée par l'image d'Annie gisant au sol, livide, sanglante et inanimée sur la table fracassée. Au moins elle avait alerté les Urgences, même si ça lui coûtait très cher. Si seulement il restait un espoir… À présent elle devait se concentrer sur ses propres problèmes – et il était bien clair que sa situation s'était sérieusement dégradée au cours de la dernière demi-heure.

Quand Jaff s'était aperçu que son père était policier, elle avait cru qu'il la tuerait, mais il avait choisi une autre option : la retenir en otage jusqu'à ce qu'il soit hors de danger. Il comptait l'utiliser comme bouclier pour négocier avec la police. Selon lui, le fait qu'elle soit fille d'inspecteur principal constituait une arme à double tranchant, et il avait bien l'intention de tenir le manche.

Cependant, l'agression d'Annie bouleversait les paramètres. Dorénavant, Jaff hésiterait moins à faire une autre victime et se préoccuperait beaucoup plus de sauver sa peau. Tracy restait une monnaie d'échange valable, mais il risquait aussi de vouloir se débarrasser d'elle, surtout maintenant qu'elle avait appelé l'ambulance.

Elle s'arracha à ses réflexions en constatant que Jaff tournait à droite au bout de l'allée.

— Qu'est-ce que tu fais ?

— Tu me prends pour un imbécile ? Grâce à ton petit acte de rébellion au téléphone, la route principale va grouiller d'ambulances et de voitures de patrouille. Je passe par l'autre côté.

Jaff prit la direction de la lande. Le soleil était encore haut dans le ciel, mais les ombres commençaient à s'allonger tandis que la lumière s'adoucissait. Des bandes aux teintes pastel striaient le ciel bleu pâle. Bientôt le soleil allait sombrer derrière les collines, et la nuit tomberait. Tracy crut entendre le hurlement lointain de sirènes. Pourvu que ce soit eux, et pourvu qu'ils arrivent à temps.

— Tu te rends bien compte que ça change tout, ce que tu viens de faire ? Tirer sur un des leurs. Ils n'auront plus de limites, maintenant.

— Tu voyais une autre solution ? rétorqua Jaff. Tu voulais que je me laisse menotter sans bouger ? Enfin, je n'ai rien à t'apprendre là-dessus, ajouta-t-il en lui jetant un regard oblique. Fille de flic. Sale menteuse de merde. Cela dit, ils ignorent ce qui se passe vraiment, pour le moment. Sur moi, ils ne savent rien. Si elle avait été au courant, jamais elle ne serait venue toute seule.

— Elle n'avait aucune raison de soupçonner que tu t'étais procuré une deuxième arme, ni que tu lui tirerais dessus. Il se peut qu'elle soit passée simplement pour arroser les plantes, mais elle a eu vite fait de deviner. Elle était mieux renseignée que tu ne le penses. Et on peut supposer qu'il n'y a pas qu'elle.

— Tu n'as aucun moyen d'en être sûre.

— J'ai l'habitude de leurs méthodes. Tu préfères prendre le risque ?

Jaff ne répondit pas. Tracy en profita pour réfléchir à la situation. Dans le fond, il valait peut-être mieux que Jaff soit parti vers la droite à la sortie de l'allée. Sur la lande, elle se trouvait en terrain familier. Après le divorce de ses parents, son père et elle y avaient fait de nombreuses excursions, ils passaient des heures à suivre les sentiers cachés, à explorer les ravines et les crevasses secrètes, les carrières abandonnées et les anciennes installations de la mine de plomb. Près de vingt kilomètres de landes sauvages s'étendaient entre la maison de Banks et la localité la plus proche. Ici Jaff serait privé de repères, et il devrait s'en remettre à elle pour s'orienter. Un atout pour Tracy, surtout si elle arrivait à le convaincre de faire une halte après la tombée de la nuit.

Elle en était encore à se creuser la tête pour trouver le moyen d'échapper définitivement à ses griffes, quand la voiture rendit l'âme après avoir roulé trois kilomètres sur la petite route de campagne.

Jaff essaya vainement de la faire redémarrer, puis il descendit en jurant et balança des coups de pied dans les pneus, répétant comme un mantra :

— Connard de Vic ! Pauvre con !

Il faisait encore relativement clair malgré le coucher du soleil, mais Tracy profita de cette crise de colère pour se rapprocher subrepticement du mur en pierres sèches qui bordait Topfleet Woods. Si elle s'arrangeait pour lui filer entre les doigts, elle pourrait peut-être prendre assez d'avance pour retourner jusqu'à Cobbersett, un village minuscule au creux de la vallée, à l'ouest de Gratly. De là, il lui serait facile de rallier Helmthorpe pour réclamer de l'aide. Si Jaff pensait avoir la police aux trousses, il était peu probable qu'il la poursuive très longtemps à travers bois. Il aurait tout intérêt à aller de l'avant. Elle sauta lestement par-dessus le mur et se mit à courir.

Malheureusement, elle avait mal évalué la vigilance de Jaff, ainsi que sa vitesse. Une main se referma bientôt sur son cou, et elle s'immobilisa brusquement, sa tête ballottant en arrière. Un cri de douleur lui échappa.

— Boucle-la, ou je t'étrangle tout de suite, menaça Jaff d'une voix haletante. Espèce de connasse, tu nous fais perdre du temps. Allez, amène-toi, on retourne sur la route. On dégage d'ici, pas question de faire demi-tour.

— Lâche, je peux plus respirer. Tu vas me briser la nuque.

— Promets-moi de ne pas te sauver.

— Oui, oui, je promets ! Lâche-moi !

Jaff obéit et se pencha pour reprendre son souffle, les mains sur les genoux, pendant que Tracy se massait le cou. Elle n'aurait pas pu tenir debout s'il lui avait cassé quelque chose, mais ça lui faisait quand même un mal de chien. Jaff finit par rebrousser chemin en direction de la route, assez sûr de lui pour la laisser avancer toute seule derrière. Jamais Tracy n'avait haï quelqu'un aussi intensément, et elle fut tentée de s'esquiver de nouveau. Mais elle avait sous-estimé ses qualités de coureur, et cette fois il la tuerait s'il la rattrapait. Elle fit une halte, cherchant une pierre pour le viser, mais il n'y avait rien à portée. Il se retourna brièvement en secouant la tête, puis se remit à marcher. Telle une Ève honteuse quittant le Paradis avec Adam, Tracy le suivit tête basse, frottant son cou endolori. Drôle de paradis, en vérité.

— Il faut se débarrasser de la voiture, déclara Jaff. Il y a une barrière un peu plus loin. Tu peux m'aider à la faire passer de l'autre côté, et ensuite on essaiera de la cacher.

Tracy se sentait trop abattue pour résister. Son nez la faisait souffrir, et elle avait des douleurs dans le cou et dans la poitrine. Elle se résigna à lui emboîter le pas.

9

Banks était monté dans l'avion à seize heures cinquante-cinq, heure locale, le mercredi après-midi, et sa montre indiquait trois heures du matin lorsque l'appareil qui survolait Heathrow entama enfin sa lente descente vers la piste. Dehors il faisait grand jour. Banks n'arrivait jamais à fermer l'œil pendant un vol, mais au moins il n'avait pas consommé d'alcool, ayant entendu dire que la sobriété rendait moins pénible le décalage horaire. Les plateaux-repas étaient infects, et les films diffusés tout aussi déplorables. Il avait lu son *Faucon maltais* jusqu'à ce que ses yeux soient trop fatigués, puis il avait sorti son iPod pour écouter les concertos pour clavier de Bach, par Angela Hewitt. Les écouteurs anti-bruit achetés avant le départ lui avaient coûté une petite fortune, mais il ne regrettait pas la dépense. Le son était d'une qualité remarquable, et le brouhaha ambiant se réduisait à un léger bourdonnement. Quand il voyageait en avion, aucune musique ne le détendait autant qu'un morceau de Bach.

Bientôt, une annonce invita les passagers à éteindre leurs appareils électroniques, et les informa qu'il était onze heures cinq, jeudi matin, et que la température à Londres était de 18 degrés. Banks rangea le iPod et les écouteurs et reprit son roman pour occuper les dernières minutes. Au moins, personne n'avait interdit la lecture des vieilles éditions de poche avant l'atterrissage. Jusqu'à nouvel ordre, en tout cas.

L'avion arrivait par l'est, et il voyait Londres s'étirer entre les brèches des nuages : les méandres de la Tamise, la vaste pelouse d'un grand parc, Tower Bridge, des rues encombrées et des blocs de bâtiments, autant de repères familiers reluisant sous le soleil radieux. Une belle journée, apparemment, même s'il rêvait principalement de se glisser dans son lit. Banks avait une chambre réservée dans un hôtel du West End, et il avait prévu de passer le week-end à Londres pour voir de vieux amis, avant de prendre le train pour le nord le lundi matin. Il espérait que la chambre serait disponible dès son arrivée.

L'appareil se posa en cahotant, et finit par s'immobiliser près d'une passerelle après un grand tour sur le tarmac. Banks se retrouva bientôt à longer les interminables couloirs de l'aéroport, en compagnie des passagers fatigués qui se dirigeaient comme lui vers le Contrôle des passeports. La file n'était pas très longue au comptoir de l'Union européenne, et il n'eut pas à patienter trop longtemps. L'agent prit son passeport et examina tour à tour la photo et le visage de Banks, puis elle fit un contrôle informatique avant de l'étudier à nouveau. Elle se retourna, et deux mastards qui surveillaient les arrivées en coulisses s'avancèrent vers lui.

– Monsieur Banks ? Si vous voulez bien nous accompagner ? demanda l'un des deux.

La question était de pure forme, bien entendu.

— Qu'est-ce que…

— S'il vous plaît.

L'homme lui prit le bras et l'entraîna à l'écart de la queue.

Banks avait déjà fait assez souvent la même chose – quoique dans des circonstances un peu différentes – pour ne pas s'attendre à une réponse. On le prenait peut-être pour un terroriste, on allait le soumettre au supplice de la planche. Il ne pouvait pas les en empêcher, de toute façon, ils avaient tous les droits. Plus probablement, le problème concernait ses déboires avec le MI5, survenus au cours de l'été. Il avait provoqué pas mal de remous, sur le moment, et s'était fait par la même occasion des ennemis dangereux. Ces gens-là avaient bonne mémoire, avec eux on n'était jamais quitte. L'heure des représailles était-elle venue ? Était-ce du sérieux ? Quoi qu'il en soit, il n'apprendrait sûrement rien de plus avant d'être arrivé à l'endroit où ils le conduisaient. Une bouffée de panique monta dans sa poitrine. Le cœur emballé et le souffle court, il éprouvait une sensation de faiblesse et un léger vertige. L'effet du décalage horaire et du manque de sommeil. Et de la peur, aussi.

Ils remontèrent un couloir en direction de la zone d'arrivée des bagages, puis ils franchirent une solide porte qui portait l'inscription RÉSERVÉ AU PERSONNEL AUTORISÉ. Après quelques détours par une série de couloirs sombres et mal aérés, ils aboutirent à une porte de bureau qui ne portait aucune plaque. L'un des deux hommes ouvrit la porte, tandis que son collègue, d'un geste retenu mais ferme, poussait Banks dans le dos pour bien s'assurer qu'il entrait avec eux. La porte se referma derrière eux.

Le bureau était plus spacieux, plus propre et mieux équipé que Banks ne l'aurait cru, mais c'était une pièce aveugle, et le petit ventilateur posé sur une table brassait poussivement un air moite et confiné. Ce qui l'étonna le plus fut la personne installée derrière le bureau. Il aurait dû s'en douter, pourtant. Le commandant Burgess avait des liens avec les services secrets, et plus tôt dans l'été il avait aidé Banks à se dépatouiller d'une affaire. Celle-là, précisément, qui rendait si inquiétante l'intervention de la Sécurité. La présence de Burgess l'aida à se détendre, et son cœur battit un peu moins la chamade. Quelque chose clochait, malgré tout, parce que le brigadier Winsome Jackman se trouvait également dans la pièce. Qu'est-ce que ça signifiait, à la fin ?

— Tout va bien, Alan ? s'enquit Burgess. Tu m'as l'air un peu tendu.

— Ce n'est pas tous les jours que je me fais cueillir par la Sécurité au Contrôle des passeports. Qu'est-ce qui se passe, bon sang ?

Banks réalisa alors que Dirty Dick n'avait qu'une connaissance partielle des événements de l'été, et que Winsome n'était au courant de rien. Ni l'un ni l'autre ne pouvait deviner quelles images avaient défilé dans son esprit terrifié lorsque deux agents de sécurité baraqués, habillés en civil, l'avaient embarqué sans autre explication. Après cette expérience, il voulait bien croire que des gens avaient été conduits dans ces mêmes couloirs, et qu'on n'avait plus entendu parler d'eux.

— Assieds-toi, proposa Burgess en poussant vers lui une bouteille de Laphroaig et un gobelet en plastique. Désolé, mais on a perdu les verres en cristal. Tu es toujours amateur, je pense ?

— Tant qu'on ne m'aura pas dit ce qui se passe, je refuse de m'asseoir et de boire quoi que ce soit.

— Toutes mes excuses pour le comité d'accueil. J'étais obligé, tu comprends. Moi je suis coincé ici, et les gars n'avaient aucune idée de la situation. Ils exécutaient les ordres, un point c'est tout. Ça fonctionne comme ça, ici. Winsome va tout t'expliquer.

— De quels ordres tu parles ? Winsome ?

— Commence par t'asseoir et par te servir un verre, le pressa Burgess. Allez, ça aide toujours, fais-moi confiance.

Ces dernières années, Banks avait renoncé au whisky en faveur du vin rouge, mais il accepta tout de même. L'odeur de tourbe âcre du malt lui serra la gorge et lui donna des picotements, mais il réussit à avaler la première gorgée. Une sensation de chaleur inonda ses veines. Il n'aurait aucun mal à s'y réhabituer.

— Bon, venons-en aux faits. Qu'est-ce qui se passe ?

Devant l'expression grave de Winsome, Banks commençait à redouter qu'il ne soit arrivé quelque chose à Brian ou à Tracy, ou à l'un de ses parents. C'était bien cela la méthode, quand on vous annonçait un décès dans la famille : le ton de sollicitude, le verre, un siège pour s'asseoir et les têtes d'enterrement.

— Moi aussi je suis désolée, fit Winsome, mais c'était la meilleure solution. La commissaire Gervaise connaissait les horaires de votre vol, et M. Burgess a eu l'obligeance de mettre la Sécurité de l'aéroport à contribution. Sinon, je serais en train de vous attendre dans le hall des arrivées avec une pancarte à votre nom.

— Je crois que je vous aurais repérée sans ça, Winsome. Bien, j'attends vos explications.

— C'est Annie, dit Winsome en se penchant vers lui. C'est toujours difficile à annoncer… Elle…

— Annie ? Qu'est-ce qu'il y a ? Répondez-moi.

— On lui a tiré dessus.

Banks se renversa sur sa chaise, portant les mains à ses joues brûlantes.

— Tiré dessus ?

— Oui, hier soir. Je ne voulais surtout pas que vous l'appreniez par la presse. Certains journaux en ont fait leur une…

D'un geste instinctif, Banks tendit la main vers le Laphroaig dans son gobelet plastique et en avala une bonne lampée. Malgré la sensation cuisante dans sa gorge, l'alcool l'aidait à mieux se concentrer.

— C'est grave ?

— Très grave, oui. Ils ont fait venir son père.

— Mais elle est toujours vivante ?

— Oui, mais sa vie ne tient qu'à un fil. Une des balles a atteint le poumon droit, qui s'est affaissé. Il y a eu un épanchement de liquide dans le poumon et dans la cavité pleurale. Elle est arrivée à l'hôpital in extremis.

— Vous avez bien dit « une des balles » ?

— En effet, elle a été touchée deux fois. À la poitrine et à l'épaule. La seconde balle s'est fragmentée après avoir fracturé la clavicule. Ça va poser des problèmes de mobilité, mais ils assurent que ça guérira avec le temps. Les chirurgiens ont passé une partie de la nuit à l'opérer, et ils devront peut-être recommencer.

— Mon Dieu… vous avez attrapé le coupable ?

— Pas encore, on manque d'informations précises.

— Dans quel hôpital se trouve Annie ?

— À Middleborough, au CHU. L'hôpital d'Eastvale n'est pas équipé pour traiter ce genre de traumatisme.

— C'est rare que quelqu'un se fasse tirer dessus à Eastvale, souligna Banks.

Un silence accueillit sa remarque. Burgess allongea le bras vers la bouteille de Laphroaig, et Banks le surprit à consulter Winsome du regard.

— Vous me cachez quelque chose ?

— Ça ne s'est pas passé à Eastvale, avoua Winsome. Bon, ajouta-t-elle en regardant sa montre, vous voudriez peut-être aller voir Annie à Middleborough ? On n'aura qu'à récupérer vos bagages en partant, et je vous raconterai tout ce que je sais. On a un hélico à notre disposition…

— Un hélico ?

Burgess s'éclaircit la voix.

— C'est la moindre des choses, mon vieux. J'avais réclamé un Learjet, mais vu les restrictions budgétaires…

Il se força à lui faire un pâle sourire. Banks le dévisagea en agitant le fond de son whisky, puis il vida son verre.

— Merci beaucoup. Et merci pour ça aussi, précisa-t-il en levant son gobelet.

Burgess hocha simplement la tête, puis il alla à la porte donner des consignes aux deux agents de sécurité qui patientaient dans le couloir.

— Ils vont vous escorter jusqu'à la sortie.

Winsome se leva.

— Bien, allons-y, alors, fit Banks. (Il s'arrêta un instant sur le seuil.) Une dernière question, tout de même. Puisque Annie n'a pas été attaquée à Eastvale, à quel endroit est-ce arrivé ?

— À Gratly, inspecteur, dans votre jardin d'hiver.

Tracy se demanda quelle heure il pouvait être quand elle émergea d'un affreux cauchemar, qui se déroba aussitôt dans les profondeurs de son inconscient pour ne laisser dans son sillage qu'une sensation de peur. Elle avait dû s'assoupir un moment. La lumière entrait par les brèches des murs et la toiture effondrée, et, à voir la position du soleil au-dessus des chevrons nus, on était probablement en milieu de matinée. Son visage et son bras la faisaient toujours souffrir, elle se sentait sale et aurait volontiers pris une douche, mais elle éprouvait surtout un besoin urgent d'aller aux toilettes.

Ils s'étaient réfugiés dans une grange délabrée. Il ne restait plus grand-chose du toit et les murs en pierre s'étaient écroulés par pans entiers, mais elle leur avait fourni un abri pour la nuit et, surtout, une cachette où ils pouvaient se terrer pendant les premières heures du jour. Ils n'avaient rien à manger, cependant, et Tracy s'aperçut qu'elle était affamée.

Jaff dormait encore, émettant de temps à autre un léger ronflement, se tournant et se retournant sur le sol dur. Tracy n'en revenait pas qu'il puisse dormir. Il l'avait attachée avec la corde dégottée dans le coffre de la voiture de Vic, et ses mains et ses pieds commençaient à s'ankyloser. Elle n'avait même pas assez de liberté de mouvement pour chasser la grosse araignée noire qui rampait sur son ventre dénudé. Elle avait horreur de ces bestioles. C'était ridicule, mais elle avait vraiment l'impression qu'elle prenait plaisir à la chatouiller désagréablement. Et si elle la piquait ? En tout cas, cette saleté n'avait pas l'intention de déguerpir.

Toute la nuit, elle avait réussi à combattre les crises de panique en respirant bien fort, mais elle se sentait près de craquer devant cette araignée qui se déplaçait sur son ventre. Et elle savait que si elle faisait des histoires, Jaff la tuerait certainement. Il ne la tolérait que parce qu'elle pouvait lui servir. Il n'avait plus rien à perdre, désormais. Il avait tiré sur Annie, il l'avait même probablement tuée, et qui sait encore qui il avait trucidé avec l'arme volée par Erin. Annie avait mentionné un certain Marlon Kincaid – peut-être l'avait-il abattu, lui aussi ? Sa seule planche de salut était de fuir à travers la lande à la première occasion, mais elle n'était pas près d'y réussir avec les chevilles entravées et les mains attachées derrière un poteau.

Attendant que Jaff se réveille, Tracy se mit à pleurer. Son père lui manquait. Même s'il l'avait ignorée et négligée au profit de Brian, s'il n'avait pas été capable de la comprendre et de compatir à sa déception, de mesurer à quel point son échec l'affectait – surtout comparé au succès de Brian –, elle ne pouvait pas lui en tenir rigueur. Elle n'en avait plus envie, en tout cas. Il avait sa propre vie, et elle savait qu'il avait traversé des moments pénibles après le départ de sa mère. À elle non plus elle ne lui en voulait pas, même si la naissance du bébé avait été un peu dure à avaler. C'était une petite fille, maintenant. Sa demi-sœur. Pourtant elle aurait pu se montrer plus aimable, plus compréhensive.

Les oiseaux s'étaient mis à chanter de bonne heure, et la cacophonie de tous ces chants mêlés ne s'était pas interrompue. Tracy avait de plus en plus mal à la vessie, mais elle n'allait pas subir la honte de mouiller son pantalon. Cela faisait des heures qu'elle espérait entendre un tracteur ou un quelconque véhicule approcher avant le réveil de Jaff, mais jusque-là elle n'avait entendu que les oiseaux. Éloignés de la route comme ils l'étaient, elle n'avait même pas perçu le moindre bruit de voix. De toute façon, un pauvre fermier ou deux randonneurs n'auraient pas pesé bien lourd face à Jaff et à son arme. Quiconque viendrait vers eux se condamnerait sûrement à mort. Une heure plus tôt, elle avait cru deviner le ronflement d'un hélicoptère, mais il ne s'était pas suffisamment approché pour pouvoir les repérer à travers la toiture effondrée. Il reviendrait peut-être. Et s'il y avait un hélico, d'autres personnes devaient aussi les rechercher, à pied ou en voiture.

Ils avaient eu beaucoup de mal à dissimuler la leur, mais ils s'étaient débrouillés. Le mur montait juste assez haut pour qu'elle ne soit pas visible de la route, et ils l'avaient camouflée sous des branches et des arbustes. Cependant, elle ne pouvait pas rester cachée bien longtemps. D'ici peu, quelqu'un pousserait la barrière et la découvrirait. Avec un peu de chance, cela se produirait très bientôt, et la police comprendrait qu'ils se cachaient quelque part sur la lande.

Ils étaient tombés sur la grange à quelques kilomètres de l'endroit où ils avaient abandonné la voiture, et, comme le jour pointait déjà, Jaff avait décidé de se planquer quelques heures. À ce moment-là, Tracy avait deviné qu'il était coincé, qu'il n'avait pas trouvé de solution pour se tirer de là. Sans véhicule, il était perdu. Que comptait-il faire, au juste ? Passer la journée caché dans la grange et recommencer à crapahuter sur la lande à la faveur de l'obscurité ? La nuit précédente, il avait failli se fouler la cheville à deux reprises, en trébuchant sur les racines des bruyères ou sur des touffes d'herbes drues, et ça lui avait sûrement ôté l'envie de retenter l'expérience. À ce rythme-là, il leur faudrait des jours pour atteindre leur but, et les mailles du filet se resserreraient autour d'eux. Tracy espérait qu'en ce moment même, tout le pays avait été mobilisé pour les recherches. Mieux valait garder ça pour elle, toutefois. Si Jaff n'y avait pas sérieusement réfléchi, s'il ne mesurait pas la portée de son geste, elle n'allait sûrement pas l'alerter. Plus longtemps ils resteraient en rase campagne, plus elle augmenterait ses chances de s'échapper, ou d'être découverte.

Tracy se débattit une fois de plus entre ses liens, mais il n'y avait rien à faire. Elle ne réussissait qu'à les serrer davantage et à les rendre plus inconfortables. L'araignée tomba de son ventre et décampa à toute allure. Elle sentit des larmes brûlantes ruisseler sur ses joues. Jaff avait dû sentir quelque chose, car il ouvrit brusquement les yeux et se dressa sur son séant, l'air ahuri. Il devait se demander où il était. À cet instant, il avait son expression de petit garçon perdu, celle qui lui avait donné envie de le prendre dans ses bras et de caresser ses cheveux. Maintenant, elle avait plutôt envie de lui démolir le crâne à coups de pierre et de fuir aussi loin que possible. Elle n'hésiterait pas si l'occasion se présentait. Elle scruta le sol, cherchant une pierre détachée. Elle réussirait peut-être quand il déferait ses liens.

— Il faut que j'aille aux toilettes, lui dit-elle aussitôt.

— Vas-y, alors, fit Jaff en se frottant les yeux.

— Je ne peux pas, répondit Tracy en se tortillant, tu m'as attachée. J'ai mal.

Il parut réfléchir un moment, puis il se leva pour la rejoindre.

— Je ne te conseille pas de tenter quoi que ce soit.

— D'accord.

Sans se presser, il commença par lui libérer les chevilles, puis il s'agenouilla derrière elle pour lui détacher les mains, enroulant soigneusement la corde avant de la ranger dans son sac. Il prévoyait de s'en resservir, manifestement, ce qui signifiait qu'il n'allait pas la tuer tout de suite. Malheureusement, elle ne repéra aucune pierre à proximité pour le viser à la tête, et, de toute manière, elle n'aurait jamais réussi à le prendre au dépourvu.

Tracy parvint péniblement à se relever, sautillant sur place et frottant ses poignets pour activer la circulation. Le mouvement accentua ses douleurs à la vessie et elle était sur le point de sortir quand Jaff l'apostropha :

— Tu vas où, là ?

— Dehors.

Il fit non de la tête.

— Pas question que je te perde de vue une seconde. Pas après tes exploits d'hier soir.

— Mais je veux un peu d'intimité.

— Et moi je veux un café chaud et une assiette d'œufs au bacon, si tu vas par là. Mais je vais devoir m'en passer, et toi tu vas rester ici pour faire ce que tu as à faire.

— Tourne-toi de l'autre côté, alors.

— Non, déclara Jaff en croisant les bras.

Tracy soutint son regard pour lui faire baisser les yeux, essayant de se retenir, mais la pression était trop forte. Elle finit par céder, rouge de honte, et lui tourna le dos pour déboutonner son jean.

George Fanthorpe préférait ne pas être vu en compagnie de Darren et de Ciaran, mais il n'aimait pas davantage qu'ils lui rendent visite, surtout quand Zenovia et les enfants étaient à la maison. Il faisait de son mieux pour ménager à la fois sa famille et ses affaires, et quand il apparaissait avec eux en public, comme ce jour-là à la Wheelwright's Inn, à la sortie du village, il exigeait que Darren porte un col roulé pour camoufler son tatouage, et que Ciaran enfile un costume et se coiffe correctement. Ainsi, ils pouvaient passer pour des partenaires d'affaires.

Par chance, le restaurant disposait d'un minuscule salon privé, et le patron se faisait toujours un plaisir de satisfaire M. Fanthorpe s'il le prévenait à l'avance. Après tout, il faisait figure de hobereau local, le titre en moins, et les gens du coin traitaient avec déférence le seigneur du château – tout juste s'ils ne se découvraient pas sur son passage. Fanthorpe appréciait beaucoup trop son statut pour envisager de le compromettre en révélant malgré lui ses véritables sources de revenus. Celles qui lui permettaient de financer ses activités régulières, notamment la laiterie, dont dépendaient bon nombre d'éleveurs de la région. Sans parler de ses nombreuses terres dans les environs, qu'il donnait en fermage pour des loyers raisonnables.

Une fois leurs plats commandés et leurs bières servies – des Sam Smith's Old Brewery Bitter –, ils attaquèrent le vif du sujet. Fanthorpe aurait bien aimé allumer une cigarette, mais le tabac était interdit dans le pub, y compris dans le petit salon. Pas moyen de se griller une clope tranquille, de nos jours. Zenovia avait même posé son veto dans sa propre maison. La maison qu'il avait payée, tout de même, avec son argent à lui ! Trois ou quatre fois dans la journée, il était obligé de se réfugier dans la resserre du jardin pour s'en fumer une en lisant *The Economist*. C'était un peu fort qu'un millionnaire comme lui doive se confiner dans ce trou miteux et poussiéreux.

Il se désaltéra et essuya la moustache de mousse au-dessus de sa lèvre.

— Bon. Quelles sont les nouvelles, les gars ?

Darren lui rapporta en détail leur passage par l'immeuble de Jaff, leur visite chez sa petite amie, et leur petite discussion avec Rose Preston. Ciaran, aussi taciturne que de coutume, se bornait à opiner de temps à autre.

— Bien, on est sûr qu'il s'est fait la malle, maintenant.

— On dirait, oui.

— Avec une colocataire de sa petite amie ?

— C'est ça.

— Petit salopard. Enfin, on devrait facilement trouver qui est la fille.

Darren se racla la gorge.

— Ça, on le sait déjà, patron.

— Bon boulot. Je ne vous demande pas comment vous avez fait. Ciaran, tu n'as amoché personne, dis-moi ?

— Pas encore, répliqua Ciaran avec un sourire de travers.

— Brave petit.

— Elle se fait appeler Francesca, mais l'autre fille, Rose, nous a dit que son vrai nom était Tracy. Tracy Banks.

— Tracy Banks ? répéta Fanthorpe avec un intérêt accru. Tu as bien dit Tracy Banks ?

— Oui, patron. Pourquoi ?

— Merde. Le nom est assez courant, c'est vrai, mais si c'est bien celle que je pense, elle a un père flic. Alan Banks. L'inspecteur principal Banks.

— Celui d'Eastvale, vous voulez dire ?

— En personne. Tu te souviens ?

— Oui, ça y est, je me rappelle. Il y a quelques années, on s'est renseignés sur sa famille, Ciaran et moi. Le nom m'était sorti de la tête.

— M. Banks et moi, on a eu maille à partir un certain nombre de fois, tu le sais. Je prends bien soin d'en apprendre un maximum sur mes ennemis. Je précise quand même qu'il n'a rien pu prouver. Il n'a rien trouvé sur mon compte, mais voilà quelques années, quand il était encore simple inspecteur, il est venu fouiner un peu trop près à mon goût. Vous devez vous en souvenir, tous les deux. Aujourd'hui, c'est le numéro deux de la Criminelle du secteur Ouest, il est sous les ordres de la nouvelle commissaire. Gervaise. Il s'est taillé une sacrée réputation. Une espèce d'électron libre, ce qui fait dire aux gens qu'il ne deviendra jamais commissaire. Il lui arrive de s'asseoir sur le règlement, et de faire quelques entorses à la procédure.

— On va s'amuser, alors, fit Darren. Vous voulez qu'on aille causer avec lui ?

— Avec Banks ? Tu es barjo, ou quoi ? Autant agiter un drapeau rouge sous le nez d'un taureau. Non, lui, on le laisse en dehors de tout ça. La police en sait déjà assez long sur notre compte. Pour le moment, ils n'ont aucune raison de se tourner vers nous. Je vous invite juste à être prudents. Si la fille d'un flic est mêlée à tout ça, on risque de s'attirer plus d'ennuis que prévu. Banks va péter les plombs, c'est sûr, et ça risque de chauffer.

— Et la fille à qui on a parlé ? Rose. Elle se souviendra de nous. Il faut trouver une solution définitive ?

— Non, dans l'immédiat, on ne s'occupe de personne. Faites-vous discrets. Soit ils l'ont déjà questionnée, soit elle a trop peur pour dire quoi que ce soit. Peu importe, de toute façon. Il faut se concentrer sur l'essentiel.

Jelena, la serveuse tchèque, leur apporta leurs plats. Elle dut faire deux voyages, et Fanthorpe lui fit son numéro de drague habituel, lorgnant ses fesses quand elle s'éloigna de sa démarche chaloupée. Darren et Ciaran, eux, paraissaient indifférents, comme toujours. Parfois, Fanthorpe se posait des questions sur ces deux-là. Pour sa part, il aurait bien passé un moment avec la jolie Jelena, mais il savait où s'arrêter. Il ne manquait pas d'occasions quand il se déplaçait pour « affaires ». Pas la peine de faire ça à deux pas de chez lui. Dans le coin, il jouissait d'une image de père de famille respectable, et il avait tout intérêt à la préserver. Il se contentait donc de flirter en sachant que ça n'irait pas plus loin. À moins que la fille ne soit tentée par un voyage express à Londres, la semaine prochaine, avec dîner à l'Ivy et spectacle dans le West End.

— Le problème, reprit Darren, ramenant Fanthorpe au sujet du jour, c'est que si Tracy Banks est bien celle qu'on croit, elle est passée du côté obscur de la force.

— Jaff, le côté obscur ? C'est une blague, ou quoi ?

— Non, protesta Darren, sincèrement perplexe.

— Parce que sinon, je trouve pas ça drôle.

— Non, patron. Ce que je veux dire, c'est que Jaff n'est pas le garçon idéal pour les gentilles filles.

— Sans doute que non, puisque tu en parles. Un vrai petit voyou. Mais les filles, il y en a qui aiment ça. Tu sais, elles n'en font qu'à leur tête, de nos jours.

— C'est pas la tête qui décide, à mon avis.

— Surveille ton langage, j'ai des filles, moi aussi.

— Je ne voulais pas...

— Fais gaffe à ce que tu dis, c'est tout.

— Désolé, patron. Vous avez regardé les nouvelles, aujourd'hui ?

— Pas le temps, répliqua Fanthorpe, qui, en dehors de la presse économique, trouvait les actualités assommantes.

On n'y parlait que de sport, de sexe et de politique. Et de criminalité.

— Un flic s'est fait tirer dessus dans le Swainsdale, hier soir. Ils ne disaient pas grand-chose, sauf que c'était une femme, un inspecteur, en plus, et que ça lui est arrivé en dehors du service. Le bruit court qu'elle risque d'y rester.

— C'est Jaff ?

— Pour ça, il faudrait qu'il ait dégotté un autre flingue, puisque sa copine lui a piqué le premier.

— Un jeu d'enfant, pour lui. Il a un copain qui importe des armes par caisses entières, depuis la Lituanie. Des Baïkals à silencieux. À mon avis, c'est de la merde, ils les ont fabriqués avec des lance-grenades lacrymo. Mais ils peuvent faire des dégâts quand on sait s'en servir. Vous voyez, le flingue pose aucun problème. Pas pour Jaff. (Fanthorpe frotta son menton hérissé d'un début de barbe.) J'avais beau aimer Jaff comme mon fils, j'ai toujours trouvé qu'il avait un truc pas net. Un peu trop porté sur l'indépendance. Ça m'étonnerait pas plus que ça qu'il roule aussi pour sa pomme en parallèle, qu'il ait des petites magouilles à son compte.

— Du coup ça nous concerne pas.

— Maintenant, si. Il nous oblige à nous en mêler. Il a pris quelque chose qui m'appartient, et il est recherché par les flics. Ce qui ne me plaît pas du tout. À cause de lui, on va attirer l'attention sur nous. Quand les flics rappliquent, les langues se délient, ça coupe pas. À l'heure qu'il est, j'ai plus aucune confiance en Jaff. Il est capable de tout. Vous voyez bien comment il est – changeant, imprévisible. Avec son foutu caractère, en plus, il est aussi instable qu'une bombe artisanale. Ça peut péter n'importe quand. Pas question qu'il se promène dans la nature. Mais cette histoire avec Tracy Banks, ça nous ouvre un tas de perspectives. La femme flic qui s'est fait descendre, vous êtes sûrs que ça a un rapport avec lui ?

— Faut croire, non ? fit Darren. Un coin paumé comme le Swainsdale, il s'y passe pas grand-chose, en principe. Un truc pareil, ce serait une coïncidence assez énorme.

— Jaff, alors ? Et tu crois que la fille Banks est en cavale avec lui ?

— On dirait bien qu'elle a fichu le camp avec lui, oui. Et je parie qu'elle est pas déçue du voyage. C'est un chaud lapin, notre Jaff. Peut-être que ça lui plaît, de se faire un peu malmener.

— Quel connard.

— Il est en fuite. Ce qui veut dire qu'il réfléchit pas clairement. Il est irrationnel, prêt à tout.

— Bon, ça nous donne un avantage, non ? dit Fanthorpe en décollant la panure croustillante de son poisson à la chair blanchâtre et huileuse.

Il était bizarre, ce poisson, d'ailleurs son estomac commençait déjà à gargouiller. Il avait peut-être intérêt à suivre les conseils du médecin, et à y aller mollo sur l'alcool et les graisses.

— Un avantage, parce que nous on garde la tête froide, on reste calmes et concentrés. N'est-ce pas, messieurs ?

Les deux autres acquiescèrent.

— Bien. Où est-ce qu'elle a été blessée, cette policière ?

— J'en sais rien, patron. Ils ont juste dit que sa vie était menacée…

— Pas ça, imbécile. Je te demande à quel endroit exactement elle s'est fait tirer dessus. Eastvale ? Helmthorpe ? Lyndgarth ?

— Ils ont pas précisé.

— Pas fous, hein ? (Fanthorpe but un peu de bière et termina son *fish and chips*, qui avait bien meilleur goût, maintenant.) Bon, je vais vous dire comment je comprends la situation : si j'ai bien recollé les morceaux, Jaff est en cavale, et il se planque quelque part dans le Swainsdale avec Tracy Banks. Cette embrouille avec le flingue volé, ça implique qu'il encourt cinq ans de taule, et qu'en prime, les flics l'ont dans leur ligne de mire. Quand on bosse dans la branche de Jaff, autant dire qu'on est fichu. En plus il a embarqué quelque chose qui m'appartient – quelque chose de très précieux. Sans parler des 50 000 billets qu'il était censé me remettre. Vu qu'Alan Banks fait partie de la police du secteur Ouest, à Eastvale, on peut supposer que Tracy Banks est bien sa fille. Sans doute qu'un des flics du coin les a localisés, et que notre charmant Jaff, impulsif comme il l'est, a été assez con pour lui tirer dessus. Concernant Tracy Banks, soit elle est complice d'un bout à l'autre, soit elle est devenue un poids mort. Personnellement, je mise plutôt sur la deuxième hypothèse. Quoi qu'il en soit, elle va gêner Jaff.

— À moins qu'il la bute avant de se débarrasser du corps.

— Possible, mais il est conscient qu'elle peut lui être utile. Il est loin d'être idiot, Jaff. Il faut qu'on les coince avant la police, sinon on n'a plus qu'à faire une croix sur la marchandise.

— Et sur le fric, compléta Darren. Il faudrait pas l'oublier, quand même, sinon il va finir sous le matelas d'un flic. Mais par où commencer ? C'est vachement grand, le Swainsdale, et c'est le désert à peu près partout.

— Connaissant Jaff, je parie qu'il ira vers la ville. Un citadin dans l'âme, Jaff. Il a des contacts à Londres, un réseau d'anciens copains de fac. Si vous saviez le nombre d'escrocs qu'il y a dans le lot… Moyennant un peu de thune, ces mecs peuvent lui fournir n'importe quoi sans moufter. Vous savez bien de quel milieu il vient, il nous a toujours regardés de haut. Enfin, il faudra d'abord qu'il se débrouille pour arriver là-bas. Je suppose qu'il a une voiture – dans ce coin-là, on survit pas sans bagnole. Cela dit, il ne va pas conduire la sienne, de peur que sa plaque soit recherchée par tous les flics de la région.

— Il a dû en faucher une.

— À condition d'être sûr que le propriétaire s'absentait quelques jours, pour éviter que le vol soit signalé dans la foulée. À part ça, je suis d'accord. Et figurez-vous que je lui connais un vieux copain à Leeds, un certain Victor Mallory. Celui qui fourgue les Baïkal, justement. Je lui ai confié deux ou trois boulots en free lance, des petits trucs sans importance. Lui et Jaff étaient en classe ensemble, dans le sud. Une fac huppée pour les petits merdeux de la haute. Eton ou Harrow, j'ai oublié. En tout cas, ils sont restés proches, tous les deux. Mallory habite du côté de Harrogate Road, au nord du périph de Leeds, dans le secteur des clubs de golf. Alwoodley, je crois. D'après mes sources, il est aussi louche que Jaff. Et outre les armes, il s'y entend pas mal en chimie, à ce qu'il paraît.

— Alwoodley, c'est à côté de l'aéroport, non ? Si ça se trouve, Jaff s'est déjà envolé pour Benidorm.

— Arrête tes conneries, Darren. Avec ce qu'il se trimballe, il risque pas de monter dans un avion. La Sécurité fait des tas de contrôles, par les temps qui courent. Ils savent même ce que tu as mangé au petit déjeuner.

— Désolé, patron, j'y avais pas pensé.

— Où qu'il compte aller, il y va en voiture, et il est obligé d'écouler la came à l'intérieur des frontières. À moins qu'il soit beaucoup mieux organisé que je l'imagine, et qu'il ait son propre réseau d'intermédiaires et de mules. Ce qui me surprendrait énormément. Éventuellement, il pourra s'aventurer à prendre le bus ou le train, mais il doit avoir peur que la police surveille déjà les gares. Le plus probable, c'est qu'il utilise une voiture que personne ne sait être en sa possession. Vous deux, vous allez rendre une petite visite au fameux Victor Mallory, je vais vous donner l'adresse. Et soyez discret. Faites-lui avouer tout ce que vous pourrez, et appelez-moi sur le jetable. Pas la ligne fixe, surtout. Essayez aussi de savoir où le flic a été abattu. Si Jaff est dans le coup, ça nous renseignera vaguement sur la direction qu'il a prise. Moi, j'ai dans l'idée qu'il cherche à se rapprocher de la civilisation.

— Il est peut-être déjà arrivé, même.

Fanthorpe tapa dans ses mains.

— Raison de plus pour se magner, non ? Quand tu sortiras, demande à Jelena de m'apporter une autre pinte et leur assiette de profiteroles, OK ?

Et par la même occasion, je pourrais lui proposer cette petite escapade, ça n'engage à rien.

10

Barbouillé par son voyage en hélicoptère, Banks traversa à la suite de Winsome le hall du grand bloc opératoire ultra-moderne et s'engagea dans le dédale de couloirs qui menait aux Soins Intensifs. Pendant le trajet, Winsome avait tâché de lui résumer les événements survenus en son absence, mais l'hélico était si bruyant qu'ils avaient dû porter des casques, ce qui ne facilitait pas la conversation.

Le manque de sommeil et le décalage horaire, ajoutés à ce qu'il venait d'apprendre sur Annie, l'avaient plongé dans une espèce d'hébétude. Il fallait qu'il se ressaisisse, mais ni son corps ni son esprit ne semblaient disposés à se remettre en marche. Du coup, les choses autour de lui semblaient légèrement décalées, les mouvements aperçus à la limite de son champ de vision ne cessaient de le distraire, et le moindre bruit discordant lui écorchait les tympans. Sans parler de la migraine qui commençait à lui marteler le crâne. S'il devait s'effondrer dans un proche avenir, il était arrivé au bon endroit, en tout cas.

Une femme petite et musclée, les cheveux hérissés sur la tête, vint à leur rencontre alors qu'ils approchaient de la chambre d'Annie.

— Inspecteur Banks ? Brigadier Jackman ?

Banks s'arrêta. Cette femme lui rappelait quelqu'un, même si son nom lui échappait. Allait-elle leur annoncer de mauvaises nouvelles ?

— Vous ne vous souvenez sûrement pas de moi. Je suis l'agent Powell, de l'équipe d'AFO. J'ai participé à l'intervention chez les Doyle.

Banks ne voyait pas où elle voulait en venir, mais Winsome eut l'air de comprendre.

— Si, si, je vous reconnais, dit-elle, je vous ai croisée au QG, et vous assistiez à la réunion de lundi.

— Oui, on passe beaucoup de temps là-bas, ces temps-ci. (Elle se tourna vers Banks.) Inspecteur, l'officier qui garde la porte refuse de me laisser voir Annie. Elle m'a dit beaucoup de bien de vous. Vous voudrez bien me donner de ses nouvelles ?

— Pourquoi me demandez-vous ça ?

Banks se rendait compte de sa brusquerie, mais il était impatient de se débarrasser d'elle pour se rendre au chevet d'Annie.

— On collaborait sur cette affaire, et elle a été gentille avec moi. C'est tout. Ç'a été… très dur… Et je me sens une part de responsabilité.

— En ce moment, c'est pour moi que c'est dur, coupa Banks en forçant le passage. (Il se retourna tout de même avant de s'éloigner.) Je vous tiendrai au courant, agent Powell, c'est promis. Rentrez chez vous et prenez un peu de repos.

Le service des Soins Intensifs pouvait accueillir jusqu'à seize patients, mais un système de rideaux et de paravents garantissait un minimum d'intimité. Banks sentit ses jambes flageoler quand il s'approcha du lit d'Annie. Elle avait l'air si petite et si fragile, immobile sous les draps blancs, entourée de machines, de fils et de tuyaux. Cependant les scopes faisaient entendre un bip continu, et tous les voyants étaient allumés. Il crut comprendre que sa tension était de 10, et son rythme cardiaque de 72 pulsations/minute. Rien de catastrophique, pour ce qu'il en savait, mais son cœur battait moins vite que le sien. Il demanda à l'infirmière qui rajustait un tuyau la permission de tenir la main d'Annie.

— Quelques secondes, si vous voulez.

Banks prit dans la sienne la main inerte, tandis que Winsome restait debout près de lui. L'autre main était bandée et maintenue par un appareil en même temps que l'épaule blessée. Le cathéter de la perfusion était fixé à sa main valide, et plusieurs tuyaux y étaient reliés. Banks constata qu'on lui injectait du sang et un liquide transparent – sûrement une solution saline – en plus du médicament qu'on lui administrait. Une bague jaune passée à son doigt était rattachée à une machine qui mesurait l'oxygénation du sang. Le tube enfoncé dans sa bouche et le sparadrap qui le maintenait en place dissimulaient le bas de son visage, et elle gardait les yeux fermés. Même si sa main était tiède, elle ne réagissait pas à son contact. Pendant un moment, l'univers de Banks se réduisit à ce minuscule espace, défini par le rythme régulier de l'appareil qui aidait Annie à respirer. En y regardant de plus près, il vit sa poitrine se soulever et s'abaisser régulièrement.

Banks se retourna, devinant une présence derrière lui. Il découvrit un Asiatique mince, qui semblait trop jeune pour avoir déjà obtenu son diplôme. Pourtant il portait un costume anthracite avec cravate et chemise blanche, au lieu de la tenue turquoise des internes en médecine que Banks avait croisés en grand nombre dans les couloirs du service.

— Ça suffit, maintenant, signala l'infirmière en posant la main sur l'épaule de Banks. Voici le docteur Sandhar, notre chirurgien en traumatologie. C'est lui qui a opéré la patiente. Vous souhaitez peut-être avoir un entretien avec lui ?

Banks remercia l'infirmière et s'éloigna d'Annie après avoir déposé un baiser sur son front. Le Dr Sandhar les guida, Winsome et lui, à travers un nouveau labyrinthe de couloirs qui aboutissait à une petite salle de consultation. Comme il n'y avait qu'une chaise, ils s'assirent côte à côte sur la table d'examen, dont la protection en papier crissa lorsqu'ils s'installèrent. Sur le mur, un schéma expliquait la circulation sanguine. Le fauteuil du médecin se trouvait près de la balance.

— Ça vous ennuierait d'utiliser un vocabulaire simple ? demanda Banks.

— Bien sûr que non, fit Sandhar avec un sourire. Vous en doutez peut-être, mais en général, nous essayons de traduire le jargon médical à l'intention du profane, quand nous sommes en famille ou entre amis. Nous ne cherchons en aucun cas à avoir l'air abscons.

— Ravi de l'apprendre.

— Ce serait peut-être plus pratique si vous me posiez des questions, non ? J'imagine que vous y êtes habitués, dans votre métier.

— Je ne vous soumets pas à un interrogatoire, bien entendu, mais je peux poser les questions si vous préférez. Pour commencer, j'aimerais savoir ce qui s'est passé.

— Mlle Cabbot a reçu deux blessures par balle. Le premier projectile l'a touchée à la poitrine, perforant le lobe moyen du poumon droit, tandis que le deuxième a atteint la clavicule avant de se fragmenter, ce qui a provoqué une fracture. Il vaut peut-être mieux qu'aucune des deux balles ne soit ressortie, bien que cela ait causé des dommages d'une autre nature.

— C'est-à-dire ?

Sandhar croisa les jambes, les mains jointes sur les genoux.

— Selon mes informations, l'ambulance a mis dix minutes à arriver sur les lieux, ce qui est excellent en zone rurale, pour un cas d'urgence maximum tel que celui-ci. La personne qui a contacté le 911 a certainement sauvé la vie de la patiente. À ce que je sais, elle n'a pas encore été localisée, mais cela relève de votre domaine plutôt que du mien. Quand les secours se sont présentés, la victime avait déjà perdu une quantité de sang importante, mais si l'arme avait été plus puissante, ou si les balles étaient ressorties, l'hémorragie aurait pu être beaucoup plus grave. Si l'on n'a qu'un point d'entrée, la peau est assez élastique pour se refermer autour de l'orifice. (Il mima son explication avec le pouce et l'index.) La perte de sang est limitée.

— Donc, résuma Banks, Annie peut s'estimer heureuse que les balles ne soient pas ressorties. Je vois. C'est sûrement un point positif. Mais en quoi consiste exactement le problème ?

— Chez Mlle Cabbot, c'est essentiellement une hémorragie interne qui s'est produite, et l'écoulement de liquide a fait pression sur les poumons, en les empêchant de se gonfler. (De nouveau, il joignit le geste à la parole, collant ses paumes comme pour applaudir ou pour imiter un soufflet.) L'un des poumons s'est affaissé, et vous imaginez les complications respiratoires qui en résultent. Si l'autre poumon avait cessé de fonctionner, elle n'aurait pas survécu jusqu'à l'arrivée de l'ambulance. Par chance il a résisté. Les auxiliaires médicaux n'ont pas perdu de temps, et ils possédaient les compétences et le matériel nécessaires pour entamer les soins pendant le trajet. L'hôpital d'Eastvale a réussi à stabiliser son état, puis on l'a transportée ici en hélicoptère.

— Alors ça va s'arranger ? demanda Banks. Vous avez tout réparé ? Vous l'avez opérée ?

— En effet, nous l'avons opérée, confirma Sandhar après un bref silence. Malgré tout, je dois vous prévenir que le pronostic vital est toujours engagé. Son état reste critique.

— Pardon ?

— En ce moment, son organisme est en train de se battre. Si elle est assez robuste, elle s'en sortira, mais pour l'instant, il nous est impossible de nous prononcer.

— C'est quelqu'un de solide, avança Banks.

— Tant mieux, elle en aura besoin.

— Quand en saurez-vous davantage ?

— Les prochaines vingt-quatre heures seront décisives. Elle va rester constamment sous surveillance, afin que nous détections les signes de dégradation ou d'amélioration éventuels. Dans l'immédiat, nous ne pouvons qu'attendre, je suis désolé.

— Et nous, que pouvons-nous faire ?

— Prier pour elle, si vous êtes croyant.

— Et sinon ?

— Garder espoir.

Après quelques verres au déjeuner et un bon petit joint en rentrant chez lui, Victor Mallory planait agréablement. Il venait de mettre dans son lecteur de CD *I Hear the Water Dreaming*, de Toru Takemitsu, et s'apprêtait à se payer une petite sieste quand le timbre de l'entrée retentit. Il n'aurait sans doute pas fait l'effort d'aller ouvrir s'il avait déjà été couché, mais ça pouvait être important. Jaff lui rapportait peut-être sa voiture – à moins que Marianna, la jeunette du club de golf, n'ait fini par réagir à ses sollicitations. Il alla donc répondre.

Il comprit son erreur dès qu'il eut ouvert la porte et chercha désespérément le moyen de refermer aussitôt. Même s'il avait eu toute sa tête, il n'aurait pas aimé celle des deux lascars qu'il venait d'apercevoir derrière. Des embrouilles en perspective, certainement. Affolé, il essaya de repousser le battant, mais vu la lenteur de ses réflexes, les deux autres eurent vite fait de forcer l'entrée. De toute façon, ils auraient sûrement démoli la porte. Dans son boulot, Mallory croisait quelquefois de vraies ordures, et en général il s'en sortait en baratinant, mais cette fois il avait un doute. Ils n'avaient pas l'air disposés à écouter.

Le plus petit des deux, aux cheveux couleur carotte, avait tout de l'accro au speed, y compris les dents gâtées, et Victor n'aimait ni le speed ni ceux qui en prenaient. Des excités imprévisibles, en général. C'était pour cette raison qu'il s'en tenait à fabriquer de l'Ecstasy et de bons vieux psychotropes comme l'acide, la mescaline et la psilocybine. Le marché devenait assez restreint, ces temps-ci, mais d'après lui ces produits-là valaient bien mieux que le crack et les métamphétamines, et ils lui évitaient de se frotter à la faune des toxicos. Des individus comme celui-ci. Tout ça avait forcément un lien avec Jaff, qui était bien moins regardant sur ce qu'il consommait, ou sur ce qu'il vendait pour gagner sa vie.

— Entrez, messieurs, faites comme chez vous.

Apparemment, l'humour n'était pas leur point fort. Ils le poussèrent dans le salon et inspectèrent la pièce du regard, puis le petit rouquin alla vérifier qu'il n'y avait personne d'autre dans la maison. Pendant ce temps, le mastard au crâne rasé resta assis en silence, lorgnant les reproductions d'art moderne accrochées aux murs. Dalí, Magritte, Hockney et Rothko. S'étant assuré qu'ils étaient bien seuls avec leur proie, son acolyte revint pour tirer les lourds rideaux et allumer un lampadaire. Ensuite ils passèrent aux choses sérieuses.

— D'abord, fit le costaud, j'aimerais bien que tu arrêtes ta musique de merde. Ça me fout la chiasse, ce boucan.

Déconcerté, Victor éteignit le lecteur.

— Moi j'aime bien, allégua-t-il. Ç'a un effet apaisant quand on…

L'autre l'ignora.

— Et maintenant, tu ferais mieux de retourner tes tableaux à la con. Eux aussi, ils me font dégobiller. Mais bon, on a pas de temps à perdre avec des conneries. Ciaran ?

Le rouquin s'avança, faisant signe à Victor de s'asseoir sur une des chaises, puis il entreprit de lui attacher solidement les jambes avec du gros ruban adhésif, les mains derrière le dos. Pour finir, il enroula l'adhésif autour de son buste pour le maintenir étroitement contre le dossier de son siège.

Victor se laissa faire sans broncher, en silence, pour bien leur montrer qu'il ne comptait pas résister. C'était peut-être un rêve, finalement, et il s'effacerait s'il fermait les paupières. Mais non, tout ça était bien réel. Comme ils ne l'avaient pas bâillonné, il supposait qu'ils voulaient lui poser des questions, ce qui était plutôt rassurant. La panique menaçait de l'assaillir, malgré tout, avec ses griffes acérées, mais tant qu'il pouvait parler, il n'y avait pas lieu de désespérer. Victor avait du bagou, tout le monde s'accordait à l'admettre. Il aurait pu charmer les oiseaux, même. Il y avait des chances que tout se termine bien.

— Bon, fit le crâne rasé dès que son compagnon se fut assuré que Victor était ficelé à sa convenance. Tu ne le sais pas forcément, mais avec le temps, j'ai appris que le secret de la peur ne consistait pas à faire mal. Pas du tout, en fait. Anticiper la douleur, voilà le principal. Je t'explique comment on va s'y prendre.

Il tira un objet d'un petit sac qu'il avait posé sur le divan, à côté de lui, et l'installa sur le plateau en verre de la table basse.

— Tu sais ce que c'est, ça ?

— Un minuteur de cuisine ?

— On l'appelle plutôt sablier. Tu vois sa forme ? C'est à cause de ça qu'on dit qu'une femme a une silhouette en sablier. Tu as déjà entendu ça ?

Victor connaissait, en effet, mais il se serait bien gardé de jouer au plus fin avec ces deux-là. Les fois où il s'était colleté avec des pékins dans leur genre, il avait constaté qu'ils se braquaient au premier signe de supériorité intellectuelle, et que leur agressivité en sortait décuplée. En la circonstance, une scolarité en école privée suivie d'un cursus à Cambridge n'était sûrement pas un atout.

— Je l'ignorais, dit-il.

— Quand tu le retournes, le sable s'écoule par un trou minuscule d'un bulbe à l'autre. Astucieux, hein ? Je pourrais le regarder pendant des heures. Sauf que ça prend pas des heures, évidemment.

Mais j'ai encore quelque chose à te montrer, de beaucoup plus intéressant. Ciaran.

Du même sac, l'autre sortit une grande pochette pliée et la posa sur la table, près du sablier, avant de la dérouler.

— C'est la collection d'instruments chirurgicaux de Ciaran. Il est pas toubib pour autant – il était pas assez fort en latin. Pas vrai, Ciaran ?

— On dit ça pour un juge, rectifia Victor.

— Quoi ? fit le crâne rasé en le fixant d'un regard inexpressif.

— Il aurait pu finir juge, s'il avait su le latin.

Victor se repentit aussitôt de sa réplique arrogante. Qu'est-ce qu'il lui était passé par la tête, de les reprendre sur les citations des pages roses ?

— C'est quoi, ces conneries ?

— Désolé, je parlais de ce sketch avec Peter Cook et Dudley Moore, vous savez ?

Les deux types échangèrent un regard en secouant la tête.

— Bref, fit le crâne rasé. Avant qu'on me coupe grossièrement la parole, je disais que notre Ciaran n'était pas du tout chirurgien. Un amateur, plutôt. Ça l'empêche pas d'aimer le matériel, ni de prendre plaisir à bricoler. Sa collection fait un peu bric et broc, elle n'a pas tellement de logique, il a juste suivi ses goûts personnels. (Un par un, il prit dans sa main les instruments pointus et étincelants.) Je les connais pas tous, mais par contre, je sais que certains s'utilisent en dermatologie. Tu me suis ? Un petit malin dans ton genre, qui a été à l'université, il doit savoir tout ça, non ? Ce que ça veut dire, c'est qu'ils sont assez aiguisés pour crever un globe oculaire. Ça donne un nouveau sens à l'expression avoir quelqu'un à l'œil, non ? Les autres, ils sont faits pour inciser en profondeur, dans le muscle et dans la couche graisseuse. Tu as aussi des trucs qui servent à écarter les lèvres d'une plaie, ou à protéger les organes et les tissus pendant que le docteur te charcute à l'intérieur, pour enlever un morceau. (Il leva en l'air un instrument recourbé.) Des écarteurs de toutes les tailles et de toutes les formes. Des pinces, aussi, pour limiter les saignements. Et les autres lames, elles sont tellement tranchantes, en général, qu'on doit pas sentir la douleur tout de suite. Comme les coupures qu'on se fait en se rasant, on s'en rend à peine compte, au début. Mais ça finit par faire mal. La réaction est retardée. Par contre le sang a déjà commencé à couler, bien entendu. Il dégouline de partout.

Ce discours avait sapé le moral de Victor, et son cœur battait à tout rompre. Il était bien conscient des dégâts et des souffrances que ces instruments étaient en mesure de causer. Même la sonde du dentiste le remplissait de terreur. Il avait la bouche sèche et la peau moite.

— Pourquoi vous faites ça ? demanda-t-il d'une voix enrouée. Qu'est-ce que vous voulez ? Je n'ai rien à me reprocher, vous n'avez pas à me traiter comme ça.

Ciaran était concentré sur ses instruments, qu'il astiquait un par un avec un chiffon blanc, soigneusement et avec amour. Son complice le regardait en souriant.

— Quel perfectionniste, quand même. Je lui ai bien dit de ne pas s'embêter à les faire reluire, vu qu'ils trempent toujours dans le sang, mais il manque jamais de le faire, pourtant. Un signe d'optimisme, si ça se trouve. Il croit peut-être qu'il n'aura pas à s'en servir, ce coup-ci.

— Non, renchérit Victor en se passant la langue sur les lèvres, ce ne sera pas la peine. Dites-moi ce que vous cherchez, je vous répondrai immédiatement. Si c'est de l'argent, prenez ce que vous voulez.

— C'est pas ton argent qui nous intéresse, et pour ce qui est de nous répondre, je doute pas que tu vas le faire. Malgré tout, tu dois bien saisir qu'il faut qu'on soit certains que tu nous racontes ce qu'on a *besoin* de savoir, pas ce qu'on a envie d'entendre. Ça fait une légère différence.

— Je vous dirai la vérité.

— T'as entendu, Ciaran, ricana le type. La vérité. Elle est bien bonne, celle-là. Où il est allé pêcher ça ?

— Qu'est-ce que vous voulez dire ?

Victor avait l'esprit assez clair pour s'inquiéter d'entendre le type prononcer sans se gêner le nom de Ciaran – si c'était bien son vrai prénom. Ça ne laissait rien présager de bon, logiquement.

— Je ne parlerai pas à qui que ce soit. (Et il compléta pour faire bonne mesure :) Personne n'en saura rien.

— Et comment ! rétorqua le crâne rasé. Tu les vois, cette lame et ces pinces ? Parfaites pour les langues trop longues.

Victor déglutit péniblement : sa langue ne semblait plus tenir dans sa bouche.

— Mais on n'en est pas encore là, fit le type en tapant dans ses mains. On garde ça pour les cas désespérés, si je puis dire. Pour commencer, on va essayer quelque chose, OK ? Allez, je lance la question à dix livres ? Les gars instruits comme toi, ils doivent connaître *Questions pour un champion*, non ? Voyons un peu jusqu'où on peut aller sans avoir recours à quelques petits désagréments.

— C'est d'accord.

— Bon, je t'explique comment ça marche.

Il renversa le sablier, dont le sable commença à filtrer par la minuscule ouverture pour se déposer dans le bulbe inférieur.

— Je sais pas précisément combien de temps ça prend. J'ai jamais chronométré, pour tout te dire. En tout cas, Ciaran ici présent ne touchera pas à ses instruments tant que le sable continuera de descendre. C'est le délai qu'on te laisse pour me donner les réponses que je cherche. Pigé ?

— Oui, oui, allons-y, s'il vous plaît. Demandez-moi tout ce que vous voudrez, vite.

Victor jeta un coup d'œil au sable qui se précipitait à un rythme alarmant, véritable défi aux lois de la physique.

— Du calme, Victor, on est pas si pressés. On a tout notre temps.

— S'il vous plaît, dépêchez-vous de commencer, je vous dirai ce que vous voulez savoir.

— Ce qu'on a *besoin* de savoir.

— Oui, c'est ça.

Victor eut envie de hurler « Grouillez-vous, putain de merde ! » quand il vit le sable tomber en pluie, et l'écarteur recourbé et brillant que Ciaran était en train de frotter. Ses entrailles se tordirent. Il garda néanmoins le silence.

— On va commencer par des questions dont on pense connaître déjà la réponse. Comme ça, on saura si tu essaies de nous mener en bateau. Un test, quoi. Tu es un ami de Jaff McCready, oui ou non ?

— Oui.

— Bien. Un bon début. Il est passé te voir, récemment ?

— L'autre jour, oui. Je crois que c'était lundi.

— Bravo. Et qu'est-ce qu'il te voulait ?

— Qu'on échange nos voitures pendant quelques jours.

— Tu as accepté ?

— Oui, c'est un copain. Il avait des ennuis, et dans ces cas-là, on rend service aux amis, non ?

— Extrêmement louable de ta part. Cite-moi la marque, la couleur et le numéro d'immatriculation de ta voiture.

Victor obtempéra.

— Et ensuite ?

— Pardon ?

— Qu'est-ce qu'il cherchait d'autre ?

— Rien de plus.

— Pas de ça, Victor. (Le type tapota le sablier, dont le sable parut s'écouler encore plus vite.) Le temps presse.

— OK, ça va. Il m'a demandé un flingue.

— Et justement, tu avais ça sous la main, toi ?

— Je sais où me fournir, et il m'arrive d'aider les gens qui ont un problème. Jaff était au courant.

— Et donc tu lui as filé une arme ?

— Vendue, disons. Un Baïkal avec silencieux.

— Je m'en fiche, du modèle. Tu gaspilles notre temps. C'est tout ?

— Oui, je vous le jure.

— Et lui, où il est ?

— J'en sais rien. Il est parti avec la voiture, je n'ai même pas remarqué dans quelle direction.

— Où il comptait aller ?

— Je vous l'ai dit, je ne…

— Victor, ton temps est compté. Tu ferais mieux de t'en tenir à la vérité.

— Je… il m'a dit qu'il y avait une fille qui l'attendait dehors, dans la voiture.

— Tracy Banks ?

— Aucune idée. Je ne l'ai pas vue, et il n'a pas mentionné son nom. Je pensais qu'il sortait avec une certaine Erin, mais avec Jaff, ça change vite.

— Un vrai tombeur, ce Jaff.

— On peut dire ça.

— Où est-ce qu'ils sont allés ?

— Tout ce qu'il m'a dit, c'est qu'ils devaient se poser deux ou trois jours chez le père de cette fille, à la campagne. Le temps de s'organiser avant de partir à Londres.

— À quel endroit, dans Londres ?

— Je n'en sais pas plus. Sincèrement. Il n'a pas précisé.

— Victor…

— Quel intérêt j'aurais à vous tromper ?

— J'en sais rien. Le temps presse. Moi, à ta place, je m'amuserais pas à raconter des craques. C'est pourtant ce que tu fais, non ?

Victor se passa la langue sur les lèvres.

— Bon, il a un copain qui habite à Highgate. Un dénommé Justin, que j'ai croisé une fois. Il fait entrer des immigrés en fraude, et il trempe dans pas mal de saloperies. Pas du tout mon milieu. Je ne connais pas le nom de famille. Jaff m'a dit que Justin était susceptible de lui donner un coup de main, s'il était dans la panade un jour. Pour un faux passeport, par exemple. Franchement, c'est tout ce que je sais.

— C'est grand, Highgate.

— Désolé, mais je ne sais rien d'autre.

— Peut-être que Ciaran te rendra plus bavard ?

Victor se débattit sans succès contre ses liens.

— Je vous assure que je n'en sais pas plus.

Pendant quelques secondes, le crâne rasé contempla le sable d'un air songeur.

— Qu'est-ce que tu en penses, Ciaran ?

Victor eut l'impression que Ciaran le dévisageait pendant une éternité. Le sable s'écoulait par le minuscule orifice. Le bulbe supérieur était presque vide, maintenant. Victor avait la gorge tellement sèche qu'il avait mal dès qu'il voulait déglutir. Si ça continuait comme ça, il avait peur de fondre en larmes et de les supplier d'avoir pitié de lui.

— Non, fit Ciaran en remballant ses instruments. Ça vaut pas le coup, il en sait pas plus.

Victor resta bouche bée tandis que le crâne rasé rangeait le sablier dans le sac.

— Tu l'as échappé belle, Victor, fit-il en lui ébouriffant les cheveux. Tu es passé vraiment à deux doigts. Allez, tu peux retourner à ta musique pourrie. Mais n'oublie pas – on connaît ton adresse. Tu devines ce qui te pend au nez s'il y a des répercussions, je suppose ?

Victor secoua la tête.

— T'es un brave petit. (Il gifla Victor deux ou trois fois pour s'amuser, mais assez fort pour lui faire mal.) Ciaran ?

Ils éteignirent la lumière avant de gagner la sortie.

— Vous n'allez pas me détacher ? demanda Victor d'une voix étranglée.

Le type s'arrêta sur le pas de la porte.

— Ça me paraît une mauvaise idée. Imagine que Ciaran ait la main qui dévie, avec le couteau. Cet adhésif, c'est comme une deuxième peau. Je vais quand même te dire un truc. (Tirant le rouleau du sac, il revint vers lui et découpa une petite bande de toile avec un canif.) C'est un service que je te rends, là. Te tracasse pas, quelqu'un finira bien par rappliquer. C'est obligé.

— Mais comment je vais justifier…

L'homme lui colla l'adhésif sur la bouche avant qu'il ait terminé sa phrase.

— Fais appel à ton imagination, Victor. Ton imagination.

Et ils s'en allèrent sur ces mots, ne s'arrêtant que pour rallumer la musique au passage.

Banks déprimait immanquablement quand il entrait dans un hôpital, et le fait de s'asseoir à la cafétéria parmi tous ces gens qui prenaient une pause après une visite à un enfant malade, à un parent atteint du cancer ou à un vieillard qui végétait en gériatrie n'arrangeait rien à son humeur. Le couple installé à la table voisine discutait des effets secondaires d'une opération de la prostate. Banks s'efforça d'en faire abstraction pour centrer son attention sur les propos de Winsome. Le café avait bon goût, c'était déjà ça, et le chocolat du KitKat lui avait apporté une dose de sucre. L'heure du déjeuner était passée depuis longtemps, mais il n'avait pas tellement faim. Et après avoir vu Annie et écouté Winsome et le Dr Sandhar, il ne se sentait pas près non plus de trouver le sommeil. Une infirmière leur avait appris que Ray, le père d'Annie, devait arriver en train de Saint-Ives.

— Si j'ai bien compris, résuma Banks, Annie s'est fait tirer dessus en passant à mon domicile arroser les plantes. Il ne lui a pas effleuré l'esprit que Tracy risquait d'être là avec son ami ?

— Je suppose que non. Dans le cas contraire, elle ne se serait pas aventurée là-bas sans emmener de renforts.

— À moins qu'elle n'ait eu l'intention de nous protéger, Tracy ou moi. De tout garder pour elle en pensant qu'elle pouvait étouffer le problème dans l'œuf. Je vous écoute.

— Ce n'est pas vraiment l'ami de Tracy. C'était le petit copain d'Erin Doyle.

— Mais Erin a été arrêtée pour détention d'arme à feu ?

— Oui, elle est en liberté provisoire.

— Et ce garçon… ?

— Jaff. Son nom est Jaffar McCready, mais tout le monde l'appelle Jaff.

— Selon toute vraisemblance, c'est lui qui a blessé Annie ?

— Nous le pensons, en effet.

— Et c'est Tracy qui a prévenu les secours ?

— Oui. C'était une voix de femme, et le numéro enregistré correspond à celui de son mobile. En plus, je suis allée écouter la bande au central d'appel. Pour autant que je me souvienne, on dirait la voix de Tracy. Elle avait l'air effrayée.

— Et pour cause.

— On a retrouvé son téléphone sur les lieux, près de l'endroit où la voiture a dû stationner. On l'avait fracassé en morceaux. Par contre la carte SIM était intacte, ce qui nous a appris que l'appareil n'avait pas servi depuis le lundi.

— C'est ce jour-là que tout a commencé, non ?

— C'est bien ça. Juliet Doyle s'est présentée au commissariat pour signaler la découverte d'une arme de poing dans la chambre de sa fille. D'après Annie, elle a réclamé après vous.

— Moi ?

— Absolument. À mon avis, elle espérait que vous sauriez gérer la crise sans causer trop de vagues, et que tout s'arrangerait bien pour Erin.

— Je comprends. Seulement je n'étais pas là, et la situation a déraillé. Erin a été appréhendée, et Tracy est allée prévenir son copain.

— Apparemment, c'est ce qui s'est passé.

— Et Juliet Doyle, dans tout ça ?

— Elle se fait héberger par Harriet Weaver. À elle, on ne lui reproche rien, naturellement.

— Bien sûr. Je présume que ce Jaff empêchait Tracy d'utiliser son mobile, de peur qu'on ne fasse le lien entre elle et lui, et qu'on remonte la piste grâce aux appels téléphoniques. Mais elle y tenait beaucoup, à son portable, elle ne s'en séparait jamais. Il a dû le lui confisquer le lundi et le laisser éteint. Je ne peux pas croire qu'elle l'ait accompagné de son plein gré. Et vous, qu'en pensez-vous ?

— Honnêtement, nous n'avons aucune certitude. Il n'est pas exclu qu'elle l'ait suivi volontairement, au départ. D'après le témoignage de Rose, personne ne l'a forcée à se rendre chez lui. Pour la suite, nous ignorons le déroulement des faits, mais elle a quand même dû le conduire à votre cottage. Sous la contrainte, éventuellement. Ce n'est pas impossible. Nous ne savons que ce que nous a rapporté la colocataire de Tracy. Il nous reste à découvrir ce qui s'est passé après leur arrivée – la maison est un vrai bazar – mais je rejoins votre opinion : Tracy n'a pu en aucun cas participer délibérément à l'agression d'Annie.

— Bien sûr que non, ça ne tient pas debout. Quel que soit le début de l'histoire, il est légitime de penser que Tracy est actuellement retenue contre sa volonté. Ce Jaff McCready l'a prise en otage. Drôle de nom, soit dit en passant. Vous vous êtes renseignée sur lui ?

— J'ai creusé un peu de ce côté-là, oui. Sa mère était née au Bangladesh, mais elle a disparu voilà une vingtaine d'années. Cancer du sein. Elle avait tout juste la quarantaine. Un ancien mannequin. Tout à fait ravissante, d'ailleurs. Elle a épousé Jack McCready. Lui, il est originaire d'East Kilbride, mais il s'est installé dans le sud, où il a bâti un empire dans les paris sur les courses hippiques. Il a aussi investi dans le cinéma, c'est comme ça qu'il a rencontré sa femme. Il aimait bien frayer avec les stars, les metteurs en scène et toute la clique.

— Comme tout le monde, sans doute. Son nom m'est familier, et je l'ai déjà vu en photo dans les feuilles à scandale, une starlette pendue à chaque bras. De toute façon, on ne peut jamais se fier à un bookmaker. Cela dit, il me semble qu'il est mort, non ?

— Oui, d'une crise cardiaque. Ça remonte à huit ans. Des rumeurs ont circulé à son sujet. Blanchiment d'argent, chevaux drogués, courses truquées et j'en passe. On n'a rien prouvé, malgré tout, et le décès n'avait rien de suspect. Pour en revenir à Jaff, le couple a divorcé quand il avait huit ans. Il a accompagné sa mère en Inde, où elle est devenue une grande vedette des studios de Bollywood. J'ai l'impression que Jaffar s'est habitué à ce que la gloire rejaillisse un peu sur lui. Mais sa mère a eu une fin tragique, et on l'a rapatrié en Angleterre. Il avait treize ans à l'époque. Son père l'a envoyé tout droit en pension – ce n'était pas le grand amour, de toute évidence – et par la suite il s'est inscrit à Cambridge. En philosophie.

— Doué ?

— Moyennement, mais il s'en est tiré. On lui reprochait de ne pas faire davantage d'efforts.

— J'ai entendu ce refrain toute ma jeunesse, moi aussi. C'était un fauteur de trouble ?

— Plutôt un inadapté, fit Winsome en souriant. Il manquait de structure. Rien à voir avec votre rébellion adolescente de base.

— C'est sûr, les blessures psychologiques ont l'air un peu plus profondes. Quel âge a-t-il ?

— Trente et un ans.

— Sa profession ?

— D'après nos informations, il n'a jamais eu d'emploi.

— Il était déjà apparu sur votre écran-radar ?

— Non, mais j'ai discuté avec Ken Blackstone, et il n'est pas inconnu des services du West Yorkshire. Mais ça ne va pas plus loin. Rien de concret, seulement un paquet de soupçons. Trafic de stupéfiants, pour l'essentiel. On le suspecte d'être en cheville avec un laboratoire clandestin, entre autres choses. Ce serait le fait d'un ancien camarade de Cambridge, diplômé en chimie. L'enquête est en cours, mais ils piétinent, à entendre Ken. Pour le moment ils sont bredouilles. (Elle tira de sa serviette les deux portraits dessinés par Rose Preston.) Et figurez-vous que ces deux charmants individus traquent eux aussi Jaff et Tracy. Ils se sont fait passer pour des officiers de police et ont malmené la colocataire d'Erin et Tracy.

Banks étudia les croquis de plus près. Ils étaient de bonne qualité, le trait ferme et assuré, les ombres subtiles. Il n'était pas expert en la matière, mais Rose lui semblait dotée d'un certain talent artistique.

— Ils ont dit s'appeler Sandalwood et Watkins.

— Pipeau. Il s'agit de Darren Brody et de Ciaran French.

— Vous les connaissez ? demanda Winsome, interloquée.

— Oui, j'ai jugé bon de me renseigner sur eux. On s'est croisés à l'occasion, eux et moi. Ils travaillent pour George Fanthorpe, dit le Fermier.

— J'ai déjà entendu ce nom.

— Ça ne me surprend pas. Un des secrets les mieux protégés du comté. Il se prend pour un châtelain et joue au gentleman-farmer. Il est propriétaire d'une laiterie et de terres agricoles, et il élève et entraîne des chevaux. Il habite près de Ripon. Son influence malsaine s'étend jusqu'à Middleham, voire au-delà.

— Ils cherchaient ce Jaff, dont le père a été bookmaker. Il y a un lien, à votre avis ?

— Ça m'étonnerait. Ils ont pu être en rapport, dans le temps, mais Jack McCready est mort depuis longtemps, et Fanthorpe s'enrichit principalement dans le trafic de drogue. Cocaïne et héroïne, pour l'essentiel. Des quantités considérables. Bien entendu, il ne touche jamais lui-même à la marchandise – il ne la voit même pas passer. Lui c'est le Boss. Il fournit surtout les milieux étudiants. Ses activités agricoles lui assurent une façade confortable, bien pratique pour le blanchiment d'argent. Par les temps qui courent, il est sans doute le seul à faire des bénéfices substantiels – ou des bénéfices tout court – dans la production laitière. Les chevaux de course sont un hobby – un passe-temps tout indiqué pour un hobereau dans son genre – et il se peut que les écuries soient vraiment rentables.

— Comment avez-vous appris tout ça ?

Banks termina sa tasse de café.

— Le hasard, plus ou moins. Il y a six ans de ça, j'ai interrogé un petit dealer de la fac d'Eastvale, un certain Ian Jenkinson, pour des vérifications de routine dans le cadre d'une enquête du West Yorkshire. Il a laissé échapper le nom du Fermier, en relation avec un meurtre commis sur Woodhouse Moor. Un dealer du même acabit, Marlon Kincaid, qui vendait essentiellement aux étudiants de Leeds. Il semblerait que Jenkinson se soit en partie approvisionné auprès de ce Kincaid, qui aurait dû lui-même avoir pour fournisseur Fanthorpe et sa bande. Mais ce n'était pas le cas, justement. Kincaid faisait cavalier seul, ce qui a beaucoup fâché le Fermier. Du coup je lui ai rendu une petite visite. Malin comme tout, ce salaud. Il jouait son rôle à la perfection, mais on a parfois des intuitions, vous comprenez, un sixième sens qui se développe.

— Oui, et c'est précisément ce qui m'arrive en ce moment. Il ne peut pas s'agir d'une coïncidence.

— Quoi donc ?

— Le nom que vous venez de me citer, Marlon Kincaid. Je n'avais pas eu le temps d'y venir, mais nous sommes quasiment sûrs que l'arme trouvée chez les Doyle a servi au meurtre de Kincaid, le 5 novembre 2004.

— Les dates collent à peu près. Très instructif.

— En effet. On ferait peut-être bien d'avoir une conversation avec ce Ian Jenkinson, si on arrive à remettre la main dessus. Et alors, qu'est-ce qui s'est passé ?

— Question d'instinct, comme je vous le disais. J'ai essayé de gratter un peu, mais je n'ai abouti à rien. Le Fermier est rentré dans sa carapace. La fois suivante, quand je suis retourné chez lui, Ciaran et

Darren étaient présents aussi, embusqués en coulisses. Il me les a présentés comme des associés. Après ça, je les ai retrouvés plusieurs fois sur mon chemin – derrière moi dans la rue, garés en face de chez moi, ou au supermarché quand je faisais mes courses. Ils n'oubliaient jamais de me saluer, ni de me demander des nouvelles de la famille. Une intimidation soft, en quelque sorte.

— Et ça a marché ?

— Un peu, oui. Ces deux-là traînent une sale réputation. Darren est juste un malfrat. Pas complètement idiot, mais un malfrat quand même. Ciaran, lui, prend vraiment plaisir à faire souffrir, à humilier. À en croire la rumeur, ils ont déjà tué plusieurs personnes, et tous ces meurtres ont un lien avec Fanthorpe. Mais vous savez comment ça tourne, certaines fois. Absence de preuves, alibis inattaquables. Ce Marlon Kincaid était un dealer bien connu de la population étudiante, et quand il est mort, il n'y a pas eu grand monde pour le regretter. On n'a pas avancé davantage, ni sur le meurtre ni sur Fanthorpe. Je ne vous apprends pas que, dans son milieu, on a des chances de se mettre un tas de gens à dos, que ce soit la concurrence ou des parents dont le gamin a fait une overdose. Les services du West Yorkshire ont suivi une foule de pistes, mais sans résultats. Nous, nous n'étions impliqués que de façon marginale, à cause de Ian Jenkinson. Sur le Fermier à proprement parler, nous n'avions rien sur quoi nous appuyer. Il n'avait jamais été inculpé de quoi que ce soit. La Brigade Financière aurait pu monter un dossier en épluchant ses comptes, comme pour Al Capone, mais on n'avait pas les moyens d'exiger un contrôle fiscal. Le commissaire nous a conseillé d'abandonner la partie. Des choses plus urgentes réclamaient notre attention. Fanthorpe est donc passé au second plan, mais on gardait un œil sur lui. Quant à Ciaran et Darren, ils ont disparu de ma vie. Je ne prétends pas les avoir oubliés pour autant, mais au moins, ils ne m'empêchent pas de dormir.

Winsome examina les portraits.

— Je me doute qu'on ne les oublie pas comme ça. Sales gueules, tous les deux. Je me demande pourquoi ça leur est égal que les gens puissent donner leur signalement après avoir reçu leur visite.

— Ils misent sur la menace implicite des représailles. La plupart du temps, ils ont affaire à des racailles de leur espèce, et entre salauds on se comprend. Rose, par contre, n'appartient pas à leur milieu.

— Ils risquent de la harceler ? Vous pensez que nous devrions assurer sa protection ?

— Non, je ne crois pas. Elle n'est pas importante à ce point. Pour eux elle représentait un simple instrument, qu'ils aient obtenu ou pas satisfaction. Ils sont déjà passés à autre chose. Ils se moquent bien qu'on puisse les reconnaître, ou qu'on relève leurs empreintes partout dans la maison. Ils savent que, pour une raison ou une autre, ça n'aura pas de retombées. Dans le pire des cas, ils fourniront des alibis en béton.

— Il reste une question que je souhaitais soulever.

— Allez-y.

— À propos du rôle de Tracy. Vous comptez téléphoner à votre famille pour l'avertir ? Sandra ? Brian ?

Banks réfléchit une minute en massant l'arête de son nez entre le pouce et l'index. L'effet de la caféine et du chocolat avait été de courte durée. La fatigue l'accablait de nouveau, et il n'avait qu'une envie – se coucher par terre tout de suite et se pelotonner en position fœtale. La rumeur des conversations se réduisait à un brouhaha dénué de sens.

— Non, je ne pense pas, finit-il par répondre. Pas dans l'immédiat, disons. En ce moment, ce serait un désastre si Sandra était sur mon dos, ou si Brian venait me traîner dans les pattes en croyant me prêter main-forte. Ils ne réussiraient qu'à gêner. En plus, je crois savoir que Brian est parti en tournée avec le groupe.

— Mais ne vaut-il pas mieux que vous les préveniez avant qu'ils apprennent la nouvelle par les journaux, ou par la télé ? De notre côté, on ne pourra pas empêcher indéfiniment l'affaire de transpirer.

— Vous avez sûrement raison. Mais à quoi bon s'inquiéter à l'avance ? Dans le pire des cas, je me chargerai de les avertir plus tard. Et si tout rentre dans l'ordre, ils ne sauront jamais rien.

— Et vos parents, vous avez pensé à eux ? Tracy est quand même leur petite-fille.

— Ils sont en croisière. Ils passent leur vie à voyager, désormais.

— Bon, la décision vous appartient. Ils apprendront la vérité dès leur retour, c'est inévitable.

— Sans doute, mais chaque chose en son temps. Quelles sont les dernières infos ?

— Je ne suis pas la mieux renseignée. Vous savez, c'est moi qui ai écopé de la mission à l'aéroport.

— Je comprends. Tous mes remerciements, à propos. Et maintenant rentrons au commissariat pour voir ce qui s'y passe. Quel va être mon rôle ?

Je m'imagine mal rester chez moi, mais ça m'étonnerait que Mme Gervaise accepte que je collabore à l'enquête.

— Justement, elle souhaite en discuter avec vous dès que possible. Je parie qu'elle vous confiera quelque chose à faire. Et puisque vous parlez de rester chez vous, je vous invite à chercher un nouvel hébergement dans les meilleurs délais.

— Comment cela ?

— Vous avez peut-être oublié le protocole, inspecteur, mais votre cottage est devenu une scène de crime. Les lieux sont sécurisés. Vous n'avez pas le droit de rentrer chez vous.

11

En route vers le QG du secteur Ouest dans la voiture de patrouille réclamée par Winsome, Banks passa un coup de fil pour retenir un logement. Mme Haggerty était encore sous le choc après la fusillade survenue dans le village. « Dans la maison d'un policier, en plus. Mais où va le monde ? » Là-dessus, elle crut bon d'informer Banks que le dernier coup de feu dans les alentours datait de 1942, le jour où un fermier avait tiré par erreur sur un vagabond qu'il prenait pour un espion allemand. La victime n'avait reçu que des blessures superficielles, et aucune poursuite n'avait été engagée.

Par chance, l'appartement qu'elle avait jadis loué à Banks, à l'époque où il faisait rénover Newhope Cottage après l'incendie, était de nouveau disponible. Il avait été réservé par un couple américain, mais la crise actuelle ayant privé le mari de son emploi et de ses économies, ils avaient dû annuler à la dernière minute. Au moins, Banks serait en territoire connu, et il avait toujours avec lui les vêtements et les affaires de toilette qu'il avait emportés en vacances. Le logement étant équipé d'une machine à laver-séchoir, il disposerait d'une tenue propre dès le lendemain.

Le QG semblait plus peuplé que d'ordinaire, mais l'agression d'Annie avait déposé un voile de tristesse sur les lieux. Plusieurs policiers saluèrent Banks de la tête, la mine sombre, et Winsome l'aida à monter ses bagages à l'étage. Ils se rendirent ensuite dans les bureaux de la Criminelle pour prendre connaissance des derniers développements.

Banks constata en ouvrant la porte que son bureau était déjà occupé.

— Qu'est-ce que vous fichez là, à fouiner dans mon bureau ? aboya-t-il en laissant tomber ses bagages.

Le choc et le décalage horaire avaient fini par avoir raison de sa patience.

Le commissaire Chambers, installé derrière la table, ne broncha pas.

— Soyez le bienvenu. On ne m'avait pas averti de votre retour pour aujourd'hui, mais puisque vous êtes là, autant avoir une petite discussion.

D'un rapide coup d'œil, Banks s'assura que rien n'avait été dérangé. Tout était à sa place, visiblement, et il se rappelait avoir verrouillé ses tiroirs et ses classeurs. Il existait un passe-partout, bien entendu, mais c'était Gervaise qui le conservait. Et Chambers ne risquait pas de deviner le mot de passe de son ordinateur.

— Je serais curieux de savoir ce que vous foutez ici.

— Mon travail, rien de plus. Je diligente une enquête, ce qui signifie que je suis ici chez moi.

— Ce n'est pas mon avis.

Chambers se leva en balayant ses paroles d'un geste.

— Simple détail technique. Ce n'est pas une raison pour partir du mauvais pied, vous et moi. Votre bureau est le seul endroit calme où j'ai trouvé à me réfugier. J'avais besoin de tranquillité, c'est tout.

Rassurez-vous, je n'ai pas touché à quoi que ce soit. Je vais vous céder la place. (Il réunit les dossiers qui encombraient le bureau.) Je m'en vais.

Il hésita au moment de sortir.

— À moins que…

— Oui ?

— Eh bien, je tiens vraiment à ce que nous ayons un entretien. On peut le renvoyer à plus tard, évidemment, mais dans la mesure où nous sommes là tous les deux… Si vous n'y voyez pas d'inconvénient, bien sûr. Vous étiez en vacances, si j'ai bien compris ?

Banks alla se placer devant la fenêtre et regarda la place pavée du marché. Cela le réconfortait, de la retrouver égale à elle-même. Il se tourna dans l'autre sens, les cuisses appuyées contre le radiateur éteint.

— Pourquoi souhaitez-vous tant me parler ? J'étais absent, je ne suis pas concerné.

— Pourtant votre nom a été mentionné, et vous connaissez les personnes impliquées. Vous pouvez nous être utile.

— Je ne vois pas trop comment.

— Tout de même… Vous savez, j'ai appris ce qui était arrivé à Annie Cabbot, poursuivit Chambers, une ride soucieuse en travers du front. Je suis sincèrement désolé. Comment va-t-elle ?

— Son état est encore critique.

Banks rejoignit son fauteuil et s'y installa, gêné d'y trouver encore la chaleur de Chambers, et offrit au commissaire le siège qui lui faisait face.

— Soit, allons-y.

Il aurait préféré différer la discussion, mais d'un autre côté, il avait une petite chance de récolter quelques bribes d'informations. En outre, il refusait de trahir fatigue ou faiblesse devant Chambers, qui raffolait de ce genre de chose.

Le commissaire se rassit en se grattant le crâne.

— Bien. Je présume que vous savez plus ou moins ce qui s'est passé ici en votre absence.

— En effet.

— D'accord. Mon rôle à moi est de tirer tout cela au clair.

— La seule chose qui vous intéresse, c'est de distribuer les sanctions selon les desiderata de la presse. Le B-A BA des relations publiques. N'essayez même pas d'enjoliver, ça ne prend pas avec moi.

— Si vous avez décidé de le prendre de si haut, nous n'irons pas bien loin.

— Ne montez pas sur vos grands chevaux. Après tout, c'est vous qui avez demandé à me parler. Alors posez-moi vos questions à la con, et dépêchez-vous. Rappelez-vous simplement que je ne suis pas un stagiaire intimidé, qui aurait oublié de mettre des sous pour le thé dans la caisse commune.

Chambers gonfla sa volumineuse poitrine.

— Ma mission consiste à enquêter sur les agissements des officiers impliqués dans le tir de Taser qui a coûté la vie à Patrick Doyle, et sur les événements ayant débouché sur cette issue tragique. Vous savez sûrement que l'accident s'est produit lundi matin au domicile de la victime, pendant une opération de routine.

— De routine ? Le terme ne me semble guère approprié, d'après ce que j'ai entendu.

— On vous aura mal renseigné, alors. Ou de façon incomplète.

— Peut-être, mais je ne suis pas concerné, je vous le répète. J'étais à l'étranger au moment des faits.

— On m'a pourtant signalé qu'une femme s'était présentée au commissariat en demandant à vous voir.

— C'est vrai. Juliet Doyle. Nous nous connaissons, mais je n'étais pas là, vous le savez bien.

— Quelles sont vos relations avec cette personne ?

— Nous étions voisins, dans le temps.

— C'est tout ?

— Chambers, ma patience a des limites.

— Donc, les Doyle vous considéraient comme un ami de la famille.

— Tout à fait.

— Leur fille aussi ?

— Oui. Et j'avais de l'amitié pour Patrick, alors lâchez-moi avec vos questions insidieuses. Il n'y a rien de plus à comprendre, et elles sont franchement oiseuses.

— Je m'interroge sur ce qui a incité cette femme à vous réclamer nommément alors qu'elle venait nous signaler une arme à feu illégale.

— Ça me paraît assez naturel, de chercher une personne de connaissance lorsqu'on se trouve en difficulté. Vous ne croyez pas ?

— Selon vous, espérait-elle obtenir un traitement de faveur en s'y prenant de la sorte ?

— Je l'ignore, et je ne vois aucun intérêt à ce que nous nous perdions en conjectures. Un visage familier peut faire beaucoup de bien quand on a des ennuis.

— Pensez-vous que Mme Doyle ait eu conscience des retombées judiciaires d'une détention illégale d'arme à feu ?

— Je n'en ai pas la moindre idée, mais je dirais que non. Peu de gens sont au courant.

— L'intéressée est tout de même sa fille, et il est incontestable qu'elle risquait la prison.

— Mme Doyle a cru bien faire.

— Facile à dire.

Banks se leva et retourna à la fenêtre. À sa droite, le boucher de Market Street retirait de l'étalage toutes ses pièces de viande, tandis que son employé récurait les plateaux. Une cliente de dernière minute s'engouffra dans le magasin, et le commerçant leva la tête en souriant pour la servir. Banks se retourna vers Chambers.

— Dans quel but me posez-vous ces questions ? Quel bénéfice en attendez-vous ? Encore une fois, je n'étais pas là. Vous feriez mieux de vous concentrer sur les AFO concernés.

— Vous n'allez pas m'apprendre mon métier ! pesta Chambers en cognant du poing sur la table. Cette femme a demandé instamment après vous, et je veux savoir comment vous auriez réagi si vous aviez été présent.

— Ah, c'est donc ça. On en est aux « si » et aux « peut-être », maintenant.

— Un homme a trouvé la mort.

— Inutile de me le rappeler, cet homme était mon ami.

— Auriez-vous été capable d'empêcher ça ?

— Comment savoir ? Peu importe, d'ailleurs. Je n'aurais pas été en mesure d'intervenir. Vous tenez vraiment à savoir comment je m'y serais pris ? Eh bien j'aurais réuni un maximum d'informations en interrogeant Mme Doyle, avant de procéder à des vérifications pour mieux évaluer la situation. Selon toute vraisemblance, j'aurais enregistré l'incident, qui aurait été transmis au Central Régional de Contrôle. De leur côté, ils auraient certainement averti l'inspecteur divisionnaire responsable du secteur, qui aurait à son tour prévenu la direction du Groupe d'Intervention Armé. Ces derniers auraient alors sollicité un complément d'informations et, ceci fait, ils auraient demandé à l'inspecteur divisionnaire la permission d'envoyer deux véhicules réglementaires et une équipe d'officiers en tenue de protection intégrale. Là-dessus… Vous voulez que je continue ?

— Non, ça suffira.

— Mais c'est la procédure. Je ne suis pas tombé de la dernière pluie, Chambers.

— Vous ne vous seriez pas déplacé vous-même ?

— Ç'aurait sûrement été la décision la plus sage, non ? Puisque les Doyle s'attendaient à ma visite, ils ne se seraient pas sentis menacés. Mme Doyle m'aurait accompagné et m'aurait ouvert la porte, ce qui nous aurait dispensés de la démolir. Et moi, je n'aurais porté ni arme ni Taser. Mais tout ça est contraire au règlement, je me trompe ? Vous vous attendiez à quel genre de réponse, bordel ?

Chambers semblait au bord de l'explosion. Soufflant et renâclant, il se remit lourdement sur ses pieds.

— Vous n'êtes pas très coopératif, vous savez. Vous faites obstacle à l'enquête. Je ferai un rapport là-dessus.

— Je ne fais obstacle à rien du tout. On ne peut rien changer à ce qui s'est passé, et j'étais à 7 000 kilomètres de là. Allez-y, rédigez votre rapport, ne vous gênez pas, surtout. Mais avant de partir, comprenez une chose.

Chambers s'arrêta sur le pas de la porte.

— Oui. De quoi s'agit-il ?

— Les choses ont évolué depuis que vous êtes lancé dans cette chasse aux sorcières…

— Je refuse…

— Une policière s'est fait tirer dessus. Annie Cabbot. Mon amie. Ma partenaire.

Suffoqué par l'émotion, il s'efforça de se dominer. C'était étrange, d'employer ce mot de « partenaire ». La faute de Dashiell Hammett et de trois semaines aux États-Unis. Normalement, il aurait dit qu'Annie était sa collègue, ou sa coéquipière, voire son « inspectrice », mais à ce moment-là, il aimait bien « partenaire ». Il se rappelait un passage du *Faucon maltais*, qui disait qu'il fallait réagir quand son partenaire se faisait tuer. Annie n'était pas morte, Dieu merci, mais il savait qu'il devait agir, et clouer le bec à Chambers semblait être un bon début. Annie aurait approuvé.

— Une policière s'est fait tirer dessus, répéta Banks. Dorénavant, les médias et les politiques seront moins obnubilés par l'affaire des AFO et du Taser. Ils prendront notre parti. Il va y avoir un tollé sur la circulation des armes illégales, et sacrifier un membre de nos services ne vous apportera rien.

— Ce n'était pas mon…

— Et si vous méditiez ce que je vous ai dit ? Les circonstances ne cessent de changer. Si vous comptez rester le héros de la presse, adaptez-vous. Et assurez-vous de vous ranger du bon côté. N'oubliez pas de fermer la porte…

Quelqu'un frappa sur ces entrefaites, et la commissaire Gervaise passa la tête à l'intérieur.

— J'espère que je ne vous dérange pas. Ah, commissaire Chambers, je vois que vous n'avez pas eu de mal à trouver vos marques dans la maison. Alan, je vous souhaite la bienvenue. Que diriez-vous d'un thé et d'une petite conversation ? Dans mon bureau, tout de suite ?

Tracy se rendait bien compte que Jaff n'en pouvait plus de marcher comme ça. Silencieux et renfrogné depuis une bonne heure, il réfléchissait manifestement à une solution de rechange. Se laisser pousser des ailes, par exemple.

Dans la mesure du possible, ils avaient progressé sous le couvert des bois, de plus en plus clairsemés sur la lande, et s'étaient soigneusement tenus à l'écart des routes. À un moment, ils avaient même longé pendant plus d'une heure le fond étroit d'une ravine envahi d'herbes et d'orties, récoltant des piqûres par la même occasion. À présent, raisonnait Tracy, il était fort probable que quelqu'un ait découvert le véhicule abandonné et prévenu la police. Combien de temps leur faudrait-il pour faire le rapprochement avec Annie, elle et Jaff ? Le nom de Jaff figurait-il sur leurs fiches ? Et Annie, que devenait-elle ? Avait-elle survécu ? Trop de questions sans réponse se bousculaient dans sa tête.

Depuis qu'ils avaient quitté le cottage, ils n'avaient pas parcouru plus de douze kilomètres, la voiture les ayant lâchés au troisième, mais ils s'étaient tellement enfoncés dans la lande que Tracy elle-même n'était jamais venue aussi loin lors de ses balades avec son père. Du même coup, elle perdait son avantage. Elle n'avait plus entendu l'hélicoptère, et à cette distance des routes on ne percevait pas la rumeur de la circulation. De toute façon, elles étaient très rares dans le secteur. Si on les avait aperçus de loin, elle et Jaff, on les aurait sûrement pris pour un couple de randonneurs, même si un examen plus poussé aurait révélé qu'ils ne portaient pas la tenue adéquate, et que Jaff était tout sauf un marcheur accompli. La plupart du temps, il avait l'air de croire qu'il arpentait les rues d'une ville, négligeant de regarder où il posait les pieds. Résultat, il ne cessait de trébucher et de tomber.

Tracy avait eu beau rester sur le qui-vive, aucune occasion de s'échapper ne s'était présentée. Jaff la tenait à l'œil. Avec sa tentative de fuite manquée après la panne de moteur, et l'expérience gênante qu'elle avait vécue le matin, elle aurait pu se douter qu'il ne relâcherait pas un instant son attention.

L'après-midi était déjà avancé quand ils atteignirent la crête d'un long versant herbeux et découvrirent le parking en contrebas. Il n'y avait ni village ni maisons, simplement l'aire de stationnement avec ses toilettes publiques, son muret en pierres et ses guichets automatiques, au bout d'un chemin de terre qui s'éloignait en serpentant pour aller se perdre au-delà de la colline suivante. À l'autre extrémité, un échalier pratiqué dans le mur en pierres sèches menait à un sentier de randonnée signalé par un panneau en bois, qui courait sur quelques centaines de mètres avant de plonger dans une zone boisée qui le dérobait aux regards. Tracy reconnaissait l'endroit. Elle y était déjà venue.

— Putain, c'est quoi ce truc ? demanda Jaff.

Allongés sur le ventre, ils regardaient par-dessus la crête. Tracy se gratta le nez, chatouillée par un brin d'herbe.

— Le coin est très apprécié des randonneurs, expliqua-t-elle. Je crois que c'est le parking de Rawley Force, une curiosité de la région. Beaucoup de gens font toute la boucle en partant d'ici.

— Combien de temps ça prend ?

— Trois heures et demie, environ. Pourquoi, tu as envie d'essayer ?

— Arrête tes blagues débiles, tu veux ? En fait il m'est venu une idée. En trois heures et demie de temps, on serait quasiment arrivés à Londres.

Le cœur de Tracy se serra quand elle comprit la portée de ses paroles.

— Un peu léger, comme solution. Après ce que tu as fait à Annie Cabbot, tous les flics du pays doivent être à tes trousses.

— Elle l'a bien cherché, cette connasse.

Tracy poussa un soupir.

— J'ai faim, dit-elle, espérant que Jaff admettrait être affamé lui aussi et remettrait son projet à plus tard.

— Moi aussi, mais on est obligés de patienter. Allez, viens, on se rapproche.

Dissimulés par le sommet de la colline, ils décrivirent une large courbe pour rejoindre le parking. Quand ils se trouvèrent directement en surplomb, à deux cents mètres environ, Jaff lui ordonna de s'arrêter et de se recoucher à plat ventre. Près d'eux, le lit asséché d'un ruisseau formait une profonde rigole qui descendait vers le pied de la colline.

— Si on passe par là, fit Jaff en le lui montrant du doigt, personne ne peut nous voir de la route ou du sentier. C'est possible, de rallier la M1 depuis ici ? Et ne cherche pas à m'embobiner. Je le saurai bien assez tôt, et tu le regretteras.

— Il nous faut prendre ce chemin-ci, affirma Tracy en indiquant la droite. Il n'y a pas d'autre voie. Je pense qu'il coupe une départementale, et que de là on peut rattraper l'A1. Elle rejoint la M1 un peu plus au sud, près de Leeds.

— Bon. Là-bas ça ira, je connais. On fait comme ça, alors. Et je te conseille pas de me raconter des salades.

Tracy fit mine de se lever, mais Jaff l'en empêcha.

— Minute, on va attendre l'arrivée de la prochaine voiture. De cette façon, on sera à peu près sûrs d'avoir trois et heures et demie de battement, avant qu'ils donnent l'alerte.

Résignée, Tracy se remit à plat ventre. L'attente fut de courte durée. C'était une après-midi de beau temps, avec juste ce qu'il fallait de vent pour vous rafraîchir agréablement pendant une longue balade. Une antique camionnette blanche se gara sur le parking, et un jeune couple en descendit, chaussures de marche aux pieds et pantalon rentré dans les chaussettes. Ils s'étaient équipés de bâtons et de sacs à dos, et l'homme portait des cartes dans un étui en plastique suspendu à son cou.

— Des blaireaux, commenta Jaff. Impec.

— Mais comment tu vas te débrouiller pour démarrer ? Et le système d'alarme ?

— Un vieux clou comme celui-là ? C'est du gâteau.

Jaff n'avait pas menti. Ils dégringolèrent le lit asséché du ruisseau – Jaff ne tomba qu'une fois en jurant – et s'approchèrent de la camionnette. Personne en vue. Grâce à l'une des clés qu'il gardait dans sa poche, Jaff vint facilement à bout des portes arrière, et une fois au volant, il ne lui fallut pas une minute pour mettre le contact. L'intérieur du véhicule sentait le dissolvant et la sciure.

— Je vois que tu n'en es pas à ton coup d'essai, fit remarquer Tracy.

— Tu l'as dit, admit Jaff avec un sourire. J'ai eu une jeunesse agitée, si tu veux savoir. Dans le temps, j'ai bossé pour un gars qui ramassait des berlines de luxe pour l'exportation – tu m'as compris. C'est loin, tout ça, j'étais encore un gamin. Je sortais tout juste de la fac. C'est un peu plus compliqué sur les modèles récents, à cause des alarmes et de l'ouverture électronique, mais ces trucs-là, c'est trop fastoche. Celui-ci est parfait, en plus. Une camionnette blanche déglinguée, ça ne se remarque jamais. Tout le monde la prendra pour une fourgonnette d'artisan.

Tambourinant sur le volant, Jaff s'écria à pleine voix :

— C'est parti pour Londres !

Il démarra, et ils prirent la direction de l'A1.

— Vous avez une mine effroyable, Alan, observa Gervaise pendant qu'ils prenaient le thé dans son bureau, un peu plus tard dans l'après-midi.

— Une bonne nuit de repos et il n'y paraîtra plus. Bien que je ne voie pas trop comment je pourrais dormir dans un proche avenir.

— Je suis navrée pour votre cottage, mais vous comprendrez sûrement. En revanche, nous pouvons vous chercher un hébergement temporaire, si ça vous arrange.

— Pas de problème, c'est déjà réglé. Par contre une voiture me serait bien utile. La mienne est restée au garage, et je suppose qu'elle n'a pas bougé ?

— Elle y est toujours, ne vous inquiétez pas. En attendant, vous n'avez qu'à en emprunter une de notre parc. Sérieusement, Alan, comment vous sentez-vous ? Normalement je devrais vous souhaiter la bienvenue, mais l'accueil n'est pas à la hauteur, j'en ai bien peur.

— Je suis aussi mal en point que j'en ai l'air, avoua Banks. Et concernant l'accueil, je ne peux pas dire le contraire. Quand j'ai vu Annie à l'hôpital... (Il secoua la tête et se détourna, les yeux remplis de larmes. Il inspira profondément, sentit la colère remuer en lui et but quelques gorgées de thé.) De toute manière il faut que je tienne le coup. Ça n'avancera personne si je m'effondre maintenant.

— Vous n'êtes pas obligé de tout porter sur vos épaules. Vous feriez peut-être mieux de rattraper un peu de sommeil.

— Je doute que ce soit possible. Pas avec Annie entre la vie et la mort et Tracy entre les griffes d'un taré de psychopathe. Vous en seriez capable, à ma place ?

— Peut-être pas, non. Et vos vacances, comment ça s'est passé ?

— Formidable, vraiment. Exactement ce que m'avait conseillé le médecin. Je suis sûr que ça m'a fait beaucoup de bien. Mais à l'heure actuelle elles font déjà partie du passé.

Il avait peine à croire que, la veille encore, il s'était réveillé près de Teresa à San Francisco, qu'il avait pris son petit déjeuner au Monaco en sa compagnie, avant de lui dire au revoir alors qu'elle montait dans un taxi pour l'aéroport. Il avait eu le temps de faire un dernier tour sur Union Square et de déjeuner rapidement au Scala's Bistro, près de l'hôtel Sir Francis Drake, et puis il avait fallu boucler les valises, payer la note et aller prendre l'avion. La journée était belle et fraîche. Le ciel bleu, les nuages cotonneux et la douce brise venue du Pacifique étaient bien loin d'annoncer les épreuves qui l'attendaient.

— Je suppose que vous êtes au fait des derniers événements ?

— En grande partie, oui.

— La situation est extrêmement délicate, poursuivit Gervaise, le menton sur ses mains jointes. Nous sommes en sous-effectif, et l'équipe est débordée. Et comme vous l'avez constaté, le commissaire Chambers ne nous lâche pas d'une semelle.

— Oh, lui… Si j'étais vous je ne me tracasserais pas trop.

— Moi je m'inquiète, pourtant. Il est impératif que vous ne fonciez pas tête baissée comme un…

— Un éléphant dans un magasin de porcelaines ?

Gervaise sourit.

— Je cherchais une formule plus jolie que le cliché habituel, mais on va s'en contenter.

— Patience et longueur de temps font plus que force ni que rage. C'est ça ?

— Faites un effort, bon sang ! Vous étiez à l'étranger quand tout est parti en vrille, et vous ne voyez certainement pas ce qui vous empêcherait de collaborer à l'enquête. Il y a plusieurs raisons, cependant.

— Annie et Tracy, en premier lieu ?

— Tout à fait. Vous êtes impliqué affectivement, ce qui, logiquement, exclut votre participation à l'enquête. Et puis vous connaissez les Doyle, n'est-ce pas ?

— En effet. Nos enfants ont grandi ensemble, et Pat était un bon ami, même si on se voyait moins ces temps derniers. Ça m'a bouleversé d'apprendre ce qui lui était arrivé.

— C'est affreux, j'en conviens. Vous êtes également très proche d'Annie, et nous ignorons encore dans quelle mesure Tracy est mêlée à cette histoire.

— Je crois que le principal en ce moment, c'est que Tracy est en danger et qu'il faut la retrouver, non ?

— Bien sûr, cela va sans dire. Et nous avons tout mis en œuvre pour y parvenir. L'équipe de recherches aériennes est sur la brèche, et à l'heure qu'il est ils envoient de nouveau un hélico. Tout ce que je voulais vous dire, c'est qu'il faut peut-être s'attendre à des surprises, et je n'ai pas envie d'une réaction épidermique de votre part. Par ailleurs, je ne veux pas que Chambers ou quiconque puisse avoir l'impression qu'on vous a laissé l'occasion de tripatouiller quoi que ce soit.

— Quoi, exactement ?

— Vous m'avez très bien comprise, allons. Arranger les choses s'il s'avère que votre fille s'est fourrée dans le pétrin.

— J'apprécie beaucoup votre franchise, mais je pense que vous nous connaissez moins bien que vous ne l'imaginez, ma fille et moi.

— Ne le prenez pas sur ce ton, Alan. Je n'ai pas besoin de ça.

— Vous vous attendiez à autre chose ? Vous accusez ma fille d'être une délinquante, et moi-même d'être assez corrompu pour falsifier des preuves. J'étais censé réagir comment, nom de Dieu !

— C'est bon, je vous prie de m'excuser. J'ai peut-être exagéré. Mettez ça sur le compte du stress. Avec ce qui s'est passé ces derniers jours, on est tous sur les nerfs. J'essayais simplement de vous signaler que le commissaire Chambers était farouchement opposé à toute intervention de votre part. Je suis dans une position inconfortable. Je connais trop bien votre caractère. Si je vous dissuadais d'agir, vous passeriez outre, et au bout du compte ça nuirait à tout le monde. On ne va quand même pas vous boucler en cellule jusqu'à ce que tout soit réglé, et si vous vous précipitez bille en tête, Dieu seul sait quel gâchis vous pouvez provoquer. J'ai donc parlé au commissaire McLaughlin, qui en a touché un mot au divisionnaire adjoint, et nous sommes convenus qu'il serait judicieux de vous intégrer à l'enquête – si vous êtes d'accord –, à condition que vous acceptiez de mettre un bémol à vos sentiments personnels. Il vous faudra respecter les règles, ne pas vous laisser gouverner par vos émotions. De l'objectivité, Alan, voilà ce que nous exigeons de vous. Plus de réflexion et moins d'action. Vous vous en jugez capable ? Nous vous surveillerons étroitement, vous savez. Et pas question que vous mettiez le nez dans cette histoire de Taser. Vous devez être conscient des risques que nous encourrons en prenant cette décision. Le commissaire Chambers…

— Chambers peut rentrer dans sa niche et se lécher les couilles, pour ce que j'en ai à faire.

— Voilà une image intéressante, mais je préfère ne pas y penser. Écoutez, je sais bien que vous ne vous supportez pas, tous les deux, mais il ne manque pas d'influence sur le divisionnaire adjoint, voire sur le grand chef en personne.

— Ça ne m'étonne pas de lui.

— Alan, je m'efforce simplement de vous aider !

— Je sais, oui, et je vous en suis reconnaissant. Et pour répondre à vos questions, j'accepte de participer, bien entendu, et je suis prêt à mettre en sourdine mes sentiments personnels. Je me tiendrai à carreau, et je resterai à bonne distance de cette histoire de Taser. Je tâcherai aussi de ne pas étrangler le fumier qui a enlevé ma fille quand j'aurai mis la main dessus. Je ne toucherai pas aux pièces à conviction, et j'éviterai de croiser le chemin de Chambers. Ça ira ?

— Il faudra bien faire avec... On passe aux choses sérieuses ?

— Je ne demande pas mieux. Du nouveau sur l'arme à feu ?

— Oui. Naomi Worthing, de la Division balistique, vient de me téléphoner de Leeds. Elle s'est procurée les balles qui ont tué Marlon Kincaid auprès du Département des Homicides du West Yorkshire. Le commissaire responsable de l'enquête s'appelait Quisling, il a pris sa retraite entretemps. Il habite Shipley. Encore mieux, notre assassin a laissé sur place les douilles vides, qu'elle a récupérées par la même occasion. Quand elle rentrera au labo, elle pourra mettre côte à côte l'arme et les munitions qui ont servi au meurtre.

— Des empreintes ?

— Rien de plus. Aucun résultat sur le Fichier National, et nous les avons confrontées à celles d'Erin Doyle *et* de sa mère. Sans plus de succès.

— Il faut aussi les comparer à celles de Jaff McCready.

— C'est en cours, oui. La police de Leeds a réclamé un mandat pour perquisitionner chez lui en son absence. Ils relèveront des empreintes sur ses affaires personnelles.

— J'aimerais qu'ils trouvent une photo de lui, aussi. Et les médias ?

— Ils passent leur rage sur l'incident du Taser et l'agression d'Annie. Alan, je sais qu'on a du mal à réaliser, mais cette tragédie ne remonte qu'à hier soir. Les choses se sont précipitées. Pour le moment la presse a un os à ronger, mais ça ne durera pas. Ils nous guettent déjà comme des charognards. Nous faisons notre possible pour que cette histoire de chasse à l'homme ne s'ébruite pas, et nous restons spécialement discrets sur la présence de la fille d'un officier supérieur de police.

— Je vous remercie beaucoup. Tracy est retenue captive, elle n'est responsable de rien.

— Alan, nous n'avons aucune preuve concrète qui nous permette de l'affirmer, mis à part le téléphone cassé.

— Ne me dites pas que Tracy a pu jouer volontairement un rôle dans l'agression d'Annie Cabbot – ou de qui que ce soit, d'ailleurs.

— Je n'ai rien prétendu de tel, vous le savez. Sur ce point-là je suis d'accord avec vous. Un peu de bonne volonté, Alan. Nous devons redoubler de prudence. Comme je vous le disais, nous en dévoilons le moins possible. Malgré tout, vous savez comment ils sont…

— Oui, je connais leurs pratiques. Ce qui signifie qu'il faut les prendre de vitesse. Et aussi parler à Ian Jenkinson et…

— Doucement, Alan. Je suis déjà dépassée.

— Winsome ne vous a rien raconté ?

— À quel sujet ? Pour le moment, elle n'a pas eu l'occasion de m'expliquer quoi que ce soit.

Banks lui rapporta alors ce qu'il avait appris sur le meurtre de Marlon Kincaid, sur Ian Jenkinson et le lien avec Ciaran et Darren, actuellement à la poursuite de Jaff et Tracy et en relation avec le Fermier, George Fanthorpe.

Gervaise ponctua son récit d'un sifflement de surprise.

— Bizarre, bizarre, en effet. Bon. À la lumière de ce que vous m'avez révélé, je ne peux que vous approuver. Il est nécessaire de parler à Ian Jenkinson et au commissaire Quisling. J'enverrai Doug Wilson et Geraldine Masterson.

— Que pouvait fabriquer Erin avec cette arme ? Je suppose que vous êtes persuadés qu'elle appartient à McCready, et qu'elle ne se l'est pas procurée par un autre moyen.

— Nous ne détenons aucune preuve pour l'instant, et elle n'a pas été mise en accusation – elle est en liberté provisoire. Cela dit c'est notre opinion, oui. Annie le pensait, et Winsome est du même avis. On creuse toujours du côté de McCready. Quant à savoir pourquoi l'arme se trouvait chez Erin, la question reste ouverte.

— De deux choses l'une : ou bien il lui a confié ce pistolet, ou bien elle l'a pris contre son gré.

— Pour quelle raison aurait-il voulu qu'elle le garde ?

— Il s'attendait peut-être à des démêlés avec la police ? suggéra Banks. Ken Blackstone, à Leeds, pourra nous renseigner. Ça a pu l'inquiéter d'avoir l'arme à son domicile s'il craignait une perquisition en rapport avec l'une de ses activités ?

— Et dans l'hypothèse où c'est elle qui l'a volée ?

— Elle a pu se laisser entraîner par la colère. Elle voulait le faire enrager, attirer son attention.

— Justement, il s'avère que des témoins les ont vus se quereller dans un club de Leeds, la veille du jour où Erin est revenue chez ses parents avec le pistolet. (Gervaise toussota avant d'ajouter :) Je regrette, mais nous avons aussi la preuve que votre fille était mêlée à l'altercation.

— Tracy ? Je n'étais pas au courant. De quelle manière ?

— Jalousie.

— Tracy et Erin se sont disputées pour McCready ?

— On dirait bien, oui.

Banks enfouit son visage dans ses mains, brusquement écrasé par une fatigue insurmontable.

— Je la croyais plus sensée que ça.

— Je suis désolée.

— Oh, ce n'est pas votre problème.

— Il se trouve que si, au contraire.

— Que s'est-il passé, selon vous ?

— D'après ce que j'ai pu reconstituer, Erin a dû rentrer avec McCready après l'esclandre au club. Il est possible qu'ils se soient réconciliés, mais seulement pour se fâcher de nouveau. Le lendemain matin, peut-être.

— Et Tracy, à ce moment-là ?

— Elle était chez elle, dans son lit. Il semblerait que McCready ait passé le week-end à Londres et à Amsterdam. Il a dû partir vendredi de bonne heure, et si Erin est restée seule un moment dans l'appartement, elle a pu facilement s'emparer de l'arme, poussée par la rancœur. Là-dessus elle a décidé de passer quelques jours chez ses parents pour décompresser, comme disent les jeunes.

— Ce qui expliquerait que McCready ne se soit pas mis à sa recherche pendant le week-end.

— C'est ça, il ne se doutait pas encore qu'elle avait pris le pistolet. Et je présume qu'il ne vérifiait pas tous les jours qu'il était à sa place.

— Mais pourquoi Tracy s'est-elle rendue chez McCready, d'abord ?

— Manifestement, elle a foncé chez lui pour l'avertir que la police risquait de lui chercher des ennuis.

— Pour quelle raison l'aurait-elle prévenu ?

— Sur ce point vous êtes aussi bien renseigné que moi, voire un peu mieux. Quelle est votre hypothèse ?

— Votre question sous-entend que Tracy savait qu'il était louche, puisqu'elle jugeait utile de le mettre en garde ?

— Ce n'est pas exclu.

— Comment ça ?

— Nous sommes quasiment certains que McCready écoulait pas mal d'Ecstasy dans les clubs de Leeds. Et d'autres substances, éventuellement.

— Vous insinuez que Tracy consomme de la drogue ?

— Qui sait ? C'est de l'ordre du possible. On n'est jamais sûrs de rien, avec les enfants, Alan. Ma théorie, c'est qu'elle a pu apprendre que McCready était mêlé au trafic, et qu'il lui était assez sympathique pour qu'elle ait envie de l'alerter. Les jeunes gens n'ont pas toujours les mêmes priorités que nous.

— Et ensuite elle aurait filé avec lui ?

— C'est ce qui semblerait. Elle a pu voir ça comme une aventure. Je vous rappelle qu'à ce stade-là, personne n'avait été tué, ni blessé. Au moment où ils ont quitté le domicile de McCready, la nouvelle du décès de Patrick Doyle n'avait pas été diffusée, et en outre l'accident avait été causé par un Taser.

— Si l'on part du principe que McCready a plaqué Erin pour se mettre avec Tracy, tout le reste prend une certaine cohérence, raisonna Banks. Tracy était-elle au courant, pour l'arme ? Qu'avaient divulgué les médias, à ce moment-là ?

— Nous ne leur avions communiqué aucune information, mais la télévision a filmé des images qui ont été retransmises au journal du soir : on y voyait un AFO portant un objet en forme de pistolet, emballé dans un torchon. S'ils ont regardé les actualités, il n'était pas bien sorcier d'en déduire ce qui s'était passé.

— En conséquence, McCready a dû s'empresser d'aller vérifier la présence de son arme, et il s'est aperçu de sa disparition.

— Voilà. Par contre, il n'est pas certain qu'il ait expliqué à Tracy en quoi consistait le problème. Nous n'en savons rien, en fait.

— Moi je peux vous garantir une chose : je ne nie pas que Tracy ait suivi McCready de son propre chef, dans un premier temps, mais maintenant, après ce qui est arrivé à Annie, elle ne reste pas avec lui de son plein gré. Elle n'est pas à l'abri d'une erreur, il est possible qu'elle se drogue et elle a des goûts déplorables en matière d'hommes, mais c'est foncièrement quelqu'un de bien. Je suis bien placé pour le savoir.

— Je ne cherche pas le conflit avec vous, Alan. Je vous accorde que Tracy a de graves ennuis, et qu'elle se trouve probablement en danger. Mon but n'est pas de vous alarmer, et je ne vous aurais rien dit si j'avais pensé que vous n'en étiez pas conscient. Il faut que nous la retrouvions dans les meilleurs délais, et que cette affaire se règle sans violences.

— Et les recherches, qu'est-ce que ça a donné ?

— Nous avons besoin de renforts. La campagne est très étendue, par ici.

— Dans quel coin, exactement ?

— Vous connaissez le secteur mieux que moi, mais apparemment ils ne se sont pas dirigés vers

Eastvale après avoir quitté votre maison, sinon quelqu'un les aurait remarqués. Les policiers envoyés sur place suite à l'appel téléphonique ont été très vigilants en chemin. Ça nous laisse la lande au sud et les zones plus sauvages situées au nord. Un hélico a survolé le terrain, mais sans rien repérer. On va relancer la surveillance aérienne en fin de journée. On a mis des patrouilles à pied sur le coup, des voitures et tout le bataclan. Mais la surface à couvrir est très vaste, comme je vous le faisais remarquer, et ils ont pu partir dans n'importe quelle direction. Vous auriez un complément d'informations, à propos d'Erin Doyle ? Est-ce que vous la côtoyiez régulièrement, ces derniers temps ?

— Pas tellement, non. On perd les enfants de vue quand ils grandissent, c'est toujours comme ça. Même avec ma propre fille, j'ai peur de m'être montré négligent. C'est un fait. L'été a été difficile, j'ai eu des soucis personnels.

— Si l'on vous disait qu'Erin a la réputation d'avoir une vie dissipée, vous seriez surpris ?

— Je crois qu'elle n'est pas pire qu'une autre jolie fille de son âge. En tout cas, je n'ai jamais entendu de rumeurs à son sujet.

— Jamais entendu dire qu'elle aimait les mauvais garçons ?

— Ce ne serait pas la première.

— Mais ça expliquerait McCready.

— Là, vous présupposez qu'elle le connaissait pour ce qu'il était.

— Si elle lui a pris son arme et qu'elle savait qu'il vendait de la drogue, elle ne devait quand même pas se faire trop d'illusions.

— Vous en concluez qu'Erin était complice de ses agissements ?

— C'est une hypothèse qui mérite d'être prise en compte. Elle n'était pas un témoin innocent.

— Et ça s'applique aussi à Tracy ?

— Ne me faites pas dire ce que je n'ai pas dit. En supposant que Tracy entretienne bien une relation avec ce McCready, il s'agit d'une liaison récente. Ils se sont plu, peut-être, et lui s'était lassé d'Erin Doyle. Mais à l'heure qu'il est, il a tombé le masque, et Tracy est sûrement loin de s'en réjouir. Elle a dû mesurer son erreur de jugement.

— J'en suis convaincu. Et Erin, qu'est-ce qui l'attend ?

— Je l'ignore. Elle refuse toujours de communiquer.

— Je la revois toute gamine, Erin. Elle avait des bouclettes et des taches de rousseur sur le nez et sur les bras. Mignonne comme tout. Un jour, je l'ai emmenée aux Illuminations de Blackpool avec Tracy. Elles ont adoré. Surtout parce que c'était l'occasion de se coucher tard, j'imagine. Elles se sont endormies dans la voiture, sur le chemin du retour. Brian aussi, d'ailleurs. (Banks secoua la tête pour revenir au présent.) Désolé pour cette interruption. Vous avez raison, tout ça me touche de trop près.

— Lorsque Juliet Doyle est venue nous signaler l'arme à feu, elle a demandé à vous voir.

— Chambers m'en a parlé, tout à l'heure. Il en a même fait tout un plat, pour être précis. Moi je n'y vois rien d'anormal. Juliet me connaît et, pour elle, dénoncer sa fille a dû être une décision terrible.

— Elle se figurait que vous faciliteriez les choses à Erin ?

— Probablement. J'aime croire que j'aurais pu désamorcer la crise sans que quelqu'un y trouve la mort.

— C'est possible, mais vous étiez absent, et ça ne mène à rien d'extrapoler a posteriori.

Le téléphone sonna à cet instant, et Gervaise eut un bref entretien avec son correspondant.

— C'était Winsome. On vient de faire une avancée : la voiture a été retrouvée. *Une* voiture, tout au moins. Derrière votre cottage, sur la route de la lande.

Banks s'agrippa aux bras de son fauteuil.

— Abandonnée ?

— Cachée dans les bois, derrière un muret. Un ornithologue amateur l'a découverte, et comme il s'est souvenu de la fusillade, il a prévenu la police. D'après l'examen préliminaire, le boîtier de vitesses était défectueux.

— Résultat, ils se déplacent à pied sur la lande. Dans ces conditions ils n'ont pas pu aller bien loin.

— Ne vous emballez pas, rien ne nous assure que la voiture est bien la leur. Encore qu'un élément tende à le confirmer.

— Lequel ?

— La dernière note qu'Annie a prise dans son carnet. Le numéro de la plaque minéralogique de ce véhicule.

— Elle a dû le relever quand elle est passée chez moi. Même en temps ordinaire, elle se serait étonnée de trouver une voiture inconnue garée devant la maison.

— Peut-être. Il n'y avait pas d'autre indication, juste un numéro d'immatriculation. Ni heure, ni lieu ni date. Elle a pu la croiser à un autre moment de la journée, ou même la veille. Ce n'étaient pas ses notes de travail, vous comprenez.

— Malgré tout, la coïncidence serait plus que troublante, non ?

— C'est vrai. Désormais nous pouvons cibler nos recherches et nous concentrer sur la lande. C'est un coin très sauvage, je ne vous apprends rien. Il se pourrait qu'ils aient passé la nuit dans une grange désaffectée, à quatre ou cinq kilomètres de chez vous.

— À votre avis ?

— Un citadin comme McCready se sentira trop vulnérable dans ce secteur. Vingt kilomètres de mauvaises routes, quand il y en a. Il aura le réflexe de chercher le village ou la bourgade le plus proche, pour y voler une voiture et regagner la ville.

— Hasardeux, comme tactique.

— De toute façon, tout est risqué depuis qu'il a tiré sur Annie. Et les enjeux sont élevés.

— Je sais. La localité la plus proche s'appelle Baldersghyll, mais c'est tout petit.

— Le poste local a été alerté. Mais je n'ai pas terminé : la voiture est enregistrée au nom d'un certain Victor Mallory. Domicilié à Leeds, dans le quartier de Horsforth.

— Véhicule volé ?

— Non, je n'en ai pas l'impression. Selon Winsome, le West Yorkshire a signalé Victor Mallory comme un des copains douteux de McCready.

— Il a un lien avec le Fermier, ou avec Ciaran et Darren ?

— Pas à notre connaissance.

— Donc, Jaff aurait emprunté une voiture à ce Mallory ?

— Il faut croire. Jusqu'à présent, c'est notre meilleure piste.

— Quelqu'un l'a interrogé ?

— Nous avons chargé la police de Leeds de surveiller sa maison. Je me suis dit que vous pourriez commencer par lui. Et aller voir le Fermier, par la même occasion. Mais surtout, pas d'intervention intempestive.

— Promis. Et merci de me laisser participer. Je ne vous décevrai pas.

— J'espère bien. Ou c'est vous qui pourrez rentrer à la niche vous lécher les couilles. Parce qu'elles vous feront sacrément mal.

En retournant dans son bureau, Banks tomba sur l'AFO qu'il avait croisée à l'hôpital. Il aurait juré qu'elle s'était embusquée dans le couloir pour l'attendre.

— Des nouvelles ? demanda-t-elle alors qu'il ouvrait sa porte.

— Entrez, si vous voulez.

Elle le suivit à l'intérieur.

— Asseyez-vous. Agent Newell, c'est bien ça ?

— Powell, inspecteur, corrigea Nerys en s'installant.

— Ah, oui, c'est vrai. Excusez mon oubli, ça vient du décalage horaire. En général, j'ai un peu plus de mémoire que ça pour les visages et les noms.

— Ce n'est pas grave, inspecteur. Vous n'étiez pas censé vous souvenir de moi. Je m'inquiétais seulement pour Annie… enfin, pour l'inspecteur Cabbot. Je voulais savoir si vous aviez des nouvelles.

— Pas très bonnes, malheureusement. D'après le docteur, il faut attendre. Ils pourront faire un pronostic plus précis si elle passe le cap des prochaines vingt-quatre heures.

— Vous voulez dire que ce n'est pas garanti ?

— Il y a toujours un risque.

— Je suis désolée de l'apprendre, fit Nerys en se mordant la lèvre. Je sais qu'elle et vous… vous étiez… qu'elle compte beaucoup à vos yeux, voilà.

— Ça remonte à des années, vous savez.

— Oui, mais je suis sûre que vous tenez encore à elle. On n'oublie pas facilement une femme comme elle, si ?

— Si je puis me permettre, qu'est-ce qui motive tant de sollicitude de votre part ? Au-delà de l'intérêt normal que l'on porte à un collègue blessé dans l'exercice de ses fonctions.

Nerys se détourna en s'agitant sur son siège.

— Comme je vous l'ai dit à l'hôpital, inspecteur, je me sens une part de responsabilité. On travaillait ensemble, on a eu l'occasion de discuter. Et elle m'a donné des conseils, c'est tout.

— Vous, responsable ? Mais dans quel sens ?

— Je ne prétends pas être rationnelle, inspecteur… Mais vous comprenez, cette visite chez les Doyle, le Taser et tout ça…

— C'est donc vous l'agent qui…

— Non, inspecteur, il ne s'agit pas de moi. C'est Warby qui a tiré – l'agent Warburton. Mais j'étais avec lui, et on est collègues et amis.

— Je vois. Et en quoi cela vous rend-il responsable de ce qui est arrivé à Annie ?

— Ce n'est pas ce que j'ai voulu dire, inspecteur. Pas directement, tout au moins. C'est seulement un sentiment personnel – je pense mériter une part des reproches. Si les choses avaient tourné d'une autre manière…

Banks se carra dans son fauteuil.

— Écoutez, agent Powell, si chacun de nous adoptait cette logique, ce serait intenable. Des « si », toujours des « si ». Je pourrais tout aussi bien m'en vouloir de ne pas avoir été présent quand Juliet Doyle est venue ici. Si j'avais été là, tout aurait évolué différemment, non ? (*Et sans doute que ma fille ne serait pas Dieu sait où à la merci d'un psychopathe,* pensa-t-il, *et qu'Annie ne serait pas dans un lit d'hôpital entre la vie et la mort.*) Vous n'avez fait que votre devoir, poursuivit-il. Ne commencez pas à assumer tout le poids de la culpabilité, avec le recul du temps. C'est une voie sans issue.

— Bien, inspecteur. Mais je ne suis pas là pour me plaindre. Tout le monde a été gentil avec moi, on m'a beaucoup soutenue. Et on m'a ouvert pas mal de portes. Je m'attendais franchement à pire.

Banks fit un sourire, devinant qu'elle faisait allusion à Chambers, qui aimait se rengorger à l'idée que son nom et sa réputation le précédaient partout où il allait, semant l'effroi et la crainte de Dieu.

— Il ne faut jamais désespérer.

— Je voudrais apporter mon aide.

— À quel niveau ?

— Dans l'enquête. L'agression de l'inspecteur Cabbot et…

— Un instant, là. On ne vous a pas suspendue ?

— Non, inspecteur. On m'a proposé une période de disponibilité, mais ça ne m'intéresse pas, je tiens à poursuivre mon travail. Légalement, rien ne justifie que je sois suspendue ou mise en congé. Le seul problème, c'est que personne ne sait quoi faire de moi, ni me trouver une nouvelle affectation. Et j'ai envie de croire que l'inspecteur Cabbot est mon amie.

— Je comprends votre point de vue, sincèrement, et j'y suis très sensible. Malheureusement c'est impossible.

— Pour quelle raison ?

— D'abord, vous êtes agent de police et membre des AFO. Vous n'êtes ni brigadier ni rattachée à la Criminelle.

— Mais je ne demande pas une promotion.

— Je sais, oui, mais ce genre de transfert nécessite des délais, de la paperasse et l'aval de la hiérarchie. Nous n'avons pas le temps.

— Il doit bien exister une solution, tout de même. Je sais faire autre chose que tirer des coups de feu. Une mission ponctuelle, éventuellement ? Ne me dites pas que je ne peux pas me rendre utile ?

Elle avait l'air si mortifiée, si désemparée, que Banks eut de la peine pour elle. Cependant il était pieds et poings liés. Étant lui-même dans une position précaire, il risquait de les faire renvoyer tous les deux s'il encourageait l'agent Powell dans ses ambitions.

— Je suis désolé, mais nous n'avons aucune place à vous offrir dans l'immédiat. De plus, je n'ai aucun pouvoir de décision, puisque je ne suis pas chargé de l'enquête.

— Mais vous pourriez peut-être intervenir en ma faveur ?

— Ça ne servirait à rien.

— J'ai reçu une formation pour le maniement des armes à feu, et je suis compétente dans mon domaine.

— Je n'en doute pas, répliqua Banks en réprimant un sourire, mais ce n'est pas ça le problème.

— C'est-à-dire ?

— Vous appartenez aux AFO, et vous faisiez partie de l'équipe qui est entrée au domicile des Doyle. Que cela vous plaise ou non, votre collègue et vous faites l'objet d'une enquête. Et pour finir, nous n'avons pas besoin d'AFO sur cette affaire.

— Avec tout le respect que je vous dois, inspecteur, je rappelle que l'individu recherché est armé et dangereux.

— J'en suis bien conscient.

— D'après la rumeur…

— Quelle rumeur ?

— Oh, des bruits qui courent… On raconte que votre fille est impliquée. Par conséquent, vous êtes personnellement concerné par cette affaire.

La vérité avait donc filtré. Banks ne s'en étonnait pas outre mesure. À bien des égards, un commissariat ressemblait à n'importe quel autre lieu de travail. Ragots et bruits de couloir allaient bon train.

— À votre place, je ne prendrais pas tout pour argent comptant, rétorqua Banks avec raideur.

— Bien sûr, inspecteur. Mais j'ai entendu dire que ce Jaff McCready était un sale type. Si c'était bien son arme qu'on a trouvée chez les Doyle, et si c'est lui qui a tiré sur Annie…

— Je regrette, agent Powell – Nerys. La discussion est close. Je ne suis pas en mesure de satisfaire votre requête. Je vous promets quand même de vous tenir au courant de l'état de santé de l'inspecteur Cabbot, mais ça s'arrête là. Vous le comprenez ?

Nerys se leva et gagna la sortie en traînant les pieds.

— Oui, inspecteur. Si jamais vous changiez d'avis…

— N'y comptez pas, la décision est sans appel.

Quand elle fut partie, il resta près d'une minute à fixer la porte d'un œil pensif.

— Vous utilisez le jetable, c'est bien clair ?

— Bien sûr, patron.

— Bon, c'est parti.

Le Fermier se promenait dans son allée favorite du jardin et, malgré la douceur de la soirée, il portait un des gros pulls en laine à torsades qu'il affectionnait tant. La vue des topiaires bien taillés, le crissement de la cendrée sous ses pieds semblaient l'apaiser. Il n'était pas tellement anxieux, cependant, comptant sur Ciaran et Darren pour remplir leur mission et liquider le problème Jaff dans les plus brefs délais.

Le seul élément qui le contrariait était la fille de Banks. Il n'avait pas oublié la ténacité du policier, et il savait qu'il l'avait échappée belle la dernière fois où leurs routes s'étaient croisées. Cette fois ce serait une autre paire de manches, surtout s'il arrivait quelque chose à la fille. Ce petit con de Jaff était capable de péter les plombs – le Fermier l'avait vu à l'œuvre – et si jamais cette fille l'embarrassait, il ne donnait pas bien cher de sa peau. Banks ne tarderait sûrement pas à faire le rapprochement entre Jaff et lui, et il avait déjà dû établir le lien avec Ciaran et Darren. Ils évitaient généralement de laisser des cadavres dans leur sillage, ce qui était un bon point en temps normal, mais ça signifiait aussi que la fille à qui ils avaient parlé, Rose, serait capable de les identifier. Banks n'en demandait pas plus. Ce flic était un malin, et cette fois il ne renoncerait pas. Le Fermier ne pouvait pas se décider à la légère : il fallait qu'il mette dans la balance les risques que représentait ladite Rose, et les éventuelles retombées s'il la faisait éliminer en même temps que McCready. Si Banks récupérait sa fille saine et sauve, et apprenait que le Fermier avait donné un coup de pouce, la gratitude d'un flic gradé pouvait se révéler avantageuse sur le long terme.

— On a un nom, signala Darren. Un dénommé Justin, il habite à Highgate.

— Pas fameux, comme piste.

— Ce mec est véreux. Il trempe dans le trafic d'immigrés et les faux passeports. Un vieux pote de Jaff.

— Bien. Il faut être un peu calé pour traficoter avec les clandestins et les faux papiers, non ? Connaissant Jaff, je parie qu'ils se fréquentent depuis le lycée ou la fac. C'est le meilleur endroit pour se faire des copains douteux, pas vrai ?

— J'en sais rien, j'ai pas été si loin. Tout juste si je suis allé au collège, en fait.

— C'était une question purement rhétorique, Ducon !

— Une quoi ?

— Tu le saurais si tu avais moins séché l'école.

— Qu'est-ce qu'on doit faire maintenant, patron ?

— Tais-toi, je réfléchis.

Fanthorpe avait atteint la fontaine, au croisement des quatre allées, et il regarda les quatre sirènes aux seins nus qui ornaient le bassin cracher de l'eau par leur bouche arrondie, ainsi que le petit garçon en train d'uriner au beau milieu. Une idée de Zenovia.

— Si ce Justin fait bien du trafic de clandestins, il y a des chances pour qu'il magouille autre chose. Ça coule de source, non ? Moi je le fais, en tout cas. Si on a le champ libre et de l'argent pour arroser qui il faut, il me semble qu'il faut en profiter. Je me trompe ?

— Non, patron.

— Gavin Nebthorpe pourra nous renseigner, lui. Il connaît tout le monde dans le milieu. Tu as bien dit Justin, à Highgate ? Je m'en occupe, les gars. Vous deux, vous filez à Londres en quatrième vitesse. Si vous partez tout de suite, vous y serez sans doute avant ce soir.

— Où on va ? C'est grand, Londres.

— Je sais, Darren. C'est même pour cette raison que c'est la capitale du Royaume-Uni. Et qu'on y trouve le Parlement, Big Ben et le palais de Buckingham. Et que la Reine y habite, nom de Dieu ! Je le sais, que c'est grand !

— Où, alors ?

— Je vous contacterai quand vous serez en chemin. Laissez le jetable allumé. Si je ne vous ai pas fait signe à votre arrivée, prenez-vous une chambre d'hôtel. Un endroit banal et anonyme. Discret. Au Dorchester, c'est sûr que vous feriez tache. Vous risquez de vous mouiller un peu une fois là-bas, vous m'avez compris.

— Oui, patron. On y va.

Fanthorpe coupa la communication, le front barré d'une ride soucieuse, puis il composa un autre numéro. En attendant qu'on décroche, il observa encore la fontaine. Un gamin en train de pisser, rien que ça. Pauvre conne.

12

Avant de se rendre à Leeds pour son entretien avec Victor Mallory, Banks avait envie de voir s'il ne tirerait pas quelque chose d'Erin Doyle. Il voulait aussi prendre de ses nouvelles, après les épreuves qu'elle avait subies au cours des derniers jours. Certes elle avait agi comme une idiote, mais elle était la grande amie de sa fille et il l'avait vue grandir. Tracy et elle avaient sauté à la corde ensemble, joué à la marelle et au diabolo dans la rue. Ce qu'avait fait Erin ne devait pas saccager définitivement son existence. Il n'allait pas la chasser de sa vie et la laisser aux prises avec Chambers et ses semblables s'il y avait une autre solution. Il souhaitait par ailleurs rendre visite à Juliet, mais ce serait pour plus tard. Il n'était ni officier de liaison avec les familles ni psychologue. Dans l'immédiat, il donnait la priorité à Tracy et, de ce côté-là, Juliet ne pourrait certainement rien pour lui. Erin et Victor Mallory, en revanche, lui seraient sans doute utiles.

Banks traversa la place pavée du marché et gravit la rue sinueuse conduisant au château de l'époque normande qui surplombait la Swain. C'était une belle soirée pour circuler à pied, et l'air frais et l'exercice lui éclaircirent les idées. Il passa devant la devanture bordeaux du Café de Provence, théâtre de son premier tête-à-tête avec Sophia. Cela ne datait que du mois de mars, mais il lui semblait qu'une éternité l'en séparait. Tant d'événements avaient marqué les six derniers mois ! Et maintenant ceci. Dès la reprise du travail, il se trouvait plongé au beau milieu d'une crise. Il fallait tenir bon, il n'avait pas le choix.

Il s'écarta de Castle Hill pour prendre Lamplighter's Wynde, juste après le café, et chercha le numéro 7. La rue tortueuse, qui rejoignait York Road en décrivant une courbe accusée, n'était pas assez large pour la circulation des voitures, et les maisons mitoyennes en pierre calcaire comptaient parmi les plus anciennes d'Eastvale, avec des fondations contemporaines de la construction du château. Plus tard, elles avaient abrité une classe de marchands aisés, avant de devenir des attractions pour touristes qui proposaient de nombreuses chambres d'hôtes. Celle où logeait Erin, comme la plupart de ses voisines, se composait à l'origine de deux bâtiments distincts que l'on avait réunis ultérieurement. La porte était si basse que Banks dut faire attention en entrant, mais l'intérieur se révéla étonnamment clair et spacieux.

Il montra sa carte, et la propriétaire lui désigna le premier étage, où logeait Erin. Chambre 5. Elle interpella Banks tandis qu'il se dirigeait vers l'escalier :

— La pauvre petite, elle n'est pas sortie une seule fois. Et elle refuse de manger. Elle passe ses journées claquemurée là-haut, à se morfondre.

— Mme Yu n'est pas là ? demanda Banks, qui aurait souhaité dire un mot à l'officier de liaison avant son entrevue avec Erin.

— Elle est absente. (Et elle précisa un ton plus bas :) Je crois qu'elle est allée voir la mère de cette pauvre petite.

Banks marmonna de vagues paroles de sympathie et gravit les marches grinçantes de l'escalier étroit. Comme dans beaucoup de ces vieilles maisons, le palier était un peu en pente, une latte du parquet bougeait et les murs n'étaient pas parfaitement droits. Tapissés d'un papier floqué, ils étaient ornés d'aquarelles miniature figurant les paysages de la région, parmi lesquels Banks reconnut Hindswell Woods, le pré communal de Lyndgarth, le Château d'Eastvale au soleil couchant et le petit pont de pierre de Gratly, le hameau où il résidait.

Banks frappa une première fois, puis, n'ayant pas reçu de réponse, il fit une deuxième tentative.

— Erin ? C'est Alan, Alan Banks. Je peux entrer ?

Une demi-minute s'écoula avant que la porte ne s'entrebâille en geignant, comme si elle tournait toute seule sur ses gonds. Erin s'était levée pour ouvrir, mais elle était déjà retournée s'asseoir sur la banquette, devant la fenêtre. Elle ne posa même pas les yeux sur lui, le regard fixé au-dehors. Refermant la porte derrière lui, Banks s'installa sur le seul siège disponible, près du petit bureau. Avec la fenêtre fermée, la pièce avait une atmosphère étouffante.

Il se garda de parler le premier, laissant à Erin le soin d'entamer la conversation, mais elle n'ouvrit pas la bouche et ne se tourna même pas pour lui faire face.

— Erin, dit-il enfin. Je suis désolée pour ton papa. Je l'appréciais beaucoup.

Erin restait silencieuse, mais il lui sembla qu'elle remuait imperceptiblement la tête. Elle murmura enfin d'une toute petite voix :

— C'est à cause de moi, vous savez. Tout est ma faute.

— Je ne pense pas…

— Mais vous n'étiez pas là ! Vous n'en savez rien !

Cette brusque explosion de colère le laissa abasourdi.

Erin se leva pour se tourner vers lui, les joues baignées de larmes, les poings serrés, et elle répéta plus calmement :

— Vous n'étiez pas là.

— Je le regrette infiniment.

Son corps se relâcha et ses épaules s'affaissèrent tandis qu'elle le considérait d'un air malheureux.

— Oh, mais ce n'est pas vous que j'accuse. Vous m'avez mal comprise. Comment auriez-vous pu savoir ? Moi j'étais là, par contre, et c'est moi qui…

Banks ne vit qu'une chose à faire. Il se leva et s'approcha d'Erin pour la prendre dans ses bras. Tout d'abord elle résista et se raidit, puis elle se laissa aller et entoura son cou de ses bras, de toutes ses forces, secouée de sanglots convulsifs. Dès qu'elle eut retrouvé un peu d'emprise sur ses émotions, elle s'écarta de lui, mal à l'aise, et prit un kleenex sur sa table de chevet pour s'essuyer le visage.

— Je dois avoir une de ces têtes, fit-elle en se tournant vers Banks. N'empêche, je suis très contente que vous soyez là. C'est vrai. Ç'a été horrible. Il n'y a que Patricia qui soit venue me voir. Elle est gentille, mais ce n'est pas pareil. Personne ne me comprend, je ne sais pas à qui parler.

— Et ta maman ?

Erin mordilla l'ongle de son pouce. Banks remarqua que tous ses ongles étaient rongés jusqu'au sang.

— Erin, je sais que tu lui en veux pour ce qu'elle a fait, mais elle reste ta mère.

— Elle m'a dénoncée à la police.

La colère s'était dissipée, remplacée par le désarroi et l'incrédulité.

— Comment a-t-elle pu faire une chose pareille ? Ma propre mère, alors qu'elle savait que je finirais en prison !

Son regard gris-bleu se plongea dans celui de Banks, déconcertant.

— Si Tracy était concernée, vous agiriez de cette façon, vous ?

— Je l'ignore. L'interdiction de détenir une arme à feu n'est pas une loi anodine, tu sais.

— Mais c'est ma *mère* !

— Elle était inquiète, elle ne savait pas comment s'y prendre. Elle n'a pas bien pesé les conséquences. Ne t'imagine pas qu'elle voulait que tu ailles en prison.

— Qu'est-ce que vous en savez ?

— Elle a demandé à me voir. Après avoir trouvé une arme dans ta chambre, elle s'est sentie désemparée. Elle a pris peur. Et c'est à *moi* qu'elle s'est adressée.

— Mais vous êtes policier, quand même. À quoi elle s'attendait ?

— Je suis aussi un ami de la famille. À ton avis, comment est-ce que j'aurais réagi ?

— En respectant le règlement.

— J'aurais pu lui venir en aide. Et à toi aussi.

— Vous lui avez parlé ?

— Pas encore, je n'en ai pas eu l'occasion. Mais je compte le faire. Toi, tu dois me promettre d'essayer de lui pardonner. Il faut au moins que j'aie un élément positif à lui rapporter. Pour la réconforter. Mets-toi un peu à sa place, sa fille la déteste, et elle a perdu son mari. Ce n'est pas à elle de faire tout le chemin. Tâche d'y mettre un peu du tien.

— Quand il s'agissait de me balancer, elle a eu moins d'hésitations.

— Elle était bouleversée, effrayée. Tu n'as jamais ressenti ça ?

— Je ne sais pas. Je ne sais plus que penser.

Erin se détourna, frottant ses yeux embués de larmes.

— Écoute, ça fait une éternité que tu es cloîtrée ici. Tu n'as pas envie d'aller faire un tour, de prendre l'air ? Et de manger un morceau, en même temps, ou de boire quelque chose ?

— J'aimerais bien aller marcher, oui. Mais d'abord je m'arrange un peu. J'ai une tête de déterrée.

Pendant qu'Erin se rinçait le visage au lavabo, Banks regarda par la fenêtre. La rangée de maisons qui leur faisaient face semblait assez proche pour qu'on puisse les toucher, et il apercevait le sommet dentelé du donjon du château par-delà leurs toitures couvertes de dalles de schiste. De temps en temps un nuage voilait le soleil, plongeant la scène dans l'ombre.

Erin noua ses cheveux en queue de cheval et attrapa une veste légère qu'elle enfila sur son T-shirt. Son jean était déchiré aux genoux, et ses baskets avaient connu des jours meilleurs. Banks supposa que ses vêtements plus présentables étaient restés à Leeds ou chez ses parents. On voyait bien qu'elle n'avait pris aucun soin d'elle-même. Son teint était blême et, sous ses yeux sans éclat, la fatigue avait tracé de sombres cernes violâtres. Elle avait l'air lasse et apathique, sûrement le choc et le manque de nourriture.

Ils s'éloignèrent du bed and breakfast pour remonter vers Castle Road. À quelques centaines de mètres, un chemin pavé menait au château, tandis qu'un deuxième épousait la crête de la colline, suivant les remparts et offrant une vue sur les bois et la rivière, au bas du versant. Une foison de touristes passaient la journée en promenade, et des pique-niqueurs, en couple ou en famille, s'étaient installés en contrebas sur les rives herbeuses, près de la cascade. Les oiseaux gazouillaient dans les arbres dont les feuilles commençaient à se dessécher. Banks se remémorait ses premiers mois à Eastvale, à peu près à cette période de l'année, alors que la famille prenait ses repères dans sa nouvelle maison, ses balades avec Sandra et les enfants sur ces mêmes chemins, quand ils regardaient les feuilles changer de teinte au fil des jours, pour finir par se détacher et se laisser entraîner par le courant.

Banks et Erin gardèrent un moment le silence. La jeune fille avait enfoui ses mains dans ses poches, tête baissée. Banks la trouvait frêle et vulnérable, plus fragile encore que ce qu'il avait escompté, même en ces circonstances. Une petite fille, presque. Il ne devait pas oublier pour autant tous les problèmes qu'elle avait à affronter : le décès de son père et les reproches de sa mère, ainsi que les ennuis judiciaires liés à l'arme à feu, la trahison de son petit copain et la défection de sa meilleure amie. De quoi démolir n'importe qui.

Un marchand de sandwiches avait installé son camion au bout du chemin, en bordure du parking, et Banks proposa à Erin de manger un burger ou un hot dog. Elle opta pour le second, et il en commanda aussi un pour lui, garni d'oignons et de sauce pimentée, auquel il ajouta deux Cocas bien frais. En faisant la queue, il se revit achetant des cornets de glace pour Erin et Tracy, quand elles étaient gamines.

Ayant déniché un banc libre à l'abri des murailles du château, ils s'assirent pour manger leur en-cas. Ils avaient vue sur la cime des arbres, dont les frondaisons ne masquaient qu'en partie la cité de l'East Side et les voies ferrées au-delà. Le cadre était idyllique malgré tout, et, à cette hauteur, la journée était assez claire pour qu'on distingue au loin Sutton Bank, dont la silhouette d'enclume se dressait en travers de la vallée d'York.

Lorsque Banks ôta l'opercule de sa canette, la mousse lui arrosa les mains en pétillant. Il se mit à rire, et Erin lui donna un kleenex pour s'essuyer. La boîte du Coca était froide sous ses doigts, mais le soda lui parut trop tiède. Cependant le sucre fit son effet, lui donnant une légère sensation de vertige. Des touristes flânaient dans les environs, et quelques chiens curieux, alléchés par les odeurs de nourriture, tiraient sur leur laisse en reniflant.

Le repas terminé, Banks rassembla les emballages pour les jeter à la poubelle.

— J'ai quelques questions à te poser, fit-il en se rasseyant près d'Erin, jambes croisées.

Elle lui adressa un sourire entendu.

— J'aurais dû deviner qu'il y aurait un prix à payer pour ce hot dog.

— Le hot dog est gratuit, tu es libre de ne pas répondre.

Erin ne dit rien pendant un moment et se borna à contempler le panorama, les yeux plissés pour se protéger du soleil. Enfin elle se pencha en avant, les coudes sur les genoux et le menton entre les mains.

— Pourquoi pas ? C'est un endroit agréable pour parler. Je réfléchissais, c'est tout. Vous vous rappelez, le jour où on était allés nager dans la rivière, en lisière des bois ? (Elle tendit le bras vers Hindswell Woods, à l'ouest.) J'étais avec Tracy, Brian, maman et Mme Banks, et papa et vous étiez là pour nous surveiller. On a pique-niqué aussi. Sandwiches à la viande en conserve, pissenlits et bardane. Et des biscuits au chocolat Blue Riband. Un délice !

— C'est vrai, mais je n'en reviens pas que tu t'en souviennes encore. Tu n'avais pas plus de six ou sept ans, à l'époque.

Banks se rappelait très bien cette journée. Comme cela se produit souvent, Patrick Doyle et lui avaient sympathisé grâce à leurs enfants. Patrick s'était déclaré ravi d'avoir un fonctionnaire de police pour voisin. Si jamais il écopait d'une contravention, ou s'il avait des ennuis avec la justice, il saurait désormais à qui s'adresser. Tous ensemble, ils s'étaient promenés dans ces bois merveilleux, mouchetés de lumière par le soleil qui filtrait entre les feuillages frémissants, et, une fois au bord de la rivière, Sandra avait mis une bouteille de vin blanc à rafraîchir dans l'eau. Ils l'avaient dégustée dans des gobelets en plastique colorés, accompagné de tartines de Brie tendre et de gros morceaux de Cheddar affiné.

Non loin de là, un groupe d'écoliers avaient découvert un pendu un peu plus tôt dans l'été, déclenchant l'enquête qui avait bien failli anéantir Banks. Mais tout cela appartenait au passé, comme tout ce qui avait marqué cette époque troublée.

— Et des Illuminations de Blackpool, tu t'en souviens aussi ?

— Vaguement, oui. Beaucoup moins bien, en tout cas. Je crois que je me suis endormie dans la voiture. Brian était là, non ?

— Oui.

Erin secoua la tête, l'air attristé.

— Elle ne veut même plus prononcer son nom. Les Blue Lamps, elle refuse d'en entendre parler.

— Pardon ?

— Tracy. Moi, si j'avais un frère rock star, j'en rebattrais les oreilles de tout le monde, c'est sûr. D'ailleurs je ne me gêne pas. Je raconte qu'on a grandi ensemble, lui et moi. C'est un super groupe, les Blue Lamps. Vous saviez qu'elle avait décidé de se rebaptiser Francesca, sous prétexte que Tracy fait trop ordinaire ?

— Non, je n'étais pas au courant. (Cette révélation le blessait profondément. Son *prénom*. Celui que Sandra et lui avaient choisi pour elle.) Et Brian, pourquoi refuse-t-elle de parler de lui ?

— Par jalousie, je suppose, même si elle ne veut pas l'admettre. Parce que lui a réussi, alors qu'elle… Ses études n'ont pas été brillantes, c'est un fait. Elle savait qu'on attendait énormément d'elle, et elle a l'impression d'avoir déçu tout le monde, à commencer par elle-même. Depuis, on dirait qu'elle est bloquée, hésitante. Son boulot à la librairie ne lui déplaît pas, mais elle ne se voit pas y passer sa vie, et elle espérait autre chose de l'avenir.

— Mais elle peut retourner à l'université si elle le souhaite. Elle envisageait d'enseigner, à un moment. Ce n'est pas trop tard, je pense.

— Non, mais il faudrait qu'elle soit motivée. Tracy a changé. Beaucoup de sentiments négatifs, de la colère, un complexe d'infériorité. Je ne sais pas trop. Résultat, j'ai du mal à communiquer avec elle, ces temps-ci. Avant, vous savez, c'était plus… Enfin, qu'est-ce que vous vouliez me demander ?

— Je ne sais même pas par où commencer.

Banks s'efforçait de digérer ce qu'il venait d'entendre. Il avait laissé tomber Tracy. Il aurait dû se montrer plus attentif quand elle avait besoin de lui, plus présent, au lieu de s'apitoyer sur son sort et de s'enliser dans ses problèmes professionnels et ses soucis personnels.

— Je ne suis pas bien fixé, pour l'instant. Je suis rentré ce matin de vacances, et je n'ai pas encore encaissé le décalage horaire. Il va falloir que tu m'aides un peu.

— Où êtes-vous allé ?

— Aux États-Unis. Arizona, Nevada et Californie, pour l'essentiel.

— L.A ? San Francisco ?

— C'est ça.

— Génial. J'ai toujours rêvé d'y aller.

— Moi aussi, fit Banks en souriant. Et c'est vraiment « génial ».

Erin reprit après un silence.

— Mon père…

— Tu n'es pas obligée d'en parler, coupa Banks. Je ne m'occupe pas de l'affaire. Non pas que je ne m'y intéresse pas, ou que je m'en moque, mais des policiers armés sont impliqués, ce qui a nécessité une enquête spécifique. Je n'ai pas le droit de m'en mêler. Tu comprends ?

— Oui, ça se tient.

— Mais toi tu n'as rien à te reprocher. Qui aurait pu prévoir un tel enchaînement de circonstances ?

— J'ai bien essayé de m'en convaincre. Pourtant la culpabilité refait surface dès que j'y pense. Elle m'envahit comme l'eau qui déborde un barrage, et je n'ai pas la force de l'arrêter.

— Tant mieux, je crois. J'ai une amie psychologue qui soutient que rien n'est plus nocif que les émotions refoulées.

— Parfois on n'a pas le choix, il me semble. La colère, la haine, la réprobation… Sinon on passerait notre temps à se bagarrer.

— Et l'amour ? On doit le refouler aussi ?

— Quelquefois, oui. Ce ne serait pas plus mal, dans certains cas. Quand on y réfléchit, l'amour est sûrement plus destructeur que la haine.

Banks la trouvait bien trop sage pour une si jeune femme, lui qui attendait depuis si longtemps les prétendus enseignements de l'expérience. En pure perte, d'ailleurs.

— Pour le moment les choses sont difficiles, mais ta mère aura bientôt besoin de toi. Tu crois que tu peux assumer ?

— J'en sais rien, avoua Erin, chassant d'un geste une guêpe importune. En prison, je ne risque pas de faire grand-chose, si ?

— Erin, pourquoi as-tu pris cette arme à feu ? Tu l'as bien volée à ton ami Jaffar McCready, dis-moi, tu ne l'as pas obtenue par d'autres moyens ?

— Jaff, rectifia Erin. C'est comme ça qu'on l'appelle. J'étais en rogne contre lui. Je savais qu'il possédait cette arme – il me l'avait montrée un jour – et je pensais le mettre en boule en la lui prenant. Comme si je lui piquais son jouet préféré, vous voyez. J'avais vraiment envie de lui faire du tort. Pour qu'il me remarque, qu'il revienne vers moi.

Tout à coup elle n'avait plus l'air aussi sage, songeait Banks.

— Sauf que ça n'a rien d'un jouet. Ce n'est ni un iPod ni un téléphone mobile. Tu n'as pas pensé un instant qu'il serait tellement fâché qu'il refuserait définitivement de te revoir ? Ou qu'il risquait de te brutaliser ?

— Non, je n'ai pas calculé, sur le coup. J'ai emporté son pistolet, c'est tout, et puis je suis passée prendre quelques affaires avant de rentrer chez mes parents. Je comptais bien le lui restituer plus tard.

— D'accord. Sais-tu pourquoi il gardait ça chez lui ?

— Pas précisément. Pour frimer, j'imagine. Ça m'étonnerait qu'il s'en soit servi pour de bon. Il aimait bien jouer les durs, rien de plus. C'est vrai qu'il traînait avec des gens pas clairs, et que je me pose pas mal de questions sur son fric. Il n'a pas pu gagner autant en travaillant dans un bureau.

— Ces gens « pas clairs », tu en as rencontré certains ?

— Quelques-uns, oui.

Banks tira de sa serviette une copie des portraits de Ciaran et Darren.

— Tu connais ces deux-là, par exemple ?

— Ils sont passés à l'appartement, une fois. Jaff m'a demandé de rester dans la chambre, mais la porte était entrouverte. Je les ai vus, et entendus, aussi. Ils ont eu une prise de bec.

— Ça remonte à quand ?

— Deux mois, je dirais.

— À quel propos se sont-ils disputés ?

— Je sais pas trop. Une histoire d'argent, une livraison quelconque. Je crois que Jaff dealait par-ci, par-là. Rien de sérieux, mais il connaissait les gens du milieu.

— Les boîtes de nuit ?

— Oui, et les étudiants.

— C'est comme ça que vous vous êtes connus ?

— Non, j'avais déjà quitté la fac. Je servais dans un restau branché, sur les Calls, et il y dînait régulièrement.

— Seul ?

— Pas toujours.

— Il venait avec les deux types que je t'ai montrés ?

— Non. Quand il avait de la compagnie, c'étaient des mecs bien sapés, pas des voyous dans leur style. D'abord, ajouta-t-elle en souriant, je crois qu'ils se seraient fait refouler à l'entrée.

— Rendez-vous d'affaires ?

— Apparemment. Il lui arrivait aussi de venir seul. Il avait horreur de cuisiner, il ne supportait même pas de manger seul chez lui. On a pris l'habitude de bavarder, vous savez comment ça se passe. Je le trouvais amusant. Intelligent, ambitieux, plein d'assurance. Parfois on sortait en boîte après la fermeture du restaurant. Tout le monde le connaissait. Une vraie star. Très m'as-tu-vu. Il se promenait toujours avec une grosse liasse de billets. Ça me valorisait, de m'afficher avec lui. On ne s'ennuyait jamais, mais il était fuyant. J'avais toujours l'impression qu'il avait mieux à faire, ou quelqu'un d'autre à voir. (Elle conclut en haussant les épaules.) Je sais qui c'était, maintenant.

— Tracy ?

— Oui. Ou bien une autre. Elle n'était sûrement pas la première. De temps en temps, il disparaissait plusieurs jours d'affilée sans la moindre explication. Il n'avait pas à se justifier, de toute façon. Mais ne croyez pas que je rejette la faute sur Tracy. Sur le moment j'étais folle de rage, d'accord, mais c'est normal, après tout. Elle l'a embrassé, elle m'a volé mon petit ami. Mais bon, Tracy n'était pas un ange. Elle a déjà baisé bourrée plus d'une fois.

— Pardon ?

Erin lui jeta un regard oblique.

— Je vous ai choqué ?

En vérité, Banks se sentait moins choqué que meurtri. Imaginer sa fille dans ce genre de situation, penser à ce qu'elle avait subi quand elle n'était plus assez lucide pour se défendre, éveillait en lui un sentiment de compassion, le désir de la protéger. Erin faisait allusion à une forme de viol. Sa propre fille. Il bouillait de colère. Pourquoi diable ne s'était-elle jamais tournée vers lui pour lui confier ses problèmes ? Était-il donc si distant, si indifférent ?

— Tu veux dire qu'elle a été droguée et violée ?

— Pas dans le sens que vous imaginez. Je ne dis pas qu'on est toujours décidée quand on est défoncée comme ça, mais c'est pas un drame. On baise bourrée, c'est tout, fit Erin en arrachant un fragment de peau au coin de son ongle. De toute façon, si ça n'avait pas été Tracy, ç'aurait été une autre. Aucun doute là-dessus. Jaff est…

— Peut-être, mais c'est Tracy qu'il a emmenée.

— Qu'est-ce que vous voulez dire ?

— La presse n'en a pas encore parlé, mais actuellement il est en cavale. Armé. Tracy est avec lui. Il est suspecté d'avoir tiré sur une policière. Annie Cabbot. Tu la connais peut-être ?

— Oui, je m'en souviens. Vous avez été proches, à une époque, non ? Après le départ de Mme Banks. Mais Jaff… Je n'en reviens pas.

— Il faut le retrouver. Annie risque de mourir, et Tracy est en danger.

— Jaff ne lui ferait pas de mal.

— Tu l'as déjà vu avoir un comportement violent ?

— Non. Enfin, si, mais dans des cas bien précis. Si quelqu'un voulait l'arnaquer, ou si on le rabaissait à cause de sa couleur de peau, en le traitant de Paki. Ça, ça le mettait hors de lui.

— Il peut donc se montrer violent ?

— Il s'énerve vite, disons. Mais moi il ne m'a jamais touchée. Je l'imagine mal frapper une femme. Surtout Tracy.

— On a découvert une voiture sur la lande. Elle appartient à un certain Victor Mallory. Ce nom t'évoque quelque chose ?

— Vic ? Oui, évidemment. C'est le meilleur ami de Jaff. Ils étaient dans la même école privée, et ils se sont retrouvés à Cambridge. Vic…

— Comment est-il ?

— Il ressemble à un hippie des années 60, avec les cheveux longs et tout ça, mais il est bizarre, aussi, il peut même devenir flippant. C'est quelqu'un de très intelligent, il a étudié la chimie, même si les drogues lui ont cramé les neurones depuis. J'ai l'impression qu'il est toujours à la recherche de nouveaux produits, et qu'il n'hésite pas à les tester d'abord sur lui. Il a vraiment quelques fusibles de grillés.

— Il possédait une arme à feu ?

— Aucune idée, mais Jaff et lui discutaient armes, de temps en temps. Ça me rappelait ces geeks qui parlent sans arrêt d'informatique. Ils avaient l'air de s'y connaître, en tout cas.

— C'est fort possible. Jaff n'aurait pas mentionné quelque chose de spécial sur le pistolet que tu lui as pris ? Comme quoi il s'en était servi, par exemple.

— Non, je ne pense pas. Ça ne me rappelle rien. Mais tout compte fait, il semblerait que je le connaisse assez mal, non ?

— Tu as sûrement raison. Depuis quand le fréquentais-tu ?

— Six mois. Bon, je sais que j'ai fait une bêtise, mais je ne suis quand même pas demeurée. Et je n'ai pas mauvais fond. Je ne demande qu'à rendre service, à réparer mes torts.

— Je le sais bien, Erin. Dans l'immédiat, la situation est délicate, et mon premier souci est de retrouver Tracy et de m'assurer qu'il ne lui arrive rien. Tu me comprends ?

— Bien sûr. Qu'est-ce que je peux faire pour vous ?

— J'aimerais me faire une idée de la réaction qu'a pu avoir Jaff dans une telle situation. De l'endroit où il a pu se rendre. C'est quelqu'un d'intelligent ?

— Oui, très. Il a fait ses études à Cambridge.

— C'est ce qu'on m'a dit, en effet.

À son avis ça ne prouvait rien, surtout quand il s'agissait d'écouler de la drogue et de se soustraire à la justice. Malgré tout, il savait que certains diplômés de Cambridge s'étaient acquis une solide réputation dans ces deux domaines.

— Selon toi, où a-t-il choisi d'aller ? Il a quelqu'un vers qui se tourner pour demander de l'aide ?

— Je ne suis sûre de rien, mais je parie qu'il a opté pour Londres. Il est de là-bas, vous savez, et il y a des amis. Jaff est un citadin à cent pour cent.

— Tu penses à quelqu'un en particulier ?

— Je cherche. Voyons, il m'a emmenée à Londres passer un week-end, mais on logeait dans un bon hôtel, à Mayfair, pas chez un ami à lui.

— Il est bien conscient d'être dans le pétrin. Selon toute vraisemblance, il a l'intention de quitter le pays dans les plus brefs délais, voire de retourner à Bombay s'il lui reste des contacts là-bas. Mais s'il est aussi futé que tu le dis, il doit se douter que nous faisons surveiller les aéroports, les gares et les ports.

— Il risque d'aller chez Justin.

— Justin ?

— Oui, à Londres. Encore un ancien copain de fac. On a dîné avec lui au cours de ce fameux week-end. Dans un de ces restaus à la mode où on vous sert toute une série de petits plats. Justin avait emmené sa copine – slovaque ou un truc dans ce genre. Une fille superbe, très exotique. Je me souviens qu'elle parlait mal l'anglais. Elle aurait pu être actrice, ou mannequin.

— Quelque chose t'a frappée, à propos de Justin ?

— Oui, une remarque de Jaff. J'ai cru qu'il bluffait – il prétendait que Justin était la personne à connaître si on cherchait de faux papiers. D'ailleurs Justin n'a pas apprécié, il a fusillé Jaff du regard.

J'en ai déduit que c'était peut-être une espèce de faussaire, et qu'il faisait passer des clandestins.

— Il m'a l'air d'être la personne tout indiquée pour Jaff, en ce moment. Tu connais son adresse ?

— Non, on n'est pas allés chez lui. On a fait deux clubs dans le West End, j'ai oublié exactement où. J'avoue que j'étais plutôt éméchée.

— Et son nom de famille ?

— Aucune idée, on me l'a présenté par son prénom.

— Comment s'appelait sa petite amie ?

— Martina.

— Ce Justin, est-ce qu'il avait un accent, lui aussi ? Comment sonnait son anglais ?

— Excellent, avec une diction bourgeoise, comme Jaff. Il gardait quand même un très léger accent étranger, mais c'était presque imperceptible.

— Quel pays ?

— Difficile à dire, je n'ai pas tellement d'oreille.

— D'Europe de l'Est, comme sa compagne ?

— Possible, je ne sais pas trop.

— Et son quartier, tu as une vague idée ?

— Je me souviens qu'on a discuté immobilier, pendant le repas. Jaff envisageait d'acheter un appartement à Londres, et il s'est renseigné auprès de Justin. Il a mentionné Highgate, c'est tout ce dont je me rappelle. Sur le moment, j'ai pensé qu'il y habitait. Mais bon, c'est grand, Highgate.

— Assez, oui.

Banks sentit malgré tout une montée d'adrénaline.

Si ce Justin trempait pour de bon dans des combines de faux documents et d'immigration clandestine, il était fort probable que le service des Renseignements de la Police Métropolitaine accepte de faire surveiller son domicile, et une information sur son quartier de résidence pourrait même les aider à cibler les recherches. Banks n'était pas en odeur de sainteté auprès d'eux, mais il savait que « Dirty Dick » Burgess n'hésiterait pas à lui faire une faveur, à plus forte raison si Tracy courait un danger.

— Jaff évoquait souvent sa famille, son milieu ? J'essaie juste de mieux cerner le personnage à qui j'ai affaire.

— Pas beaucoup, en général. Jaff est le petit garçon de sa maman – et ce n'est pas péjoratif de ma part. Ce n'est ni une mauviette ni un efféminé. Seulement il adorait sa mère, alors que son père était plus distant, plus sévère. Il s'est un peu éloigné de lui quand il a grandi. Jaff me parlait peu de sa famille, sauf les rares fois où il était d'humeur. Le bon mélange d'alcool et d'Ecsta, vous voyez. Là il partait dans son délire, et je devais me débrouiller pour recoller les morceaux. Je peux avoir mal compris, mais apparemment, il n'a pas été ravi de retrouver son père après la disparition de sa mère, et quand il est allé en pension puis à l'université, ç'a été une bonne occasion pour couper les ponts et prendre son indépendance. Il a une photo de sa mère chez lui. Si vous voyiez comme elle est belle ! Par contre il n'y en a pas de son père.

— Je te remercie, tu m'as apporté une aide précieuse.

Erin haussa les épaules.

— Qu'est-ce que je vais devenir, maintenant ? Sans vouloir paraître égoïste… mais la prison, je ne supporterai pas.

— Il ne va rien t'arriver. Pas dans l'immédiat, du moins. Quand dois-tu comparaître ?

— Le mois prochain.

— Il te faut un bon avocat, lui conseilla Banks. La loi ne fait pas de cadeaux dans les cas de détention d'arme à feu, mais tu n'es pas la plus mal engagée. Pas d'antécédents, une famille comme il faut, et des témoins de moralité. On peut imaginer pire.

— Difficilement, mais merci quand même. Ça me remonte le moral.

— Je t'épaulerai de mon mieux. Je peux te recommander un avocat si tu n'en connais pas. Et si cette affaire avec Jaff et Tracy se règle sans encombre, sans que personne ne soit blessé, ça peut également jouer en ta faveur. Ton concours nous a beaucoup servi.

Ils se levèrent tous les deux, et Banks demanda à Erin :

— Qu'est-ce tu vas faire, maintenant ?

— Aller au centre commercial de Swainsdale, pour m'acheter des habits neufs et du maquillage. Avec l'allure que j'ai, j'ai eu peur que vous ayez honte de sortir en ma compagnie.

Banks se mit à rire.

— Je peux, alors ?

— Quoi donc ?

— Aller faire les courses au centre commercial ? Je ne suis pas obligée de repasser au bed and breakfast pour me signaler ? On ne va pas m'attacher un bracelet électronique à la cheville ?

— Bien sûr que non. Tu es en liberté provisoire. Présente-toi devant la justice quand on te convoquera, et tout se passera bien. Tout de même, je te déconseille de t'éloigner. On risque de t'interroger de nouveau. Plus d'une fois. Mais tant que tu restes à Eastvale, tu as le droit de circuler à ta convenance.

— Mais pas de rentrer chez moi.

— Non, pas de rentrer chez toi.

13

Les travaux sur l'A1, au nord de Wetherby, obligeaient les voitures à rouler au pas, et Banks s'était renversé sur son siège, les yeux fermés. Winsome lui avait offert de le conduire à Leeds. En temps normal, il aurait préféré prendre le volant et voyager seul, mais cette fois il avait volontiers accepté sa proposition, trop agité et trop angoissé pour se fier à ses réflexes de conducteur. Même s'ils n'avaient guère parlé pendant le trajet, sa compagnie lui faisait plaisir et il se réjouissait qu'elle ait choisi la station Radio3 sur l'autoradio. En ce moment, elle diffusait « Variation sur un thème de Thomas Tallis », de Vaughan Williams.

Jamais Banks n'avait ressenti un tel épuisement. Des points lumineux dansaient derrière ses paupières, et il lui semblait voir les impulsions électriques de son cerveau projetées à l'extérieur, dessinant des éclairs et des arcs avant de se court-circuiter. Il avait trop de choses à assimiler, trop d'informations à appréhender, et ses facultés de concentration ne cessaient de décliner. Chaque moment passé à glaner de précieux renseignements signifiait un surcroît d'inquiétudes pour lui, et de nouveaux dangers pour Tracy.

Il n'avait pas le choix, pourtant. La situation risquait de se détériorer quand ils auraient localisé Jaff et Tracy, et il voulait affronter les obstacles aussi bien renseigné que possible. C'était la seule arme sur laquelle il pouvait compter, sa seule protection. En face, Jaff avait quand même un pistolet et une otage.

Ils furent encore retardés par la circulation qui encombrait le périphérique de Leeds. Par chance, il ne leur restait qu'une courte distance à parcourir, puisque Victor Mallory habitait entre West Park et le club de golf de Moortown. À sept heures, Winsome se garait devant une vaste maison individuelle avec jardin au style tarabiscoté, dont la façade en stuc crème était ornée de pignons et de fenêtres à meneaux.

— Pas mal, commenta-t-elle. Pas mal du tout pour un trentenaire.

— On a peut-être fait erreur.

— À moins que ce soit lui qui soit sorti du droit chemin.

— Sans doute, en effet, si c'est un ami de McCready. Un diplôme en chimie de Cambridge peut ouvrir des tas de débouchés – pas seulement l'enseignement ou l'industrie pharmaceutique. Mais ça, c'est l'affaire de la police londonienne. (Banks désigna une Skoda gris métallisé garée un peu plus bas dans la rue.) Ils le tiennent discrètement à l'œil.

— Vu le quartier, je crois qu'une Skoda ne passera pas inaperçue.

Ils descendirent de voiture pour s'approcher du véhicule en stationnement. Par la vitre baissée s'échappait une odeur de tabac, mais Banks ne l'appréciait plus comme autrefois.

— Du nouveau ? demanda-t-il en leur montrant sa carte avec toute la discrétion possible.

Winsome ressortit et lui rapporta une chope à bière remplie à ras bord. Il but avidement, sans se soucier de l'eau qui dégoulinait sur sa chemise. Banks lui laissa un petit répit pour se remettre et rétablir la circulation dans ses membres. Mallory évitait le regard de Winsome, et ce fut Banks qu'il appela quand il eut vidé son verre.

— Dites, j'ai eu petit accident, là. Ça vous ennuierait, que je passe sous la douche et que je change de vêtements avant de vous parler ?

Il avait l'accent des gens cultivés formés dans les écoles privées, un peu trop chic et sophistiqué au goût de Banks.

— Non, on n'a pas le temps.

— Mais…

— Bon, je vous propose un compromis. Vous pouvez vous sécher et vous changer rapidement, à condition que je reste à côté de vous. C'est ma dernière offre. OK ?

— Il faut bien que je m'en contente.

— Pendant ce temps je vais préparer du thé, signala Winsome.

— Magnifique. Vous avez de la veine, c'est rarissime qu'elle accepte de faire le thé.

Il traversa le hall et monta à l'étage à la suite de Mallory.

— Joli, chez vous.

— Merci.

— Combien ça vous a coûté ?

— Beaucoup trop cher.

— Allez, dites moi. 250 000, un demi-million ? Carrément un million ?

— Quatre cent mille livres. Une bonne affaire, à l'époque.

— Que dalle. On gaspille connement notre temps, si vous voulez mon avis.

— Pas d'allées et venues ?

— Rien du tout.

— Il est chez lui ?

— J'en sais rien.

— Bon, vous pouvez filer au pub.

— On ira quand notre chef nous le dira.

Banks leva les yeux au ciel et regarda Winsome, qui se borna à hausser les épaules.

— Comme vous voudrez.

— On jurerait qu'ils adorent rester là à se tourner les pouces, observa Winsome pendant qu'ils se dirigeaient vers la maison.

— N'imaginez pas que tout le monde partage votre sens de l'éthique professionnelle, Winsome. Et comme en plus ils sont assis sur leur cervelle, je suppose que ça ne les aide pas à réfléchir. On a obtenu ce qu'on avait réclamé – une surveillance. On n'avait pas spécifié politesse et intelligence, que je sache.

— J'y penserai pour la prochaine fois, fit Winsome en riant.

Ils remontèrent l'allée pavée pour aller sonner à la porte. Aucun bruit ne leur parvenait de l'intérieur.

— Tiens, les rideaux sont tirés. Ils ont surveillé une maison vide, si ça se trouve.

— Ça m'étonnerait à peine, répliqua Banks en appuyant de nouveau sur la sonnette.

Toujours pas de réponse, mais il lui sembla percevoir une plainte assourdie ou un appel étouffé venant de la maison. Il coula un regard vers Winsome, qui lui indiqua d'un froncement de sourcils qu'elle avait entendu la même chose. La porte était plus qu'imposante, mais elle céda dès que Banks tourna la poignée et poussa le battant. Il s'aperçut en entrant que le verrou n'avait pas été mis. Il y avait aussi une lourde chaîne et un système d'alarme, désactivé pour le moment. Une fois la porte refermée, le hall était si sombre qu'ils distinguaient tout juste la forme d'un fauteuil et les contours d'un large escalier.

Quand ses yeux eurent accommodé, Banks put voir les trois portes qui donnaient sur l'entrée. Le bruit se répéta, et il comprit alors qu'il venait de la première pièce sur sa gauche, celle située sur l'avant de la maison. La lourde porte entrebâillée s'ouvrit lentement sous sa poussée. Comme il faisait encore plus sombre que dans le hall, Banks commença par aller ouvrir les épais rideaux de velours. La lumière du soir inonda la pièce, révélant une rangée de rayonnages d'un côté, des reproductions d'art moderne encadrées au mur, une coûteuse chaîne hi-fi Bang & Olufsen et une silhouette gisant à même le sol, au beau milieu de la pièce, bâillonnée et attachée à une chaise.

— Victor Mallory, je présume ? fit Banks à son intention.

Il obtint pour toute réponse des grognements et des jurons indistincts.

— Winsome, pouvez-vous aller chercher des ciseaux, ou un couteau de cuisine bien tranchant ?

Winsome quitta le salon, et Banks l'entendit ouvrir et fermer des portes. Quelques instants plus tard, elle revint avec une paire de ciseaux.

— Parfait.

En se penchant sur Mallory, il sentit une odeur âcre, animale, d'urine et remarqua l'auréole humide qui tachait l'avant de son pantalon.

— Avant toute chose, Victor, sachez que nous sommes officiers de police, et que nous ne vous ferons aucun mal. Par conséquent, ne commencez pas à hurler et à essayer de nous fausser compagnie dès que nous vous aurons retiré le bâillon et les liens. C'est bien clair ?

Victor hocha la tête en émettant de nouveaux borborygmes.

— De toute façon vous n'y arriverez pas. Winsome ici présente est un vrai champion de rugby. Les tacles et les coups de pied tombés sont ses grandes spécialités. (Banks entendit l'intéressée marmonner entre ses dents.) Comment ? Je n'ai pas bien compris.

— Rien, rien, soupira Winsome.

Banks montra sa carte à Mallory et entreprit de le détacher. Gardant le bâillon pour la fin, il le souleva par un coin et tira dessus d'un coup sec. Mallory laissa échapper un grand cri et porta la main à sa bouche.

— Vous m'avez arraché les lèvres, gémit Mallory.

Une tache de sang maculait le tapis, à l'endroit où il était resté couché, et, sur le côté gauche de sa tête, ses cheveux étaient emmêlés.

— Arrêtez un peu vos simagrées. Tout va bien, à part ça ? Avez-vous besoin d'une ambulance, d'un médecin ?

— Non, non, rien de tout ça. Je me suis juste cogné la tête quand la chaise a basculé. Je ne pense pas qu'il y ait de traumatisme, je n'ai même pas perdu connaissance. (Mallory se massa les poignets et les chevilles.) Mais je voudrais bien de l'eau.

Banks lâcha un sifflement. Toujours sur les talons de Mallory, il pénétra dans une banale chambre blanche qui communiquait avec une salle de bains et un dressing. Il patienta pendant qu'il ôtait ses vêtements pour les jeter dans le panier à linge et se frictionnait le corps avec une moelleuse serviette verte, qui rejoignit ensuite les habits dans la corbeille. Pour finir, Mallory enfila un survêtement bleu marine. Dès qu'il fut prêt, Banks lui fit signe de redescendre.

Winsome les attendait sur le canapé. Devant elle sur la table basse, elle avait disposé la théière, le lait, le sucre et trois grandes tasses.

— C'est moi qui fais la maîtresse de maison, annonça-t-elle en servant le thé.

Banks prit place face à Mallory, qui s'était installé près de la cheminée dans une bergère à oreilles.

— Bien, Victor. Vous allez nous raconter ce qui vous est arrivé.

— Deux types sont venus… Ils m'ont ligoté avec de la toile adhésive, comme vous avez pu le voir, et puis ils m'ont abandonné dans cet état. Sans vous, j'aurais pu mourir de faim, ou périr asphyxié.

— Nous serions enchantés de récolter les lauriers de votre sauvetage, mais je crois que vous poussez un peu, tout de même. Depuis quand étiez-vous là ?

— Je l'ignore, j'ai perdu la notion du temps. Ils sont arrivés juste après le déjeuner.

— Ça doit faire cinq ou six heures, alors.

Banks jeta un regard à Winsome, qui avait commencé à prendre des notes.

— À peu près, oui. J'ai essayé de me dégager, mais je n'ai réussi qu'à resserrer l'adhésif. Et j'ai tellement secoué la chaise en me débattant qu'elle a fini par culbuter. Je ne pouvais plus rien faire, couché là comme une tortue renversée sur le dos.

— On a vu ça, oui.

— Ça vous dérange si je me sers un peu de brandy ? Ce thé est bien agréable, mais j'ai reçu un sacré choc, vous savez.

— Faites, je vous en prie.

— Est-ce que… l'un de vous deux prendra quelque chose ?

— Non, merci, déclina Banks en levant la tasse. Le thé me suffira.

Winsome l'approuva d'un signe de tête.

Mallory ouvrit l'armoire à liqueurs et se versa une généreuse rasade de Rémy dans un verre en cristal.

— Ah, ça va mieux, fit-il après la première gorgée.

— Vous avez dû deviner que nous cherchions probablement les mêmes informations que vos précédents visiteurs.

— Oui, je m'en doutais. Mais vous n'allez pas me ficeler et me menacer avec des instruments chirurgicaux ?

— Ils s'y sont pris comme ça ?

Mallory frissonna de manière théâtrale. Il ne surjouait peut-être pas tant que ça, en fait, songea Banks.

— Un des deux, oui. Un vrai psychopathe.

— Ciaran. C'est une de ses techniques de persuasion.

Mallory fallit s'étrangler avec son Remy.

— Vous les connaissez ?

— Je ne pense pas me tromper. Winsome ?

Winsome tira de sa serviette les croquis de Rose pour les faire passer à Mallory.

— Dieu du ciel ! Ce sont eux, en effet, confirma-t-il avant de les lui rendre.

— Dans ce cas vous pouvez vous estimer chanceux, lui dit Banks. Tous vos organes sont intacts. (Il posa sa tasse et se pencha en avant en faisant craquer les jointures de ses doigts.) Pour tout vous dire, Victor, on n'a vraiment pas le temps de tourner autour du pot. Ils ont au minimum cinq heures d'avance sur nous, et il y a beaucoup en jeu. Bien plus que vous ne pouvez l'imaginer.

— Mais qui sont ces gens ? Pourquoi est-ce tombé sur moi ? Vous n'allez pas les arrêter ?

— Ça nous fait beaucoup de questions d'un seul coup, et normalement c'est moi qui interroge. Saviez-vous que votre ami Jaff McCready travaillait pour un certain George Fanthorpe, plus connu sous le nom du « Fermier » ?

— Fanthorpe ? Non. Qui est-ce ?

— Je précise simplement qu'il est aussi l'employeur de Ciaran et Darren, les deux énergumènes qui viennent de vous rendre visite. Et il est bien possible que, depuis quelques jours, ils aient évincé Jaff auprès de Fanthorpe.

Mallory déglutit péniblement. Banks vit sa pomme d'Adam monter et descendre.

— Ils voulaient savoir où était Jaff, c'est tout.

— Et vous le savez, vous ?

— Non, sincèrement. Je n'en sais rien.

— Vous devez quand même avoir une petite idée. Connaissant Ciaran et Darren, je ne pense pas qu'ils se seraient contentés de cette réponse. Ils vous auraient au moins coupé un petit doigt, ou ils l'auraient taillé comme un crayon, histoire de vérifier, et là on dirait bien qu'ils n'ont pas touché à un seul de vos cheveux. Les dégâts qui sont survenus, c'est vous-même qui les avez provoqués.

— Ils m'ont terrorisé, torturé ! Dans ma propre maison !

— Je suis prêt à parier que vous avez craché le morceau, et en un temps record, même. J'aimerais donc que vous en fassiez autant pour nous. Vous nous devez bien cette petite gentillesse. Eux ils vous ont attaché et ont menacé de vous mutiler. Nous on vient vous libérer, on vous laisse changer de vêtements et on vous fait boire du thé et du brandy. Vraiment, Victor, vous avez une dette envers nous, admettez-le.

— Vous parlez exactement comme eux.

— Ne dites pas de sottises. Où est Jaff McCready ?

— Je sais pas, fit Victor en se détournant.

— C'est mieux. Au moins j'ai la certitude que vous nous mentez. Je préfère savoir à quoi m'en tenir. (Banks lut à haute voix le numéro d'immatriculation du véhicule abandonné sur la lande.) Et ça, ça vous rappelle quelque chose ?

— Oui, c'est le numéro de ma voiture.

— Bien. Je suis content que vous ne tentiez pas de nier. On progresse. Que faisait votre voiture sur la lande, au-dessus de Gratly ?

— Je ne sais même pas où ça se trouve, Gratly.

— Peu importe. Comment a-t-elle échoué là-bas ? Et ne me racontez pas qu'on vous l'a volée.

— D'accord, je l'ai prêtée à Jaff. Je suppose que vous êtes déjà au courant, sinon vous ne seriez pas ici. Et après ? C'est un copain, et je ne connaissais pas la nature de ses embêtements.

— Mais vous saviez quand même qu'il en avait ?

— Oui, bien sûr, mais c'est un copain. On donne toujours un coup de main aux amis quand ils ont un problème, non ?

Banks pensa à Juliet Doyle, qui avait prévenu la police quand elle avait surpris sa fille en possession d'une arme à feu. Qui allait les aider à s'en sortir, elles ?

— Épargnez-moi vos considérations philosophiques, Victor. Nous n'avons pas le temps. Jaff ne vous a pas « emprunté » autre chose ?

— Non, rien de plus. Je ne vois pas.

— Il était accompagné ?

— Il y avait une fille avec lui, mais elle a attendu dans la voiture. Je l'ai juste aperçue quand on a échangé les véhicules et qu'elle est montée dans la mienne. Il m'a dit qu'elle s'appelait Francesca.

— Elle est restée dans la voiture de son plein gré ?

— Mais oui, évidemment, fit Mallory d'un air perplexe. Pourquoi ?

— Elle ne semblait pas être là sous la contrainte ?

— Non, je n'ai pas eu cette impression.

Banks sentait peser sur lui le regard de Winsome. Il devait avancer prudemment et ne rien dévoiler de ses émotions. Si jamais il se servait du nom de Tracy pour intimider Mallory, cela pouvait lui revenir en pleine figure en cas de suites judiciaires. Gervaise l'avait averti qu'il s'aventurait sur un terrain glissant, et il le sentait déjà se dérober sous ses pieds.

— Jaff vous a expliqué pourquoi il avait besoin de votre voiture ?

— Pas en détail. Tout ce qu'il m'a dit, c'est qu'il avait des ennuis, et qu'il devait se faire oublier quelque temps. C'est seulement plus tard, quand j'ai vu les actualités… Et que j'ai entendu parler d'Erin…

— Vous connaissez Erin ?

— On s'est croisé deux ou trois fois. Complètement givrée, celle-là. Je l'avais prévenu qu'elle lui attirerait des embrouilles.

— Et qu'est-ce qu'il a répondu ?

— Il m'a fait son fameux sourire entendu, en m'assurant qu'il l'avait bien en main.

— En quoi était-elle une source de problèmes ?

Mallory se gratta la tempe.

— Elle était d'une jalousie maladive. Impulsive, agressive. Obsessionnelle et possessive, aussi. Une combinaison dangereuse.

— Pour moi ce n'est que le portrait d'une femme amoureuse.

— Jaff ne supporte pas d'avoir la corde au cou. Il tient à sa liberté, il aime bien aller où il veut, avec qui il veut.

— C'est ce que j'ai cru comprendre. Il vous a dit où il partait ?

Mallory sirota son Remy, fuyant le regard de Banks.

— Rien de précis.

— Vous avez quand même une petite idée, non ?

— Il voulait se planquer momentanément, passer des coups de fil et organiser quelques transactions. Il avait des actions qu'il comptait revendre. Jaff avait prévu d'aller à Londres, chez un type qu'il connaît à Highgate. Justin Peverell. Je me souviens vaguement de lui à la fac, mais je ne fréquentais pas sa bande. Je crois que c'était un étudiant étranger, originaire d'un pays d'Europe de l'Est. En tout cas, ledit Justin peut procurer des

— Que dalle. On gaspille connement notre temps, si vous voulez mon avis.

— Pas d'allées et venues ?

— Rien du tout.

— Il est chez lui ?

— J'en sais rien.

— Bon, vous pouvez filer au pub.

— On ira quand notre chef nous le dira.

Banks leva les yeux au ciel et regarda Winsome, qui se borna à hausser les épaules.

— Comme vous voudrez.

— On jurerait qu'ils adorent rester là à se tourner les pouces, observa Winsome pendant qu'ils se dirigeaient vers la maison.

— N'imaginez pas que tout le monde partage votre sens de l'éthique professionnelle, Winsome. Et comme en plus ils sont assis sur leur cervelle, je suppose que ça ne les aide pas à réfléchir. On a obtenu ce qu'on avait réclamé – une surveillance. On n'avait pas spécifié politesse et intelligence, que je sache.

— J'y penserai pour la prochaine fois, fit Winsome en riant.

Ils remontèrent l'allée pavée pour aller sonner à la porte. Aucun bruit ne leur parvenait de l'intérieur.

— Tiens, les rideaux sont tirés. Ils ont surveillé une maison vide, si ça se trouve.

— Ça m'étonnerait à peine, répliqua Banks en appuyant de nouveau sur la sonnette.

Toujours pas de réponse, mais il lui sembla percevoir une plainte assourdie ou un appel étouffé venant de la maison. Il coula un regard vers Winsome, qui lui indiqua d'un froncement de sourcils qu'elle avait entendu la même chose. La porte était plus qu'imposante, mais elle céda dès que Banks tourna la poignée et poussa le battant. Il s'aperçut en entrant que le verrou n'avait pas été mis. Il y avait aussi une lourde chaîne et un système d'alarme, désactivé pour le moment. Une fois la porte refermée, le hall était si sombre qu'ils distinguaient tout juste la forme d'un fauteuil et les contours d'un large escalier.

Quand ses yeux eurent accommodé, Banks put voir les trois portes qui donnaient sur l'entrée. Le bruit se répéta, et il comprit alors qu'il venait de la première pièce sur sa gauche, celle située sur l'avant de la maison. La lourde porte entrebâillée s'ouvrit lentement sous sa poussée. Comme il faisait encore plus sombre que dans le hall, Banks commença par aller ouvrir les épais rideaux de velours. La lumière du soir inonda la pièce, révélant une rangée de rayonnages d'un côté, des reproductions d'art moderne encadrées au mur, une coûteuse chaîne hi-fi Bang & Olufsen et une silhouette gisant à même le sol, au beau milieu de la pièce, bâillonnée et attachée à une chaise.

— Victor Mallory, je présume ? fit Banks à son intention.

Il obtint pour toute réponse des grognements et des jurons indistincts.

— Winsome, pouvez-vous aller chercher des ciseaux, ou un couteau de cuisine bien tranchant ?

Winsome quitta le salon, et Banks l'entendit ouvrir et fermer des portes. Quelques instants plus tard, elle revint avec une paire de ciseaux.

— Parfait.

En se penchant sur Mallory, il sentit une odeur âcre, animale, d'urine et remarqua l'auréole humide qui tachait l'avant de son pantalon.

— Avant toute chose, Victor, sachez que nous sommes officiers de police, et que nous ne vous ferons aucun mal. Par conséquent, ne commencez pas à hurler et à essayer de nous fausser compagnie dès que nous vous aurons retiré le bâillon et les liens. C'est bien clair ?

Victor hocha la tête en émettant de nouveaux borborygmes.

— De toute façon vous n'y arriverez pas. Winsome ici présente est un vrai champion de rugby. Les tacles et les coups de pied tombés sont ses grandes spécialités. (Banks entendit l'intéressée marmonner entre ses dents.) Comment ? Je n'ai pas bien compris.

— Rien, rien, soupira Winsome.

Banks montra sa carte à Mallory et entreprit de le détacher. Gardant le bâillon pour la fin, il le souleva par un coin et tira dessus d'un coup sec. Mallory laissa échapper un grand cri et porta la main à sa bouche.

— Vous m'avez arraché les lèvres, gémit Mallory.

Une tache de sang maculait le tapis, à l'endroit où il était resté couché, et, sur le côté gauche de sa tête, ses cheveux étaient emmêlés.

— Arrêtez un peu vos simagrées. Tout va bien, à part ça ? Avez-vous besoin d'une ambulance, d'un médecin ?

— Non, non, rien de tout ça. Je me suis juste cogné la tête quand la chaise a basculé. Je ne pense pas qu'il y ait de traumatisme, je n'ai même pas perdu connaissance. (Mallory se massa les poignets et les chevilles.) Mais je voudrais bien de l'eau.

Winsome ressortit et lui rapporta une chope à bière remplie à ras bord. Il but avidement, sans se soucier de l'eau qui dégoulinait sur sa chemise. Banks lui laissa un petit répit pour se remettre et rétablir la circulation dans ses membres. Mallory évitait le regard de Winsome, et ce fut Banks qu'il appela quand il eut vidé son verre.

— Dites, j'ai eu petit accident, là. Ça vous ennuierait, que je passe sous la douche et que je change de vêtements avant de vous parler ?

Il avait l'accent des gens cultivés formés dans les écoles privées, un peu trop chic et sophistiqué au goût de Banks.

— Non, on n'a pas le temps.

— Mais…

— Bon, je vous propose un compromis. Vous pouvez vous sécher et vous changer rapidement, à condition que je reste à côté de vous. C'est ma dernière offre. OK ?

— Il faut bien que je m'en contente.

— Pendant ce temps je vais préparer du thé, signala Winsome.

— Magnifique. Vous avez de la veine, c'est rarissime qu'elle accepte de faire le thé.

Il traversa le hall et monta à l'étage à la suite de Mallory.

— Joli, chez vous.

— Merci.

— Combien ça vous a coûté ?

— Beaucoup trop cher.

— Allez, dites-moi. 250 000, un demi-million ? Carrément un million ?

— Quatre cent mille livres. Une bonne affaire, à l'époque.

Banks lâcha un sifflement. Toujours sur les talons de Mallory, il pénétra dans une banale chambre blanche qui communiquait avec une salle de bains et un dressing. Il patienta pendant qu'il ôtait ses vêtements pour les jeter dans le panier à linge et se frictionnait le corps avec une moelleuse serviette verte, qui rejoignit ensuite les habits dans la corbeille. Pour finir, Mallory enfila un survêtement bleu marine. Dès qu'il fut prêt, Banks lui fit signe de redescendre.

Winsome les attendait sur le canapé. Devant elle sur la table basse, elle avait disposé la théière, le lait, le sucre et trois grandes tasses.

— C'est moi qui fais la maîtresse de maison, annonça-t-elle en servant le thé.

Banks prit place face à Mallory, qui s'était installé près de la cheminée dans une bergère à oreilles.

— Bien, Victor. Vous allez nous raconter ce qui vous est arrivé.

— Deux types sont venus… Ils m'ont ligoté avec de la toile adhésive, comme vous avez pu le voir, et puis ils m'ont abandonné dans cet état. Sans vous, j'aurais pu mourir de faim, ou périr asphyxié.

— Nous serions enchantés de récolter les lauriers de votre sauvetage, mais je crois que vous poussez un peu, tout de même. Depuis quand étiez-vous là ?

— Je l'ignore, j'ai perdu la notion du temps. Ils sont arrivés juste après le déjeuner.

— Ça doit faire cinq ou six heures, alors.

Banks jeta un regard à Winsome, qui avait commencé à prendre des notes.

— À peu près, oui. J'ai essayé de me dégager, mais je n'ai réussi qu'à resserrer l'adhésif. Et j'ai

tellement secoué la chaise en me débattant qu'elle a fini par culbuter. Je ne pouvais plus rien faire, couché là comme une tortue renversée sur le dos.

— On a vu ça, oui.

— Ça vous dérange si je me sers un peu de brandy ? Ce thé est bien agréable, mais j'ai reçu un sacré choc, vous savez.

— Faites, je vous en prie.

— Est-ce que… l'un de vous deux prendra quelque chose ?

— Non, merci, déclina Banks en levant la tasse. Le thé me suffira.

Winsome l'approuva d'un signe de tête.

Mallory ouvrit l'armoire à liqueurs et se versa une généreuse rasade de Rémy dans un verre en cristal.

— Ah, ça va mieux, fit-il après la première gorgée.

— Vous avez dû deviner que nous cherchions probablement les mêmes informations que vos précédents visiteurs.

— Oui, je m'en doutais. Mais vous n'allez pas me ficeler et me menacer avec des instruments chirurgicaux ?

— Ils s'y sont pris comme ça ?

Mallory frissonna de manière théâtrale. Il ne surjouait peut-être pas tant que ça, en fait, songea Banks.

— Un des deux, oui. Un vrai psychopathe.

— Ciaran. C'est une de ses techniques de persuasion.

Mallory fallit s'étrangler avec son Remy.

— Vous les connaissez ?

— Je ne pense pas me tromper. Winsome ?

Winsome tira de sa serviette les croquis de Rose pour les faire passer à Mallory.

— Dieu du ciel ! Ce sont eux, en effet, confirma-t-il avant de les lui rendre.

— Dans ce cas vous pouvez vous estimer chanceux, lui dit Banks. Tous vos organes sont intacts. (Il posa sa tasse et se pencha en avant en faisant craquer les jointures de ses doigts.) Pour tout vous dire, Victor, on n'a vraiment pas le temps de tourner autour du pot. Ils ont au minimum cinq heures d'avance sur nous, et il y a beaucoup en jeu. Bien plus que vous ne pouvez l'imaginer.

— Mais qui sont ces gens ? Pourquoi est-ce tombé sur moi ? Vous n'allez pas les arrêter ?

— Ça nous fait beaucoup de questions d'un seul coup, et normalement c'est moi qui interroge. Saviez-vous que votre ami Jaff McCready travaillait pour un certain George Fanthorpe, plus connu sous le nom du « Fermier » ?

— Fanthorpe ? Non. Qui est-ce ?

— Je précise simplement qu'il est aussi l'employeur de Ciaran et Darren, les deux énergumènes qui viennent de vous rendre visite. Et il est bien possible que, depuis quelques jours, ils aient évincé Jaff auprès de Fanthorpe.

Mallory déglutit péniblement. Banks vit sa pomme d'Adam monter et descendre.

— Ils voulaient savoir où était Jaff, c'est tout.

— Et vous le savez, vous ?

— Non, sincèrement. Je n'en sais rien.

— Vous devez quand même avoir une petite idée. Connaissant Ciaran et Darren, je ne pense pas qu'ils se seraient contentés de cette réponse. Ils vous auraient au moins coupé un petit doigt, ou ils l'auraient taillé comme un crayon, histoire de véri-

fier, et là on dirait bien qu'ils n'ont pas touché à un seul de vos cheveux. Les dégâts qui sont survenus, c'est vous-même qui les avez provoqués.

— Ils m'ont terrorisé, torturé ! Dans ma propre maison !

— Je suis prêt à parier que vous avez craché le morceau, et en un temps record, même. J'aimerais donc que vous en fassiez autant pour nous. Vous nous devez bien cette petite gentillesse. Eux ils vous ont attaché et ont menacé de vous mutiler. Nous on vient vous libérer, on vous laisse changer de vêtements et on vous fait boire du thé et du brandy. Vraiment, Victor, vous avez une dette envers nous, admettez-le.

— Vous parlez exactement comme eux.

— Ne dites pas de sottises. Où est Jaff McCready ?

— Je sais pas, fit Victor en se détournant.

— C'est mieux. Au moins j'ai la certitude que vous nous mentez. Je préfère savoir à quoi m'en tenir. (Banks lut à haute voix le numéro d'immatriculation du véhicule abandonné sur la lande.) Et ça, ça vous rappelle quelque chose ?

— Oui, c'est le numéro de ma voiture.

— Bien. Je suis content que vous ne tentiez pas de nier. On progresse. Que faisait votre voiture sur la lande, au-dessus de Gratly ?

— Je ne sais même pas où ça se trouve, Gratly.

— Peu importe. Comment a-t-elle échoué là-bas ? Et ne me racontez pas qu'on vous l'a volée.

— D'accord, je l'ai prêtée à Jaff. Je suppose que vous êtes déjà au courant, sinon vous ne seriez pas ici. Et après ? C'est un copain, et je ne connaissais pas la nature de ses embêtements.

— Mais vous saviez quand même qu'il en avait ?

— Oui, bien sûr, mais c'est un copain. On donne toujours un coup de main aux amis quand ils ont un problème, non ?

Banks pensa à Juliet Doyle, qui avait prévenu la police quand elle avait surpris sa fille en possession d'une arme à feu. Qui allait les aider à s'en sortir, elles ?

— Épargnez-moi vos considérations philosophiques, Victor. Nous n'avons pas le temps. Jaff ne vous a pas « emprunté » autre chose ?

— Non, rien de plus. Je ne vois pas.

— Il était accompagné ?

— Il y avait une fille avec lui, mais elle a attendu dans la voiture. Je l'ai juste aperçue quand on a échangé les véhicules et qu'elle est montée dans la mienne. Il m'a dit qu'elle s'appelait Francesca.

— Elle est restée dans la voiture de son plein gré ?

— Mais oui, évidemment, fit Mallory d'un air perplexe. Pourquoi ?

— Elle ne semblait pas être là sous la contrainte ?

— Non, je n'ai pas eu cette impression.

Banks sentait peser sur lui le regard de Winsome. Il devait avancer prudemment et ne rien dévoiler de ses émotions. Si jamais il se servait du nom de Tracy pour intimider Mallory, cela pouvait lui revenir en pleine figure en cas de suites judiciaires. Gervaise l'avait averti qu'il s'aventurait sur un terrain glissant, et il le sentait déjà se dérober sous ses pieds.

— Jaff vous a expliqué pourquoi il avait besoin de votre voiture ?

— Pas en détail. Tout ce qu'il m'a dit, c'est qu'il avait des ennuis, et qu'il devait se faire oublier quelque temps. C'est seulement plus tard, quand j'ai

vu les actualités… Et que j'ai entendu parler d'Erin…

— Vous connaissez Erin ?

— On s'est croisé deux ou trois fois. Complètement givrée, celle-là. Je l'avais prévenu qu'elle lui attirerait des embrouilles.

— Et qu'est-ce qu'il a répondu ?

— Il m'a fait son fameux sourire entendu, en m'assurant qu'il l'avait bien en main.

— En quoi était-elle une source de problèmes ?

Mallory se gratta la tempe.

— Elle était d'une jalousie maladive. Impulsive, agressive. Obsessionnelle et possessive, aussi. Une combinaison dangereuse.

— Pour moi ce n'est que le portrait d'une femme amoureuse.

— Jaff ne supporte pas d'avoir la corde au cou. Il tient à sa liberté, il aime bien aller où il veut, avec qui il veut.

— C'est ce que j'ai cru comprendre. Il vous a dit où il partait ?

Mallory sirota son Remy, fuyant le regard de Banks.

— Rien de précis.

— Vous avez quand même une petite idée, non ?

— Il voulait se planquer momentanément, passer des coups de fil et organiser quelques transactions. Il avait des actions qu'il comptait revendre. Jaff avait prévu d'aller à Londres, chez un type qu'il connaît à Highgate. Justin Peverell Je me souviens vaguement de lui à la fac, mais je ne fréquentais pas sa bande. Je crois que c'était un étudiant étranger, originaire d'un pays d'Europe de l'Est. En tout cas, ledit Justin peut procurer des

faux papiers, des trucs dans ce genre. Je savais que Jaff traînait avec des gens pas nets du tout, mais moi je ne m'en mêlais pas. Je ne voulais rien avoir à faire avec eux.

— À quelles transactions faisait-il allusion ? Et ces actions dont il a parlé, de quoi s'agit-il ? Mis à part le fait qu'il vit à Highgate et qu'il trafique des passeports, vous avez d'autres informations sur ce Justin Peverell ?

— Non, je vous assure. Je ne sais rien de plus. J'ai prêté la voiture à Jaff, et il m'a dit qu'il allait voir Justin à Londres. Il se débrouillerait pour me la renvoyer, et dans l'intervalle je pouvais conduire la sienne.

— Où est le véhicule de Jaff ?

— Dans mon garage. Il m'a recommandé de ne pas le sortir tout de suite.

— Justin Peverell, vous avez parlé de lui à Ciaran et Darren ?

— Oui, j'étais bien obligé. Ils étaient sur le point de me découper en morceaux. Mais je n'ai pas donné son nom de famille, je viens de m'en souvenir à l'instant.

Ainsi, songea Banks, Fanthorpe détenait à peu près les mêmes informations que lui tout en bénéficiant de cinq heures d'avance. Grâce au réseau mafieux, il aurait les moyens de mettre très vite la main sur Justin. En réalité, il irait même dix fois plus vite que Banks si Justin n'était pas encore apparu sur l'écran-radar de la Police Métropolitaine. Et à n'en pas douter, Ciaran et Darren étaient déjà embusqués à Highgate, dans l'attente de consignes. Toutefois, le Justin en question semblait bien être la personne qu'avait mentionnée Erin, et en plus de connaître son nom de famille, Winsome et lui savaient que son amie s'appelait Martina. Cela suffirait peut-être à leur donner l'avantage. Ils pouvaient toujours consulter les listes électorales ou l'annuaire téléphonique. Si Peverell était bien originaire d'Europe de l'Est, il utilisait probablement un nom d'emprunt, et les recherches seraient plus compliquées s'il n'était enregistré ni comme ressortissant ni comme résident permanent du Royaume-Uni.

Où étaient donc passés Jaff et Tracy ? Ils avaient eu largement le temps d'arriver à Londres. On avait retrouvé la voiture de Victor sur la lande, à cinq kilomètres à peine du cottage de Banks, où Annie s'était fait tirer dessus. À partir de là, ils avaient forcément marché pendant un moment. Peut-être s'étaient-ils égarés là-haut et continuaient-ils à tourner en rond ? Il était arrivé que des gens se perdent sur la lande, certains y avaient même trouvé la mort. Il n'était même pas besoin d'une tempête ou d'une forte chute de neige. Malgré tout, Tracy s'était suffisamment baladée avec lui pour être capable de se repérer sur ce terrain, et à supposer qu'ils aient trouvé un nouveau véhicule, ils pouvaient être déjà loin. C'était bien beau de connaître leur destination, mais pouvoir les localiser à ce moment précis aurait été encore mieux. D'autant plus que Tracy perdait de la valeur à mesure que McCready se rapprochait de Justin Peverell. Jaff n'alignerait sûrement pas l'argent pour *deux* passeports. Connaissait-il seulement la véritable identité de Tracy ? Et celle de son père ? Et dans l'hypothèse où il l'avait appris, en quoi cela influerait-il sur sa stratégie ?

— Victor, reprit Banks, je veux que vous me parliez de l'arme à feu.

— Quelle arme ? se défendit Mallory, nerveux. J'ai prêté ma voiture à un ami en difficulté, un point c'est tout. Je n'ai jamais entendu parler d'une arme.

— Je me demande si vos visiteurs de tout à l'heure vous ont questionné là-dessus. Une fois qu'ils ont obtenu le nom de Justin, je pense qu'ils se fichaient du reste. Moi, par contre, ça m'intéresse. Ça m'intéresse énormément. Nous ignorons si Jaff était armé quand il a quitté son domicile, mais ça nous semble très improbable, dans la mesure où Erin Doyle avait déjà emporté son pistolet, que sa mère avait découvert et signalé à la police. D'ailleurs, c'est le principal motif de la fuite de Jaff. Il était persuadé qu'Erin citerait son nom, et il a eu peur que la police fourre son nez dans ses combines. Si l'on admet qu'il n'avait qu'une arme à feu chez lui – le contraire serait surprenant – il faut bien que vous lui ayez fourni la deuxième. Non ? D'après ce que nous savons, il n'a fait halte qu'ici avant de… (Banks avait été à deux doigts de dire « avant de se rendre chez moi ») avant de commencer sa cavale. L'arme a été utilisée contre une policière, Victor. Celle-là même que nous vous soupçonnons de lui avoir remise. Un Baïkal, très probablement. (Et en ce moment, aurait-il pu ajouter, McCready doit s'en servir pour menacer ma fille et la forcer à lui obéir.) Ce qui fait de vous son complice.

Mallory devint blême.

— Ne me dites pas que Jaff a fait ça. C'est impossible. Vous n'avez pas le droit de m'accuser comme ça. Je ne lui pas donné d'arme, je n'en ai jamais eu en ma possession.

— Je n'en crois pas un mot, mais je n'ai pas le temps de vous faire avouer par des méthodes plus musclées. N'empêche que si jamais j'apprends que cette arme a un quelconque rapport avec vous, ou que vous avez menti ou caché des informations, je reviendrai et je me débrouillerai pour le prouver. Dans l'intervalle, vous pouvez faire une croix sur vos vacances.

Banks adressa un signe à Winsome, qui rangea son carnet avant de se lever. Ils laissèrent Mallory assis dans un silence de plomb, sa main un peu tremblante tenant toujours le verre de brandy.

Dehors, l'équipe de surveillance était encore à son poste, et des volutes de fumée s'échappaient par les vitres baissées de la Skoda. Banks les rejoignit et se pencha pour leur parler :

— Pour le moment on a terminé, fit-il en pointant son pouce vers la maison de Victor. Mais à votre place, j'irais demander au chef de faire perquisitionner cette baraque et de tout démonter de la cave au grenier. On cherche des armes de poing, et éventuellement un labo clandestin. Si ça ne donne rien, essayez de voir s'il n'opère pas ailleurs, dans un immeuble professionnel, par exemple, ou dans un local secret, sous un nom d'emprunt. On ne sait jamais, ça peut vous rapporter des bons points, et vous m'avez l'air d'en avoir bien besoin. Salut.

De retour à la voiture, Banks trouva Winsome au téléphone, l'air préoccupé. Elle lui expliqua dès qu'elle eut mis fin à la communication :

— J'avais chargé Geraldine de rechercher un Justin Peverell sur les listes électorales ou dans l'annuaire téléphonique. Et figurez-vous qu'on a une bonne nouvelle.

— Je vous écoute.

— Quelqu'un a déposé une plainte à Baldersghyll. Une camionnette d'artisan de couleur blanche a été volée près de Rawley Force, à cinq kilomètres environ. La zone fait partie du Parc national, et les randonneurs se garent là pour faire la grande boucle. Ça prend à peu près trois heures et demie.

— Et alors ?

— Le couple a terminé un peu plus vite – ils étaient pressés, apparemment, et ils ont choisi l'itinéraire court. Quand ils sont revenus, leur véhicule avait disparu. Mme Gervaise n'a pas traîné, le signalement et le numéro du camion ont été transmis à toutes les unités. Ce serait un drôle de hasard que quelqu'un d'autre ait embarqué la camionnette alors que Jaff et Tracy devaient se trouver dans le coin.

— Bien.

— Et ce n'est pas tout. Ce camion est en bout de course : d'après son propriétaire, il ne monte pas au-dessus des soixante à l'heure.

— Notre Jaff collectionne les avaries mécaniques, on dirait, commenta Banks en souriant.

Quand le compteur de vitesse du camion volé se rapprochait péniblement des 70 km/h, le chassis et le bloc-moteur trépidaient si violemment que Tracy redoutait qu'il ne tombe en pièces, ou que les roues ne se détachent. Entre ça et les travaux sur l'A1, au niveau de Wetherby, la colère de Jaff ne cessait d'enfler, et voilà qu'un accident coupait l'accès à la M1, dans la direction du sud. Le soir tombait déjà quand ils réussirent enfin à rejoindre la M1, à l'est de Leeds, deux heures et quart après s'être emparés du véhicule. Décidément, le temps n'était pas du côté de Jaff.

Exaspéré et surexcité par son abus de cocaïne, Jaff devenait de plus en plus fébrile. Il ne cessait de rouspéter à cause des caméras et des voitures de patrouille qui encombraient l'autoroute : un camion d'artisan déglingué qui cahotait sur la voie de gauche risquait fort d'attirer l'attention. En plus, les caméras de surveillance routière étaient souvent reliées au Fichier des Véhicules Volés et Signalés, grâce auquel la police était automatiquement renseignée sur toute voiture disparue. La M1 n'allait pas tarder à devenir un terrain miné. Et vu la vitesse à laquelle ils étaient limités, il leur faudrait au moins cinq ou six heures de trajet. À condition que le camion ne les laisse pas en carafe sur un bord de route avant qu'ils aient atteint Sheffield.

— Et merde ! pesta Jaff en tapant sur le volant. On n'y arrivera jamais. À ce rythme-là, on ne sera même pas au sud de Wakefield quand le vol sera enregistré. Il faut qu'on se débarrasse de cette saloperie avant qu'ils nous retrouvent, si ce n'est pas déjà fait. Peut-être que les propriétaires sont des rapides, ou qu'ils n'ont pas fait le grand tour, pour une raison ou une autre. Les flics peuvent nous tomber sur le dos d'une minute à l'autre.

— Mais où veux-tu qu'on aille ? Les gares sont sans doute surveillées – même les gares routières.

— J'ai besoin de temps pour réfléchir et passer des coups de fil. Mais d'abord on doit larguer la camionnette.

Il conduisit en silence pendant quelques minutes puis, au croisement suivant, quitta la route.

— Qu'est-ce que tu fabriques ?

— J'ai une idée. On va aller à Leeds.

— Leeds ? Tu délires, ou quoi ?

Jaff lui décocha un regard irrité.

— Réfléchis une seconde. C'est bien le dernier endroit au monde où ils iront nous chercher. Ils n'imagineront jamais qu'on a pu retourner là-bas.

Tracy était persuadée du contraire. Jaff se croyait malin, mais les policiers n'avaient pas toujours un mode de réflexion aussi simpliste qu'il se le figurait. Son père encore moins que les autres.

— D'accord pour Leeds, acquiesça Tracy. (Une petite lueur d'espoir venait de se rallumer en elle. Leeds, elle connaissait. C'était chez elle.) Chez toi, ou chez moi ?

— Aucun des deux. Je ne suis quand même pas assez bête pour ne pas deviner qu'ils surveillent nos domiciles, et que les voisins vont rester vigilants et signaler le moindre bruit. Chez Vic aussi, c'est fichu. Depuis le temps, ils ont dû remonter jusqu'à lui grâce à sa voiture.

— Et s'il parle ?

— Vic ? Sûr que non. C'est un vieux copain, on a traversé pas mal de choses ensemble.

— Ah oui ? Cross country dos au mur, ou une douche avec le professeur de sport après le rugby ?

— Ta gueule ! Tu sais même pas de quoi je parle ! Et puis Vic n'est au courant de rien, de toute façon. Il ne sait même pas où on est.

— Je crois quand même qu'il sait où on doit se rendre, et chez qui.

Le regard furibond de Jaff lui confirma qu'elle avait raison, et qu'il se faisait du souci. La paranoïa du cocaïnomane passait à l'attaque. Pour rallier la M621 qui menait à Leeds, ils durent traverser la zone industrielle désolée de Stourton. Jaff se concentra pour ne pas se tromper aux ronds-points, puis il s'engagea dans la cour d'un entrepôt désaffecté.

— Où tu vas ? demanda Tracy. Pourquoi est-ce que tu t'arrêtes ?

— Te stresse pas comme ça. Je veux juste qu'on enlève ces vêtements crasseux pour en mettre des propres. C'est toi qui commences.

Tracy se faufila à l'arrière du camion et ouvrit son sac. C'était un vrai soulagement d'échanger ses vêtements sales contre une des tenues toutes neuves que Jaff lui avait achetées au centre commercial. Elle avait peine à croire qu'encore récemment, tout se passait si bien entre eux. Jaff était devenu une autre personne. Dr Jekyll et Mr Hyde. Elle changea par la même occasion de sous-vêtements, en regrettant de ne pas pouvoir se doucher. Elle put seulement se remaquiller un peu devant le rétroviseur, pendant que Jaff se changeait rapidement à son tour.

— C'est mieux, fit-il en se rasseyant au volant. (Il se prépara sur un miroir deux nouvelles lignes de coke, qu'il aspira en roulant un billet de vingt livres.) Tu es sûre que ça ne te dit rien ?

— Non, merci. Où on va, maintenant ?

— Pour commencer, on va bazarder cette merde à Beeston. Là-bas elle restera pas cinq minutes. Ensuite on se trouve un bon hôtel dans le centre, et je passe des coups de téléphone. À Leeds je ne fais plus confiance à personne, mais j'ai quand même un plan, ne t'en fais pas.

— Et comment on va s'y prendre pour aller à Londres ?

— Tu es trop curieuse. J'ai mon idée pour me procurer un véhicule sûr d'ici demain matin. Je connais un type qui tient un garage à Harehills. Il s'occupe de la taxe routière et du certificat de contrôle technique, et il posera pas de questions. Après, on aura vite fait d'arriver à Londres.

Tracy réfléchissait à cent à l'heure. Si Jaff surestimait leur sécurité, Leeds restait pour elle la meilleure solution. Elle avait espéré lui fausser compagnie sur la lande, mais en vain. À présent elle ne voyait plus aucun moyen de lui échapper, où qu'ils aillent. S'ils allaient à Londres, elle se retrouverait à la merci de Jaff et de ses amis, qui n'auraient certainement pas envie de laisser un témoin derrière eux. Sinon, Jaff risquait de forcer un barrage de police en tirant des coups de feu, ou de la prendre en otage en lui collant le canon sur la tempe. Dans les deux cas de figure, les choses s'annonçaient très mal pour elle, et ses derniers espoirs reposaient sur son père – si on avait pu l'avertir. On était jeudi, le jour où il devait rentrer en Angleterre. Il avait prévu de passer le week-end à Londres, mais quelqu'un l'avait sans doute mis au courant de l'agression d'Annie.

— Tu sais, argua Tracy, ils recherchent probablement un couple. Un homme asiatique avec une Blanche. On est en train de leur faciliter la tâche.

— Tu as une meilleure solution ? Je dois me blanchir la peau, ou quoi ? À moins que tu fonces la tienne ?

— Moi je propose qu'on se sépare. Tout seul dans Leeds, ils ne te trouveront jamais. Même si tu montes dans un train pour le sud, il y a peu de chances qu'ils te repèrent. Pas si tu y vas seul.

— Tu ne crois pas que mon portrait est affiché partout ? Avec toi qui es fille de flic…

— C'est possible, mais en attendant ils pensent nous trouver ensemble. Les policiers peuvent avoir des œillères, comme n'importe qui. Et j'en connais qui n'ont pas inventé la poudre.

— Ton père n'est pas comme ça. Et j'ai dans l'idée que c'est lui qui a pris la tête des recherches.

— Non, ils ne le permettront pas. Trop personnel. La police applique des règles très strictes là-dessus.

— Tu t'imagines qu'ils sont capables de l'en empêcher ? (Il se tut un instant.) Bon, admettons que tu aies raison. Pour moi tu restes quand même la meilleure assurance, et il faudrait être idiot pour abandonner ça.

— Si mon père dirige les recherches, comme tu le suggérais, c'est parce que je suis avec toi. Tu risqueras moins si je m'en vais.

Jaff fit non de la tête.

— Il y a toi, mais il y a aussi la connasse que j'ai descendue. Tu crois qu'il va laisser tomber ? Je suppose qu'il se la tapait. Ils se serrent les coudes.

— Non, tu te trompes. Tu n'as qu'à me déposer ici, ou au centre-ville. Je me débrouillerai pour rentrer chez moi.

— Je n'en doute pas. Et tu vas courir tout droit voir ton père au commissariat. Je parie que tu as un tas de copains là-bas, et que tu te feras une joie de répondre à leurs questions.

— Sans moi, tu augmentes tes chances d'arriver à Londres et de quitter le pays.

— Qui t'a dit que j'avais l'intention de partir à l'étranger avec toi ?

Tracy ne fut pas autrement surprise, mais elle encaissa tout de même le choc.

— Pardon ?

— Après tout ce qui s'est passé, tu ne comptes quand même pas que je t'emmène avec moi ? Ta présence ne s'est pas révélée très avantageuse, que je sache.

— Qu'est-ce que tu comptes faire de moi, alors ?

— Je suis pas encore décidé, je vais y réfléchir.

Il lui fit un drôle de sourire en coin.

— Justin aura peut-être des suggestions. Qui sait ce que tu peux nous rapporter ? Il y a toujours un marché pour les Blanches, dans certains pays, et la spécialité de Justin, c'est précisément de déplacer les gens avec un minimum de tracas et un max de bénéfices. À moins que je te supprime carrément. C'est la solution la plus simple, comme ça je ne laisse rien au hasard. Mais on n'en est pas là, chaque chose en son temps.

Tracy se recroquevilla sur son siège, les bras serrés contre sa poitrine. *La traite des Blanches.* L'expression un peu vieillotte rendait cette idée vaguement risible, mais elle n'en eut pas moins un frisson dans le dos. Ce n'était pas si aberrant, dans le fond. Récemment, elle avait entendu certaines choses là-dessus, lu des articles dans la presse : des Blanches étaient vendues à l'étranger et livrées à la prostitution, et même son père avait enquêté sur un trafic de ce genre impliquant des jeunes femmes venues d'Europe de l'Est. Il ne lui racontait pas dans le détail les affaires qu'il traitait, mais il avait laissé échapper quelques informations perturbantes sur ces pratiques.

— Et au cas où tu aurais l'idée brillante d'essayer de filer quand on retrouvera la foule, dis-toi bien que ce n'est pas la peine. Si je sens que je vais être pris à cause de toi, et que je n'ai plus rien à perdre, je t'abattrai sans l'ombre d'une hésitation. Si j'ai une chance de me sauver, j'éviterai peut-être de te liquider en public, mais je te jure que je te retrouverai – moi ou mes amis. On n'oublie jamais rien, tu sais. Chaque voiture qui te doublera sur le chemin du travail, chaque individu louche embusqué dans la rue… Tu imagines le truc ? Tu ne sauras pas à l'avance, tu ne verras rien venir. Et puis un jour, il y aura une piqûre que tu sentiras à peine, et tu te réveilleras dans un container puant, en route vers un pays de merde dont tu connais tout juste l'existence, où des richards paieront des fortunes pour te faire des choses tellement dégueulasses que tu regretteras d'être toujours en vie. Alors tu vois, ne pense même pas à tenter le coup.

Ils roulèrent bientôt sur la M621, sous l'éclairage des lampes à sodium. Dès que Tracy fermait les yeux, des images d'Annie affluaient à son esprit, son regard stupéfait quand Jaff lui avait tiré dessus, et puis sa chute au milieu de la vaisselle, qui avait brisé la table en verre. Tandis qu'elle ressassait les paroles de Jaff, se demandant si c'étaient seulement des menaces en l'air, la panique l'envahit. Il avait peut-être noirci le tableau pour l'effrayer, mais le mal était fait : toute sa rationalité ne suffisait pas à repousser les images qui s'étaient mises à la tourmenter. Jamais elle n'avait eu aussi peur de toute sa vie, et jamais son père ne lui avait autant manqué. Elle se sentait terriblement perdue.

Jaff quitta l'autoroute et prit la direction de Beeston.

14

— Quelle heureuse surprise ! Entrez donc, et veuillez m'accompagner au salon. Monsieur Banks et…

— Inspecteur Winsome Jackman.

— Winsome. Quel prénom exquis ! Et qui vous va à ravir, si je puis me permettre.

Banks comprit en la regardant qu'elle regrettait déjà d'avoir donné son prénom à Fanthorpe. Alors qu'ils lui emboîtaient le pas, elle s'enfonça un doigt dans la bouche en faisant mine de vomir. Banks lui sourit.

Le salon affirmait sans réserve son style masculin, avec son lambris sombre, son échiquier en palissandre et nacre aux pièces très travaillées, en ébène et ivoire, son télescope en cuivre posé sur son trépied devant le bow-window, sa tête de cerf empaillée et ses tableaux de courses hippiques. Au centre de la pièce, quatre fauteuils en cuir rembourrés, couleur acajou, étaient disposés autour d'une table ancienne en chêne massif. Des enceintes camouflées diffusaient *La Petite Musique de nuit* de Mozart.

Le Fermier alla chercher dans l'armoire à liqueurs trois verres et une carafe en cristal. Il portait un pantalon ample, en velours côtelé marron, et un pull à torsades en laine du Swainsdale. Avec ses épaules tombantes, sa démarche sautillante, sa bedaine et sa tignasse de boucles grises, Banks lui trouvait la dégaine d'un farfadet sous stéroïdes.

— Vous boirez bien quelque chose, j'espère ? J'ai là un vieux malt de première qualité.

— Ce n'est pas une visite de courtoisie, objecta Banks en s'installant dans un des fauteuils.

Il était si douillet qu'il se voyait bien s'y blottir et piquer du nez s'il acceptait l'offre de Fanthorpe. Winsome sortit son carnet en croisant ses longues jambes.

— Dommage. (Le Fermier se servit une généreuse rasade et s'assit en faisant claquer ses lèvres.) Ardbeg Airigh Nam Beist, fit-il. Ce qui signifie en gaélique « Le Repaire de la Bête », au cas où vous l'ignoreriez. En quoi puis-je vous être utile, donc ?

Banks huma les profonds effluves de tourbe et d'iode. Il était en train d'en reprendre l'habitude et de retrouver le goût des whiskies de l'île d'Islay, mais il n'était pas question qu'il touche aux alcools de Fanthorpe, quel que soit son état de fatigue. Mozart s'acheva, laissant la place à *La lettre à Elise* de Beethoven. Une compilation Classic FM des morceaux les plus célèbres, très probablement.

— Nous recherchons un de vos employés. Un certain Jaffar, ou Jaff McCready. Vous sauriez où on peut le trouver ?

— Jaff ? Aucune idée, je regrette. Ce n'est pas mon employé à proprement parler, je lui confie quelques bricoles de temps à autre.

— Main-d'œuvre occasionnelle, alors ? Comment est-ce que vous le contactez en cas de besoin ?

— Par téléphone, évidemment.

— Un mobile ?

— Sa ligne personnelle.

Banks devinait déjà qu'il perdait son temps. Si Jaff possédait un portable, c'était forcément un jetable qui ne laissait pas de traces.

— Et quel genre de bricoles lui donnez-vous à faire ?

— Jaff est un touche-à-tout. Ou touche-à-rien, devrais-je dire ?

Fanthorpe se mit à rire, mais personne ne lui fit écho. Il toussota et but quelques gorgées de whisky, puis il leva son verre en demandant :

— Vous êtes sûrs de ne pas vouloir vous joindre à moi ? Il est vraiment fabuleux, pourtant. Il vous chatouille le palais comme de la soie.

D'après le son de sa voix, Banks le soupçonnait de ne pas en être à son premier verre.

— Pourriez-vous être plus explicite quant à la nature des occupations de Jaff ?

— Disons que je ne l'emploie pas pour nettoyer les écuries, si c'est le sens de votre question. C'est plutôt mon représentant, et il peut aussi assurer ma sécurité si nécessaire.

— Et dans quelles circonstances en avez-vous besoin ?

— Vous ne vous en rendez peut-être pas compte, monsieur Banks, mais les chevaux de courses peuvent valoir très cher. Une petite fortune. Et ce sont des proies faciles. Je le déplore, mais le milieu ne manque pas d'individus sans scrupules. Il faut rester sur ses gardes.

— Oui, j'ai lu les romans de Dick Francis, répliqua Banks.

— Bon, alors vous voyez ce que je veux dire.

— On emploie la manière forte ?

— Très peu, monsieur Banks. Dans ma branche ça ne s'impose pas.

— Mais vous parliez de gens sans scrupules ?

— C'est vrai, mais les actes de violence restent exceptionnels. Ils ont des moyens plus subtils pour faire connaître leurs exigences.

— Puis-je savoir ce qu'est exactement « votre branche » ? J'ai bien compris vos explications à propos des chevaux, mais ils ne sont que la partie visible de l'iceberg, une espèce de hobby, non ?

— Ce n'est pas faux. (Il fit tourner entre ses doigts le verre de cristal, dont les facettes s'irisèrent, captant et renvoyant la lumière de la lampe de bureau.) Je fais un peu de tout, si vous voulez. Mais je suis principalement dans les produits laitiers – ma femme et moi possédons une fromagerie ; il y a aussi l'élevage et l'entraînement des chevaux, et j'ai des parts sur deux pur-sang. Ils s'en sortent très bien, d'ailleurs. Si vous voulez un tuyau…

— Et les stupéfiants ?

— Monsieur Banks ! Modérez vos propos !

— Oh, j'ai juste entendu dire que vous étiez le pivot du marché local de la cocaïne. Il est en pleine renaissance, ces temps-ci, s'il est besoin de vous le rappeler.

— À votre place, je ne me permettrais pas ce genre d'accusations infondées.

— Et pourquoi ? Vous êtes un intime du divisionnaire, c'est ça ?

— Il se trouve justement que nous avons tapé quelques balles ensemble, et chassé la grouse à l'occasion. Je possède un joli morceau de terrain, sur la lande…

— Arrêtez vos conneries, Fanthorpe, interrompit Banks en se penchant en avant. Je cherche Jaffar McCready. C'est aussi simple que ça. Franchement, je me contrefous pour l'instant de votre production laitière, de vos pur-sang et de votre trafic de coke, sauf s'ils sont en rapport avec Jaffar McCready. Vous l'ignorez peut-être, mais on le recherche dans le cadre d'une enquête sur une policière blessée.

— Une amie à vous, n'est-ce pas ? fit Fanthorpe avec une lueur de cruauté dans le regard. Une relation personnelle, n'est-ce pas ? Peut-être même votre petite amie ? Et moi qui pensais qu'on désapprouvait ce genre de conduite, dans votre métier.

— Si vous pouviez éviter de vous écarter du sujet, intervint Winsome.

Elle tira de sa serviette les croquis de Ciaran et Darren par Rose, ainsi qu'une photo de Jaff, un tirage sur papier glacé trouvé dans la chambre d'Erin à Laburnum Way. Elle tendit le tout à Fanthorpe.

— Vous reconnaissez un de ces hommes ?

Il prit les portraits un par un, faisant mine de les étudier, puis il les rendit à Winsome.

— Celui-ci, c'est Jaffar McCready, fit-il en indiquant la photographie, et les deux autres sont Ciaran et Darren. Mais je ne vous apprends rien.

— Simple vérification, concéda Winsome en rangeant soigneusement les documents.

Agrippant les accoudoirs du fauteuil, Banks attendit que sa colère retombe. Il était reconnaissant à Winsome de sa judicieuse interruption et du répit qu'elle lui avait laissé en montrant les portraits. Sinon, il aurait très bien pu commettre une bévue ou lâcher des propos malheureux. Et le risque demeurait, s'il ne se reprenait pas tout de suite.

Fanthorpe se tourna vers Winsome.

— À une époque, un de mes amis était propriétaire d'une plantation de canne à sucre à la Jamaïque. Il voulait qu'on s'associe, mais je n'aurais pas supporté le climat. Ni les gens, d'ailleurs. Un ramassis de feignants et d'incapables. (Et il conclut en la toisant :) On dirait que les choses ont bien évolué, depuis.

— Oh que oui, missié, rétorqua Winsome. Nous les moricauds, on a même droit à des cartes de policiers pour arrêter les bandits.

— Insolente, avec ça ! fit le Fermier en riant. Ce n'est pas pour me déplaire.

— Où est McCready ? coupa Banks.

— Je donnerais cher pour le savoir.

— Vraiment ? Et pour quelle raison ?

— Il me doit de l'argent.

— Les actions ? C'est pour cela que Ciaran et Darren sont à ses trousses ?

Fanthorpe agita le whisky au fond de son verre.

— Tirez-en les conclusions que vous voudrez. Vous ne vous en priverez pas, je suppose. Mais je n'ai jamais entendu parler de ces actions, je me demande d'où vous tenez ça. Tout ce qui m'intéresse, c'est que McCready me doit de l'argent, et que je tiens à le récupérer avant qu'il finisse sous les verrous et que le fric soit englouti dans la cagnotte d'un policier.

— McCready était déjà en cavale quand il a tiré sur l'inspecteur Cabbot. Nous aimerions savoir si ça avait un rapport avec vous.

— Avec moi ? Certainement pas. D'après les nouvelles, il s'agit d'une histoire d'arme à feu.

Winsome nota quelque chose avant de reprendre la parole.

— Le nom de Jaffar McCready n'a jamais été cité en relation avec le pistolet que nous a remis Juliet Doyle. Nous n'avons pas communiqué cet élément à la presse, et personne n'a mentionné ce nom.

— Comment étiez-vous au courant, dans ce cas ? ajouta Banks.

— Vous vous figurez que je n'ai pas mes sources personnelles ? Un homme dans ma position ? Vous imaginez que j'ai besoin des journaux ou de la télé pour obtenir des renseignements ? Allons, ne soyez pas naïfs.

— Un tuyau du divisionnaire, peut-être ? Une petite causerie devant le neuvième trou ?

— Oh, je vous en prie !

— L'arme vous rappelle quelque chose ? Un Smith & Wesson, calibre 9. Cela vous dérange d'une quelconque manière, qu'il ait atterri entre nos mains ?

— Pas le moins du monde. Je suis absolument serein.

— Vous affirmez donc que vous n'êtes pas impliqué ? Bien. Que détient donc McCready qui vous appartienne ? De la drogue ? Du liquide ?

— Je vous l'ai déjà dit, il me doit de l'argent.

— Apparemment, il a raconté à quelqu'un qu'il possédait des actions.

— Foutaises. Il voulait que tout ça ait l'air réglo, il se donnait des airs de trader haut placé. La vérité, c'est qu'il m'a dépouillé. Du cash, tout simplement.

— Les gains du trafic de stupéfiants ?

— Comme je vous l'expliquais, Jaff me sert parfois d'intermédiaire. Ce qui l'amène à acheminer et à remettre en banque des sommes considérables. Et il se trouve que c'était le cas au moment de sa disparition.

— Juste avant de s'évaporer, Jaffar McCready a prétendu rentrer d'un voyage d'affaires à Amsterdam et Londres. Comment se fait-il qu'il se soit promené avec tant d'argent à vous ?

— Si vous comptez sur moi pour vous divulguer le secret de mes transactions, vous vous trompez lourdement, madame Winsome.

— C'est votre habitude, de reconvertir vos ouvriers agricoles en agents de recouvrement ? ironisa Banks.

— Ciaran et Darren ont des talents multiples. Une intelligence limitée, d'accord, mais des talents multiples. Leur apparition a de quoi… intimider, vous ne l'avez sûrement pas oublié. Parfois, il suffit qu'ils débarquent quelque part pour que les gens soient prêts à obtempérer. Ça a son importance, quand il y a de fortes sommes à la clé.

— Je vous crois sur parole. Ils ont déjà terrorisé une jeune fille sans défense, et ligoté un jeune homme en le menaçant de divers sévices. Pas commodes. Victor Mallory, ça vous dit quelque chose ?

— Rien du tout.

— McCready l'a fréquenté à la fac et dans son lycée privé.

— Ah, le réseau des anciens élèves ? Jaff a toujours évolué dans des cercles privilégiés. Un peu trop chic à mon goût. L'influence de Cambridge, vous comprenez. Moi j'en ai bavé pour réussir, j'ai tout fait à la force du poignet, en bossant et en mettant les mains dans le cambouis. Je n'ai jamais été à l'université, moi, et le collège polyvalent de Leeds ne fait sûrement pas partie du gratin des écoles. Je ne fréquente pas ce milieu, vous voyez ? Et je n'ai jamais entendu parler de ce Mallory. Je ne connais pas tous les amis de Jaff, loin de là, et je préfère d'ailleurs m'en tenir loin. On a une grande différence d'âge, pour commencer, en plus de la relation employeur-employé. Ça n'incite pas tellement à la camaraderie. Je suppose que les copains de Jaff sont dans sa tranche d'âge.

— Savez-vous quelles informations voulaient soutirer Ciaran et Darren aux personnes qu'ils ont menacées ?

— Non, faites-moi profiter de vos lumières.

— Ils cherchaient à connaître la destination de Jaffar McCready.

— On revient à la case départ, si je comprends bien, fit Fanthorpe en levant les mains. C'est précisément la question qui m'intéresse. Sauf que nous avons un argument-massue dont personne n'a fait cas pour le moment.

— Quoi donc ?

Banks devinait à peu près où Fanthorpe voulait en venir, et cette idée le glaçait comme l'ombre qui envahit une vallée encaissée.

Fanthorpe se leva pour remplir son verre et pointa son doigt vers Banks.

— Votre fille, Banks. Tracy. On n'a pas encore évoqué son rôle dans l'histoire, n'est-ce pas ? (Il s'appuya contre le mur avec un sourire goguenard.) Si vous voulez mon avis, monsieur Banks, vous vous trouvez dans une situation critique. J'ai des filles, moi aussi, je suis bien placé pour vous comprendre. Qui sait ? En conjuguant nos efforts, nous pourrons peut-être nous rendre mutuellement service ? Qu'en pensez-vous ?

Jaff abandonna la camionnette derrière une Mini deux portes montée sur cales, dans une rue bordée de maisons mitoyennes aux briques encrassées, à proximité du cimetière de Beeston Hill. Alors qu'ils s'éloignaient dans la pénombre grandissante, Tracy se sentit écrasée par les silhouettes lugubres des hautes bâtisses edwardiennes, d'autant plus qu'une bande de gamins en sweat à capuche, réunis au bout d'une allée, surveillait attentivement leur départ, à la fois nerveux et menaçants. À l'angle se dressait une mosquée coiffée d'un dôme imposant orné de mosaïque. Derrière les rideaux mités, on voyait trembloter les écrans de télévision. Des rires enregistrés se déversaient dans la rue, mêlés aux échos de la batterie d'un groupe qui jouait dans un pub. Les réverbères qui venaient de s'allumer, auréolés d'un halo brumeux, trouaient de leur jaune agressif le ciel violet du crépuscule. Des parfums d'épices exotiques flottaient dans l'air du soir. Derrière les toits en ardoise pentus, un rayon de lune se frayait de temps en temps un passage entre les lourds nuages noirs. L'atmosphère tendue de la nuit semblait se refléter dans le ciel. Peut-être un orage qui se préparait, se disait Tracy. Tout était possible.

Un des jeunes se retourna pour les apostropher, mais elle ne comprit pas ce qu'il criait. Elle constata seulement que Jaff avait plongé la main dans son sac, et qu'un sourire sinistre planait sur ses lèvres. Un sourire qui signifiait « Essayez un peu si vous osez ». Le cœur de Tracy cogna plus fort tandis qu'elle accélérait le pas. Personne ne les suivit, cependant, il n'y eut pas de geste agressif. Dès qu'ils furent arrivés sur la grande artère bien éclairée et pleine de monde, où se succédaient pubs, coiffeurs, boutiques asiatiques et petits restaurants indiens, Jaff se détendit un peu et retira sa main de son sac. Ils montèrent dans le premier bus en direction du centre et s'installèrent à l'avant sur l'impériale. À cette heure avancée de la soirée, bien après la sortie du travail, les passants se faisaient rares et les magasins s'apprêtaient à fermer.

— On ne risque rien, si on va à l'hôtel ? demanda Tracy. Tu sais bien, ils s'attendent à ce qu'on soit ensemble.

Jaff lui jeta un regard oblique.

— Ne recommence pas, je refuse de te laisser partir. Tout ira bien. Je suppose que tu veux rentrer chez ton papa ?

Tracy ne releva pas, mais Jaff ne s'était pas trompé.

— Vu que ça ne risque pas d'arriver, tu ferais aussi bien de t'accommoder de la situation. Pense à ce que je t'ai dit tout à l'heure, dans la camionnette. Ce n'étaient pas des paroles en l'air. (Il la jaugea d'un œil dédaigneux.) Au moins tu as l'air présentable, maintenant. Ça pourra passer, si on n'y regarde pas de trop près. Et moi ?

Jaff était impeccable, comme d'habitude.

— Ça va, fit Tracy.

— Je compte descendre dans un endroit chic, pas dans un trou à rats. On pourra se doucher, profiter du room service et du minibar…

Après avoir poussivement franchi une série de tournants et de carrefours, le bus parvint enfin aux abords du centre-ville.

— Et les caméras de surveillance ? s'enquit Tracy, avisant un peu plus loin les repères familiers du Corn Exchange et du marché de Kirkgate.

— Tant que personne n'est à l'affût de quelque chose de bien précis, elles ne servent à rien. Réfléchis. Et puis elles sont tellement nombreuses qu'il n'y aurait pas assez de monde pour visionner la totalité des images. Sinon on passerait notre temps à s'entre-surveiller. Big Brother. Je reconnais qu'il y a un risque, mais il est mineur. Surtout ici. Qui ira imaginer qu'on a pu revenir à Leeds ? Et quand ils auront fini de passer en revue tous les enregistrements vidéo, on sera déjà en train de bronzer sur la Costa del Sol. Enfin, moi, tout au moins. Allez, on y va, dit-il en se cramponnant à la barre chromée.

— Nous rendre mutuellement service ? répéta Banks. Drôle d'idée.

Fanthorpe se rassit avec un sourire plein de morgue, la main refermée sur son verre plein.

— Je pensais que ça coulait de source.

Winsome consulta Banks du regard, visiblement déroutée.

— Éclairez-moi, puisque c'est ça.

Fanthorpe s'étira confortablement dans son fauteuil.

— Jaff McCready est en fuite avec votre fille Tracy, nous le savons l'un comme l'autre. Cette jeune personne m'indiffère, mais je m'intéresse vivement au petit Jaff. Je vous rappelle qu'il a quelque chose qui m'appartient, et que je veux lui reprendre.

— Un échange de bons procédés, c'est ce que vous me proposez ?

— À peu près, oui. Je suis en mesure de garantir la sécurité de votre fille – à condition qu'elle soit toujours entière après le passage de Ciaran et Darren. Ça vous paraît possible, malgré vos protocoles, vos procédures et votre paperasse ? C'est envisageable ?

— J'attends la suite.

— J'étais sûr d'accrocher votre attention, dit Fanthorpe en se penchant vers lui. Mon offre est très simple : vous me laissez retrouver Jaff et Tracy. Et dès que j'ai réussi, je vous rends votre fille. Saine et sauve. Je devine ce que vous ressentez, sincèrement.

— Je n'en crois pas un mot. Vous vous fichez éperdument du sort de ma fille, ne prétendez pas le contraire. La seule chose qui vous importe, c'est de continuer à vous remplir les poches au mépris des lois.

— Je ne vais quand même pas m'excuser de bien gagner ma vie.

— Oui, grâce au malheur des autres.

— Non, en leur fournissant ce qu'ils désirent.

— De la drogue, par exemple ?

— Vous êtes mal placé pour me donner des leçons. Vous avez fait le bonheur de qui, vous ? Des petits voyous que vous avez envoyés en taule, et qui se sont fait baiser si souvent qu'ils ne peuvent plus s'asseoir sur leur cul ? Des gosses terrorisés qui se sont fait poignarder par une lame maison sous la douche ? Je n'ai pas l'impression que vous répandiez la joie autour de vous, alors épargnez-moi vos grands sermons à la con ! Je suis en train de vous donner votre chance, là. L'occasion de sauver votre fille. Ne me la renvoyez pas dans la figure, parce que c'est la seule que vous aurez.

Banks était au bord du malaise. La proposition du Fermier avait de quoi le tenter. Beaucoup trop, même. Son plan était crédible, il obtiendrait sûrement de bien meilleurs résultats qu'une intervention policière. Il n'y avait qu'à voir l'affaire Patrick Doyle pour s'en convaincre. Et alors il retrouverait Tracy. Quant à Jaff, tout le monde se contrefichait de ce qui pouvait lui arriver.

Le revers de la médaille, c'est que Fanthorpe l'aurait à sa merci. Il ne serait pas quitte après le retour de Tracy. Il y aurait sans cesse de nouvelles exigences, on lui réclamerait des tuyaux et des informations confidentielles, on lui demanderait poliment de fermer les yeux sur ceci ou sur cela, on essaierait de le suborner. D'ici peu il aurait la nausée en se regardant dans le miroir. Et puis Winsome était présente – son gage de moralité. Elle assistait à toute la scène. Le Fermier s'était montré offensant envers elle, mais elle n'accepterait jamais le marché, et elle refuserait de couvrir Banks.

— Et Jaff ? demanda-t-il. Qu'est-ce que vous comptez faire de lui ?

— En quoi ça vous concerne ? rétorqua Fanthorpe en détournant les yeux. Je ne vois pas trop pourquoi vous vous préoccuperiez de lui. Je n'ai pas spécialement l'intention de lui faire du mal, je veux juste récupérer mon argent. Malgré tout, il se peut que Ciaran et Darren jugent bon de lui donner une leçon. Ce qu'il a fait rejaillit sur nous tous, vous comprenez. Je ne vais pas vous mentir. Jaff mérite une correction, et Ciaran a tendance à se laisser emporter.

— Je vois très bien, en effet. Ils vont l'éliminer. Ou l'emmener quelque part où vous pourrez le tuer vous-même.

— Ne dites pas de bêtises ! se récria Fanthorpe en riant. Je ne ferais pas de mal à une mouche. Et puis je n'avais pas en tête une solution aussi extrême. (Il but quelques gorgées de whisky.) Un petit séjour à l'hôpital, à la rigueur. Qu'il ne puisse pas se remettre en selle avant un moment, si vous voulez. Lui taper sur les doigts, en somme. Ce ne serait qu'un juste retour des choses, non ? Il a quand même tiré sur cette policière ! Et avec ça c'est un chaud lapin, notre Jaff. Votre fille…

Banks leva la main pour le faire taire avant que Winsome ait pu réagir.

— Arrêtez, fit-il posément. Dans notre intérêt à tous les deux, je vous déconseille d'aborder ce sujet.

— D'accord. Je conçois que ça vous chagrine. Restons-en là, alors. Je pensais que vous apprécieriez mes intentions. Si ce n'est pas le cas, je me lave les mains de ce qui peut arriver à votre fille.

C'était le moment ou jamais de répliquer « Si vous touchez un seul de ses cheveux je vous arrache les tripes et je vous les fais bouffer », mais Banks préféra s'abstenir : Fanthorpe et lui s'étaient déjà compris, si bien qu'il se contenta de répondre :

— Les gens comme vous ne peuvent pas tolérer qu'on les escroque. Il faut qu'ils fassent usage de leur pouvoir, qu'ils en apportent des preuves. Vous êtes obligés de faire un exemple de temps en temps. Jaff subira une exécution lente, atroce et douloureuse, je n'en doute pas, et tous ceux qui traitent avec vous en seront informés. Ils apprendront en détail les tenants et les aboutissants de l'histoire, et ce qu'il en coûte de ruer dans les brancards. Grâce à Jaff, vos troupes se tiendront à carreau un bout de temps, jusqu'à ce qu'un autre quidam s'imagine qu'il peut vous doubler. Je refuse de participer à ça.

— Qu'est-ce qui vous retient ? Vous pinaillez, là. Vous vous souciez encore de McCready, après ce qu'il a fait à votre fille et à votre collègue ? Dieu du ciel, Banks, vous avez sûrement envie qu'il…

— Laissez tomber, je vous ai déjà prévenu.

Fanthorpe abandonna en poussant un grand soupir.

— Allons, regardez un peu la réalité en face ! Il serait temps que vous preniez la mesure de la situation.

Fanthorpe s'échauffait en parlant, la face congestionnée par l'alcool et la colère. Banks avait envie de le frapper. De lui flanquer un grand coup de poing en pleine figure et de regarder le sang dégouliner.

— Et dans l'hypothèse où je me soumets à vos plans ? En quoi consisterait mon rôle ?

Banks ignora le regard sidéré que Winsome posait sur lui. Elle ne tarderait pas à saisir la finalité de sa manœuvre.

— Vous n'avez rien à faire, justement. C'est pas merveilleux, ça ? (Les yeux gris de Fanthorpe étincelaient.) On lui donne une correction et ça s'arrête là. Laissez-moi m'en occuper.

— Vous, ou Ciaran et Darren ?

— Ils ont de l'avance sur nous. Et je parie que j'ai de meilleurs contacts que vous, et que je serai le premier à mettre la main sur Jaff et Tracy.

— C'est bien possible. Dans ce cas, pourquoi ne pas me faire profiter de vos informations, pour que nous réglions ça légalement et en toute transparence ? Tout le monde y trouverait son compte, il me semble. Même Ciaran et Darren, qui échapperont à une condamnation pour meurtre et à une peine de prison. Vous aussi, d'ailleurs, si vous êtes impliqué.

— Vous avez la tête dure, hein ? Vous imaginez que je vais laisser échapper mon bien et me faire embringuer dans un imbroglio juridique pendant les vingt prochaines années ? Pas question.

— Il faut croire que c'était un bien mal acquis, alors. À moins qu'il s'agisse d'un ou deux kilos de la meilleure cocaïne ? Dans ce cas, je doute effectivement que vous le récupériez un jour.

— Ce ne sont pas vos affaires. Tout ce qui vous concerne, vous, c'est que Ciaran et Darren n'ont pas encore reçu l'ordre de ne pas toucher à Tracy. Ne perdez pas de vue l'essentiel.

Une onde glacée parcourut Banks, chassée par une furieuse envie de brutaliser Fanthorpe.

— Qu'est-ce que je dois comprendre ? demanda-t-il, même s'il voyait très bien à quoi Fanthorpe faisait allusion.

Il devinait la sympathie de Winsome, ainsi que sa détermination à le retenir s'il venait à craquer. Elle était calme, prête à intervenir si nécessaire.

S'il y avait une chose que Banks détestait dans son métier, c'était ce sentiment d'impuissance et d'inutilité qu'il avait si souvent éprouvé en tâchant de faire respecter les lois et d'appliquer le règlement. Il s'autorisait quelques petites infractions de temps en temps, comme n'importe qui, et il lui était arrivé d'obéir à ses impulsions et de transgresser la loi, mais en général il se rangeait du côté des bons et des justes. Jamais il ne pourrait se résoudre à collaborer avec Fanthorpe. Il allait récupérer Tracy et faire tomber Jaff, et Fanthorpe, Ciaran et Darren par la même occasion. C'était une conviction aussi inébranlable que les révélations qu'il avait eues sur sa vie, cette nuit-là dans le désert du Nevada. La seule chose, c'est qu'il ne savait pas encore comment il y parviendrait.

— Je pensais pourtant avoir été clair, insista Fanthorpe. Pour Ciaran et Darren, Jaff et votre fille sont dans le même panier. Mes ennemis. Ils ne feront pas de différence. Dans cette histoire, ils sont mouillés tous les deux. Par contre, il suffit que je donne des instructions pour que tout se déroule comme je l'ai promis. Votre fille s'en tirera sans dommage, pendant que Jaff recevra sa punition comme un homme.

— Et si je refuse ?

— Vous allez au-devant de gros ennuis. Les choses suivront leur cours, et voilà. Dans le cas présent, je me demande pourquoi un homme aussi intelligent que vous s'enferme dans de grands principes moraux.

— Tout simplement parce que je suis policier, monsieur Fanthorpe. Et à ce titre, je vois mal comment je pourrais fermer les yeux sur un meurtre. Parce que c'est bien de cela qu'il s'agit, malgré vos belles paroles. En résumé, vous m'annoncez que vos hommes s'en prendront à ma fille si je vous empêche de récupérer la drogue ou le magot, et de régler vos comptes avec Jaffar McCready, éventuellement en le supprimant. Cet individu est un malfaiteur, je vous l'accorde, mais si j'accepte votre proposition, je ne vaux pas plus que vous. En d'autres termes, je me mets au niveau d'un petit peigne-cul qui s'est hissé au-dessus du lot en fauchant la pâtée aux copains.

Le Fermier s'étrangla avec son whisky et fit quelques taches sur son pull en laine.

— Assez, Banks ! Vous passez les bornes, nom de Dieu ! s'emporta-t-il en pointant le doigt vers lui. Vous le regretterez. Quelle que soit la suite, je vous le ferai payer. Ciaran et Darren sont déjà à Londres, ils n'attendent plus que mes ordres.

— Téléphonez-leur, puisque c'est ça. Personne ne vous retient. Sauf que pour le moment, vous n'avez aucune consigne à leur transmettre. Vous n'êtes pas mieux renseigné que nous. Voire moins bien.

Il jeta un regard à Winsome, qui secoua la tête en souriant. Fanthorpe le dévisagea un long moment :

— Je n'arrive pas à vous comprendre, dit-il enfin. Franchement, le marché que je vous propose est très simple : je reprends mon argent, et le voleur se fait taper sur les doigts. De votre côté, vous retrouvez votre fille saine et sauve. Où est le problème ?

— C'est précisément ce qui me gêne, répondit Banks, tout en faisant signe à Winsome qu'il était temps de partir. Que tout ça vous paraisse normal. Bien, nous vous avons suffisamment dérangé pour ce soir. Inutile de nous reconduire.

— Vous êtes sûr que c'était une bonne idée, de le promener comme ça ? fit Winsome alors qu'ils remontaient en voiture.

— Pas forcément. Je me pose la question. Ce que je peux affirmer, c'est que la solution ne passe pas par Fanthorpe. Je l'arrêterais si j'en avais les moyens, mais il nous manque des preuves. Pour le moment. On ne gagnerait rien à le placer en garde-à-vue et à le cuisiner dans une salle d'auditions, même si je me régalerais de le faire. Primo, on n'a pas assez de temps, deuzio, il est bien trop rusé. Et il nous enverrait ses prestigieux avocats en moins de deux. Non, il vaut mieux attendre le moment propice pour cueillir le Fermier. Dans l'immédiat, je vais demander à la police locale de surveiller ses agissements. Au moins, on aura appris que Ciaran et Darren sont allés à Londres en pensant que Jaff et Tracy s'y rendaient.

— Et si on plaçait Fanthorpe sur écoute ? Ainsi que leurs portables à eux ?

— Pas le temps, objecta Banks d'un air de regret. En plus, il doit se servir d'un jetable. On pourrait certainement le suspendre par les pieds, ou le frapper pour le faire avouer, à moins qu'on lui arrache les ongles avec une pince, mais ça ficherait un sacré coup à mes fameux principes moraux, non ? On tient quand même ses empreintes digitales, acheva-t-il en montrant l'attaché-case de Winsome.

— Je croyais que vous n'aviez rien remarqué.

— Je ne suis pas claqué à ce point. Elles peuvent nous être utiles, et nous ne les avons pas dans nos fichiers.

— Il n'a jamais rien fait d'illégal, c'est ça ?

— Disons plutôt qu'il ne s'est pas fait pincer.

— Et maintenant ?

— On retourne au commissariat. Il faut se réorganiser. N'oubliez pas que nous connaissons le nom de Justin, contrairement au Fermier. Et nous aussi nous avons des contacts. Je persiste à parier que nos ressources sont supérieures à celles de Fanthorpe. Et mon instinct me souffle que Jaff et Tracy sont loin d'être arrivés à Londres. Vous m'avez bien dit qu'ils avaient fauché une vieille camionnette pourrie, qui dépassait péniblement les soixante à l'heure ?

— Exactement.

— Encore une chose que Fanthorpe ignorait, manifestement. Ce qui nous donne un peu de temps. Allons voir si Madame Gervaise et compagnie ont avancé sur Ian Jenkinson et ce Quisling.

Le cœur de Tracy se serra quand elle vit Jaff s'approcher de la réception de l'hôtel et s'adresser à la charmante blonde au comptoir avec son accent le plus distingué, lui présentant sa carte de crédit professionnelle – celle qu'on ne pouvait pas relier à son nom. On lui aurait donné le bon dieu sans confession. À en juger par le sourire et la gestuelle de la fille, elle était déjà dans son lit.

Tracy aurait volontiers tenté de s'enfuir si le souvenir des menaces de Jaff ne l'avait pas retenue, avec toutes les images qu'elles amenaient à son esprit. Une portière qui s'ouvrait, et on l'attirait dans le noir, sur la banquette, ou bien on l'enfermait dans le coffre, suffoquant sous des couvertures à l'odeur de moisi. La peur d'une piqûre discrète dans la cuisse ou la hanche, et ensuite le réveil dans un pays inconnu, alignée avec d'autres filles sur une scène de fortune, à peine voilée d'une mousseline transparente que soulevait un vent venu de nulle part. Et au premier rang, le regard avide des hommes se posant sur son corps. Le scénario était ridicule, elle en avait conscience, mais il la dissuada néanmoins de bouger de son siège, à quelques pas de Jaff qui réservait la chambre. Quoique fort intéressé par la blonde, il ne manquait pas de la lorgner de temps en temps avec un sourire narquois.

Malgré ses origines métissées et la couleur dorée de sa peau, il réunissait dans sa personne tous les ingrédients du succès. L'élégance, le timbre de voix et la parole facile, l'expression de supériorité affichée. Il incarnait jusqu'au bout des ongles l'ancien élève des *public schools* et de Cambridge, l'essence de la classe dirigeante. Il avait beau être un dangereux malfaiteur, il se comportait exactement comme eux : débordant d'assurance et certain de son rang, de ses prérogatives et de sa propre valeur. Les privilèges de la naissance. Cet hôtel provincial pour parvenus se donnait peut-être de grands airs, mais personne ici n'allait lui refuser quoi que ce soit, et encore moins voir en lui un criminel en fuite ou l'associer à un meurtrier recherché par la police. À supposer qu'Annie soit bien morte. Tracy l'ignorait, puisqu'elle n'avait ni vu ni écouté les nouvelles depuis qu'ils avaient quitté le cottage. Malgré l'angoisse qui lui oppressait le cœur, elle ne pouvait s'empêcher d'admirer le numéro de Jaff – si c'était bien une comédie de sa part. Sa personnalité comptait sûrement de multiples facettes, et celle-ci n'en était qu'une parmi d'autres.

Il se tourna vers elle, la clé à la main et un sourire plaqué sur les lèvres, et lui fit signe de le suivre dans l'ascenseur. Ils montèrent en silence au quatrième étage et longèrent un couloir désert. Devant certaines portes, les clients avaient déposé des plateaux avec des bouteilles de vin vides et des verres, ou les restes d'un bifteck et des carapaces de crevettes.

Personne ne les vit entrer dans la chambre 443. Il n'y avait pas de vue digne de ce nom, juste une ruelle si étroite qu'on ne distinguait quasiment rien au-delà des toitures en ardoise des maisons d'en face, sinon un immeuble de bureaux, vide à cette heure-ci, même si quelques lumières brillaient encore derrière les carreaux en damiers.

L'orage n'avait toujours pas éclaté, mais le ciel avait l'aspect d'un furoncle près de s'ouvrir. Jaff ferma les épais rideaux, ravivant chez Tracy un sentiment de claustrophobie. Pour elle, même cette vue minable sur l'extérieur était source de réconfort, un petit aperçu d'un monde dont l'accès lui était désormais interdit, peut-être pour toujours. Elle se reprocha d'être aussi défaitiste, d'avoir perdu la tête à cause des frayeurs que Jaff avait enracinées dans son esprit.

Jaff jeta son sac sur la banquette, devant la fenêtre, et fouilla dedans avant d'en tirer un petit sachet en plastique qu'il s'était préparé. Il le tendit à Tracy en haussant les sourcils. Elle refusa d'un signe de tête et s'assit au bord du lit, tassée sur elle-même. Jaff haussa les épaules et disposa deux lignes de coke sur un miroir. Dès qu'il eut aspiré la poudre, il composa un numéro sur son mobile jetable. Il devait appeler Justin à Londres, supposa Tracy.

— Tout est prêt ? Génial… fabuleux… Eh, c'est un peu salé, dis-moi… Non, c'est bon, je ne proteste pas. OK. Écoute, Jus, si ça ne t'ennuie pas on ne va pas passer chez toi… C'est plus sûr, tu comprends, au cas où on serait suivis… D'accord… On peut se donner rendez-vous ailleurs ? Hampstead Heath… super… Highgate Pond… Oui, je me débrouille pour trouver, évidemment. On aura une voiture dès demain matin… Ça marche pour le début de l'après-midi… Je te passe un coup de fil… À plus, mec. Tu me sauves la vie.

Il raccrocha et posa l'appareil sur le lit, puis il tapa dans ses mains et brandit un poing victorieux.

— On est partis ! (Comme Tracy restait impassible, il se tourna vers elle.) Demain matin on prend la route pour Londres, et après… à nous les destinations exotiques. Je parle pour moi, en tout cas. Qu'est-ce qui te chiffonne, miss Rabat-Joie ? Tu comptes tirer la gueule indéfiniment ? On a déjà assez de problèmes comme ça, sans que tu fasses en plus cette tête d'enterrement.

— Écoute, Jaff, je suis fatiguée et j'ai peur. Je ne suis pas là pour te distraire ou te remonter le moral. N'oublie pas que je suis ta prisonnière. Je n'ai qu'une envie, rentrer chez moi. Alors sois gentil, fiche-moi la paix.

— Tu veux pas changer de refrain ? Ça me soûle, d'entendre toujours le même disque. Tu ferais mieux de prendre un peu de coke et de t'éclater tant que tu en as l'occasion.

— Ça me dit rien.

— Bon, comme tu voudras. On a toute la nuit devant nous.

Cette perspective lui fit passer un frisson dans le dos, mais Jaff n'eut pas l'air de s'en rendre compte. La chambre avait beau être spacieuse, c'était quand même un grand lit à deux places qui trônait au milieu. Tracy se serait volontiers contentée de dormir dans la baignoire, si seulement Jaff le lui avait permis. Malheureusement, il ne voudrait pas la perdre de vue.

— On peut allumer la télé ? lui demanda-t-elle.

— Pourquoi ?

— Je voudrais regarder les actualités. Ils risquent de parler de… tu sais.

— Ils ne nous apprendront rien qu'on ne sache déjà. Tu as faim, j'appelle le room service ? Qu'est-ce qui te tenterait ?

— Je sais pas, ça m'est égal.

— Je peux choisir, alors ?

— Oui.

— Une pizza, ça te dit ?

— Oui, ça ira très bien.

— Avec quelle garniture ?

— Je m'en fiche.

— Champignons, oignons, olives ? Chorizo ? Anchois ? Ananas ?

— Comme tu préfères.

— Bon. Et je commande aussi une bouteille de vin rouge, d'accord ?

— Si tu veux.

— Si je veux… Je ne suis pas tout seul, Francesca, j'aimerais bien que tu coopères un tant soit peu. Alors, qu'est-ce qui te fait envie ?

— Du vin rouge, c'est parfait.

— Bien. Je vais commander une pizza et une bouteille. Et ensuite ?

— Rien d'autre, merci.

— Tu veux peut-être boire de l'eau minérale – on n'est jamais trop prudents. Plate ou pétillante ?

— Laisse tomber, l'eau du robinet fera l'affaire.

— Disons pétillante, alors. Bon, bon. (Sa cuisse tressautait sous l'effet de la coke, et il ne faisait pas mine de décrocher le téléphone.) Et Madison, qu'est-ce que tu en penses ?

— Madison ?

— Ouais, la blonde de la réception. Une Américaine. Je suis sûr qu'elle serait partante. Tu crois que je lui demande de monter vite fait pour s'amuser avec nous ? Un truc à trois, tu vois.

— Ne te gêne surtout pas pour moi. De toute façon elle doit avoir du travail.

— Sans doute.

— Tu préfères que ce soit moi qui appelle ? proposa Tracy en se dirigeant vers le téléphone. Je m'en occupe, si ça t'arrange.

Jaff lui barra vivement le chemin en agitant l'index d'un air de reproche.

— Bien joué. Je parie que tu as un code secret pour communiquer avec Madison et entrer en contact avec ton père. Tu l'aimes, ton père, hein ? Tu l'adores, même. Moi je haïssais le mien. Pas question que tu téléphones, c'est moi qui le fais.

Il commanda une pizza poulet-poivrons avec une bouteille de chardonay, puis il s'approcha de Tracy en se passant la langue sur les lèvres. Mal à l'aise, Tracy esquissa un mouvement de recul.

— En attendant, dit-il, on pourrait peut-être… Ça fait un bout de temps, là. Ça m'a ouvert l'appétit. Tu vois ce que je veux dire. Même à deux, ça peut être bien.

— Tu es en train de me parler de sexe ? répliqua Tracy, espérant que sa stupéfaction n'était pas trop visible. Après tout ce qui s'est passé ? Tu envisages quand même qu'on couche ensemble ? Tu es vraiment taré. Je suppose que tu plaisantes.

Mais l'expression de son visage affirmait le contraire.

— Je vais te montrer, tiens, si je suis un taré et si je plaisante.

Sa main se referma en étau sur la gorge de Tracy, et il la renversa en arrière, sur le lit. Elle se cogna les jambes au bord du matelas et perdit l'équilibre, tombant sur le dos. Elle sut alors qu'il parlait sérieusement.

15

Annie Cabbot avait l'impression de s'arracher aux profondeurs d'un océan, encerclée par des ombres monstrueuses au milieu d'une brume vert sombre, tandis que de visqueuses plantes sous-marines ondulaient autour d'elle en s'enroulant à ses jambes et à ses poignets, s'acharnant à l'aspirer vers le fond tandis qu'elle luttait pour regagner la surface. Elle avait beau se débattre de toutes ses forces, les tentacules invisibles qui l'étreignaient refusaient de la libérer. La pression de l'eau lui écrasait la poitrine et envahissait ses poumons, lui coupant le souffle, et elle ne faisait que se battre vainement contre les tentacules qui l'entraînaient. Ouvrant la bouche, elle avala de longues goulées d'eau salée, et brusquement elle se sentit flotter, délivrée et sereine, enveloppée dans un cocon tiède. Elle était en train de remonter. À l'instant où elle s'abandonnait à la chaude torpeur qui la gagnait, son corps jaillit à la surface et l'air frais emplit d'un seul coup ses poumons.

La première sensation qu'enregistra sa conscience fut la douleur, suivie d'une bouffée de panique. Quelque chose était coincé dans sa gorge et l'empêchait de respirer. Essayant de calmer les battements de son cœur, elle perçut autour d'elle le bourdonnement et le bip des machines. Elle souleva les paupières et ses yeux accommodèrent progressivement dans la pénombre ambiante. Pas d'affolement, tu es à l'hôpital. Reliée à des machines. Elle avait cru un instant que son père, Ray, était auprès d'elle, mais non, elle était seule.

Elle ne gardait aucun souvenir de son trajet vers l'hôpital, et ne se rappelait que très vaguement ce qui l'y avait menée. Tout ce qu'elle voyait, c'est qu'elle était couchée dans un lit d'hôpital incliné à trente degrés. En plus du tube dans sa gorge, il y en avait plusieurs qui sortaient de sa poitrine, et une perfusion était fixée à un cathéter au dos de sa main. Des poches de sang, du plasma et un liquide transparent étaient accrochés à leur support près du lit. Un peu plus loin, un écran lumineux indiquait sa tension – 9 – et son rythme cardiaque – 102. Le tensiomètre attaché à son bras se mit automatiquement en marche. La tension était passée à 8, le rythme cardiaque à 79 pulsations minute. Elle fit de son mieux pour se détendre. Il y avait du progrès, certainement. Pourtant sa gorge restait douloureuse, et elle respirait aussi mal que dans son rêve éveillé, au fond de l'océan.

Tout en faisant un bilan général de son état, douleurs et traumatismes, machines et perfusions, elle fut frappée par une chose qui rendait les autres négligeables : elle était toujours en vie. Elle était peut-être à deux doigts de la mort, assistée par des machines qui la maintenaient en vie, il se pouvait même qu'on ait été obligé de la ranimer, mais à cet instant précis elle était vivante. Elle avait la tête lourde et embrumée, comme bourrée de laine tiède, et ses souvenirs restaient flous et fuyants, mais son cerveau fonctionnait à peu près. Tout semblait à sa place, également, le nez, les oreilles, les bras, les jambes et le torse. Elle souffrait surtout de la poitrine et du dos. Les antalgiques atténuaient la douleur, sans toutefois la supprimer. Entre le cou et le ventre, elle avait l'impression d'avoir été frappée avec une batte de cricket géante. Idem dans son dos. C'était peut-être bien le cas, d'ailleurs. Voilà pourquoi elle était ici. Cependant elle avait encore de la sensibilité dans les orteils, elle arrivait même à les remuer. Elle pouvait aussi contracter et desserrer les poings, ce qui signifiait qu'elle ne s'était fracturé ni les cervicales ni la colonne vertébrale.

Elle percevait dans une espèce de brouillard des allées et venues dans le couloir, des bruits de voix étouffées, des rires et des messages transmis par haut-parleur, mais comme il n'y avait pas de pendule et qu'elle avait perdu sa montre, elle ne savait même pas si c'était la nuit ou le jour. Immobile dans son lit, elle s'efforça de repousser les images terrifiantes qui l'avaient assaillie pendant qu'elle remontait des abysses. Elle avait terriblement soif. Un verre d'eau était posé sur sa table de chevet, équipé d'une paille coudée, mais elle se rendit compte qu'elle ne pourrait pas boire avec ce tube dans la gorge. Elle était aussi dans l'incapacité d'appeler. De nouveau en proie à la panique, elle chercha une sonnette à sa portée et appuya sur le premier bouton qu'elle trouva. À la seconde même, elle vit plusieurs personnes s'engouffrer dans la chambre. Et parmi elles il y avait bien Ray, aussi barbu et échevelé que d'habitude. Même si elle n'arrivait pas à parler, un élan d'affection lui étreignit le cœur, et elle aurait juré que les larmes ruisselaient sur ses joues quand elle se recoucha, épuisée par l'effort, attendant que le médecin et les infirmières retirent le tube qui lui obstruait la gorge.

Il n'était pas loin de minuit, ce jeudi soir dans la salle de réunion, mais en dépit de la fatigue générale, personne n'envisageait de dormir avant d'avoir livré à la justice l'agresseur d'Annie, et retrouvé la fille de Banks saine et sauve. Banks et Winsome étaient présents, ainsi que Gervaise, Doug Wilson, Geraldine Masterson, Vic Manson, Stefan Nowak et plusieurs officiers en tenue chargés de la circulation, des patrouilles ou des communications. Une nouvelle encourageante leur avait déjà remonté le moral : les empreintes du Fermier, relevées par Vic Manson sur la photographie qu'il avait manipulée à son domicile, correspondaient aux traces laissées sur le chargeur du Smith & Wesson subtilisé par Erin Doyle. Cela corroborait l'hypothèse d'un lien entre le Fermier, Jaff McCready et l'assassinat de Marlon Kincaid. En revanche, aucun Justin Peverell n'était inscrit sur les listes électorales.

— Je présume qu'à ce stade, tout le monde est un peu sur les nerfs, observa Gervaise alors que Banks et Winsome achevaient le compte rendu de leurs entrevues avec Victor Mallory et le Fermier. Nous avons tant de paramètres à prendre en considération ! Et de votre côté, demanda-t-elle à Doug et Geraldine, qu'avez-vous obtenu du Département des Homicides du West Yorkshire ?

Wilson préféra céder la parole à sa collègue.

— Pas grand-chose, madame la commissaire, avoua celle-ci, embarrassée de devoir s'exprimer pour la première fois devant cet auditoire choisi. Le commissaire Quisling a bien confirmé qu'on avait découvert le corps de Marlon Kincaid près d'un feu de joie proche de Woodhouse Moor, à Leeds, dans la nuit du 6 novembre 2004.

— Un jogger, ou un type qui promenait son chien ? suggéra Banks.

— Non, inspecteur. Un responsable des services Hygiène et Sécurité qui vérifiait que le foyer était correctement éteint.

— Ah, ces gens peuvent se rendre utiles, parfois. Les miracles existent, la preuve. Je vous écoute.

Geraldine Masterson reprit la parole avec un sourire crispé.

— La dépouille était partiellement carbonisée, mais l'examen effectué sur les lieux a révélé qu'on lui avait tiré dessus. Deux fois. Vous êtes déjà au courant pour la similitude des balles et des douilles. D'après M. Quisling, il était impossible de recenser toutes les personnes présentes au feu de joie. Il y avait foule, apparemment, avec des groupes de musiciens et un tas de fêtards qui dansaient et buvaient. Au premier coup d'œil, les gens qui ont éteint les flammes ont cru qu'il s'agissait d'un pochard malchanceux qui s'était écroulé au mauvais endroit.

— Je suppose qu'il avait consommé de la drogue ? intervint Gervaise.

— Oui, madame.

— Et Ian Jenkinson, il s'est montré plus coopératif que M. Quisling ?

Geraldine coula un regard furtif vers Doug Wilson, plus « Harry Potter » que jamais avec son blazer et sa cravate qui rappelaient un uniforme de collégien. Avec sa longue chevelure rousse, ses yeux verts, son front haut et son teint de porcelaine, Geraldine aurait pu passer aisément pour une de ses condisciples de Poudlard, mais on n'avait pas encore eu le temps d'attribuer un sobriquet à la nouvelle recrue. Annie Cabbot, qui avait l'œil pour ces choses-là, avait souligné sa ressemblance avec Elizabeth Siddal, la célèbre beauté préraphaélite immortalisée par Rossetti et les peintres de son cercle, mais ça ne faisait pas un surnom très convaincant.

Rajustant ses lunettes, Doug Wilson prit le relais.

— Aussi incroyable que ça puisse paraître, Ian Jenkinson étudie actuellement la théologie. Il souhaite devenir pasteur de l'Église anglicane. Il s'est tourné vers la religion. Il n'a rien d'un intégriste, mais c'est un drôle de revirement par rapport à son passé.

— Sans doute faut-il remercier le Ciel que le rachat existe, plaisanta Gervaise. Vous pouvez continuer.

— À en croire Jenkinson, qui s'est rendu à la fête depuis Eastvale et qui côtoyait la victime, Marlon Kincaid se vantait qu'un type appelé « le Fermier » essayait de le chasser de son territoire, et qu'il refusait de tenir compte d'un péquenaud dans son genre. Marlon n'était pas un gros poisson, manifestement, il se contentait de vendre un peu d'herbe et d'Ecstasy aux étudiants du coin, mais il estimait être sur son fief. Tout ça est revenu aux oreilles du Fermier, qui était persuadé d'avoir complètement écrasé la concurrence.

— Avec Kincaid, il a donc voulu faire un exemple ?

— Je pense que oui, madame la commissaire.

— Jenkinson a assisté au meurtre ?

— Il prétend que non.

— Et vous croyez à sa version ?

— Oui, madame. Et ce n'est pas parce qu'il va à l'Église. Il a l'air de regretter sincèrement son passé, la drogue, le deal et tout le reste. Il raconte que, cette nuit-là, les fusées n'arrêtaient pas d'exploser ; la musique jouait très fort et il y avait des gens ivres un peu partout. Certains perdaient même connaissance et s'endormaient sur place. Dans ces conditions, il est peu probable que quelqu'un ait surpris les détonations, ou se soit seulement aperçu que Kincaid était mort.

— Formidable, fit Banks. Est-ce que Jenkinson connaît McCready ?

— Il soutient que non. Par contre, il dit avoir remarqué un jeune homme de type asiatique sur les lieux, tard dans la soirée. Il portait un blouson en cuir noir, et il avait glissé une main à l'intérieur, à la Napoléon, vous voyez, comme s'il voulait camoufler quelque chose.

— Une arme à feu, par exemple, compléta Banks. Il en a fait part à l'équipe du commissaire Quisling, sur le moment ?

— Non. Et ce pour deux raisons, à l'entendre : ses souvenirs étaient très imprécis – il avait ingurgité pas mal d'alcool – et en plus il ne voulait pas avoir la police sur le dos, si jamais ils tenaient compte de ses déclarations. Il avait peur qu'ils le piègent, qu'ils le harcèlent. Il tenait à rentrer à Eastvale sitôt après sa déposition.

— Il ne m'en a pas parlé non plus quand je l'ai interrogé à Eastvale, observa Banks, quoiqu'il ait fait allusion au conflit entre le Fermier et Kincaid. C'est d'ailleurs par lui que j'ai connu ce nom. J'ai insisté, mais il a affirmé qu'il ne savait pas qui ça désignait, ni même s'il s'agissait d'un surnom. À l'époque, on n'avait pas repéré Jaff McCready.

— Si les empreintes du Fermier sont restées sur le chargeur, récapitula Gervaise, et s'il y a des chances que McCready soit l'assassin, il faut croire que Fanthorpe lui a donné cette arme en le chargeant de la mission. À titre de test, ou de rituel initiatique. Il fallait qu'il fasse ses preuves.

— Possible. Du coup, nous voilà plongés dans un règlement de comptes précipité par l'initiative d'Erin Doyle.

— Il se peut que McCready ait utilisé le pistolet comme moyen de pression sur le Fermier, supputa Gervaise.

— Ça m'étonnerait beaucoup. Un malfaiteur de l'acabit de Fanthorpe ne tolérerait jamais qu'on le traite comme ça. Si McCready avait tenté ce genre de chantage, Ciaran et Darren auraient déboulé chez lui dans la minute, et ils l'auraient taillé en pièces avant de balancer les restes dans le canal. Je vous garantis que si le Fermier a bien confié une arme à McCready pour le meurtre de Kincaid, il ne soupçonnait pas qu'il l'avait conservée.

— Mais dans quel but il aurait fait ça ?

— Par souci de sécurité, ou par refus d'obtempérer ? McCready et son copain Mallory étaient des passionnés d'armes à feu. Un de leurs hobbies. Et nos collègues du West Yorkshire n'ont toujours pas découvert le labo clandestin. Quand ils le trouveront, je gage qu'ils dénicheront en même temps une cache de Baïkal. Les Smith & Wesson sont des modèles recherchés. Le Fermier a sûrement donné l'ordre à McCready de s'en défaire une fois le boulot terminé, mais le petit merdeux s'est permis de le garder. Quand il a eu effacé ses propres empreintes, il a dû se douter que celles de Fanthorpe étaient toujours sur le chargeur. Peut-être que ça le rassurait, que ça lui donnait un sentiment de puissance.

— Ça paraît logique.

— Nous avons pas mal de bribes d'informations à notre disposition, et il y a une certaine cohérence entre elles. Mais si nous voulons régler cette affaire, il faut se dépêcher de trouver l'adresse de ce Justin Peverell, à Highgate. On est condamnés à attendre, et ce n'est jamais agréable quand il y a autant en jeu. Il faut renforcer la surveillance routière. Si leur camionnette a tenu le coup, ils doivent encore ramer sur la voie de gauche, quelque part sur la M1.

— Et dans le cas contraire ?

— Alors ils se sont planqués je ne sais où en chemin, et McCready est en train de cogiter pour se procurer un nouveau véhicule.

— La police de la route a déjà reçu l'ordre de guetter une camionnette blanche se dirigeant vers Londres à faible vitesse. Et si jamais ils ont fait halte pour la nuit, ça nous laisse davantage de temps pour pister ce fameux Justin. C'est lui la clé du problème. Dès qu'on connaîtra son adresse, on pourra placer son domicile sous surveillance.

— Vous avez raison. Mais McCready ne va sûrement pas traîner. Il se débrouillera pour repartir aussi vite que possible. Il a besoin de Justin, ou du moins de ce qu'il peut lui fournir. Ensuite il s'évanouira dans la nature. Il se l'imagine, en tout cas.

— Et Tracy ?

— Je préfère ne pas y penser. Selon moi, il n'a aucun intérêt à lui faire du mal. Ciaran et Darren non plus, d'ailleurs, malgré les menaces du Fermier. En revanche, je conçois que Tracy puisse devenir une charge inutile, une fois que McCready sera parvenu à ses fins. Voilà pourquoi on doit le prendre de vitesse.

— Nous avons des unités armées prêtes à entrer en action sur tout le territoire, signala Gervaise.

— Je ne sais pas pourquoi, mais ça ne me rassure pas plus que ça, fit Banks avec un sourire sarcastique.

— On s'occupe tout de suite du Fermier ? Maintenant qu'on a comparé les empreintes sur la photo à celles du chargeur du Smith & Wesson, on a les moyens de lui mettre un peu la pression.

— Je crois qu'on n'y gagnera rien. Il refusera de nous parler, et ses avocats viendront le tirer de ce mauvais pas. Tout ce que ça nous prouve, c'est qu'il a manipulé la pièce à un moment donné. Rien n'indique qu'il ait tiré lui-même sur Marlon Kincaid. Et je parie qu'il ne l'a pas fait, en plus. Je suis sûr qu'il n'assistait pas à cette fête. Il nous servira un alibi en béton.

— Vous avez pourtant dit que le nom du Fermier avait été cité au cours de l'enquête, avança Winsome.

— Par Ian Jenkinson, c'est exact, mais il ignorait à qui ça renvoyait. Dans l'immédiat, nous n'avons aucune raison de l'arrêter…

— Pour obstruction à la justice, éventuellement ? proposa Gervaise. Ou pour avoir fait perdre leur temps aux forces de police.

— Je vous conseille de chercher des arguments plus solides. Pour le moment, contentons-nous de le tenir à l'œil. On…

— Ne vous inquiétez pas, Alan. La police de Ripon ne le lâche pas. Il ne risque pas de bouger.

— Oh, il n'en a pas besoin. Il peut très bien opérer depuis son confortable salon. Des nouvelles de Ciaran et Darren ?

— Impossible de faire le tour des hôtels de Londres. Et qu'est-ce qui nous dit qu'ils ne logent pas dans une maison particulière ? Nous savons seulement qu'ils sont à Londres et qu'ils attendent des instructions, comme nous vous en avons informé.

— Vous avez vérifié les biens fonciers de Fanthorpe ?

— Oui. Il n'y a rien à Londres. Pas à son nom, du moins, ni à celui d'une de ses sociétés enregistrées.

— Merde. On n'a plus qu'à attendre, alors.

— Nous avons attesté la connexion entre Fanthorpe, le pistolet, McCready et une affaire de meurtre non résolue, c'est déjà ça. Encore quelques pièces, et nous serons à même de reconstruire le puzzle.

— Et la Police Métropolitaine est sur la piste de Justin Peverell, ajouta Winsome. Le service des Renseignements. Ils ont pris contact avec leurs informateurs, et quelques hommes se sont infiltrés dans le milieu des trafiquants. Ils prennent de gros risques, et ils font de leur mieux.

— Je sais, fit Banks, et j'apprécie beaucoup. Loin de moi l'idée de critiquer, je suis juste frustré, vous comprenez.

— Et si vous regagniez vos pénates ? suggéra Gervaise. Allongez-vous et tâchez de dormir un peu, si vous pouvez. Ici vous ne servez à rien. Nous avons suffisamment d'effectifs pour gérer tout ça. On ne sait jamais, vos paupières risquent de se fermer toutes seules. Nous on s'occupe de tout et on vous avertit à la minute où il y a du nouveau.

— Vraiment ?

— Oui, je vous le promets.

— Bon, je vais peut-être suivre votre conseil. Et Annie, comment ça se passe ?

— Elle tient le coup. Son père est à ses côtés. Pour ça aussi, je vous tiendrai au courant. (Elle insista, consciente des hésitations de Banks :) Soyez tranquille, c'est moi qui veillerai personnellement au grain. Je vais déléguer momentanément pas mal de tâches secondaires. Winsome, continuez à creuser la piste de Londres. On finira bien par obtenir un résultat. Il y a forcément quelqu'un là-bas qui connaît ce Justin Peverell.

— Bien, madame. J'ai déjà quelques idées sur le feu.

— Parfait. Et n'oubliez pas, Ciaran et Darren sont eux aussi à la recherche de Justin, et je ne donne pas cher de sa peau s'ils arrivent à nous devancer.

— Moi non plus, opina Banks. Ni de celle de Jaff et de Tracy. Ciaran s'est offert quelques apéritifs ces deux derniers jours, et il est sûrement pressé de conclure. (Il jeta un regard penaud à Winsome.) Si vous me passez la métaphore.

Winsome s'abstint de tout commentaire.

On frappa un coup bref à la porte, et un agent fit son apparition, un post-it jaune dans son énorme paluche.

— Désolé de vous déranger, madame la commissaire, mais c'est important, et j'ai pensé qu'il fallait vous prévenir tout de suite.

— Qu'est-ce que c'est ? Faites voir.

— C'est au sujet de l'inspecteur Cabbot. Un message de l'hôpital Cook. Elle a repris connaissance.

Gervaise se tourna vers Banks en souriant.

— Alan ? Je suppose que ceci modifie un tout petit peu vos projets ?

— Bien sûr. Je dormirai dans une autre vie. Winsome, vous voulez bien prendre le volant ?

— Avec grand plaisir.

Le Fermier se sentait mal à l'aise après le passage de Banks et de Winsome. Il ne s'inquiétait pas outre mesure, cependant. Ils ne détenaient aucune preuve contre lui, et ils n'en auraient jamais. La marchandise ne transitait jamais entre ses mains, il ne conservait aucun document compromettant, et, en règle générale, ceux qui connaissaient son nom n'étaient pas assez bêtes pour le crier sur les toits. Il y avait bien eu une fuite, mais tout ça remontait à plusieurs années, et même si le gamin avait survécu, il n'avait pas compris à qui il avait affaire. À ce qu'il savait, il suivait actuellement des études pour devenir pasteur. Très bien. Fanthorpe aimait se tenir à jour sur les gens qui avaient croisé son chemin, et ça pouvait toujours servir d'avoir un ecclésiastique à sa botte.

Le jeune en question était toxico, à l'époque, et le Fermier avait cessé d'employer des drogués. Il avait réalisé que dans sa branche, mieux valait avoir les yeux en face des trous, ce qui impliquait en premier lieu qu'on ne goûtait pas à la dope. Quand un tenancier de pub commence à picoler ses propres réserves, la boutique peut s'écrouler sans qu'il s'en aperçoive, pendant qu'il cuve au PMU du coin après le départ des turfistes. La meilleure politique était de s'abstenir, tout simplement. Le Fermier en avait décidé ainsi. Ce qui ne l'empêchait pas de s'envoyer un petit whisky de temps à autre, se disait-il en remplissant son verre.

C'était pour cette raison que Jaff l'avait toujours un peu inquiété. Il consommait de la drogue, le Fermier ne l'ignorait pas, surtout de la cocaïne. Pourtant ce gosse était tellement vif et intelligent, efficace et impitoyable, que ça paraissait secondaire. Certaines personnes toléraient spécialement bien les psychotropes, elles fonctionnaient encore mieux avec, ou tout au moins leurs facultés n'étaient pas altérées. Jaff en faisait partie. Apparemment.

Le Fermier l'avait averti d'entrée de jeu que s'il le surprenait dans un état lamentable, il sévirait immédiatement. Ça ne s'était jamais produit. Si Jaff s'était présenté défoncé à un de leurs rares rendez-vous, Fanthorpe n'en avait détecté aucun signe. Tout ce qu'il voyait, c'est que la réflexion de Jaff était toujours affûtée et logique, et qu'il contribuait à remplir ses caisses. Le môme était un peu arrogant, certes, il avait tendance à se prendre pour son associé plus que pour son employé, mais au fond ce n'était pas très loin de la vérité. En tout cas, le Fermier préférait que Jaff en soit convaincu, jusqu'à un certain point.

Cette fois pourtant, il avait dépassé les bornes. Si le Fermier ne prenait pas rapidement des mesures radicales pour éradiquer la source de ses ennuis, il allait devoir s'avouer vaincu. En fait il y avait plusieurs sources, puisque la fille de Banks, en qui il avait d'abord vu une solution crédible, s'avérait faire partie du problème. Elle devrait subir le même sort que Jaff, finalement, et ensuite tout rentrerait dans l'ordre. Ciaran et Darren disparaîtraient à l'étranger pour une période raisonnable, les opérations seraient réduites au strict minimum – juste pour ne pas bloquer la machine –, comme un animal en hibernation, et quand cette affaire se serait tassée, la situation pourrait revenir à la normale.

Confortablement installé dans son profond fauteuil, le Fermier sirota son Ardbeg en promenant son regard sur les lambris reluisants, les scènes de courses encadrées, les carafons en cristal et les cabinets ornementés. La musique classique passait toujours en fond sonore, un morceau qu'il ne connaissait pas. Quelque chose de doux et d'apaisant à base de cordes et d'instruments à vent, sans le fracas des cuivres. C'était tout ce qui lui importait. Il alluma un cigare cubain.

Jamais il n'arriverait à comprendre les flics, même s'il vivait mille ans. Dans le temps, quand tout le monde savait à quoi s'en tenir, ils tabassaient des innocents pour leur arracher des aveux, et il leur arrivait même de les faire pendre, ils se laissaient facilement soudoyer, refourguaient pour leur compte la drogue saisie et cédaient généralement à la folie et au chaos d'un pouvoir dévoyé. Mais au moins on était fixé.

Les réformes des années 80 avaient remis un peu d'ordre dans tout ça, mais Fanthorpe ne se décidait pas à croire que ces pratiques étaient révolues, qu'on ne molestait plus les suspects et que les flics refusaient les bakchichs. Et à côté de ça il existait des gens comme ce Banks, un franc-tireur notoire et un mauvais garçon, pourtant, qui ne levait même pas le petit doigt pour sauver la vie de sa fille. Drôle de monde, tout de même.

Et Jaff… voilà ce qu'il était devenu. Fanthorpe revoyait encore leur première rencontre, six ans auparavant, dans un restaurant chic des Calls. Il dînait avec quelqu'un qui avait désigné Jaff à la table voisine, en compagnie de deux filles magnifiques.

— Alors comme ça, tu es le petit McCready, avait-il dit en lui serrant la main. Ravi de te rencontrer. Je ne connaissais pas personnellement ton père, mais le bougre m'a fait perdre quelques sous, à une époque.

Jaff lui avait souri, mais son regard sombre et tourmenté ne s'était même pas éclairé.

Ils avaient discuté courses de chevaux, un sujet que Jaff semblait assez bien maîtriser, et ils n'avaient pas tardé à comprendre qu'ils étaient faits de la même étoffe, tous les deux, même si rien n'avait été dit explicitement.

Le Fermier avait remis sa carte à Jaff, et celui-ci lui avait fait cadeau d'une des deux filles, avec la clé d'une chambre dans un discret hôtel-boutique situé de l'autre côté de la rue. Quelle nuit. Leur association s'était vite révélée fructueuse. Par la suite, ils avaient dû limiter les contacts pour protéger leurs affaires, mais il ne cessait d'imaginer Jaff en pleins ébats avec de superbes créatures, pendant que lui passait ses soirées à la maison à se faire du mouron pour les factures, la scolarité de ses filles et les dépenses de plus en plus inconsidérées de Zenovia dans les boutiques. Il avait conscience d'envier Jaff, de vivre par procuration à travers lui. Il devait même s'avouer qu'à un moment, il avait vu en lui le fils qu'il n'avait jamais eu. Même dans le boulot, il lui fallait reconnaître que c'était son meilleur associé depuis le début.

Quelques mois après leur première rencontre, il se rappelait lui avoir remis à cet endroit précis, dans le salon où il était assis, le Smith & Wesson automatique. Il avait lui-même inséré le chargeur, et lui avait indiqué sa cible en lui recommandant de bien jeter l'arme dans la rivière sitôt terminé. Manifestement, il n'avait pas respecté cette partie du contrat. Était-ce si grave que ça, dans le fond ? Il avait commis une négligence, cette fois-là, et les flics risquaient de trouver ses empreintes sur le chargeur. Et après ? Jaff ne causerait pas, ça c'était garanti.

Il en était là de ses réflexions lorsque son mobile personnel retentit, une sonnerie qui imitait celle des appareils à l'ancienne. Il décrocha en aboyant son nom. À l'autre bout de la ligne, quelqu'un lui donna un nom et une adresse, et puis il y eut un déclic. C'était tout ce qu'il attendait, il ne lui en fallait pas davantage. Il composa le numéro du jetable de Darren.

— Inspecteur ? fit Winsome en roulant vers l'hôpital.

— Pas la peine de m'appeler comme ça.

— Je sais, mais ça me rassure, à certains moments.

— Je dois en déduire que vous me préparez une question gênante ? Des doléances ?

— Ni l'un ni l'autre, j'espère. Je me demandais seulement… ce qui vous avait retenu d'accepter l'offre de Fanthorpe.

— De votre part, cette question me surprend tout particulièrement.

— Qu'auriez-vous fait si je n'avais pas été là ?

— Vous pensez que je me serais laissé convaincre ?

— Non, inspecteur, je n'ai jamais dit ça. Mais est-ce que vous auriez réagi de la même façon ? Après tout, vous auriez pu feindre d'être d'accord pour collaborer, et le coincer après avoir récupéré Tracy.

— On ne joue pas avec le diable, Winsome, et je n'étais pas sûr d'emporter la partie.

— Inspecteur ?

Avec un soupir, Banks jeta un regard par la vitre. Derrière les bâtiments, il voyait briller des éclairs. Quand Tracy était enfant, il se souvenait que les orages l'effrayaient. Pourvu qu'elle n'ait plus peur, se disait-il, elle avait déjà suffisamment de problèmes.

— Actuellement, nous avons atteint l'étape difficile où Fanthorpe, Jaff, Ciaran et Darren ont presque toutes les cartes en main. C'est à ce stade, aussi, que les choses peuvent dérailler. Un moment charnière. C'est une situation épineuse, à plus forte raison quand on doit prendre des décisions qui influent sur la vie de votre fille.

— Je ne comprends toujours pas, inspecteur.

— Je suis fatigué, Winsome. Plusieurs raisons, d'ordre éthique, personnel et pratique, expliquent que j'aie décliné l'offre généreuse du Fermier. Et elle n'était pas si généreuse que ça, quand on y regarde de plus près.

— Pourquoi donc ?

— Fanthorpe n'était pas réellement en mesure de garantir la sécurité de Tracy. Vu ce que Darren et Ciaran s'apprêtent à faire, la situation qu'on aborde est forcément immaîtrisable et pleine d'aléas, susceptible de dégénérer à n'importe quel moment. Il est impossible de prévoir l'issue, on ne sait pas comment ça va tourner. Un battement d'ailes de papillon à Mexico, et la face du monde est changée. Si j'avais parié sur Fanthorpe, j'aurais tenté un coup de poker, rien de plus. Et dans les conditions actuelles, je conserve au moins un minimum de contrôle sur les événements, et je n'ai pas à avoir honte de moi-même. Dans l'immédiat, ça fera l'affaire. Ce sont des choses qui comptent sur le long terme, croyez-moi. On est arrivés, non ?

Tracy Banks ne dormait pas, allongée dans l'obscurité. Dès qu'elle bougeait, les liens qui attachaient ses poignets et ses chevilles aux montants du lit lui donnaient l'impression d'être couchée sur un chevalet. Et les grondements du tonnerre au-dehors éveillaient en elle un sentiment de malaise, profond et primitif. Jaff n'avait pas tardé à s'assoupir malgré les effets stimulants de la coke. Il ronflait doucement à côté d'elle, et elle distinguait les contours de son corps lisse et dénudé qui brillait dans le noir. Quatre heures vingt-trois. L'heure du diable. La mort dans l'âme, Tracy se sentait salie, bafouée, avilie. Et impuissante.

Jaff avait abusé d'elle après l'avoir ligotée, bien entendu, et ensuite il s'était désintéressé d'elle et avait allumé la télé en râlant, marmonnant qu'il allait faire monter Madison puisque Tracy n'était pas plus réceptive qu'un sac de pommes de terre. Ça aurait pu se passer plus mal, il ne l'avait pas frappée. Il s'était borné à la baiser sans enthousiasme avant de s'endormir devant la télé. Elle avait déjà connu une expérience pire que celle-ci, quand un inconnu l'avait reconduite chez elle après une soirée en boîte bien arrosée, et l'avait maladroitement tripotée sur la banquette arrière. Aujourd'hui, pourtant, elle n'était ni soûle ni droguée, et Jaff n'était pas un étranger, même si elle le trouvait plus indéchiffrable que tous les garçons prévisibles avec qui elle avait déjà couché. Et puis ce n'était plus la même chose : il l'avait violée, cette fois. Il l'avait immobilisée pour lui imposer des relations sexuelles. Le fait qu'elle n'ait pas crié, pas résisté, ne changeait rien à l'affaire. Jaff était armé, et il la retenait prisonnière.

Elle ne pouvait pas atteindre le téléphone, placé du côté de Jaff. Ni la drogue ni l'excitation ne suffisaient à lui embrouiller les idées, et il ne perdait jamais de vue les réalités concrètes. Si seulement elle arrivait à s'emparer de la télécommande pour éteindre cette fichue télé, qu'il avait allumée juste avant de sombrer. Le vacarme du match de football américain lui mettait les nerfs à vif. Mais la télécommande aussi était de son côté, évidemment.

Tout à coup, elle eut l'intuition qu'il s'était réveillé.

— Tu as entendu ?

— Tout ce que j'entends, c'est cette télé de merde.

Ignorant sa colère, Jaff éteignit le récepteur et lui enjoignit de tendre l'oreille.

— Je n'entends rien du tout.

— Chut. Je crois qu'il y a quelqu'un derrière la porte.

— Ne sois pas parano, c'est juste l'orage. Ou quelqu'un qui a passé la nuit dehors et qui rentre dans sa chambre.

Mais Jaff s'était déjà levé, seulement vêtu de son caleçon blanc.

— La paranoïa est une forme de conscience supérieure.

— Et tu l'as dégottée où, cette sage maxime ?

— Elle est de Charles Manson, répliqua Jaff avec un sourire féroce.

Muni de son arme, il s'approcha de la porte et colla l'oreille contre le battant. Après avoir regardé par le judas, il décrocha la chaîne pour ouvrir la porte et scruta le couloir d'un côté et de l'autre.

— J'aurais juré qu'il y avait quelqu'un, fit-il en refermant.

Tracy ne se voyait pas l'inviter à se recoucher et à ne pas s'inquiéter. Vu sa position, il valait mieux qu'elle se taise. Elle ne dit pas un mot, espérant qu'il la laisserait tranquille et se rendormirait aussitôt.

Jaff s'étendit sur le lit, mais il demeura éveillé. Elle sentait la tension qui émanait de son corps roulé en boule auprès d'elle. Cependant il ne la toucha pas, et c'était déjà un soulagement.

Les heures se traînaient. L'orage finit par se calmer, et les premières lueurs de l'aube commencèrent à filtrer à travers les rideaux. Tracy se demanda combien de temps ils allaient rester ici avant de passer au garage, de se procurer une nouvelle voiture et de prendre la route de Londres... À quelle heure ouvrait l'établissement ? Sept heures ? Huit heures ? Neuf ? Si la voiture n'était pas enregistrée comme véhicule volé, les caméras pourraient toujours filmer leurs déplacements, ça ne mènerait à rien. Jaff avait beau être pressé, il ne commettrait aucune infraction sur la route et respecterait même les limitations de vitesse. Pour lui ce voyage était synonyme de liberté, tandis que pour elle il risquait d'aboutir à la mort.

Étendue sous les draps blancs et reliée à des tuyaux et à des machines, Annie avait toujours l'air aussi frêle et aussi pathétique, mais elle était sortie du coma. On avait retiré le tube de sa bouche, et elle réussit même à ébaucher un sourire crispé quand elle le vit entrer. Il prit sa main libre et la pressa doucement.

— Comment te sens-tu ?

— J'ai l'impression d'avoir été percutée par un poids lourd.

— Deux balles de Baïkal calibre 9, plus précisément.

— Oh, toi, tu n'as aucun sens du romantisme.

Banks lui sourit, sentant qu'elle serrait sa main en retour. Sa respiration était sifflante.

— J'ai encore du mal à respirer, par moments. Tu veux bien me passer de l'eau ?

Banks lui tendit le gobelet avec la paille coudée.

— Je pense que la morphine te fait du bien, non ?

— En effet. Tu en veux une dose ?

— Je ne crois pas que le médecin serait d'accord. Et puis je m'effondrerais sûrement à côté de toi si j'avalais autre chose que du thé ou du café…

Un long silence s'installa entre eux, ponctué par le bip des machines. Annie étreignit de nouveau sa main.

— Ce ne serait certainement pas désagréable, mais avec ces tuyaux et ces aiguilles, ça serait la pagaille. Enfin, je suppose que ce n'était pas le but de ta visite.

— Si tu veux savoir, je suis ici parce qu'on m'a annoncé tout à l'heure que tu étais de retour parmi les vivants, et je tenais à m'en assurer de visu. Annie, je suis venu parce que c'est important pour moi, voilà. Ça l'est pour nous tous.

— Tais-toi, ou je vais fondre en larmes.

Elle dégagea sa main un instant pour s'essuyer les yeux.

— Et Ray, il n'est pas là ?

— Il est parti se reposer, finalement. Il a été long à convaincre.

— Ça ne m'étonne pas. Au fait, ta copine t'envoie le bonjour.

— Ma quoi ? Ah, oui, tu as rencontré Nerys ?

— Oui. Tu lui as drôlement tapé dans l'œil, on dirait.

— Elle prétend pourtant que je ne suis pas son genre.

— Elle a eu peur de te faire fuir, sans doute.

— Qu'est-ce que tu en sais, d'abord ? Tu es devenu un spécialiste de la question, du jour au lendemain ? N'empêche, Nerys est quelqu'un de bien. Dis-lui que je la remercie. Alors, tu ne me soumets pas à un interrogatoire ?

— J'en mourais d'envie, en fait. C'est ma priorité absolue. Sérieusement, si tu peux répondre à quelques questions, puisque je suis là…

— Sale type, rétorqua Annie en enfonçant les ongles dans sa paume. Expert en psychologie, à ce que je vois. Tu sais, je ne me souviens quasiment de rien. À part…

— À part ?

— Tracy.

— De quoi te rappelles-tu ?

— Qu'elle était à Newhope Cottage, pas grand-chose de plus. C'est elle qui m'a ouvert la porte, et on a bavardé.

— Comment elle t'a semblé ? Tu t'en souviens ?

Effrayée, je dirais. Et nerveuse. Elle se rongeait les ongles, elle regardait sans cesse par-dessus son épaule.

— Comme si elle n'était pas libre de ses mouvements ?

— Elle avait l'air de jouer un rôle pendant que quelqu'un la surveillait, et qu'elle tâchait d'avoir l'air convaincante. Et elle chancelait un peu sur ses jambes, comme si elle avait bu ou pris de la drogue.

— Tu as vu quelqu'un d'autre ?

— Tu veux parler de Jaff McCready ? Non, je n'ai aperçu qu'une silhouette. Tout s'est précipité. Et après c'est le trou noir.

— Il y a des chances que Tracy t'ait sauvé la vie. Elle a alerté les secours en faisant le 911. Ça lui a coûté son précieux mobile, et elle s'est peut-être pris une raclée, mais elle a réussi.

— Remercie-la bien de ma part, fit Annie en souriant.

— Je n'y manquerai pas.

— Il y a un problème ?

Banks fit non de la tête, caressant la main d'Annie en fixant la peau desséchée de la paume.

— J'ignore où elle se trouve actuellement, je sais uniquement qu'elle est en danger.

— Jaff l'a gardée avec lui ?

— Oui.

— Je suis vraiment désolée, Alan.

— On va les retrouver, promit Banks en lui tapotant la main. Tu sais, le docteur m'a recommandé de ne pas trop te fatiguer.

— De mon point de vue, c'est toi le plus lessivé de nous deux.

— C'est à cause du décalage horaire, la journée a été longue.

— Ça ne servira à rien si je te conseille de rentrer dormir, n'est-ce pas ?

— C'est impossible…

Banks laissa sa phrase en suspens.

— Pardon ? Ah, oui, bien sûr. (Banks vit à son expression qu'elle venait de comprendre.) La fusillade. Je regrette, Alan. Je suis navrée de m'être fait tirer dessus dans ton charmant jardin d'hiver et d'avoir transformé ta maison en scène de crime.

Banks s'apprêtait à protester, à rassurer Annie par quelque réplique idiote, quand il nota le sourire malicieux qui relevait ses lèvres.

— Tu me fais marcher.

— Exact. (Son regard se porta derrière Banks, et la joie illumina son visage.) Winsome ! Que je suis heureuse de te voir !

— Et moi donc !

Winsome se précipita pour la serrer délicatement contre elle en prenant bien soin de ne pas déranger le fouillis de tuyaux et de fils. Elle tendit son mobile à Banks.

— Tenez, ça peut vous intéresser.

Banks s'excusa et se hâta de sortir dans le couloir. La commissaire Gervaise patientait à l'autre bout de la ligne.

— Alan ? Dans quel état l'avez-vous trouvée ?

— Épatant. Fantastique. Vous avez des nouvelles ?

— Ne vous enflammez pas. On ne sait toujours pas où sont Jaff et Tracy, mais on se rapproche de Justin Peverell. Disons que c'est Winsome qui a tapé juste avant de partir pour Middleborough, même si elle l'ignorait encore. On vient seulement de nous rappeler. Pour tout dire, son contact n'était pas tellement chaud pour traiter avec moi. Un vrai malotru.

— Excellent. Enfin, désolé qu'il ait été impoli, ce n'est pas ce que je voulais dire.

— Bien sûr, bien sûr. En tout cas, la Police Métropolitaine ne se réjouit guère à l'idée de coincer Peverell, à en croire un dénommé Burgess. Le commandant Burgess. Il m'a écoutée avec beaucoup d'attention. Un ami à vous, si je ne m'abuse ?

— On se connaît, effectivement. Qu'est-ce qu'il vous a dit ?

— Simplement que son service – qu'il a refusé de nommer, soit dit en passant – surveillait Peverell depuis un bout de temps, ce qui leur a permis de repérer un certain nombre d'intermédiaires et de trafiquants qu'ils n'avaient pas encore identifiés. Plus quelques filières et méthodes inconnues d'eux pour faire entrer en fraude des demandeurs d'asile et des travailleuses du sexe. Peverell ne se savait pas surveillé, et si on vient à le coffrer, ils perdront une source d'informations précieuse pendant que les coupables se disperseront dans la nature.

— Il ne peut pas accélérer le mouvement ? Épingler les autres avant qu'on attrape Peverell ?

— Quelques-uns, oui. C'est ce que j'ai moi-même préconisé, et il travaille dans ce sens en ce moment. Mais ça ne l'arrange pas du tout, et il tenait à me le faire savoir. Vous savez comment ça marche. On espère toujours aller plus loin. Pour Burgess, Peverell pouvait encore s'avérer utile.

— Oh, ce n'est pas un exemplaire unique, il lui trouvera un remplaçant. Qu'est-ce qu'il a dit d'autre ?

— Il va faire surveiller le domicile de Peverell à Highgate. On leur a faxé les portraits de Darren et Ciaran, ainsi que des photos de Jaff et de Tracy. Ils signaleront toute personne pénétrant dans la maison, et prendront en filature quiconque en sortira.

— Très bien. Je préfèrerais qu'on intercepte Jaff et Tracy avant qu'ils arrivent chez lui, mais ça me rassure qu'il y ait des renforts sur place en cas d'échec. Mon seul souci, c'est qu'ils risquent de dégainer un peu trop vite, si vous voyez ce que je veux dire.

— J'ai exposé la situation en détail au commandant Burgess. Il sait… que McCready tient votre fille, et il vous transmet toute sa sympathie. Il m'a bien précisé, aussi, qu'il n'acceptait de me parler que par égard pour vous. Et enfin, il s'est engagé à tirer Tracy de là indemne. Vous lui faites confiance ?

— Oui. Je ne me fierais pas aveuglément à ses petits camarades, mais lui m'inspire confiance.

— Pour l'instant on n'a pas de meilleure solution. Demandez à Winsome de vous raccompagner et accordez-vous un petit somme. Je vous préviens dès que j'ai des nouvelles.

Winsome s'approcha discrètement et le rejoignit dès qu'il eut coupé la communication.

— L'infirmière est passée, et elle m'a flanquée dehors. Elle nous demande de partir pour que la patiente puisse se reposer. Annie m'a chargée de vous dire au revoir.

— Winsome, espèce de petite crapule ! Vous avez appelé Dirty Dick derrière mon dos ? C'était donc ça, que vous aviez sur le feu ?

— Vous savez, fit Winsome en souriant, j'ai été en contact avec lui au moment de votre retour d'Amérique. Quand on vous a cueilli à Heathrow, il nous a demandé de le tenir au courant des événements. Entre ce que vous m'avez raconté à son sujet et les conversations que j'ai eues avec lui, j'en ai conclu que c'était exactement le genre de bonhomme qui pouvait avoir des informations sur le milieu qui nous intéresse. Du coup, je lui ai téléphoné.

— Il faut croire que vous lui avez plu.

— Inspecteur !

— C'est bon, pas la peine de vous affoler. Burgess se laisse séduire par tout ce qui porte jupe.

— Voilà qui me réconforte.

— Il me reste une petite chance de me faire déposer à Gratly ?

— À condition que vous présentiez des excuses et promettiez d'éviter les propos déplacés.

— Vous êtes dure en affaires, Winsome, mais je pense que c'est dans mes possibilités.

Une silhouette mince remontait le couloir pour les rejoindre.

— Dr Sandhar, fit Banks en lui tendant la main. Je tenais à vous remercier.

Sandhar lui serra la main, un peu gêné.

— Il n'y a pas de quoi, ce n'est pas moi qui mérite tous les éloges. (Il toussota avant de demander :) J'aimerais vous parler quelques minutes, si ça ne vous ennuie pas. Au même endroit que la dernière fois, ça ira ?

Banks et Winsome échangèrent des regards intrigués avant d'emboîter le pas au Dr Sandhar.

— Il y a quelque chose de nouveau ? s'enquit Banks en s'asseyant sur la papier gaufré de la table d'examen. Un problème ?

— Oui, malheureusement, bien que je sois extrêmement satisfait des progrès de Mlle Cabbot. Sa fracture à la clavicule est ennuyeuse, bien sûr, et il se peut qu'elle limite considérablement les mouvements de son bras. En général, il faut entre et quatre et six semaines d'immobilisation pour que l'os se ressoude convenablement, mais dans le cas présent, il s'est fragmenté en même temps que la balle. Même si nous avons extrait les éclats, la guérison pourra demander trois bons mois, et Mlle Cabbot risque de subir une gêne et des douleurs importantes. Cela dit, elle se rétablira avec le temps. Bien entendu, il faudra une longue rééducation avant qu'elle puisse jouer au tennis ou au golf. Sans parler d'intégrer l'équipe de football féminine.

Ce n'était pas gravissime, pensait Banks. Annie n'avait jamais adoré le sport. Malgré tout elle aimait le yoga, et elle serait sûrement très malheureuse d'avoir perdu de la souplesse.

— Et les fragments de la balle ? Ils se sont écartés du point d'entrée ?

— Ils ont causé un surcroît de dommages aux muscles et aux tendons, dont on se serait bien passé. Naturellement, ça crée une complication à la fracture de la clavicule, et le processus de guérison n'en sera que plus lent et plus pénible. Mais ce n'est pas le plus gênant.

— Qu'est-ce qui se passe ? demanda Banks, la gorge nouée.

— L'autre balle, celle qui ne s'est pas fragmentée. Comme je vous l'ai expliqué, elle a perforé le poumon droit avant d'aller se loger dans la colonne vertébrale, tout près de la T5, une des vertèbres dorsales, dans la région thoracique antérieure. Est-ce que je…

— Oui, vous êtes très clair. Continuez, s'il vous plaît.

Les vertèbres n'ont pas été endommagées, et par chance il ne s'agissait pas de balles à tête creuse. Toutefois, je pense que Mlle Cabbot aura besoin d'une nouvelle intervention, et un acte chirurgical aussi délicat présente toujours des risques…

— Pour la moelle épinière, c'est ça ? Il y a un danger de paralysie ?

— En effet. Cependant, je veux que vous sachiez que cet hôpital dispose des meilleurs spécialistes en traumatologie et en chirurgie du thorax et de la colonne vertébrale. Nous avons les équipes les plus performantes du pays, voire de toute l'Europe.

— Oui, je connais votre réputation, fit Banks avec un pâle sourire. Tout de même, elle est susceptible de finir dans un fauteuil roulant ?

— La formule est un peu crue, mais c'est bien cela. Le risque est toujours présent, même si on exclut l'opération. Pour tout vous dire, certains chirurgiens y sont opposés. Ils craignent que l'extraction de la balle ne déstabilise le rachis.

— Mais vous, vous n'êtes pas d'accord ?

— Je vous le répète, il est impossible d'éliminer tous les risques. Au vu des circonstances, il serait tout à fait légitime de solliciter un deuxième avis. Le père de Mlle Cabbot est déjà au courant, il est en train d'y réfléchir. Il faut aussi prendre en considération d'autres facteurs, comme les infections ou les empoisonnements du sang.

— Un conflit entre médecins ne nous apportera rien de bon. Pour quelle date avez-vous prévu l'opération ?

— C'est difficile à dire. Ce qui est certain, c'est que nous ne pouvons pas intervenir tant que le poumon n'est pas guéri et que Mlle Cabbot n'a pas complètement surmonté le choc subi par son organisme. Et nous attendons aussi qu'elle se remette de ses autres blessures. C'est quelqu'un de jeune et de robuste, comme elle l'a déjà prouvé, et elle n'avait jusque-là aucun souci de santé, ce qui me rend plutôt optimiste pour la suite. Seulement, il est impératif qu'elle reprenne des forces.

— Vous avez tout de même une idée du délai ?

— Si nous prenons la décision d'opérer, le plus tôt sera le mieux – dans les limites de ce que je viens de vous expliquer. Le tissu cicatriciel commence à se former au bout de deux semaines environ, et l'opération devient ensuite plus complexe. Il n'est pas garanti pour autant que nous puissions intervenir aussi vite, cela dépendra principalement de ses progrès.

— Et dans l'intervalle, elle restera hospitalisée ?

— Oui, bien sûr. Et elle devra aussi éviter tout mouvement superflu.

— Et dans l'immédiat ?

— Nous la gardons sous étroite surveillance, et nous vérifierons régulièrement que la balle ne s'est pas déplacée.

— Quelles seront les conséquences si elle vient à bouger ?

— Ne vous affolez pas, monsieur Banks, l'encouragea le Dr Sandhar avec un sourire. Nous avons encore une petite marge de manœuvre. Pas suffisante, cependant, pour que nous nous hasardions à opérer tant que l'état général de Mlle Cabbot ne s'est pas amélioré. J'espère avoir répondu à vos attentes, acheva-t-il en se levant. Je vous prie de m'excuser, à présent, j'ai des patients à aller voir.

— Encore tous mes remerciements.

C'était étrange de se trouver à nouveau dans la Maison Steadman, se disait Banks en montant à son appartement. Cela ferait bientôt cinq ans qu'il s'y était installé pour la première fois, pendant la réfection de Newhope Cottage qui avait suivi l'incendie. Sitôt entré, il alluma les lumières. Il flottait à l'intérieur une odeur de propre, où perçait un parfum de désodorisant à la lavande. Le décor était dépouillé et impersonnel : quelques rares meubles, des doubles vitrages et de banals paysages du Yorkshire encadrés aux murs. Pas de désordre, pas de photos de familles, pas de messages en attente sur le répondeur téléphonique. Rien.

Le fait de se trouver là lui fit immédiatement penser à son frère Roy, et à cette soirée où il avait quitté le Dog and Gun légèrement éméché, en se demandant pourquoi Penny Cartwright avait fermement décliné son invitation à dîner. En rentrant chez lui il avait trouvé l'appel au secours de Roy, catalyseur d'une série d'événements qui l'avaient mené à Londres, au cœur de l'univers interlope où évoluait son frère. Comme bien souvent, Burgess avait joué un rôle dans cette affaire.

En déposant ses bagages dans la chambre, Banks constata que le lit venait d'être fait, recouvert d'une courtepointe en chenille verte. Il jeta un regard par la fenêtre et vit que rien n'avait changé. La pièce donnait sur un minuscule cimetière sandemanien abandonné, pas plus grand qu'un jardin, et quelques pierres tombales s'adossaient au mur situé sous sa fenêtre. Il lui était arrivé maintes fois de s'asseoir là, sur la banquette, et d'éprouver un agréable sentiment de paix en contemplant les tombes sous la lune, tandis que le vent soupirait doucement au milieu des hautes herbes, mais ce soir il n'était pas d'humeur à le faire. Cinq ans auparavant, par une nuit comme celle-ci, il ignorait encore que la mort le frôlerait un jour de si près. Il s'en était fallu de si peu… Annie avait survécu, mais elle risquait de perdre l'usage de ses jambes, ou d'être plus gravement paralysée. Tracy était en vie, elle aussi, mais tant de périls pesaient sur elle ! Ce soir, il n'avait pas la moindre envie de méditer sur la brièveté de l'existence.

Banks emporta son sac dans la salle de bains et rangea ses affaires de toilette avant d'aller s'installer au salon. Là, il sortit sa bouteille de whisky brut de fût, un Laphroaig dix ans d'âge acheté hors taxe à l'aéroport de San Francisco. Sur le moment, il n'était pas certain de le boire lui-même, mais le petit avant-goût que lui en avait donné Burgess à Heathrow l'avait entièrement convaincu.

Il prit un verre à la cuisine et se versa un doigt de whisky, puis il ouvrit les rideaux et souleva légèrement la fenêtre pour laisser entrer l'air frais. De cette pièce, on profitait d'un panorama splendide côté nord. Le cours du Gratly Beck, mince ruban scintillant sous la lune, l'église de Helmthorpe, avec son clocher carré et sa petite tourelle incongrue… Au-delà, on apercevait les lumières d'une petite bourgade et le versant opposé de la vallée, où se détachait l'affleurement calcaire du Crow Scar, magnifique courbe au-dessus des hauts pâturages et des murs en pierres sèches, d'une blancheur d'ivoire dans le clair de lune argenté.

Banks s'occupa de brancher le socle d'extension portatif qui lui permettait d'utiliser son iPod dans les chambres d'hôtel. Le son n'était pas fabuleux, mais vu qu'il sortait d'un gadget de la taille d'un livre de poche, c'était déjà impressionnant. Il sélectionna sur sa liste l'album solo de Norma Waterson et éteignit le plafonnier pendant que la voix splendide et mélancolique entamait « Black Muddy

River ». Parmi les morceaux des Grateful Dead dernière période, c'était un de ceux qu'il préférait.

Assis dans le fauteuil, les jambes relevées, il s'absorba délicieusement dans la musique et savoura son Laphroaig en admirant Scar Crow.

Quand il ferma les yeux, il lui sembla que l'intérieur de ses paupières se fragmentait en un millier de cercles et de points multicolores et mouvants, comme les motifs d'un kaléidoscope. Il les frotta avec ses poings, mais l'effet ne fit que s'accentuer. Il sirota quelques gorgées de whisky en s'efforçant de garder les yeux ouverts. Il serait bientôt trois heures, et il était fort improbable qu'un événement décisif survienne avant le matin. Quand il pensait à Tracy un sentiment d'impuissance le rongeait, et il recommençait à se torturer l'esprit à propos de Brian, de Sandra et de ses parents. Devait-il les prévenir ? Si jamais il arrivait quelque chose à Tracy, ils ne le lui pardonneraient jamais. Mais si tout se terminait aussi bien qu'il l'espérait, ils ne sauraient jamais rien. La presse n'avait pas encore publié son nom.

Tandis que Norma Waterson disait dans sa chanson que Dieu avait un faible pour les poivrots, Banks se laissa emporter par le flux de ses pensées. Il n'était même plus sûr d'avoir envie de dormir. Épuisé comme il l'était, il avait peur de ne pas entendre la sonnerie du téléphone, posé sur l'accoudoir de son fauteuil. S'il cédait au sommeil, il risquait même de ne plus jamais se réveiller. Et dire qu'il ne s'était écoulé que deux jours depuis qu'il s'était éveillé près de Teresa dans la chambre du Monaco, à San Francisco. Tout cela lui semblait infiniment loin. Elle allait reprendre sa vie à Boston, et leur brève liaison ne serait plus à la longue qu'un pâle souvenir, comme cela se produisait immanquablement quand on ne gardait pas le contact. La chair n'a pas de mémoire.

Lorsque la conscience de Banks finit par enregistrer la sonnerie du mobile – les premières notes du troisième concerto brandebourgeois de Bach – le disque était fini depuis longtemps, et une brume matinale s'élevait du creux de la vallée, ses volutes flottant autour du clocher de l'église comme si de sinueux feux follets rampaient le long du versant opposé. Au-dessus de Crow Scar, l'aube nuançait de teintes rosées le ciel indigo.

Banks se réveilla en sursaut, et son rêve se terra aussitôt dans les replis obscurs de son esprit, tel un insecte effrayé par la lumière, laissant derrière lui une sensation d'angoisse et d'anxiété. Dans sa précipitation il faillit faire tomber le portable, mais il le rattrapa in extremis et décrocha en marmonnant :

— Banks à l'appareil.

— C'est Winsome. Désolée de vous réveiller, mais il y a du nouveau. Mme Gervaise vous réclame. Vous voulez que je passe vous prendre ?

— Merci, je veux bien. C'est au sujet de Tracy ?

— Non, non, ça ne concerne ni Tracy ni Annie, mais c'est quand même important. Je ne peux pas vous en dire davantage pour l'instant. On est en train de recevoir des informations. Je serai chez vous d'ici vingt minutes.

— Je me tiendrai prêt.

Banks raccrocha et passa la main sur son menton hérissé de barbe. En attendant Winsome, il avait juste assez de temps pour une douche et un rasage, ce qui l'aiderait au moins à reprendre figure humaine. Il faudrait aussi qu'il se brosse les dents, car son haleine avait encore des relents de whisky. Tout en se dirigeant vers la salle de bains, il se demanda ce qui pouvait rendre Gervaise si impatiente.

16

À quatre cents kilomètres de là, à peine une heure auparavant, le commandant Burgess, Dirty Dick pour les intimes, fut tout aussi déconcerté quand son téléphone le réveilla à une heure indue, et que le responsable de l'équipe de surveillance en faction devant chez Justin Peverell le pria de se rendre sur les lieux de toute urgence. Les pintes de blonde bas de gamme qu'il avait bues au pub dans la soirée lui avaient chamboulé l'estomac, et il eut un renvoi aussi acide que retentissant lorsqu'il se mit debout. Il jeta un coup d'œil à son lit pour vérifier qu'il avait bien dormi seul. Personne. Il enfila sa tenue de la veille, et quand il eut avalé deux cachets de Paracétamol, deux pastilles de Rennie et un Alka-Seltzer pour faire bonne mesure, il se servit une canette de Coca au réfrigérateur et prit le chemin du garage. Les jours où il était trop pressé pour se faire un café, le Coca lui assurait la dose de caféine requise pour que ses circuits se mettent en marche. Ces temps-ci, son corps avait un peu de mal à suivre le mouvement, mais son travail n'exigeait pas une grande forme physique. Les levers aux aurores constituaient d'ordinaire la partie la plus éprouvante de ses journées.

Le jour se levait à peine et, à cette heure-ci, la circulation n'était pas très dense à proximité de

Canary Wharf. En un rien de temps, il contourna Limehouse et Bethnal Green avant de traverser Hoxton et Holloway. Il se dirigeait vers une rue proche de Highgate Hill, au-delà de Junction Road, et l'ensemble du trajet ne lui prit pas beaucoup plus d'une demi-heure.

La maison qu'ils avaient réquisitionnée pour la surveillance se trouvait presque en face de celle de Justin Peverell. Les surveillances de luxe comptaient parmi les petits avantages des nouvelles fonctions de Burgess, qui concernaient essentiellement la lutte anti-terroriste. Bien entendu, elles n'incluaient pas le démantèlement prématuré d'un réseau de trafiquants pour les beaux yeux de la fille d'un ami. Pour lui, l'ère des Subaru miteuses jonchées de boîtes du McDo, avec juste un gobelet pour pisser, était finie et bien finie. Actuellement, il suffisait d'invoquer la sécurité nationale pour obtenir tout ce qu'on voulait. Ce qui camouflait commodément une multitude d'abus et ouvrait de nombreuses portes – à commencer par celle-ci. Une fois les occupants réguliers expédiés dans un petit hôtel pour la nuit, ils avaient tranquillement pris leurs quartiers dans la maison. À en croire Colin Linwood, responsable de l'équipe de surveillance, les propriétaires s'étaient empressés de débarrasser le plancher, imaginant que des barbares sanguinaires allaient les attaquer au lance-missile.

— Bon dieu, qu'est-ce qui justifie que vous me tiriez du lit en plein milieu de la nuit ? pesta Burgess en s'engouffrant à l'intérieur.

— Ils sont déjà passés, patron, répondit Linwood.

— Qui ça ? De quoi est-ce que vous parlez ? fit Burgess en se grattant le crâne.

— French et Brody, chef, avoua timidement l'inspecteur Jones, perdant d'un seul coup toutes ses chances de monter en grade. Ciaran et Darren.

— Attendez une minute. Si je comprends bien, vous êtes chargés d'une surveillance, et vous m'annoncez comme ça que les types que vous guettiez sont venus et repartis ? C'est ça, ou je me fais des idées ?

— Ils étaient sans doute déjà à l'intérieur, allégua Linwood. On n'avait aucun moyen de le savoir.

— Merde, j'avais pas du tout pensé à ça, lâcha Burgess en s'affalant dans un fauteuil.

— Vous voulez du café, chef ? proposa Jones en le voyant ingurgiter son Coca. Ils ont une de ces cafetières à la mode, une Bodum, avec du bon café colombien « commerce équitable ».

— Pourquoi pas ? (Il posa sa canette sur une table, imprimant une marque poisseuse sur le bois bien ciré.) Un café noir avec deux sucres, alors. Bien serré.

Jones s'éclipsa dans la cuisine, le laissant avec Linwood.

— À quelle heure vous êtes arrivés, vous autres ? Rappelez-moi.

— Vingt-trois heures trente.

— Et Ciaran et Darren sont sortis à quel moment ?

— Trois heures trente-six du matin.

— Ça fait un sacré bout de temps. Vous avez peut-être manqué leur premier passage, non ?

— Impossible, patron. On a même posté un de nos hommes à l'arrière. Ils devaient être déjà là quand on est arrivés, c'est obligé.

— Ce qui signifie que leur contact dans le Yorkshire les avait rencardés sur Peverell bien avant qu'on rende ce petit service à nos collègues du nord.

— Honnêtement, patron, ils peuvent déjà s'estimer heureux qu'on ait accepté, étant donné les circonstances.

— Donc ils sont restés plus de quatre heures dedans ?

— On dirait, oui.

— Et vous n'avez pas enregistré d'autres allées et venues ?

— Rien du tout.

Jones rapporta la cafetière Bodum et des tasses sur un plateau en argent.

— On le laisse passer deux minutes de plus, chef.

— Où est-ce qu'ils sont allés quand ils sont repartis d'ici ?

— Ferguson et Wilkes les ont suivis jusqu'à un hôtel sur Old Compton Road. Moyenne gamme, rien de spécialement luxueux. Beaucoup de touristes, surtout des Américains.

— Je me fiche des caractéristiques de ce putain d'hôtel ! J'espère que Fergie et Wilkes les serrent de près.

— Oui, chef. Ils n'iront nulle part sans qu'on en soit informés.

Jones servit le café, que tout le monde but avec plaisir.

— Bravo, petit. Il est fameux, ce café. À mon avis, ça vaut bien une promotion. Je trouve que French et Brody se sont un peu éternisés. Soit ils ont attendu Peverell qui n'était pas chez lui, soit il était là et…

— Ils l'ont cuisiné pour lui soutirer des renseignements ?

— À peu près, oui. On ferait bien d'aller se rendre compte sur place dès qu'on aura fini ce café.

— S'ils sont restés là-bas tout ce temps, on risque d'avoir besoin d'une ambulance, chef, fit remarquer Linwood. On devrait peut-être se dépêcher.

— Maintenant que l'agent Jones a pris la peine de nous préparer ce délicieux café ? Peverell est un fumier qui fait entrer des mineures en fraude pour les foutre sur le trottoir, déclara Burgess, qui aimait bien s'approprier l'argot imagé des séries américaines. On fera un cadeau à l'humanité si on le laisse se vider de son sang quelques minutes de plus. C'est grâce à French et Brody qu'on va parvenir jusqu'à McCready et à la fille de l'inspecteur Banks.

Ils terminèrent donc leur café sans se presser pendant que le jour se levait. Un peu plus loin dans la rue, un employé de nuit épuisé sortait de sa voiture. Le temps s'annonçait gris et nuageux, et les lumières s'allumèrent dans les maisons où les gens se levaient pour se préparer avant d'aller travailler. Le quartier était tout à fait correct, apparemment. Ceux qui vivaient là n'avaient pas ménagé leurs efforts pour s'offrir un petit carré d'Angleterre, et même si ce n'était pas la fortune, ils s'en sortaient plutôt bien malgré la crise financière. Un camouflage idéal pour Peverell et ses coups en douce. Encore qu'il n'ait pas souvent été chez lui, avec les occupations qu'il avait. Mais si Peverell attendait une visite de McCready – ou plutôt une confortable rémunération en échange du faux passeport –, il avait dû juger bon de s'attarder un jour ou deux dans le coin.

— OK, on est partis, annonça Burgess en se levant, abandonnant sa tasse vide. Col, tu as de quoi enfoncer la porte ?

— Dans la malle.

Ils prirent le bélier au passage. Ils n'y auraient recours qu'en cas d'absolue nécessité, préférant largement faire une entrée discrète qu'ameuter tout le pâté de maisons. Dans ce cas, il faudrait appeler des renforts uniquement pour contenir les voisins, au cas où la situation tournerait au fiasco. Ce qui était très courant lorsque Burgess était dans les parages.

La porte d'entrée, peinte en bordeaux, était surmontée d'une imposte en verre moucheté. Burgess commença par frapper doucement et par appuyer sur la sonnette. Pas de réponse. Il se tourna vers Linwood, qui se borna à hausser les épaules, et fit tourner la poignée. La porte s'ouvrit sans difficulté. Les trois hommes hésitèrent un instant sur le seuil, puis ils se décidèrent à entrer. Ils se trouvaient dans un vestibule, avec une patère pour les manteaux et un petit tapis pour déposer les chaussures. Burgess calcula que la porte du salon était située sur sa droite. Comme les rideaux étaient fermés, ils n'avaient pas pu regarder à l'intérieur depuis la rue.

Devançant ses collègues, Burgess alluma le plafonnier. Pendant une fraction de seconde, il resta pétrifié sur place, atterré, puis il fit volte-face et heurta Linwood et Jones avant d'aller régurgiter son curry et sa bière de la veille, plié en deux au-dessus de la carpette du hall. Il reprit sa respiration en jurant, soutenu par ses deux collègues. Il n'avait pas vomi dans l'exercice de ses fonctions depuis le temps où il était agent-stagiaire, et pourtant il en avait vu de belles au cours de sa carrière.

Une fois remis de son malaise, aidé par le verre d'eau que Jones lui avait rapporté de la cuisine, il respira bien fort et les précéda dans la pièce. La scène était si figée, si profondément irréelle, qu'il leur fallut quelques secondes pour la déchiffrer et lui donner un sens. Ensuite Jones et Linwood reculèrent, un mouchoir plaqué sur la bouche. L'odeur était épouvantable, un mélange d'urine, d'excréments et de peur souillant une jolie maison bourgeoise de Londres.

Séparées de deux ou trois mètres, deux chaises de salle à manger se faisaient face. Une femme qui avait été très belle se tenait assise sur l'une d'elles, ses longs cheveux noirs retombant sur ses pâles épaules dénudées. Le reste de son corps était également nu. Probablement Martina, l'amie de Peverell, pensa Burgess.

D'après ce que lui révéla son examen préliminaire, l'agonie avait été longue et spécialement douloureuse. De la toile adhésive grise lui fermait la bouche et retenait ses mains derrière son dos, tandis que ses chevilles étaient attachées aux pieds de la chaise. Il était difficile de déterminer ce qui avait causé la mort. Son corps portait de multiples entailles, la peau avait été soulevée et arrachée par endroits, et du sang coulait entre ses jambes. L'index et le majeur de sa main droite étaient sectionnés au niveau de la première phalange, et l'os mis à nu avait été taillé en pointe comme la mine d'un crayon. Un de ses yeux était resté écarquillé, fixe et éteint, mais la deuxième orbite ne contenait que les restes sanguinolents du globe oculaire. Une traînée visqueuse avait coulé sur la joue comme du blanc d'œuf cru, mêlée de traces de sang.

Et il y avait encore beaucoup de choses que Burgess n'aurait jamais imaginées, et qui resteraient gravées dans sa mémoire jusqu'à son dernier jour. Il se rendait compte qu'il pleurait, mais c'était plus fort que lui. Tant d'horreur, tant de souffrance. De toute manière, ni Jones ni Linwood n'étaient en état de remarquer ses larmes.

Sur l'autre siège se trouvait Peverell, complètement vêtu, également bâillonné et immobilisé par de l'adhésif. Au premier abord, lui aussi paraissait mort, le regard absolument vide, mais Burgess s'aperçut en l'observant de plus près que sa poitrine se soulevait. Son corps à lui ne portait aucune marque, mais s'il avait fallu choisir, Burgess aurait été incapable de décider lequel des deux avait connu le sort le plus ignoble.

— Bien, fit-il enfin en se tournant vers les hommes. Jonesey, on arrête de mater les seins. Appelez Fergie et Wilkes et demandez-leur de ramener French et Brody tout de suite. Ici même. C'est bien clair ? Je veux avoir une petite entrevue avec ces salopards avant que les huiles et les avocats ne rappliquent. Col, la police scientifique va demander nos couilles sur un plateau, mais vous voulez bien aller chercher un drap pour couvrir cette pauvre nana ? Et après on essaie de mettre la main sur une bonne bouteille de whisky.

Tracy s'éveilla en sursaut lorsque Jaff lui secoua l'épaule. Elle avait fini par s'assoupir un moment dans la lumière de l'aube. Jaff aussi, peut-être. À présent il était complètement réveillé et déjà habillé, sa silhouette menaçante penchée au-dessus d'elle tandis qu'il se bagarrait pour dénouer les lanières de drap qui lui avaient servi de liens.

— Allez, debout. Réveille-toi, c'est l'heure de partir.

Tracy ouvrit les yeux et remua la tête, encore ensommeillée. Jaff venait de prendre une douche, mais elle n'avait rien entendu. Les rideaux étaient ouverts, maintenant, et on voyait déjà des employés à leur poste dans l'immeuble de bureaux. Enveloppée dans son drap, elle se dirigea vers la salle de bains.

— Quelle heure est-il ?

— Huit heures. Grouille-toi, je te donne dix minutes.

Tracy fit un passage-éclair sous la douche. Pour ses cheveux, elle ne pouvait rien faire de plus que les frotter rapidement avec la serviette. Ils étaient courts, heureusement, et seraient vite secs. Elle aurait bien voulu passer des sous-vêtements de rechange, mais comme elle avait déjà utilisé son dernier slip, il ne lui restait plus qu'à le porter à l'envers. Quant au soutien-gorge, elle préféra tout bonnement le jeter à la poubelle : ses petits seins pouvaient très bien s'en dispenser. La tenue propre qu'elle avait enfilée la veille dans la camionnette était toujours présentable.

Jaff se planta sur le seuil alors qu'elle n'avait pas fini de se brosser les dents.

— Tu es bientôt prête ?

— J'arrive, j'arrive.

Elle chercha désespérément des yeux dans la petite salle de bains une trappe pour s'échapper ou un instrument contondant. Rien. De toute façon ça n'aurait pas mené à grand-chose, puisque Jaff lui avait interdit de fermer la porte, sans parler de la verrouiller de l'intérieur. Résignée, Tracy se rinça la bouche et retourna dans la chambre, où Jaff achevait de sniffer une ligne de coke. Sûrement pas la première de la journée.

Ils réglèrent leur note sans incident. Il y avait une nouvelle employée à la réception, une brune au teint hâlé, mais elle avait le même sourire que la précédente, les mêmes façons aguicheuses. Quand il eut payé, Jaff rejoignit Tracy de sa démarche assurée et suffisante, son sac de voyage à la main, et lui fit signe de sortir avec lui.

Elle s'attendait à ce qu'ils prennent un taxi pour se rendre au garage, mais Jaff n'était pas de cet avis. Comme il le lui expliqua quand elle lui posa la question, la police pouvait toujours suivre les déplacements d'un taxi et interroger le chauffeur. La prudence ou la paranoïa étaient devenues un réflexe pour lui. Se fondant à la cohorte d'employés en route pour le box où ils passeraient la journée, Tracy et Jaff marchèrent jusqu'au Corn Exchange. Elle aurait tant voulu être un de ces anonymes qu'elle croisait. Tout lui paraissait à la fois ordinaire et profondément irréel. Elle se rendit compte à un moment qu'elle n'était plus très loin de la librairie Waterstone, où elle travaillait, et l'idée lui vint brièvement de s'y précipiter. Mais elle se rappela alors les paroles de Jaff, les promesses de représailles qu'elle ne devait pas prendre à la légère. Elle ne pourrait jamais supporter de vivre comme ça, dans une peur et une alarme permanentes, à vérifier constamment qu'elle n'était pas suivie. Il fallait qu'elle aille jusqu'au bout, quelle que soit l'issue.

Ils montèrent dans un bus pour Harehills. Jaff resta silencieux pendant tout le trajet, regardant par la vitre en tambourinant des doigts sur son genou. Bientôt ils fonceraient vers Londres à bord d'un nouveau véhicule, et puis Jaff prendrait une identité d'emprunt, il écoulerait sa marchandise et se ferait un pactole suffisant pour disparaître et prendre un nouveau départ. Tracy ne pouvait se résoudre à croire qu'il la livrerait à la prostitution, et malgré les preuves qu'elle avait reçues de sa brutalité, elle ne le pensait pas non plus capable de l'abattre de sang-froid. Avec un peu de chance, il se désintéresserait d'elle dès qu'il serait parvenu à destination et aurait obtenu ce qu'il cherchait. Il la larguerait quelque part et elle lui sortirait aussitôt de l'esprit. En tout cas elle l'espérait.

— C'est le prochain arrêt, annonça Jaff en remontant l'allée centrale.

Elle remarqua qu'il passait en revue les autres passagers du bus, en les étudiant attentivement. Ils descendirent à l'angle de Roundhay Road et de Harehills Lane et tournèrent plusieurs fois.

— C'est ici, indiqua enfin Jaff en bifurquant sur la gauche.

Le petit garage était coincé entre un réparateur de machines à coudre et un disquaire spécialisé dans les imports asiatiques. De la boutique s'échappaient des sons si étranges que Tracy ne put même pas identifier les instruments de musique. Jouxtant le disquaire, un boui-boui miteux avec des tables et des chaises en plastique, et des mouches mortes qui jonchaient le rebord de la devanture. Des relents de cumin et de cardamome filtraient par la porte, mais Tracy avait beau apprécier les currys, ils ne la tentaient guère au petit déjeuner.

Sur l'autre trottoir se trouvait une école désaffectée qui n'attendait plus que le démolisseur. Une construction du début du vingtième siècle ou de la fin du dix-neuvième, estima Tracy. Ce genre de bâtiment était très courant à Leeds, avec ses briques rouges noircies par des décennies de pollution industrielle, comme celles des maisons environnantes, sa grille métallique aux barreaux pointus surmontant un muret en béton, et sa cour au bitume lézardé d'où jaillissaient déjà les mauvaises herbes. On avait condamné une partie des fenêtres et d'autres avaient leurs vitres brisées, et une profusion de graffiti tapissait les briques et les planches. Un panneau décoloré indiquait HAREHILLS PARK, quoiqu'il n'y eût pas d'espace vert dans les alentours. Cet endroit donnait la chair de poule à Tracy. Une mosquée en brique rouge s'élevait à quelques centaines de mètres de l'école.

Tracy était si occupée à détailler les bâtiments qu'elle ne remarqua rien avant d'entendre Jaff cogner à coups de pied dans la porte et vociférer pour qu'on vienne lui ouvrir. Elle avisa alors l'inscription CESSATION D'ACTIVITÉ, à demi recouverte par des tags et des affichettes.

— Il n'y a plus personne, Jaff, ils ont fermé.

— Je le vois bien, bordel de merde ! explosa Jaff en se tournant vers elle. Au lieu d'aligner des évidences, tu ferais mieux d'aider un peu.

— C'est-à-dire ?

— En me donnant quelques idées, par exemple.

— Ce n'est pas mon affaire, Jaff, tu as l'air de l'oublier. Je ne suis pas censée te soutenir. Je ne suis que ton otage.

— Mes affaires et les tiennes, c'est la même chose, tu vois. Ton sort est lié au mien, ne te leurre pas. Une petite participation serait la bienvenue.

— Je t'ai déjà donné mon point de vue. Rends-moi ma liberté et va-t'en de ton côté. Tu auras plus de chances de t'en sortir.

— Pas question. Je ne vais pas lâcher mon principal atout.

— C'est de moi que tu parles ? Je croyais que c'était ton flingue.

— Une arme n'est qu'un outil. Toi tu es ma monnaie d'échange. (Et il s'exclama après un temps de silence :) Merde, mais bien sûr !

— Qu'est-ce qui se passe ?

— Toi. Je te garde en réserve depuis le début, et c'est le moment de te mettre à contribution. Évidemment ! Quel imbécile !

— Où tu veux en venir ? Tu me fais peur.

— Le numéro de ton père ? demanda Jaff en sortant son mobile. Pas celui du commissariat, le portable.

— Mon père…

— Son numéro, je te dis !

Tracy le lui dicta, hébétée. Elle voyait sa main qui tremblait tandis qu'il enfonçait les touches en marmonnant. Puis il colla l'appareil à son oreille.

— Vous êtes seul ?

Cette entrée en matière surprenante mit Banks en alerte. La voix lui était inconnue, et il décida de mentir.

— Oui, je suis seul.

En réalité, il se trouvait dans la salle de réunion de la Criminelle avec Gervaise, Winsome, Geraldine Masterson, Harry Potter et Stefan Nowak, en train de discuter du sort de Justin Peverell et de sa compagne assassinée, Martina Varakova.

Burgess venait de les recontacter depuis la maison de Highgate, où Ciaran et Darren avaient fini par arriver en ambulance, escortés depuis leur hôtel par les policiers. Apparemment, Ciaran s'était fracturé le bras en deux endroits en essayant d'échapper aux forces de l'ordre, à quoi s'ajoutaient quelques plaies et contusions bénignes, dont une blessure à l'entrejambe qui risquait de compromettre un certain temps ses performances sexuelles. Aucun des deux n'avait balancé le Fermier, mais Banks avait la ferme intention de rendre une nouvelle visite à ce salaud, maintenant qu'il avait quelques munitions dans son camp. Et à supposer que Burgess ait accès à la salle d'auditions, là-bas à Londres, on ne pouvait plus répondre de rien. Jamais Banks ne l'avait entendu si furieux, si bouleversé.

Il pria ses collègues de l'excuser et sortit parler dans le couloir.

— Bon, reprit l'inconnu, j'ai du travail pour vous.

— Qui êtes-vous ?

— Peu importe. J'ai avec moi quelqu'un que vous risquez de reconnaître.

Au cours du bref silence qui suivit, Banks crut percevoir le son d'un sitar en arrière-fond, puis une voix féminine s'éleva à l'autre bout.

— Papa, c'est moi, Tracy ! Fais ce qu'il te demande, je t'en prie. Sinon il va…

— Tracy ? Tout va bien ?

— Elle va bien, coupa l'autre personne avant qu'elle ait pu répondre. Et si vous voulez que ça continue, je vous conseille de m'écouter attentivement. Nous sommes à Leeds, dans le quartier de Harehills, devant un garage fermé qui se trouve en face d'une école désaffectée, Harehills Park. C'est compris ?

— Leeds, Harehills Park. D'accord. Mais si vous touchez…

— Je sais, je sais. Vous me ferez la peau. Il vous faut combien de temps pour venir ?

— Une heure, à peu près.

— Vous vous foutez de moi ? Vous y êtes en quarante minutes, trois quarts d'heure grand maximum. Mais bon, je veux bien vous laisser une heure. Pas une minute de plus. On surveillera votre arrivée. Et ne vous amusez pas à amener de la compagnie ou à me préparer un comité d'accueil. Au moindre signe de présence policière dans les parages, je vous jure que je règle son compte à votre fille. J'ai été assez clair ?

— Tout à fait. Qu'est-ce que vous attendez de moi ?

— Je vous l'expliquerai tout à l'heure. Vous perdez du temps. Faites vite.

Il coupa la communication sur ces mots.

Banks repassa rapidement par la salle de réunion pour prévenir qu'un de ses informateurs l'avait contacté, et qu'il devait s'absenter un moment. Gervaise acquiesça d'un signe de tête, puis la discussion se poursuivit. Banks hésita une seconde à mettre la commissaire dans la confidence, comme il l'aurait dû, et à lui laisser organiser le branle-bas de combat, mais l'expérience l'avait suffisamment renseigné sur la paperasse nécessaire, les obligations envers la hiérarchie et les certificats en trois exemplaires. Et puis le désastre tout récent dans l'affaire Patrick Doyle apportait une preuve concrète des risques de dérapage. Cette fois, c'était la vie de sa fille qui était en jeu. Les menaces de Jaff méritaient qu'on les prenne aux sérieux. Il rafla sa veste sur le dossier de la chaise et dévala les escaliers pour quitter le bâtiment par l'arrière.

Il trouva facilement un véhicule libre dans le parc de la Brigade. À neuf heures passées, la modeste « heure de pointe d'Eastvale » était déjà en train de se calmer quand il emprunta plusieurs voies à sens unique pour rejoindre York Road. Il faisait beau, la circulation était fluide, si bien qu'il ne mit que quarante minutes pour atteindre le périphérique de Leeds. Il ne passa même pas de musique, par peur de se déconcentrer. Il lui fallait réfléchir, élaborer un plan d'attaque.

Si Banks connaissait le quartier de Harehills, il n'était pas familier de ses petites rues et, une fois n'est pas coutume, son système GPS s'avéra utile. Ce jour-là, il n'aboutit pas devant un mur de briques pendant que la voix enregistrée lui annonçait qu'il arrivait à destination, et il n'échoua pas non plus à Guiseborough après avoir programmé le navigateur sur Northallerton. Il s'engagea dans la rue et parcourut une trentaine de mètres avant de voir l'école désaffectée apparaître sur sa droite. Un garage fermé et un boui-boui minable lui faisaient face. L'endroit était incongru pour fixer un rendez-vous, et Banks en déduisit que Jaff était venu là dans l'espoir d'y trouver quelque chose. Ses attentes avaient été déçues, manifestement, comme le suggérait le garage. Si besoin était, Banks pourrait toujours se renseigner sur le propriétaire, au cas où il serait en rapport avec McCready et Fanthorpe. Dans l'immédiat, il ne songeait qu'à s'assurer que Tracy allait bien.

Suivant les instructions de Jaff, Banks se rangea contre le trottoir, devant l'entrée du garage. Observant la rue d'un côté et de l'autre, il n'y repéra aucun détail insolite. Un groupe d'hommes en tenue traditionnelle sortait de la mosquée, deux femmes en burka noire descendaient la rue en bavardant, chargées de sacs de courses. Une journée ordinaire dans un quartier sans histoires.

Les nombreuses voitures stationnées dans les deux sens avaient souvent des pneus usés ou des taches de rouille, mais là non plus Banks ne détecta rien d'anormal. Une Honda à hayon gris métallisé, qui avait tourné dans la rue en même temps que lui, vint se garer contre le trottoir opposé, derrière une Fiesta jaune à la portière cabossée. Un jeune homme en survêtement noir et blouson à capuche bleu marine en descendit, qui entra chez le réparateur de machines à coudre sans accorder un regard à Banks.

Dans son rétroviseur, il aperçut deux personnes qui sortaient du boui-boui, serrées l'une contre l'autre comme un couple d'amoureux. L'une d'elles portait un encombrant fourre-tout, l'autre un sac en cuir sur l'épaule. Son cœur bondit dans sa poitrine lorsqu'il reconnut Tracy dans la plus petite des deux silhouettes. Ils montèrent aussitôt à l'arrière, et la voix qu'il avait entendue au téléphone lui ordonna :

— Démarrez.

Banks s'exécuta.

— Donnez-moi votre portable, lui enjoignit Jaff dès qu'ils eurent regagné l'artère principale.

Banks le sortit de sa poche pour le lui faire passer, et il l'éteignit sur-le-champ. Il comprenait pourquoi les femmes lui trouvaient du charme. Jaff était grand et séduisant, avec de longs cils, un teint d'un brun doré et de grands yeux sombres. Tracy s'était blottie à l'autre bout de la banquette, aussi loin de lui que possible, recroquevillée sur elle-même. Elle était pâle et semblait effrayée. Banks aurait aimé la réconforter, lui assurer que tout irait bien et que son papa était là, mais jamais il n'aurait pu prononcer ces mots en présence de Jaff. Pour le moment, il devait se contenter de constater qu'elle était en vie, et visiblement indemne.

En la voyant ainsi, il se remémora un épisode de sa douzième année, la fois où elle lui avait avoué en pleurant qu'une élève de son école la harcelait et lui extorquait l'argent du déjeuner. Aujourd'hui, il avait envie de la serrer dans ses bras comme autrefois, de chasser sa peine.

— On va à Londres, indiqua Jaff. Je suppose que vous connaissez le chemin.

Banks hocha la tête. Il savait aussi que ce voyage ne servait plus à rien, que Martina Varakova était morte, et que le cerveau de Justin Peverell était parti en vrille, peut-être pour toujours. Quant aux faux documents, ils avaient été saisis par la Police Métropolitaine. Mais tout ça, il se garderait bien de le signaler à Jaff. Tout le succès de l'entreprise reposait sur sa conviction de toucher bientôt à la liberté.

— Plus précisément ?

— King's Cross. Vous n'aurez qu'à nous déposer là, et je la relâcherai au bout d'une demi-heure.

Même si cette solution était loin de plaire à Banks, tenter de négocier dès maintenant aurait été prématuré. D'ici à ce qu'ils arrivent à King's Cross, le rapport de force pouvait se renverser à son avantage. Jaff n'avait sûrement pas prévu de rencontrer Peverell à son domicile, ce qui expliquait que Ciaran et Darren aient quitté les lieux après en avoir terminé avec Justin et Martina. Ils comptaient se mettre en embuscade pour attraper Jaff et Tracy, mais ils n'avaient pas encore révélé à quel endroit.

— Vous nous occasionnez pas mal d'ennuis, Jaff, lança Banks sans se retourner.

— Pour vous ce sera monsieur McCready. Et pour le reste, vous êtes les seuls fautifs. Se mêler de ce qui me regarde, ç'a toujours été ma devise.

— C'est ce que vous avez dit à Annie en lui tirant dessus ?

Un sourire matois étira les lèvres de Jaff.

— C'est votre copine, alors ? C'était du gâchis, je l'admets, un canon comme elle, mais nécessité fait loi. Conduisez et taisez-vous, je ne suis pas d'humeur à bavarder.

— Tout va bien, Tracy ? Tu es à ton…

— J'ai dit, conduisez et taisez-vous.

Banks sentit contre sa nuque un objet froid et dur. Le Baïkal à silencieux, il en était certain.

— Vous n'avez rien à gagner à m'abattre maintenant, vous savez.

— Je voulais juste que vous vous mettiez dans la tête que c'est moi qui commande, jusqu'à nouvel ordre. Et surtout, évitez de vous faire remarquer en conduisant, ou vous allez le regretter.

Banks roula vers le périphérique, à l'est, puis il tourna à droite et traversa Seacroft, Killingbeck et Cross Gates pour prendre l'embranchement de la M1 au niveau de Selby Road. Des dizaines de caméras allaient enregistrer son passage, il le savait, mais personne n'y prêterait attention : ses papiers étaient en règle, il ne conduisait pas un véhicule volé et n'était pas non plus recherché par la police. À moins que quelqu'un ne s'étonne de croiser sa voiture à cet endroit et ne contacte le QG du secteur Ouest pour de plus amples informations. C'était peu probable. Il était très fréquent de rencontrer des policiers n'importe où dans des voitures banalisées.

— Mettez de la musique, demanda Jaff.

— Vous avez des préférences ?

— Les Beatles, vous auriez ça ?

— J'ai ça, en effet.

— J'aime bien, ça ira. Du jazz, éventuellement ?

Banks n'avait pas l'habitude d'écouter du jazz en voiture, mais il avait une foule de morceaux stockés sur son iPod.

— Quelque chose en particulier ?

— *Kind of Blue.*

— Pas de problème.

— À Bombay, un des petits amis de ma mère écoutait tout le temps ce disque. (Jaff avait dit cela à mi-voix, comme s'il parlait tout seul.) Chaque fois que je le voyais, je lui réclamais : « Tu me passes Miles, allez. » Ma mère avait de nombreux petits amis, et j'ai beaucoup appris en les fréquentant.

Le silence retomba tandis que Bill Evans jouait sur son piano l'intro de « So What ? », suivie par la basse, et bientôt la musique emplit toute la voiture. La trompette de Miles Davis, le saxo de John Coltrane. Quelle expérience surréaliste, se disait Banks. Il était là, en train de foncer sur la M1 vers une issue incertaine, en compagnie d'un homme armé et prêt à tout, qui avait pris sa fille en otage. Et les haut-parleurs diffusaient à plein volume un de ses albums de jazz favoris. Personne ne prononça un mot. Banks respectait les limitations de vitesse, évitant tout excès susceptible d'attirer l'attention sur lui. De temps à autre, il regardait à l'arrière dans son rétroviseur. Tracy suçait son pouce comme quand elle était petite, les yeux fermés, mais il devinait à sa bouche crispée et aux palpitations de ses paupières qu'elle n'était pas endormie. Jaff, lui, regardait par la vitre d'un air sombre.

Ils avaient déjà dépassé Sheffield lorsque Banks acquit la certitude que la voiture qui l'avait suivi tout du long sur l'autoroute, en se maintenant à prudente distance de la sienne, était bien la Honda grise qu'il avait repérée à Harehills. Maintenant qu'il y repensait, un détail l'avait frappé : c'était peut-être un préjugé de sa part, mais pourquoi un jeune en blouson à capuche serait-il entré chez un réparateur de machines à coudre ?

La commissaire Gervaise retira ses verres de lecture pour se masser les paupières. Cela faisait des années qu'elle ne veillait plus des nuits entières, en ne s'accordant qu'un bref moment de repos entre deux et trois heures, et elle se sentait fourbue. Les petits sommes avaient du bon, mais ces temps-ci elle en émergeait plus épuisée que si elle n'avait pas dormi. Elle avait beau s'enorgueillir d'avoir débuté comme simple agent avant de bénéficier d'une promotion accélérée, et se faire un point d'honneur de rappeler aux autres qu'elle avait assuré en son temps les sales corvées dont ils se plaignaient aujourd'hui, elle devait admettre qu'elle avait passé beaucoup de temps en stage et à l'université, quittant fréquemment l'uniforme pour préparer ses diplômes, et qu'elle se chargeait moins souvent des enquêtes de terrain que des tâches administratives. Ses yeux picotaient, son cerveau tournait au ralenti et la fatigue se ressentait dans tout son corps. Si elle n'avait pas eu des décisions aussi importantes à prendre, elle serait volontiers rentrée se coucher.

Le café bien serré apporté par Winsome ne suffisait pas à la remettre d'aplomb. Le jour allait bientôt se lever, et elle aurait eu grand besoin d'un remontant un peu plus corsé. Au moins, le breuvage chaud et sucré l'aidait à rester à peu près éveillée, même si elle se faisait l'effet d'un de ces zombies dans les films d'horreur que son fils aimait tant. Winsome était assise face à elle, de l'autre côté du grand bureau. Gervaise lui trouvait bonne mine, mais elle avait vingt ans de moins qu'elle et était plus rompue aux horaires décalés.

— Je viens d'avoir Dirty Dick… enfin, le commandant Burgess au téléphone, madame.

— Mon Dieu, quelle familiarité ! Attention à vous, ce bonhomme me fait l'effet d'un déchet radioactif ambulant. Qu'est-ce qu'il vous a dit ?

— Les deux suspects n'ont fait aucun aveu sur le rôle du Fermier.

— Ça ne m'étonne pas tellement.

— Par contre, ajouta Winsome avec un sourire, ils ont lâché une information. Darren Brody, plus précisément. Il a donné le lieu du rendez-vous.

— Entre Justin Peverell et Jaff et Tracy ?

— C'est ça. Hampstead Heath, près de Highgate Pond.

— Ce qui veut dire que McCready doit être en route, conclut Gervaise après un instant de réflexion. Et il a redoublé de prudence, de peur que le domicile de Peverell ait été repéré.

— En revanche, il ne peut pas deviner ce qui s'est réellement produit.

— Non, certainement pas, sinon il aurait fait demi-tour illico. Ce qui est peut-être le cas, d'ailleurs. Je ne sais que penser, Winsome. Qu'est-ce qu'on va bien pouvoir faire ?

— Le commandant Burgess propose de préparer un comité de réception armé pour accueillir McCready, à Hampstead.

— Vous m'en direz tant, persifla Gervaise. Et Tracy Banks ?

— Il prétend qu'ils peuvent s'arranger pour passer inaperçus, et que McCready ne verra rien venir.

— J'en doute énormément. Vous savez comme moi que ce genre d'opération peut tourner à la catastrophe. À propos, où est passé l'inspecteur Banks ? Ça fait une éternité qu'il est parti.

— Je l'ignore, mais il n'est pas ici, j'en suis sûre.

Gervaise eut l'air soucieuse.

— Qu'est-ce qu'il a dit en sortant ?

— Qu'il avait rendez-vous avec un de ses informateurs, mais je n'en sais pas plus. On était tellement pris par cette histoire avec Justin Peverell et sa pauvre petite amie…

— Quoi qu'il en soit, fit remarquer Gervaise en consultant sa montre, c'est bizarre qu'il ne soit pas encore revenu. Surtout avec le souci qu'il se fait pour Tracy. Essayez de le joindre sur son portable, Winsome.

Winsome composa le numéro du mobile.

— Il n'est pas branché, madame.

— Ça ne lui ressemble pas. Pourquoi donc aurait-il éteint son portable au moment crucial d'une enquête qui le touche de si près ?

Aussitôt, Gervaise sentit son cerveau se réveiller d'un seul coup. C'était le chaos, bien sûr, et les étincelles fusaient en tous sens sans mettre en marche les circuits adéquats, réduisant ses réflexions à une partie de flipper erratique, mais il y avait tout de même un progrès.

— J'ai besoin de votre aide, Winsome. Qu'est-ce qu'il se passe exactement ?

— Je me le demande. À moins…

— Quoi donc ?

— L'inspecteur Banks a pu nous mentir, à propos de son informateur.

— Si Alan a menti, il s'agissait peut-être de Tracy. Pour elle, je suis sûr qu'il est prêt à tout.

— Ce pouvait être McCready, tout aussi bien.

— D'une manière ou d'une autre, il risque d'être en danger.

— Moi c'est surtout McCready qui me préoccupe. Il a eu un tas d'ennuis mécaniques, depuis le départ. Il est possible qu'il veuille se faire conduire à Hampstead par l'inspecteur Banks.

— Il faut savoir quelle voiture Alan a sortie du parc, et essayer de le repérer en entrant le numéro dans le Système de Reconnaissance des Plaques Minéralogiques. Si vous avez vu juste, il doit rouler vers Londres en ce moment, en direction de Hampstead Heath, et on devrait pouvoir suivre ses déplacements.

— Vous souhaitez alerter les unités de la police routière ?

— Pas encore. Si Tracy et Alan sont en voiture avec un McCready armé, il ne faut pas que ça tourne à la course-poursuite. Je propose de rester discrets dans l'immédiat, tant qu'on ne sait pas vraiment ce qui se trame. Dans l'hypothèse où ils sont en route pour Hampstead, ça nous laisse un moment pour nous retourner. Rappelez Burgess, aussi, et tachez de le persuader qu'il vaut mieux y aller en douceur.

— Vous avez un plan en tête, madame ?

— Dieu sait si j'aimerais !

De son côté, Banks se creusait lui aussi la tête pour trouver un plan, tout en roulant sur la M1 avec ses passagers silencieux et sa musique à fond. Il avait déjà pu constater combien l'humeur de Jaff était versatile. Le stress de la cavale devenait peut-être insupportable, et en plus il prenait sans cesse de la cocaïne. Il avait déjà essuyé une telle quantité de déboires, depuis le début, qu'il devait douter de plus en plus de ses chances de succès. Même si Banks échafaudait un plan crédible, il faudrait qu'il reste extrêmement prudent.

Le principal était de priver Jaff de son pistolet. Sans lui, il serait hors d'état de nuire. Et l'arme se trouvait dans le sac de voyage. À voir Jaff le serrer constamment contre lui et y glisser la main de temps à autre, comme pour se rassurer et se donner du courage, Banks devinait qu'elle était là. Il ne voyait pas bien comment la lui arracher, et une fois qu'il les aurait déposés tous les deux à King's Cross, ce serait trop tard. Il devait à tout prix éviter ça.

— Il faut que j'aille aux toilettes.

C'était Tracy qui avait parlé. Banks baissa la musique – Miles Davis dans *Someday My Prince Will Come*.

— Qu'est-ce qui t'arrive, ma chérie ?

— C'est impossible, trancha Jaff, on ne peut pas s'arrêter.

— J'en ai pour trois minutes.

— Pas question de s'arrêter, je te dis.

— Qu'est-ce que je fais alors ? Je pisse dans la voiture ?

— Tu n'as qu'à attendre, c'est tout.

— N'y compte pas, ça fait déjà une demi-heure que je serre les cuisses. Il y a une aire d'autoroute un peu plus loin. Il faut vraiment que je trouve des toilettes.

Jaff plongea la main au fond de son sac.

— Je t'ai dit…

Tracy se tourna pour le regarder en face.

— Tu crois pas que tu exagères ? En quoi ça peut te gêner ? Tu ne t'imagines quand même pas que je vais piquer un sprint sur le parking, après toutes tes menaces ? Et avec mon père dans la voiture ? Tu crois que je vais filer alors que tu as une arme braquée sur lui ? De quoi as-tu peur ? Que je me mette à hurler que tu es armé, pour que tu abattes encore des innocents ? Sors de ton délire, Jaff. J'ai seulement envie d'aller aux toilettes.

Un bref silence salua la sortie de Tracy. Banks retenait son souffle, épaté par le cran de sa fille, mais redoutant néanmoins ses effets sur le tempérament instable de McCready.

— D'accord, finit par dire Jaff en tapant sur l'épaule de Banks. De toute façon je boirais bien un café. James, vous avez entendu ce qu'a demandé madame. On s'arrête à la prochaine station.

Banks réfléchissait à toute vitesse. Aurait-il une meilleure occasion que celle-ci ? Mais comment s'y prendre ? Asperger Jaff de café brûlant et s'emparer du sac pour le lancer à Tracy, et puis l'affronter ensuite au corps à corps ? C'était envisageable, et il n'y avait peut-être pas d'alternative.

Jaff regardait par la vitre en tapotant ses cuisses du bout des doigts. Banks savait qu'il passait en revue chaque détail et chaque geste, chaque éventualité capable de faire capoter ses projets, comme cela s'était si souvent produit. Dès qu'il serait descendu de voiture, il deviendrait plus dangereux que jamais, plus tendu et plus imprévisible. Au moment de prendre la sortie de l'autoroute, Banks chercha des yeux la Honda qui le suivait, mais il ne la vit nulle part. Il s'était peut-être monté la tête, en définitive.

L'aire de stationnement n'était qu'à moitié occupée. Quand il fut garé sur l'emplacement désigné par Jaff et qu'il eut coupé le moteur, Banks ouvrit la portière et reçut un souffle de vent en plein visage. Il avait commencé à bruiner.

— Une minute, l'arrêta Jaff. Il faut d'abord qu'on mette les choses au point.

Banks referma la portière.

— Dépêche-toi, réclama Tracy, c'est pressé.

— On reste ensemble, c'est compris ? Tracy à côté de moi, et vous devant. Je ne lâcherai pas mon pistolet, alors ne vous mettez pas en tête de vous carapater. Et n'oubliez pas ça, tous les deux : si j'en perds un de vue, j'ai toujours l'autre sous les yeux.

Banks faillit demander à Jaff s'il comptait sérieusement ouvrir le feu sur un parking public, mais il préféra s'abstenir. Il y avait urgence du côté de Tracy, et il voulait descendre de voiture aussi vite que possible pour augmenter ses chances de prendre le contrôle de la situation. De plus, il soupçonnait Jaff d'être assez à cran pour se mettre réellement à tirer. Il l'avait surpris en train de sniffer plusieurs fois de la coke, à l'arrière de la voiture, et il semblait de plus en plus frénétique.

— C'est vous qui décidez, fit Banks en ouvrant la portière.

Ils traversèrent le parking et l'esplanade qui menait aux toilettes et à la cafétéria. Il y avait une rangée de jeux vidéo près de l'entrée, et une supérette en face. Les toilettes hommes et femmes se trouvaient juste à côté du magasin.

— Vous croyez qu'on peut rester groupés, là ? demanda Banks en regardant la file de gens qui entraient ou sortaient des toilettes.

— Gardez vos vannes pourries. Je vois bien qu'il faut se séparer. Francesca n'a qu'à entrer, nous on reste ici.

— Il faut que j'y aille aussi. Et elle s'appelle Tracy.

— Je sais, mais j'aime mieux Francesca. Attendez votre tour, c'est tout. Vas-y, Francesca. Et pas d'embrouilles. Ne t'amuse pas à emprunter un mobile pour passer un message. Rappelle-toi ce que je t'ai dit, ton père est avec moi.

Tracy se précipita dans les toilettes des dames, tandis que Jaff serrait Banks de près, la main dans son fourre-tout, ses yeux exorbités papillotant dans toutes les directions.

— Vous savez, lui dit Banks d'un ton détaché, vous n'allez pas vous en tirer comme ça.

Il voulait savoir jusqu'où il pouvait pousser Jaff.

— Qu'est-ce qui vous fait dire ça ?

— Si vous vous rendiez maintenant, ça jouerait en votre faveur devant un tribunal.

— Laissez tomber, j'ai tiré sur un flic.

— Oui, mais vous ne l'avez pas tuée.

— Pas question que je finisse en prison. Je ne survivrai pas.

— Il n'y a pas d'échappatoire.

— Continuez à m'obéir. Elle en met du temps, observa-t-il en consultant sa montre.

— Les femmes sont comme ça.

Jaff ne put s'empêcher de rire. Son rire avait tout de même une note hystérique, qui fit tourner la tête à deux ou trois passants étonnés. Heureusement, Tracy reparut sur ces entrefaites, et Jaff lui donna l'ordre de patienter sans bouger pendant que Banks et lui-même passaient aux toilettes. Quand ils ressortirent, elle était toujours au même endroit, parfaitement immobile.

— Jusque-là, tout va bien, fit Jaff. On va chercher de quoi manger.

Il y avait un comptoir de vente à emporter à l'étage, où ils achetèrent des sandwiches et du café. Jaff commanda à Banks de porter les paquets pour qu'il puisse garder la main sur son arme. À cause du sac en papier, Banks aurait plus de mal à ôter discrètement le couvercle du gobelet de café et à le jeter à la figure de Jaff. Cependant la voiture était loin, ça lui laisserait un peu de temps. Il n'avait pas eu la possibilité de faire comprendre à Tracy ce qu'il projetait. Il devait s'en remettre à l'instinct de survie de sa fille, en espérant qu'elle aurait la présence d'esprit de réagir au revirement de situation.

Ils avançaient à pas lents sur le parking, Banks légèrement en tête selon les consignes de Jaff, qui le suivait avec Tracy près de lui, la main toujours plongée dans son sac. Banks était gêné de ne pas voir la position exacte et les mouvements de son adversaire, mais il pensait que son corps dissimulerait à peu près le sac en papier pendant que sa main libre chercherait à l'intérieur le couvercle du gobelet. Tracy risquait d'être éclaboussée si Jaff était collé à elle, mais c'était la seule solution. Il essaierait de viser avec toute la précision possible.

Ils se faufilèrent entre les véhicules en stationnement, en file indienne quand l'espace devenait trop étroit. Banks réussit à soulever le couvercle, et le café brûlant lui ébouillanta les doigts, lui arrachant une grimace de douleur silencieuse. Il avait dû tituber légèrement, car Jaff le somma de se retourner. Ils étaient seuls sur cette partie du parking, même si l'on entendait la rumeur de la circulation sur la M1. Banks se demanda si ce serait le dernier bruit que ses oreilles percevraient jamais.

Il se retourna, le gobelet en main, une sensation cuisante entre le pouce et l'index. Jaff avait tiré son arme du fourre-tout, et il la pointait contre la tempe de Tracy. Alors que Banks lâchait le café et laissait tomber le sac en papier, une femme qui regagnait sa voiture avec ses deux enfants, à quatre rangées de là, se mit à hurler. Jaff tourna la tête en direction du bruit, mais elle s'était déjà retranchée derrière son véhicule en entraînant les deux gamins.

Jaff dirigea alors son arme vers Banks, un bras replié en étau autour du cou de Tracy. Il y eut encore des cris, une débandade, des portières qui claquaient et des ronflements de moteurs. La colère et la confusion tordaient les traits de Jaff. Il va craquer, se dit Banks. Il va tirer.

À l'instant où Banks se raidissait en prévision de l'impact, le sommet du crâne de Jaff se désintégra en une brume grise et rougeâtre. Son arme s'écrasa bruyamment sur le bitume. Jaff se mit à tressauter comme une marionnette folle, les bras largement écartés, et puis il s'effondra. Tracy se jeta dans les bras de Banks, qui s'agenouilla pour la serrer contre sa poitrine et lui cacher la scène. Il sentit les bras de sa fille le serrer désespérément tandis qu'elle enfouissait son visage contre son épaule, gémissant d'une petite voix :

— Papa, papa, je suis désolée.

17

Autour de la table ovale de la salle de réunion, les six personnes assises avaient l'air aussi rébarbatif que les barons de la laine du Yorkshire dont les portraits ornaient les murs, avec leurs gilets ajustés, leur teint rubicond et leurs favoris.

L'épuisement de Banks avait atteint un tel niveau qu'il n'avait plus aucune notion du temps. Il constatait seulement qu'il faisait encore jour, mais que le crépuscule approchait. La journée avait été très longue depuis les événements du matin, à la station-service. Il avait envoyé Tracy se reposer dans son logement provisoire, avec l'aide d'un léger sédatif administré par le médecin de la police. Winsome était là pour veiller sur elle, et il espérait qu'elle s'était endormie. Au QG du secteur Ouest, il restait un sale boulot à accomplir en privé. À une époque, Banks se serait sans doute inquiété du résultat, mais aujourd'hui peu lui importait. Il lui tardait simplement que tout soit terminé pour pouvoir profiter de vraies retrouvailles avec Tracy.

— Agent Powell, qu'est-ce qui a bien pu vous passer par la tête ? demanda Mike Trethowan, directeur du Firearms Cadre et supérieur immédiat de Nerys.

— J'ai pris une initiative, chef.

Nerys avait échangé son survêtement et sa veste à capuche contre un jean, une belle chemise blanche et un coupe-vent noir, et jusque-là, Banks avait trouvé qu'elle affrontait les difficultés avec beaucoup de cran. Malgré son air effrayé, elle paraissait inébranlable dans sa conviction d'avoir bien agi. Si elle devait tomber, elle essaierait peut-être d'entraîner dans sa chute quelques-uns de ses ennemis.

Chambers poussa un grand soupir qui signifiait « Dieu nous garde des initiatives ».

— Bien, fit-il, je vous propose de reprendre les choses au commencement.

Nerys observa Banks à la dérobée, et il s'appliqua à garder une expression de neutralité.

— J'ai surpris l'inspecteur Banks en train de parler sur son portable. Quand il est sorti dans le couloir. Moi j'étais juste en face, dans un bureau vide, en train de poireauter. (Elle lança un regard assassin à Chambers.) À cause de cette enquête, on ne compte plus les temps morts. On peut vous rappeler à tout moment pour vous reposer des questions sur un petit détail insignifiant. On n'est jamais informé de rien, en plus. Je n'entendais pas l'interlocuteur de l'inspecteur Banks, mais il a prononcé le prénom de sa fille, et répété le nom d'une école de Harehills. Il avait l'air tendu. Je parle de l'inspecteur Banks, là. Il était bouleversé, apparemment, et à un moment il a menacé la personne qui l'appelait. Je savais que sa fille avait disparu, et que l'homme soupçonné de l'avoir enlevée était armé.

— Est-ce que vous connaissiez l'emplacement de cette école ? Elle vous était familière ?

— Non, mais j'ai grandi à Leeds, vous savez. Je sais où est Harehills.

— Oui, nous savons bien où vous avez grandi. Continuez.

— L'inspecteur Banks est parti en catastrophe, et j'ai suspecté… un arrangement personnel pour porter secours à sa fille. D'ailleurs je ne vous le reproche pas, inspecteur.

— Vous m'en voyez fort soulagé, rétorqua sèchement Banks.

Nerys le dévisagea en plissant les yeux, l'air de se demander si elle devait le considérer comme un allié ou un adversaire. Banks lui-même aurait été en peine de prendre parti. Avant de se faire une opinion définitive, il avait besoin d'écouter l'entretien jusqu'au bout, en particulier la version que donnerait Nerys.

— Comme je vous l'ai dit, enchaîna l'agent Powell, je savais que Jaffar McCready avait une arme, contrairement à l'inspecteur Banks. J'ai deviné aussi que l'inspecteur ne s'adresserait pas au Groupe d'Intervention Armé, à cause de sa fille, et qu'il allait essayer de régler ça tout seul, de retourner la situation pour tâcher de neutraliser McCready. J'ai estimé qu'il prenait un risque démesuré, et c'est pour ça que j'ai…

— Que vous avez décidé de venir à la rescousse, acheva Trethowan.

Nerys regarda tour à tour son chef et Chambers.

— Je suppose, oui.

— Comment ça, vous supposez ? Vous avez une autre explication à nous proposer ?

— J'ai obéi à mon instinct, chef, j'ai pris une initiative. J'avais affaire à un collègue désarmé, qui se préparait à affronter quelqu'un qui n'avait pas hésité à tirer sur un policier, comme nous le savions déjà.

— Votre décision n'a pas été dictée par un désir de vengeance, après ce qui était arrivé à l'inspecteur Cabbot ? demanda Trethowan d'un ton sévère.

Nerys s'empourpra violemment.

— C'est une question offensante, chef.

— Peu importent vos sentiments. Pensiez-vous à l'inspecteur Cabbot quand vous avez pris l'inspecteur Banks en filature ?

— Je ne prétendrai pas que ce que lui a fait McCready me laissait indifférente. Mais vous n'avez aucune…

— Si votre attirance sexuelle pour Annie Cabbot a obscurci votre jugement, déclara Chambers, qui se délectait manifestement de cette idée, une lueur implacable dans ses yeux porcins, il est tout à fait légitime que nous mettions en cause vos agissements et vos motivations. Vous vous êtes entichée d'elle, je me trompe ?

Le commissaire McLaughlin s'interposa en levant la main.

— Mesdames et messieurs, attaquer l'agent Powell sur des critères de préférences sexuelles ne nous aidera d'aucune manière à nous prononcer sur son cas, et ce serait d'ailleurs complètement déplacé. Savoir si l'agent Powell nourrissait des sentiments envers l'inspecteur Cabbot ne nous intéresse pas en la circonstance, pas plus que la nature de ces sentiments. Notre propos est de déterminer ce qu'elle a fait, et d'y répondre de la façon qui convient. Nous vous écoutons, agent Powell.

— Merci, chef.

Momentanément calmés, Chambers et Trethowan retombèrent dans un silence morose tandis que Nerys se désaltérait avant de reprendre le fil de son récit.

— J'ai suivi l'inspecteur Banks jusqu'à Harehills, où j'ai vu Tracy et Jaffar McCready monter à l'arrière de sa voiture. McCready serrait contre lui un sac de voyage qui paraissait contenir une arme.

— Mais vous n'avez pas vu d'arme à feu ? s'assura Trethowan.

— Non, chef, pas à ce moment-là. Mais j'étais sûre que…

— Bien, c'est tout ce que je voulais savoir, coupa Trethowan en regardant Chambers. Allez-y.

— Comment les avez-vous identifiés ? s'enquit Chambers.

— Qui vouliez-vous que ce soit ? Des autostoppeurs ?

Chambers vira au cramoisi.

— Je vous demande de vous arrêter, intima Trethowan à Nerys.

— Toutes mes excuses, chef.

Elle foudroya Chambers du regard, et il fut le premier à détourner les yeux tandis que la commissaire Gervaise demandait à son tour :

— À ce stade-là, aviez-vous déjà un plan d'action bien établi ? Était-ce clair dans votre esprit ?

— Non, commissaire. Je savais seulement que McCready était armé, qu'il avait tiré sur Ann… sur l'inspecteur Cabbot, et que l'inspecteur Banks et sa fille étaient ses otages.

— Et vous n'auriez pas trouvé normal, à ce moment-là, de me prévenir ? Ou d'en référer à votre hiérarchie ? fit Trethowan. Il y a des procédures à appliquer, vous savez. Un protocole. Pourquoi ne pas m'avoir appelé, ou avoir informé la commissaire Gervaise de vos soupçons sur les intentions de l'inspecteur Banks ?

— Je sais que j'ai eu tort, chef, et je n'ai pas d'excuse valable. Parfois on n'a pas le temps de tergiverser, il faut prendre le taureau par les cornes. Le protocole, toutes ces démarches pour lancer la machine, j'ai pensé que ça prendrait trop de temps. D'abord je n'avais pas emporté mon mobile, et puis j'aurais perdu leur trace si je m'étais arrêtée pour remplir toutes les formalités nécessaires. En rameutant la cavalerie, on n'aurait fait que donner l'alerte à McCready. Un individu armé et dangereux comme lui, il faut à tout prix éviter qu'il se sache cerné par les forces de l'ordre. En plus, il était possible qu'il ait consommé de la drogue. Ce qui rend habituellement les gens nerveux et imprévisibles, comme nous en avons eu la preuve.

— Oui, confirma Banks, il avait absorbé de la coke pendant le trajet.

Trethowan ignora sa remarque et lança à Nerys :

— Par conséquent, vous avez jugé bon de décharger votre arme au milieu d'un parking. Sur une aire d'autoroute. Au risque de blesser Dieu sait combien d'innocents, hommes, femmes et enfants.

— Je visais Jaffar McCready, chef. Je suis un excellent tireur, la meilleure de mon unité. Vous le savez très bien. Et mon arme a une précision de neuf cents mètres environ. Moi j'étais à trois cents mètres de distance, à tout casser.

— Et après avoir touché votre cible, vous aviez prévu où atterrirait le projectile ? demanda Chambers.

— J'étais postée au sommet d'un talus. Vu mon angle de tir, j'ai estimé qu'il irait se loger dans la carrosserie de la voiture placée derrière McCready. C'est d'ailleurs ce qui s'est passé. Vous allez m'accuser de dégradation du bien d'autrui, commissaire ? Je vais voir si mon assurance couvre ce genre de chose.

Trethowan tapa du poing sur la table.

— Je vous ai prévenue. Nous sommes fatigués de votre insolence. L'affaire est plus que sérieuse, et votre carrière est dans la balance. Vous ne réussissez qu'à desservir votre cause, en vous y prenant comme ça. Les sarcasmes ne vous mèneront à rien. Pas avec les commissaires Chambers et Gervaise, ni avec le divisionnaire McLaughlin. Et n'oubliez pas, c'est nous qui tenons votre avenir entre nos mains. Encore une réplique de cet ordre, et je vous fais coller un blâme, quelle que soit l'issue de cette réunion. Vous m'avez bien compris ?

— Oui, chef, marmonna Nerys, tête basse.

Gervaise reprit en main l'interrogatoire, s'efforçant de calmer le jeu.

— Que s'est-il passé quand vous êtes arrivée sur le parking de la station-service ?

— Je me suis garée, commissaire. En arrivant, j'avais reconnu les lieux aussi précisément que possible, et j'avais repéré un talus de l'autre côté de la bretelle d'autoroute. Je pouvais m'y mettre à l'abri tout en ayant vue sur la voiture de l'inspecteur Banks, et ça m'assurait une bonne position de tir le cas échéant. À ce moment-là, je n'avais pas prévu d'ouvrir le feu. Je ne voulais pas faire peur aux gens.

— Un talus herbeux, comme pour l'assassinat de Kennedy ? plaisanta Chambers, enchanté de sa petite boutade, qui tomba néanmoins à plat.

— Oui, admit Nerys en se mordant la lèvre.

— Vous comptiez abattre Jaffar McCready dès que le champ serait libre ?

— Non, ma seule intention était de protéger l'inspecteur Banks et sa fille, au cas où l'inspecteur aurait tenté une manœuvre imprudente ou désespérée. J'ai bien vu que McCready était agité quand ils sont descendus de voiture.

Banks haussa les sourcils, alors que Chambers répliquait avec un sourire satisfait :

— Sans vouloir prétendre que les manœuvres imprudentes ne sont pas dans les habitudes de l'inspecteur Banks, comment pouviez-vous être sûre qu'il agirait ainsi dans ce cas précis ?

— Je n'avais aucune certitude, c'est vrai. Mais c'est ce que j'aurais fait si j'avais été à sa place. C'était sa meilleure occasion de maîtriser McCready. Tant qu'ils étaient à l'extérieur. S'il devait tenter sa chance, je me suis dit que c'était le moment ou jamais.

— Même s'il y avait plusieurs personnes à proximité ?

— Sa fille aussi est une personne, commissaire.

— Oui, évidemment.

— Continuons, je vous prie, trancha Gervaise.

Chambers obtempéra malgré ses airs excédés.

— Essayez-vous de nous dire que, selon vous, toute action de l'inspecteur Banks était vouée à l'échec ?

— Non, mais il fallait l'envisager. Et je savais que McCready n'hésiterait pas à faire usage de son arme. Je voulais me tenir prête, pour augmenter les chances de succès de l'inspecteur.

— Je présume que vous allez déclarer que tout s'est déroulé si vite que vous avez oublié les détails, et que vous n'êtes pas responsable de vos actes ? ironisa Chambers.

— Absolument pas, commissaire. Au contraire, le temps semblait s'écouler au ralenti, et j'étais parfaitement consciente de ce que je faisais. J'ai pris tout mon temps pour armer, et j'ai appuyé lentement sur la détente, en vérifiant que ma visée était correcte. J'assume entièrement la responsabilité de mes actes. Et je les revendique.

Chambers étant réduit contre son gré au silence, Gervaise prit le relais avec tout le tact possible.

— Racontez-nous ce qui s'est passé.

— Je les ai vus retourner vers la voiture, tous les trois. L'inspecteur Banks marchait en tête, et j'ai remarqué que sa main tâtonnait au fond de son sac d'épicerie. Bien entendu, je n'ai pas compris sur-le-champ, mais ça m'a quand même alertée. Il avait l'air de mijoter quelque chose, et McCready, placé derrière lui et déjà à cran, risquait de s'en douter.

— Vous avez donc vu l'inspecteur Banks chercher quelque chose à tâtons dans un sac ? résuma Gervaise.

— C'est ça.

— Et ensuite, qu'avez-vous fait ?

— Rien, commissaire. J'ai patienté en observant la scène.

— À travers la lunette de votre arme ? demanda Chambers.

— Oui, commissaire, à travers mon viseur.

— La carabine de sniper que vous transportiez comme par hasard ? (Il vérifia ses notes.) Un Parker-Hale M85, si mes renseignements sont bons. On n'en trouve pas à tous les coins de rue. Comment vous l'êtes-vous procuré ?

— Il appartenait à mon père. Je le garde dans le coffre de ma voiture, à l'intérieur d'un compartiment verrouillé. Je m'en sers parfois pour m'entraîner. À mon avis, le Parker...

— C'est donc là que vous êtes censée ranger votre arme ? coupa Trethowan. Dans votre coffre de voiture, comme un bouseux américain ?

Nerys se détourna.

— Non, chef. Le Firearms Cadre dispose d'une réserve sécurisée, et nos véhicules sont équipés pour le transport...

— Continuez, la pressa Trethowan, nous nous occuperons plus tard de cette infraction.

Nerys déglutit avec peine, comme si elle avait la gorge sèche. Il y avait toujours un verre d'eau devant elle, mais cette fois elle n'y toucha pas. Sûrement pour ne pas montrer le tremblement de ses mains, pensa Banks.

— Je les ai regardés se diriger vers la voiture. À un moment, l'inspecteur Banks a fait une drôle de grimace, et il a tressailli. J'en ai conclu qu'il s'était peut-être brûlé. Ce qui m'a aidée à deviner ses intentions.

— Et alors ? l'encouragea Gervaise.

Nerys planta son regard dans celui de Banks, qui se sentit un peu déstabilisé.

— Je crois qu'il n'aurait pas réussi, commissaire. Ses mouvements avaient déjà attiré l'attention de McCready. L'inspecteur Banks comptait lui jeter le café en pleine figure, mais je suppose qu'il s'est brûlé en soulevant le couvercle, et il a sursauté. McCready a compris qu'il se préparait quelque chose.

— Est-ce la vérité, Alan ? demanda Gervaise.

Banks confirma d'un signe de tête.

— Et McCready, comment a-t-il réagi ?

— Il a tiré son arme de son fourre-tout – un Baïkal avec silencieux. Il avait gardé une main dessus pendant qu'ils marchaient, mais maintenant elle était bien visible. Une ou deux personnes s'en sont aperçues, sur le parking, et elles se sont mises à crier. Je craignais que ça tourne à la panique, et que McCready perde les pédales. Cela dit, il n'y avait pas grand monde dans les parages, et personne ne se trouvait à côté d'eux.

— Sur qui McCready a-t-il pointé son arme ?

— D'abord sur Tracy, à hauteur de sa tête. Je pense qu'il menaçait son père de l'abattre si jamais il tentait quoi que ce soit.

— Et après ?

— McCready était fébrile, il pouvait faire n'importe quoi. Il s'est adressé à l'inspecteur Banks, et ensuite il a braqué l'arme dans sa direction.

— L'inspecteur Banks s'était retourné vers lui ?

— Oui, il faisait face à McCready, qui utilisait Tracy comme bouclier.

— Quelle a été votre réaction ? intervint Chambers.

— J'ai tiré sur McCready, commissaire, répondit Nerys d'un ton égal. J'ai visé la tête. Par chance, il était nettement plus grand que la fille de l'inspecteur Banks.

— Vous l'avez tué, rappela Chambers.

— Oui, commissaire. En général, une balle dans la tête… (La mine orageuse de Trethowan la dissuada d'aller plus loin, et elle se borna à répéter :) Oui, commissaire.

— Ensuite vous avez fui les lieux du crime.

— Je suis retournée au QG du secteur Ouest. J'ai remis mon arme à la commissaire Gervaise en l'informant de ce qui s'était passé, et vous connaissez la suite.

— Pourquoi n'êtes-vous pas restée sur les lieux ? lui demanda Gervaise.

— C'était inutile. McCready était mort, l'inspecteur Banks et sa fille hors de danger. L'aire d'autoroute n'allait pas tarder à grouiller de policiers.

— Et vous craigniez d'avoir un peu de mal à vous justifier ? suggéra Chambers.

— J'avoue que ça m'a traversé l'esprit, effectivement. Et si de nouveaux officiers armés arrivaient sur les lieux, ma présence pouvait mettre le public en danger.

— Quel admirable esprit civique, railla Chambers. Avez-vous une idée du temps que ces officiers ont passé à interroger les gens, à collecter des indices pour identifier le tireur ?

— Vous voulez ajouter ça à la liste des charges retenues contre moi ?

Trethowan se contenta de secouer la tête, pendant que Chambers jetait son crayon sur la table, écumant de colère.

— Je vous avais bien dit que c'était du temps perdu, Catherine. Il faut la suspendre immédiatement de ses fonctions, sans traitement, et solliciter une enquête externe.

— C'est moi qui en jugerai, décréta McLaughlin.

— Non, Reg, objecta Trethowan. Si l'on fait abstraction des impertinences de l'agent Powell, je ne pense pas que nous ayons perdu notre temps. Dans la mesure où l'un de mes officiers est impliqué dans un incident de cette envergure, et où nous faisons notre possible pour amortir ses répercussions.

— Je suis d'accord avec vous, si je puis me permettre, déclara Banks d'une voix forte, avec un regard de mépris à l'intention de Chambers. Nous n'avons absolument pas perdu notre temps. Vous êtes trop occupés par votre bataille rangée pour penser à ça, mais l'agent Powell m'a tout de même sauvé la vie. Et elle a sauvé ma fille.

— Ça fait drôlement longtemps que je n'étais pas venue, observa Tracy pendant qu'ils déjeunaient au Queen's Arms, le lendemain midi.

Banks embrassa du regard la salle au décor un peu miteux. La peluche des banquettes était élimée, le rembourrage s'en échappait ici et là, les tables en laiton martelé étaient bancales et, en haut des murs, des pans de papier peint se décollaient par endroits. L'endroit demeurait malgré tout accueillant et familier, et c'étaient les deux qualités dont Banks et Tracy avaient besoin en ce moment. Et le Queen's Arms tenait le coup, pendant que tant d'autres pubs mettaient la clé sous la porte. En plus, ils servaient une cuisine tout à fait honorable.

Tracy picora son poulet-frites servi dans une corbeille, tandis que Banks attaquait son énorme pudding du Yorkshire garni de bœuf et dégoulinant de sauce aux oignons. La nuit précédente, il avait couché sur le divan de son appartement en location pour céder sa chambre à Tracy. Il n'avait pas réussi à bien se reposer, encore sous l'influence du décalage horaire, et des accès de fatigue et de vertige continuaient de s'abattre sur lui aux moments les moins opportuns. Il ferait avec, ce n'était guère différent de l'époque où il faisait les trois huit.

— Moi aussi, ça fait un moment, glissa Banks entre deux bouchées.

Il but quelques gorgées de sa Black Sheep bitter. Le pub n'était pas trop bondé malgré l'heure, et leur table près de la vitre formait un petit îlot de tranquillité. Le soleil filtrait à travers les carreaux rouges et bleus en losange. Deux gamins jouaient sur les machines bruyantes alignées dans le couloir des toilettes messieurs, et la radio – ou ce qui remplaçait l'antique juke-box – diffusait les vieux tubes habituels. En ce moment, c'était « Substitute », des Who.

— Je comprends que tu te sois fait appeler Francesca.

Tracy s'empourpra, les yeux baissés sur son plat.

— C'était une idée stupide, je te présente mes excuses.

— On n'a pas pensé à te donner un deuxième prénom. Désolé. On n'avait pas les moyens à l'époque, lui dit Banks en souriant.

Quand Tracy éclata de rire, il retrouva sous la pose et le changement de look la fille qu'il connaissait et aimait. De toute façon, elle pouvait s'habiller et se coiffer comme il lui plaisait, à partir du moment où elle se sentait bien. Mais elle n'était pas heureuse, justement, il n'y avait aucun doute là-dessus.

— Moi non plus, je n'ai pas de deuxième prénom. Quand j'étais gosse je m'étais baptisé Davy, en hommage à Davy Crockett. Je crois que j'ai regardé *Alamo* une bonne centaine de fois.

— Tu rigoles !

— Non, non, je t'assure, confirma Banks en l'observant à la dérobée tout en découpant sa viande et son pudding. Tu sais, ce n'est pas si grave que ça, pour tes examens. Je suis bien conscient que c'est une déconvenue pour toi, et ça je ne peux rien y faire, mais ne t'imagine pas que nous sommes déçus, ta mère et moi. Tu as fait beaucoup d'efforts, et nous sommes fiers de toi. Sincèrement, je ne me rendais pas compte que tu le vivais aussi mal.

— N'empêche, tu espérais nettement mieux. Et moi aussi. Et oui, j'ai l'impression d'avoir déçu tout le monde. Regarde où j'en suis, finalement : je guide les clients dans les rayons pour qu'ils trouvent le dernier Dan Brown, et pendant ce temps le groupe de Brian fait salle comble à Nagasaki et ailleurs. C'est lui, la grande réussite de la famille.

— Moi je vous aime autant l'un que l'autre. Vous n'êtes pas en compétition. Je me suis toujours efforcé de ne pas favoriser un des deux.

— Pourtant ça n'a pas marché, que je sache. Cela dit, je ne te fais pas de reproches. C'est la nature humaine qui veut ça. Les parents n'y peuvent rien.

— Si vraiment j'ai marqué une préférence, ç'a été en ta faveur.

— Jusqu'à ce que Brian casse la baraque.

— Tu te trompes. J'ai tarabusté Brian je ne sais combien de fois pour qu'il ne plaque pas l'université. Je tenais à ce qu'il valide son diplôme, à ce qu'il ait un métier sérieux. Tu vois, je suis loin de l'avoir encouragé à faire carrière dans la musique. S'il a réussi, c'est plutôt contre moi que grâce à moi.

— Oui, mais vous aviez un tas de points communs, tous les deux. C'est toi qui lui as offert sa première guitare.

— Tu ne peux pas en vouloir à quelqu'un parce qu'il aime la musique. Avec toi… j'ai essayé. Mais la communication était moins évidente, j'avais plus de mal à établir le contact. À parler de tous ces trucs de filles, les petits copains et le reste. La seule idée que tu puisses sortir avec un garçon me faisait bouillir. Et en ce qui concerne la musique… Tu écoutais Take That et les Spice Girls, alors que Brian était fan de Led Zeppelin et de Dylan. Musicalement parlant, il n'y avait pas photo…

Tracy le dévisagea d'un œil stupéfait, puis elle se mit à rire.

— Excuse-moi, papa, mais tu as de ces réflexions, quand ça te prend ! Et je te signale que j'aime les Unthanks, les Smoke Fairies, Regina Spektor et Noah and the Whale. Les Kings of Leon aussi, tiens.

— Ah, il y a du progrès. Quand même, je ne me sentais pas à l'aise avec toi quand tu as grandi. Tu n'étais plus la petite fille de papa. Et l'absence de ta mère n'arrangeait rien.

— Papa, c'est très loin, tout ça. Tu aurais peut-être dû persévérer.

— C'est possible. (Banks gratta sa cicatrice.) Je ne te cache pas que j'ai trop souvent donné la priorité à mon travail. Et je me colletais aussi avec mes problèmes personnels.

— Tu as une amie, actuellement ?

— Non, personne.

Il eut une pensée pour Teresa, mais il ne pouvait pas la considérer comme sa petite amie. Il ne la reverrait probablement jamais, et il trouvait déplacé d'évoquer devant sa fille une aventure sans lendemain à San Francisco. Le matin même, Teresa lui avait fait parvenir un mail avec un document joint : une photo d'eux dans Burrit Street, devant la plaque qui disait : *C'est à peu près à cet endroit que Miles Archer, le partenaire de Sam Spade, a été liquidé par Brigid O'Shaughnessy.*

— Et Annie, alors ?

— Annie ? C'est… compliqué.

— Pourquoi ? Elle est amoureuse de toi.

— Tais-toi, tu dis des bêtises. Ce n'est pas aussi simple.

— Je t'assure qu'elle t'aime. Les femmes sentent ces choses-là.

— Mais tu n'es qu'une gamine, toi.

— Ah, bon ? Je te rappelle que j'ai vingt-quatre ans. Et puisqu'on en parle, j'attends encore ma dernière carte d'anniversaire. Mais bon, je préfère qu'on passe l'éponge et qu'on reparte sur de bonnes bases.

— Je suis tout à fait de ton avis. Par contre, on a vraiment besoin de discuter, toi et moi.

— Je sais bien, et j'appréhendais ce moment. J'ai assez mangé, fit-elle en repoussant son plat.

— Tu adorais ça, pourtant.

— C'était vrai quand j'étais « gamine ». (Tracy sirota son vin blanc.) Ça date de la même époque que Take That et le MacDo.

Elle avait raison, Banks devait l'admettre. Sa fille était bel et bien devenue une jeune femme, et il fallait qu'il l'accepte et réagisse en conséquence.

— Tu veux bien me raconter tout ce qui s'est passé ? En commençant par le début.

— Je m'attendais à cette question, répondit Tracy en posant les coudes sur la table. Et je la redoutais.

Tracy ne s'était pas maquillée, ce jour-là, et Banks la trouva ravissante. Même ses piercings à l'arcade et sous la lèvre ne parvenaient pas à diminuer sa beauté. Elle avait un teint naturellement clair, des lèvres roses et ourlées à la courbe bien dessinée, et elle avait hérité des yeux de sa mère. Sa coupe courte lui plaisait bien, mais là il manquait un peu d'objectivité.

— Respire un grand coup et jette-toi à l'eau.

— OK, fit Tracy en prenant son souffle. Mais je n'ai plus grand-chose à t'apprendre.

— Fais-moi plaisir. Dis-moi comment tu as connu Jaff.

— Par l'intermédiaire d'Erin. Elle l'a rencontré dans le restaurant où elle est serveuse, sur les Calls. Je ne le connaissais pas plus que ça, mais il lui arrivait de sortir en boîte avec nous.

— Et tu l'as trouvé séduisant ?

— C'est dur à imaginer, hein ? Pourtant c'est ce qui s'est produit, à un moment donné.

— Non, ce n'est pas si incroyable que ça. C'était un beau jeune homme, et je suis persuadé qu'il avait du charme. En plus c'était un mauvais garçon. Un mélange assez grisant.

— Tu devrais dire ça à Erin, pas à moi. C'était son ami à elle.

— Savais-tu qu'il s'agissait d'un délinquant, qu'il vendait de la drogue ?

— Certainement pas ! Si je m'en étais doutée, je ne me serais pas approchée de lui. Au début, tu sais, ce n'était qu'une relation superficielle. On allait danser, on discutait musique et autres banalités. On passait de bons moments… on s'amusait, quoi.

Banks avait beau deviner que Tracy esquivait délibérément le sujet de la drogue, il préférait ne pas insister. Il savait pertinemment que sa fille n'était pas un ange. Comme beaucoup de jeunes qui fréquentaient les clubs, elle devait prendre de l'Ecstasy à l'occasion, comme les gens de sa génération fumaient de l'herbe ou prenaient de l'acide. Elle en consommait peut-être également, d'ailleurs. Il espérait simplement qu'elle savait s'arrêter et se tenait loin des substances plus dangereuses, telles que la coke et l'héroïne. Toutefois, il aurait été vain de remettre la question sur le tapis.

— Qu'est-ce qui a fait évoluer la situation, entre vous ?

— Un soir, Jaff m'a embrassée sur le dance floor. Je sais, on se croirait dans une vieille chanson à l'eau de rose, du genre « And Then He Kissed Me », mais ça s'est passé comme ça. Et j'ai trouvé ça assez romantique. (Tracy piqua un fard.) Malheureusement l'idylle a été de courte durée.

— Et ensuite ?

— Jaff et Erin ont eu une grosse engueulade en plein milieu de la boîte. Même si le bruit de la musique couvrait les cris, je ne savais plus où me mettre. Erin m'a insultée, et puis elle est sortie en trombe. Quelques jours passent, et un soir quand je rentre du boulot, Rose me raconte que la police est venue fouiller la maison. Là-dessus j'apprends la nouvelle aux actualités, M. Doyle, le pistolet, la police qui investit notre ancienne rue...

— Une minute. Pourquoi est-ce que tu t'es précipitée chez Jaff séance tenante ?

— Pour le prévenir de ce qui était arrivé. Il était encore le petit ami d'Erin, et elle venait d'avoir des ennuis. Il se passait quelque chose de grave. D'accord, il y avait eu une dispute, un malentendu, mais ce n'était qu'un baiser, malgré tout. Je te jure. On n'a pas couché ensemble ni rien du tout... (Sa lèvre inférieure commença à trembler.) Pas à ce moment-là.

— Une chose à la fois, coupa Banks en posant sa main sur le bras de Tracy. Détends-toi.

Tracy leva son verre en s'efforçant de sourire.

— J'en boirais bien un autre. L'alcool donne du courage.

Banks se leva pour aller chercher deux verres au bar.

— C'est votre fille ? demanda Cyril, le patron, avec un signe de tête en direction de Tracy.

— Oui.

— La petite que vous emmeniez prendre un Coca et un burger, dans le temps, quand vous habitiez le quartier ?

— Elle-même, en effet.

— Ça faisait un bail que je ne l'avais pas vue. C'est devenu une très jolie demoiselle.

— C'est vrai, Cyril, approuva Banks avec un regard vers Tracy. Merci du compliment.

Il régla les consommations et rejoignit sa table. Paul Jones chantait « I've Been A Bad, Bad, Boy. » Ces vieilles rengaines mettaient Banks d'humeur mélancolique. Celle-ci, il l'avait quasiment oubliée.

Il laissa Tracy boire un peu de vin avant de lui demander :

— Que s'est-il passé quand tu es arrivée chez Jaff ?

— Il était comme fou, j'ai paniqué. D'abord il est allé dans sa chambre, et il est ressorti en râlant, il traitait Erin de tous les noms. Je ne le savais pas à ce moment-là, mais il cherchait l'arme qu'elle lui avait prise.

— Qu'est-ce que tu as ressenti ?

— Ça m'a effrayée. Tu vois, je croyais avoir affaire à quelqu'un de sympa, et tout à coup il était là devant moi, furieux et surexcité. Je me demandais ce qu'il allait faire. Moi je n'étais que la messagère, dans cette histoire.

— Et alors ?

— Il m'a empoignée en disant qu'il fallait décamper.

— Tous les deux ?

— Oui.

— Tu as donc été son otage d'entrée de jeu ?

— Je pense, oui. Je ne sais pas vraiment ce qu'il avait derrière la tête. Tout ce que je peux dire, c'est qu'il cherchait une planque et qu'il comptait m'emmener avec lui.

— Comment avez-vous atterri dans ma maison ?

Tracy détourna les yeux.

— C'est lui qui m'a obligée… Il n'avait nulle part où aller, soi-disant, et il avait besoin d'un endroit sûr, en attendant que les choses se tassent. Il a demandé si j'avais une idée, et comme j'avais peur, j'ai pensé à ta maison. Je craignais qu'il devienne violent si je ne l'aidais pas.

— À ce stade-là, tu pensais être libre de te séparer de lui ?

— Non… C'est difficile à dire, tout s'est passé extrêmement vite. Je n'étais pas attachée, bien sûr, mais il me retenait par le bras, et ça me faisait mal. Alors j'ai pensé à ton cottage. Je savais que tu étais en vacances. Je suis vraiment désolée. Je… Excuse-moi, mais je suis un peu troublée. Tu me traites comme un de tes suspects. Je ne suis pas capable d'expliquer ce qui s'est passé. Quand j'y réfléchis avec le recul, tout ça me fait l'effet d'un horrible cauchemar… c'est tellement confus, dans ma tête ! Ma seule certitude, c'est que je suis une victime, là-dedans !

— Du calme, Tracy. Je me rends compte à quel point c'est éprouvant pour toi.

Tracy essuya ses larmes et but un peu de vin. Deux ou trois clients avaient tourné la tête, mais les jeux faisaient assez de vacarme pour couvrir leur conversation, et la stéréo diffusait « Be My Baby ». Banks baissa tout de même la voix.

— Je ne te soumets pas à un interrogatoire, mais ce sont des questions que je me dois de soulever.

— Comme tu voudras.

— Avant de quitter Leeds, Jaff s'est arrêté chez Victor Mallory. Pour quelle raison ?

— Pour un échange de voitures. Jaff avait peur que la police guette son véhicule.

— Tu savais déjà, pour l'arme à feu, non ?

— Non. Je ne l'ai appris qu'après être arrivée chez toi, sinon j'aurais fait en sorte de prendre mes distances. Jaff ne pensait qu'à quitter Leeds de toute urgence. J'ai soupçonné… qu'il redoutait de se faire coffrer pour trafic de drogue.

— Mais tu dis avoir ignoré ses activités de dealer.

— Il avait des trucs sur lui de temps en temps, mais ce n'était pas un trafiquant à proprement parler.

— Pourquoi n'est-il pas parti directement à Londres ?

— Il fallait qu'il contacte des gens, qu'il organise quelques opérations. Au début je n'ai pas compris de quoi il retournait, mais je crois qu'il avait l'intention de revendre la coke – il en avait un gros paquet – et de se procurer de faux papiers. Ça demandait du temps, et il cherchait une cachette dans l'intervalle. Il a beaucoup téléphoné sur son portable.

— Tu ne connaissais pas le motif de sa fuite ?

— Je ne l'ai pas su immédiatement. Pas quand on est passés chez Victor, en tout cas.

— Tu es entrée avec lui chez Victor Mallory ?

— Non, Jaff a préféré que je patiente dans la voiture.

— Il t'avait immobilisée d'une manière ou d'une autre ?

— Non.

— Par conséquent, tu aurais pu partir de ton côté ?

— Sans doute. Je regrette de ne pas l'avoir fait, mais j'étais perturbée. Il m'avait demandé de l'attendre, pour que je le guide jusqu'à ton cottage. Il ne connaissait pas les environs. Gratly, il n'en avait jamais entendu parler. Si j'avais pu deviner… j'aurais pris mes jambes à mon cou sans demander mon reste.

— Ne t'inquiète pas, je ne t'accuse de rien. J'essaie simplement d'éclaircir la situation. Il est resté longtemps chez Mallory ?

— Cinq, dix minutes, je ne sais pas trop. Pas plus d'un quart d'heure, disons.

— Tu le connais, ce Victor ?

— On s'est croisés deux ou trois fois en boîte. Il ne m'a pas fait mauvaise impression.

— Que s'est-il passé après ça ?

— Ils ont échangé leurs voitures et on a pris la route de Gratly. Je suis désolée de l'avoir conduit à ta maison, papa, je regrette sincèrement. J'étais loin de me douter de ce qu'il allait faire… Ta collection de CD. Tu n'es pas au courant ?

— On ne m'a pas encore autorisé à réintégrer la maison. La police technique et scientifique aura bientôt terminé, et la commissaire Gervaise a promis d'envoyer une société de nettoyage avant que je reprenne possession des lieux. Demain ou après-demain.

— Il a tout mis sens dessus dessous, il a balancé les disques par terre, cassé des boîtiers et renversé de l'alcool un peu partout.

— Ne te tracasse pas, tu n'es pas en faute. Comment as-tu découvert la vérité, concernant le pistolet d'Erin ?

— On a regardé le journal télévisé. Ils n'ont rien expliqué de précis, mais un témoin rapportait avoir vu un policier emporter un objet en forme d'arme à feu emballé dans un torchon. Jaff a fait le rapprochement tout de suite. C'était bien l'arme qui lui manquait, et Erin la lui avait volée. C'est là qu'il m'en a révélé un peu plus.

— Il t'a dit pourquoi ça le gênait tant, que la police l'ait saisie ?

— Non.

— Et toi, quelle a été ta réaction ?

— Je me suis contentée de lui demander pourquoi il avait besoin d'une arme, et ce qui avait poussé Erin à s'en emparer. Il a répondu que puisque j'étais au courant, il ne pouvait pas me rendre ma liberté, et que je devais l'accompagner jusqu'au bout dans cette galère.

— Vraiment ?

— Oui, vraiment. S'il te plaît, papa, je n'ai pas envie de subir un interrogatoire. Tu ne me fais pas confiance ?

— Bien sûr que si, se récria Banks, jugeant plus sage de dissimuler ses doutes sur cette version des faits. Pardonne-moi si je te mets mal à l'aise. Je veux juste que tout soit bien clair dans mon esprit.

— Ça ne l'est même pas pour moi, tu sais.

— Je comprends, fit Banks en sirotant sa Black Sheep. C'est bien pour ça que je te pose des questions. Mon but est de t'aider à te concentrer, pas de te mettre sur le gril.

— Excuse-moi, dit Tracy en remuant le fond de son verre. Il a ouvert tes bouteilles, tu vois, il a bu quelques-unes des meilleures. Pareil pour ton whisky.

— Ne t'en fais pas, la rassura Banks, s'interrogeant tout de même sur l'ampleur du saccage qu'avait pu causer Jaff, et sur ce qui aurait disparu quand il rentrerait chez lui.

En entendant le début de « Telstar », il se revit à douze ans avec ses copains dans le jardin public, quand il écoutait l'émission du samedi après-midi *Pick of the Pops* à la radio. Ils regardaient les filles se promener dans leurs jolies robes d'été, flirteuses et rougissantes. Graham Marshall faisait partie du groupe, mais il s'était volatilisé un dimanche matin pendant qu'il distribuait les journaux. Bien des années plus tard, Banks avait participé à l'enquête qui avait levé le mystère sur sa disparition. Le visage de Graham lui apparut fugacement tandis qu'il écoutait le morceau. Toute la bande aimait bien les accents bizarres de l'orgue sur « Telstar ».

Tracy se pencha vers son père et chuchota :

— Je me suis aperçue qu'il avait de la drogue sur lui. De l'herbe. Et de la coke. Des masses de cocaïne enveloppées dans du plastique. Plusieurs kilos. Il en gardait un peu dans un sachet pour sa consommation personnelle. Il n'arrêtait pas d'en sniffer. Ça le rendait dingue.

— En effet, nos hommes l'ont découverte dans son sac, en même temps que 50 000 livres. Tu sais d'où elle provenait ?

— Non, il l'avait sur lui dès le départ, à son appartement. Il portait son sac de voyage et il avait l'air de peser lourd. Moi je n'ai pas touché à la coke. Je te le promets, papa.

— D'accord, je te crois sur parole. En résumé, il a picolé du vin et du whisky, il a fumé des joints et pris de la coke. Une bringue à tout casser, si j'ai bien compris. Et toi, pendant ce temps, où étais-tu ?

— Je regardais sans rien faire. Je n'avais aucun moyen de l'arrêter. Il avait beaucoup plus de force que moi.

— Bien sûr. Est-ce que…

— Tu veux savoir s'il m'a violée ? (Tracy hocha la tête en regardant son père droit dans les yeux.) Oui, il l'a fait. Plus tard, quand il a découvert ma véritable identité. Il m'a entraînée à l'étage, dans *ta* chambre. Je me suis débattue, j'ai essayé de me défendre, mais je n'étais pas de taille. Il m'a renversée sur le lit et…

La gorge de Banks se serra tandis que son cœur s'emballait.

— Ça ira, Tracy, je peux me dispenser des détails. Tu me dis que c'est arrivé quand il a appris la vérité sur toi, le métier de ton père ?

— Oui. Il est tombé sur un courrier, je crois, qui mentionnait ton nom et ta fonction. Il a constaté que tu faisais partie de la police, et que tu étais inspecteur principal.

— Comment a-t-il réagi ?

— Il a piqué une colère, pour commencer, et puis il a fini par conclure que j'allais me rendre plus utile que prévu. Il m'en voulait à mort de lui avoir caché ça. Et il avait une dent contre la police. Son agressivité était décuplée. C'est à ce moment-là qu'il a abusé de moi. Il a pris spécialement plaisir à faire ça dans ta propre chambre, comme si c'était une façon de t'atteindre personnellement, de te violer en même temps que moi.

En effet, Banks avait le sentiment d'avoir été violé, et si McCready avait toujours été en vie, il l'aurait étranglé avec joie de ses propres mains.

— Que s'est-il passé à l'arrivée d'Annie ?

— Il s'est caché derrière la porte du salon. Son arme était au fond de son sac, dans le coin petit déjeuner de la cuisine. Il m'a dit que si je ne me débarrassais pas d'elle tout de suite, il allait l'abattre. J'ai fait de mon mieux, papa, je te jure. Mais tu connais Annie. Elle s'est obstinée, elle n'a pas voulu renoncer…

— Elle n'avait pas bien évalué le danger. Elle pensait te venir en aide, et la ténacité est un peu son signe distinctif.

— Elle a compris que quelque chose ne tournait pas rond, que j'agissais sous la contrainte. Je sais bien qu'elle ne cherchait qu'à m'aider, mais elle n'a pas accepté mon refus, et alors Jaff est intervenu...

— Tracy, tu as probablement sauvé la vie d'Annie, tu en es consciente ? Grâce à ton coup de téléphone.

— Elle était en sang, j'ai cru qu'elle allait mourir. Je ne pouvais pas faire autrement. Il s'est mis en rage quand j'ai appelé l'ambulance. J'ai eu peur qu'il me tue en même temps, mais je suppose que je lui étais encore beaucoup trop utile. Il a juste écrasé mon mobile.

— Et ensuite ?

— La voiture est tombée en panne au milieu de la lande. On se retrouvait donc à pied, et en cavale. Les déboires s'accumulaient. Jaff évoluait peut-être dans le grand banditisme, mais ce n'était pas un aigle, observa Tracy avec un sourire sans joie.

— Tant mieux pour nous. (Banks consulta sa montre et jeta un coup d'œil vers la porte.) Tu veux boire autre chose ?

— Non, il vaut mieux pas. L'alcool m'est déjà monté à la tête.

— Un café, plutôt ?

— Je veux bien.

Banks s'apprêtait à revenir au comptoir commander un café et une pinte pour lui quand la porte du pub s'ouvrit, livrant passage à Juliet et Erin Doyle. Sidérée, Tracy promena son regard entre Erin et son père.

— C'est toi qui as organisé ça, papa ?

— Je leur ai juste signalé qu'on serait sûrement ici vers une heure et demie.

Les deux jeunes filles se dévisagèrent pendant un temps infini, puis Tracy se leva de table, s'approcha d'Erin et la prit dans ses bras. Erin lui rendit son étreinte sous l'œil éberlué des touristes. Banks accrocha le regard de Juliet, derrière Erin et Tracy, mais elle ne lui accorda qu'un bref salut de la tête. Il poussa un soupir de soulagement. Il avait bien cru que Tracy frapperait Erin, et que Juliet et sa fille resteraient brouillées indéfiniment.

18

Banks fut accueilli par l'adagio de la sonate *Au clair de lune* lorsque la fille au pair de Fanthorpe, Françoise, l'introduisit dans le monumental vestibule et le guida vers le salon. L'interprète fit une fausse note, hésita et trébucha encore avant de retrouver le fil de la mélodie.

— Toute la famille est devant la télévision, expliqua Françoise dans un anglais précis à la prononciation irréprochable. Mlle Eloïse s'exerce au piano en prévision de son examen, la semaine prochaine.

Ouvrant la porte du salon, elle annonça d'un ton guindé Banks et Winsome. Les officiers en uniforme étaient restés à l'extérieur, attendant les consignes dans leur voiture.

C'était la première fois que Banks rencontrait l'épouse de Fanthorpe. Une femme superbe à la longue chevelure d'un châtain soyeux, nettement plus jeune que son mari, avec une silhouette sculptée par l'exercice quotidien et une peau sans défaut. Elle jeta à son époux un regard d'incompréhension. À côté d'elle, la petite fille coiffée en queue de cheval ne détacha pas les yeux de *Strictly Come Dancing*, l'émission de télé-réalité qui passait sur l'écran 42 pouces.

— Je vois que j'interromps une tradition familiale, fit Banks.

— Qu'est-ce que vous me voulez, cette fois, Banks ? répliqua Fanthorpe en se levant. J'en ai plus qu'assez, vous dépassez les limites. Je vais prévenir mon avocat.

— Proposez-lui donc de vous rejoindre au commissariat. Nous avons une suite toute prête pour votre garde-à-vue.

La femme s'était levée à son tour, dépliant son corps à la façon d'un chat.

— Qu'est-ce qui ne va pas, George ? demanda-t-elle avec un léger accent d'Europe de l'Est. Qui sont ces gens ? Que font-ils dans ma maison ? Explique-moi ce qui se passe.

Le Fermier reposa son téléphone et mit les mains sur les épaules de son épouse.

— Tout va bien, Zenovia. Calme-toi, ma chérie. Je m'en occupe.

Il gagna la porte à grands pas et se tourna vers Banks.

— Venez, on va dans mon salon privé.

— Comme vous voudrez.

Banks traversa le hall à sa suite et entra dans la pièce où il les avait reçus la semaine précédente.

— C'est un scandale, s'indigna Fanthorpe en se servant une généreuse dose de whisky.

Aujourd'hui, il ne prenait même pas la peine d'en offrir un à Banks, qui justement l'aurait peut-être accepté, cette fois.

— La police me harcèle, c'est de la persécution, du…

— C'est bon, j'ai capté le message. Je suggère que nous nous asseyions et que nous bavardions gentiment avant que je fasse entrer mes hommes.

— Pardon ?

— L'équipe de perquisition. (Banks tira des documents de sa poche.) J'ai ici un mandat officiel, signé par un magistrat, qui nous autorise à effectuer une fouille complète de votre domicile.

— Fouiller ma maison ? s'étrangla Fanthorpe. Vous n'y pensez pas ! Vous ne pouvez pas…

— Si, nous le pouvons, et nous comptons bien le faire. Mais commençons par le commencement. Je voudrais d'abord que vous sachiez dans quel pétrin vous vous êtes fourré.

— Qu'est-ce que vous racontez ?

Fanthorpe s'affala dans son fauteuil en cuir, renversant sur son pull un peu de whisky. Il prit un mouchoir dans la poche de son pantalon de velours pour l'essuyer.

Winsome, assise en face de lui, sortit son stylo et son carnet.

— Si vous vous figurez que je vais faire des déclarations compromettantes, dit le Fermier en pointant le doigt sur elle, vous en serez pour vos frais.

— Il vaut toujours mieux se tenir prêt, monsieur, répondit Winsome. Vous n'êtes pas de mon avis ?

— Que savez-vous du meurtre de Marlon Kincaid, survenu le 5 novembre 2004 ? intervint Banks.

— *Marlon Kincaid ?* Est-ce que j'ai une tête à connaître quelqu'un qui porte un nom pareil ?

— Pourquoi pas ? Il était inscrit à l'Institut Polytechnique de Leeds. Pour être précis, il avait déjà terminé son cursus, mais il continuait de traîner dans les pubs d'étudiants, comme cela arrive parfois, et il vendait de la drogue. Il tardait à couper les ponts avec la vie estudiantine.

— Qu'est-ce que je dois comprendre ?

— Marlon Kincaid, étudiant en arts plastiques. Son père adorait Marlon Brando, à ce qu'il semblerait, d'où le prénom. Marlon avait monté sa petite affaire, il fournissait de la coke et d'autres substances illicites aux étudiants de Leeds, dans les fêtes, les pubs ou les boîtes de nuit.

— Et alors ?

— Il avait ses sources d'approvisionnement, et vous n'en faisiez pas partie.

— Je ne vois pas où vous voulez en venir.

— À vos yeux c'était inadmissible, n'est-ce pas ? Vous étiez en passe de devenir le caïd local, et voilà qu'un petit blanc-bec aux cheveux longs vient marcher sur vos plates-bandes. En plus il a le culot de vous tourner en dérision, et vous avez vent de la chose. Quelle a été votre réaction initiale ? Un avertissement ? Une bonne raclée administrée par Ciaran et Darren ?

— Ça ne tient pas debout.

— Mais vous aviez une autre arme qui patientait en coulisses, je me trompe ? Un jeune homme du nom de Jaffar McCready, qui était en train de se rendre indispensable. Un individu dangereux. Il ne demandait qu'à faire ses preuves, et vous aussi vous n'attendiez que ça. L'acte de loyauté sanglant qui crée les liens indissolubles. Vous lui avez remis un pistolet, que vous aviez chargé pour lui. Il se peut même que vous lui en ayez montré le fonctionnement. Et Jaffar McCready a abattu Marlon Kincaid. Ce qu'il ignorait, c'est que quelqu'un l'avait surpris. Un témoin d'une fiabilité plus que douteuse, je vous l'accorde, surtout à cette époque-là, mais il s'est rangé bien gentiment dans l'intervalle – il s'apprête à devenir pasteur – et il semble avoir retrouvé la mémoire. D'autant plus que nous avons fait de notre côté pas mal de découvertes.

— En quoi suis-je concerné ?

— Il y a une chose que vous n'avez pas sue sur le moment : pour des raisons personnelles, McCready a choisi de conserver l'arme du crime. En guise de trophée ou de souvenir, comme vous voudrez. Je suis persuadé qu'il avait ordre de s'en défaire, et vous avez sûrement cru qu'il avait obéi. Dans le fond, il n'avait aucun intérêt à garder une arme compromettante. Pur sentimentalisme de sa part, peut-être. Son premier meurtre. À moins qu'il n'ait pensé acquérir un pouvoir sur vous, de cette manière. Toujours est-il qu'il ne s'est pas séparé de ce pistolet. Mais une nuit, il s'est disputé avec sa petite amie. Pour le faire enrager, elle décide de s'emparer de l'arme avant de prendre le large, et elle va passer quelques jours chez ses parents, à Eastvale. Manque de chance, sa mère met la main dessus. Il se peut qu'elle ait simplement fait le ménage, ce qui n'a rien d'inhabituel pour une mère de famille, mais il n'est pas impossible qu'elle ait été poussée par la curiosité, qu'elle ait cherché un indice capable de justifier les étranges silences de sa fille, son comportement anormal, son humeur bizarre depuis son arrivée. En tout cas elle est tombée sur l'arme à feu. Et c'est là que les choses ont commencé à se gâter. Mais peu importe, ce n'est pas le sujet qui nous préoccupe. Ce qui nous intéresse en l'occurrence, c'est que nous avons relevé une série d'empreintes exploitables sur le chargeur du pistolet. Et ces empreintes sont les vôtres. Vous pouvez nous expliquer ce qu'elles faisaient là ?

Fanthorpe porta le verre à ses lèvres, les sourcils froncés.

— Rien ne m'y oblige. Vous n'aurez qu'à interroger mon avocat.

— Je n'y manquerai pas. Cependant, je ne vois qu'une hypothèse plausible. Si ces empreintes étaient là, c'est que vous aviez manipulé le chargeur à un moment ou à un autre.

— Et après ? Vous n'avez pas recueilli mes empreintes sur la partie extérieure de l'arme, que je sache. Sur la détente, par exemple.

— Comment en êtes-vous si sûr ?

— Très fin, Banks. Le moment est venu où je devrais répondre « Parce que je les ai effacées », avant de me mettre la main sur la bouche en me maudissant d'avoir gaffé comme ça ? Ne vous faites pas d'illusions. Le fait que vous ayez découvert mes empreintes sur un chargeur *à l'intérieur* d'une arme démontre uniquement que je l'ai touché à un moment donné. Ça ne prouve en rien que je me suis servi de l'arme elle-même. Pas besoin d'un avocat pour démonter votre argument. Vous bluffez, c'est tout.

— Et ça vous arrive régulièrement, de manipuler le chargeur d'une arme de poing illégale ?

— Pour vous dire la vérité, je n'ai même pas le souvenir de l'avoir fait. Cela dit, de multiples occasions se sont présentées. Nous avons pu l'utiliser pour achever un animal malade.

— Un automatique Smith & Wesson 9 mm ?

— Peut-être qu'un flic me l'a fait passer pour avoir mon avis ?

— À d'autres.

— Et d'abord, comment avez-vous obtenu mes empreintes pour pouvoir faire la comparaison ? On ne me les a jamais relevées. Je ne peux pas figurer dans vos fichiers, c'est impossible.

— C'est une regrettable omission de notre part, et je m'engage à y remédier dans les meilleurs délais. En réalité, vous avez touché une photo de Jaff McCready que vous a remise le brigadier Jackman, lors de notre dernière visite. Les traces de doigts s'impriment merveilleusement bien sur le papier glacé.

— Vous m'aviez piégé ! C'est un coup monté.

— Soyez raisonnable. On pourrait légitimement parler de coup monté s'il s'agissait de documents falsifiés, ou de l'arme ayant servi à un crime. Mais c'était une simple photo, qui n'a aucune valeur en elle-même.

— Je vous jure que vous serez ridiculisé devant le tribunal.

— Vous en êtes convaincu ? Moi pas. Et je me réjouis que vous admettiez que tout ça se finira devant un tribunal. De nos jours, le Ministère public se montre très regardant sur les affaires qu'il décide de déférer en justice. Ils veulent gagner à tous les coups, et ils ont tendance à choisir les dossiers les plus blindés.

— Avec le peu d'éléments que vous tenez, ils risquent d'être déçus.

— Vous oubliez Darren Brody, il me semble.

— Darren Brody ?

— Allons, faites un petit effort. Darren, l'ouvrier agricole spécialisé dans le recouvrement. Il se trouve que ni Ciaran ni Darren ne sont mêlés à l'assassinat de Marlon Kincaid. Ils devaient être occupés ailleurs, ce jour-là. À nettoyer les écuries, peut-être bien. Ou alors vous teniez à ce que McCready se salisse les mains, qu'il fasse son baptême du sang, comme un gamin qui participe à sa première chasse au renard. En revanche, Ciaran et Darren vous ont rendu un certain nombre de services ces temps derniers, je crois.

— Qu'est-ce que ça signifie ?

Banks secoua la tête.

— Ciaran est sérieusement dérangé. Vous devriez comprendre que ça vous porte tort, de garder quelqu'un comme lui parmi vos employés.

— Ciaran ne dira pas un mot contre moi.

— Là, vous avez raison. Ciaran a beau être un psychopathe violent qui prend plaisir à faire mal, il n'est pas dépourvu de loyauté. Il doit être reconnaissant des opportunités que vous lui offrez. Il s'en est pris à l'amie de Justin Peverell, Martina Varakova. En fait il l'a tuée, une mort très lente et très douloureuse, et il a attaché Justin pour l'obliger à regarder. Justin est en état de choc. Les médecins ont peu d'espoir de le voir se remettre un jour. Ce qui est bien normal quand on subit une chose pareille, non ? Imaginez que ça arrive à votre charmante épouse.

— Pourquoi me racontez-vous tout ça ? Quel rapport avec moi ?

— Jaffar McCready détenait plusieurs choses vous appartenant. Quatre kilos de cocaïne, 50 000 livres et une arme suspecte, pour être exact. Nous avons saisi le tout, qui se trouve actuellement bien à l'abri dans la réserve des pièces à conviction.

— Bien à l'abri ? ricana Fanthorpe. Je n'en doute pas.

— Vous comptiez récupérer l'ensemble, naturellement. Vous l'avez clairement déclaré en présence du brigadier Jackman, elle peut en témoigner.

Levant les yeux de ses notes, Winsome sourit à Fanthorpe.

— Mais vous n'aviez pas précisé de quoi il s'agissait, poursuivit Banks.

— Et vous pensez avoir compris ça tout seul ?

— Ce n'était pas bien sorcier.

— Je regrette, mais vous avez abouti à la mauvaise conclusion. Si c'est vraiment cela que vous avez découvert, alors c'est moi qui ai fait erreur sur Jaffar. Ce que vous avez trouvé sur lui ne m'appartient pas.

— Darren Brody collabore avec Ciaran French depuis plusieurs années. Il a appris à le connaître, il l'a vu devenir de plus en plus violent au fil du temps, de plus en plus cruel. Il ne voit aucun inconvénient à menacer les gens pour leur arracher des informations, du moment que ça s'arrête à quelques contusions, à quelques plaies sans gravité. Cette fois, pourtant, ça a dégénéré salement. Je crois que Ciaran avait acquis un tel goût du sang qu'il ne pouvait plus se contrôler. Victor Mallory, Rose Preston, ce n'étaient que des mises en bouche. Quelle que soit la façon dont les choses se sont déroulées, Darren y a assisté, et ça ne lui a pas tellement plu.

— Darren essaie juste de sauver sa peau. Ils sont aussi cinglés l'un que l'autre.

— Nous nous interrogerons plus tard sur ce qui vous a incité à employer deux détraqués. Jaffar McCready, lui, n'en était assurément pas un. C'était un jeune homme avide, arrogant, ambitieux et intelligent, qui ne reculait pas devant la violence si nécessaire. Il voulait faire partie du jeu, mais il n'avait aucun plaisir à tuer. Il n'était pas très fort, d'ailleurs. Il avait juste les nerfs à fleur de peau. Pour en revenir à Darren, il a atteint ses limites. Il a été obligé de regarder Justin pendant que Ciaran découpait Martina Varakova sous ses yeux. Le spectacle n'a pas dû être bien ragoûtant. Darren est un peu plus costaud que Justin, et il n'a pas perdu la tête, mais un phénomène curieux s'est produit cette nuit-là. Ils avaient découvert ce qu'ils cherchaient, à savoir le lieu de rendez-vous sur Hampstead Heath avec Jaffar et Tracy, près de Highgate Pond, mais Ciaran était allé trop loin pour pouvoir s'arrêter. Il n'en était pas capable. Darren l'a regardé faire, et là, il a été frappé par une soudaine révélation, comme Paul sur le chemin de Damas. Il s'est demandé « Pourquoi est-ce que je regarde ça, pourquoi est-ce que je participe à une chose pareille ? » C'est vrai, les victimes de Ciaran n'étaient que deux salauds qui se fichaient royalement de la vie des autres, mais il ne l'a pas supporté. Comment Darren allait-il faire pour se désolidariser de son complice Ciaran, dont les actes l'horrifiaient et le révulsaient ? Vous avez une petite idée ? Lui a trouvé la solution. Une collaboration illimitée à l'enquête de police, voilà de quoi il s'agit. Darren a parlé. Disons plutôt qu'il a chanté aussi fort que trois ténors réunis. Le récital complet en édition coffret.

Blême, le Fermier eut l'air de se ratatiner dans son fauteuil, son verre de whisky intouché depuis quelques minutes. Il finit par se ressaisir.

— Vous n'avez toujours pas l'ombre d'une preuve. Ce sera sa parole contre la mienne, et d'après vous, auquel de nous deux la cour fera-t-elle confiance ? À un voyou mal dégrossi, ou à un éminent pilier de la communauté ?

— Darren n'est pas plus un voyou mal dégrossi que vous n'êtes un pilier de la communauté. Moi je parie qu'il fera une impression très favorable devant un jury. Le pécheur repenti, vous voyez. Le rachat.

Les jurés raffolent des histoires de rédemption édifiantes. Darren sait où sont cachés tous les cadavres. Il nous a aussi indiqué plusieurs pistes de recherches, pour nous aider à dévoiler vos activités et vos contacts les plus louches. Ce qui fait qu'en plus de votre résidence, nous avons également un mandat de perquisition pour vos locaux professionnels, notamment vos adresses postales à Jersey et aux îles Caïman.

— Winsome ?

Winsome s'excusa et retourna à la porte d'entrée. Là, elle porta deux doigts à ses lèvres et émit un sifflet sonore. Banks avait toujours rêvé de savoir faire ça. Quelques secondes plus tard, six policiers en tenue investissaient la maison et se déployaient dans toutes les pièces. Les brigadiers Stefan Novak et Jim Hatchley avaient pris la tête des opérations. Banks les salua lorsqu'il les croisa avec Winsome, escortant un Fanthorpe menotté jusqu'à la voiture de police. Eloïse continuait de répéter l'adagio de sa sonate dans le salon de musique, pendant que Zenovia braillait et gesticulait face à l'équipe de perquisition. La deuxième jeune fille saisit la télécommande d'un air agacé et monta le son de *Strictly Come Dancing*, essayant de suivre l'émission malgré le grabuge ambiant.

En chemin vers la voiture, Banks eut un regard pour le bassin de la fontaine, au bout de l'allée cendrée bordée de topiaires.

— Un gosse en train de pisser, commenta-t-il d'un air consterné. Ça résume tout, il me semble.

Au début de la semaine suivante, Banks s'engagea dans les couloirs désormais familiers de l'hôpital Cook, saluant au passage quelques infirmières et des membres du personnel qu'il avait fini par connaître. Il arrivait directement de Newhope Cottage, et même s'il se réjouissait à bien des égards d'avoir réintégré son foyer, les événements qui s'y étaient déroulés ne cessaient de le hanter. La commissaire Gervaise avait envoyé une société de nettoyage après le passage de la police scientifique, lui épargnant le spectacle du sang et de la pagaille décrite par Tracy – à l'exception de quelques CD abîmés et des boîtiers cassés – mais il savait à quel endroit précis Annie avait été blessée et il ne pouvait plus se sentir à l'aise dans son jardin d'hiver. L'impression se dissiperait peut-être avec le temps, mais dans le cas contraire il serait obligé de déménager. Il avait trouvé le bonheur dans cette maison, autrefois, mais entre l'incendie et ce qui venait de se passer, il commençait à nourrir quelques doutes.

Il trouva Annie calée contre ses oreillers, débarrassée d'une partie de ses tuyaux et visiblement en meilleure forme. Elle feuilletait le supplément du dimanche d'un quotidien.

— Il commence à dater un peu, non ? fit Banks en lui déposant un baiser sur la joue avant de s'asseoir près de son lit.

— C'est tout ce que j'ai réussi à dégotter depuis que je suis assez bien remise pour lire un peu.

— C'est ton jour de chance, annonça Banks en ouvrant son grand fourre-tout.

Il lui tendit un sac de chez WH Smith contenant plusieurs magazines féminins qu'il l'avait vue lire par le passé, ainsi que les derniers romans en poche de Kate Mosse et de Santa Montefiore.

— Tiens, ça devrait t'occuper un moment.

— Merci beaucoup, c'est parfait, dit Annie en fouillant dans le sac. J'ai bien cru que j'allais périr d'ennui. J'ai quand même un peu de mal à lire, avec une seule main.

— Quand ton bras sera trop fatigué, fit Banks en sortant un objet de sa poche, je te propose ceci.

— Mais c'est ton iPod.

— J'en ai acheté un neuf à San Francisco, celui-ci était quasiment plein. Je suis sûr que tu trouveras quelque chose à ton goût, il y a pas mal de classique, plus quelques livres audio. Surtout des classiques, Jane Austen, les nouvelles de Tchekhov, Trollope, Tolstoï, les Brontë... Tu as aussi des documents historiques et des biographies. Ça t'aidera à passer le temps. (Après un regard furtif à la ronde, il sortit de son fourre-tout une bouteille de vin rouge australien.) Je sais que tu préfères le blanc, et la jaquette du roman de Santa Montefiore disait qu'il s'accorderait bien avec un Prosecco frappé, mais je doutais qu'on t'apporte des glaçons ici. Je t'ai déjà vue boire du rouge, cela dit, et puis la bouteille peut se reboucher. De nos jours ce n'est plus un signe de mauvaise qualité ; je te garantis que c'est du bon.

— Je sais, j'en ai déjà goûté. C'est impeccable. Tu veux bien le ranger dans le placard tant que personne ne nous voit ? Je m'imagine déjà en train de me relever à minuit pour déguster un verre en surveillant la porte.

— Ça me rappelle quand j'étais gamin, et que je lisais en cachette à la lueur d'une lampe de poche, en écoutant Radio Luxembourg avec une oreillette. J'ai encore quelque chose pour toi. (Il fit apparaître un petit sac de victuailles de chez Lewis et Cooper, l'épicerie fine de Northallerton.) Tu as là un assortiment de fromages, une terrine de légumes, des crevettes en pot, au cas où tu voudrais faire des folies, et aussi des crackers, des figues et des olives. Le fin du fin.

Annie se mit à rire en portant une main à son visage, et Banks s'aperçut qu'elle pleurait en même temps.

— Merci beaucoup, Alan. Viens, approche-toi.

Il se pencha vers elle pour qu'elle puisse l'étreindre de son bras valide. En sentant contre son visage la peau tiède et humide de la joue d'Annie, il regretta de ne pas s'être rasé le matin. Il respira le parfum de ses cheveux, son odeur.

— C'est trop gentil, tu n'aurais pas dû.

— Bien sûr que si.

Banks s'écarta en gardant la main d'Annie dans la sienne.

— Voilà, je n'ai plus rien à te donner. Et la nourriture, qu'est-ce qu'elle vaut ?

— Pas fabuleuse, tu t'en doutes, tout juste passable. Malgré tout, c'est un handicap d'être végétarienne. Et je tiens à dire que Ray aussi a été formidable.

— Il n'est pas là ?

— Il a dû partir à Londres. Il y a une galerie qui expose ses œuvres, là-bas. Ray ne voulait pas y aller, il tenait à rester avec moi, mais j'ai réussi à le convaincre. Il rentre demain.

— Tu lui enverras le bonjour, alors. Que dit ton moral ?

— Il a des hauts et des bas. Je suis en train de remonter la pente.

— Il me semble que tu respires beaucoup mieux. Tu as parlé au médecin ?

— Oui, fit Annie en détournant la tête. Le Dr Sandhar et moi avons eu une discussion très franche en fin de semaine dernière. Il a évoqué l'opération en m'expliquant tous les détails, les tenants et les aboutissants, les risques encourus.

— Et alors ?

— J'ai peur.

Banks serra sa main plus fort.

— Tout se passera bien, tu vas voir. Tu ne pourrais pas être entre de meilleures mains.

— Je sais, mais tu comprends… ç'a toujours été une de mes grandes hantises. Finir dans un fauteuil roulant. Tu te souviens de Lucy Payne ? Cette femme était un monstre, et pourtant elle me faisait de la peine. Je pensais que la mort aurait été moins pénible pour elle.

— Oui, mais à toi ça ne t'arrivera pas. Tu vas te rétablir en un rien de temps.

— Le docteur ne m'a pas caché les risques.

— Il a eu raison.

— Je t'avoue que j'aurais préféré quelques petits mensonges rassurants.

— Qu'est-ce qui ne va pas ? demanda Banks en voyant Annie faire la grimace.

Elle porta la main à la poitrine.

— Quand je respire, il m'arrive d'avoir des douleurs aiguës dans la poitrine. Le médecin prétend que mon poumon est en train de cicatriser. Et cette saleté d'épaule me fait un mal de chien, en plus. Ça m'empêche de dormir.

— C'était une vilaine blessure.

Annie demanda après un temps de silence :

— Dis-moi, Alan, il est vraiment mort, Jaff McCready ?

— Oui.

— Pauvre gosse. Je ne lui en souhaitais pas autant, franchement.

— Malgré tout ce qu'il t'a fait ?

— Il méritait une sanction, je ne dis pas le contraire. Une punition sévère, mais…

— Tout s'est passé très vite, il n'a rien vu venir. Ne te tourmente pas trop pour lui, Annie. McCready n'était pas un saint.

— Je sais bien. Tu as tout vu, n'est-ce pas ?

— Oui, et moi aussi j'ai été pris par surprise.

Banks but quelques gorgées du café au lait qu'il avait apporté, puis il posa le gobelet sur la table de chevet d'Annie. Il réalisa à cet instant qu'il avait oublié le bouquet de fleurs. Quel imbécile ! Ce serait pour la prochaine fois. Ou plutôt, il s'occuperait de les lui faire livrer avec une petite carte dès qu'il serait sorti.

— À propos, nous avons récupéré l'arme. C'était bien un Baïkal. Il était équipé d'un silencieux, et je pense que ça t'a sauvé la vie. Si j'ai bien compris, l'arme perd un tiers de sa puissance, et la précision de tir est moins bonne.

— Tu vas bientôt me dire que j'ai de la chance ! Et l'affaire du meurtre de McCready, elle en est où ?

— Pas de grosse surprise. Tout le monde se dépêche de faire machine arrière. C'est un peu la panique, tu le devines. Les médias ne sont pas très renseignés, mais les spéculations vont bon train quant à ma présence et celle de Tracy, sans parler de l'intervention d'un policier « voyou ». La hiérarchie fait son possible pour étouffer les rumeurs, ou du moins pour modérer les plus fâcheuses. On a tenu plusieurs réunions, mais sans convoquer l'agent Powell. Le divisionnaire en personne a assisté à l'une d'elles. Personne n'a ménagé ses efforts, si bien que la presse en est réduite à rapporter que l'enquête suit son cours. Un accident malheureux, mais on avait là un officier en danger de mort, un tireur d'élite de la police, un redoutable criminel en cavale qui pouvait faire n'importe quoi, une prise d'otages et une opération officielle. Il fallait se décider tout de suite, il n'y avait pas le choix etc., etc. Que chacun y trouve son compte.

— Tu n'approuves pas, toi ?

— Si, bien sûr que si. Ce ne sera pas facile, mais on peut toujours argumenter dans ce sens. Nous avons même des témoins civils susceptibles d'affirmer que ma vie et celles de Tracy étaient directement menacées, et que le tireur d'élite de la police a eu la bonne réaction, tout en tenant compte de la sécurité des personnes présentes. Et tout cela est exact. Le fait qu'elle soit intervenue de son propre chef, à titre non officiel, et qu'elle n'ait pas utilisé son arme de service… nous nous efforçons de l'occulter. Ce sera un peu dur à camoufler, mais le commissaire McLaughlin a déclaré à la presse que le manque de temps, le caractère délicat de la situation, le danger encouru par les otages et le public en général n'avaient pas permis une intervention en bonne et due forme d'une unité armée. Ce qui correspond assez bien à la réalité. On va essuyer pas mal de critiques et Chambers est toujours sur le sentier de la guerre, mais on a l'habitude. J'espère que cette fois tout le monde saura garder la tête froide.

— Et Nerys ?

— D'après moi, sa carrière est définitivement terminée, tu ne crois pas ? Pas à cause de son histoire de Taser avec Warburton. Tout ça n'ira pas bien loin, même Chambers est forcé de l'admettre. Ironie du sort, c'est ton agression qui a relégué cette affaire au second plan. Le public est toujours ému par un flic qui se fait tirer dessus.

— Ravie d'avoir été utile.

— Concernant l'intervention chez les Doyle, continua Banks en souriant, quelques personnes risquent de se faire tancer pour négligence dans l'évaluation de la situation. Chambers et ses sbires de Manchester vont poursuivre leurs investigations, et ils exigeront certainement un tribut pour leur peine, mais le résultat est facile à prévoir.

— Dissimulation de preuves ?

— Pas tout à fait. Et sûrement pas pour l'épisode du Taser. Il s'agit bel et bien d'un accident regrettable, et nous avons la chance que la presse partage notre opinion. Jusqu'à la prochaine fois. Pour Nerys et McCready, c'est un peu différent. Personne n'a envie que les journaux se déchaînent contre les flics incontrôlables qui tirent à tout-va sur les aires d'autoroute, et nous allons donc présenter le rôle de Nerys sous un jour nettement plus héroïque. Mais elle ne sera pas blanchie pour autant. Sa carabine, en premier lieu. Elle n'était pas censée se promener avec. Après ça, elle a une sacrée veine de ne pas finir en prison. Bien entendu, ils vont l'envoyer consulter un psy. Vraiment, Annie, tu as un don pour les choisir.

— Tu peux parler, tiens. En plus, ce n'est pas moi qui l'ai choisie, ce serait plutôt l'inverse. Je trouve que tu as du toupet de dire ça. Elle t'a quand même sauvé la vie.

— J'en suis conscient, et elle a droit à toute ma gratitude. Mais je maintiens qu'elle a du bol de ne pas écoper d'une inculpation pour homicide. Ça tombe bien que personne ne cherche un bouc émissaire en ce moment. Et si tu me trouves un peu tiède, c'est que j'ai des doutes sur ses motivations.

— De quel ordre ?

— J'estime qu'elle a agi pour elle-même autant que dans mon intérêt.

— Quelle drôle d'idée !

— Je n'ai aucune preuve, mais je suis prêt à parier que c'était à toi qu'elle pensait, à ce que Jaff t'avait fait, quand elle s'est décidée à ouvrir le feu. Elle l'a abattu pour te venger.

— On ne le saura probablement jamais, allégua Annie en rougissant.

Elle lâcha la main de Banks pour prendre son gobelet, qu'il lui tendit lui-même en voyant sa grimace de douleur.

— Je te remercie.

— Nerys est la seule à pouvoir nous dire la vérité, et ça m'étonnerait qu'elle la révèle un jour. À quoi bon ? Je reconnais sans problème qu'il n'y a sûrement que moi pour m'en préoccuper, mis à part Chambers et Trethowan qui ont l'air de vouloir incriminer son homosexualité.

— Et toi, ça ne te gêne pas ?

— Peu m'importe qu'elle ait agi pour un homme ou pour une femme. Ce qui compte, c'est qu'elle n'a pas été honnête sur ses véritables motivations. Elle a agi par esprit de revanche, à titre personnel. (Banks se passa la main sur les yeux.) Mais cette histoire touchait de près bon nombre d'entre nous, ce n'est pas à elle de trinquer pour tout le monde.

— Et je rappelle qu'elle t'a sauvé la vie.

— C'est vrai.

— Il n'y avait pas d'autre solution, si ?

— Non. Tu sais, je comprendrais que tu me trouves un peu confus. Tout ça se décantera avec le temps.

— Et Nerys, qu'est-ce qui l'attend ?

— Si elle a un brin de jugeote, elle va se dépêcher de quitter le North Yorkshire et se faire oublier un moment, et ensuite il se peut qu'elle intègre une quelconque brigade anti-terroriste clandestine. Dans les situations à risque, ils ne sont pas très regardants sur les recrues, et Nerys est un tireur chevronné. Ses talents ne seront pas perdus. Qui sait si les États-Unis n'accepteront pas de l'enrôler ? Elle correspond bien à leur style.

— Tu es un peu dur, là.

— Pour qui ? Pour Nerys ou pour les Américains ?

— *Touché*, fit Annie en riant. Et que devient le Fermier ?

— On est en train de monter un dossier. Le Ministère public est très optimiste, mais Fanthorpe a des avocats renommés. Toutefois, on a trouvé des infos intéressantes sur ses transactions à Jersey et aux îles Caïman. Et on a aussi coincé Victor Mallory, tant que j'y pense. On a découvert le local qui abritait le labo et la cache de Baïkal. Ces petits saligauds ont eu la bonne idée d'utiliser une ancienne société-écran du père de McCready. Ce qui explique qu'on ait mis si longtemps à les repérer.

— Tu sais ce qui va arriver à Erin ?

— Je lui ai recommandé un bon avocat. Elle va plaider coupable et demander les circonstances atténuantes. Vu l'absence d'antécédents judiciaires et les conditions du drame, il est probable qu'elle s'en tirera avec un sursis. C'est le pronostic de son avocat.

— Et Tracy, comment se porte-t-elle après une telle épreuve ?

Banks but un peu de café au lait avant de répondre.

— Elle est jeune et résistante, le temps finira par tout réparer.

— Tu n'en as pas l'air bien persuadé. Il y a un problème ?

— Elle a été violée, tu comprends. McCready a abusé d'elle.

Annie garda le silence. Banks se demanda si elle se remémorait son propre viol, des années en arrière, avant sa mutation dans le North Yorkshire.

— Mon Dieu, Alan… je suis désolée d'apprendre ça. Si jamais je peux faire quelque chose… Si tu souhaites que j'en parle avec elle, n'hésite pas à me le faire savoir. Je regrette de ne pas mieux me souvenir de tout ce qui a précédé la fusillade, de ses paroles, de son comportement… Mais je n'y arrive pas. Il me reste seulement l'impression qu'elle avait peur et qu'elle cherchait à se débarrasser de moi aussi vite que possible.

— Si McCready attendait derrière la porte, ça paraît logique. Elle a essayé de te convaincre de partir avant qu'il puisse s'attaquer à toi. Elle avait pu constater à quel point il était instable.

— Elle ne s'en était pas aperçue avant ?

— Annie, ça m'ennuie de dire ça, mais j'ai le sentiment que Tracy mentait quand elle m'a raconté sa version des faits. Crois-moi, j'ai une grande expérience des menteurs, j'en ai entendu beaucoup dans ma carrière. Les incohérences m'ont paru trop nombreuses, tu vois.

— Tu l'as contredite ouvertement ?

— Évidemment que non. Ce n'est pas bien grave, mais il m'a semblé que, dans son récit, elle arrangeait les choses pour se poser systématiquement en victime.

— Mais c'est la réalité !

— D'accord, mais je ne pense pas que McCready l'ait contrainte à le suivre. À mon avis il lui plaisait bien, et non seulement elle l'a accompagné de son plein gré, mais elle lui a aussi proposé de se réfugier chez moi. Elle a dû envisager tout ça comme une aventure, un acte de rébellion, peut-être, une revanche. Je me pose la question… On n'était pas très proches, ces temps derniers, et elle a pu m'en tenir rigueur. De son point de vue, Brian était mon favori, et j'étais déçu par ses résultats universitaires et ses débouchés médiocres. Ça me gêne beaucoup de me méfier de ma propre fille, Annie, et pourtant…

— Alan, si Tracy a minimisé ses responsabilités, c'est parce qu'elle culpabilise, qu'elle a honte de son inconséquence. Elle ne veut surtout pas se discréditer encore plus à tes yeux. Tu ne te rends pas compte qu'elle redoute ton jugement ? Tu n'es pas seulement son père, tu es aussi policier. Pour la suite, tu es bien persuadé qu'elle est devenue une victime et un otage, je suppose ?

— Oui. Je crois que leur relation a basculé à un moment donné. Quand il t'a tiré dessus, peut-être, ou même avant.

— Bon. Il se peut qu'elle ait fait l'erreur de suivre McCready pour des raisons sentimentales. À son âge, ça arrive. Mais ce n'est pas elle qui a ouvert le feu, et elle n'a pas non plus fauché la coke et l'argent. McCready est le seul coupable. Laisse-lui le temps de panser ses blessures. C'est à toi d'aller vers elle et de tâcher de comprendre ce qu'elle éprouve. Elle avouera toute la vérité dès qu'elle se sentira prête.

— Tu le crois sincèrement ?

— J'en ai la certitude. Où est-elle en ce moment ?

— Elle va rester quelque temps chez sa mère. Avec Sandra, je suis plus que jamais persona non grata.

L'expression amusa Annie.

— Elle t'en veut de leur avoir caché ce qui se passait ?

— À ton avis ?

— Quel gâchis. (Annie reprit la main de Banks en secouant doucement la tête.) J'ai eu tellement peur quand j'ai réalisé ce qui m'arrivait. Juste avant de perdre connaissance, dans ton jardin d'hiver. Je respirais à peine, et j'ai bien cru que c'était fini. Si tu savais comme tu m'as manqué à ce moment-là, Alan.

Banks lui étreignit la main, la gorge nouée.

— Toi aussi, tu m'as manqué, là-bas. Tu aurais adoré. Les nuits dans le désert. Le Grand Canyon. L'autoroute qui longe le Pacifique. Le Golden Gate Bridge. C'était magique.

— J'aurais bien aimé t'accompagner, mais j'ai pensé que ce voyage, tu devais l'accomplir en solitaire.

— C'est juste. Pour cette fois. Peut-être plus tard…

— Si je peux encore marcher.

— Tu marcheras, Annie.

— Tu m'as longuement parlé de Nerys, de Tracy et de tous ces événements, mais tu n'as rien dit sur toi.

— Oh, moi… Que dire ? Concernant Sandra, j'ai l'habitude d'être indésirable, je suis vacciné. Et c'est beaucoup plus vivable quand on est séparés par quatre cents kilomètres.

— Ce n'est pas tellement ta famille qui m'intéresse. Je pensais plutôt à ton travail. À ta carrière, à ton avenir.

Banks termina son café au lait et jeta le gobelet dans la corbeille.

— Chambers a envie de verser du sang, et je suis dans sa ligne de mire. Il serait trop content de me jeter en pâture aux loups. J'ai piétiné chaque article du règlement – plus encore que cette pauvre Nerys – et il sait bien que je recommencerais sans hésiter s'il le fallait.

— Mais ?

— Il me reste quelques amis influents. On me conseille de me mettre en disponibilité, le temps que je règle mes « problèmes personnels ». Un père déboussolé et légitimement à bout, une fille kidnappée, tu vois un peu le tableau. Ma planche de salut, c'est que si la direction décide de me sacrifier, ça peut très bien leur retomber dessus, puisqu'ils n'ont pas su contrôler la situation. Un piètre réconfort, certainement, mais c'est comme ça. Au final, je me demande s'ils vont me virer, m'expédier à l'asile ou m'offrir une promotion.

— Mais qu'est-ce que tu vas faire ? insista Annie en riant. Plaisanterie mise à part, tu ne te fais pas de souci ? Tu ne m'as pas l'air plus inquiet que ça.

— En effet. (Banks jeta un coup d'œil aux machines, aux courbes et aux nombres qui s'affichaient sur les écrans, puis son regard revint sur Annie.) Ce voyage m'a peut-être aidé à relativiser certaines choses. Et pour répondre plus sérieusement à ta question, je ne suis pas fixé sur ce que je vais faire. Avancer au jour le jour, comme avant, je présume. Par moments je me sens vidé. Pour ne rien te cacher, je suis un peu fatigué de tout. Et toi ?

— Moi aussi, je suis dans l'expectative. Tant qu'on ne m'a pas opérée, la question reste en suspens, de toute façon. Je reconsidérerai la situation ultérieurement, comme on dit. On fait la paire, non ? conclut-elle en riant.

Après un rapide coup d'œil en direction de la porte, Banks sortit du placard la bouteille de vin et deux gobelets en plastique.

— On peut le dire, renchérit-il avec un sourire. Et si on fêtait ça ?

REMERCIEMENTS

Parmi les nombreuses personnes qui ont apporté leur contribution à ce livre, je souhaiterais remercier tout d'abord celles qui ont lu et commenté sa première version : mon épouse Sheila Halladay, qui fut mon inestimable première lectrice, mes agents Dominick Abel et David Grossman, et les responsables d'édition Carolyn Mays, Francesca Best, Carolyn Marino, Wendy Lee et Dinah Forbes. Un merci tout spécial pour Dinah, qui m'a beaucoup facilité la tâche en réunissant l'ensemble des commentaires sur un seul manuscrit. J'adresse aussi tous mes remerciements à l'ensemble des préparateurs et correcteurs chez Hodder, Morrow, et McClelland & Stewart, qui se sont efforcés d'éliminer les erreurs factuelles, grammaticales et typographiques.

Concernant les procédures policières et les aspects techniques et scientifiques, je me suis adressé à un certain nombre de professionnels : un grand merci à l'inspecteur Kevin Robinson, des services du West Yorkshire, et à Julie Kempson pour ses informations sur les armes à feu. Si le livre contient des inexactitudes, elles sont uniquement de mon fait. Le divisionnaire-adjoint Phil Gormley et la commissaire Claire Stevens m'ont offert des conseils et un soutien infaillible. Merci à eux.

Je remercie encore les responsables de la publicité, Sharyn Rosenblum et Nicole Chismar chez Morrow/HarperCollins,

Kerry Hood et Katie Davison chez Hodder, et Ashley Dunn chez McClelland & Stewart. Enfin, ce roman ne serait pas aujourd'hui entre vos mains sans les commerciaux et les libraires. Un immense merci à eux tous.

Peter Robinson
dans Le Livre de Poche

L'Amie du Diable n° 31876

L'inspecteur Alan Banks et sa collègue Annie Cabbot enquêtent sur des meurtres apparemment sans lien, ceux d'une paraplégique et d'une étudiante. La vengeance est le mobile de ces meurtres qui plongent leurs racines dans le passé, dix-huit ans plus tôt, dans un contexte d'actes sadiques suivis d'assassinats sur des adolescentes.

Beau monstre n° 37071

Ce qui attend l'inspecteur Alan Banks dépasse en horreur tout ce qu'il a déjà connu. L'assassin présumé, un professeur charismatique, est hors d'état de nuire, mais les victimes se succèdent et l'enquête de Banks s'enlise.

Le Coup au cœur n° 31540

1969, Yorkshire. Lors d'un festival de rock, une jeune fille est poignardée. L'enquête tourne autour d'un groupe débutant : Les Chapeliers fous. Trente-six ans plus tard, un journaliste est sauvagement assassiné. Sans mobile apparent. Mais toujours ces Chapeliers fous, au sujet desquels il préparait un article.

L'été qui ne s'achève jamais n° 37166

Lorsque Alan Banks était adolescent, son meilleur ami a disparu dans d'étranges circonstances. Banks s'est longtemps reproché de ne pas avoir su prévenir sa mort. Il croyait avoir tiré un trait sur le passé, jusqu'à ce que survienne une macabre découverte...

Étrange affaire n° 31010

Sur le répondeur de l'inspecteur Banks, un message de son frère : « Rappelle-moi vite… C'est une question de vie ou de mort… » Mais Roy est injoignable et Banks décide de partir à la recherche de ce frère businessman qu'il connaît peu.

Froid comme la tombe n° 37024

Une fugueuse de seize ans est identifiée sur un site pornographique. Elle semble liée à un gros bonnet de la drogue. Or il s'agit de la fille d'un des pontes de la police britannique : une affaire bien délicate pour l'inspecteur Banks…

Matricule 1139 (inédit) n° 35046

Eastvale, Yorkshire. Lors d'une manifestation antinucléaire, la police charge violemment la foule. À l'issue des échauffourées, on découvre le corps de l'agent Gill, poignardé. Les suspects ne manquent pas. Banks voit débarquer de Londres un collègue réputé pour son racisme, son machisme et sa brutalité, « Dirty Dick » Burgess.

Ne jouez pas avec le feu n° 37214

Un matin de janvier, deux péniches prennent feu sur un canal du Yorkshire. Au milieu des décombres, on découvre deux cadavres calcinés. Pour l'inspecteur Banks, le meurtre ne fait aucun doute. Mais qui était visé ?

Noir comme neige (inédit) n° 35039

Alors que Eastvale s'apprête à fêter Noël, une jeune femme, Caroline Hartley, est retrouvée nue au pied de son sapin, poignardée. Les soupçons abondent mais les indices sont rares et ils mènent tous à des impasses, car Caroline avait fait du secret son mode de vie… jusque dans sa mort.

Qui sème la violence... n° 37066

Deux femmes victimes de viol. Kristen, l'étudiante sans soucis, a subi une agression dont elle portera toute sa vie les séquelles : elle ne pourra jamais avoir d'enfant. Martha, elle, s'installe dans un port de pêche au sud de l'Angleterre, afin de retrouver l'homme qui l'a violée et de le punir.

Le Rocher aux corbeaux (inédit) n° 37141

Tout le monde aimait et appréciait Harry Steadman, un professeur d'université spécialiste d'archéologie industrielle. Pourtant, quelqu'un lui a fracassé le crâne et a abandonné son corps dans cette étrange campagne du Yorkshire qu'il aimait tant…

Saison sèche n° 17241

La canicule frappe le Yorkshire. Un lac artificiel asséché révèle alors les ruines du village englouti de Hobb's End. C'est là que Adam, un gamin du voisinage, fait une découverte macabre : les os d'une main humaine, recouverts d'une croûte terreuse, humide et noire…

Le Sang à la racine (inédit) n° 17268

Un jeune homme battu à mort est retrouvé dans une ruelle sombre d'une petite ville du Yorkshire. Voilà l'inspecteur Banks plongé dans une affaire qui va l'entraîner dans les tréfonds sinistres de l'âme humaine.

Tous comptes faits (inédit) n° 31261

Keith Rothwell, comptable de son état, est sauvagement assassiné. Qui pouvait en vouloir à cet homme sans histoire ? se demande Banks, qui va découvrir que, derrière la façade de respectabilité, se cachait une franche crapule, expert, notamment, dans le blanchiment d'argent.

Toutes les couleurs des ténèbres n° 32146

Un corps est découvert, pendu, dans un bois près d'Eastvale. Mark Hardcastle était le populaire décorateur de l'*Othello* donné par la troupe de théâtre locale. Tout indique un suicide. Mais quand on retrouve son amant baignant dans son sang, l'inspecteur Annie Cabbot s'interroge.

Un goût de brouillard et de cendres (inédit) n° 37001

Une jeune fille, âgée de quinze ou seize ans, est retrouvée assassinée dans le cimetière d'Eastvale.

La Vallée des ténèbres (inédit) n° 37094

Pour les habitants de Swainshead, un paisible village du Yorkshire, la découverte d'un cadavre rappelle étrangement le meurtre, jamais élucidé, qui avait plongé la région dans la terreur cinq ans plus tôt. L'inspecteur Banks ne manque pas de suspects – avec une prédilection, toutefois, pour l'amie d'un notable local, qui s'était évanouie dans la nature après le premier assassinat.

Le Voyeur du Yorkshire (inédit) n° 37127

L'inspecteur Banks vient d'être muté à Eastvale, dans le Yorkshire. Il a quitté sans regret Londres et son cortège de violences. Sa première affaire à ce poste concerne un voyeur qui espionne les femmes la nuit dans leur chambre. Or ses victimes semblent toutes avoir un point commun…